U0906505

中国当代文学
研究与批评书系

“黄金时代”的文学记忆

朱向前 著

作家出版社

朱向前

祖籍江西萍乡，1954年出生于江西宜春，1970年冬入伍，1984年考入首届解放军艺术学院文学系，1986年毕业留系任教。曾任文学戏剧系副主任、训练部副部长、部长、副院长。现为军艺军事文艺研究所教授、研究生导师。1989年被评为全军优秀教师，1996年授大校军衔，1997年享受国务院特殊津贴。军艺首批学科带头人。中国毛泽东诗词研究会副会长、中国作协全国委员、军事文学委员会委员、理论批评委员会委员，中国作协茅盾文学奖评委、鲁迅文学奖评委、21世纪文学之星丛书编委；中宣部“五个一工程”奖评委；新闻出版总署国家出版基金项目评审委员，中国图书出版政府奖评委；中央电视台军事频道“周末开讲”主讲嘉宾。

多年来，在《人民日报》、《光明日报》、《中国青年报》、《文艺报》、《解放军报》、《文学评论》、《当代作家评论》、《解放军文艺》等报刊发表理论评论近200万字，已出版《中国军旅文学50年》、《军旅文学史论》、《沉入生命》、《寻找合点》、《朱向前文学理论批评选》、《毛泽东诗词的另一种解读》等专著、文论集16种近500万字。主编《新中国军事文艺大系·中篇小说》，长篇军旅小说《金戈丛书》等约1500万字，并获得鲁迅文学奖、中国人民解放军文艺奖、国家社科基金优秀成果奖等十余种奖项。

出版说明

当代中国的文学史，是当代中国社会史的重要组成部分。当代中国文学的发展从来都是与文学批评紧密相连的。自中国改革开放以来的30年间，中国作家们创造了一个具有中国特色的社会主义文学的新历史辉煌，这中间文学批评发挥了应有的特殊作用。

文学批评的繁荣与批评的质量，既受时代和社会环境的影响，又取决于批评家队伍的集体力量和批评家个人的独特思想与水平。在当代文学批评家队伍里，有一批非常优秀的、能真诚和负责任地表达自己观点，并能让作家和读者信服与敬佩的批评大家，他们的独立思想与独立人格，形成了他们的批评风格，取得了相当的研究成果，是我们当代文学史的宝贵财富。在文学批评中，遵循文学批评的自身特点和规律，既是这门学科的内在需要，又是繁荣文学和促进文学朝着正确的方向发展的关键所在。郭沫若先生说过：“文艺是发明的事业，批评是发现的事业。文艺是在无之中创造，批评是在砂中寻出金。”

今年是中华人民共和国建国六十周年，值此，为了回顾和总结中国当代文学批评家的理论研究与批评的历程，以及他们为中国当代文学所作的贡献，也为了进一步推动我国的文学事业，我社特别组织编辑出版了这套“中国当代文学研究与批评书系”，选择了有代表性的当代十余位评论家的作品，这些集子都是他们在自己文学研究与批评作品中挑选出来的。无疑，这套规模相当的文学研究与批评丛书，不仅仅是这些批评家自己的成果，也代表了当今文坛批评界的最高水准，同时它又以不同的个人风格闪烁着这些批评家们独立的睿智光芒。相信本丛书的出版，既是中国当代文学史的一个里程碑，更是广大作家和文学爱好者的一次精神盛宴，也是从事当代文学研究者必不可少的参考资料。

由于时间紧迫，本丛书难免挂一漏万，在此，我只能向那些被遗漏的优秀批评家和读者朋友深表遗憾，并致衷心的感谢。

作家出版社社长　何建明

2009 年 1 月 1 日

目　录

下编：当代文学

“黄金时代”的文学记忆

——我与首届军艺文学系（代序）

朱向前

一个电话帮我“捡了大漏”

1984 年暮春的一天下午，我突然接到原福州军区文化部王炳根干事的电话，他先是不无神秘地透露，经中央军委批准，解放军艺术学院决定创办文学系，秋季开学，目前正在全军物色学员……最后，他郑重说道：“经研究，我们军区拟推荐你和×××同志，请尽快准备两部报考作品，并立即着手文化考试复习。如无意见，正式通知即日发出。”

当时我嘴上哼哈却心头撞鹿，凭直觉感到与我人生重大相关的历史机遇来到了，但又确实不了解文学系，既不易权衡，更难以深思，便脱口而出两个反问：“学制？学历？”

王干事稍显迟疑了：“好像是两年学制，可能是大专学历。”

“啊？哦，这个，这个……”这下轮到我含糊了。因为我当时已读了四年电大，听课虽少，却把中文本科课程和教材都拉了一遍，光古典文学就学过六个学期，还背过《诗经》、《离骚》和若干先秦散文，写作考试多次名列福建省第一，并被评为全国优秀电大学员。这眼看本科文凭和学士学位就要到手了，再退而求其次去读“大专”，有必要吗？

那头王干事显然猜到了我的心思，不由也急得语无伦次起来：“朱向前，你不是渴望深造吗？渴望名师指点吗？学历能说明什么？我不知道军艺文学系有多么好，但我知道它肯定能解决学历所解决不了的问题。我敢说你一旦错失良机将后悔终生，一失足成千古恨……”

结果当然是我奉命行事，欣然赴考，而且凭着四年电大的底子，以当年福州军区干部考生第一名、军艺文学系考生文化第二名的成绩被录取了，成了福州军区唯一的幸运儿。入学报到后，我才发现这下真搞大了——所谓军艺首届文学系，实乃全军作家班，面向三总部各军兵种和十大军区，总共招了35人。其中最著名的同学如1982年就以《高山下的花环》名动天下的李存葆，其他获得过全国文学奖的还不在少数，至于军队或省部级奖的就稀松平常了，只是因为各大单位分配名额，才让我在福州军区的矮子里面拔了将军，用古玩行的一句话说，算是捡了大漏啦！

开学伊始，著名老作家、总政原文化部老部长刘白羽先生就来给我们作动员。他在系主任徐怀中先生陪同下走上南阶梯教室讲台的情景至今历历在目。白羽先生身材魁伟，脚穿布鞋，看上去足有一米八五，虽年近古稀却鹤发童颜，面如朗月，腰板笔直，慈眉善目中透出一种威严，十足大将风度里又显出九分儒雅。他的动作、语速略显迟缓，但高瞻远瞩甚至有些居高临下的思考与谈吐，分明又显示出一种扎实的文化底蕴、深厚的文学修养、很高的美学眼光和领袖群伦的风范，以及一种“居高声自远”的恢弘大气。他从邓小平在全国第四次作代会致辞中提出的“文艺的春天”到王蒙由衷地欢呼“文学的黄金时代”，讲到军事文学的异军突起，既和“前17年”遥相呼应但又差距甚大。要深刻、持久、全面地表现这个伟大的时代和伟大的军队，目前军队的作家队伍、文学阵地和体制机制都还远不能适应形势需要。因此，我们下决心办军队的作家摇篮文学系，办自己的大型期刊《昆仑》，并分批组织作家深入南线战地采访……这是战役行动，更是战略决策；我们既要及时出击，集团冲锋，更要养精蓄锐、厚积薄发。同学们都风华正茂，来自军队第一线，有丰富的生活积累和创作经历，但由于“文革”的耽误，大家缺的就是读书修养与文化底蕴，“工欲善其事，必先利其器”，磨刀不误砍柴工啊！这就是把各位请来的初衷，就是要让你们更快更好地加油、充电，听课、读书，反思、提高。未来更大的舞台等待着你们，全军广大官兵在注视着你们，军事文学的未来属于你们。好好努力吧，同学们！

应该说，此时此刻，我才真正认识到文学系的意义，她正是军队高层和刘白羽、徐怀中诸公深谋远虑的战略举措。自己无意中走进了时代的潮头、同时也就走进了历史。听着刘白羽先生的谆谆教诲，我一边不时跳出来提醒和感叹自己的幸运和幸福，一边又渐渐将这种暗自庆幸升华为一种庄严神圣的责任感和使命感：朱向前啊朱向前，你一定要珍惜这来之不易的学习机会，以优异的成绩回报前辈作家的厚望与厚爱！

同时，我也常常感念王炳根先生的那个电话。

“密集型轰炸”的“天才式教育”

1984年北京的金秋，天高云淡，风清气爽。我整天陶醉在庆幸和惊喜之中，而天天都有新的惊喜接踵而至。说的就是课程设置和来给我们讲课的老师，那真是个顶个的棒，一个更比一个牛。

按说，当时文学系草创之初，只有系主任徐怀中带一个老师，一个参谋和两个干事，真可算得是“白手起家”。可一张白纸，正好画最新最美的图画；没有师资，正好可以利用天时地利人和，广招天下名士，“入我彀中”，为我所用。

系主任徐怀中时年五十有五，功成名就，德高望重，在中国当代文坛深孚众望，又深谙创作规律。可他经常只带一个参谋，上高爬低，登门造访，坦诚相邀。这种诚实谦逊，遇事端肃、亲切平和又一丝不苟的为人，感动了所有的应聘者。于是乎，丁玲、刘白羽、魏巍、汪曾祺、林斤澜、王蒙、李国文、刘心武、张洁、李陀、张承志等著名作家们来了；李泽厚、刘再复、张炯、吴元迈、刘梦溪、刘锡庆、陈骏涛、雷达、曾镇南、何西来、刘纳、赵园、汪晖、季红真等著名学者们来了；吴组缃、吴小如、袁行霈、严家炎、谢冕、叶朗、乐黛云、徐晓钟、王富仁、童庆炳、孙绍振、洪子诚、钱理群、丁涛、赵德明、曹文轩等著名教授们来了……这都是当代中国一流的作家、学者和教授，其中如丁玲和吴组缃先生，都已多年不登台演讲授课了，但他们却把毕生的最后一次演讲留给了军艺文学系。一时间，京西魏公村风云际会，名动海内。各路神仙、十八般武艺，手挥五弦，目送飞鸿，耕云播雨、点石成金。直弄得我们天天如坐春风，如梦方醒，如醍醐灌顶，如浴火重生。徐怀中先生笑眯眯地看着这帮弟子们天天都在凤凰涅槃般地进行自我扬弃与更新，欣喜之下非常得意。他将这种集授课者毕生研究之精华为一次讲座的授课方式称为“高信息强输入”的“密集型知识轰炸”，称为“就高不就低”的“天才式教育模式”。就在这种信息密集而系统松散之中，体现了徐怀中的匠心：冲击学员们固有的文学观念，让他们迎着八面来风的洗礼，山高水低随形发展，保持个性，挖掘优势，“各行其是”，最终培养出非标准化的“天才”。

实践证明，当年徐怀中先生所倡导的“讲座式”是有先见之明的，今天早已为全社会广泛欢迎。而他所网罗的那支院外名师阵容也基本成为了文学系一直沿用的固定师资队伍。其中，从学生到老师，我认为自己受益最多。当然，至今我也说不好，上述三路名师、三类讲座，究竟谁家对我启发最大，教益最深，影响最远，应该说是各有千秋，各擅胜场，各领风骚。但有一个角度可以比较，那就是1986年我毕业留系任教之后，有意识地观摩学习各路大家的授课艺术，自以为有了一点心得，不妨在此略作披露。

以我在文学系先学生后先生的双重身份观之，仅以授课效果或授课艺术论，一般说来，作家一路富于激情和经验，而弱于理性和概括，虽然生动风趣，最具可听性，但不便记录，难以复述；学者一路，一二三四，甲乙丙丁，逻辑严密，条分缕析，新见卓然，但容易流于刻板和枯燥，时间一长，学生们难免恹恹以致昏昏；比较之下，教授一路似有综合前二者之长而避其短之意思，既有逻辑的架构，又有知识的重点，既有理性的归纳，又有感性的表达，课堂效果普遍偏好。尤对我这个初登讲台的青年老师而言，较具可模仿性。譬如，吴组缃先生的幽默谈吐，袁行霈先生的声情并茂、抑扬顿挫，孙绍振先生的快人快语、一剑封喉，钱理群先生的激情与尖锐，王富仁先生的深刻与沉重，丁涛先生华丽的措辞与炫技，曹文轩先生夹带乡音的朗诵，以及王扶汉先生用漂亮的板书大段大段地默写先秦散文……都从不同层面和侧面给我以影响，使我在较短时期内潜心揣摩授课效果（包括练习书法以提高板书水平）而有较明显提高，课堂上常在鸦雀无声中爆出笑声，课后也常被学生包围和追问，很快就在军艺脱颖而出，留校第三年便获全军优秀教员称号。

从1984年到1997年，从学生到讲师、副教授、教授、系副主任（20世纪90年代中期，文学、戏剧两系合并为“文学戏剧系”，文学方面只配备了副主任，实际上是以副代正），我前后在文学系待了13年。13年中，无论是当学生、老师还是领导，凡有名师名家来讲课，我都始终如一在讲台下洗耳恭听。也许授课老师和内容多有重复，但我观察学习的角度却不重复，从内容到形式，从观点到例子，从声调到语气，从手势到眼神，从站姿到板书，总觉得有听头，有看头，百听不厌，常看常新。打那以后，我的授课经验也渐积渐多，授课范围愈来愈广。尤其近年来，我的专题讲座《诗史合一——毛泽东诗词的另一种解读》广受欢迎和邀请，从国防大学、北大、清华、中国传媒大学等名校到中国现代文学馆、北京鲁迅博物馆等学术机构，从中央国家机关工委“月末讲座”到全国各地论坛，直至中央电视台军事频道“周末开讲”，讲了100多场，还大有方兴未艾之势。虽说无心插柳、歪打正着、撞中了选题，托毛主席他老人家的福是主要方面，但我的演讲风采也要对得起老人家吧。如果这也算一个缘的话，那就是在军艺文学系13年尤其是首届文学系两年听课听来的缘啊！

“地道战”与“借东风”

徐怀中的教育理念是包容大度，宽松自由，与北大的“自由思想、独立精神”堪可一比。譬如文学系的两面大旗——主旋律大将李存葆和艺术前锋莫言，徐怀中都厚爱有加。对存葆这样的“特殊学生”——1984年9月30日晚上，李存葆就应邀到人民大会堂出席建国35周年国宴。10月1日大阅兵之后，游行队伍通过天安门广场，代表文艺界的唯一彩车就是电影《高山下的花环》的造型，尤其是时任中共中央总书记的胡耀邦自费购买了两千册《高山下的花环》赠送老山前线将士，给了“文学黄金时代”最好的注脚。也因此，每天来自首都各高校团委、文学社的讲座邀请；各剧种的编剧、导演来洽谈“花环”的改编事宜；全国各大文学刊物的主编名编们来登门索稿者络绎不绝，不仅严重影响了李存葆的正常学业，我和他的室友李荃，整天价笼罩在“花环”的阳光雨露里也是哑巴吃黄连，有苦说不出啊——干脆，徐主任特殊情况特殊对待，开学不久，就准其请假，躲到外面去赶稿了。结果第一学期末就赶出了十万字的大中篇《山中，那十九座坟茔》，在当年度的全国中篇小说评奖中又一次夺魁，使得新生不久的文学系声威大振。而莫言这样的“千里马”则是被徐怀中一眼相中，本来考试报名莫言就晚了一天，但单凭一个短篇《民间音乐》就打动了徐怀中，不仅破例收下了莫言，而且还在第一次全系集会上就七分得意三分遗憾地宣布：“可惜当年全国短篇小说评奖时，我没有看到《民间音乐》，否则，一定要投它一票！”语音未落语惊四座。可以想象，一言九鼎而出言谨慎的徐怀中这两句话对尚未出道的莫言具有怎样的影响。事实上，莫言也很快就以《透明的红萝卜》、《枯河》、《白狗秋千架》以及稍后的《红高粱》等一批经典作品回报了徐怀中，并经徐怀中推荐发表，一下子就撼动了中国文坛，使文学系的育才功能几乎一夜之间变成了一个“传说”。而我从创作正式改弦更张做评论，应该说当自莫言始，并借莫言之红火也热了热身。正是“近水楼台先得月”，“得来全不费工夫”。

徐怀中的胸襟决定了他的大家风范，即便在教学、文学以外，他也实事求是，不拘一格。譬如四人一间的宿舍本来宽敞明亮，忽一日就不知被谁革了新，用布帘将自个的小空间包裹起来与外“绝缘”。读书写作，各自为战。你熬你的夜，我睡我的觉，你面壁苦思冥想，我读书忍俊不禁，互不干扰，相安无事。于是就有人“报老爷，大事不好!”不料想，徐主任一巡视竟默认了。我想原因一是给这些老大不小的学生一点宽松优惠，二更主要的是尊重创作规律。当时我们的课程安排就是半天上课半天读书创作，创作这事嘛，恰如莫言一个不雅的比喻：精神排泄。“排泄”过程，岂能示人？你想，一会四人相对而视，一会外人推门探视，那谁还“创”得出“作”呢？于是乎，不出三日，全系都照此办理，倒也整齐划一了，只是进得任何宿舍，都是不见人影，只闻人声，你只能顺着布帘隔成的“地道”摸索前进，遂有“地道战”之美誉在首都文学界不胫而走，广为传播。

再比如服装与跳舞。当年军装款式少、数量亦少，交谊舞对我们而言则有如天方夜谭。但随着文学系声誉鹊起，社会各界的采访、座谈、对话、宴请、联欢、舞会络绎不绝。一时间弄得我们这帮基层来的的土老冒们灰头土脸，手足无措。徐主任就鼓励我们先从“换装”入手。然而审美眼光不是一朝一夕炼成的，一不留神，某星期天就从文学系走出了很多“乡镇企业家”。于是乎，在系里第一个中秋节联欢晚会上，徐主任身着藏青色西服挽着夫人翩然入场。在大家目瞪口呆还没回过神来的时候，就见徐主任从容迈步舞台中央站定，清清嗓子，自报曲目：“我先清唱一曲《借东风》，为大家助兴。”然后就咿咿呀呀、有板有眼地一路唱将下去，嗓音苍凉，韵味十足，风神飘逸，俨然马派弟子。大家都傻得忘了喝彩和鼓掌。接着，徐夫人——总政歌舞团原资深舞蹈家、编导于增湘老师就笑眯眯地开始为大家讲解和示范几种主要交谊舞的基本动作要领。本来还要找一两个男同学比画比画，可把大家吓得不轻，差点就要抱头鼠窜了。这时徐主任才宽容地放大家一马，说今天就这样子吧。跳舞其实很简单，毛主席跳舞就是散步嘛。关键是有机会多实践，出去别让人笑话咱军队作家哈……

徐主任如此苦心孤诣、身体力行，我们还有什么可说的。第二天，我就直奔王府井，咬咬牙抱回了两套西服，引来全系一番热议和采购潮，一时间男女同学都纷纷以邀我为服装采购顾问为荣，并戏称我“领导文学系服装新潮流”（此事已有诸多同学回忆文章为证，此处亦不赘）。

徐怀中惊喜道：“朱向前跳出来了”

真正值得在此一说并与我命运相关的是另一件事，是徐主任真正看重的学术交流，也即他所比喻的“搓澡”。意即鼓励同学们要像在澡堂子里一样赤裸裸地坦诚相见，互相切磋，互相砥砺，互相帮助。然而，就在全系第一次“搓澡”会上，我“跳出来了”。

那是入学第三天，徐主任召集全体座谈，希望以不同的文学观念和见解的碰撞和交流为契机，让大家迅速地互相熟悉了解。为了重视，他还事先找我们几个正副班长开了准备会，交代一旦冷场要我们带头发言。果不其然，主任讲完开场白后就冷场了。“搓澡”的愿望当然好，但35个“作家”，天南地北走到一起，互不熟悉，个性迥异，水平参差，观念不同，要袒露自己走进“澡堂”，是何等不易啊！尽管徐主任事先有估计，但也没想到水有这么深，足足有五分钟没人吭声吧。终于，我斗着胆子跳出来了！这一跳真是石破天惊。它留给人们的看法、感觉十分不同，但印象的深刻是一样的。

事后，陈道阔同学清晰地回忆道——

“徐怀中主任笑眯眯地宣布开会，说请大家座谈座谈艺术。那时，我们初来乍到，都惴惴地不知根底。大名鼎鼎的李存葆跷着二郎腿，只顾抽烟，好像那烟是公家的；‘不敢为天下先’的宋学武尽往阴影里躲，似混进来的见不得天光；莫言那时候还叫管谟业，整个儿小老幺一个，作一副憨厚态，很谨慎的样子……

“不知过了多久，没有人说话。

“突然——生活中常常有这种突然，一声小心的咳嗽，掀掉了那压得我们喘不过气来的空寂。

“朱向前，发言了……我有些感激地望着他。”（见《他有两把“刷子”》，载《作家生活报》1985年12月16日）

陈描写当时的尴尬情形与我的孤注一掷状，大抵是客观真实的。

16 年后，莫言同学还依然对此记忆犹新——

“当此之际，这个朱向前自报家门之后，竟然滔滔不绝地做起了报告，从国际到国内，从西安到延安，从文学到艺术，一通大侃，令我们晕头转向。事后，有一些同学对他的这种过分强烈的演讲欲望表示了反感，但我的心中却对他深感钦佩……这毕竟是我有生以来听到的最流畅的演讲之一，这毕竟是我见到的第一个口若悬河的人。”（见《部长·教授·批评家》，载《中国文化报》2001 年 12 月 13 日）

显然，莫言有点调侃我的所谓“辩才无碍”。但不管调侃也罢，反感也罢，欣赏也罢，朱向前敢侃、能侃，恐怕就是我留给同学们的最初印象。

然而，各人的立场不同，角度不同，得出的结论就大相径庭。徐怀中主任就对此另有说法——

“我曾与解放军艺术学院文学系首届 35 位同学一起学习过一段时间，我所能给予他们的太少太少了，倒是他们，常常在许多方面启发了我，帮助了我。就说向前吧，他最初给我以深刻印象的，是在第一次全系学员的讨论会上。——不知是由于新来乍到的生疏，还是作家的矜持，讨论会一开始就冷场了，我作为主持人，心中不免暗暗发急，只有把希望寄托在几个事先打过招呼的班长们身上。果然，朱向前跳出来了，侃侃而谈，云山雾罩，居然一口气就讲了四五十分钟，且大有欲罢不能之势。使我惊喜的是，他不仅为讨论会解了燃眉之急，还表现出了较好的理论素质……从那以后，向前的理论热情被点燃了，不断地喷射出闪闪烁烁的火花。”（见《理性激情的开发》，载《文艺报》1988 年 10 月 29 日）

当然，徐主任的看法是最重要的，因为他决定和改变了我的命运！其一，经他鼓励和推荐，我在那次发言的基础上，写出了平生第一篇论文《小说“写意”初探》并很快就在理论批评的皇家刊物《文学评论》上发表了。这对我此后走上评论之路的启示与激励作用不言而喻；其二，毕业前夕，在诸多高手竞争留校之际，在我与徐主任毫无个人交往的情况下，仅仅因偶然原因（我爱人突然被通知上中央党校），我才最后写信向主任表达了留京（还并非留校）愿望，不料立即就被主任决定留校了！我敢说，如果我自诩为千里马，那么徐主任相中我的第一眼就是因为那次发言。其实，如此大胆张扬的“演讲”也是我平生第一次。为什么有这一次？我只能说是前定，在那一刻，命运之神向我招了招手，而我抓住了它，如此而已。我此生搞评论、做研究、当教授的道路，实际上在那一刻就已经决定啦！

为此，我感谢徐怀中；感谢文学系；感谢军艺。

此后的情况如所周知，我在文学系前后13年，继续和文学系一道成长。尤其结合自己的评论专业，为以后的著名学员如阎连科、徐贵祥、麦家、柳建伟、石钟山、赵琪、陈怀国、李鸣生、王久辛、辛茹、张慧敏、唐韵等等的脱颖而出、推波助澜，从推荐作品、撰写评论到作序、评奖，无不竭尽绵薄之力。待到20世纪90年代中期，根据全军文学干部生源萎缩的大势，遂着手“转型”，一是升格大本，面向社会招生；二是开办军事文学研究生教育，1996年获准招生，1997年正式招收第一届军事文学研究生（至今还担任军事文学研究生导师），也开了解放军艺术学院研究生教育的先河。从此，军艺文学系的历史掀开了新的一页。

庚寅立秋日改定于

江右袁州听松楼

上编：军旅文学

寻找“合点”：新时期两类青年军旅作家的互参观照

一个醒目的军旅文学现象长期为人们习焉不察——在新时期军旅文坛上特别活跃着两类青年作家：一类出生于军人家庭，如朱苏进、刘亚洲、乔良、海波、钱钢、简嘉等（实际上还包括绝大部分女青年军旅作家，如何晓鲁、刘宏伟、王海鸰、丁小琦、庞天舒等）；一类出生于农民家庭，如李存葆、莫言、宋学武、唐栋、雷铎、周大新、陈道阔等。这种现象究竟包蕴了什么样的实践和理论上的意义呢？本文即试图从他们不同的身世经历入手，主要取社会心理（上篇）和文化心理（下篇）两个角度切进，力求客观公允地通过两类作家的比较研究，来寻找他们各自的特点，进而涉及军旅文学创作中的两个重要课题——中国军人的心理基础和军旅文学的文化背景的初步探讨。

一

广义而言，历史而言，我国是一个农民的国家，数千年的战争基本上都是农民的战争。本世纪上半叶的新民主主义革命实质上也是一场由工人阶级及其政党领导的农民革命（参见毛泽东《中国革命和中国共产党》）。迄今为止，人民军队的主要成分也都是直接或间接的农民。所谓出身农民家庭的青年军旅作家一般都是生在农村、长在农村，参军前就是地道的农民（李存葆初中毕业、莫言高小辍学、宋学武高中毕业后务农）。而所谓出身军人家庭的青年军旅作家虽然都是生于军营、长于军营，而后穿上父辈的军装，但实质上也大多是农民后裔，上溯到他们的父辈或祖辈也差不多都是农民了——和农民或亲或疏的血缘联系是两类青年军旅作家的共同之处，这也是由中国革命和中国军队的特点与性质命定的。然而，一个是出生于直接的农民家庭，一个是间接的农民家庭，这就有了差异，这就使得他们像军旅文学大树上长出来的相距很远的两根枝桠。

我认为，基本的差异就在于军人家庭和农民家庭其政治地位、经济条件、文化教养、生存环境等方面的不同，并由此决定着他们相异的个人际遇和个别的情感世界等等。既然“存在决定意识”是毫无疑问的，那么这种种不同势必深刻而久远地作用于他们的创作也就是不言而喻的了。我想在这里简要提示的是，从作家生成学和创作心理学的角度出发，应该特别重视童年生活对一个作家心理的深刻影响。苏联作家兼批评家巴乌斯托夫斯基认为，作家的创作实际上从童年就开始了，“在童年和少年时代，世界对我们来说和成年时代不同……对生活，对我们周围一切的诗意的理解，是童年时代给我们的最伟大的馈赠，如果一个人在严肃而悠长的岁月中，没失去这个馈赠，那他就是诗人或者是作家。”① 事实上，直接以自己童少年生活为蓝本创作而成的世界名著就颇为不少，如俄苏高尔基的《童年》、《在人间》，英国劳伦斯的《儿子和情人》，以及曹雪芹的《红楼梦》等等。

让我们对这两类作家做一个粗略的考察。他们一般都在建国前后出生（上限到李存葆，1946 年；下限到莫言，1956 年），在童年、少年或青年前期，都或深或浅地经历了“文化大革命”。这里颇值得注意的现象是，两类作家虽然都经过了这场浩劫，却未能从中获取更引人注目的文学建树。这主要指的是两个方面，一是新时期十年迄今，他们还少有直接而深刻反映“文革”动乱的扛鼎之作；二是军队既没有出现“知青作家群落”，甚至也没有一个像张承志、阿城、韩少功、王安忆、史铁生这样以反映知青生活见长的作家。原因何在？这不能不归结到家庭所造成的他们个人在“文革”中颇为特别的遭际。

由于人民解放军的特殊地位和作用，“文革”中的军队始终处于相对稳定状态。在当时中国社会翻云覆雨的政治风暴中，比较各级地方干部、知识分子乃至一般工人、城市市民来说，军队干部家庭的保险系数还是大的（少数高级领导除外）。子女们也因此多幸免厄运。当稍后的“上山下乡”大潮席卷全国之时，他们纷纷捷足先登，未及成年便少小从军，远离了痛苦旋涡。至于农民（主要指贫下中农）家庭所受到的“文革”波及就更见其微小了，他们的子女更多是中断学业回乡种地。（注意：

① 参见巴乌斯托夫斯基《金蔷薇》。

“回乡”与“下乡”简直是完全不同的两回事，前者是回到了“原来的世界”，后者是进入了“新的世界”。）总观起来，“文革”的狂涛和“上山下乡”的巨潮对两类青年军旅作家的家庭和个人的冲击，一般来说都是相对间接、相对温和的。所以，他们未能在直接反映“文革”动乱和知青生活两个方面问鼎新时期文坛，实在也是理固宜然。否则，情形又或将大有不同。就像20世纪初，中国社会的半殖民地化过程使诸多官宦殷实家庭纷纷崩败，鲁迅、茅盾、巴金、沈从文等一大批旧知识分子相继经历了家道中落的类似遭际，并由此造成的间接情势预告着和决定了现代文学的大昌盛一样——“从小康人家坠入困顿”，常常能改变一个作家的人生道路和创作流向。但是，他们不约而同地不写什么（“文革”和知青），并不等于他们不约而同地写什么，甚至相反。下面，先从不同的人物世界入手，来审测他们不同的文学世界。

如前所述，突如其来的政治动乱使多数当时正值少年的军人子弟过早地结束了充满憧憬的梦幻时代（刘亚洲十五岁，朱苏进、钱钢、简嘉等十六岁入伍），庄严的草绿军装几乎逼迫他们在一夜之间长大成人。从“摇篮”意义的军营走进人生意义的军营，一方面固然有助于强化他们对军人的理解和感情，使自己加速成为真正的军人，另一方面却也局限了他们的生活视野，造成了他们人生经验的“一元化”。此外，学业荒废导致中等教育的空白，又使他们的智力开发畸形拓进，知识结构较为偏仄。这就宿命般地规定了他们日后创作的题材和人物取向：军人—军人—军人。从《射天狼》一直到《第三只眼》，朱苏进基本上给我们展览的是一个纯粹的军人画廊。简嘉以《女炊事班长》发端，从士兵写到“士官”，如今正忘情吹奏着《青年军官进行曲》。比照起来，刘亚洲笔下的人物包容性更大一些，他在大力抒写“两代风流”的同时，还把笔触伸出国界，但国界那边也是一个个凶悍强猛的军人——从职业杀手“红色旅”到中东“恶魔”沙龙。

与军人家庭青年军旅作家少年从军相映成趣的是，农民家庭青年军旅作家从军年龄往往偏大（宋学武二十二岁，莫言、雷铎二十岁）。这就从客观上玉成了他们更为丰富的社会阅历（莫言当过临时工，唐栋当过小学教师，陈道阔当过公社团委书记等），使他们至少具有了两个经验世界：一个是社会的（以农村为主），一个是军营的。因此他们多是“脚踩两只船”，一支笔又写军人，又写农民，而且往往把农人写得更生动——

莫言自《红萝卜》到《红高粱》、《红蝗》，一直以写农人为主自不待言；宋学武一边经营他的南线“战争心态小说”，一边又念念不忘他的“嗑巴舅舅”和“大青哥”们（《干草》、《罩鱼》）；《野草闲花》系列中那一群鲜活孟浪的江汉女子简直使陈道阔笔下的全部军人黯然失色；周大新在摹写了众多军人之后，终于按捺不住画开了《豫西南有个小盆地》人物谱；雷铎则干脆指挥军人和非军人两个人物系列来合唱他那颇为庞杂的《人生组曲》；就是直面战争的《高山下的花环》，李存葆奉献出来的最感人形象似乎也还是来自沂蒙山区的梁大娘和韩玉秀，而小说的重要主旨用作者的话来说则，正是“人民——上帝”！

熟识农人而多写农人，这对他们来说实乃顺理成章之事。问题的反面是，他们对职业军人的理解与沟通难以达到军人家庭青年军旅作家那样的深致与直捷——他们既没有朱苏进笔下那样纯的“兵味”，也不能像乔良、钱钢那般迅捷地推出具有现代战争观念、军事学识和指挥素质的新型指挥员“雷特”（《雷，在峡谷中回响》）与“蓝军司令”们——反之亦然，当乔良笔下第一次出现一个南方山区的农民时（《灵旗》），生活和情感体验的匮乏就使得这个农民——“青果老爹”更大程度上是作为一个意象存在，而非人物的树立。

是的，人物世界的不同仅仅是外部形态的差异，更有意义的恐怕是从两类作家笔下相同的人物——军人的内在组构上，来开掘他们双方各自对军人所寄寓的不同的感情思考、价值判断、理想设计等。

父辈血统的遗传，军营摇篮的熏陶，可塑性极强的年龄和入伍的特定历史环境，使军人家庭的后裔们迅速适应了部队的艰苦生活，并在摸爬滚打的砥砺中开始体味军人的艰辛，在钢铁条律的钳缚中冶炼军人的气质，在把高山般的功劳铺得又平又远的奉献道路上咀嚼军人生涯的价值。他们认定只有在这国防绿中才能找到童年的梦想——生长于斯，风流于斯。简嘉借他的人物之口热情煽动：“小伙子，穿军装吧！……干得好，营长、团长、师长、将军就是你的未来……”（《士官生》）。朱苏进则把“我要当将军”五个大字刻在每个人物的骨子里。他们由此产生热爱，像农民眷恋土地般眷恋绿色的营盘，像“数学家爱古怪方程式”般地热爱手中的武器（《射天狼》）。因此，刘亚洲在赞唱“两代风流”时激情如瀑，钱钢在讴歌“蓝军司令”时豪气似虹，海波能把一张冷冰冰的“铁床”写成有体温有个性的活物，简嘉则在最普通平凡的军旅生活中发现永恒的“绿色幽默”，更有朱苏进将对连队生活精确入微的观察、冷隽深沉的思考和怦然大跳的爱心一齐溶入笔端——《射天狼》里那一段对枯燥干巴的队列动作的富于神韵的描写几乎成了人人激赏的经典性文字。他们心目中的战争使命高于一切，为战争的到来和最终消灭而厉兵秣马，枕戈待旦。一个个胸藏韬略，身怀绝技，即便在日常生活和平时训练中的举手投足也无不符合战时规范，表现出优良深厚的军人素养。一旦上了战场就更是如鱼得水，哪怕没有建立殊勋的壮烈之举也会有意无意地展示一种技艺、一种胸襟、一种风度。他们都深知自己是合格的职业军人，也因此而“傲”气冲天，更因此对那些非职业军人的种种失缺如眼睛里容不得沙粒一样不堪忍受。譬如对某些农村战士的种种陋习、毛病，便常常具有异样锐利的“第三只眼”，深、准、狠地一一发现，并带着一种优越感居高临下地给以尖利讥刺或暴览。相反，对职业军人的某些短缺却予以宽容，视而不见乃至欣赏、玩味。同样的“第三只眼”投射在南琥珀身上就比投射在李海仓、宋庚石身上要温和得多。

现今，选择军职作为自己终生事业的人在我国毕竟还少，尤其对广大农村战士来说，应征入伍不过是一方面尽义务服兵役，一方面碰碰改换命运的机遇。总之，是作为人生的一段插曲来对待的。这与数千年小农经济的心理积淀有关。譬如农业文化所决定的农民土地观念，经过几千年的“土地革命”（从农民起义的“均田”口号一直到我党我军“打土豪、分田地”、“减租减息”、“土地改革”诸运动）不断得到强化。他们参军的出发点是土地，最终归宿亦是土地——解甲归田。所以，他们在感情上不大容易对军人职业产生亲和力，相反倒容易滋蔓排斥力——当然，这还由于他们从农村带来的自由散漫的生活作风、得过且过的人生哲学和斤斤计较的处世态度等等，都与部队的钢铁纪律、昂扬斗志和不无军事共产主义色彩的生活方式等等的格格不入。他们即便穿上了军装，心地里也依然种着一缕洋溢着小农意识的温情脉脉的梦想。他们表面上可能俨然一个十足的现代军人，骨子里却更可能接近一个地道的传统农民。作为他们的代言人——农民家庭青年军旅作家应该对他们有着较为切近真实的摹写。

不选择军职为事业也就不以职业素养（风度、仪表、技艺等等）作为评估军人的准则。评判军人的标尺与其说是现代的，不如说是古典的。

勤劳、朴实、坚韧、顽强，如牛负重却任劳任怨，忠心奉献却不计报偿，可以一边藏着“欠账单”一边血洒疆场。这是一种“位卑未敢忘忧国”的爱国精神的崇尚，一种“战士万岁”的英雄主义的呼喊——李存葆笔下的军人多是这种革命农民形象的写真；对中华民族传统美德在他们身上的种种折光加以凝聚和放大，加以提扬和净化，以道德伦理的力量感化人、教育人，催人泪下，激人奋发（在唐栋、周大新等人的作品中，也常常可以看到这种努力）。李存葆的作品洋溢着一种优秀农民的自豪感。与李存葆遥遥对应的是站在另一极的莫言。莫言对农民军人身上的“优根性”照样喝赞，对其劣根性也不想有所讳言，更不愿加以美化——他总是和盘托出，鱼龙混杂，同一个人物身上往往兼有善恶两面甚至多面，而且他还似乎有“审丑”癖好，对其“劣根”的描述不遗余力乃至夸张漫画：指导员孙天球表内不一心理矛盾，用望远镜偷看雕塑裸女成癖，以致被战士捉弄，大出洋相（《金发婴儿》）；余占鳌们“精忠报国”又“杀人越货”（《红高粱》）；《苍蝇·门牙》极尽暴览荒唐人事之技能等等。从中我们不难咀味到莫言心中那种农民自卑心理的凄凉和自我嘲讽的快意。宋学武似乎处于李存葆和莫言之间——对于提炼农民身上的传统美德，他缺乏李存葆那样的热情；而对于农民军人心中的历史陈垢，他又比莫言更能宽容。因此，他比较持平地写出了一种本真农民式的军人形象——当将军的梦想同样不属于他们，坚守阵地的连长负伤，临终前神往的不是鲜花和勋章，而是恬静温馨的农家小院——颇有点“三十亩地一头牛，老婆孩子热炕头”的意味（《心慰》）；两个在前沿担任警戒的战士关心的不是毙敌立功，而是想家或者盼望头顶上有一片小小的阴凉（《山上山下》）——他们大都忠厚本分，却又不乏农民的狡猾和幽默；他们有时也精于算计，更多的时候却表现出一种达观——“这样可以，那样也行，或许更好些”——从《山上山下》、《这边那边》、《洞里洞外》的题目中似乎也透射出些许宋学武式的农民辩证法的智慧。随遇而安，知足常乐，是宋学武笔下农民军人的生活哲学。

认真检视李存葆、莫言、宋学武以及他们的同类作家，将不难发见，他们艺术心灵的触须对职业军人多少有点迟钝，有点“隔”，而更钟情于农民军人。可又正由于他们每一个典型人物的背后都站着千千万万农民军人（尽管近年我军兵员构成略有变化，但农村兵源还占主流）和积淀着广袤深厚的农民阶级的“集体无意识”，所以作品往往能比较真实地反映部队的诸多重要方面，并引起广泛的理解与共鸣。这是理所当然的，

又是值得警醒的。

我的小结将强调指出双方的局限所在——

由于过分地强化军人意识，或忽略民族心理（主要是农民心理）素质的溶渗，由于过分地凸出当代意识，或不善于以历史眼光（“历史的意义又含有一种领悟，不但要理解过去的过去性，而且还要理解过去的现存性”。艾略特语）来观照当代军人，就容易使得军人家庭青年军旅作家给他们所钟情的“职业军人”头上戴上虚幻的理想化光圈。再加上欠节制地借鉴外国军事文学，又渐次滋生了某种“洋化”倾向，而把某些表层次的现代生活方式、外部特征当做传统心理嬗变或观念更新来大加吹涨。这样就不仅局限了他们笔下的精神世界和描写天地，而且还使部分作品程度不同地减损了历史穿透力和人物的民族本色乃至真实性，无形中妨碍了他们在塑造真正的中国军人典型、抒写真正的中国军人心态诸多方面取得更大的成就。

与前者相反的是，农民青年军旅作家们还缺乏用当代意识观照历史，缺乏用一种与现阶段民族进取品格相一致的军旅生活观念审视农民军人的自觉性。换言之，即缺乏一种清醒的自审意识或自觉的批判眼光。这就使他们熟知中国军队的基本成分——农民这一先天优势难以发挥，反而常常在理想人物身上表现出与旧传统的熟练衔接和与新观念的陌生碰撞。应该说，我们民族的“优根性”和“劣根性”都通过农民军人相对集中地体现在军队中。在我军草创时期“劣根性”的种种表现如“极端民主化”、“绝对平均主义”、“个人主义”、“流寇主义”等等（参见毛泽东《关于纠正党内的错误思想》），不仅不可能随着时间的流逝完全消除，相反只会在现代化进程中愈加暴露或变相更生（如“当兵镀金”、“当兵吃亏”、“铁腕人物崇拜”、“农民英雄主义”、“现代军阀意识”、“清官治军”思想等等）。因此，农民家庭青年军旅作家们在大力强调发扬革命传统的同时，如果不能对那些非革命传统进行批判与扬弃，也就很难承载重建与现代化进程相适应的军人品格的历史重负。

发现差异，也就是寻找“合点”，通过差异的互参观照，寻找双方的互补结构。我认为，这种互补结构（或曰“合点”）之一就是中国农民的心理基础。

任何一个军人都必定带有他本国、本民族、本地域的心理遗传基因。这种遗传基因决定着他的精神气质、思维模式乃至行为走向等等，并由此构成不同国别、不同民族、不同地域的军人特点和差异。中国军人既推重项王的壮士气概，又崇尚周郎的儒将风范；既称道大智大奸的曹操，又彪炳大忠大愚的岳飞；既歌赞“不破楼兰终不还”的英雄豪气，又抒发“将军白发征夫泪”的悲凉情怀。同样是勇敢，却又很不同于日本的武士道精神，即便仅从性爱道德入手，也很容易找出和西方军人的差别。所有这一切，又都和我国的农民分割不开。中国历代兵源主要来自农村，因此，中国军人心理不可能挣脱农民文化传统的笼罩。质言之，中国军人的心理就是中国农民心理的折光。数千年的农民战争形成了我国军人独特的战争观（“兵者乃凶器，圣人不得已而用之”）、人生观（“大丈夫当提七尺剑建功立业，岂可与草木同腐”）、生死观（“生当为人杰，死亦为鬼雄”）、胜负观（“胜败乃兵家常事”、“不以成败论英雄”）、荣辱观（“士可杀不可辱”）、英雄观（“威武不屈，富贵不淫，贫贱不移”）等等。它就像一条幽邃的地下长河涌动在中华民族意识的岩层里，流贯在每一个中国军人的血脉中。所以，只有深刻地研究中国农民的命运，理解中国农民的情感，才有可能把握住中国军人最基本的心理特质，也才有可能分辨良莠、鉴明优劣，在今天心理嬗递、观念演变和意识更新的大潮中，对其做出深层性的开拓和建设性的扬弃。

如是，就两类青年军旅作家的总体而言，都应该清醒而坚定地立足于自己最熟悉的情感经历和生活领地，同时注重用历史眼光观照现实，以当代意识反思历史，从民族心理中提炼军人品格，在军人形象里传达民族之魂。就像《红高粱》通过农民武装的抗日故事，剥开民族精神的复杂内核；又像《第三只眼》经由军人生活的具体写真，达到民族心态的哲学抽象，以历史感获取作品的穿透力，以民族性扩拓作品的辐射力——并在这四者的交叉点上确立自己的文学整体意识，努力构筑起中国军人形象山系，使之毫无愧色地耸峙在世界军事文学的漫长风景线上。

二

中华民族悠久的历史给我们酿就的文化有两大类。一是典籍文化（即文字文化），约有3000余年历史。其中战争文学自《诗经》（《采薇》、《杕杜》、《出车》等）以降，经先秦诸子（《左传》、《战国策》等）、《史记》、唐（边塞）诗、宋（抗战）词，一直到《三国》、《水浒》，亦是源远流深，浩如烟海。两类青年军旅作家在这方面（还包括老一代部队作家作品）的承传，一般来说并不带“类倾向”的大区别，因此不作为我们的研究对象。还有一类是非典籍文化（即非文字文化）——由于我国疆域辽阔而又封闭的地理环境所造成的内陆文化结构，使得悠远的文明传统被浸染上了十分鲜明的地域色彩。非典籍文化正是如此——它主要指的是特定地域所独具的乡风乡情、自然景观、人文景观、民间艺术、生活方式、生产方式等等。这类文化造成了两类青年军旅作家童、少年时期截然不同的文化背景，并进而决定了他们日后迥然相异的文学气象。

鉴于此，我把影响两类作家童、少年的非典籍文化背景区分为两个“文化摇篮”（“军营文化摇篮”和“乡村文化摇篮”）来进行比较。

军营文化作为一种文化形态，既是特殊的，又是普遍的。说它是特殊的，主要是横向比较而言（如与乡村文化、都市文化乃至工业文化、市井文化等的比较）。它是特定的军事实践活动的产物，包括军队的生活样态、军人的外部行为、军营建筑、军事设施以及战争景观、战场风貌等。在这样的文化摇篮中降生、长大的军人家庭青年军旅作家，完全承受着一种国防绿色的文化乳汁之哺育——父辈们包裹着绿色的戎马经历传奇般惊险又迷人，神话般遥远又亲切，是他们绿色的童话；那绿色的军装、哨兵、岗楼、队列，绿色的牵引车、伪装网、迷彩服，都在他们脑海里投下了神奇的绿荫。还有那大院里雄壮的口令、嘹亮的军歌、悠长的军号，往来人们的言谈举止、风度做派，以及屡玩不厌的各种战争游戏等，都渐渐内化积淀为他们的文化心理定式——他们仰慕天上的战鹰，崇拜地上的火炮，神往海中的军舰，梦幻着可怖而又瑰丽辉煌的战争奇观。军营文化摇篮造就了军中文化的骄子——否则，我们依然很难理解刘亚洲何以有“攻击，攻击，再攻击”的个性，朱苏进怎么能将枯燥的队列动作描写得有声有色有气势，简嘉为什么能从连队生活中源源不断地生产他的“绿色幽默”；很难理解一切拂耀在他们笔端的军人气质光环和展示在他们笔下的军营文化景象。这是一种渗透血液的遗传，一种深入骨髓的领悟，一种天人合一的“胎教”。农民家庭青年军旅作家对此只能自叹弗如。对特殊的军营文化的特殊把握是军人家庭青年军旅作家的优势，但这种特殊性又形成一种限定。反过来说，纵向比较来说，军营文化又是普遍的，即由于军队的严格制式化、规范化，使得天南海北的军营都差不多，乃至每一个家庭都很类似。这种文化摇篮的高度同一性对每一个有独特美学风格追求的作家来说，又未必是一件好事情。

比较而言，乡村文化既有普遍性，更有特殊性。它的普遍性是从历时性看，几千年小农经济积淀在广袤乡土上的农业文明基本传统的内在机制是一致的。它的特殊性是从共时性看，在我国，由于文化渊源和地理环境、自然气候等的不同，又形成了南方、北方或长江、黄河文化的相异；而南方文化又有吴越文化、楚文化之类的区别，楚文化还有湘西、湘南的划分等。这就使得农民家庭青年军旅作家们虽然同来自农村，其文化背景却又风貌各异。如莫言的古齐特色（山东高密）、宋学武的东北特色（辽宁铁岭）、周大新的中原特色（河南邓县）等。那儿的一山一水、一草一木、一首民歌、一窗剪纸、一台社戏、一声号子、一缕炊烟、一点渔火、一头牛犊、一条猎狗，都与当地的历史、人生具有某种别样的关联。它总是精心地保留着恒久的以往，并始终不渝地培植着未来，像"润物细无声"的春雨年复一年地进行着文化的遗传与渗透。占有一块包藏独特文化意蕴的乡土无疑是农民家庭青年军旅作家的幸事。就像美国南方批评家史伦·塔特所说："地区主义在空间上是有限的，但在时间上是无限的。"因此，我想毫不隐讳地指出：没有一块真正属于自己的或是自己从那儿生长出来的地域文化作为自己毕生创作的坚实依托，是大部分军人家庭青年军旅作家难以弥补的一大缺憾。

当然，从狭义的角度看，军营文化摇篮对于军旅文学的创造也许是得天独厚的。但是，广义而言，对于文学而言，乡村文化摇篮无疑具有更大的优势。我不想从更多的角度和层次展开论证，我只想指出一点，即乡村文化摇篮处于大自然的怀抱，而军营文化摇篮却相对地置于现代文明包笼之中。进一步举例说，常常出现在农民家庭青年军旅作家笔下的充满生命意识和宇宙气息的或雄宏或清丽的自然景观（如莫言洸洋血海般的红高粱、宋学武鹰击鱼翔的大草甸等），在军人家庭青年军旅作家笔下就很少看到。而这恰恰是作品内容、氛围和魅力的重要构成，它具体表现为一种历史感、一种文化感和文学意味。在众多的部队题材作品里，我们读不到这些，我们常常抱怨读那些作品更像是读一个详细的部队情况反映或生动的军事训练报告。

我如此推重大自然之于文学的作用，有必要简略陈述理由如次：1. 人与大自然的依存关系。从人类发展史看，人来自自然，而又存活于自然。2. 艺术与自然的亲和关系。这乃是由人与自然的依存关系所决定。艺术离自然越近也就越有生命力。3. 中国文化与自然的特殊关系。农业经济决定农业文明生长于乡土（自然）之中，加上作为儒道补充的庄禅影响，使艺术的生命与其说活泼于政治，还不如说璀璨于自然。4. 作家与自然的契合关系。5. 语言与自然的内在的至关重要的关系。

限于篇幅，这里无法就此展开充分论证，但通过上述提示，我想我们对大自然、对大自然孕育的乡村文化摇篮的重要性和优越性，该当有所认同了。就譬如说对于莫言与大自然的亲和——他对大自然细入毫芒的观测，奇异超人的“感觉”，色、香、味、形交融的表现以及由此传达的某种人类精神气息，也就不难理解了吧。朱苏进就曾站在另一个文化圈聪明地看到了——“莫言他不同。莫言除了痛苦的少年以外，他一回家乡就会自然地掉进那块红高粱地里，……回顾痛苦的少年，他就自然会有一种说不清的家乡的滋味从灵魂里流过，他未必要花那么大的力气。他有那种我们没有办法达到的自然感”。当然，反过来也许也一样，让莫言离开他的土地来写职业军人的“两代风流”，他也会愧叹弗如的。但是，无论如何，莫言能在他那“邮票”大小的“高密东北乡”的方寸之间展开人物系列和历史风云长卷，洋洋洒洒地急速推出上百万字的长、中、短篇作品。相比之下，军人家庭青年军旅作家有谁握住了这样一方“邮票”呢？如果说莫言的创作是开掘露天煤矿，一片一片地广采，那么朱苏进则是打井钻油，一眼一眼地深探。这除了主要制约于不同的创作个性之外，是否与他们各自占有的“邮票”不同有关呢——譬如说莫言可以天马行空，恣意挥霍他的矿藏，而朱苏进则必须画龙点睛，缜密使用他的储存。

当然，有了优厚的文化摇篮并不等于就有了优秀的文学创造，尤其是乡村文化与军旅文学之间还有一段不短的距离。因为乡村文化直接受益于非典籍文化，而非典籍文化一方面植根于原始淤积，一方面又制约于封建经济，同时也就注定了农民家庭青年军旅作家较之于军人家庭青年军旅作家更难容受现代文明（包括军营文化）的渗透与嫁接。单以创作手法和艺术形式论，李存葆、宋学武、唐栋、周大新等比较偏于传统，都不如刘亚洲、乔良、海波、简嘉们来得那么新潮和洋气。即便是被人视为“现代派”的莫言，其骨子里对中国文化、中国文学的继承也比后者要明显得多。从历史的应然性看，这或许是乡村所带来的弱弊，弱弊之一便是乡村文化的地域性（如自然风貌的特殊、人情民俗的不同、方言俚语的歧异等）。不可否认，这正是我在前面所特别强调的乡村文化的重要生命源泉。但反过来说，这种文化的地域性又进一步建构了整个文化的大封闭系统。乡村文化天生地只钟情于历史文化的已然态，天生地迟钝于外界刺激。现代文明迷人的微笑和现代意识神奇的魅力同样难以使它有动于衷。这就导致了弱弊之二，即对现代文明有意无意地排斥：从莫言的《欢乐》、《红蝗》等晚近作品对都市文明的贬责中，我们多少可以嗅到一些浸润了小农意识的狭窄意气。所以，我们看到农民家庭青年军旅作家的出色表演要么是历史战争题材（如《红高粱》等），要么干脆就是乡土题材（如《红萝卜》、《干草》、《野草闲花》等）。这与其说是他们对现代军营文化缺乏兴趣，还不如说是他们在寻求乡村文化与军营文化的交汇点时常常陷入迷惘。问题正在这儿，就以小说语言为例，利用一种方言为基础有利于寻找独特的小说叙述“调子”。可是，军队成员来自天南海北，所操语言南腔北调，于是作家们又不得不使用“公约数”最大的普通话来覆盖它们。如何借助方言寻求一种反映当代军人生活的小说文体是一个全新课题，目前几乎还看不出有谁在这方面做出了有意义的尝试。（至于军人家庭青年军旅作家普遍未能谙熟某种方言，那是军营文化摇篮带给他们的又一缺失，也给他们的小说文体追求增加了更大的难度）。问题甚至还不止于此，即便是在乡村文学的创作中，他们的优势也未发挥出最大效应，也还少有利用方言之便来追求小说文体的自觉意识。比起地方那批小说文体的爱好者（如阿城、韩少功、何立伟等），军旅作家在这方面就太缺乏兴趣了。

由此看来，尽管两类青年军旅作家的“文化摇篮”互有长短，但都依然面临一个“扬长补短”的共同课目。这里就不得不涉及“第二文化摇篮”这个概念。如果说一个军旅作家的军前主要生活基地可以构成他的“第一文化摇篮”，那么军队就成了他的“第二文化摇篮”。而不断延伸与深化对于“第二摇篮”的熟知与理解，又是一个涉及作家的生活观念与心理状态改造的大问题。这主要是因为“第二摇篮”是一种特殊的文化形态——军队成员来自四面八方，他们带着各自的文化步入现代文明军营之中，那种种不同色彩、不同阶段、不同层次乃至不同地域、不同民族的文化形态在这儿相互摩擦与渗透，相互冲突与妥协，不断进行着新的碰撞与组合。从狭义的角度看，它既是多民族的，因而也就丧失了民族性；它覆盖了整个中国，因而又消除了地域性。我们只有对多民族、多地域的文化积淀加以比较、研究和考察，并作为我们的参照系，才能站在时代的高度，以当代意识对其进行宏观开放的哲学熔铸和审美提炼。所以，不断熟知与理解“第二摇篮”的过程，对于军人家庭青年军旅作家来说是“扬长”，是对“第一摇篮”的提高与深化；对于农民家庭青年军旅作家来说则是“补短”，是对“第一摇篮”的补充与更新。无论前者抑或后者，真正有了一个属于自己的“第二摇篮”（包蕴了部分军营文化的一个团、一个连乃至一个班），便必须再把它融入到一种地域文化（军营驻地或生活基地的特定文化背景）中去，和那儿的风土人情、山川地貌、生活形态、人物心理相契合，形成一种有地域色彩的军旅文学——就像刘兆林扎根于白山黑水的“雪国小说”（或曰“冻土文学”）系列，又像唐栋立足于喀喇昆仑的“冰山小说”（或曰“西部文学”）系列等。这样一种综合过程对于农民家庭青年军旅作家来说是“扬长”，他必须也必然会和“第一摇篮”相交会，从而产生一种边缘撞击，带来文化背景的重建与再造；而对于军人家庭青年军旅作家来说则是“补短”，既是他那相对狭促的“第一摇篮”的横向拓展，又是纵向“寻根”——寻找到一个更为宏阔浑厚的民族文化依托。（实际上也是一种“沟通”，因为军营文化原本就处于整个中国文化乃至特定的地域文化包围之中）如是，一种既有文化感而又有历史感，既是军营化而又是中国化的军旅文学形态可望生成。

这是一种全新的文化（文学）形态——它既排斥了民族性和地域性，又包容和呈现出更广泛更深刻的民族性和地域性，它是我们整个文化传统的特殊体现和聚集，是动态深化和延展。它首先是中国化的，同时又是军营化的。在国防绿色的掩映中，在炮火硝烟的烛照下，它将呈示出无限绚丽多彩的奇异风貌；它正是一个迷人的文学王国，像只对军旅文学作家钟情的文学少女——惟她的独特美貌，要得到她的青睐就愈困难，而愈困难，就愈为有志于军旅文学的青年作家们提供了大展才华的广阔天地。只要两类青年军旅作家充分认识到展开与深化军旅文学文化背景的紧迫性与艰巨性，并投之以巨大的热情与毅力，就一定能在中国文化雄深宏广的背景下开出当代军旅文学的新生面。

我的分析表明，两类青年军旅作家之间确实存在显著差异，但又共同植根于中国农民心理和民族文化背景的土壤之中。因此，我想这样推测他们的前景——寻找合点：寻找军人与农人的合点；寻找军营文化与乡村文化的合点。不断地寻找合点，又不断地发展差异；再在更高层次上寻找新的合点，发展新的差异……将是两类青年军旅作家在长时间内要经由的螺旋回环道路。这是现实的急迫需要，也是未来的热切召唤，更是历史的必然赠与。

（载《文学评论》1988 年第 1 期）

艰难行进中的“农家军歌”

——陈怀国的小说成长暨意义

当我欣悦地注视着陈怀国从“北纬41°线”稳健地来到了“无岸的海”时，我首先想起的是一件往事——

差不多就在一年前吧，军艺第三届文学系开学约两个月后的某日上午，一个肤色黧黑方头阔面的中等个学员悄悄地把一摞稿纸送到了我的桌子上。这位第一次来单独露面因而让我感到陌生的学员唤起了我的直觉。对这种不吭不哈不动声色的主儿你可要注意，正所谓“不叫的狗才真咬人”。

我顺手翻开第一页稿纸——

> 一方天地里祖上传下的说法，我们家乡一带，把入冬后的第一场雪叫毛雪，毛雪是引子，下欢了，铺够了，才是正经的大雪。

不多不少，刚刚读到这儿，我的心咯噔一下：正经的“大雪”莫是要来了？我翻回封面看署名——陈怀国。

这部稿子就是后来发表于1990年3月号《人民文学》上的中篇小说《毛雪》。

陈怀国由此率先“出线”，成了第三届文学系年轻作者中的“带头羊”。

现在，《解放军文艺》又隆重推出他的中篇新作《无岸的海》，并藉此把他介绍给全军乃至更广大的读者，我的欣慰之情自不待言。我自然会想到，当初，他从“北纬41°线”、从“毛雪”起步时，陈怀国的名字还全然不为人知，这不过才一年多一点的时间，他就在他的小说创作道路上留下了几个虽然不多但显然都比较坚实因而已逐渐引起广泛注意的足印。它们分别是短篇小说《在北纬41°线》（《解放军文艺》1989年11月号；《小说月报》1990年1期）、《荒原》（《青年文学》1990年5月号；《小说月报》1990年6期）、《蓝色黄羊》（《神剑》1990年4期）、中篇小说《毛雪》（《小说月报》1990年7期）、《农家军歌》（《昆仑》1990年4期；《小说月报》1990年11期）和《无岸的海》（其中，《荒原》和《毛雪》还即将由《中国文学》向域外译介）。

今天陈怀国的意义当然远不拘囿于第三届文学系了，他和一批正在或已经崭露头角的部队文学新人（仅就我所读到的小说方面而言，就有阎连科、李森祥、陆颖墨、石钟山、张惠生、陶纯、阿浒、赵琪、徐贵祥、薛晓康、胡玉萍、王秋燕等）一道，构成了军旅文学的“新生代”。他们的出现和迅速成长，无疑是对军旅文学创作队伍的适时补充，为打破与改变当前军旅文学的沉闷格局注入了生机与活力。关于这些，我已在《军旅文学的新风景》（见《解放军文艺》1990年11月号）一文中作过概略的阐述。我在这里还想重申并强调指出的一点是，他们这代人的年龄层次的意义。

我重视年龄层次意义的前提是部队兵员的变动性、时期性和阶段性，即所谓“铁打的营盘流水的兵”，一茬兵与一茬兵不同，一个时期的兵自有一个时期的特点。进一步说，文革时期与新时期的兵员状况就差别甚大（譬如文革时期兵员尤其是农村兵员的文化水平普遍偏低，多在小学层次乃至以下，而新时期兵员的文化水准一般都在初中以上；又譬如文革时期兵员中多有军队干部和地方干部子女，而新时期兵员中这部分人已急剧减少。等等）。这意味着什么呢？这就是说，军旅生活要求它的每一个时期都有它的新的代言人（作家）。这一点与那些描写对象相对恒定的地方题材如乡土文学、市井文学等甚为殊异。返观一部当代军事文学史就可以清楚地看到，哪个时期的军队作家愈多，哪个时期军旅生活的文学化程度就愈广泛愈深刻。正是新时期青年军旅作家群体的崛起，才使文革以来直至八十年代初这一历史阶段的部队生活和军人形象得到了空前的全方位的抒写、描绘与塑造。例如李存葆、朱苏进、刘兆林、刘亚洲、乔良、简嘉、唐栋等的创作。他们大都入伍于文革时期，写那段生活自是优势，亦是局限，即便还在发表新作，也难跳出那个历史阶段，无论是朱苏进的中篇《绝望中诞生》，还是刘兆林的长篇《绿色的青春期》，概莫能外。

问题是今天，他们都已步入中年（多在四十岁左右或以上），二十多年的军龄就使他们与今天的兵拉开了起码二十岁的年龄的距离。他们的官阶都在中校团职以上（还不说都在专业创作队伍中呆了起码十年），这又使他们离部队的基层事实上已十分遥远。尽管他们可以下部队当兵代职体验生活，但终究难免要隔着一层。这当然不是说他们无法继续写作了，恰恰相反，军旅文学的舞台上还得靠他们当主角，唱大戏。我想说的意思是，他们今后谁要写出了大作品，也多半仍然是写他最熟悉的有过切身体验的那段生活经历（或曰生命过程。就像是莫言的《红高粱》那样的历史复活，也仍然是他的童少年生活的历史幻化，何况这种历史题材具有相对恒定性的人生背景与文化背景，与急剧变动的当代军旅现实生活差不多是两码事了）。

“新生代”们与以上诸君的主要不同点就是年轻。他们大多入伍于八十年代，年龄多在二十五岁左右至三十岁之间，他们绝大部分至今仍然活跃在基层，当着连长、排长、干事、参谋，有的干脆还是士兵。换句话说，他们正行进在八十年代的士兵行列里。对于八十年代的兵们的理想、追求、痛苦、价值观念、行为方式、生活情趣、喜怒哀乐、发牢骚、恶作剧乃至青春的骚动等，他们都无须去采访，去“体验”，一切都如同己出，他们就是“他们”自己（可以参考陆颖墨的《寻找我的海魂衫》短篇系列，石钟山的“兵味”“兵趣”短篇系列，和胡玉萍的中篇《丫头，想当兵吗?》）。他们年轻，当然也就同时意味着人生阅历的短浅、思想认识的“近视”和艺术水平的稚嫩，但这些都无法妨碍他们成为这一代军人的“代言人”，这是他们的“专利”，谁也替代不了。真正写好这一代军人也许不是当下的事，也许是在九十年代乃至二十一世纪，那都只是个时间问题，选择的权利仍在他们。所以，从这个意义上说，《解放军文艺》1991年如此集中地推出新人，无疑是一个保证军旅创作代有才人的具有远见卓识的文学战略行动，它势必对今后的军旅文学发展产生长久的影响。

再回过头来接着说陈怀国。

或许陈怀国恰恰是“新生代”里最不利于支撑我的“年龄层次意义”的一个了（如果仅仅局限于反映八十年代兵们的特点的理解的话）。但这也许又可能正是他的比较成熟与深刻之处，换个说法，也可能是他对我的观点的一种超越。是不是这个样子，可以不忙结论。请大家耐着性子看我将在下面专门围绕陈怀国“这一个”展开的具体辨析。

非常简单明了的一个事实是，摊开在我面前的陈怀国的这六部作品，已然构成了一个完整的有机链，即农家子弟们从土地走向军营到离开军营最终又回到土地的有序的全过程。借用他的一个小说标题来表达的话，那就是一首有头有尾的“农家军歌”。《无岸的海》作为其中的一环，我想把它放置于这个有机链条当中，和其他作品等量齐观并审察它们之间的联系与区别，不仅有利于我们从总体上把握这支“军歌”并进一步把握住陈怀国，而且同样有利于我们对《无岸的海》本身的理解与认识。因此，我不打算把《无岸的海》单挑出来额外多加考量。我首先想到的仅仅是，为了整体把握与分段论述的方便，必须把这根“有机链条”裁为三节。

第一节：《毛雪》。

我曾经从开拓与延展军旅文学创作题材的角度指出过《毛雪》的意义：它在刘震云的《新兵连》贡献的“新兵现象”基础上又往前推进了一步，推出了一种“前军人”的形象。而“前军人”形象出现的意义又不仅仅标示着一种创作题材面的拓展，更在于它为我们提供了一个研究当代中国军人的新的视角，一个当代中国农民“从老百姓到军人”之间的第一个中间环节。作品中的主人公：“我”、那个农家子弟在参军体检竞争过程中的挣扎与苦斗，既是惊心动魄的，同时也是带有相当的普泛性质的。关于这一点，作者在《农家军歌》中有更明了的表述：“好多人家熬红了眼睛，盼着把儿子送到部队去吃皇粮长出息，这等好事哪能便宜到一家?”当然，识见不同，希冀也有不同——“眼窝浅的，只指望孩子到队伍上去吃几年饱饭，用皇粮催催那还未长成的身子。眼光远些的，大多是那些家里不太稀荒的人家，不愁肚子饥饱，盼望着孩子跑跑远门，见些世面，混出点名堂来……好让子孙们从此断了吃泥巴饭的命。”但无论出于哪一种动机，在庄户人眼中看来，当兵效命国家都应该是一种天职，所以：“说到流血打仗的事物，父母们也不私心，说是流血打仗乃当兵人的本分，皇粮养着身子，性命归了国家，丢了也是该着的事情，只当是在自己身上剜了一疙瘩肉去。”《农家军歌》中的这段引文，正好可以用来作为《毛雪》主人公“我”以及围绕“我”参军所展开的全部人们的行为的注释，并帮助我们理解成千上万的类似“我”这样的农家子

弟是带着何等样的精神、情感、文化和心理的历史重负与局限走出土地，走向军营，走向现代的。从“我”的身上，我们窥见了农家军人的昨天与前天，因而也就不难想见他们的明天。也许，在他们通往现代化的军旅人生长途上，争抢着体检参军的较量与淘汰，确实仅仅是一场“毛雪”，“正经的大雪”还没开始。

那么，等待他们的将是一场什么样的“大雪”呢？

第二节：《在北纬41°线》、《荒原》、《蓝色黄羊》和《无岸的海》。

对于陈怀国笔下的农家军人来说，这场“大雪”可以是旷辽的戈壁、粗砺的风沙、寂寞的岁月和繁重的劳作对他们生理的和心理的承受极限的一种检测；也可以是包括价值准则、行为方式、道德标尺等在内的军营文化对他们因袭与承传的农民文化的一种击打与渗透；更可以是对一个遥远而又切近、缥缈而又实在、美好而又残酷的梦想的追寻与失落。无论是那位在“北纬41°线”的茫茫沙海中终年跑车的“红鼻子老兵”；还是那个在“荒原”深处守着一个山洞“一眼眨了十三年”的“老万”；抑或是“守一眼井，堵一条路，在试验场最北边的这方世界一杆枪背了十四年”最终企图和一只“蓝色黄羊”亲近而不得的“老丁”；以及在那“无岸的海”一般的“罗布泊西部边缘阿什干以南”的戈壁滩中的一个窑场里无休无止地做砖的“何黑子”、“老维”、“宝福”、“朱全”们——他们，在险恶的自然环境中的生存能力，和对簇新的人文环境的适应能力，也许都从或一侧面与层面展现了中国农民的传统美德：勤劳、朴实、坚韧、顽强等。烧砖也罢，开车也罢，守洞看井也罢，不管是一年半载中紧张剧烈的体力牺牲，还是十三四年里默默无闻的青春奉献，都无怨无艾，恪尽职守，始终如一，让你无可挑剔。然而，即便如此，在他们军旅生涯的尽头也终于没能升起理想的彩虹（没有一个人“穿上了四个兜兜”，如愿地“逃离了土地”）。甚至，连他们的一个最简单朴素的愿望，即看一眼自己竭尽全力为之服务的核试验的“蘑菇云”的愿望也不能满足。“老丁”退伍前夕在去参观的途中半途折回；“老万”只在离队之际听到“一阵隆隆的雷声从远方滚过来，脚下有一阵震动。”随即，“向遥远的莫合尔山好一阵张望……”最遗憾的是“红鼻子老兵”到了现场也错过良机，只有把希望寄托于“新兵的来信”。至于《无岸的海》中那个一百多号人集体撤离窑场时望着烟囱被炸而感叹“妈的，那团火，还真有点像蘑菇云”的结局，就不仅仅让人觉得失望与怅惘而是很有些悲怆的意味了。陈怀国如此无情地逐个击破这些农家军人们的希望，也许是出于一种潜意识的“农家情结”作祟，但在我，却从这不约而同的收尾中读出了一个深刻的寓意。

殊堪玩味的是，这群农家子弟都属于同一兵种：国防科工委亦即火箭原子弹研制兵种。虽然这是罗布泊核试验基地的军旅生涯对陈怀国的特殊馈赠，但它无形中却包蕴了一种独特的意味。这个意味就是刚刚从土地和历史深处走来的人群与他们所从事的最先进最尖端的科研事业形成了一种同构，以及由此产生的尖锐对比与巨大反差。事实上，这种遥远如天上的星辰的反差已经决定了这群人难以进入这种事业的“腹地”，而只能在非常遥远的边缘干着一些诸如看场守井烧砖最好也不过是开车之类的工作。这样，他们暗淡的军旅生涯的结局就已经是先定的和不可避免的了。看不见蘑菇云只不过是一个象征罢了。

《无岸的海》同样是一个象征，而且是一个由表及里的多层次象征体。一是它象征了戈壁大漠的茫无际涯；二是它象征了农家子弟难以达到理想终点的军旅人生；三是超越了题材本身因而具有更广阔的涵盖面及深刻性的象征，即象征了当代中国农民军人在漫长的现代化进程中的艰难跋涉与痛苦寻觅。相当多的人在相当长的历史阶段内将难以找到他们的“锚地”与“彼岸”。他们别无选择，只好回头是岸——重新回到土地。

他们重新回到土地又将如何呢?

第三节：《农家军歌》。

我们不妨把这部作品视为陈怀国给他这首完整的“农家军歌”暂时画下的一个句号。

带着深重的希望和同样深重的失望，二哥和大哥相继退伍回到了当初出发的土地。他们的收获是“都从部队带回些习惯。二哥爱把那被子叠得有棱有角。剃头也极讲究，每月两次，剃得极短，能看得见白晃晃的头皮……大哥乡音土语少了一些，‘的’、‘地’、‘得’咬字清晰”。并“乘着还穿军装先拾掇了个女人”。此外，二哥用腿的伤残换得在砖瓦厂吃一份“皇粮”（妻儿仍然吃“泥巴饭”）。大哥则因了复员军人与党员的身份，由一个普通农民上升为一个特殊农民，当了生产队会计，后又在男女关系和经济方面搞得不清不楚，最终自己把自己给打倒了。

这样的结局委实有些让人沮丧，但更发人警醒。问题的关键在于，一身军装的替换，几年军旅的历练，不仅没能把他们的肉体从土地上剥离出来，也没能将他们的灵魂从土地中超度多少。那些和他们的生命一起从土地深处滋生出来的诸如狭隘、自私、保守、目光短浅与斤斤计较等农民根性也始终与他们身上全部的美德与优质纠缠在一起，相伴而行，相反相成，随着环境的改变而相互搏击着，相互消长着。假设大哥们一旦在部队提了干掌了权，他们将会如何演出他们的人生话剧，我想对我们来说也只能是一个谜。

从《毛雪》中的“我”开始，离开土地走向军营，经由在“无岸的海”一般的军旅岁月中的肉体并灵魂的挣扎与奋斗，沉落与升华，最终在这里又回到了土地，匍匐在土地。这就是陈怀国为他笔下的鄂西山区农家子弟兵勾勒出来的一段生命轨迹，亦可看做是当代中国大部分（至少是贫困落后的地域）农村兵员青春旅程的或一廓影（虽然其中有百分之几的提干比例，但毕竟是极少数）。据表层考察，这样一支“农家军歌”咏叹的是当今中国一代农村青年生存状况的拮窘和走出土地的人生道路的艰难；但从深层发掘即不难看到，它通过对农家子弟进入现代军营的坎坷际遇的抒写，已然昭示了他们最终进入现代文明的艰难。“农家军歌”，就是这两种艰难行进中的二重奏。这个“二重奏”直接给我军现代化的进程提出了一个急迫尖锐的课题，即毛泽东同志早就指出过的：“严重的问题在于教育农民。”

我向来认为，中国军队的基本成分是农民，中国军人的心理不可能不笼罩上农民文化的折光，质言之，中国军人的心理基础就是农民心理，军营文化的深远背景就是农民文化。不了解中国的农民就无以了解中国的军队，此其一。其二，我们民族的“优根性”和“劣根性”都通过农民军人而相对集中地体现在军队中。那种种弱弊不仅不可能随着时间的流逝自行消除，相反只会在现代化推进中愈加暴露。因此，我们在大力强调发扬革命传统的同时，也必须对那些非革命传统进行批判与扬弃，对小农意识进行教育与改造，否则就很难承载重建与现代化进程相适应的当代军人品格的历史重负。正是从这两点意义出发，我重视这一首完整的“农家军歌”的客观效应，并把它看做是陈怀国相比较于“新生代”的深刻与超越处和他对当前军旅小说创作的一个贡献。

我之所以特别提到“农家军歌”的客观效应，是因为我感觉到陈怀国的主观意图并未达到应有的高度，并没能以我军和我们民族的现代化进程与目标为参照，去审视与观照农家子弟兵整体素质上的巨大落差。更多的是带着“农家情结”站在这一群体的情感立场上，比较客观真实地去描摹他们的生存原态与心灵历程，并给以同情、怜悯、惋叹或歌赞。而明显缺乏一种清醒的批判精神与深刻的自审意识。就比如“老丁”、“老万”这样的人物，恪尽职守孤身置于大漠荒原中十几年，以至不得不向黄羊、蚂蚁、狗去寻求情感交流与心理对应，最大地表现出了人的生命个体对于长期寂寞与险恶的自然环境的承受极限，固然令人感佩。但是，我们在崇敬他们的克己坚韧吃苦耐劳的奉献精神的同时，会不会对他们混沌麻木随遇而安得过且过地打发时光的生命方式感到惋惜与焦灼呢（他们难道不可以在这种无价奉献的漫长过程中通过种种手段来实现自己的进化与升华吗）？正是这样，在他们的故事中既表现了部队日常任务完成的艰辛与出色，也展示了我军整体现代化进程在某些局部（或个体）上的迟缓与停滞。因而，面对这样的英雄，我的心情就不仅仅止于颂扬，或者感叹。

无疑，要把“农家军歌”谱写得更加深沉浑厚和有力度一些，陈怀国还必须尽快从一己（或一群）的情感局限中超拔出来，以一种宏远的目光和深邃的哲思，去对农民——军人——现代化的三角关系或三维结构作出全新的多方位与多层次的比较研究和探寻追问。因此，无论是他笔下的还是现实生活中的“农家军歌”，都还远远没有唱完——“大哥”“二哥”不是都怪自己这个兵“当得窝气，没当明白”，最后促使五弟“我”又穿上了军装么？而且，“老万”的妻子生了一个白胖小子之后也“来信”告诉我们：“这小子像他爹，长大了是块当兵的好材料”……

现在我想换一个角度来谈谈“农家军歌”的艺术特色了。

与陈怀国的文化承传和抒写对象相适应的是他的现实主义创作风貌（从带有浓重自传色彩的《毛雪》中又可看到刘恒、李锐、刘震云诸君的新写实主义的余绪）。支撑这种风貌的首先是来自切实人生体验与生命历程的真情实感的自然流露。语言因此而朴素、平实、简约和洗练，语气亦因此而不浮夸张扬、咋咋呼呼，只是“低调”地含蓄婉转地娓娓道来，十分讲究感情的节约与内敛，情绪的控制与压抑，从而就有了一种凄恻的艺术情调蔓延着、弥散着，变得有几分隽永，有一些余味，耐得住半天咂摸。常常能把一种意绪提炼成一幅看似平淡实则有些“余味”的画面，或是浓缩成几句吞吞吐吐欲说还休音在弦外的话语。下面的句子是比较典型的——“皱皱巴巴的戈壁滩看上去并不坦荡，只有些空洞的感觉。已是早春天气了，罗布泊刚开过的季风收拾了头年秋末落下的那场大雪。还有些残雪膏药片子似地巴在皱起的阴处，使黄不溜秋的天地间多了些余味。”（《蓝色黄羊》）“十多年老狗陪着老万安稳度日，清闲自在，偶尔对了落日残月空叫几声，弄出点声音，倒也消了老万的寂寞，省得老万自己喊叫。想热闹的时候，老万就照准老狗的半截秃尾踹上一脚，狗就尽了所能，曲曲折折地叫出许多复杂的内容。”（《荒原》）“这是一个没有太阳的阴天，爹怕拿不准时间，老早就带我出门。妈说：‘去早了冷得慌。’爹横妈一眼：‘金贵！’然后抹一把鼻涕，就领着我早早地来到大队的场院上，等待目测。”（《毛雪》）

……

由此已然见出了陈怀国的白描很有了一些简洁传神的意思，人物对话也颇准确与性格化了。此外，他在捕捉与选用细节方面还很见功力（甚至还为这种功力所累）等。这些都是现实主义创作手法的基本功，陈怀国也都有了一定的磨炼，并且达到了相当的火候。那么，陈怀国还有什么毛病吗？

毛病当然是有的。而且我还不准备以“虽然……总之……瑕不掩瑜”一类的句式来结束这篇已经不算太短的文章。我认为那样做，是对一个文学新人极不负责任的态度。所以，我打算至少再写一千字的意见。

陈怀国的长处是写得比较扎实与绵密，但过实过密就容易让人觉得“满满当当”，而缺少了一种有张有弛的节奏感和疏密相间的韵律感，以及蓬松飘逸的空灵感。以他的代表作《毛雪》为例就看得很清楚，优缺点如同一母所生的孪生兄弟，成也在“实”，败也在“实”；成在生活的扎实与感情的真实，败在艺术的太“实”与太“满”。我做过一个粗略的统计，在这部三万字中篇的十三节里，每一节中都写了三个以上的事情（或细节，甚至从“目测”到“量血压”的体检过程，依次有序地桩桩件件写了过来），虽然其中不乏精彩感人之处，但实在是写得太“实在”了，直让人觉着实事多而意境少，不仅可惜了素材，而且降低了艺术品位。有一位作家说过一句话：用五个好细节就能写一部好中篇。这或许有点夸张。但我也曾对陈怀国说过一句话：小说低手是把一大堆事写得没什么事，而小说高手是把一点点事写出一大堆来。关键是看你能否写得进去，化得开来。陈怀国是“进得去”，但往往有点“浓得化不开”。这大概与他善于捕捉细节的功力有关（即前述的为其所累），亦与他崇尚厚重力戒轻飘的美学追求有关。但据我的理解，厚重并不等于材料的铺排与细节的堆砌。与此同理，空灵也不是空泛空洞与轻飘，而是一种空濛灵动的意境，一种深厚底蕴上洇开来的灵性和弥漫着的灵气，是一种更高层次的美学境界。厚重的也可以是空灵的（远的不说，就说莫言的《透明的红萝卜》、《枯河》、《红高粱》等，难道不都是既厚重又空灵吗），只不过是更不容易做到罢了。所以，当初在看《毛雪》初稿的时候，我感觉到了这一点却没有让他这样去改，正是觉着这是一个需要假以时日来修炼的功夫。

今天再来谈这一点就很有必要了。因为总观陈怀国的全部创作可以看出，他的局部描写的优势已经演变为他的整体感觉的劣势了。这具体表现为他在艺术结构把握上的局限性。他比较擅长驾驭的是比较单线的（人和事）结构，《毛雪》虽是中篇，其实也不过写了一事（参军体检）三人（“我”、父亲、大哥），而至于一人一事的《荒原》、《蓝色黄羊》等就写得更为从容一些。因为这种结构即便是情节细节比较铺排，也不至于引起混乱。而他对于复线结构的把握，就显得吃力乃至于力不从心。《农家军歌》和《无岸的海》中较主要的人物都是八个，线索自然也多一些，发展演进起来就有点乱套，有点线条庞杂，头绪不清。《无岸的海》过了第八节，人物的性格和情绪都开始失控，情节的逆转略显突兀与生硬，往后直至结尾的笔力也明显减弱。尽管这两部作品的局部仍然很见功力，仍然表现出了他的全部优点（比如两部作品的开头，比如《无岸的海》中的“场长妻子洗澡”、“赏月”、“赛歌”等章节都称得上精彩），但都无法掩饰整体结构上的缺陷。这是令人遗憾的。而且我还注意到，陈怀国迄今为止的全部作品，基本上都是依时间顺序来推进情节、展开故事与构建框架的。这也多少表明了他结构方略的不够丰富和手法的不够多样化。

此外，他对单线结构的偏好已经开始导致了某种程度的重复，包括人物的类型（“老丁”、“老万”型）、性格、情绪、心态，以及和这一切紧密相关的语言。譬如这样一类词句的出现频率就比较高：“遥远”、“空茫”、“含糊”、“糊涂”、“久久”、“极生动”、“来来回回”、“曲曲折折”、“好一阵张望”等。

还有一些作者直接站出来的抒情与议论（如《无岸的海》第五节中关于宝福的黑木耳的“想象”，第八节中关于照相的抒情等部分）也都明显多余。

我曾在前面对陈怀国和“新生代”们年轻的优势和“专利”什么的着力给予过肯定，我认为这都是必要的和重要的。但惟其如此，同样不遗余力地指出他们的不足与毛病，也许是更为必要和重要的。因为我对他们充满希望，所以我不惮作出这些苛刻的挑剔，并且但愿它不是隔靴搔痒或不痛不痒，而是真正能对陈怀国有所启示，有所触动。

陈怀国的路还很长，从思想到艺术的修炼都刚刚开始。他起点的高度也决定了他继续行进的难度。从这个意义上说，陈怀国的创作本身就将是一首“艰难行进中的农家军歌”。我关注的是今后——

陈怀国，你的播放着“农家军歌”的创作之舟，将在小说艺术的“无岸的海”中驶向何方？

（载《解放军文艺》1991 年第 1 期）

魅人的梦想：星空乡愁与航天文学

——序李鸣生《飞向太空港》

这是一个魅人的梦想，一个辉煌的梦想；一个推断人类昨天从何处来，明天向何处去，以及记录人类企图离开地球努力开拓天疆的壮丽历程的大胆而又神奇的梦想。

这是来自四川的李鸣生脑袋瓜中的一个奇梦异想。

1990年夏日那个晴朗的中午，我在解放军艺术学院文学系学员李鸣生的宿舍里第一次听他两眼放光地描述他的梦想时，我为之魅惑，为之感染，亦为之惊讶：在这个小个子的体魄内，竟然蕴藏了如此浪漫无涯的想象力和炽热灼人的激情。我们当即拍定，他写完书，我来接着写序。

现在，我刚刚翻完这部名为《飞向太空港》的长达二十万字的书稿，脑海里“星”“箭”乱飞，满眼皆是黑白。我不得不闭目凝神，企望以此来进入一种“思想”的境界。然而……

又是那个夏日。那个夏日的中午。

灿烂的阳光折射在布满了李鸣生那床头墙角的关于火箭卫星的彩色图片上，氤氲出几许“高科技”的气氛。李鸣生在递给我一个雪花梨的同时，抛出了一个新鲜名词：星空乡愁。他脸上随即浮现出迷茫而遥远的神色。他回忆说：大约是在我三岁的一天傍晚，我肚子实在饿了，可妈妈迟迟不见回家，我只好到路边等。等呀等呀，天渐渐黑了，星星们一个挨一个地亮起来。我抬头望着，突然觉得它们就像妈妈的乳头，在不停地向我闪着诱惑的眼睛。我顿时产生了一种强烈的想亲近它们的冲动，就像一个孤苦伶仃的孩子渴望投入母亲温暖的怀抱的那种感觉。从此，在我和星空之间就滋生出了一种莫名其妙但又深刻有力的情感维系。我常常喜欢独自一人仰望星空；望着星空，我的心中马上就会被一种遥远而又亲近、陌生而又熟悉的情愫涨满，既有怅然迷惘的失落，更有刻骨铭心的神往。似乎冥冥中有神在召唤：回到这儿来吧，这儿是你最古老的故乡。在我听来，这是对整个人类的呼唤。我记得有个外国人就说过这样一句名言——我认为差不多也是一句神谕——他说："人，不同于猪的地方在于，他要不时地抬起头来仰望星空。"我把人们凝眸星空时生发的这种难以名状的柔情愁绪称之为"星空乡愁"。这种概括也许不准确，但这种情绪我认为是人类共有的，只不过是有人意识到了而有人没意识到或意识强弱的程度不同而已。你有过这种体验吗？

（我翻动眼睛，略做回忆之后，似是而非地晃了晃脑袋。）

我由此进一步联想起另一个问题——李鸣生接着说——我的问题是，当第一个猴子从地上站立起来时，地球上便有了人；有了人，便有了梦；那么，人类的第一个梦又是什么呢？当然，这是个荒谬的问题，但确实又是个迷人的问题，让我很费了一阵琢磨。在一个似睡非睡的夜晚，我终于以梦的形式完成了对这个关于梦的难题的猜想。我梦见一位远古人类祖先仰面躺在夏夜的林中草地上目醉神迷于那满天繁星和一勾明月。突然，一只美雉呼啦啦冲天而起，华丽的彩羽也就煽动了这位人类祖先想象的翅膀。他的肉体沉沉睡去，他的思想却缓缓起飞……他做了一个梦——一个飞天梦！

（这真是一个天方夜谭式的梦中梦，玄而有味。我赞曰。）

玄吗？其实也不玄。李鸣生继续发挥。全人类各民族的远古神话都是人类飞天梦的文字表述。几千年来，人类飞天梦不仅不死，而且一天比一天更生动、更现实。1957 年 10 月 4 日，苏联第一颗人造卫星上天，标志人类第一次挣脱了地球的束缚，跨进宇宙的大门，从此开始了神奇而迷人的航天时代。

李鸣生激动地站起来，伸出手臂列宁式地比划了一下，做划时代状，转而用更连贯流畅更专业化的语言侃下去——迄今为止，在我们头顶上空昼夜飞旋的卫星已多达 3442 颗。真可谓茫茫宇宙，星满为患。已故现代航天之父布劳恩早在二十年前说曾预言："21 世纪，将是在外层空间进行科学活动和商业活动的世纪，是载人星际飞行和开始在母星地球之外建立永久性人类立足点的世纪。"事实上，美国总统里根在 1984 年初就将开拓宇宙空间列入国家战略目标，并命令建立一个永久载人空间站，并计划在 1992 年送入太空。实践证明，随着航天技术的发展，人类离宇宙母亲的怀抱已越来越近。这还只是问题的一个方面。问题的另一方面是，我们赖以生存的母星——地球已伤痕累累，岌岌可危而不堪重负。

人口、资源、环境、粮食、能源五大绳索已深深勒进它的脖子。全人类的生存与发展已成为未来的急迫主题。开拓天疆，走出地球村，是五十亿人的共同使命。宇宙空间必将是人类明天的归宿，更加美好的第二故乡。这是毫无疑问的，我对此深信不疑。你呢？

（李鸣生突发提问，我猝不及防只好如实招来：我对此毫无研究，我对此半信半疑。）

李鸣生并不在乎我的信与不信，继续在他的思维轨道上做惯性滑行。他开始踱来踱去。他说，于是，我就老在想，自从人类在地球上站立起来以后，就开始从这一端走向那一端，从地面走向地下，走向海洋，走向高山；不管走到哪里，足迹到处，几乎都有了文学的反映。那么，人类走向太空走向宇宙这一革命性的关乎人类明天的伟大壮举是不是也应该或者说更应该有文学的反映呢？就譬如说在我国，可以有乡村文学、都市文学、军事文学等，可不可以再来一个“航天文学”呢？而且，作家们都在寻根，寻找自己的优势或寻找自己的位置，那么我的位置又在哪里？我想是不是就在这里，我这一辈子就来做好这一件事，做好这一个梦，一个航天文学之梦。

说完了，李鸣生也平静了，坐下了，两眼直怔怔地望着我，像期待着什么。

这下轮到我站起来了，我奔到他跟前比比划划地侃开了。具体侃了些什么现今已记不清了，只记得把那天明媚的阳光侃得渐渐暗淡下去了……

是的，相比较而言，“星空愁”也罢，“飞天梦”也罢，都不仅仅是属于李鸣生的。而且，我在这两方面的知识和研究都等于零——人置于星空下的情感究竟如何，我从未细察过，还有待于在某个月明风清之夜去仰望一番、体验一番。至于人类的航天活动到底仅仅是出于人类永无止境的求知欲和好奇心的驱力的一种纯科学实验与探险行为，还是果真关涉到明天全人类的星际大迁徙的革命性壮举，我不敢妄加臆测，姑且存疑。我比较有把握可以说的是，航天文学是一件实实在在的事，也是一件能引起我极大兴味的事。单单就生活层面与文学题材拓展的意义论，航天文学就是站得住的。何况我们已经习惯了那么多内涵和外延都不甚精确严谨与科学的文学旗号，再扯起一面航天文学的大旗又有何不可？

当然是可以的。而且无论怎样说，航天事业都是迄今为止整个人类最尖端的高科技活动，它集中体现了全人类的聪明与智慧，最高限度地代表了人类对大自然的征服和挑战的勇气与努力。它将可能造福于人类的广泛性、深刻性、当代性与未来性，恐怕都是别的事业所难以比拟的。它的重要性、超前性与神秘性在当今信息社会的时代里已越来越显示出它（作为文学题材）的分量与价值。现在摆在我们面前的问题不是要不要写它，而是如何写好它和由谁们来写的问题。

李鸣生当然可以而且应该是这个行列中的一分子，或者说已经是一个捷足先登者了。航天文学的梦想首先就是属于李鸣生的，而李鸣生也是属于这个梦想的。他们之间的双向选择关系可以追溯到很久以前。

十七年前，当一列军车拉着那个年仅十八岁的四川小伙隆隆驰向西昌那块土地的时候，一个神奇的梦和它的梦者就已经遇合。

十七年来，李鸣生的航天文学之梦和西昌这座中国的航天城一起长大成熟。十七年间，他在那里打过山洞，当过计算机技术员和宣传队创作员。他是西昌航天事业飞速发展的目击者、建设者和讴歌者。80 年代以来，他就陆续发表了《编写生命程序的人》、《独腿高工》、《航天情》、《航天女》、《月亮城的风采》、《火箭今晚起飞》、《中国卫星司令》、《燃烧的翅膀》等“航天人”系列报告文学、小说数十万字。如果说，在报告文学作家当中有一类是专靠采访写作，而还有一类则是与他所报告的对象具有某种“血缘”联系的话，那么李鸣生正是后者。他是一个有“根”的报告文学作家。他首先是一个航天人。他对航天人的那种理解、对航天事业的那份挚爱，仅仅靠采访是得不到的。这就保证了他能敏锐地及时捕捉住任何一次成功的机会。于是，当我国定于 1990 年 4 月 7 日将在西昌运用“长征三号”火箭首次为国外发射卫星——“亚洲一号”的消息一经发布，他立刻就进入了“临战状态”，兴奋得不可遏止。我还清楚地记得他当天来系里请假时斩钉截铁地说过一句话：我家里出了天大的事我都可以不请假，但是这次的假，我请定了！

于是，他感动了我们，他成功了——“1990 年 3 月 30 日上午，我从北京气喘吁吁地登上了飞往成都的飞机。当晚 10 时许，又爬上了成都去西昌的 91 次特快列车，开始了闪电式的采访。”

于是，时隔半年之后，我读到了这部长篇报告文学《飞向太空港》。

可以预见的是，这部作品将以它锐新的观念、崭新的题材、密集的信息和流畅简练的文笔，以及起伏跌宕的情节和富于传奇色彩的人物，引起读者的极大兴趣和社会的广泛关注。关于它可能得到的种种好评，我想在不久的将来我们就可以听到。在这里我只想指出一点，那就是较之于李鸣生过往的全部创作，《飞向太空港》无疑实现了一次新的飞跃。这主要表现在两个方面：一是李鸣生首次成功地对一个大型事件进行了全景式的驾驭与表达；二是李鸣生突破了事件本身的局限，力求运用一个超越事件的“高视点”对事件本身进行观照与思考。前者保障了扫瞄的广度，后者提升了立意的高度。

应该说，我国运用“长征三号”火箭发射美国卫星“亚洲一号”确实是1990年度中轰动中外的重大新闻，它标志着我国航天技术已经拥有了打进国际卫星发射商业市场的雄厚实力与尖端水平。但它的意义又决不仅止于航天领域与科技方面。它的影响力还反映与波及到国内外的政治、经济、外交与军事诸多方面。从中西方最高决策人，到西昌地界少数民族的平头百姓；从“发射窗口”的气象拼图，到国际舞台的政治风云；从乌可力诸君往返穿梭的洲际游说，到“亚洲一号”的总统待遇的远行；从火箭发展的“欧亚大陆怪圈”，到“中国箭”与“美国星”的苦恋与结合……真是上下三千年，纵横九万里，千头万绪，纷纭复杂，要理出个子丑寅卯何其难哉！

波澜壮阔的大画面迫使李鸣生不得不升高视角，第一次从他的生活基地——西昌跳出来（他此前的全部创作基本上都是拘囿于西昌版图上的“区域作业”），从对“亚洲一号”的仰视到平视再到俯视，广泛采访人事，大量占有资料，了然于胸，烂熟于心；再以“亚洲一号”为织梭，牵引千经万纬，流贯而出，一气呵成；不刻意于结构，却把一幅长卷的布局处理得自然顺畅，从容舒展，疏密相间，张弛有致。这充分表露了李鸣生吞吐与消化大吨位题材的气魄与潜能，是他不断实现宏伟的“航天文学”梦想的一个好兆头。与这种大构架、粗线条基本相适应的是他的简练的不拖泥带水的跳跃的行文。尤其是作为序章的“本文参考消息”，寥寥几则简讯便把当今世界的航天大态势和“亚洲一号”的发射大背景做了一个强劲的推出，真可谓开篇不凡，先声夺人。可惜的是，这种创意与气势并未能贯彻下去，否则，我们读到的这部作品，从内容到形式都将会是另外一副更加新人耳目也更加卓尔不群的魅人面貌。而且，行文也“粗”，忽略进行一些更精细和更见文采的局部描写，以致缺少了一些不应该缺少的精雕细刻的华彩乐章（譬如说发射景观的壮丽图画）。

要看清一个大事件，需要有一个相应高度的观察视角；而要想清一个大事件，同样需要有一个相应高度的思想视点。李鸣生清楚地意识到，面对着“亚洲一号”跨国界的飞行这样一次国际间的高科技合作行动，仅仅驾轻就熟地沿用自己惯常的或歌颂奉献精神、或弘扬艰苦创业精神、或升华爱国主义精神等思路来进行观照与涵盖，都恐怕是不能够全面和有深度的。他肯定是在对事件的不断介入与不断思索的过程中逐步唤醒与沟通自己的“星空乡愁”和飞天梦想的玄思，最终豁然明朗和树立起簇新的意识或观念，即“我们都是地球人”，也就是一种超越“地球村”的所谓“宇宙意识”，一种终极关怀于人类明天的生存与发展的超前观念。从这样的意识与观念出发，也就顺理成章地把航天事业看成是全人类的共同事业，把开拓天疆视为全人类的共同使命。“中国箭”与“美国星”经过漫长而又曲折的历史弯道终于走到一起无疑是社会的进步、人类的福音。“亚洲一号”的联合发射不过是东西方人民携手合作创造空间文明、走向明天的一支小小的序曲。当然，今天距离明天实际上还是十分遥远的，简直可以不夸张地说，遥远如天上的星辰。关于这一点，在作品的第五部“我们都是地球人”中尤见得分明。从西方专家在中国西昌的土地上发生的那些诸如“伦巴、探戈与辣椒、蒜苗”、“有车不坐要骑车”和稀里糊涂地用汉语唱“跑马溜溜的山上，学习雷锋好榜样”等故事中，人们不难感受到，双方在文化积淀、行为方式、价值观念等方面有着多么巨大的迥异与落差。这也是作者的一种隐忧和他面对世界发出的一种警示。

簇新的视点和超前的观念就这样将“亚洲一号”的发射不单单看作是东西方空间技术的一次合作，而同时也把它看成两个民族、两种文明、两种情感之间的交流与沟通、碰撞与融会，从而升华出一种超越了事件本身的更为广远和恒久的思情与启迪。但是，我仍然要遗憾地指出，这种观念和意识在整部作品中充其量只实现了一半。它并没有水乳交融般地渗透于事件的全过程和全部作品的字里行间，它只是在诸如“我们都是地球人”等少许章节中得到适当的传达；在更多的地方，这种观念与材料之间是游离或脱节的，观念是靠作者直言不讳地喊出来的。这就减弱了思想的穿透力与感染力。之所以出现这种现象，我认为除了作者思想水准的主观原因外，恐怕更与超前的观念和沉重的现实之间的巨大落差有关。这也许是我们苛求于作者的。

关于《飞向太空港》本身，我想说的就是这些。

我不做更多的说长道短是因为一方面我觉得应该把更多的话留待作品问世以后让广大读者去说，那样会更客观一些、更公正一些；另一方面也许是更主要的，我觉得把这部作品与整个的“航天文学”的梦想相比，毕竟是后者更重要——它不仅有可能让李鸣生长其所长，真正在文学上找到自己的位置，而且还有可能为我们的文学大家族贡献一个新的成员。因此我要说，《飞向太空港》只不过是“航天文学”大厦中第一块比较具有规模和质量的基石，李鸣生也不必对它抱有过高的期望值，而应该把更大的精力与心血投放到第二块、第三块基石的锻造上——譬如他已开笔的长篇报告文学《走出地球村》。至于“航天文学”的创造，我再提一条建议：我们必须充分注意到它区别于其它文学的特质——“航天”——高科技，如果钟情于它的作者不在加强文学修炼的同时下大气力广采博收，好学深思，日渐使自己学者化、“科技化”，要写好“航天文学”恐怕其难也嘎嘎乎。顺便说说我对“航天文学”的预测——可以套用一句名言来表述：梦想是辉煌的，道路是艰难的，前途是光明的。

祝李鸣生好梦成真！

1990年11月于京西魏公村

（载《神剑》1991年第2期）

战争巨片的探索与推进

——电影《大决战》第一、二部观后

我向来认为，中国革命战争文学艺术的土壤雄厚，作家艺术家若涉足其间广拓深耕，或将有奇迹创造。但是，我们这种等待委实过于漫长了些，时至今日——长征已经结束五十五年，抗日战争已经结束四十六年，解放战争已经结束四十二年——不客气地说，文学作品中还没有出现一部能与这段历史相称的鸿篇巨制，就像《战争与和平》、《静静的顿河》。而至于电影艺术，我也曾持相同的低调评价，甚至在五年前我还撰文指出过它较之于同时期的军事文学创作更慢一拍。在那篇题为《电影模式与思维结构》① 的“门外影谈”中，我对当时军事题材的电影现状表示过深深的不满，和由此生发的更加深切的期待。

因为在我看来，历史，特别是社会发展重要转折阶段的历史，毋宁说往往就是战争史了。而作为视觉艺术的电影，作为综合艺术的电影，用来再现战争历史及景观，无疑要比文学和其他艺术更容易更真实更直观地展示出战争那无与伦比的魅力。电影史上在这方面已不乏先例，以至于谈“二战”不能不谈诺曼底登陆，谈诺曼底不能不谈《最长的一日》。甚至在苏联还有这样的说法流行：年轻人欲知卫国战争吗？请看《围困》、《解放》和《莫斯科保卫战》。近年来，我国电影艺术家们的战争巨片意识不断觉醒和强化，从《西安事变》到《血战台儿庄》到《巍巍昆仑》，正一步步向着真正的战争电影史诗艰难挺进，以至于使国人期盼再现波澜壮阔的中国革命战争宏篇大著的目光渐渐聚集到电影创作方面来了。

《大决战》第一部（辽沈战役）和第二部（淮海战役）的上映，终于使我们深重的“史诗情结”得到了一次痛快的释放。我已经等不及观看第三部（平津战役），就不得不一吐为快了——因为我想，就譬如黑白

---

① 见《八一电影》1986年11月号。

对弈，如果在布局和中盘两个阶段已经大胜，那么，只要在收宫阶段稍加留意，最终必胜无疑。对于历史的三大战役来说是这样，对于电影的《大决战》来说亦当如此。

一

一部电影作品是否具有坚实丰广的思想内涵，往往决定其艺术品位和境界的高下。特别是对于战争巨片来说，这一点尤为重要。很难想象一部长达十余小时的巨片，让人观后仅仅得出“场面宏伟”、“气势磅礴”等印象会成个什么样子。一部真正优秀的影片不仅要在银幕前震撼观众的心灵，击打观众的情感，更应该在他走出影院后继续震动他的思想，纠缠他的头脑。即所谓发人以深思，给人以启迪和醒悟。这就得靠思想的力量。大凡比较成功的战争巨片都曾在思想的发现与提炼上作过艰难的努力。《最长的一日》立足于这样一种战争观念：战争是愚不可及而又被不断重复的死亡游戏，个体生命在这种游戏当中收获的终究是个无。《莫斯科保卫战》张扬的是一种民族全力抗击外来侵略时迸发的势不可挡的激情，和这个激情所支撑的爱国主义精神。《静静的顿河》则着力描写战争给人类带来的一切光荣与苦难……我们可以对这些影片中表现出来的人性，战争观、人道主义等提出质疑，但我们却不能无视它们有新意的或有深度的思想给影片所带来的独特的审美观照。

那么，《大决战》的主旨思想是什么呢？以我的眼光来看，可以借用陈毅元帅在淮海战役结束之后说的一句名言来予以表述：“淮海战役的胜利是独轮小车推出来的！”这句朴素而形象的话语实则道出了一个同样朴素而异常深刻的思想，那就是说，归根到底，三大战役的胜利是人民的胜利。虽然暂时地、局部地从某一个具体战斗来看，部队的多寡和装备的优劣可以影响或制约战斗的成败。但是，历史地全面地来看，决定双方胜负的最终的最根本的原因，既不是军事力量的对比，也不是经济力量的对比，而是民心的向背，即所谓“得民心者得天下”。三大战役的历史进程雄辩地证明了这一点，而《大决战》的主创人员也牢牢地抓住了这一点，并且多层次、多侧面地给以反复揭示与形象阐释。

蒋介石在淮海战役前颇为困惑地说：“我不明白……二十年前，我从徐州踏上征途，开始二次北伐……本党本军所到之处，民众竭诚欢迎，真可谓占尽天时，那种勃勃生机万物竞发的境界犹在眼前。短短二十年后，这里竟至于一变而为我的葬身之地了吗?”其实蒋介石是明白的，只不过是不敢道破而已。在这个“此一时彼一时”的现象后面，深藏着民心向背的转移。二十年前，国民党代表民众利益反对帝制建立共和，奉先总理令兴师北伐，就在徐州这个地方蒋介石率数十万众大败北洋军阀孙传芳、张宗昌。然而时隔二十年，国民党已彻底走到了人民的反面，蒋介石也成了人民公敌。所以，虽然同样立足于徐州这块“福地”且身边将星如云，手握八十万美式装备的重兵，算得是兵多将广，比起当年来又是“鸟枪换炮”了。可最终仍不得不惨败于人数装备明显处于劣势的我“华野”、“中野”之手。这正是“水可载舟，亦可覆舟”。也许比这个更能说明问题的还有这样一段史实：卫立煌、杜聿明、郑洞国、孙立人、廖耀湘诸将，都曾作为中国远征军的统帅，率领十万大军在缅甸战场与十余万日本精锐之师展开殊死搏战，最终以全歼日军而告捷。也正因为此被蒋介石所倚重，作为王牌军紧急调往东北战场。没想到，这些抗日战场上声名显赫的悍将，在人民解放军正义铁拳的撞击下，纷纷落马，一代名将之花相继凋谢。在辽沈战役中，廖耀湘被俘，郑洞国投诚，孙立人战败，杜聿明逃出了东北也没逃过淮海（可惜影片未能对以上背景略作交待）。同样一个人，同样一支部队，昨天还是英雄，今天就成了“狗熊”，这前后迥然相异的命运难道还不够发人深思吗？非常值得赞赏的是，影片并没有因此就对他们采取简单的漫画化和草包化，而是恰恰相反，客观真实地表现出他们的负隅顽抗。卫立煌、杜聿明等人虽有回天之才却无回天之力，尽管效忠党国也只有徒唤奈何。尤其是那个作为国笔和蒋介石国策顾问的陈布雷，一生追随蒋介石，当他最后向蒋进言而遭拒绝后，这个刚直清正的忠君者不得不以弃世方式来表达他悲愤交加的忠诚和绝望，并以此为蒋家王朝谱写了又一曲挽歌。他们的悲剧是深刻的，而又不仅仅是属于个人的。

同样，在我方，从诸多高级将领直到最高统帅部的领袖们，他们的大智大勇，高屋建瓴的眼光、胆略和气魄，决胜千里的运筹和指挥艺术，也都不仅仅是属于他们个人的。或者换句话说，他们的意图再精妙再高超，但要变成现实最终还得依靠人民的力量。反过来说，他们英明正确的决策也正是来自群众的智慧和人民的愿望。英雄或领袖的巨大作用并不在于他个人有三头六臂，而在于他往往最能代表人民的意愿，抓住历史的契机，顺乎民心，顺乎潮流，因势利导地和人民一起去推动历史前进的滚滚巨轮。也正是从这个意义上，毛泽东才说“群众是真正的英雄”，而真正的英雄是不可战胜的。事实正是这样——1948 年 9 月我中央政治局召开的西柏坡会议上提出的战略方针和任务是“五年左右从根本上打倒国民党反动统治”。可时隔两个多月辽沈战役结束后，毛泽东审时度势，重新认定“再有一年左右的时间，就可能将国民党反动政府从根本上打倒了”。并及时修改战略计划，果断地扩大淮海战役，力图在长江以北消灭国民党主力。结果是仅仅通过一百四十二个昼夜的搏杀，就基本歼灭了国民党的有生力量，大大加速了历史的进程和全国的解放。影片真实客观地再现了党中央和毛泽东战略决策的产生、成熟和不断修正的过程，恰恰说明了毛泽东是人而不是神，是人民的儿子，是时势造就的英雄。影片开篇大气磅礴地推出毛泽东信步黄土高原的镜头，不妨看做是编导创作思想的一个注释，即影片是把毛泽东作为扎根大地扎根人民的安泰式的英雄来加以评价和塑造的。接下来，毛泽东和军委总部指挥员乘坐木船在滔滔黄河中和船工奋力划桨破浪前进的画面，则是一个巨大的象征，是一个我党我军顺乎民心，顺乎时代大潮的历史结论的富于诗意的激情表达。

把这一思想更加深入更加展开更加具体化的是《淮海战役》中出现的虚构人物丁小二这个形象。他是独特的“这一个”，更是一种共性的代表。他作为人物的成功，首先并不表现出性格的塑造和刻画方面，而是在于他的普遍性的深刻意义。几亩薄地就能使一个刚刚获得青天白日勋章的国民党士兵倒戈，令人难以置信而又自有历史的和现实的原因在。“耕者有其田”，数千年来一直是中国农民的主要理想，历代农民起义无不将这个口号大书在自己的旗帜上。中国农民与土地的关系就是鱼与水的关系，休戚与共生死相连。而中国革命说到底，就是共产党领导的农民革命，也就是土地革命，也就是把土地还给农民。因此才赢得了几万万农民的拥护，才有取之不尽的兵员，才有纷纷倒戈来降的士兵，才有全军官兵赴汤蹈火的精神，才有抬着嫁妆来修工事的东北新媳妇，才有头扎孝布依然推车前行的母与子，才能喊出“倾家荡产为了前线”的口号，才会发生五百多万群众用近百万辆独轮车和一百多万头黄牛、毛驴推出、驮出革命胜利的伟大奇迹！否则，我们何以解释国民党几百万精锐部队在一夜之间就土崩瓦解，犹如秋风之下的落叶呢？

“得民心者得天下”——诚哉斯言，壮哉斯言！

二

我们在承认人民群众创造历史的同时，必须同样重视杰出人物在历史发展中的不可替代的作用，特别是在那些重要的历史转折关头。不如此，便不是一个完全彻底的历史唯物主义者。因为在很多时候，历史的走向和人民的意志总是通过少数杰出人物来体现和传达的。任何人都无法回避这样一个事实：人类战争史金字塔尖上的人物，从某种意义上讲决定了历史的进程。所以，写战争史而不写杰出人物几乎是不可想象的，就像写我国历史上的官渡之战、赤壁之战、淝水之战而不突出写袁绍、曹操、诸葛亮、苻坚、谢安；写俄国卫国战争和莫斯科保卫战而不强调库图佐夫和朱可夫一样会显得不真实甚至滑稽可笑。《史记》以降，我国的正史多半成了杰出人物的传记，便是编年史，也多以杰出人物为主线来连缀。而讲到史诗性作品，无论是纪实还是虚构，焦点也总是聚集在杰出人物身上。就像荷马笔下的阿喀琉斯、奥德赛斯、阿伽门农，甚至美女海伦；《最长的一日》中的蒙哥马利，《解放》中的斯大林、朱可夫等。概言之，杰出人物就是史诗性作品中的灵魂，评价一部史诗性作品在多大程度上取得了成功，就不能不看它在塑造杰出人物上面取得了多大成功。

近年来，随着《风雨下钟山》、《西安事变》、《南昌起义》、《血战台儿庄》、《孙中山》、《巍巍昆仑》、《百色起义》、《开国大典》等一批重大历史题材巨片的拍摄，毛泽东、蒋介石、周恩来、孙中山、张学良等一批中国革命史上的风云人物也逐渐走上银幕并不断地丰满鲜活起来，不少形象已赢得了广大观众的认可和欢迎。电影艺术家们在创造他们的过程中，也摸索和积累了不少成功的经验。《大决战》正是在这样的前提和起点上来塑造自己的人物群像的，并取得了一定程度的突破。首先是毛泽东、蒋介石、周恩来等几个“头号人物”，由于获得了较之以往任何一部片子都更为深广的表演时空，人物形象开始呈现出一种连续性和稳定性，并且有了一种性格的深度和力度，基本挣脱了概念化的窠臼，开始在银幕上活了起来。几个特型演员（如古月、赵恒多等）的演技也趋于成熟和自然，对所扮人物的把握和体验有了一定的自信，大体能将剧本所提供的东西尽情发挥乃至超常发挥，并在观众的心目中牢牢立住。其次是贡献出了一个包括双方高级将领的空前繁复的人物画廊。尽管影片不能像《巴顿》的个人传记片那样浓墨重彩“工其一人不及其余”，但还是力求抓住一两个细节甚至一两句对话来刻画人物的个性，传达人物的神韵。譬如刘伯承的幽默、陈毅的风趣、邓小平的机敏、粟裕的干练、刘亚楼的精悍，以及杜聿明的深沉儒雅、卫立煌的老谋深算、邱清泉的轻狂跋扈、黄维的自命不凡、刘峙的盲目愚笨、黄百韬的刚愎自用等，都在“惜片如金”的表演中让人们过目难忘。

再次，就不能不说到林彪这个人物了。《辽沈战役》一出，千家万户争说林彪，这种现象虽然包含了林彪这个人物自身特殊的历史背景所带来的特殊效应，但是我们平心而论，林彪银幕形象之所以大受人们青睐，确实有他的独到之处，有很重要的经验值得我们重视和研究。应该说，在《大决战》一百多号有名有姓的历史人物中，如何表现和树立林彪的形象是一个最大的难点。难就难在这个人物的历史是断裂的，前半生很辉煌，最后走向了自己的反面。那么，我们怎么来评价和表现当年那个手握百万雄兵，敢于杀伐决断的“林总”呢——尊重历史，实事求是。这个指导思想一经确立，一切矛盾都迎刃而解。甚至，林彪特殊的历史地位恰恰为我们今天准确把握他提供了一个十分适度的距离：当年，林彪作为我东北战场最高司令官，作为党中央、毛主席关于辽沈作战意图的全权执行者，运筹帷幄，取得了辉煌的胜利，成为共和国的一代元勋；然而晚年他又成了革命队伍里的野心家，共和国的叛逃者。也就是说，这个人物前后两段历史的鲜明对比，正可以成为我们今天认识、分析、判断他当年所作所为的一种参照、一种印证。从而使我们今天来把握与表现这个人物时，不仅放得开，而且还能深得下去。《辽沈战役》正是这样做的。林彪在打长春的问题上瞻前顾后、踟蹰犹豫，再三延宕执行中央指示，险些贻误战机。但其中又表现出了他的缜密、周详和“不打无把握之仗”的信条；他每遇重大决策，总好独断专行，一个人说了算，有时还让人感觉出对罗荣桓、刘亚楼的轻慢（如围住廖耀湘兵团时，刘亚楼问：“林总，是不是研究一下？”林答曰：“研究什么，……先堵，然后围而歼之！”），但这种专横中，又透露出一个杰出的高级指挥员的优良素质：明彻的判断力，果敢的决断力以及高度的自信；他的出尔反尔（如在彰武车站面对敌人增兵葫芦岛的情况突然改变战略部署；在塔山吃紧，林、罗、刘集体决定动用总预备队后又断然否决等），既有多疑、多虑、多变的一面，更有深谋远虑，高人一筹的一面。如此等等。他是矛盾的，因而也是更有深度的，他的性格塑造就是在矛盾冲突中展开与完成的。所以，尽管比较而言，林彪的镜头并不很多，可他的一些性格特征（如内向深沉、冷静刚毅、寡语少情、不苟言笑等）、动作特征（如反坐椅子、吃黄豆、踱步等）、语言特征（精简、准确、形象，如“我只准备了一桌饭，现在来了两桌客，这个饭怎么吃?”“不要怕乱，就像煎中药，十几味药二十几味药丢进去一块煎，药性才能发挥出来。”）都像烙印一样打进了观众的脑子里。

由此看来，林彪的银幕形象的成功较之以往历史人物的塑造，确实有了新的突破，为我们提供了一种新质。他给人的启示在哪里呢？依我看来，关键的问题就在于林彪的特殊性帮助我们的编导们彻底打掉了概念化的枷锁——不是从“正面”、“反面”、“正确”、“错误”等等先入为主的概念出发去接近人物，而是从活生生的“这一个”人出发，去触摸人的状态和性格。我们试比较一下，诸多历史人物的银幕形象是不是多少还有些罩在“正面”或“反面”的光影之下不能完全脱颖出来呢？至少比起这些人物的“真身”来还缺乏一些性格的立体感、纵深感和鲜活感呢？这样讲也许比较苛刻，但认真严肃地研究《大决战》乃至其他战争巨片人物塑造上的得失，对于我们整个的电影创作甚至文学创作都将具有重要的意义和价值。事实上，即便像《大决战》这样成功的作品，在刻画人物方面仍然留下了不少值得商榷的余地。比如次要人物众多，结果平均着力，本想突出一个群体，效果可能适得其反，人物走马灯一样过去了，出了影院就让人恍若梦境；有的人物性格刚闪出点火花，秋波那一转也就不见了下文。至于在主要人物内涵的挖掘上，更是大有潜力。这里就不一一讨论了。

三

几年前我在那篇《门外影谈》中就曾说过，模式就是艺术的外化形式，任何一件艺术佳作都是一个独特的模式，没有模式也就没有了艺术。我们反对的是“模式化”而不是模式。同时，无论何种新的艺术模式的诞生，又都是从已有模式的借鉴、学习、扬弃、仿效中脱胎而来的。仿效与创新的区别仅仅在于前者是一种更深刻的模仿。就“史诗”来讲，从荷马的《伊利亚特》、《奥德赛》到托尔斯泰的《战争与和平》，肖洛霍夫的《静静的顿河》等；就战争电影巨片来讲，从《最长的一日》、《解放》、《莫斯科保卫战》到《现代启示录》、《野战排》、《猎鹿人》、《生于七月四日》、《血战台儿庄》、《巍巍昆仑》等，我们都可以清晰地看到这种“模式”的演变、丰富和发展，或者说后者对前者的一种继承、仿效与创新。《大决战》正是一部成功地学习与汲取了以往的战争巨片模式，同时又在内涵与外延上都生发与补充了许多新质，从而创造了一种崭新而又独特的战争巨片模式的电影史诗。

在表现形式上，《大决战》显然继承了《最长的一日》、《莫斯科保卫战》一类“模式”的多层次、多纵深的全景架构和力争还原战争真实的写实手法，以及强化视听艺术的独特效果等。这首先就保证了与气势恢宏的三大战役相匹敌的一种大气磅礴的结构，纵的从双方最高统帅部到最前线的一条战壕，一个班，一个士兵；横的北到锦州南到徐州，数百万平方公里上双方态势全部统摄于镜头的鸟瞰之中，千头万绪，千军万马，险象环生，风云际会，处理得大气而又缜密，繁复而又清晰。写实风格使一些重点战斗（如配水池激战，塔山、黑山苦战，双堆集、碾庄恶战等）场景异常逼真，无不以其惨烈和壮观震慑人心。声画效果的渲染在《淮海战役》中那一排排盖着白布的烈士遗体和那裂帛碎玉般撕白布的声音的同步配合上，达到了无以复加的程度。

同时，《大决战》的独特模式又打着鲜明的中国印记，贯注一种强烈的民族艺术的风骨和气魄。《最长的一日》、《莫斯科保卫战》等，不管在拍摄时同时使用了多少架摄影机，场面多么巨大壮观，但它们采用的整体透视方法基本上是西方油画的“定点透视”。《大决战》的整体透视法则是中西合璧，更多地加上了中国国画的“散点透视”。诺曼底登陆也罢，莫斯科保卫战也罢，其事件发生地域多是一城一地。而三大战役则是在东北、华北、华中数百万平方公里的土地上展开，整体上采用“散点”透视，东西南北，平面展开，恰好达到了“嘈嘈切切错杂弹，大珠小珠落玉盘”的交响效果。此外，构图上借鉴中国画的“以白计墨”、大象无形、“以少少许胜多多许”等具体技法而创造出的精妙画面就不胜枚举了。

《大决战》在叙事方法上，还可看出中国古典小说的蛛丝马迹。譬如

《三国演义》——要写赤壁之火先写新野之火：赤壁大战千钧一发，还要腾出手来又写草船借箭的机巧，又写蒋干盗书的计谋，还要写“既生瑜何生亮”的叹息；眼看曹操就要走投无路，死到临头，偏偏关云长又来一个“捉放曹”。真是一唱三叹，跌宕起伏。《辽沈战役》中东北蒋军危在旦夕，这边卫立煌却与妻共读相册，宋美龄还专程赶去为蒋介石过生日；淮海大战一触即发，那边毛泽东打靶剃了“光头”……诸如此类忙里偷闲的笔致都是深得“三国”遗韵。

总之，《大决战》不仅仅以它罕见的长度（三部六集）向世界级战争巨片发起了冲击，而且确确实实以它反映中国历史伟大进程的深度和广度，以它艺术表现形式的壮美和精美，将中国战争巨片的探索作了一次大幅度的推进。

1991 年 10 月 17 日灯下于京西黑白斋

（载《八一电影》1992 年第 1 期）

新军旅作家“三剑客”

——莫言、周涛、朱苏进平行比较论纲

引言：我与“三剑客”

1982年，《高山下的花环》以其黄钟大吕的音响报道了新军旅文学最早的潮汛，同时也昭告着一代军旅文学新人的迅速崛起。旋即，这批年轻的军旅文学弄潮儿和老一辈军旅作家一起开始向新时期文学大潮集团“冲浪”。一时间，军旅文学大纛下战将如云，捷报频飞。

整整十年过去了。

而今，军旅文坛虽然并未偃旗息鼓，但也早已没有了往日的红火闹猛；它和整个新时期文学一样，都渐由凌厉浮躁转向了沉静平和。当初那支大呼猛进的文学新军也由一个大致整齐的“方阵”而拉成了一条“散兵线”。就像马拉松长跑进入了艰苦相持的中程阶段，少数真正具有潜力和素质的顶尖选手脱颖而出，成了一马当先的佼佼者。而在这中间，莫言、周涛、朱苏进无疑是最为人瞩目的三位翘楚。

我称莫言、周涛、朱苏进为“新军旅作家三剑客”。

“三剑客”中，或如朱苏进以“耐力”见长，起步稳健，均速行进，占据了前锋位置就当仁不让；或像周涛以“后劲”取胜，逐渐加速，后发制人，后来而居上；或者干脆就像莫言以“爆发力”而得逞，突如其来有似天马行空，留下一道奔影绝尘而去而让人难望其项背。如果说莫言的方式是不怕热闹，越热闹越刺激，越刺激越来劲，于百舸争流大潮奔涌中水涨而“船”高的话，那么朱、周的方式则是耐得住寂寞，愈寂寞愈自信，愈自信愈沉着，在几经潮涨潮落之后水落而“石”出……总之，各有各的绝招，却都以独特的艺术才华和创作实绩先后跃上了新时期军旅文学的巅峰，并且毫无愧色地步入了当代中国优秀作家的行列，为新时期文学的繁荣做出了不可替代的贡献。而且，他们三人的创作又

非常巧合地涵盖了几种最主要的文学样式：小说、散文和诗歌。或者再扩大一点视界，从大文化的角度看，他们三人也各有其典型性：莫言是一个乡村生活的新浪漫主义者；朱苏进则是新型军官阶层理想的代言人；而周涛呢，他可说是马背民族与汉民族双重文化背景熏陶出来的歌手。因此，选定他们三位进行一番平行展开式的比较研究，做一点传记和心理批评，探讨一下他们的创作道路、个性及风格，客观公允地评价其过去，心平气和地分析其现状，实事求是地指出各自的优长和局限，其意义恐怕就不拘囿于“三剑客”本身或者青年军旅作家群体乃至一般军旅文学运动的范畴了。

当然，我之所以比较自信地敢来评说他们三位，还有一个私下的原因，即作为朋友，我对他们都比较熟悉——我和朱苏进同为原福州军区的炮兵，相识有近二十年的历史；莫言成名前后，我们同窗两年，也可算得是朝夕相处了；与周涛见面最晚（1986年），却也是气味相投，一拍即合，倾盖如故，相见恨迟——“熟知”就带来了解和关注，睹其文思其人，见其人想其文，互为观照和印证，就有可能做到像古人所说的“知人论世”。譬如，据我观察，这三位的个性都是卓尔不群而又迥然有异，周涛是直率狂放，朱苏进是孤傲矜持，莫言则奇诡莫测……

举一个小例子。

约五年前，当我最初认定“三剑客”时，有一次亲口把这个看法告诉了周涛。他听完之后，立马眼放精光，郑重地伸出一根手指，在我的鼻尖上方一点一顿地说——“我非常赞成你这个看法！”当即令我心中大呼：“除了周涛，谁能这样？若不这样，又怎是周涛?!”

我没有就“三剑客”问题和莫言、朱苏进交换过看法。但这并不妨碍我推测一下他们的“即兴反应”——

莫言可能会撇一撇嘴，撇下两个字：“狗屎！”

朱苏进则有两种可能，或者矜持地笑而不语，或者舌尖轻轻一弹，吐出一个反问：“是吗?”

——是吗？信不信由你。

但是，你却尽可以据此回忆一下你所认识的“三剑客”其人，或者你所曾读过的“三剑客”其文和那字里行间蹿动着的那一股子“精气神”。

现在我想的是，面对这样的“三剑客”，我们的讨论有没有可能变成一件既富于意义而又不乏情趣的事情呢？

试试看吧。

一 “三剑客”文学创作的意义与影响

朱苏进：在绿色王国里金鸡独唱

朱苏进是幸运的。他 1973 年开始发表作品（时年二十岁），与年长他七岁的周涛同时，比小他两岁的莫言早了十年。而他二十四岁便成了专业作家这一点，即便是在全军范围内也无人可比。虽然差不多过了十年他才写出真正让文坛认可的成名作《射天狼》，但他此前阶段几乎全部的练笔之作都得以顺利发表（其中还包括人民文学出版社出版的两部长篇《惩罚》和《在一个夏令营里》），无疑是激发他创作热情的助燃剂，不仅一次又一次地强化了他的文学自信心，而且客观上把他推向了即将到来的新时期军旅文学运动的最佳起跑线。

1982 年，《射天狼》的发表和在当年度的全国中篇小说评选中得奖的意义是双重的。对朱苏进个人来说，这是一部转捩之作，它一方面挣脱了以往深重的政治文学的阴影，显得清俊而脱俗；另一方面开始显露了作家的个性，显示出一种冷峻凝重的“铁蒺藜”式的审美风范。而对新时期之初的整个军旅文学运动来说，这也是一部扛鼎之作，它不仅和《西线轶事》、《高山下的花环》鼎足而立，使军旅文学蔚成气候，更具意义的是，它无意中以独到的题材选择开辟了一条反映当代和平时期军营生活的重要战线，与由《西线轶事》和《花环》开辟的当代战争（南线）的另一重要战线成犄角之势，共同形成了新时期军旅文学运动的最初格局。因为《射天狼》，朱苏进和李存葆成为此一阶段青年军旅作家群中的双璧。

朱苏进没有辜负军旅生活和军旅文学对他的厚爱与滋养。他和梦绕魂牵于北中国那片汪洋血海般的红高粱的莫言不一样，他和纵马啸吟于大西北长天阔地中的周涛也不一样，他将展示自己全部才情的舞台牢牢限定在脚下这方绿色的军营之中，他决心就在这里打一口“深井”。狭义地讲，他是最“正宗”的一位军旅文学作家。继《射天狼》之后，他基本上以每年一部的速度连续推出中篇小说《引而不发》（1983 年）、《凝

眸》（1984 年）、《战后就结婚》（1986 年）、《第三只眼》（1986 年）、《欲飞》（1987 年）、《绝望中诞生》（1989 年）、《金色叶片》（1990 年）和长篇《炮群》（1991 年）。作品数量虽然不多，甚至可以说很少，但这恰恰说明了朱苏进创作态度的严肃和审慎。他作品的少而精向来就有很好的口碑，在军中被视为这一方面的楷模，常与张承志、阿城等少数几位极为严谨的作家一道被人谈论。80 年代中，他的几部主要作品几乎是一篇一个水准，一部一个台阶，以一种毫不含糊的征兆和十分显见的幅度不断地迈向更加雄阔和深邃的艺术大境界（《炮群》开笔于 1989 年，完成于 1990 年，亦可视为其 80 年代创作的一个总结。进入 90 年代以后，他的小说发生了一些比较新鲜而复杂的变化，这一点我留待最后来谈）。而且，朱苏进的“迈进”主要不表现在形式结构的探索或技术操作的更新等方面，即便在小说文体革命最具轰动效应的 80 年代中期，他仍然毫不动摇地孜孜矻矻于当代军人内涵的表现与挖掘；从最初提出当代和平军人的理想设计与现实失落、无私奉献与自我价值等一系列军人的职业矛盾，到经由这样的层面突进和逼近人的本体、人性的内核以及人的根本的生存困境等哲学思考，最终又超越了军人职业，超越了社会政治、文化的一般价值判断，从而不断走向开阔和永恒。就此而言，朱苏进实在是军队作家中不可多得的一位思想者。在关于和平时期职业军人命题的形而上思考方面，几乎无人能与他比肩。因此，他的每一部新作问世都标志着一个新的高度，或者说都给出了一个新的思想，供不少军中写手去吞噬、去消化。而要突破这个标高，又往往只能期待他本人来完成了。

与朱苏进在“形而上”（提炼思想）方面达到的高度成正比的是，他在“形而下”（还原生活）方面所取得的深度完全与之相当。也就是说，以他天生的军人气质、血缘，对军人职业的酷爱和七年扎扎实实的连队炮兵的生命体验，他可以毫不做作毫不费力地写出枪炮的脉搏和呼吸，他的笔尖自然流淌出来的就是军人的劲道、气韵和风骨。而要把这一切做得同样漂亮，舍朱苏进其谁?“形而下”的深度升华支撑了“形而上”的高度，而“形而上”的高度又反过来照亮和推进了“形而下”的深度，二者在两个方向上拉开的距离越大，由此形成的艺术场所产生的张力就越强。朱苏进就是立足于这样一个极富磁性的艺术场之中央，在当代和平时期军人生活的绿色王国里做着“金鸡独唱”式的小说操练表演。

说他“金鸡独唱”也并不是说在这个领域中没有别的声音，而是说由于他的声音特别高亢、嘹亮、尖锐而富有穿透力；也并不是没有人想仿效这种声音，但这种声音实在是太难以仿效了。在军旅文坛上，从来关于朱苏进的议论、讨论和争论难道还少吗？大家对他的兴趣由此可见一斑。然而，又有几人能得其精髓甚至得其皮毛呢？名家都是善于仿效的，但名家并不都是适合被仿效的。朱苏进就难以被仿效（相比较而言，莫言倒是一个更易于被仿效的对象）。朱苏进难以被仿效的原因之一就在于他的深刻（关于他“深刻”的成因，我将在下一节展开分析）。他对中国当代和平时期职业军人的体验、把握与理想传达的深度，甚至都影响了他的作品被接受和认可的广度。也就是说那些缺乏军旅生活磨炼的非军人和不抱职业军人理想的普通军人，要完全进入朱苏进的世界必须是有一个过程的。现实地看，朱苏进笔下的军人世界也许是太超前了，太过于个人化和理想化了；但是审美地看，它又是极其典型化和风格化的。朱苏进的军旅文学世界创造是一粒“缓释胶囊”，它的药性和力量将会随着时间的推移长久地渐渐地释放出来。

周涛：神山中放飞的稀世之鸟

《稀世之鸟》是周涛1990年出版、1992年获全国大奖的那部散文集的书名，但用它来比喻周涛的整个散文创作却更为恰切——周涛的散文就是一只翱翔并雄视当今中国散文世界的珍奇的大鸟。这只鸟既来自西部边陲那些银光闪烁充满神性和神喻的“神山”，也来自以《神山》为代表的周涛的全部诗歌创造。“稀世之鸟”是站在“神山”的峰巅上起飞的，它因了“神山”的托举和映衬才飞得如此高远，也显得更加“稀世”。

今天我们来谈周涛，当然主要应该谈周涛的散文，但是谈周涛的散文又不能不先谈周涛的诗歌，而且这样来谈丝毫不含有轻视周涛诗歌的意味。相反，我高度评价周涛对“新边塞诗”尤其是对新军旅诗的重要贡献。《神山》获1984年全国优秀诗集奖，既为新军旅诗在新时期诗歌格局中争得了一席位置，同时也奠定了周涛作为继李瑛之后对青年军旅诗人产生广泛影响的承前启后的显赫地位。但是，即便我们如此充分地估计诗人周涛的意义，顶多也还只能说他是西北重镇或军旅干城，而放置于整个新诗潮运动中加以考察，他显然还难以进入最具影响力的个位数行列，只能跻身于二位数的队伍。究其主要原因大致有二：一是他精神上的超然与飘逸使他不大善于敏感、深刻而强烈地反映出某种时代情绪。通观他的诗作，几乎没有一首能像北岛（如《墓志铭》）、江河（如《纪念碑》）、舒婷（如《致橡树》）、杨炼（如《诺日朗》）甚至包括杨牧（如《我是青年》）们的一些名篇那样激荡出浩大的反响和共鸣而成为众口相传的代表作。二是他骨子里的散漫与闲适使他疏懒于诗歌形式的创新，或者说比较缺乏形式创造的激情，以至于在这方面表现中平，既不如同时的顾城、杨炼等人，更不如稍后的后新诗潮先锋们，甚至也不会像比他年长的昌耀那样能将现代诗艺与古典诗风熔于一炉而自成一格。而以上两点要求又恰是新诗潮运动得以腾飞的双翼，同时也反映了诗歌本质精神的或一侧面——前者凸出了诗歌内容的现实精神，后者则强调了诗歌艺术的先锋精神。周涛在这两个方面的局限性毫无疑问地成为启发和驱动他此后旋即转向散文创作的潜在因素和反动力。

还有，到了80年代中期，周涛诗歌艺术的生长与发展已经遇到了一种显在的来自自身的挑战。譬如，他的擅长哲思且精于将这种哲思提炼成格言式的警句并以此来统摄照亮全篇的思路开始成为一种模式。如何打破既定模式开创新局面？或者说如何将那些哲思警句化解成一串意象、一片意境，使之景境交溶、情理互渗，在具象中自然升腾起抽象，让人只觉其美而不觉其理，受其警示而不见警句，从而进入那种羚羊挂角不落言荃的大美境界？诸如此类的问题像悄然蔓延的青藤爬满周涛的大脑，交织成一个网络，纠缠出一片困惑，使周涛对自己诗艺的前景陷入了从未有过的几许茫然。

（值得一提的是，周涛1984年深入云南前线并以此为体验创作的两千行长诗《山岳山岳，丛林丛林》，实际上是对以上挑战所做出的试验性回答。它的部分新鲜的尝试和成功的探索所散发的光芒被不完整的发表所肢解和阉割。该诗未能得到应有的反响。周涛因此极不甘心却又无可奈何并且抱有隐隐的期待，只能用它为自己十几年的诗歌道路画下了一个沉重的句号和一个深长的问号。）

关于周涛由诗而散文的变化发展，如下的两种看法亦可拿来作为对我以上分析的某种补充：

其一，“他从诗走向散文，并不是做诗失败另谋生路，而是一条过于凶猛的河流漫出了河道，是生命力膨胀使然。”（朱苏进：《自然之子的痴笑》）。

其二，“周涛在这些散文的创作过程中，也因为心灵的放松而使内在生命接近了自由状态。”（章德益：《〈稀世之鸟〉·序》）

表面看来，这两种意见有些相悖：前者说的是周涛胀破了自己，后者说的是周涛回到了自己。究其实，这种表层的相悖恰好构成了深层的相谐；或者说，它们讲的是一个问题的两个方面——胀破的是周涛用十几年心血为自己锻造的诗歌的盔甲（形式），回到的是周涛散漫闲适飘逸不羁的天性（精神）。这恰好印证了我前面的两点分析，也即是说，他在诗歌创作中的两点局限因为样式的转换颇有了一些“化腐朽为神奇”的意味——局限恰恰有可能变为优长——散文所需要的那种冲淡平和、闲适超然的处世态度和那种拒斥工整对仗反对节奏旋律的自由散漫的文体品格都是更适合于周涛的。干脆反过来说，周涛在本质上是更属于散文的。周涛在诗歌大河上十几年的漂流似乎就是为了一个目的：把自己送到散文的入海口。

散文家周涛比诗人周涛更雄放也更俊美，更精微也更大气，更自信也更自然，因此也更具诗人的气质、魅力与品格。因为，他的散文是更加广义的别一形态的真正的诗。不信请读一读《哈拉沙尔随笔》，读一读《蠕动的屋脊》，读一读《板坂村》、《吉木萨尔纪事》、《伊犁秋天的札记》和《游牧长城》……

可以毫不夸张地在这些散文面前冠之以一个“大”字。这确实是一些大散文。我之所以称它们为大散文，决不仅仅因为其中那一部分全景式的篇幅浩大格局恢宏的巨轴般的长篇大制（如上所列诸篇，均在万字以上，有的竟长达十万字）——尽管这是一个重要原因，但不是唯一的。在大西北的巨川广漠间舒展开的关于自然、历史与人的博大主题的磅礴的吐纳和深邃的思索，固然容易直接给人以大气魄、大襟抱、大手笔之震撼。在另外一些精短篇什中，通过对一马（《巩乃斯的马》）、一鹰（《猛禽》）、一猫（《猫事》）、一鸟（《稀世之鸟》）的细微状绘和深情咏叹，同样传达出了诗人的真性情和大爱心，传达出了诗人在这些充满灵性的动物身上所灌注的关于人类自身的透辟认识和深切关爱。它们和前者形成一种互补和同构，共同生成了周涛散文世界的大气象和大境界。简单说来，周涛散文的最大特点就是一个“大”字，它以气势沉雄、意蕴高远、笔力强健而汇成一股语言的隆隆的雷鸣，挟带着西北的天风滚滚而来，一扫当今散文界那些花前月下的虫鸣蛙唱、那些连标点都在叹息的无病呻吟、那些捏着鼻子发声的拿腔拿调，而使人如闻天籁，振聋发聩。

这些大散文具有两个向度上的意义：从共时性的角度看，它把周涛推上了当代散文革命的前沿；而从历时性的角度看，周涛又用它发出了散文换代的先声。它和“十七年”以刘白羽、杨朔、秦牧模式为代表的当代散文传统的深刻决裂是显而易见的，但它又不是“五四”以来现代散文传统的简单继承和仿效——它不是儒雅闲适的周作人式的小品，也不是妙趣横生的林语堂式的议论；不是丝丝入扣的胡适式的说理，也不是匕首投枪般的鲁迅式的杂文；不是景境俱佳的朱自清式的美文，也不是言近旨远的许地山式的寓言；不是郁达夫、徐志摩宣泄无遗的抒情，也不是夏丏尊、丰子恺精简传神的记述……它也许受过诸多前辈的浸润和熏染，它也许分门别类地看都不如上述诸大家，但它却是它自己，它的大气磅礴是独特的，并以此在当代散文中别开生面，也以此和贾平凹、余秋雨、张承志、马丽华等中青年散文家的创造一起排列出新时期散文世界的最新风景线。

在近十年的散文新锐中，周涛雄强的声音仍然是独一无二的。比较而言，对于传统中国文化的承袭与领悟，他可能不如贾平凹那样既深得古代散文和笔记小品的笔致，又渗透佛道易经的精神，写来行文晓畅而意蕴含蓄，古朴雅纯而情趣天然，一派空灵宁静的文人风度；而对于现代人文精神的把捉与传达，他可能又不如叶梦那样以西方现代哲学观念和艺术技巧为思想武器和表现方式，将一个女性从少女走入青春期的骚动的生命体验表达得如此大胆而神秘、犀利而真实，俨然一副当代青年个性解放的先锋姿态。但是，周涛的位置也许恰恰就被界定在这二者之间，就在传统与先锋之间。他尽管也超脱，但比之于贾平凹的过于淡泊却具有更积极的入世精神；他尽管也崇尚历史，但比之于贾平凹的古雅情调又更多了一份开放的现代意识。然而，和叶梦们比较，周涛又是更加中国的和更加古典的。尽管他也以哲思见长，但却不是西化的逻辑分析与推理，而是中国式的生命感知与直觉把握；尽管他也张扬个性，但却少了一份当代青年自我解剖与袒露时的那份了无障碍的轻快与洒脱。总之，周涛散文的全部倾诉就是一个当代智识者人到中年时那份沉甸甸的人生体验的传达、人生领悟的抒发和人生智慧的升华。他是文化积累与发展的历史链条中的一环，他连接在传统与现代之间，他被磨砺被撞击时所发出的声响就是他的散文。他的声音因此粗犷而凝重——在如此深长的文化的社会的和历史的大背景下考察，我更有理由做出判断：《稀世之鸟》[1] 无疑是建国四十多年来最优秀的散文集之一。

然而令我大惑不解的是，面对周涛散文这样一个赫然醒目的现象，当今散文界乃至整个文坛所表现得十分迟钝与麻木。我曾不止一次地向散文家朋友力荐周涛，可竟然听到过这样的反问："周涛还写散文吗?"如果说这有可能事出偶然，那么在众多的散文月刊、选刊和选本中，周涛的名字也向来难得一见。更有甚者，在我刚刚浏览过的《文学评论》、《当代作家评论》、《福建文学》和《当代文学研究》等刊物近年发表的关于新时期散文综述、研究和评论的近二十篇文章中，除了有一篇提了一下周涛外，都一律"省略"周涛，哪怕有的不惜篇幅开出了一个数十甚至上百人的散文家名单。

我不能不由此想起所谓"观念"问题。我们整天价叫嚷散文观念的开放、突破、更新，呼唤大气的有创意的新的散文，可一旦当这种散文像大鸟一样飞临我们的上空时，我们却视而不见了。这是不是有点"叶公好龙"的味道?或者说在我们仰天期望大鸟的时候，内心里其实还在留恋人们早已看惯了的笼子里的画眉和金丝雀。要真正接受一个新观念看来并不容易。手头就有一个小例子——1992 年第 2 期《中国作家》隆重推出了周涛数万字的长篇散文《游牧长城》，这本来是一个颇具卓见和气魄之举，可又偏偏要把它塞进"纪实文学"之栏目而不愿标以散文，实在煞了风景。

因此，我觉得迄今为止，中国文坛只认识了诗人周涛，还没有完全认识一个其实是更优秀的散文家周涛。在适当的时候，我想有必要专门再写一篇文章，题目就叫"认识周涛"。

莫言：爆炸在 1985

相比较周涛、朱苏进，莫言更年轻，起步也更晚，成名也更晚。但他的成名方式是"爆炸"型的，他以强大的爆发力在 1985 年竞相攀登文

---

① 解放军文艺出版社 1990 年 6 月版。

学高峰的拥挤山道上突然蹦了个高，一下子就冲上了制高点。他几乎是在一夜之间，漫不经心地就撼动了整个文坛。

《透明的红萝卜》在1985年第1期《中国作家》发表时还悄无声息，并没有引起什么轰动效应，但它在“圈子”里却顷刻间不胫而走，为李陀、阿城等诸多有识之士所津津乐道，并被视为一个重要作家诞生的重要信号。年底，张洁在联邦德国答记者问时郑重而欣喜地宣布：如果说1985年的中国文坛发生了什么大事的话，那就是出现了莫言！

支撑张洁这一判断的当然不止是一个《红萝卜》。继此之后，莫言连续推出了《金发婴儿》、《球状闪电》、《秋千架》、《枯河》等一批中短篇佳作。在这一系列农村题材作品中，他坚持以冷峻严谨的现实主义为基调，以宏阔丰厚的民族文化为背景，糅合点染外域现代小说艺术的多种色彩，狂放不羁地为中国农民写意抒怀，向人们提供了一幅北中国农村生活的内容丰繁厚重、形式新颖斑驳的立体画轴，使他在1985年的小说新潮中异军突起，标领风骚。他于同年第12期《人民文学》上发表的中篇小说的题目就极富寓意——《爆炸》——既为1985年出现的莫言现象做了一个总结性的命名，又为1986年即将到来的莫言高潮做了一个谶语式的预言。

1986年对于中国当代小说来说，无疑是一个和1985年具有同等分量的重要年份。它的重要性不仅表现为一批优秀小说成果的持续丰收，更表现为对传统小说策略的深入反叛和颠覆。《红高粱》就是这场小说革命深入发展中一枚瓜熟蒂落的硕果。尽管就我个人的喜好而言，无论过去还是今天，我都更加珍爱《红萝卜》、《秋千架》里的那一分清新纯朴和自然天成，但是我仍然清醒地看到，《红高粱》才是更重要的。《红高粱》具有多重的意义。一方面，以《红高粱》为发端，标志着历史战争题材的新的战线的开辟，直接引诱了一批没有战争经历的青年军旅作家写出自己“心中的战争”（如乔良的《灵旗》，苗长水的“沂蒙山系列”，张廷竹的“国民党抗战系列”），并以此和“当代战争（南线）战线”、“当代和平军人战线”鼎足而三，最终形成了新时期军旅文学的基本格局和全面繁荣。另一方面，《红高粱》以当代意识和审美理想之光烛照历史，通过对生命伟力的张扬和对民族精神的呼唤，为今天我们重铸民族性格提供了一种参照。这种对民族历史母题重新开掘与处理所产生的积极影响，远远超越了军旅文学的既定范畴。还有一点也许更现实也更“有用”，即从小说的纯技术角度看，《红高粱》的出现适时地为开始有些疲惫的小说革命运动注入了一针兴奋剂，使之焕发出了新的活力。这不单单是说《红高粱》找到了一个传奇故事、地域文化与外来技巧三结合的成功范式，而更在于莫言在这个范式中将他此前作品里已初露端倪的“灵活多变的叙述方式、随意开放的结构方式、披头散发的语言方式、奇异超人的感觉方式”做了一次非常极端然而又十分和谐的集中展示。或者反过来说，正是由于《红高粱》才使莫言的小说风格更极端化从而也更个性化了，《红高粱》将莫言塑造成了一位凌厉狂怪的小说革命的前锋。这位前锋对中国小说界造成的震荡与冲击是严重而深刻的，他在《红高粱》里所贡献出来的崭新的审美经验对当时的读者和作家们来说都有“挡不住的诱惑”，以致一时间很少有人能完全抗拒莫言或不谈论莫言。

当然，再换一角度看，1986 年的中国文坛正迎着八面来风，各种外域现代小说艺术之风把我们已经紊乱的“风向标”吹得旋如转篷，不少小说家因此心慌意乱心无定数而随风飘荡。当此之际，莫言既得风气之先而又毫不动摇地坚持“根本”，敏锐及时地将外域现代小说艺术与民族本土文化做了一个巧妙的沟通和“嫁接”。所以，更恰切地说，莫言只不过是适逢其时地起到了一个中介或桥梁的作用。他成功在此，贡献在此，影响亦在此。譬如他对福克纳铺排恣肆执着纠缠的语言文体的领悟，用现代意识与技巧处理乡土题材的“邮票”意识的移植，对博尔赫斯幻象形式下超验性体验方式的把捉，对西蒙崇尚的生命感觉（或曰生理感觉如视觉、听觉、触觉、味觉、嗅觉以及“通觉”）的张扬，对马尔克斯充满魔幻色彩的颓败家族历史主题的追寻等，都为他的同行们提供了有益的借鉴。再说得具体一点，甚至可以这么认为，正是因了莫言对“感觉”夸张变形的极致运用，才启迪了一大批中国作家，打开了他们钝化已久的新鲜陌生的感官世界，进而丰富了他们对外部世界和人类自身的感知方式与审美方式。但是，天才的仿效可以化为神奇的创造，拙劣的摹仿却永远只能是东施效颦。从这个意义上讲，莫言骤然间散发出来的奇异强光在照亮一批人的同时也灼伤了一批人（包括莫言的自伤）——“伤”之于对那样一种极端夸张的语言方式、感觉方式甚至是一种公式化的叙述视角（如“我爷爷”、“我奶奶”）的套用和滥用。但无论如何，在整个新时期以来的小说进程中，莫言的冲击力和影响力都是罕有其匹的。我这样的判断等于指出，莫言是新时期军旅作家中的天之骄子，更是新时期小说革命的杰出代表。

二 “三剑客”文学世界的植根与风貌

莫言：高粱地里的精魂

新时期以返，在广阔的乡土题材上用力最勤收获最丰的主要有两类作家，一是所谓“右派”作家，二是所谓“知青”作家。（试想想，从高晓声的“李顺大”、“陈奂生”到贾平凹的《浮躁》、张炜的《古船》，其间其后有多少佳构！）这两类作家不管其时代遭际多么迥异，以及由此所决定的创作的价值取向和审美风范多么不同，但有一点是共同的，他们都熟悉当代中国的农村和农民，原因就是他们都或长或短地当过一段时间的农民。这一个共同点同时也明白无误地告诉我们，他们都仅仅是当过农民，他们原本都还不是农民。他们过去不是农民出身，今天也早已跳出了农民的圈子，和农民拉开了相当的距离。因此，他们对农民的回忆与审视、剖析与塑造，就难免会带上一些“局外人”的视角与眼光。而恰恰是在这一点上，莫言和他们区别开来了。

莫言是农民。（当然，广义而言，中国是一个农业大国，是一个农民的汪洋大海，往谁家上溯三代两代，又有多少人敢说自己不是农民呢？但我这里是就狭义而言。）莫言过去是地道的农民出身，今天仍然和农村保持着血缘的、亲情的、精神的和物质的千丝万缕的联系。从他在一间黑黝黝的土炕上呱呱坠地，到他“满脑袋顶着高粱花子”步入现代军营，其间整整二十年光阴，他在山东高密东北乡那无际无涯的高粱地里嬉耍长大，耕作与收获（他小学五年级辍学开始习农）。这是一份沉重的人生履历，也是一笔丰厚的文学矿藏。仅以此而论，莫言在当今一大批来自土地又跳出土地最后再去返观土地的“乡土作家”（不仅仅是“右派”和“知青”两类）中也显得是富有而独特的。他不是在高粱丛中采花酿蜜的蝶和蜂，也不是在高粱地里孵过一两窝蛋的候鸟；他就是一棵高粱，是从那块土地中长出来的，他就是一粒土坷垃，和那片土地融为一体。或者干脆说，他就是受孕于那块高粱地的日精月华风霜雨露孕育而成的一个精灵、一缕游魂。他生长于斯，飘荡于斯，吟唱于斯。对于发生在这土地上的一切的一切，他都“如鱼饮水，冷暖自知”。他的全部的歌唱就是这块土地全部的苦难、光荣与梦想。

如果从文化承传的角度看，这块高粱地对莫言的精神影响甚至可以说是先定的。这主要指的是“非典籍文化”（非文字文化）的浸润，是北中国那块特定地域所独具的乡风乡情、自然景观、人文景观、民间艺术、神鬼传说、生产方式和生产景况等共同组构的文化背景所形成的定向遗传。也就是说，那儿的一山一水、一草一木、一个传说、一首民谣、一窗剪纸、一台村戏、一声号子、一缕炊烟、一点鬼火、一头牛犊、一条猎狗……都与当地的历史、人生具有某种别样的关联，它总是精心地保留着恒久的以往，并始终不渝地培植着未来，对这方水土上的人们像“润物细无声”的春雨般年复一年地进行着文化的浸淫与渗透。莫言作为一个受动体，还远在他成为作家之前就开始承受着这种文化的潜移默化，这是一种深入骨髓的领悟，一种天人合一的“胎教”，一种艺术创造的超前训练。他日后的文学母题、风格、情调和景观的形成与凸显，都不过是那种深长的文化积淀的外化罢了。“汪洋血海般的红高粱”和那“苦涩微甘的薄荷气息”浸透了莫言的灵魂，它们总有一天会在莫言的眼前辉煌起来，从莫言的心灵中荡漾出来，而成为莫言艺术世界一种悠长的情调和氛围。莫言深爱着这片土地，无论它是美丽还是丑陋、辉煌抑或暗淡。这是莫言文化的根之所在、艺术的魂之所系。明乎此，我们也就不难解释，为什么在1985年蜂拥而至的外域小说大师中，莫言特别地对福克纳和马尔克斯这两位“小老头”情有独钟？——福克纳的“邮票说”对莫言的启迪是显而易见的，而福克纳的“约克纳帕塔法县”和马尔克斯的“马孔多小镇”对莫言营造“高密东北乡”的参照意义同样是不言而喻的。① 从这个意义上说，莫言拥有这样一块饱藏了独特文化意蕴的“高粱地”是上苍对他的恩赐。

莫言是幸运的。

---

① 山东高密处于胶州半岛，乃为古齐之地。齐文化与浪漫奇诡的楚文化同源，古齐多有好出“奇”制胜的兵家，后来又出了雅爱神怪的清人蒲松龄，说明这是一块充满了奇思怪想的文化沃土，民间的“文化”（神鬼文化）十分发达（可参见张志忠：《莫言论》第1章；莫言：《草鞋窨子》）。由此可说莫言的奇诡狂怪乃由来有因；由此也可部分地解释莫言与诸多以厚重质朴见长的其他山东乃至北方作家的不同；由此更可看到莫言与魔幻大师马尔克斯在文化精神上心有灵犀的原因。

莫言又是不幸的。

说他幸运，是说他作为数千年来中国农民文化（即乡土文化，主要是"非典籍文化"）的天然产儿，因了高密东北乡那块高粱地的摇篮的滋养而发育得特别地健壮。说他不幸，则是说他作为当代中国农民的一分子，其现实生存景况的窘迫和艰难给他童少年的心灵烙下了无数痛苦的印记。莫言出生的50年代后期，刚刚从封建制度下解放出来的中国农村又陷入了政治风浪的颠簸，从"大跃进"、人民公社到批"三自一包"、割"资本主义尾巴"直至"三查"、"四清"搞"文化大革命"，农民在政治上反复被愚弄，经济上不断被剥夺，发家致富的梦想终成泡影。在这种情势下成长起来的莫言自然难逃厄运。还在少年时期，他就遍尝各种野菜，未及成年便参加繁重的体力劳动。其间种种惨痛的经历在他早期作品（如《枯河》、《秋千架》、《筑路》、《透明的红萝卜》）中都有着最真切的表述。

如果说物质的匮乏和肉体的重负对一个生性坚韧的少年来说还堪可承受的话，那么精神的压抑和心灵的折磨对于一个渴望温情与爱抚的孩童就未免显得过于残酷与残忍了。少年莫言的精神压抑仍然有相当一部分来自于政治，来自于他的家庭的上中农成分。在以阶级斗争为纲的年月里，农村里的"上中农"是一个极其微妙又极其危险的阶级成分——你是贫下中农的团结对象，搞好了，你可以向贫下中农靠拢而成为依靠对象；反之，则可能成为打击对象，随时都可以把你升为富农，列入另册。因此，"上中农"都有一种战战兢兢如履薄冰、悬悬乎乎如走钢丝的心态和过于谨小慎微的行为准则。① 莫言的家庭是这样，莫言的父亲就更是如此。② 他持身甚严，家教更苛，约束子女几乎到了"不准（在外面）

---

① 中国农村中的中农阶层始终处在一种"走钢丝"的紧张情态中：解放前是在经济上"紧张"，残酷的弱肉强食使他们不敢稍有懈怠，搞好了可以发家致富成为殷实小康之家（如地主富农），反之则随时可能沦为贫下中农。解放后是在政治上"紧张"，无情的阶级斗争搞得他们风声鹤唳，情形如文中所述。有趣的是，此时的贫下中农和地主富农的地位对比完全调了个个儿（主要是在政治生活方面），过去的主人成了奴隶，奴隶则当了主人。这种"紧张"所造成的"中农意识"或"中农心态"是中国农村社会中值得研究的一个课题。它在莫言身上也有鲜明的体现。

② 莫言父亲粗通文墨，其传统儒教和现实政治合铸成了他修身治家的信条。莫言最引以为荣的就是他父亲当过二十余年大队会计，未贪污过一分钱，并常以此调侃道：我敢说我父亲是中国农村第一清廉会计。

乱说乱动”的程度。莫言自称幼时生性活泼，好说好动。这与他成年后寡言少语内向阴沉的个性之间有着多么遥远的距离呵。塑造或改变一个人的性格的因素固然是多方面的，但对莫言来说，上中农成分压抑下的上中农的父亲无疑在无形中压抑和扭曲了他的天性。（而且我揣测，之所以如此，或许是有过现实生活中的沉重教训的。请想一下《枯河》中那个上中农之子小虎破了“家规”去和支书之女小珍玩耍，不慎闯下大祸，最后被迫自杀的惨剧吧。）被这种“左倾”政治所扼杀的当然远不止是一个孩童的童趣和天真，还有人们之间的一种普遍关爱，甚至是亲人之间的一种基本情感。正如《枯河》的结尾所写到的，面对小虎的尸体，“他的父母目光呆滞，犹如鱼类的眼睛……百姓们面如荒凉的沙漠”——“枯河”就是一个象征，象征人间温情的流失乃至干涸。也许比这个题目更具象征意味的还有小虎爬在树上时无意中看到的一个画面：“他看到有一条被汽车轮子辗出了肠子的黄色小狗蹒跚在街上，狗肠子在尘土中拖着，像一条长长的绳索，小狗一声也不叫，心平气和地走着，狗毛上泛起的温暖渐渐远去，黄狗走成黄兔，走成黄鼠，终于走得不见踪影”。一个弱小的生灵就这样无依无助，孤苦伶仃，身罹大难而处变不惊（甚至“也不叫”），视苦痛为平常，视生死若鸿毛。该让我们悲悯它的麻木，还是赞叹它的忍力？作者在这里传达的是又一种“哀其不幸，怒其不争”，还是别无选择之后的无奈的认同？

《枯河》是莫言灰黯的童年记忆的一次艺术显影，也表露了他对特定历史时期中中国农民命运的直觉感知和把握。他以痛苦为起点揭开他沉重的人生的帷幕，他的个体的人生体验的深度决定了他对中国农民命运的把握的深度。如果说以此作为代价来看，这是莫言的幸运，还是他的不幸？

当然，莫言最终是幸运的。这还不是说他终究逃离了土地（并不意味着逃离痛苦），而是从作家生成学和创作发生学的角度来看——“痛苦产生艺术”，或如海明威所言，作家最好的早期训练就是有一个不愉快的童年。也就是说“愤怒出诗人”，“文章憎命达”，“国家不幸诗家幸，话到沧桑句便工”。在一个优秀作家的身上，痛苦和艺术必定会呈现为成正比的能量转换。事实上，莫言无欢少爱的童年记忆和深重的婚姻情感历程就像两个巨大的能量源，不仅催发了他的早期作品如泉喷涌，而且以它凄迷而忧伤的美丽光晕笼罩并照亮了它们。把握住了这两点，也就掌握了解读莫言全部前期作品的两把钥匙。①

更具意义的还在于，皮亚杰的认识发生论原理告诉我们，一个人少儿时期积淀的认识基础将会成为一种心理定势，终生影响和制约他的经验与思维。质言之，莫言在高粱地里二十年的生养劳作实际上已经决定了他此后文学世界的基本格局和气象。这要分三个层次来讲。第一，莫言作为自然之子，通过高粱地这个文化摇篮，毫无保留地拥抱或融入了深沉博大的农业文化，并以此作为自己生生不息的艺术活力之根。第二，莫言作为农民之子，在感同身受了农民的苦难的同时，也全部接受了他们的情感，包括他们的心态、思维、价值判断和行为方式等等，并终生不能割舍，从而使他获得了一个极其独特和宝贵的资格——农民代言人，始终代表农民自身对其历史和现实做出农民式的抒写和评判。第三，莫言作为缪斯之子，他的艺术个性和他的人格个性一样，都是在乡村生活的磨砺中锻打完成的。来自现实生存的压抑造成他性格的双向逆反发展。一是压抑导致自卑，导致自我的龟缩，导致对强大冷酷的外部世界的逃避。（就像《红萝卜》里的黑孩儿努力逃离人世的困扰而一心一意生活在自己的心灵王国里。黑孩儿不啻是少年莫言的自我写照——“一颗天真烂漫而又骚动不安的童心，一副忧郁甚至变态的眼光，寡言而又敏感多情，自卑而又孤僻冷傲，内向而又耽于幻想”）二是压抑导致反抗，导致自我膨胀，导致对道德的文化的现存秩序的英勇的反叛（就像《红高粱》中的“我爷爷”、“我奶奶”敢于蔑视一切人间法规而高扬自由生活的大旗）。两点概括而言，正是：物质的贫困培育了想象的辉煌，精神的压抑爆发为文字的张狂；压迫愈深，反抗愈烈，不平则鸣，一鸣惊人。遂有天马行空的狂气和雄风，遂有汪洋恣肆的文体和语言，遂有惊世骇俗的审丑眼光、渎神精神和叛逆品格——遂有汪洋血海般的红高粱一样辉煌

① 由于多方面的原因，关于莫言的婚姻和他创作之间的联系目前仍然是一个敏感的话题，不便深究。但作为一种现象，我早就注意到了莫言的童年和婚姻就像两个幽灵游荡在他全部的早期作品之中，前者如《枯河》、《秋千架》、《透明的红萝卜》，后者如《金发婴儿》、《球状闪电》、《爆炸》。可参见《几个青年军人的文学思考》，《文学评论》1985 年第 6 期。

瑰丽的莫言小说艺术世界。①

最后再重申一点，本节开头以“右派”和“知青”作家切入乡土的视点比较出莫言的独特，其实把目光再放远大一些（扫瞄新文学迄今全部的乡土作家）就不难发现，像莫言这样从乡土中生长出来而始终保持了农民的情感方式和思维方式的作家仍然是罕见的。他身上当然也包含了农民的局限性（如狭隘的“中农意识”等，我将在后面谈及），但他的意义和价值也许正在这里，他因此给我们提供了一个考察中国农业文化和当代中国农村社会的绝好标本。他对中国乡土小说技术策略的革新也许正在被一些更新进的作家所继续推进和完善（如一些“新写实”小说家），但他对中国农民的生活体验所达到的深度恐怕一时还难以被超越。

周涛：天山来风

虽然任何比喻都是跛脚的，但我在这里却不得不继续借用，因为它多少有利于我将周涛与莫言进行某些对比——

如果说莫言为我们展现了一块凝重的土地，那么周涛则给我们带来了一股飘逸的长风，前者得益于年深月久的淤积，后者则来自不同气流的对撞与交汇；莫言是纯正的农业文化之子，周涛则是文化杂交的“混血儿”，前者是根深叶茂的红高粱，后者则是随风而发的蒲公英……

周涛祖籍山西榆次“坂坡村”，出生于干部家庭，曾在北京度过几年少儿时光，九岁便随全家迁移新疆。像所有在都市度过漂泊不定的童年的人一样，故土的遥不可及所造成的家园感的缥缈与失落是他们的一般特点（譬如普遍不懂得一种“母语”——方言）。周涛也不例外。那么，和莫言相比，周涛的“根”在哪呢？

近四十年客居新疆使周涛很自然地“反客为主”，他由衷地热爱这片土地，认同这片土地，将这片土地指认为自己的精神的归宿，甘愿做这片土地的儿子。他不只一次颇为自豪地自我调侃为“西北胡儿周老涛”。他也曾深情地宣称：“我记不清我最喜欢新疆的哪儿，我在这儿活了三十年以上，对它熟透了，你不能说你对你父母亲更喜欢哪个部分，是鼻子，

① 莫言的文学世界得以建立当然还依赖于一个不可或缺的重要条件，那就是对文学遗产（即所谓“典籍文化”）的承传与借鉴。主要包括他少年嗜书、自修大学课程所打下的古典文学功底和1984年上军艺文学系以后对外域现代小说的广泛涉猎与敏感接受，以及他卓越的文学天赋等。

还是眼睛，爱他们就是了，爱他们的一切，包括缺点和弱点。……它的一切，都和你有了密不可分的联系，都是你生命的一部分，你的家。”①但是，新疆尽管可以是周涛现实的家和精神归依，然而究竟不是连着他祖先血脉的真正的“根”。1986年，当周涛犹犹疑疑地到太行山绉褶深处那个“坂坡村”寻根问祖时，一下子就被一种“根”的神秘力量所击中，(他四岁首次“回家”的种种场景和言行此时都栩栩如生地浮现，眼前不就挺“神”的吗?）浓得化不开的乡风、乡情和乡音就像久旱的甘露滋滋地渗透他的灵魂，茫茫岁月千里关山造成的阻隔瞬间就被血脉贯通。这次历时仅一昼夜的短暂寻访无疑给周涛的心灵带来了震颤与惶悚，他似乎在“一夜之间”突然领悟了加西亚·马尔克斯的一句平常话语后面的深文大意，并把它作为“题记”恭恭敬敬地抄录在为这次寻访而作的散文《坂坡村》的卷首：“一个人只要没有个死去的亲人埋在地下，那他就不是这地方的人。”

或许正是从这一刻起，周涛才更加意识到了自己的文化角色：一个根系于太行深处而长期跋涉在天山脚下的伊斯兰世界里的文化漂泊者。几十年来，恰是由于有了这个“根”（不仅是血缘意义上的，还包括一个始终散发着山西老陈醋味的稳固的家和日常接触的相当汉化的局部环境，都是“根”的外延）的维系，才保证周涛不被伊斯兰文化完全同化；而又是由于有了伊斯兰文化的比照，才更加显示出了这个“根”所包涵的文化意蕴的独特魅力。两者不可能彻底地合二为一，但却可以互相渗透，互相发明，互相参照，互相吸引。周涛由此获得了奇妙的文化视角和优势。他始终自觉和不自觉地在两种（西域和华夏，或游牧和农耕）文化的冲突和磨擦中“嫁接”与“杂交”，既寻求遇合，更寻求差异——因为差异产生距离，距离带来审美的观照和无数新鲜的发现……

和莫言以土著的身份歌唱本土的重要区别在于周涛并非土著（当然更不是观光客），而是始终和他歌吟的土地保持（并非人为地）了一种恰当的距离。正是因为这种“距离”，他才从许多当地人早已司空见惯的大地、天空和雪山中看出别一样风景，从貌似平常的马群、帐篷和炊烟里读到另一种人生，一种沉重而乐观、坚韧而旷达的伊斯兰精神和草原文化气息，从而以《牧人集》、《野马群》、《神山》等诗集从一片毫无个性

① 周涛：《稀世之鸟·代后记》。

的颂歌声中突围出来，成为“西部诗派”的重要代表之一。①

与此同理，当周涛穿过三十年岁月和五千里关山的时空距离重返“坂坡村”时，仅仅一夜之间，那无数深邃的记忆、精微的感受、奇妙的刺激、尖锐的发现和神思飞动的灵感纷至沓来，美不胜收。其原因盖源于一种“距离”——“我想，大概没有多少人比我对这种僻远山村的古老文化更敏感、更感亲切。这并不因为别的，而是因为我来自新疆那样一个弥漫着伊斯兰文化氛围的西域，我虽非异国异种，却已在穹庐下一弯冷月的拱顶寺院下生活了三十年。”（周涛语）

两种文化的撞击与交流既因差异便于比较，也因距离产生审美。同样，它们的互渗会产生互补，它们的融合能催化新的共生。比如游牧民族天性的豪爽放达，面对严峻人生的战斗姿态，在残酷的自然环境中表现出来的强悍不屈的精神等等，都是我们整个中华民族一份值得永远继承和大力弘扬的精神财富。周涛就“毫无疑问地崇尚豪放派”，他说“我只能被它感动、击中，并且坚信这一脉精神乃是我们民族精神中最可贵、最伟大、最值得发扬的东西，这也许就是我的文学性格”。（周涛：《稀世之鸟·代后记》）其实这也是周涛的文化性格，而这样一种性格有幸在雄深辽远的西部地平线上生长，难道不会得到一种特别的、得天独厚的文化精神的浸淫、滋养和刺激吗？

答案当然是肯定的。

20世纪50年代的红色政治将周涛全家放逐于新疆。这块西域的神奇的土地无论是作为人文地理还是作为自然地理，都恰成了80年代缪斯女神对诗人周涛的特殊馈赠，前者玉成了他的文化性格，后者则契合了他的心理气质。

---

① 其实，“西部诗派”几个主要代表如昌耀、杨牧、章德益等都并非“土著”，这亦可说明“距离”的重要性。

对周涛来说，还有一重要例证。人们曾惊叹他“半路出家”（三十多岁入伍），一个“半吊子军人”，何以能在军旅诗中有如此出色创造——短诗如《步兵们》，长诗如《山岳、丛林》；前者把单调枯燥的步兵概括得深刻而准确，后者将纷纭万状的战争描绘得亲切而恐怖。关键正在于他的“半路出家”。他以非军人的眼光审视军人与战争，因而就有了“距离”，有了陌生感和新鲜感，有了审美的发现和本质的穿透。

又，即便如莫言，也是在跳出了土地、拉开了距离之后才开始他的艺术创造的。

周涛是崇拜自然、亲和自然的，这一点在他的全部诗文中几乎都有据可查。朱苏进第一次比较认真而系统地阅读他的作品（《稀世之鸟》）时，就敏锐地感受到了这一点。他将周涛称作“自然之子”，并认为周涛全部散文所展现的就是一个动人的形象——一个“自然之子的痴笑”。一般来说，亲和自然确实是艺术家们比较共同的心理气质。这里不妨随便举两个作家为例。

沈从文特别醉心“人与自然的契合”，他和水结下了终生的不解之缘。他说：“我感情流动而不凝固，一派清波给予我的影响实在不小”，因为，“我幼小时较美丽的生活，大部分都与水不能分离。”此后，“故事中我最满意的文章，常用船上水上作背景”——《柏子》、《丈夫》、《边城》、《长河》等等，或在溪边，或在河上，或在海滨，演出人物的悲欢离合。水的色调几乎成了沈从文全部小说的基本色调。

又比如俄罗斯的康·巴乌斯托夫斯基，他在《金蔷薇》一书中这样理解语言与自然的内在关系——“我深信为了充分掌握俄罗斯语言，为了不失掉对这个语言的感情，不仅必须经常和普通的俄罗斯人交往，而且还要经常接触牧场和森林、湖水、多年的柳树、鸟儿的啁啾和每一朵在榛丛下微颤的小花。”他在俄罗斯中部草原度过一个夏天，“用感觉、味觉、嗅觉——重新认识了很多词儿……以前，这些词儿只引起一般贫弱的形象”，“这时候，从每一个词儿里你都能看到、感到你所说的东西，而不是机械地单凭习惯说出它的声音来。”

道理无须多说。人即来自自然，一切艺术皆源于自然。尤其中国农业文明长期养育于自然之中，加上老庄的影响，历代文人无为于政治而沉溺于山水，从屈原、陶渊明、李白、王维、孟浩然一直到明清文人山水画，无不洋溢着原始或人化的自然风情，文艺的生命与其说活泼于政治，还不如说璀璨于自然。周涛之爱大自然是天性的伸张所致，也是中国文人传统的积淀使然。

同是奔趋于自然，但自然对于作家的魅力又各不相同。比如莫言，他似乎更多的是受到残酷社会现实的挤压而遁入自然，渴望从自然中得到温馨的母爱般的慰藉和宁静。而周涛不同，他亲和自然主要不是由于社会的迫力，似乎恰恰是由于自然本身的迫力——大西北的雄奇广漠苍凉险峻极易使人生出渺小感、敬畏感，由于敬畏才更愿也更想去亲近它，贴近它的胸膛，从那里获得一种精神的力量和榜样。也就是说，大西北对周涛的魅惑是威严强大的父性的魅惑。因此，他反感“游山玩水”的说法，认为那只是“把山和水当做精神意义上的妓女罢了”。他甚至还别出心裁地认为“桂林山水甲天下”“这句话里所流露出的戏狎的态度，有那么一些嫖客的口吻”。当然，他反感的是那种亵渎自然的态度（也包括现代文明对自然的侵蚀与异化）。他心中的自然是神圣的，是需要尊重乃至于顶礼膜拜的。所以，他庆幸自己能虔诚地及时谛听来自“世界屋顶”（昆仑山）的“神喻”，能恭恭敬敬地和披满银发的博格达雪峰“对话”。他不仅为禽类中的王者——鹰的高贵的战斗精神发出由衷的赞美，为朱窸这样的“稀世之鸟”濒临灭绝而感到深刻的悲伤，他也郑重地将猪称作“一匹”，亲切地对麦子道一声“哦，亲爱的麦子”。对自然万物一视同仁的平等态度并没有降低他，自然的托举反而提高了他的境界，净化了他的灵魂，开启了他的神性——山在他眼中都成了有灵性的活物：“它慢慢地走动一会儿/在天亮前重新蹲好一个位置/山和山全都相似/挪换了地方谁也看不出。”① 周涛就这样融入了自然，他的诗文也因此获得了自然的原色与魅力。他的诗文全部的恢宏、博大、质朴和精美都是属于自然本身的。

和大自然一样让周涛感到痴迷的还有历史（他曾在来信中称：我已三年不读报，两年不看文学，只读一些浅显的历史啦，人物传说啦……），其实是历史人物，或者干脆说是历史中的伟人、王者和英雄。他喜欢动辄大谈什么项羽啦、曹操啦，特别是“成吉思汗或努尔哈赤或多尔衮”“这些有风声的带拐弯儿的名字”，以及他们无敌的铁骑和那些能征惯战“马背上夺天下”的骁勇的民族。周涛对他们神往不已。这当然是一种强者崇拜或英雄情结。崇尚强者有两种情况，一是自觉弱小，渴望强大；二是自认强大，和强者引为同类，所谓“惺惺相惜”。周涛当属后者。在周涛激昂的强者意识表达中，实际上又自觉不自觉地流露出几许悲凉气息。一方面为已成英雄的古人而悲，感叹“浪淘尽千古风流人物”，英雄再风流，也“终于成了历史河面上的漩涡”。正是“前不见古人……念天地之悠悠”，“天高地迥，觉宇宙之无穷；兴尽悲来，识盈虚之有数”。这是一种对人生终极悲剧的深刻感知。另一方面是为未成英雄的自己而悲。自认强者却不能叱咤风云建功立业，为世人和社会所认

① 周涛：《稀世之鸟》。

同，雄心万夫却无路请缨，真是“把栏杆拍遍，无人会，登临意”。舞文弄墨恐怕只是退而求其次的选择了。于此，周涛有一段真实的自白——“我并不认为这是一件多么理想的嗜好，当文人已经是纸上谈兵，很不怎么威风了。李白、辛弃疾、陆游都是没办法才写诗，雄才大略不能实现，统兵十万征服异城，百万军中取上将首级，他们实现不了这种理想的深深遗憾，成了他们写诗的超群拔俗的力量。肯定，李白、辛弃疾有‘人杰’意识，内心有一种‘舍我其谁’的不灭的呼喊”。①

周涛的内心深处有没有这种“呼喊”？

像历代中国文人一样，他们在回归自然、啸傲江湖的同时，仍然无法忘情于安邦济世，淡泊于仕途功名。狂放者如“天子呼来不上船”的李白，一旦知道天子真的要召见，不照样是“仰天大笑出门去”吗？几千年来，他们终是在这出世与入世的两难之间游移、徘徊、奔突、撕扯，人格因此而分裂、而沉沦、而升华、而迸发出天才的光芒。②

“人杰”意识的驱使和世俗人生的诱惑使周涛强烈渴望积极入世。然而，亲和自然的天性、追求高贵人格的理想又总是跑出来顽强地抵御甚至扼杀他的入世渴望。应该说两个周涛都是真实的。真实的周涛终未入世太深，就在于他始终保持了一份真率、一份坦荡、一份对真善美的忠真不渝的捍卫和一种不与世俗妥协或同流合污的遗世独立的姿态。他也许犹疑过、躁动过，但最终还是认定“一个人一辈子只能做一件事情”，决心要为自己守住一点什么。于是，他在想象中补偿现实中所失去的——在现实中为恪守理想而付出代价。于是，他痴爱历史人物也就成了一种真正的“移情”——移情于纸上，移情于古代，在纸上缅怀英雄，仰望、模拟英雄。结果是他在方块字的王国里统兵十万，八面威风，杀伐征战，功名显赫。颇有深意的是，在这个纯粹文字的王国里，我们也仍然可以常常看到介乎于“出”、“入”之间的两个不同的周涛的影子：一个是面对世俗人生的周涛，强悍自信而恃才傲物，王者风度中夹着几许霸气，愤世嫉俗有时又难免牢骚太盛，有优越感也有表演欲；一个是面对自然天地的周涛，显得谦逊、平和而朴素，目光温驯而心地纯净，

① 周涛：《稀世之鸟》。

② 其实文人往往自视过高，在治国平天下方面有建树的人并不多。李白在长安供奉翰林时，不是常常“问以经济策，茫如坠烟雾”吗？但他们又总是不切实际地自信“天生我才必有用”，这就更加深了内心的矛盾。

常常痴笑而行，恣情而歌，亲切可爱中还不乏几分天真。

归纳起来看，正是异域“文化—自然—历史”三个支点撑开了周涛宏大的审美时空。首先，静穆而神秘的伊斯兰文明和奔放热烈的草原生活气息带着一股原始的野性的强力，冲击和改组了他的文化构成，丰富和补充了中原文明的圆熟和精致。其次，两种文化之间的隔阂与差异保证他始终有一个感觉新鲜敏于发现的独特视角，而视野的辽阔与幽深又使他站得高看得远，锻造了他的大胸怀、大襟抱，使其作品笔力粗犷，气流恢宏。同时，自然风情与如烟世事又不断抵御和销蚀他的入世心理，帮助他一次一次从世俗中超拔出来，变得洒脱与豁达。再加上僻居一隅的“地偏心自远”的客观效应也减少了浮躁与喧嚣的尘世干扰，有利于他沉入深度的孤独之中，从而保护了审美眼光的纯洁与艺术感觉的锐利。周涛与好以“童年视角”关注“过去时”的莫言不同，与好用“第三只眼”洞察“现在时”的朱苏进也不同，他是眺望着未来。他的诗情主要不是来源于对现实生活的追踪与把握，而恰恰是靠拉开与现实的距离，对现实与历史做出超越时空的感性思索，对人生和人的生存景况表达一种形而上学的终极关怀，在“文化—自然—历史”的三角高峰上建构起自己的精神世界。

朱苏进：绝望中诞生欲飞

朱苏进的独异之处既不在于像莫言那样先天地拥有一块丰沃的“地域文化”（广泛而言即农业文化），也不在于像周涛那样后天地进行了一次远距离的“文化杂交”。换言之，朱苏进的特点也许不在“文化”，而在于他特殊的禀赋和特殊的身世遭际的遇合，在于从这种遇合中孕育、强化和撞击出来的特殊的个性与气质。或者说，朱苏进原本就是一颗强韧的种子，他之所以最终长成了一个强大的“自我”，主要并不由阳光、雨露和春风滋养，而更在于他对生存环境的适应、挑战与抗争。具体说来，其中大致包括这样三个方面：

一是中级军官家庭的熏染在他幼小的心田早早地郁结了一个“将军情结”的辉煌梦想；二是少年罹病住院的经历决定了他介入人生与艺术的独立独行的基本姿态；三是长期而扎实的炮兵生活体验为他提供了最初的现实主义文学世界和精神的牢靠支撑。

军人家庭的出身对于朱苏进日后成为“正宗”的军旅文学作家、成为当代职业军人的代言者，决不是一件毫无意义的事情。就像农民之子莫言最终成为农民的代言人一样，这几乎是一种“前定”。我们当然不是“出身决定论”者，但无可否认的是，你的出身必然包含了你全部的文化背景，决定了你的生存环境，甚至于你的人生道路……而这一切自然就构成了一个作家文学世界的基本母题、情调和景观。它首先表现为一种文化（更多的是“非典籍”意义）的浸淫与承传。也就是说，当莫言在高粱棵子里呼吸着那苦涩微甘的薄荷气息的时候，当周涛在哈萨克帐篷里喝着马奶子酒的时候，朱苏进正在绿色的军营和军人的包裹和呵护下聆听遥远的战斗故事，投入迷人的战争游戏，神往着威武的坦克、高昂的火炮、如箭的战鹰和激越的军号……这也是一种“文化”的“超前训练”，一种“军营文化”的陶冶与熏染。与此同时潜移默化的还有一种军人的行为方式、思维习惯、言谈举止、做派、风度和气质，等等。

随之而来的就是一种富于军人色彩的理想塑造，一种建功立业的价值取向的诱导，一种“上马击狂虏，下马草军书”的人生追求的定位。而且恰恰就在这个方面，中层军官的子弟（就像一般中产阶级的子弟一样）往往表现得特别富有行动和想象的活力——相比较下层而言，他们具有更良好的生存环境和人文教养以及由此培育出来的更健全的个人素质；相比较上层而言，他们又少了一分由居高临下的优越感所腌泡出来的惰性和纨袴气。他们居于二者之间而又能兼取二者之长：一方面他们葆有了下层人们坚韧刻苦奋斗进取的精神，另一方面他们又在与上层人们的接触中提高了眼界，开拓了胸襟，受到了一种更加辉煌的前景的昭示与激励，所以他们总是具有不甘“中游”争“上游”的勃勃雄心，他们“子继父业”的潜台词其实多半是“青出于蓝而胜于蓝”——对于朱苏进，我们亦可大抵作如是观。在朱苏进那里，“子继父业”的情结是深重的，他不止一次地描写过父子两代兵的情形，比如《引而不发》中的西单石和西帆、《凝眸》中的古沉星和古朴、《炮群》中的苏子昂和苏副司令，等等。而且在这些父子兵中，尽管父辈多是功勋卓著的将军（只有西帆当了几十年参谋是个例外，他业务精通却没有机遇，西单石为此耿耿于怀，颇有些忿忿不平之气），但“儿子”们其实更出色，他们一个个人小心大，位卑志高（多是班长，也包括一些年轻的下级军官如袁瀚、孟中天、元荒等）；他们以父辈为楷模和对手，志在超越；他们年纪轻轻就表现卓越，智慧超众，鹤立鸡群。他们尤其有一点比父辈们更清醒和更自觉：他们选择军旅生涯既是选择了一种职业，也是选择了一种事业，这是一份执着的热爱，也是一种主动的人生设计——他们信奉的就是“不想当将军的士兵就不是好士兵”的信条。然而，时不我与，生不逢时，他们在和平无大战的年代里空有雄心壮志却不得施展。这是想当将军也能当将军而最终又难以成为将军的一代。朱苏进为他们扼腕咏叹，把笔吟唱，好梦难圆的“将军情结”在他笔下蕴积并释放。

当然，仅此还远不足以解释朱苏进。因为这毕竟还是共性的东西，军人家庭出身的军旅作家也远不止一个朱苏进。朱苏进之所以成为朱苏进，自然还有更加个人化的因素——比如他少年罹病长期住院的一段经历。关于这段经历，尽管朱苏进在几个小传中都是一笔带过语焉不详，可我却从来就格外重视它，因为根据一般作家传记批评和心理分析的经验来看，童少年的经历和病史对其终生的影响都是十分深远的。对于朱苏进来说，似乎尤其是这样。朱苏进自己肯定也意识到了这一点，所以在他几个虽然短到了极致的小传中也不忘将其“带上一笔”。[①] 在其中一个小传中他这样写道：“读小学至五年级，因病辍学，纠缠多年”。寥寥十数个字包含了一段重要的人生经验，它像一个闪烁其词的谜语愈加引起研究者解读的兴趣。我读朱苏进的作品，每每能嗅出一丝福尔马林的气息，感觉到一段遥远岁月的重重光影。我甚至早早地就自我判定，那一块生活已经从某种程度上决定了朱苏进介入人生和艺术的基本姿态。

巧合得很，似乎是为了印证我的揣测和判断，朱苏进在 1993 年第 2 期《收获》上发表了中篇新作《接近无限透明》，第一次在小说中“动用”了少年患病住院的生活经历。虽然我们不能因此就把它作为作家自传来读，但作为作家少年时期的一段情感或心灵历程的披露，我却宁可信其真而不愿信其假。尤其小说中的少年“我”的住院遭遇又是那样的奇特和不平凡——其中有两件事恐怕是最要紧的：一是“我”与小病友兰兰因同看太平间而导致夜间恐惧，因恐惧而合床睡觉，遂遭到护士的误解、喝斥并被粗暴拆开；二是“我”为那个狂人、超人、众人眼中的精神病患者李觉所迷恋、所吸引、所点化，从崇拜始，经过“双重误

---

① 朱苏进两个作品集（《第三只眼》，重庆出版社 1987 年版；《绝望中诞生》，江苏文艺出版社 1991 年版）中的“小传”都只有两百字左右。如此短小精悍，决不仅仅是出于作者对一种文体的嗜好，而是反映了作家的一种心理或潜意识。

解”，以相互伤害终。这两件事中都有一个核心情节就是“误解”，而且都是来自成人世界的对于孩童的误解。也许这种误解都是根据成人世界里的一般逻辑正常推导出来的善意的误解，但它对于一颗“接近无限透明”的童心来说却是十分残酷的，它所造成的刺激、震撼和伤害甚至是终生难以平复和弥合的。就像作者借李觉之口所说：“在你现在年龄段，可塑性最高，挥发性最强，心灵嫩得跟一团奶油似的，谁要是不当心碰一下你的灵魂，他的指纹就会永久留在你的灵魂上。”在此一阶段，少年初涉人世，不谙世事，来自人世间的每一个正面的和负面的影响——每一份真诚、友情和爱心，每一次欺诈、虚伪和阴谋，都会成几何级地无限放大，就像原子弹一样，爆炸在他明澈纯净的心的天空，留下浓重的蘑菇云，久久不能消散。

就在这样的阶段，“奇人”李觉深深地进入了少年“我”的世界，他超凡脱俗的智慧、才华、激情与气质彻头彻尾地征服了“我”，使求知若渴的“我”就像海绵吸水一样地全部接纳了他，尤其是他的纯真和童心使俩人在“接近无限透明”的境界中达到了融合。然而这种不含一丝杂质的童心交往却不为成人（亦即世俗的）世界所理解与接受，他们指认李觉为“神经病”而阻止“我”与他的来往，于是“我”成了人们伤害李觉同时也是自伤的一件“利器”。在“我”眼中（其实也是在朱苏进眼中），李觉当然不是什么“精神病患者”，只是他的近乎孩童的透明与单纯、本色与自然和世俗格格不入罢了。于是，在那些“成熟”了的其实是真正有些病态心理的人们眼中，他才显得仿佛有些病态。毫无疑问，李觉式的人物、李觉式的自信和孤傲的个性与气质深深地浸透了少年朱苏进的身心，而且成了他此后笔下的基本人物原型或人物的基本个性与气质。[①]《接近无限透明》是朱苏进对“李觉”的一次深长的怀念，也是对自己美好孩童时代的一曲挽歌。

我之所以侧重从作家传记批评和心理分析的角度对《接近无限透明》

① 朱苏进笔下的人物从袁瀚到苏子昂个个卓尔不凡，孤标傲世，似乎都可找到一点“李觉”的影子，尤以《绝望中诞生》的孟中天最典型。朱氏对这种“病态”可谓情有独钟，他曾借评论艺术家之口为“李觉”们辩护：“艺术和艺术家都不是病态的（目前，病态这个词变得有点夸耀的味道了），只是和周围人，周围物件相比，才仿佛有些病态。如果把他们和生物世界重叠、和大自然重叠起来一看，艺术和艺术家才真是自然的缩影。”（《自然之子的痴笑》，《解放军文艺》1991 年第 1 期）。

这样一部艺术上也许并不十分优秀的作品进行比较详尽的“解读”，仅仅是因为朱苏进在这方面为我们提供的文本只此一个，确实弥足珍贵。如果企图得出更贴切、更有说服力的结论，恐怕还有待于作家贡献更多的可供阐释的同类文本。不过，仅此一个也足以帮助我们根据“少年患病”的一般情状对朱苏进做出进一步的分析。

少年天性最好幻想而酷爱自由，可一旦染病在身就不免要与床榻为伴，孤寂独处，形影相吊，画地为牢。如此一来，物理空间的收缩势必要刺激心理空间的扩张。也就是说，行动的拘谨反而导致了心灵的加倍自由，孤独使幻想更加辉煌（这也是一种“绝望中诞生欲飞”吧）。此其一。其二，少年患病而又长期住院，就等于提前进入了成人的世界。也就是说他在一夜之间变换了“角色”——他已经不是一个小孩的“角色”，既不是学校里的学生，也不是家庭中的孩子；他只是一个病号，从这个意义上说，他跟周围的病友们是平等的。在这里，小孩的角色意识被削弱和淡化，他必须努力提拔自己，学得“少年老成”，以便“平等”地和病友们打交道。而与此同时呢，病友和医护人员们仍然把他当成一个小孩，在他面前往往不设防，不存戒心，不戴面具，最容暴露出真性情、真面目。他由此获得了一个观察人生与进入社会的特殊视角与通道，他从中感受了真善美，也领略了假丑恶；尤其从一个纯真的少儿目光出发，那些人性中的根本弱点部分也许更让他触目惊心，从而一下子洞穿与抵达人的本质。他就在这一点点发见中成熟与长大，直到褪去童真，冷酷地直面人生。那些“发见”与感悟虽然深埋心里秘而不宣，但对他的一生都是至关重要的。就像朱苏进在《接近无限透明》中所感叹的：“心里老搁着一团隐秘，……我们正是凭借那种东西才把自己和别人区分开的，它跟酵母一样藏在身心深处，却膨胀出我们的全部生活。”

在这样的情势之下，朱苏进自觉或不自觉地开始逐步确立起他介入人生（和此后介入艺术）的基本姿态：一方面是冷静的现实主义，一方面是迷狂的幻想主义，二者矛盾而又和谐地统一为一个“孤独的冥想者”。在严峻的现实生活面前，他始终保持清醒的头脑，并以一个少年好奇而又早熟的目光多疑而又坚定地直面人生，探视与揣测人们的内心世界，从而养成了“凝眸”洞观的习惯和锐利得不无几分刻毒的“第三只眼”，察人观物远比常人来得更犀利、透彻和深刻。也正因为此，他十分防范别人窥破自己的内心，讲究收蓄与内敛，自我设防，自我封闭，喜怒有度，“引而不发”，使人很难穿透甚至接近他的内心世界。他拒绝交流与沟通，连朋友也不例外。这实在是一种对人的孤独本质的清醒认同和对自我质量的高度自信。现实世界中的孤标傲世常常导致精神领域里的孑然独行，他不得不在寂寥的心空中高张起冥想的翅膀，在一种自足的封闭状态里实现幻想的辉煌——那也是一种“病态”的辉煌。一种“自恋”形态的辉煌。

1969年，十六岁的朱苏进带着将军的梦想、孤傲的个性和幻想的气质到福建海防当了一名炮兵。这对于“文革”中期的军门子弟来说，实在是别无选择中的最佳选择。它既回避了“上山下乡”的大潮而解决了“出路”问题，又在“子继父业”（或“望子成龙”）的理想与现实之间做了一个直捷的沟通。然而，它对于心性和憧憬都高薄云天的朱苏进而言，却无疑是踏上了一条充满幻想的幻灭之旅——这显然是一个无法产生将军的年代（取消了军衔制，也没有了名义上的将军），这不仅仅是由于它的和平无战事，更由于它本身的全部的畸形所决定，它甚至不能容忍正常的军事训练和正规的军人素质养成，更遑论其他？这是一个疯狂的年代，一段“红色政治”充斥在每一缕空气中的非常岁月，整个军队都在“突出政治”的高调下高速运转。人人激进，人人自危，而人人都呈显出某种心理和精神的真正病态。朱苏进就好像刚刚从一个生理的小病院又来到了一个精神的大病院，他尖利的“第三只眼”常常轻易地洞穿了谎言下的真实，窥见到了人们心中的“病灶”，体验到了荒谬年月里整整一代军人的心灵被压抑被扭曲的沉甸甸的苦痛（中篇小说《第三只眼》就是对这一段生活和体验的绝妙写真）。这是军旅生涯对少年朱苏进的一次人生洗礼，也是对作家朱苏进的一份“文学馈赠”。作为这份“馈赠”的另一部分则是扎扎实实的军人的生活和生命体验。从朱苏进入伍一直到“文化大革命”结束（1976年），整整七年他基本上都是在炮兵连队度过，当过炮手、瞄准手、侦察班长、指挥排长和副指导员。也就是说，七年中当过连队三级（班、排、连）领导，摸过炮兵各个行当。这样一份履历在全军专业作家队伍中也是不可多得的，它毫无疑问地成为朱苏进日后建构军旅文学世界最初的一块坚实的奠基。

当时的朱苏进也许并没有意识到这些。对朱苏进来说，作家的梦想可能比将军的梦想更遥不可及（他毕竟只有小学五年级的学历）。严酷的现实粉碎了一切梦想，你只有遵循现实的法则，打掉傲气，夹紧尾巴，老老实实地做一个好兵。然而，倚门弹铗的感慨却不肯在心中平息，梦幻破灭的结果是催发新的更加迷人的梦幻。在梦幻中可以舔心灵的创伤，可以加倍爱惜自己的羽毛，可以“自恋”般地臆想和放大出一个个超人般的自我去和现实对抗。① 当这种美妙的、栩栩如生的甚至是激动人心的“梦幻”再也不甘于偏居心之一隅而要呼之欲出的时候，当这种“梦幻”通过文字公诸于世成为可能甚或是需要的时候——尤其是当这二者不期而遇的时候——（1977 年），朱苏进终于握起了笔，毅然地弃武从文，选择了创作。这种军旅人生的最终归宿肯定违背了朱苏进少年从军的初衷，这也是一种别无选择的选择，它主要不是文学艺术长期熏陶瓜熟蒂落的自然结果，而是一次置于死地而后生的人生突围，一次“绝望中诞生欲飞”的背水一战。② 朱苏进走上了这条路，并且一步一个台阶稳健地登上了新时期军旅文学的高峰。他所依赖的和他所创造的主要是“两个军人”：一个是冥想中的未来时的将军，一个是现实中的过去时的士兵。这是两个非常独特和孤傲的军人，这也是两个非常优秀和地道的军人。这两个人其实是一个人：朱苏进。

本章小结：平行比较中的“交叉比较”

写完本章，分别对“三剑客”文学之树的“根”和“冠”做了一番发掘和描绘之后，似觉意犹未尽，忍不住还要打破本文一般平行比较之体例，再来做一点必要的“交叉比较”。

如果说莫言的奇诡狂怪汪洋恣肆有如天马行空，那么周涛的豪放不羁旷达潇洒则好似牧马人，而朱苏进的凝重内敛沉郁深刻就极像罗丹雕

---

① 朱苏进笔下的人物都或多或少地有他自己的或一侧影，其实这也正是他“自恋”情结的外射，正如他本人所说：“既然此人喜爱这些东西，说明此人原本就部分地是这些东西，喜爱是伪装着的自恋。”（见《天真声明》，《小说月报》1992 年第 6 期）

② 和多数青年军旅作家一样，朱苏进的文学准备也不是很充分的。从他的创作发展中可以看出“学用相长”的轨迹：70 年代末他与人合作的长篇《惩罚》不仅艺术上显得嫩，而且带有明显的时代的政治和艺术的烙印。80 年代前半期，他的创作开始从苏联战争文学和中国古典文学中汲取营养，尤其《射天狼》和《引而不发》的题目和题记都分别来自苏轼和孟子。从 80 年代后半期的《绝望中诞生》和《欲飞》中则可读出一点尼采的哲学意味，以及巴尔加斯·略萨的结构策略的影响，等等。

塑之“思想者”（朱氏笔下表现为一种有劲道有张力而又有控驭有节制的紧张感、焦灼感与冲突感，他20世纪80年代早、中、晚期三个阶段六部代表作品标题颠倒组合而成的句式最能反映这种风格：“引而不发”“射天狼”；“第三只眼”“凝眸”；“绝望中诞生”“欲飞”）。

如果说莫言是来自传统而又重在反传统、亵渎传统与颠覆传统，敢于在文学的神圣殿堂里撒野放泼，蔑视规范冲决制约，把内容和形式都推向极端，有一股子“造反有理”、“蝎子窝里捅一棍”的邪乎劲和野蛮性，充满了磅礴的原生活力与魅力，破坏的同时也产生了他的创造，那么周涛、朱苏进则更“老实”和“正统”，矫枉而不过正，放纵而“不逾矩”，显出了一种由他们的出身带来的全部人文“教养”的内在规范与制约。

三人之中，周与朱的相近点更多一些，他们的出身大体相同，都可归于“中产阶级”。[①] 他们都有一种认同与崇尚“贵族”（或曰贵族精神或曰高贵气质）的意识或潜意识，向往与标榜一种“超人”精神和王者风范。他们都恃才傲物，睥睨群庸，只是“傲”的形式又各有不同——周是傲得狂却率直，朱傲得狷且矜持；周虽傲，但承认别人倒也来得痛快，朱却显得不无几分悭吝；周曾在口头或文字中不止一次称莫言为“天才”、“奇才”，朱对莫言的评价却要审慎得多，最积极的推崇也不忘设定一个前提。

三人之中，真正“互文评论”的文字只有一篇，那就是朱苏进评周涛散文集《稀世之鸟》的文章《自然之子的痴笑》[②]。这是一篇很漂亮的赏析文字，不仅表现了欣赏者卓越的才华和准确的眼光，更见出了一个作家鲜明的个性。——朱是这样感觉的：“这次一路读下去，舒服得就像自己在写这些东西。它们嵌入我的精神缝隙里，并且不刺痛或者涨破我（在读一些大作品时常有那种感受）。我相信《稀世之鸟》是属于周涛这一代人的小书。”后面又说：“与卓越作品匹配的只能是卓越的欣赏。”云云。可以说，朱苏进如此动情地承认另一位作家（尤其是军内同行）实在难得。但请注意两点：一，这个“承认”不过是认同周与自己“等高”

① 往早里说，周涛亦可算是“军门子弟”，他父亲是“八路军”，建国后才转到地方工作。

② 载《解放军文艺》1991年第1期。

或“与己相当”罢了（“就像自己在写这些东西……并且不刺痛或者涨破我”——刚刚好）；二，虽然承认它不错但也并非“大作品”而只是一本“小书”而已——朱氏的个性傲气何其昭然，和周氏又何其相似乃尔。①

此文中还有一个颇有意趣的话题是朱苏进谈“刻薄”，不经意间谈到了他们三人的一个共同点。朱苏进说周涛——“他太刻薄了（说成锋利也行）……我感到他有点玩弄刻薄和赏识刻薄”。这又何尝不是说朱苏进自己，不是一种“夫子自道”？朱苏进还不够刻薄吗？就比如该文中他指出周涛进入了人生之秋——“他身心都已归属秋天，再多的收获也不能消除年华逝去的哀婉……”这可真是洞穿肺腑的知音之论，也确实是击中要害（“心灵最柔软部分”）的“诛心之笔”！周涛读至此，真该“默读数遍，举首望天”了。

从某种意义上说，刻薄就是一种才华。朱苏进在这里欣赏周涛的才华也包括欣赏周涛的刻薄，或者干脆说是自我欣赏——他从周涛身上照见了自己，他俩各自以对方为“镜子”互相欣赏。（周涛欣赏此文，以后就以此文作了《周涛自选集》的代序。）刻薄就是他们才华的一部分，甚至还不是无关紧要的一部分。刻薄常常是一种机智，一种锋利，也是一种深刻。善于刻薄敢于刻薄尤其是敢于承受刻薄的人，往往都是心智聪颖健康、性格强悍而自信的人。莫言难道就不刻薄吗？

当然，莫言无疑是一个刻薄大师，他的刻薄往往机巧、幽默并且犀利。但他与周、朱的重要不同之处在于，他的刻薄常常是对着自己来的，是以一种自嘲的方式出现并完成的。他其实是以自嘲来掩饰自悲，以自傲来遮盖自卑。他的自信心远不如周、朱的那么纯粹、坚定和强大。白马非马的邪劲也好，天马行空的狂气也罢，都有些故作傲姿和狂态，有些夸饰和提虚劲的成分。他对上流社会的蔑视和抗拒不无觊觎和向往，耿耿傲骨的内里始终难以摆脱一种起于荒野来自土地的感伤与悲凉。因此，他的情感世界更浑沌，更迷茫，更矛盾，也更复杂；也因此而更丰富，更广大，更深邃，也更多层次。

① 参见《万类霜天竞自由》中周涛和贾平凹的那一段“自比”。《周涛自选集》，新疆人民出版社 1992 年版。

三　“三剑客”现在行进中的困境与突围

莫言：“极地”上的颠覆与徘徊

开写本节之前，我得首先声明，此前我对莫言分析研究的依据主要来自他1985年前后的创作，即从《红萝卜》到《红高粱》约二十部中短篇。至于对他此后从1987年的《欢乐》、《红蝗》迄今的多量创作，我一直保留看法，而且由于种种文学和非文学的原因也始终无话可说。时至今日，当我试图对“三剑客”做出一个阶段性“总结”时，我再也不能保留我的看法了，我必须直率地说出我对近年莫言创作的批评意见：“成也萧何，败也萧何”——成在以极端化的风格独标叛帜，败在极端化的道路上过犹不及；因此，他在创作状态巅峰的极地上和艺术风格的极限上颠覆了自己，也迷失了自己，至今陷入一种失落了美学目标的躁动与徘徊之中。

如众所知，1985年开始的小说革命，到了1986年已然风靡文坛，领新标异成为时尚。正是在这股新潮上，莫言继《红萝卜》之后推出了《红高粱》，而且以它炽热的酒神精神和生命意识，以它在结构、语言、叙述角度与感觉爆炸等表意策略上比《红萝卜》更加极端化的风格震撼了文坛，并由此引来一片惊赞，称莫言为“鬼才”、“怪才”、“奇才乃至天才”之声不绝于耳。然而，巨大的成功和期望对一个三十岁的青年人来说有时不啻一个巨大的陷阱。今天回想起来，在当年的一片喝彩声中已经埋伏了警告，亮出了黄牌：盛极而衰，涨潮之后是落潮；过犹不及，最难得把握的是分寸。但是，“形势比人强”，全面浮躁操之过急的文坛不断给莫言以蛊惑和施压，结果是怂恿了他的两点严重失误。一是过于自信乃至自我膨胀，面对各编辑部索稿大军的催逼和“围剿”，开始逞才使气，“天马行空”，大量超高速写作，搞无米之炊或少米之炊，既是应酬别人，更是表演自己。比如将一桶“红高粱”兑出五升酒，其味是越喝越寡淡；又比如由《文汇报》一条不足三百字的简讯《高密东北乡发生五十年来罕见的蝗灾》引发出一部十万字的《红蝗》；再比如依据《大众日报》一则八百字的消息仅用三十多天就炮制出了二十余万字的长篇

《天堂蒜苔之歌》等等。① 虽然表面上看莫言以如此的快速高产维持了他对文坛的“地毯式轰炸”，并展演了自己的巨大才力，但在实际上这种远非慎重至少是不够深思熟虑的创作方式与后果——且不说像“蒜苔”这样反映现实的快速跟踪法是否适合于莫言，仅以一个月时间完成一部长篇的超速度写作却可以肯定地说是难以做到精益求精——无疑是对作家艺术声誉的一种自我损毁和创作才华的无谓浪费。

第二点失误也许是更致命的，那就是极端化风格的成功误导了莫言在这条道上铤而走险直至颠覆。莫言有过一个艺术叛逆“宣言”——“我讨厌千篇一律，希望在每一篇作品中都有不同层次的变化。要想变化就得反叛，不断地反叛家长权威、过去的规范连同你自己。我考证过伟大人物的性格里都有反叛的因素。在成为英雄之前首先要成为叛逆。敢于叛逆才会想到创新，如果没有对辉煌完美艺术形式的叛逆，艺术也就没有了未来……”为了不断地变化，不倦地创新，自然就要不停地反叛，而永不停顿的反叛动机又驱使莫言将他原本就奇诡险绝和铺排张狂的极端化风格一次次推出极地。殊不知，创新求变固然可贵，但凡事都有一个度，就像皮亚杰的认识发生论所告诉我们的，任何艺术创新都只能在传统审美“图式”的“边缘”进行，而不能走得太远，真理和谬误之间不过是一步之遥。极端也就是极限，一只气球吹到薄如蝉翼时最见异彩，但再吹一口气就非炸了不可，艺术似与此同理。而且，创作过程追求奇、绝、险、怪也往往难得持久。比如与莫言反其道而行之走到另一个极端上的阿城——如果说莫言是浮华铺张的极端，那阿城就是平实简约的极端——据说他给自己定了一个“写作规矩”，使用汉字要少而又少，不用一个生涩冷僻之字，不用一个成语，等等，如此一来，风格奇则奇矣，只是创作计划中的“八王”写了“三王”（《棋王》、《树王》、《孩子王》）便难以为继，可惜了一个优秀作家的“早夭”②。阿城给人的感觉就是在追求平实的奇险处过早地把力气用尽了。以此观之，要成就一个

---

① 参见张世家《莫言与我和高密》（《青年思想家》1989年第3、4期合刊）。张文还引用了莫言的一段话：“没有办法，现在的读者和编辑，一方面希望莫言的作品一篇比一篇好，一方面又要莫言写得多，约稿的一大群，难呵！……”从中亦可见作家当时的创作心态和写作环境。

② 据说阿城曾准备给自己八部中篇的名字一律以“王”名之，最后结集就叫《王八集》。

大家，有时倒不妨来一点平庸之作；如果要求过苛，想篇篇精萃或创新，反而可能会影响作家才华的充分发挥。譬如鲁迅，他计划要做一部知识分子题材长篇而最终未能做出，给现代文学史留下了一大遗憾，研究家们对此分析了各种原因和理由，但我看至少还可以加上一条，即先生洗炼简约之极的风格于长篇体裁并不甚相宜，加之先生自律甚严，不会不影响到下笔的决心。假设换成沈从文或巴金，这一部长篇也许早就留下来了。还有王安忆，进入20世纪90年代以后突然宣称她今后的写作不要风格化了，这个惊人之语的背后恐怕多少包含了她在刻意写作《小鲍庄》之类的风格小说之后的某些思索和启悟吧。

当然，莫言与阿城并不同，显见的一点区别是，阿城一旦创立了自己的风格就守住不动，而莫言却在一段时间内成功地强化与发展了自己的风格——继《红萝卜》之后一年时间内，他通过《金发婴儿》、《球状闪电》、《枯河》、《老枪》、《爆炸》等一系列作品，分别有所侧重地对小说的语言、结构、意境、叙述调度和艺术感觉、审丑把握等方面进行了极限试验，最终又在《红高粱》中杂糅起来，全方位地推向极致，显示了他在极端化道路上的前进幅度。然而，阿城比莫言更明智之处在于见好就收，适可而止；莫言却得寸进尺，过犹不及。应该说，《红高粱》是莫言个人化风格的里程碑，也是极端化风格的极地，再往前推，事情就无可避免地出现了逆转，高粱地也就成了莫言创作的颠覆之地。

《红高粱》之后，莫言获得了一张超极端写作的“特别通行证”——写什么就是什么，怎么写就怎么发，连错别字都照排不误；他随心所欲地自我表现，不仅远远超越了一般小说规范，而且也偏离了他自己风格的内在规定性，使这种风格发生了倾斜和变异。一个显著的特征是，他开始漠视读者，拒绝阅读，而蛰伏在自己的内心世界中自言自语自说自听，沉溺于一种“内向交流”的封闭状态之中。它的具体表征就是大量摒弃经验而倚重超验，或者以梦境（《食草家族》）、或者以寓言（《十三步》）、或者以神话（《红蝗》）来组构一个个纯粹的幻象世界，里面充满了：“混乱的思想”、“可怕的情绪”和“病狂的倾向”（莫言语）。与此同时，他早先创作中暴露的那些缺陷，如感觉的炫耀、泛滥乃至重复，语言的毫无节制，狭隘激愤情绪的喷吐，为审丑而审丑的癖好，等等，都加倍触目惊心起来，几乎成了此一阶段最鲜明醒目的莫言烙印，①使作品变得空前地迷狂、偏执、紊乱和晦涩。人们惊愕之余，忍受不了这种阅读折磨，渐次失望地远离莫言而去。批评界经过了一段沉默之后，也终于忍无可忍，于1988年开始不约而同地对莫言的“超极端写作”倾向进行了猛烈狙击，首次对成名后的莫言做出了最不留情面的严肃批评。② 然而，这一切并没有遏止住莫言在极端化道路上的惯性滑行，且一直随着急剧降温的新时期文学同步滑入低谷。而当八九十年代之交，一种稳健的技术试验的“先锋小说”和一种作为对极端化风格的彻底反弹的朴素无华的“新写实”小说渐成气候并相继领风骚于文坛时，莫言似乎一夜之间又成了明日黄花。忆及当年盛况，令人不免恍若隔世之慨。

诚然，读者的多寡、批评界的好恶并不是衡定作家作品的最终标准，就像《喧哗与骚动》有一年在美国也只卖出一本，而《弗兰德公路》也曾让诺贝尔文学奖评委觉得“像天书一般难懂”——这都不能妨碍它们最终获得世界性承认。尤其进入20世纪以来，那些世界级的小说大师基本上都是以惊世骇俗的先锋姿态出现的，一时不被人们理解、接纳和认同倒十分正常，从普鲁斯特、福克纳到萨特、西蒙，莫不如此。莫言也许受他们影响，企图构筑自己庞大的文学山系。这种雄心对一个当代中国文学的领衔作家来为说是不难理解的（当年包括笔者在内的部分评论也对他表达了这种鼓励和信心），但是我们仍然不能不指出莫言和大师之间的一个深刻差异——同样都是庞杂纷繁甚至晦涩难懂，但在普鲁斯特那里，始终有一个崭新的时空观念支配下的独特的“回忆过去的方式”笼罩着他庞大的《追忆似水年华》；而西蒙的《弗兰德公路》虽然仅仅二十万言，但却以“同时性”和“现时性”并存的创作方式立体地呈现出

① 这些问题早在1985年就程度不同地出现了，我当时撰写的几篇文章都曾对其提出过批评意见。1988年后，这些问题又成了评论界批评莫言的焦点。因此，我这里不准备对这些现象做更详细的分析，我将侧重对他的“超极端化写作”思路做出清理，并探究其根源与失误。

② 参见——王干《反文化的失败——莫言近期小说批判》，《读书》1988年第10期；贺绍俊、潘凯雄：《毫无节制的〈红蝗〉》，《文学自由谈》1988年第1期；夏志厚：《红色的变异》，《上海文论》1988年第1期；大卫：《莫言及其感觉的宿命》，《文学自由谈》1988年第2期；颜纯钧：《幽闭而骚乱的心灵》，《当代作家评论》1988年第3期；杨联芬：《莫言小说价值与缺陷》，《北京师范大学学报》1990年第1期。

了人的生命感觉，并由此提供了一种新的小说表达的可能；至于萨特的荒诞背后显然矗立着一个存在主义哲学观的深厚支撑……在莫言那里，我们还看不见这些东西，看不见一个能抽象出来的自成体系的独特的观念或方法；有的只是真正意义的凌乱，偶或闪烁出某些精彩的砖块和瓦片，也终未能勾勒出大厦的轮廓。如果说，幻象世界的建构更需要倚仗理性的统领（如萨特），而理性又恰非莫言所长，由此才导致了作品的混乱，那么进一步的考察又让我们发现，在这个幻象世界中，莫言最大的本钱——感性生命也被超验所挤压和窒息，开始露出了枯萎的败象。比如《欢乐》和《红蝗》中那大段大段冗长而生硬的议论，芜杂而偏激甚至让人产生生理反感的描写，既不是心灵激情喷射的结果，也不是生命感觉波动的记录，而纯乎是清醒的信笔涂鸦、理智的文字堆砌，是一种故作癫狂的自我放纵与宣泄——对大师的瞎子摸象式的急功近利的借鉴既没有得到萨特式的理性，又失去了西蒙式的感性，那么凭什么去接近大师呢？

显而易见的是，莫言混乱的根源并不仅仅在于技术的层面，而更在于深层次的思想情感的矛盾。莫言对此也供认不讳——“我不想解决我的矛盾，我想深化我的矛盾，我想靠我的矛盾来生存。我非常希望非常渴望我的痛苦与民族的痛苦产生一种合拍。如果我的痛苦与民族的痛苦是一致的，那么，无论怎样强化我的个性意识，无论怎样发泄我的个人痛苦，无论怎样把我的一切都喷吐出来，我的个性就得到一种更大的共性，发泄得越厉害，爆发得越厉害，我就越了不起。”① 这段话无疑为莫言的超极端写作提供了一个最好的诠释，而且作为对自身状况的认识与把握，他也大抵是说得不错的，至少他要抓住“矛盾”不放的念头是对的。就艺术而言，只有矛盾才能产生深刻，只有深刻的矛盾才能培育大师，这点莫言心中有数。但是他还只说对了一半，抓住矛盾并不等于抓住了大师的全部。这是因为：第一，莫言作为一个物化时代的挽歌手，作为一个高粱地里的精灵与叛逆，他在我们民族艰难的文明进程中，在社会新旧价值体系的沉重转换中，无疑地体验与承受了一种彻骨的苦痛与剧烈的冲突，但农民的立场使他表现出情感上的三重偏执——亲传统而远现代，亲乡土而远都市，亲感性而远理性。这种“一边倒”的偏颇

① 见《莫言研究资料》，山东大学出版社1993年版。

看似激烈，实际上反而打破了双方力的平衡，削弱了矛盾的张力，消解了矛盾的深度与力度。第二，在深刻的矛盾和完美的艺术之间还有个复杂的转换过程，也就是说越是复杂的矛盾越是需要艺术地传达，而不是直白浅露地喊出来端出来（比如莫言好用的矛盾二重组合句式“最英雄好汉最王八蛋”之类的就有直白之嫌）。《红楼梦》集中反映了曹雪芹巨大深刻的思想矛盾，但它却并不进行多少价值判断，而只是把矛盾浸润在人生经验和艺术经验的浩瀚大海之中，让人们迷失其中也陶醉其中。第三，进一步就技术操作层面而言，艺术的节制和分寸感任何时候都是必不可少的，决不因为你的矛盾深刻或痛苦深广就可以随意地发泄和喷吐；如果非要如此，那就只有以损害艺术为代价了。比如郭沫若狂飙突进式的早期诗歌，今天读来就跟喊口号差不多。而忧愤深广可谓现代作家第一人的鲁迅，却以巨大的笔力将一腔悲愤牢牢扼住并不任其喷吐，其作品反而长久地震撼人心。

长远地看，莫言偏激的艺术追求固然受制于他的个性、气质以及全部的人生背景和由此构成的偏激的思想矛盾，但在最切近的角度上看，又无疑地和80年代中期中国文坛的激进思潮和浮躁氛围紧密相关。从这个意义上说，任何文学现象都是时代的产物。问题在于，当这个时代或者具体一点说当整个的文学生态环境发生了变更的时候，莫言做出了怎样的调整。可以肯定的一点是，悄然崛起于八九十年代之交的先锋作家和“新写实”小说给莫言带来了刺激和挑战。他力图做出反应和回答，并以此跃上一个又一个潮头。翻开近年的刊物目录就不难看到这一点。勤奋刻苦的莫言仍然未见稍有懈怠，创作速度甚至不减当年。只是效果并不理想，量的增加似乎没有带来质的跃进。从《红高粱》至今整整七年间，莫言总共发表了《天堂蒜苔之歌》、《十三步》、《食草家族》和《酒国》等四部长篇以及数十部中短篇，但少有能再让人们普遍看好的篇什，谈论起来，倒是更加怀念当年的“黑孩”。这是很值得我们深思的。

因而在我看来，现今的莫言不是写得太少，而是写得太多。他确实极需调整，但这种调整决不是拿某一种“时尚”来校正自己，更不是用写作的高速高产来证明自己，而是要切切实实地沉静一段甚至辍笔一段，休养生息以恢复一种心境，重建一种自信，从根本上调整自己的感觉系统和心理结构，整合与铸炼自己对人生和艺术的深层思考，在传统向现代的转换中、在世界性和民族性的边缘处寻找并确立一个宏大遥深的小说美学目标，以保证在“极地”上新的扎实稳健的出击。然而莫言的问题恰恰就出在这样一些方面——问题之一，莫言过于急切的“反应”仍然是一种浮躁的表现，是一种“宝刀不老”看似充满自信实则恰恰是害怕被淘汰被甩掉的缺乏自信的心理外射（这种担心其实大可不必，以莫言的最高成就论，无论今天有多少火爆的新进作家，依然罕有能出其右者），或者说还有一种名人效应的负面影响——一个硕大无朋的天才包袱从他潜意识里压出一种不断证明自己超群的实力与才华的渴望，因此他要顽强而疲惫地保持一定的速度和产量。问题之二，尤其是“新写实”朴素的审美风范剧烈冲击了莫言的极端化风格，使他陷入难于抉择的尴尬和犹疑之中：继续在极端化道路上推进吧，外不符合“时尚”，内又缺乏强大而持久的“驱力”（原因如前所分析）；那么，转而“趋时”，掉过头来步人后尘也去操练“新写实”吗？这对于向来惯于独标异帜自立山头的莫言来说实在心有不甘。（其实，他的部分作品如《白棉花》、《父亲在民？连里》等已有某些向“新写实”妥协的倾向。）于是乎，莫言在失去了小说前卫位置的同时，既失去了一种澹泊宁静的平常心态，更失去了一个坚定明确的美学目标——新版小说集《白棉花》就是莫言近年来彷徨徘徊躁动疲惫的创作状态的最新写照。

老实说，作为莫言的同学和最早的热烈鼓吹者，我在如实地描述完我对近年莫言创作嬗变的真切感受后，心境颇为复杂。但是无论如何，我的全部的批评并不意味着我对莫言产生了江郎才尽之感。我对莫言巨大才力的信服至今没有动摇。短短几年之内，他能先后成为批评界惊赞和诘难的焦点并以此构成新时期文学进程中的特殊景观，正是因为他的才气太大而不是相反。我不苟同他近年的创作路向也仅仅是出于这样一种比较：比较他曾经达到的高度，比较他表现出来的天纵才情和人们对他的深厚期望。甚至我一边写着这些文字还一边禁不住地想，也许是我的判断失误，如果时间将做出这样的证明，我倒情愿如此。但是目前我所关注的却仍然是莫言能否记得并脚踏实地按照他 1986 年说过的一段话去做而且越做越好——1986 年的莫言如是说：

“我想：一、树立一个属于自己的对人生的看法；二、开辟一个属于自己领域的阵地；三、建立一个属于自己的人物体系；四、形成一套属于自己的叙述风格。这些是我不死的保障。”①

朱苏进：《炮群》以后的“两极分化”

对于朱苏进而言，扎实深厚的军旅现实生活和独异高远的人生理想境界几乎是同样的卓尔不群，二者之间巨大的矛盾和落差组成了一个双向同构相反相成而又富于艺术与思想张力的“小说场”。整个80年代期间，朱苏进就在这矛盾场中惨淡经营精心结撰他的小说佳构，做得很苦很累也很精彩，几乎篇篇不同凡响。矛盾双方的“引而不发”使朱苏进的小说叙述呈现拉满弓的张力状态，而且因其紧绷愈显其筋络毕现的力度，造成了朱苏进小说特有的紧张感、凝重感和深度感。但是，这种长期“引而不发”、“欲飞”不飞的状态也容易带来一种疲惫感和沉重感。矛盾着的双方总为对方所累，理想制约现实，现实压迫理想，相互撕扯与胶着，紧张状态无法消除，只有放任自流地推演其冲突。

其实，从80年代后期开始，朱苏进对这种矛盾的驾驭就已经出现“失控”——它首先表现在1989年发表的《绝望中诞生》② 里面。在这个孤独里创造了英雄、绝望中诞生了希望的故事中，朱苏进在他的理想人物孟中天身上倾泻了空前的激情——与其说是他对这个人物的偏爱所致，还莫如说是他长期压抑的理想的爆发使然——以至于这股激情的洪流挣脱了理性的羁绊，第一次将朱苏进的素来以冷静扎实的现实主义生活描摹为基石的结构精致、匀称、严谨的小说框架冲击得摇摇欲坠。总体结构倾斜却空前大气，语言热力磅礴却不免芜杂，生活实感的部分牺牲却换来了想象的巅峰状态，一句话，写实的传神让位于理想的辉煌。朱苏进的传统小说模式面临尖锐的挑战。这挑战并非来自技术因素，而是一种小说思路的根本选择：因为理想境界与现实人生的矛盾冲突已经不可调和，你是放任孤独而高傲的灵魂去理想的天国里做彻底自由的翱翔呢，还是恪守现实生活的准则，对它进行现实主义的规范和牵引，让它向着世俗的大地回归呢？

这确实是个问题。这甚至主要还不是一个小说思路的选择问题，它也涉及到作家的人生态度问题，或者说它反映了作家本人的深刻的思想

---

① 见《两座灼热的高炉》，《世界文学》1986年第3期。

② 载《钟山》1989年第5期。

矛盾。处在八九十年代之交的朱苏进面对这个两难选择表现出了游移、彷徨和一定程度的迷茫——继“孟中天”之后，无论从哪个角度看都更可以作为朱苏进职业军人理想化身的“苏子昂”，在一部长达二十多万字的《炮群》中展演出来的全部的辉煌与黯淡都说明了这一点。孤标傲世而又清醒入世的苏子昂自始至终都被坚执于高邈理想和认同于世俗现实的双重诱惑与迫力撕扯得好痛苦，挤压得好痛苦。结果还是理想受挫于现实，现实主义赢得了胜利。而作家最后匆匆安排的圆满结局实际上既是苏子昂对现实的妥协，也是作家对世俗的认同。《炮群》的矛盾带来了它的深度和缺陷并存，所以被我认定为“半部杰作”。

《炮群》作为朱苏进80年代创作的总结，和《绝望中诞生》一“左”一“右”的摇摆，已然昭告了朱苏进旧有矛盾格局行将打破。由于矛盾对立带来的紧张叙述，由于缺乏来自本文以外的调节机制的缓解与控驭，任其愈演愈烈的结果不是自行崩毁就是自我解脱。事实正是如此。进入90年代以后，朱苏进开始缓和“紧张状态”，主动消解“矛盾结构”。他一方面放飞自己孤傲的灵魂，让它逃离现实，完全遁入冥想的蓝天；另一方面松弛自己矜持的面孔，让它温和地正视现实，在世俗人生面前露出轻松亲切的微笑。也就是说，朱苏进的小说创作开始“一分为二”地向着理想与世俗的两极分化与推进。他创作于90年代的第一部作品《金色叶片》① 就给人以耳目一新之感。作品的取材和切入角度（以警卫员和首长千金的情感纠葛来透视司令员及其子女的情感世界）在朱苏进过往作品中甚为罕见，通篇不以“力”胜而以“情”长。“杀人如麻，战功累累”的司令员在垂暮之年陷入对被自己当年所亲手扼死的东洋兵“小疙瘩”的一种惋惜、怀念甚至是歉疚的情绪纠缠之中难以自拔。战争反思的严峻主题被缠绵的温馨平和的人情味所包笼、所化解，思想的锋芒钝化了，却变得亲切随和，反而更易于被接受了。循着此一“极”继续推进的是《咱俩谁是谁》②，题目中就透着几分轻松、随便甚至是油滑，而且这种调子贯彻全篇，读来毫不费劲，亦可感受到作者在写它时的那份顺畅、左右逢源和得心应手的洒脱。三位上校军官虽然仍是“高质量”的，但并不为坚执于高远理想而牺牲现实享乐，而且恰恰相反，

① 载《上海文学》1991年第3期。
② 载《花城》1992年第1期。

他们在旅途上在舞场中各逞其强尽显风流，雅俗并举自得其乐。不少人读完此篇都得一结论：朱苏进入俗了。

其实这仅仅是一个方面，而且还并不是最重要的方面。在另一个更重要的方面即“理想化”的一“极”上，朱苏进与此同时连续推出了《战争自尊者》之一、二部：《四千年前的闪击》（载《小说家》1991 年第 5 期）和《祭奠星座》（载《时代文学》1992 年第 2 期）。不难看出，这两部作品比上述两部作品写得更认真也更费劲，但是也更不好读。这显然是与朱苏进将它们作为“通俗小说”尝试的初衷大相径庭。情节并不一定导致通俗。这两部作品虽然情节离奇，但骨子里的孤傲却使它入俗不得。可这又确实是两部面貌新奇独特的小说，也可称得上是朱苏进的创造，我们姑且把它们称作“战争幻想小说”。其中的背景、环境、情节、人物等等无一不是超现实的，而惟有超现实的“载体”才能承载朱苏进审美理想的极致——它包括审美化地看待战争艺术、战争智慧、战争景观和战争手段；审美化地塑造集人格、理想、侠义和武功于一身的军人，并将这种军人推向为战争而战争、为对手而存在的纯粹军人境界，就像《祭奠星座》中那支蓝星部队的圣歌所唱：“假如我击败了伟大敌手/胜利后不免忧愁/从此我满载荣誉却无敌手/哦，敌手，敌手。你是我的忧愁/没有你我分文不值……”在这里，一切关于战争性质之类的现实的功利的种种羁绊统统被抖落个干净，朱苏进于冥想中放纵自己的心灵追索优美的极致，因此“在写《祭奠星座》时，他就感到无限痛快。这痛快甚至拒绝与人共享”。也可以这么说，这两部小说才是朱苏进真正为自己写作的小说，是他压抑已久的关于军人与战争的梦想的一次痛快淋漓的宣泄，是他困厄已久的灵魂大胆呓语的一次真实记录。

朱苏进在《炮群》以后“两极分化”的创作轨迹已经被清晰地勾勒出来了，剩下的问题是如何评价他的这种创作嬗变？很清楚的一点是，面对这匹无羁难驭的矛盾的烈马，朱苏进不是像莫言那样贴住马背任其狂奔，更不是想方设法去加以驯服，而是逃避激烈与冲突，主动从矛盾中解脱出来，只让思想或灵魂在马背上飘然远去，而让身体退下换乘上一匹毛驴。也即是说他将矛盾的自我“一分为二”，一半去写理想，且写得更尽兴、更纯粹、更玄妙，另一半去写现实，亦写得更轻松、更自如、更圆熟，而且速度和产量都比以前有了明显提高。

然而，另一方面，矛盾的消解同时也带来了力度和深度的消解，严峻现实的迫力的消解，一种艰涩凝重的语感的消解，乃至整个过往朱苏进风格的消解。两相比较，这个代价是否太大了一些呢？当然，这种新的创作路向也为朱苏进开辟一种新的有前景的创作风貌提供了可能，但是否也传达了某种不祥之音呢？他从重体验到重玄思、从重现实到重理想的逐渐倾斜，是一种对审美风范的主动择取，还是生活感性日见稀薄以后一种别无选择的选择呢？——他于 1993 年初最新创作的中篇《接近无限透明》① 和《孤独的炮手》② 都是在理想这一"极"上的继续延展（前者在回忆少年生活中提供了孟中天式的"超人原型"，后者则以现代传奇的形式塑造了又一个纯粹意义上的军人李天如），这让我隐隐地产生了一种担忧：朱苏进今后能否在形而上（提炼思想）和形而下（还原生活）两个向度上继续保持平衡地向前推进？

此外还有，我曾在《半部杰作的咏叹》一文中指出的他在《炮群》中集中暴露的那些局限性，比如其中最要害的一点是他笔下人物性格类型化即"朱苏进化"的问题能否有所改观？——我之所以特别强调这一点，是因为我认定这将有碍于他大家风范的最终形成与完善。我认为有必要在此重申，在我看来，区别一个大作家和一般作家的重要一点在于：前者是人物一旦活起来便将冲出作家为之设计的轨道，使作家不由自主地跟着人物走；后者则是牢牢控制住笔下的人物，让人物自始至终跟着作家走，甚至将人物全部笼罩在自我个性的巨大浓荫之下，成为一种类型化或作家性格化的产物。

总之，90 年代对朱苏进将是一个充满了诱惑、机遇和挑战的年代。

周涛：在哪里"游牧"？

1990 年，散文集《稀世之鸟》悄然问世了，先是在朋友中赞誉鹊起，两年后又获全国性散文奖，但一直没有得到散文界的公开赞扬和评论。这种非正常也不公正的反应并没有影响周涛的创作激情——1990 年、1991 年两年间，周涛沉浸在散文长卷《游牧长城》的炮制之中，他要以此进一步向散文界挑战并彻底征服散文界。他对此极为亢奋和自信，甚至自我陶醉自我佩服得不行——"嗨，你不知道我是怎么写这本书的，

① 载《收获》1993 年第 2 期。

② 载《钟山》1993 年第 3 期。

我简直不能自已——我操，这样精彩的语言是我写出来的吗……”①

1992年，当《游牧长城》在《中国作家》第3期和《人民文学》第6期推出时，情形颇有点类似《稀世之鸟》——一方面是同道好友间先睹为快、相互推荐、竞相传阅与评说；另一方面是“散文界”继续沉默，好像什么事也没发生。这下有点激怒周涛了，他再也不甘寂寞了，他要跳出来自己推销自己，自己给自己一个定位。他那一大通关于“散文的前景”的狂傲放言就多少带有这样一种情绪的发作——他讽刺散文界“是一座没有生命的橡皮城堡，沉默而又固执；你找不到门，也找不到沟通的渠道；你不知道那里面的人为什么要坚守他们的阵地、城池，而且看来他们永远还不打算投降”；他不无幽默和刻薄地给这个“界”归纳出“病人养病鸟”、“正宗丈夫心理”、“沉默主义”等八种病态；他在极力推崇贾平凹“一人之劳作足抵散文界全部人马十年之功绩”之后，又将自己和贾进行了一番“各有风格，难分高下”的比较②……真是快人快语，奇文狂思！

如果说指望“乱世用重典”，沉疴下猛药，对一个萎靡疲软的“散文界”猛击一掌以求振作的话，倒也尚无不可。但为什么一定要他们“投降”呢？（这是不是有点想“入主中原”的味道？）而且你既然认定那是一个刀枪不入的“橡皮城堡”，那你为什么又对它耿耿于怀呢？说穿了，其实内心里仍然渴望得到那个“界”的承认，在豪语、激愤和不屑一顾状的另一端恰恰泄漏了浮躁和脆弱的心理，或者叫作强悍其外、脆弱其里吧。这就大可不必了。把文章做好比什么都管用，何必计较一“城”一时的褒贬呢？好文章总是有知音的，终究是不会埋没的，正所谓“甘苦寸心知”、“江河万古流”罢。

无论如何，《游牧长城》毕竟是周涛这个“从九岁起就被关在长城外的汉家牛犊”将近四十年后又以一个北方游牧者的身份——以“人面羊身怪”的眼光寻找血缘、精神和文化的根——通过审视长城解读心灵和历史，借以释放终生难解的矛盾情结的呕心沥血之作。历史给他的契机是80年代末他为大型电视系列片《望长城》撰稿。对那堵“东方老墙”整整两个月的追随、凝视、触摸，使他突然感到被某种神秘的力量所击

① 引自肖陈《追昔抚今话周涛》，载《中国作家》1993年第2期。

② 见《散文的前景：万类霜天竞自由》，载《中国作家》1993年第2期。

中、所进入，有一点神明附体、精神受孕、灵魂出窍之感，于是开始在一种沉醉痴迷的情状中“生产”。可以说，这也是周涛人到中年，智慧成熟，笔力老到，精气沛然，创作心态健旺豪迈的鼎盛之作。它带来的大致是两类反应：第一类是初读周涛者不免拍案惊奇，连呼“气势沉雄，警句迭出”，颇有大喜过望之慨。这是因为他们不曾领教周涛手段如此了得。第二类是熟识周涛者兴奋欣悦之余，犹觉不够过瘾，甚至还有些微失望。这是因为他们一贯笃信周涛端的厉害，期望值太高的缘故。也就是说，在他们眼中，《游牧长城》并未达到周涛自诩和人们期待的高度。我即属于这一“党”。在我看来，《游牧长城》尚有两点不足。一是内容方面，周涛对长城总体把握、体验与洞察所达到的平均值并未超过他对“哈拉沙尔”（《哈拉沙尔随笔》）、昆仑山（《蠕动的屋脊》）和“吉木萨尔”（《吉木萨尔纪事》）的深厚积淀，至多是一次大面积大容量的平面推进，甚至还有少许篇什尚未达到先前水准。其实这也是很难苛求的，毕竟“游牧”才两个月，要对每一个景观和物事都做到厚积薄发谈何容易？二是形式方面，如此十余万字长篇，却不见与之相媲美的形式架构上的经营与创意，基本上只是一种关于长城的游记或随笔的连缀。虽然周涛关于“散文的意思就是自由文，自由是散文的生命”的主张大致不差，但这并不能否认艺术形式的重要性和独立价值，也不能成为自己疏懒于艺术形式创造的借口。

近年，周涛的重要作品还有断续发表的《读〈古诗源〉二十三记》，这也是值得我们特别予以重视的。如果说前者是在长城上读史，那么后者就是在古诗里读史。正如我在“中篇”里分析过的，自然与历史可以说是放牧周涛思想之马的两个雄深辽远的大牧场。他先前为天山南北雄奇壮美的自然风情而吟唱，后又为农业文明刀耕火种的历史厚壤所迷醉——无论是在对自然的礼赞还是对历史的慨叹中，他都注入人生的体验、感情和智慧，使之相沟通、相交融、相撞击，从而升腾起一种思辩、一种哲理，给人以点化、启迪和醒悟，充分显示出作者的睿智和理性高度。这似乎已成了近年周涛散文创作的一般思路。（其实也不妨看做他当年诗歌创作“模式”的一个翻版，由此亦可见一个人要改变自己是多么难。）这个思路有效地发挥了周涛的种种优长，但也开始显露出它作为一种“定势”的局限：周涛总是先将自己定位在一个听到“神谕”的高度上，然后居高临下地开始他“以势压人”、“得理不让人”（周涛语）有滔滔雄辩，满足于一种自我喧嚣。他更像一个演讲者，乐于“告诉”你这样或那样，而不是亲切随和地向你“倾诉”他内心的感受和情绪；他又像一个健美表演者，热衷于在舞台上努力隆起全身的每一块疙瘩肉，然后沉溺于一种自我陶醉、自我欣赏之中，也许令你赞叹却难以亲近；他不是虽有内功却不事张扬而悠然自得的太极拳师，更不是和你傍肩散步娓娓而谈的老友（尽管他主张散文的“散”就是散步的“散”）；他也像一匹兀立荒原的“北方的狼”，但只给你展示仰天长嗥的雄姿野性，却难得一见它蜷缩洞中时的舔伤呻吟（虽然后者的形象也很动人，就像包扎伤口的战士，亦如周涛《猛禽》中所描写的泣血的鹰）；他掩饰痛苦，也善于消解痛苦，因而也丧失了部分真实和力度……

周涛什么时候能像敞开他的思想、智慧和才华一样也敞开他的内心，坦率而自然地流露他内心最隐秘的情感，尤其是作为一个普通人日常生活中的那一部分真实情感呢？（这在周涛笔下实不多见，但偶有流露如诗作《遥远》中描述的“我恰被一粒遥远的思念”“所击中”的那一刻，确实美丽温馨而忧伤动人）如果能这样的话，不仅会丰富他的情感层次，调适他阳刚硬猛的风格，稀释他过强过直的哲理与思辩，而且还能进一步拓宽他散文表现的疆域。我的问题或许是：周涛思想的神骏在游牧“天山”（自然）和“长城”（历史）的同时或以后，能不能再游牧到心的草原上去呢？

结语：告别“三剑客”

我的所谓告别“三剑客”，包含如下三层意思或三点希望。

一、对我个人而言，在过去的几年中，我将“三剑客”作为新时期军旅作家群体中的个案研究，始终没有放松跟踪阅读与批评，陆续撰写了约十余万字研究文章，我想暂告一段落，并希望此文能成为对我的“三剑客”这个说法的一个比较系统扎实而又个人化的阐释。而且，任何解读都是自我向文本投射、文本向自我敞开的互逆过程，此文也不仅仅是指向“三剑客”的，同时也是解答自我的一次富有挑战性的精神探险，所以，它对于对象和自我都带有某个阶段的总结性意味。

二、对新时期军旅文学运动而言，八九十年代之交，随着80年代“两类作家”在“三条战线”作战的旧有格局基本瓦解，第三代军旅文学新人开始崭露头角，他们将责无旁贷地成为90年代的军旅代言人，这也就是他们的年龄层次的特殊意义。我希望他们能学习、借鉴和批判前代作家，迅速成熟起来，托举起自己的代表人物，打破“三剑客”独占鳌头的格局，给90年代军旅文学开出新生面——虽然目前我们对此还不可乐观，但这正是我关于本文的一个写作动机和一点战略考虑。

三、对“三剑客”而言，无论是莫言还是周涛或朱苏进，都在创作道路上进行了十年左右或更长时间的跋涉，而且也都已经或正在达到这一阶段的顶峰，更艰难也更壮丽的前景是超越自我，告别旧我，进入一个新的境界；他们又都富于春秋，日臻成熟，对自己有着清醒和透彻的认识与把握。因此，不管本文的分析批评有多少失当和谬误，我都希望他们当成是一声“加油”的呐喊；我更希望今后一旦有机会再来评说“三剑客”时，就不仅仅是在“新军旅”或“军旅”的范围进行，而是在更深远广阔的背景上展开。

（载《解放军文艺》1993年第9期）

乡土中国与农民军人

——新时期军旅文学一个重要主题的相关阐释

一

人所共知，从农耕经济的立场看，土地乃中国国脉之所系。自汉代以来，我们的先民就开始了以铁犁和牛耕的基本操作方式与土地保持着一种“天人合一”、“安土乐业”的亲密和谐关系；两千余年，“日出而作，日入而息”，躬耕于土地，收获于土地，在土地上创造了就世界范围而言最灿烂辉煌、最成熟也是最恒久的农业文明。它维系中华民族数千年不坠，像一团闪光的星云一样深邃博大而混沌，使人为之惊赞、为之咏叹，亦为之魅惑，吸引无数好奇者的目光和探询者的追问——近人或从天候地理角度切入，提出“内陆文明”说；或从社会结构方面着手，提出“乡土中国”说。

然而，再换一角度，我们又不难发现，作为完整中国的时空实体——广袤的乡土和蛰居其上的庞大的农民这二者之间的利益关系，实际上就构成了两千余年来中国社会的基本矛盾。换言之，由谁来真正地（从劳力操作到利益分配）占有与掌握土地，始终是中国革命的核心问题。有一种所谓“大历史观”认为：建立在土地之上的中国传统社会晚期结构（亦可向前推到其它各朝），“有如今日美国的‘潜水艇夹肉面包’，上面是一块长面包，大而无当，此乃文官集团（或曰地主集团）；下面也是一块长面包，也没有有效的组织，此乃成千上万的农民。”① 二者各自的涣散所造成的相互脱节也许是导致中国社会长期以来难于爬梳与管理的重要原因，但更为根本和显而易见的却仍然是二者在土地问题

① 参见（美）黄仁宇《〈万历十五年〉和我的“大”历史观》，《万历十五年》，中华书局1982年版第264。

上的利害冲突。一方面是带有皇权威严的律令“普天之下，莫非王土”；一方面是永恒的农民的梦想，“有田同耕，有饭同吃”。二者之间利益调适的消长起伏，影响乃至决定了中国社会的兴衰进退。从《诗经·硕鼠》里的“适彼乐土”到《抱朴子·诘鲍篇》中的“顺天分地”，直到太平天国《天朝田亩制度》中的“凡天下田，天下人同耕”等等，都清晰地告诉我们，封建王朝下农民朴素的向往或革命的思想无不孕育于土地，萌发于土地而又归结于土地。绵延千年而不绝的农民的战争，毋宁说就是一场又一场土地的战争。本世纪初叶在“打土豪分田地”等口号下波澜壮阔地展开的新民主主义革命，虽与以往有根本区别，但就这一点而言也仍然是农民的土地革命的延续与深化。正如毛泽东所指出的：“农民问题乃国民革命的中心问题”，“所谓国民革命运动，其大部分即是农民运动”。而“要能全部抓住农民，必须没收地主的土地交给农民。”[1] 具有中国特色的“农村包围城市”的革命道路也雄辩地说明了这个不争的事实，中国革命的胜利乃是中国共产党所领导的农民的土地革命的胜利。

辩证地看，上述所说还仅仅是事物的一个方面，而在另一方面则如列宁所说——中国农民这样或那样地受土地束缚，便是这个落后的、半封建的农业国家的客观条件。马克思说得更简明：小农经济必然产生专制政体，拥护封建皇帝。极而言之，崛起于土地、最终又匐伏于土地成了中国农民难逃的宿命。数千年来，深厚的乡土培育了中国农民勤劳、简朴、吃苦、耐贫、善良、韧性的美德和敢于反抗、勇于斗争的革命品质，同时也滋生了大量的精神病菌，比如狭隘、自私、短视、保守、涣散的劣根性和“不患寡而患不均”的平均主义思想等等。如此种种一旦化为民族的心理积淀和思维定势，就决无可能随着一场急风暴雨式的运动或几次利益关系的调整而彻底根除。恰恰相反，“小农经济的农村社会结构，以血缘为纽带、封建大家庭为生产单位，聚族而居，安土重迁，宗法关系和宗法观念远远不可能真正动摇”。[2] 由此观之，我们以往对于历史的农民革命及其成果乃至农民自身的过于理想化的理解与描述多少是有些失之于片面和简单的。农民文化的负面和局限性在农民革命胜利

① 参见《国民革命与运动》，《毛泽东选集》第一卷，人民出版社1991年版，第16页。

② 参见李泽厚《洪秀全和太平天国思想散论》；《中国近代思想史论》，人民出版社1986年版。

以后相当长的历史时期内被遮掩与回避，难以彻底正视。然而，在今天的现实参照下，具体而言，就是说随着80年代以来急速展开的大陆中国的现代化进程，无数新的观念、意识、行为规范、道德准则和价值取向纷至沓来，以城市为“中心”，“反向”地辐射渗透于农村，在辽阔边远的平川山乡激荡起了或隐或显的回响与震撼，不同层面的农民文化中的负面开始被“曝光”，逐一显出其“旧”来。农民作为昔日土地的主人和革命的主力军突如其来地面对诸多两难选择或悖论，骤然感到了前所未有的焦灼、困惑与迷茫。

宏观视之，从农业社会向现代社会的转型，无疑是中国真正的“数千年未有之变局”。它经过长达百年的渐进，终于在20世纪末开始了突破性的“冲刺”与飞跃，它的深刻性所带来的“应激反应”也不能不首先敏锐地体现在中国的“时空实体”——土地和农民身上。其中最醒豁的变动我们可以指出两点。其一，土地从来是农民人生的起点和归宿。然而，随着近十余年来社会结构和利益分配的大幅度松动与调整，当代青年农民却纷纷以“逃离土地”作为他们富于时代感的人生设计和价值取向；其二，农民从来是革命的动力和主力。然而，只有到了今天，人们才真正体验到，在农民革命胜利之后，在某些方面恰恰是要以改造农民自身来作为继续推动社会进程的代价。广大农民对于“土地立场”的反动，和对于革命的“角色互换”的自我意识，恰恰表现了当前社会变革的深度与广度。

正是在以上背景下，我们才充分注意到所谓“农民军人”这一角色所包蕴的丰富的历史内涵和现实意义。简单地说，它与上述两点变革特征有着最为直接的关联和沟通。第一，当代农村青年纷纷应征入伍，成为了穿上军装的农民。或者反过来说，由于中国农村的幅员辽阔，当代中国军队的主要兵源仍然在于农民；第二，当代军营作为一座青春之门，一个人生舞台，一个连接传统与现代、乡村与都市、农民与军人的中介环节，它在不停地吸纳与容涵青年农民的同时，又对他们携带而来的农民心理、农民意识和农民文化作出“中和”反应，并尽情展演两种文明在其间相冲突、相碰撞、相妥协、相转化的复杂过程。因此，“农民军人”就成了一个双重身份和复杂性格的特殊“人物”，成为了一个我们观察中国社会的具有双向视角的绝佳角度：既可以从乡土和农民的视点来观照当代军人并加深其理解与把握，又可以从兵营和军人的视点来返观中国乡土的深层结构和当代农民的最新动向。

那么，接下来的也就是真正让我们感到兴趣的问题，即“乡土中国与农民军人”有没有可能成为了当代文学——再缩小一点范围来说就是新时期军旅文学中的一个重要主题？它又是如何萌发、演变和深化的？它表现出了怎样的风貌、情况和特质？它究竟给了当代军旅文学以怎样的刺激、挑战和启示？

二

在我对新时期军旅文学中的“乡土中国与农民军人”这一主题的表现形态做出具体描述之前，我想仍然还有必要对与此相关的前提做出某些说明。这一方面有助于我们对这一主题的阐释与理解，另一方面也许是更为重要的，即我已充分敏感到这一主题在理论意义上的重大与深刻，而与此形成反差的是它在实践运动中的滞后，或者说发展得还远不够充分与丰满。创作家们对此的切入多少还有些无意识或下意识，以目前的创作成果来支撑和论证它，就难免有羸弱或不堪重负之虞。换言之，即便是在今天来提出这一命题，仍然具有某种超前意味。所以，我不想完全地求证于作品，而情愿花费必要的篇幅进行理论的铺垫，哪怕有些大而无当也在所不惜，目的是期待引起创作者和研究者们进一步的理论自觉和关注。这和我在第一节中用了也许过于冗长的笔墨来交代此一主题的“背景”是出于同一角度的考虑，同时也是我在本文中审慎地选择了“相关阐释”这一角度的初衷。

首先需要说明的一点是，我所谓的“乡土中国与农民军人”这一主题在军旅文学中的表现重心当然是“农民军人”而非“乡土中国”，将它们并提仅仅是因为二者内在的血缘联系难以割裂。如不然，我们就该在乡土文学而不是军旅文学的范畴内进行讨论了（尽管这二者也时有交叉，但区别是更主要的。关于这一点，我将在后面做出分析）。

其次需要粗略界定的是“农民军人”这个概念。严格地说，军人就是军人，其信条、规范、准则、性质都应该是一样的，这是就普遍性而言。但就特殊性而言，军人又是千差万别的。仅从社会分层来看，现代中国军队的兵员构成就较之以往有了极大的改组和丰富，虽然主要兵源仍旧来自农民阶层。但也还有相当一部分来自非农民阶层（比如官僚阶层、金融阶层、知识阶层、职员阶层、工人阶层、市民阶层等)，而不同的根源与出身就给不同的人群打上了永不磨灭的烙印，并进而决定了各自迥异的面貌。在此一意义上说，“农民军人”是和那些非农民（阶层出身的）军人相比较而存在的，这是一个现代概念——是一个对社会结构进行现代分层以后的政治概念，同时又是一个文化的概念，是一个超越政治或大于政治的浸润了深厚的农业文明色彩的文化概念。落实到本文中，它具体指的就是当代中国军队中那些从农村入伍的穿上了军装的农民，或者说从农民摇身一变而成的军人。如此而已。

80 年代中期，我最初提出“农民军人”这一现象时，是从两个角度切入的。一是作为创作对象的农民军人。我充分注意到农民与军人之间的血缘联系，认为只有深刻地研究中国农民的命运，理解中国农民的感情，才有可能把握住中国军人最基本的心理特质，并通过建设性的扬弃来重塑当代中国军人的民族魂。二是作为创作主体的农民军人，或曰农民军人的代言人，就理所当然地具有了把握与塑造中国军人的先天优势。但是，根据我对李存葆、莫言、宋学武、周大新、朱秀海、唐栋等一批农民出身的青年军旅作家的研究结果表明，并非农民出身的作家对自我就有清醒的自审意识和自觉的批判眼光，而且“先天优势”反而常常成为了一种先定的局限。导致“农民军人”这一主题在军旅文学运动中应有的广阔前景未能充分展示，甚至还在 80 年代末期随着整个军旅文学运动的消解而一度湮没无闻。因此，当今天阎连科、陈怀国、陶纯、张香林、焦景周、蔡秀词、毛建福、何况、郭木、简直等一批新进的青年农民军旅作家带着属于他们自己的也许稚嫩但却更加丰富、更加复杂，至少是更加真实的农民军人形象登上军旅文坛时，我首先注意到的不是他们达到了多么高的艺术成就，而是庆幸“农民军人”这一主题终于又得到了延续和推进。并且也给我提供了重新来认识、描述和论证军旅文学这一重要主题的可能性。

三

1982 年，《高山下的花环》在回归革命现实主义的同时，不仅是回归了一种创作方法和原则，而且也回归了一种审美理想和价值取向。多年来，我们只注意它的“突破”和创新，而忽略了它对传统的承续，以及和“十七年”某种范式的深刻的相似性。比如在评价“农民军人”的政治和道德标准的设置方面——来自沂蒙山区的农民之子梁三喜以及靳开来，和雇农出身的苦大仇深的杨子荣，其实都是革命品质的化身和英雄主义的载体，只不过后者是以一种深入虎穴的孤胆英雄式的方式表现之，而前者则是通过一种忍辱负重的“位卑未敢忘忧国”的平凡形象传达之。当然比较而言前者倒反而更加真实，因而也更加催人泪下。不过我想指出的是，二者在对农民军人的颂扬方面，都是不遗余力和不加保留的，在认识论方面，基本上遵循了新民主主义革命以来几十年一以贯之的思想路线，即：农民是革命的主力军，人民是推动历史前进的动力，或者如毛泽东所规定的：“没有贫农便没有革命，若打击他们便是打击革命，若否认他们便是否认革命。”杨子荣们愈到后来愈加神话式的“高大全”自不必说了，就是李存葆也主要是着力于提升、弘扬梁三喜们身上的传统美德，而对其另一面则视而不见或忽略不计，更遑论“打击”与“否认”。靳开来违反纪律去偷砍甘蔗而导致触雷身亡，实在也算不上“缺点”，甚至毋宁说正是他实事求是、勇于正视现实的优点，他爱说点牢骚怪话也恰恰反衬了他心底无私、胸怀坦荡的磊落性格——李存葆是很懂得先抑后扬和欲擒故纵的——靳开来因此更加“完美”。为了梁三喜、靳开来这些农民子弟兵和他们身后的梁大娘和韩玉秀们，李存葆在《花环》中不啻喊出了两句话——“战士万岁”和“人民——上帝!”由此我们也强烈地体味到了洋溢在李存葆笔下的那种革命农民的优越感和自豪感。

这种对于农民军人的“偏袒”决不仅仅因为李存葆本人也出身农民，更由于一种认识路线和思维定势所致，由于主流意识形态的导向所致。李存葆其实是代表了80年代中前期的一种创作方向。推开来看，不光是在“前线”（南线）有一个《花环》，在更广阔的“后方”，在和平军营中，到处都活跃着农民军人闪光的身影和精神。——白雪皑皑的喀喇昆仑上，有老杨福们二十年如一日恪尽职守献身哨卡（唐栋《沉默的冰山》）；风雪茫茫的北方森林中，有韩国瑞独处深山维护着军用线路的畅通无阻（朱秀海《在密密的森林中》）……无论他们身处天南地北，也无论他们面对枪林弹雨抑或鲜花勋章，坚韧、顽强、勇敢、谦逊，如牛重负却任劳任怨，忠心奉献却不计报偿，就是他们的行为规范和标准形象。这一批“农民军人”构成了此一阶段军旅文学人物长廊中的英雄群雕。

率先谋求变化的还是李存葆，这种求变的企图表现在他发表于1984

年底的中篇新作《山中，那十九座坟茔》中。这部作品比《花环》有过之而无不及的悲剧性，直接控诉“文革”的“趟政治雷区”的勇气，再次获得了轰动效应。作品中的几个主要人物郭金泰、彭树奎、孙大壮等仍然是“农民军人”，但他们在这里却几乎无一例外地成为了极左路线的牺牲品。他们的价值，就是“毁灭给人看”。一切罪恶统统归之于极左路线及其代理人，而他们却是完全无辜的、可爱的、甚至也是高大完美的。也就是说，这仍然是一曲悲歌式的颂歌，作家对他们行为价值的消解并不意味着对他们的精神价值的质疑。所以，李存葆在这里求变的企图实际上是落空了，或者说没有尽力去达到。但是他在理性上对这些悲剧性人物认识和把握的深度实际上已经提供了一种导致真正的变革的可能——正如他在“后记”中所说：“孙大壮，王世忠等人的死，不能完全归结于极左路线的重压，也在于他们的无知。在这些战士身上，生活的艰辛铸成了他们的美德，文化的贫乏造成了他们的蒙昧。嘲讽这些普通而可爱的战士，我落笔发抖，于心不忍。尽管我知道鲁迅先生在他的作品中不只一次剖析的那种‘劣根性’是产生悲剧的土壤。没有文化的军队是愚蠢的军队，没有文化的人民是难以掌握自己的命运的”① ……尽管如此，作者还是带着朴素的感情再次高喊“中国士兵万岁”！同时，也不能不影响他更加全面、更加辩证因而也可能更加深刻地审视农民军人的根性和灵魂。

也许很难评判，也许“形势比人强”。当时的人们对作家们要求得并不太多。在对《坟茔》好评如潮的赞颂中，最有代表性的是类似如下的看法——“我认为《坟茔》可以说是一曲彻底否定‘文化大革命’的壮美的悲歌和战歌。”② “党、国家、民族、人民是圣洁无瑕的，但这圣洁，是通过正义与邪恶搏战的电闪雷鸣，而愈来愈闪亮，愈来愈光辉，这是对‘文化大革命’的彻底否定，是人民的胜利，党中央伟大决策的胜利，而小说把这巨大现实深刻表现出来，就是成功。”③ ——“圣洁无瑕”的农民军人的悲剧也必定以壮歌和颂歌的形式来传唱，这是一时之风尚，也是一时之局限。那么，颂歌式的“农民军人”主题究竟是什么时候开

---

① 见李存葆《山中，那十九座坟茔·后记》，昆仑出版社1985年版，第209页。

② 见冯牧《山中，那十九座坟茔·代序》，昆仑出版社1985年版，第3页。

③ 见刘白羽《山中，那十九座坟茔·代跋》，昆仑出版社1985年版，第216页。

始出现变奏的呢?

四

1985 年是个重要年份。这是个小说革命的年份。它的革命性不仅表现在小说技巧方面，比如说出现了先锋小说；同时更表现在小说观念方面，比如说出现了“寻根”文学。就世界范围而言，“寻根”——寻找民族文化之根，寻找民族精神之根，乃现代社会的一种普遍思潮。中国文学界“寻根”之滥觞，看似偶然，实则必然。有受世界性思潮诱发的远因，更有本国本土自身需要的近因。这是我们民族在开放之后，面对异域文化的挑战、挤压与刺激，重新设定我们的前进目标和出发点时的一种深谋远虑的文化精神的“返祖”与皈依。恰如寻根者们所说：“这大概不是出于一种廉价的恋旧情绪和地方观念……而是一种对民族的重新认识，一种审美意识中潜在历史因素的苏醒。……在民族的深层精神和文化特质方面，我们有民族的自我。我们的责任是释放现代观念的热能，来重铸和镀亮这种自我。”① 在这种理性精神的导引下，韩少功的《爸爸爸》、阿城的《棋王》、王安忆的《小鲍庄》等一批作品联袂出台，以其新颖而古旧的面目让人们瞠目结舌。与其说人们惊讶于其中所展示的蛮荒、刁横、古远的地貌、民情与乡风，还莫如说诧异于活跃在其中的人物的麻木、蒙昧与呆滞。丙崽诸君其面目让人陌生而又熟悉，不能不联想到阿 Q 的种种形状，从而豁然洞见我们民族的根性与负面，重又体味到“悲凉之雾，遍披华林”。

“寻根”文学打着挖掘我们民族文化的审美底蕴的旗号，实则超越审美层区一晃而过，直抵民族政治文化积淀的内核。换言之，韩少功们其实是承“五四精神”，重操鲁迅刀法解剖“国民性”来也。

“寻根”文学就是带着这样一种重新审视与拷问我们的“国民性”（主要是“农民性”）的眼光、视域与思维而逞一时之盛的，并迅速逸出文学界，波及到思想界、文化界乃至整个人文学界。刹时间，各种观点、论调彼此唱和，蔚为大观。不知不觉中，那种通行多年的历史观被解构了，农民文化中的负面影响被揭示出来，农民头上的美丽光环开始黯淡，

---

① 见韩少功《文学的“根”》，《夜行者梦语》，知识出版社 1994 年版，第 16、20 页。

并从一种革命巨人的高度降到一个平面上，让人们得以平视乃至俯视，无数新的发现让人们有如醍醐灌顶，大梦方觉，耳边重又轰然响起毛泽东的教导——“严重的问题是教育农民”！

由“寻根”文学引发的“农民神话”的怦然坠落，使农民军旅作家们猝不及防地面临了双重挑战：一是你怎样正视作为农民子弟的自我？二是你怎样表现你笔下的农民军人？不难想象，他们在一段时间内的失落、彷徨、游移和心理不适是在所难免的。

莫言，作为此一阶段中农民军旅作家的代表，脱颖而出弹奏起了“农民军人”主题的变奏。他几乎一上来就跳到了和李存葆遥遥相对的另一个极端——以一种农民的自卑感和自虐感，取代了革命农民式的优越感和自豪感。《金发婴儿》是莫言反映当代军人生活的为数不多的作品之一。农民出身的指导员孙天球在其中扮演了一个可笑可怜的角色。作为一个政治工作者，他一方面要教育刚刚移驻城市的连队官兵拒腐蚀永不沾染，一方面自己却长期偷偷地用望远镜从窗户里窥视邻近公园一座美女裸体塑像。以致有一次，卫生员悄悄给他的望远镜抹上紫药水他竟浑然不觉，当他的眼睑上戴着一副紫色“眼镜”走进饭堂时引起了全连大笑。然而不仅如此，最让他难堪的却是他妻子在家乡长期与人相好，小说的结尾是他回家捉奸，并亲手掐死了那个私生的“金发婴儿。”①（试想想，指导员孙天球和连长梁三喜的形象相去何止十万八千里！）小说的感觉、语言和技巧无疑都是一流的，但更耐人寻味的却是孙天球这个人物，这个人物的猥琐行为和变态心理，和他所具有的尴尬的双重身份与反讽意味，以及作家在创造并描述这一切时既悲哀而又不无快意的复杂心态。

是的，莫言正是以一种对农民军人的刻毒的带有恶作剧和夸张成分的嘲讽来掩饰一种骨子里的自卑和自怜。然而嘲讽所带来的快意过去之后，肯定是一种更加深刻的难以排遣的悲哀。这种自卑和自哀是特殊的，是莫言之前同样以反映农民为主的所谓“乡土作家”和“准乡土作家”们所不曾有过的。韩少功们的“知青视角”和高晓声们的“右派视角”观测到的多是一种局外人的大夫式的“诊断”结果，深刻性或许有之，自卑感却由来无自。原因皆在于他们都只“当过”农民，而毕竟不是真

① 《金发婴儿》，载《钟山》1985 年第 5 期。

正彻底的农民。至于五四那一代人就更不用说了，鲁迅、沈从文、茅盾、路翎等等，不是豪门大户的后裔，也是小康之家的子弟。正如李泽厚所指出："中国的知识者本来大半出身于小康温饱之家，即他们大多是地主的儿女们……如果说，五四一代尽管高喊'劳工神圣'，赞美人力车夫，但最后仍然是坐了上去，'拉到内务部西'"。[①] 沈从文倔强不逊自称是"乡下人"的口吻和语气，其实并无自卑之意，或许倒还有点倨傲之气。此乃因为他这个"乡下人"只是相对都市人而言（他实际上也并不尊重都市人），而相对真正的乡下农民而言，他却是名门之后（他祖父沈宏富不是还当过贵州提督么?）完全具有经济、文化、地位上的优越。[②] 而这一切，都是莫言们所望尘莫及的。再比如，在整个当代文学中，莫言主要是以一个新乡土作家的面目出现的，可他笔下的乡土又是怎样的乡土?就连童年生活也充满了像《枯河》一般惨痛的记忆，而只能在心的一隅保留像《透明的红萝卜》一样的虚渺的梦幻。这和童年鲁迅跟着雇工的孩子去到撒满月光的金色沙滩上看守西瓜（《闰土》）的美丽场景相去何远，隔膜何深？所以说，对于莫言们而言，沉重的土地除了先定地给予了他们以某种特定地域文化的浸润之外还能有什么呢？一旦再把农民在政治上精神上、虚幻的支柱抽空之后，他们又凭什么能够不自卑呢？就连西方学者也看得很明白："仅仅由于教育状况的不同而形成的文化与意识的巨大差异就完全可以把这两部分中国人（农村人和都市人。笔者注）划分成两个种族。种族间的排斥感明显存在。高傲与自卑、怜悯与嫉妒、隔膜与挤入，成为城乡交往中的普遍性心理。"[③] 因此，莫言虽然还不至于以"乡下人"为耻，但也决不至于像沈从文那样津津乐道；或者像阿城那样，谈论起来悠游闲适而审美；又或者像史铁生那样对"遥远的清平湾"心心念念一往情深。莫言甚至对"农民出身"、"农民意识"一类话题"非常反感，而且痛恨"，他不止一次地说："我出身农民，还在农村呆了二十年，说我有农民意识，我不敢也不愿否认。"但接下来，他的反诘就带有强烈的感情色彩了——"问题在于当代中国，除了农民意识

① 李泽厚：《20世纪中国文艺一瞥》，《中国现代思想史论》，东方出版社1987年版，第237页。

② 参见（美）金介甫《沈从文传》，湖南文艺出版社1992年版，第11、12页。

③ 见（德）洛伊宁格尔《第三只眼睛看中国》，山西人民出版社1994年版，第36、72页。

还有什么新的更先进的意识么？……难道出身高干家庭的干部子弟，他身上就没有农民意识吗？”① 问题当然问得不算错，但显然已经不是心平气和地在同一层面讨论问题了，至少也说明了一种心态的偏执。以此观之，我们也就不难理解莫言在《红蝗》等作品中那种对都市人乃至都市文明的激愤了。

当然，莫言主要是通过《红高粱》、《红萝卜》等一批非现实军营生活的乡土题材作品来表达他对乡土与农民的既爱又恨的复杂情感，并经由对野性的呼唤与张扬，承接上了一度弥漫在沈从文乡土小说中的“野兽气息”，目的仍在于“想将这份蛮野气质当做火炬，引燃整个民族青春之焰”。② 这种积极的努力和意义是有目共睹的，也毋须我再饶舌。但本文着重探讨的是莫言对当代农民军人的“变形”塑造（除《金发婴儿》之外，在他的两个小短篇《苍蝇·门牙》中对当代农民军人的漫画化荒诞化描写比之《金发婴儿》更远甚之），③ 并由此透视出他深重难解的“农民自卑”情结。也许这种情结在莫言整个的创作中是微不足道的，但它在此一阶段“农民军人”主题的创作中却是具有普遍性意义的。对莫言本人而言，它一方面深刻表明了莫言与乡土与农民的血缘关系；而另一方面，这种关系又导致了他心态的偏执，影响了他对当代中国农民军人描写眼光的平和、公允、冷静和客观。对整个农民军旅作家群体而言，它也妨碍了一种心态的调整，既不利于对自我的重新定位，也不利于他们对作为表现对象的农民军人的重新定位。而不能对自我和对象给出一种与时代认识水准相适应的“定位”，这一主题也就容易变得悬浮、飘移和含糊不清，其表现形态也就不能不因此停滞乃至萎缩——李存葆等人此后的消遁固然跟个人的原因有关，但和这种因心态失落失衡以至始终找不准农民军人的重新“定位”，难道就没有关系吗？

作为对莫言漫画化、荒诞化处理手法的一种比照或者反拨，我们也注意到在此一阶段中，还有宋学武、周大新等人对“农民军人”主题的小心谨慎的推进与探索。在宋学武那里，身处前线（南线）的连长也罢，士兵也罢，负伤住院也罢，持枪警戒也罢，既没有英雄行为，也没有豪

① 引自《全国首届莫言创作研讨会纪实》，《莫言研究资料》，山东大学出版社 1992 年版，第 390 页。

② 引自苏雪林《沈从文论》，《文学》1934 年 9 月第 3 卷第 3 期。

③ 《苍蝇·门牙》，载《解放军文艺》1986 年第 2 期。

言壮语，心里渴望的只是“头上有一片阴凉”或“家中小院的那一片温馨”，颇有点“五母鸡、二母彘”，“老婆孩子热炕头”的小农意味，本真倒是本真了，但终因格局的促狭而略嫌琐屑和小器（《山上山下》）。而在周大新那里，一个农家女子带着一身泼辣与豪爽走进了军营走上了前线，并以一种出格的方式表达了对参战小战士的怜爱，虽奇特而动人，但却过于戏剧化，理想多于现实，仍然让人嗅出几丝《花环》的气味（《汉家女》），都未能成大气候。（苗长水充满人情人性美的“沂蒙山系列”亦可看做针对莫言路数的一种反弹或另辟蹊径。但因苗不是典型的农民军人作家，故不列入本文讨论。）值得一提的倒是来自另一个“阵营”——来自军门子弟的青年军旅作家群体对于农民军人的评判。朱苏进、海波们犀利甚至有几分刻毒的“第三只眼”，将农村战士身心中掩藏的诸如狭隘、多疑等短缺一览无遗并给予毫不留情的揭橥与曝光。（《第三只眼》、《铁床》）不能说他们的观察不准确，不锐利，不深刻，但是因为他们那多少有些局外人的冷漠感和居高临下的俯瞰感，而在情感上不易被农民军旅作家和更广大的农民军人所接受与认同。

概言之，80年代中后期的“农民军人”主题，在旧的价值体系已然崩毁，而新的价值体系又很不清晰明朗的文学形势下，处于一种探索的过渡性“变奏”之中。

五

进入90年代以后，如果说军旅文学还有什么可骄人之处的话，那就是“农民军人”主题的豁然展开。追根溯源，这一展开却是和一位退伍的前农民军旅作家的一部作品密切相关。这就是刘震云和他的《新兵连》。这部后来被研究者们“追认”为“新写实”小说的开山作品，就在于它较早地体现了“视点下沉”、“正视恶”、“探究生存本象，展示原色魄力”等一些“新写实”的基本美学特征。而这种种特征，恰恰击中了一批陷于农民军旅人生困境中无所措手足的青年农民军旅作家的要害，使他们幡然猛醒，从中看到了“……生活自身的朴拙、硬度和质感；……新鲜而酷烈的生存原色；……坚实的大地和大地上的风景；……不惮于‘恶’、‘丑’的严酷而粗糙的美……”① 看到了他们身边一群群朝夕相处的亲切可爱而又灰头土脑的农家子弟兵们，看到了生活中的种种美好的和丑陋的故事，而这一切，竟然就成了今天的小说，并且感动人。于是，被长期压抑的苦闷需要宣泄，被绿色包裹的青春热能需要释放，自卑感被一种正视自身的坦然所代替，被一种原来“别人也都活得不容易”的“发现”所安慰和平衡，被一种倾诉的欲望所冲决，于是，当代农民军人便也带着人生的重负走进了文学。可以说是“新写实”小说给“农民军人”主题注入了新的生机与活力，也可以说，“农民军人”主题的重奏恰是“新写实主义”在军旅文学中的回响。②

《新兵连》的题材取向直接诱导了陈怀国的《毛雪》。如果说前者贡献了一种“新兵现象”，那么后者则继续前推，推出了一种“前军人”形象，为我们提供了一个研究当代中国农民军人的新视角，一个“从农民到军人”的首要环节。作品主人公“我”这个农家子弟在参军体检竞争过程中的挣扎与苦斗，既是惊心动魄的，也是具有普遍性质的。正如作者在另一部作品中所说：“好多人家熬红了眼睛，盼着把儿子送到部队去吃皇粮长出息，这等好事哪能便宜到一家？”“眼窝浅的，只指望孩子到队伍上去吃几年饱饭，用皇粮催催那还未长成的身子。眼光远些的……盼望孩子跑跑远门，见些世面，混出点名堂来，好让子孙们从此断了吃泥巴饭的命。”（《农家军歌》）——这就是时至今日，中国最广大的贫困地区农家子弟们最真实纯朴的入伍动机！明乎此，也就不难理解《毛雪》和《新兵连》中所发生的种种明争暗斗，不难想象他们是带着怎样的精神、情感和心理的现实重负与历史局限走出土地，走向军营，走向现代的，而他们企望以此来“逃离土地”的梦想又多半是要落空的。这固然有历史的根性的制约，也有物质贫困所造成的文化匮乏的现实条件的束缚。具有讽刺意义的是，陈怀国恰恰把他那一群来自鄂西山区的农村“老粗”们置放在核基地之中——一方面是刚刚从土地和历史深处走出来

---

① 参见雷达《关于写生存状态的文学》，《民族灵魂的重铸》，中国工人出版社1992年版，第82页。

② 和前一节所论及的军旅文学与“寻根”文学之关系一样，在新时期以来的文学运动中，军旅文学总是踩着“慢半拍”的节奏前进。我在80年代中就曾指出过这一点。可参见拙文《军旅文学：面临艺术变革的挑战》，《人民日报》1988年3月1日。

的人群，一方面是最先进最尖端的现代化科学研究，这种遥远如天上星辰的反差已经决定了这群人难以进入这种事业的“腹地”，而只能在偏僻的“边缘”干一些诸如守场、烧砖、最好也不过是开车之类的工作。这样，他们黯淡的军旅生涯的结局就已经是先定的和不可避免的了。因此，《无岸的海》就成了一个多层象征。一是它象征了核基地戈壁大漠的茫无际涯；二是它象征了农家子弟难以达到理想终点的军旅人生；三是具有更广阔的涵盖面及深刻性的象征，即象征了当代中国农民军人在漫长的现代化进程中的艰难跋涉和痛苦寻觅。而相当多的人在相当长的历史阶段内将难以找到他们的“锚地”与“彼岸”。他们别无选择，只好回头是“岸”——重新回到土地。

问题是回到土地以后的结局继续让人沮丧，《农家军歌》中的二哥、大哥相继退伍还乡，收获是“都从部队带回些习惯。二哥爱把那被子叠得有棱有角。……大哥乡音土语少了一些，的、地、得咬字清晰。”并“乘着还穿着军装先拾掇了个女人”，再则因了复员军人与党员的身份当上了生产队会计，但最终又因为男女关系和经济问题自己把自己打倒了。显然，一身军装的替换，几年军旅的历练，不仅没能把他们的肉体从土地上剥离出来，也没能将他们的灵魂从土地中超度多少。那些和他们的生命一起从土地深处滋生出来的劣根性和优根性始终纠缠在一起，和他们相伴而行，相反相成，随着环境的改变而相互搏击着，相互消长着。假设大哥们一旦在部队提了干、掌了权，他们又将如何导演他们的人生话剧呢？

阎连科笔下的农民军人恰恰从这里开始起步。如果说，从《毛雪》中的“我”开始，离开土地走向军营，经由在“无岸的海”，一般的军旅岁月中的肉体和灵魂的挣扎与奋斗，最终又回到了土地，匍匐在土地，陈怀国的“农家军歌”侧重唱出了一群农家子弟的肉体“逃离土地”的失败与悲哀的话，那么，阎连科的“农家军歌”集中咏叹的则是他们的精神“逃离土地”的失败与迷茫。

阎连科是带着他 20 年“瑶沟”岁月的烙印和 15 年军旅生涯的体验来吟唱他的农民军人咏叹调的。他笔下的人物多半是一些和自己经历相似的农民中的人尖子，不仅凭着自己的聪明才智和狡猾提了干，而且一般都已当上了基层主官：连长或指导员。比起他们那些早已退伍还乡的老乡和战友们来，他们是幸运的佼佼者，但比起他们的人生目标来，他们又仍然是“无岸的海”中的苦苦泅渡者。其实他们的目标并不高远，甚至可以说很渺小很卑微。农民军人都是天生的现实主义者，当将军的梦想一般与他们无缘，他们具体向往的只不过是再往上“爬半职”，当个营官，解决家属随军，彻底地“逃离土地”——“能让老婆孩子进厕所用上卫生纸也就对得起这一世人生了。”（《夏日落》）祁连长最大胆的一次想象就是站在阅兵台上触景生情想象自己当了团长——“那个时刻，是何等灿烂，何等辉煌，妻子为自己荣升团长而不知如何是好；孩子上学，兴许可以用小车接送；父母为儿子是一位团长，到镇里赶集时，镇长一定要拉到家中吃饭，到了县城，县长也要问一声，家里有什么困难……”（《和平雪》）在阎连科看来，这已经有点想得太离谱了。实际上，从连到营的半级对他们来说也总是高不可攀，似乎唾手可得而又遥不可及。这就是阎连科精心为他的主人公们设计的一道“坎”，这是两个阶层之间的一个衔接点，连长指导员们因它的诱惑和刺激而拼搏而跳跃，企图一举跃过“龙门”，而现实又常常使他们铩羽而归。在这个痛苦支撑的漫长过程中，土地的浓重阴影不仅压抑着他们的一言一行，更笼罩着他们的心灵和精神。

在常态环境下，祁连长和杨指导员是一对“爬坎”的好搭档，为了争任务，评先进，各自调半级，他们绞尽脑汁上窜下跳，送礼、游说、拉老乡，封官、许愿、搞平衡，真可谓无所不用其极，配合得天衣无缝，指挥得游刃有余，农民的智慧与狡诈表现得淋漓尽致（《和平雪》）。与此形成对照的是，在非常态环境下，在一个战士盗枪自杀的突发灾难降临之际，赵连长和高指导员就成了一对“爬坎”的“敌人”，昔日生死与共的战友瞬间反目成仇，相互推诿，栽赃乃至陷害，或者下跪求情，或者金钱收买，以恶对恶，以毒攻毒，虽然最后仍是良心发现，义气为重，但其间自私到极点的种种无赖行径也足够让人触目惊心，毛骨悚然（《夏日落》）。然而，令人深思的是，他的主人公们都为自己的行为找到了辩护理由，这就是一种“农民逻辑”——炊事班长给连长下跪为的是转志愿兵，转了志愿兵就可以吃商品粮，可以找到老婆，而他兄弟八个中六个打光棍；连长给团长下跪时说的是：你不是农民不知道农民心里想些啥，我做梦都想把老婆孩子户口弄出来……

难道土地对于农民（军人）的禁锢就真有这么可怕吗？也许我们有理由怀疑阎连科的“农民逻辑”的真实性。但是，我们如果对他的“瑶沟人”悲惨的生存境况记忆犹新的话，我们又无法不相信“逃离土地”对于农民（军人）不可抗拒的巨大迷惑力。这或许也正是阎连科们坚持直面人生的写实主义精神，重视与强调物质决定意识的唯物主义立场，尊重与理解农民军人们对于切身利益的需求和渴望。正如马克思所说：“共产主义者从来不进行任何道德说教……不向人们提出道德上的要求……相反，他们知道，无论利己主义还是自我牺牲，都是一定物质条件下个人自我实现的一种必要形式。”（《德意志意识形态》）更加潜在的危险和更加发人警醒的问题是在另一面，这些连长指导员们运用“农民逻辑”指导下的充分农民化的手段、心计和思维来谋求彻底改变自己农民的身份与命运，不是已经陷入了一个循环论的“怪圈”吗？即农民是不可能真正战胜自身的，即便他们的户籍乃至妻子儿女的户籍脱离了土地，他们的精神却依然在土地上爬行；或者说，土地的幽灵仍将长时期地游荡在他们的心空。

上述也许仅仅是我们的一种诠释，实际上表现在阎连科创作中的情形要比这种清晰的梳理复杂得多。他一方面对于连长指导员出于土地的压力而做出的全部努力给予情感上的同情、理解、宽容乃至鼓励，这无疑表现了他作为一个“瑶沟人”的儿子的农民军旅作家对于当代中国农民军人深切的爱与知；而另一方面，来自土地的“引力”——来自深厚乡土中所孕育了数千年的善良、正义、亲情等等民族美德的引力，又迫使他不得不在道德上一次一次地回归土地。《中士还乡》和《寻找土地》从题目到内容都明白无误地指示了这种倾向。中士旗旗为了同情一个“手骨关节粗大”像父亲一样的老农民，在关键时候放走了一个“贼”，同时也就放走了立功入党提干——“逃离土地”梦想成真的宝贵机会，但沟口村父子的窘境和战友们无言的谴责又使他不得不皈依农民式的善良的道德规范。个人利益和集体（农民）道德的冲突，就造成了中士最终无功而返（乡）的悲剧。这是一次纪律向人情的妥协，是一次历史向道德的媾和，也是阎连科内心矛盾的一次表露。当然，这也可以说是乡土文明的一次胜利，是对那些连长指导员不择手段“逃离土地”方式的一次批判。但这种批判又是何等地苍白无力——中士还乡以后，不仅订了亲的对象避而不见，就连妹妹在内的亲人也骂他“窝囊”，他将怎样重建他的人生呢？为了一种情感上的平衡而自甘于龟缩在黄土上扒日子，这是不是符合中士的性格逻辑？是不是有点得不偿失？有点太传统太不现代了？

这与其说是中士的矛盾，还莫如说是作家自身的矛盾。对传统道德伦理观的反叛与认同，就构成了阎连科农民军人主题全部创作的最大悖论。这是他的矛盾所在，困惑所在，也是他的深刻所在。他真诚而坦率地描述并承认这一切——“我们谁都想从那泥潭走出来……朝着我们向往的粉红色的境界走过去，洒脱地走过去……可是，我们始终还是走不出那泥潭。”

六

当然，阎连科、陈怀国们的“农家军歌”刚刚唱了个开头，要指出他们的稚嫩或缺憾之处是毫不困难的。比如他们过于倾心对生存状态的关注而放松了形而上的哲学思考；太着力于细节的丰满与真实而忽略了对其根源与背景的挖掘；自传体角度的切入常常导致自我陷入太深而不易超越，知之深爱之切又往往影响了批判的力度与锋芒，理解与认同混淆，同情与妥协伴生；抓住了农民军人与土地复杂的悖反关系同时也将自己置入了一个新的困境之中；显见的还缺乏英雄主义和理想主义的烛照（至于他们在艺术形式上还缺乏更多新颖独特的创造，那是另一个专门话题，这里只能付之阙如了）等等、等等。

但是无论如何，我们无法否认，他们的出现与努力，毕竟给“农民军人”这一主题带来了新的变化与气象。回顾前文的描述，可以比较清晰地望见，农民军人形象经过80年代热情澎湃的“英雄化”与心理失落的“非英雄化”的两极描写之后，至此开始心平气和地接近了一个真实的自我状态，开始贴近了当今中国农民军人的生存环境、生命意识和生存景况，并且反映出了他们在此间复杂的变化过程。更为重要的是，他们都有意无意地把关注的目光瞄准了农民军人与乡土中国这一主要症结，既注意到了前者对后者的反叛，更注意到了后者对前者的制约，就在这双向逆反关系所构成的张力场中，展开他们的艺术世界。他们的“农家军歌”从表层考察看，咏叹的是当今大陆中国一代农村青年走出土地的人生道路的艰难，但从深层观测就不难发现，它通过对农家子弟进入现代军营的坎坷际遇的抒写，已然昭示了他们最终进入现代文明的艰难。——“农家军歌”就是这两种艰难行进中的“二重奏”。这个“二重奏”给当前的军旅文学创作提出了一个十分严峻的挑战，即如何塑造与现代化进程相适应的当代中国军人形象，和如何重铸与军人品格相一致的当代中国军人的民族魂，并以此给军队的现代化建设提供一个精神的参照或引导。

循此思路前进，我们就不可回避地要面临一个急迫而重大的课题：必须大力加强对“农民军人”这一文学主题的深度创作与研究，加强对乡土中国与农民军人这一复杂关系的辩证把握与理解。原因很简单，正像本文开篇所阐释过的，中国是一个农民大国，中国军队是一支农民的军队；可以说，不了解乡土（文明）就不了解农民，而不了解农民就不可能真正了解中国，不可能真正了解中国军队。尽管今天的中国远非昔日可比，尤其是都市以及沿海发达地区已经借助改革开放的翅膀挣脱了土地的禁锢，翱翔在现代化的自由空气之中，但是亦如一位西方的中国问题专家指出的——“中国社会毕竟是一个整体，比城市人口多出两倍的一个庞大的农民群体是一个活生生的存在，你无法抛开它不计。而这个群体一旦冲出闸门与城市社会混为一体时，这个整体社会的人群素质就比单独的城市社会下降了几个层次，而这种低素质的人群才是中国社会的真实内容。”尤其在当今的社会分隔被打破之后，农民和军人常常出现大幅度的频繁的“角色”互换，从而使得军队成为观测真实中国的一个“活动窗口”。我们只有立足于“乡土—农民—军人”这三者之间关系的动态考察，才能从根本上把握住与描写好农民军人。而真正写好了农民军人，就不仅能反映出军队的本质，也能通过或一侧面反映出整个当代社会的本质，反映出中国历史变革的艰难与沉重和时代更迭的浪花与潜流——这或许就是“农民军人”文学主题的重大意义之所在。

据此，我再趁机修正我在80年代提出过的一个观点——80年代，我曾根据农民子弟军旅作家和军人子弟军旅作家（朱苏进、刘亚洲、乔良、海波、简嘉等）一度双峰并峙、双水分流的创作态势，预言军旅文学将由这两类作家互补同构，共同推进①。现在，我愿意把更大更主要的希望寄托在农民军人这一面。

（载《文学评论》1994年5期）

---

① 参见拙文《寻找“合点”：新时期两类青年军旅作家的互参观照》。

农民之子与农民军人

——阎连科军旅小说创作的定位

无疑，“农民之子与农民军人”是一个大主题，很难指望我在这样一篇作家论中把它说得透彻——我只不过是借谈阎连科的小说之机来提出这个重要论题，或者更准确地说，是借这个题目为坐标，来给阎连科的军旅小说创作一个定位。

一

为什么要给阎连科的小说创作定位？

我认为，衡量一个批评家是否称职的标准之一，就是看他能否及时地给一些相比较而言重要的或有个性的作家“定位”——不仅仅是一般地荐举他或赏析他的某一部作品，而是毫不含糊而又恰如其分地指出其或在思想上或在艺术上的独特性，指出他的与众不同之处，或者是他的贡献所在，再在综合指数上，在一定的参照系之中，给定出一个明确的位置。

阎连科就正是这样一个以自己的创作业绩早已赢得了一席位置但又始终未得到有说服力的确认，因而也就尤其显得亟需予以定位的愈来愈有分量的青年实力派小说家。

说“亟需定位”当然不是就阎连科本人而言，而是从我——一个军旅批评家的立场来说的。多年来对阎连科创作关注的不足一直被我个人认为是一种失职。三年前，我曾在为他的小说集《两程故里》所作的序言《阎连科将会怎样》一文中表达过这种心情，并藉此吁求更多的批评目光，当时我就比较强烈地感到阎连科的“文运不佳”。其实他在80年代末之前已经发表了近百万字作品，其中也不乏臻于成熟的上乘之作，如《祠堂》、《两程故里》等，这些作品虽然也被一些重要选刊转载过，但依然为当时追新求异的浪潮所湮没。相对传统的表达策略使他不入时

髦，无疑是他在80年代“背运”的原因之一。然而，进入90年代以来，“新潮”退去之后，“新人”或“新生代”（特指60年代以后出生的作家群）或“新写实”又迅速成为了批评界的聚光焦点。阎连科再次被遗漏——阎连科的大体情形就是这个样子，比起那些因一二篇作品就“打响”就“出道”的作家来说，他算得上是够“背时”的一个了。

当然，话再说回来，真正的好作家好作品是不会被埋没的。之所以暂时被埋没（一部文学史证明，经历了较长历史时期“埋没”尔后重放光彩的作品，往往是一些在思想或艺术上过于超前的天才作品，作家生前乃至更长时间的被埋没不乏其例。但那毕竟只是少数“特例”，不在我们谈论的一般情形之内），除了种种外部原因外，总有其自身原因在。80年代的阎连科至少有一条不足，即灵活多变、多产有余，厚重、稳定、精致不足。我在上述的那篇序言中也曾谈到过这个问题。由于他在选材方面的变动不居，在艺术表达方面满足于轻车熟路而陷入一种惯性制作，在主旨思想方面还缺乏一种总体的构想和明晰的追求，因而还少有具备较强艺术打击力的“拳头产品”，即便像《两程故里》这样的佼佼者也还不能让人怦然心动而难以释怀。严格地讲，或者说换一角度讲，80年代的阎连科还处在“出线”的边缘——似出还未出，未出又将出。

二

问题是进入90年代以后，阎连科笔下的文学气象豁然明朗。

首先是“瑶沟世界”的呈现。

这是由《瑶沟的太阳》、《瑶沟人的梦》等六部系列中篇组成的一个关于北方乡土中国的袖珍艺术世界。而且它带有浓厚的自传色彩——它以一场无情的洪水残酷地卷走了一个十二岁农村少年透明的梦幻为开篇，尔后逐次记录下了主人公在瑶沟的土地上为读书、为爱情、为求职而苦苦挣扎艰辛备尝的沉重历程，直至二十岁上以无尽的屈辱作为代价换来了当兵这一“光荣”的“逃离瑶沟”的结局作为落幕。在主人公成长心史的周边，漫漶着浸透了土地的瑶沟人的血泪和汗水，而支撑着他和他们流血流汗而又无怨无悔地去追求的只不过是一个个卑微而渺小的梦想，无情的现实使这样的梦想无情地破灭。导致悲剧反复上演的是那块土地上生长和积淀了数千年的政治的、经济的、宗法的历史和现实，是一个农业文化的巨大怪圈，是一个农民心理的阴郁投影。任何个人企图冲决它都几乎是徒劳的和无望的。作家借此表达的惟一愿望是，瑶沟作为一个整体或一个象征，将随着现代中国的转型而逐步向明天的新生痛苦地蜕变涅槃。它记录了作家情感的储存和依恋，它也传达了作家理性的批判和抉择。瑶沟是阎连科生命的摇篮，也是阎连科“情感的炼狱”（“瑶沟系列中篇”最后组合成长篇出版单行本，书名就叫《情感狱》）。瑶沟系列小说是他对自己青少年时期生命体验的感性再现，也是他对乡土中国的富于当代意识的重新关照与认识。

对于瑶沟、对于故土、对于乡村文化既怀恋又诅咒、既眷念又反叛的矛盾心态；既强烈渴望逃离它，而一旦在时空上完成“逃离”之后，在现代都市中漂泊无依之际又不得不在感情上强烈渴望皈依于它，把它当成乌托邦式的精神家园祭在心灵的一隅，借以来对抗物化进程中的压抑与困惑的悖反情结，无疑是阎连科创作瑶沟世界的主要动因。但是，这种矛盾心态和悖反情结又不仅仅是属于阎连科个人的，稍稍拓开视界来略加考察就不难发现，这是差不多贯穿了整个20世纪的中国乡土小说的一个基本主题，从它的开山人物鲁迅、沈从文经由解放区文学、人民公社文学、农村改革文学、寻根文学直至当前文坛的所谓“新乡土小说”，几代作家无一不是在这种集体意识或潜意识的驱策下登上历史舞台的。当然，每一个历史时期都有着同一主题的不同变奏。但总观起来看，无非是乡土中国在漫长的现代转型中发出的一阵阵时高时低的呻吟、叹息或吼叫。而所谓“新乡土小说”不过是把这种历史激荡的回声反映得更为急切、更为迫近、更为尖锐罢了。此乃时势使然，历史进程的加速使然。

但不管怎么说，阎连科毕竟以瑶沟人的“梦”和“弹唱”，以自己的“故乡的叹息”加入和丰富了“新乡土小说”的合唱，并被视为“领唱”之一而逐渐引起评家的关注。不仅如此，提出“新乡土小说”的人们还认为，这是“一个不容忽视的文学现象”，可“他们创作中所体现的共同倾向，尚未得到足够的重视”。“就这批作家作品外部风貌来看，颇近似于‘新写实小说’，但方方、池莉、刘震云等大都取材于当代城市生活，他们的作品中也没有那种火热的‘乡土情结’，因而也没有谁把这批文学新人列进‘新写实’作家队伍里去以壮大其声势。……他们没有加入‘先锋派’行列，也没有完全站到‘新写实’的旗帜下，而是以表现自己在社会转型期的乡土情思为共同特色，形成一种不容忽视的文坛小气候，这就很值得研究”。[①]（这篇文章提出了一个重要观点，就是“新乡土小说”传达出了中国当代文学经过十年的引进、借鉴、摹仿之后，开始了冷静的主动向本土回归的意向。宏观视之，作为欠发达国家的文学发展策略，也许当代拉美文学比当代西方文学对我们有更直接的借鉴意义：即以立足母语立足本土的创作来对抗发达国家的文化倾斜和包围，以更加富于民族特色的文化创造来参与现代化的世界进程，并在此一进程中完成自身的现代化。如此看来，该文的敏感倒是应该引起人们的重视。）

关于“新乡土小说”的吁请或议论似乎也还没有得到更为广泛的共鸣和认同，或者说它作为一种倾向还没有蔚成气象；但是，阎连科作为其中的佼佼者，作为一个进入90年代集中在乡土小说领域中有出色表演的小说“新秀”，无疑已经诱发了读者和评家的多方面的兴趣。阎连科的“火候”到了，他似乎终于成为了部分文坛扫描者的一个不大不小的“焦点”，而一束束略有差异的不同“追光”就大致给定了他的基本位置：一个正在稳健崛起的实力派乡土小说家。

三

仅仅给阎连科的乡土小说定位，只不过是完成了半个阎连科的定位，另外还有甚至是更重要的半个——即阎连科的军旅小说创作，仍然亟需定位。只有把这两半合起来（事实上也是不可分割的），我们才能看到一个更加完整、清晰和独特的阎连科。

阎连科进入90年代以后的小说创作可以划分为两个阶段：1990、1991两年侧重以瑶沟为基地的乡土小说创作；1992年迄今侧重以刻画农民军人系列形象为旨归的军旅小说创作。如果说在“新乡土小说”作家群体中阎连科还仅仅是比较出色的一分子，而且不乏容易与他人的混同之处并因之显得面目模糊的话，那么，在“新军旅作家”（此处特指90年代以后的“新人”）群体中，他就是十分出类拔萃的甚至是无可替代的

---

① 见陈继会、董之林、蒋守谦《文学本土意识的一种体现——“新乡土小说”三人谈》，载《作家报》1993年9月4日2版。

一员大将了。也即是说，就后者而言，从一个相对收缩因而也就相对单纯的范围来考察，阎连科的身影将显得更加突出和醒豁。这不是为了制造“效果”，而是因为精确的“定位”最需要的常常不是大而无当或大而化之，而恰恰是具体细微的经纬度和坐标系。

下面，我对阎连科的“定位”将界定在特定的军旅文学范畴内进行展开。在这个范畴内，我们将主要面对如下八部中篇——

《中士还乡》《小说月报》91/6；

《从军行》《莽原》92/3；

《和平雪》《花城》92/4；

《寻找土地》《小说月报》92/10；

《夏日落》《小说月报》93/2；

《和平寓言》《收获》93/2；

《自由落体祭》《作家》93/3；

《和平战》《中国作家》94/4。

四

阎连科全部近作的意义必须置放在军旅文学运动整体格局的大背景下才可能被充分地显示出来。

背景之一：“军旅文学运动”在八九十年代之交以后的日渐消解。

这要分两个方面来说，一方面说的是军旅文学作为一种“运动”或者一种集群现象的消解；一方面说的是军旅文学作为一种有着特定内涵和浓厚意识形态色彩的观念形态的淡化。①

由于以上两个方面的原因——一从“组织形态”，另一从“观念形态”两方面消解了在80年代建筑起来的军旅文学基本格局（关于军旅文学的“消解”，亦是一个大题目，我将另写专文展开论述，这里只能点到为止）。如今，军旅文学无论是作为一个“运动”还是当代文学的一个重镇，都已经是不复存在了。人们与其说是关注它的整体，还莫如说是关注它的个体。而足以引起人们关注的个体又实在是寥若晨星，尤其是在小说领域里，在严格以反映现实军人为旨归同时又始终保持一定的数量

① 参见本书《从建构辉煌到对抗消解——转型期的军旅小说》。

和质量的小说家当中，我想我大概也只能举出朱苏进和阎连科来了（虽然我也注意到了南有何继青孜孜以求的“特区军人系列”，北有张卫明的最新佳构《双兔傍地走》、《英雄圈》等等，但比起朱、阎二位来，或在数量或在影响方面，终要稍逊一筹）。

然而，阎连科和朱苏进又是截然不同的。虽说他们基本上是同代（同于50年代出生）作家，但成名时间却相去近十年之久（朱氏以1982年的《射天狼》一举成名），个中原因复杂多样，我无意在此进行讨论。但我却愿指出他们在创作路上的两点不同。其一，朱苏进自80年代末开始“视点上升”——从《绝望中诞生》（1987）、《炮群》（1990）、《金色叶片》（1991），直到《醉太平》（1993），聚焦点主要对准团队主官乃至大军区司令等中高层指挥员，为人们展开了一轴军旅文学中的独特画卷。而阎连科似乎和朱苏进打了一个“时间差”，他正好接替了朱苏进此前的“位置”，他将瞄准镜牢牢盯着基层主官连长指导员身上——从《和平雪》、《和平战》到《夏日落》等，莫不如斯（当然，他也有一些描写老兵的作品如《中士还乡》等，但其侧重点就多少有些从军营中逸出了）。对当前军旅文学人物画廊来说，阎连科是一个填充、是一个衔接，是一种承上启下。他“填充”了朱苏进、刘兆林、简嘉们离去以后的“空缺”，他又和比自己更年轻的所谓60年代出生的“新生代”陈怀国、石钟山、赵琪、陶纯们作了一个自然的沟通。前者的“视点”早已由基层浮升而去，后者的“视点”却由于自传性的一己化的切入角度，更多的还扎在“底层”（士兵行列中）超拔不出来，阎连科就定点在他们二者之间，既区别了他们，又打通了他们。他出生于五、六十年代之交，曾经在两代军旅作家之间遗失了自己（如前文所述），如今恰恰在这里找到了自己。

其二，阎连科和朱苏进更加重要的不同之处还在于，朱苏进是所谓职业军人的理想的书写者，而阎连科则是现实的农民军人的代言人。这就涉及到了我在前面提出的为阎连科“定位”的军旅文学整体运动的第二个大背景：即新时期以来“农民军人”主题的深化与展开。

五

如果说，80年代军旅文学格局的消解对阎连科有“水落石出”的意义，使他逐渐被显示出来了的话，那么，我们也可以说，正是由于有了阎连科的军旅小说创作，才使“农民军人”主题在90年代得到了延续与推进。关于这后一方面，我不妨再略作一点回溯。

我最早注意到的，不是农民军人的形象或主题，而是农民军人的作家——即农民出身的新军旅作家，如李存葆、莫言、宋学武、周大新、唐栋、雷铎等等。这是一个活跃的群体，是80年代军旅文坛的“两大主力”之一，它和另一大主力——即出身军门的军旅作家如朱苏进、刘亚洲、乔良、海波、简嘉等等分庭抗礼，一度呈“双峰并峙，双水分流”之势，共同支撑了新时期军旅文学的辉煌。正是这种奇特的文学景观吸引了我的研究目光，我从两类作家表层的不同点着手，切入到了“中国军人的心理基础和军旅文学的文化背景”等深层命题，提出了寻找“合点”——寻找军人与农民之合点，寻找军营文化与民族文化之合点等说法①，并从此确定了以“乡土中国”和“农民性”作为我观测与研究当代中国军人和军旅文学的重要理论视角。

显而易见的是，此时此刻的阎连科还没有进入我的关注视野，虽然他作为一个农民军人作家的后起之秀已经初出茅庐，但思想和艺术水准都欠火候，尤其是他还丝毫没有意识到所谓“农民军人”主题以及这个主题对他日后创作的深远意义。

1991年，我在《涌动的潜流——近年军旅小说形势分析》② 一文中谈到阎连科时曾经指出：“以着力描绘中原市井文化的‘东京九流人物’系列中篇和悉心探究故土之根的‘瑶沟人’系列中篇而引起广泛注意的阎连科，在研究地域文化背景和把握当代农民心理的两个方面展示了与同代人相比的卓尔不群的优势，加上他对小说技巧运用的娴熟，如果从这样一个新的角度切入当代农民军人形象的塑造，肯定会有不同凡响的表演”——这是当时我对阎连科的一个希望或预言，而这预言又不仅仅是基于对他自身条件的一种分析，同时也是基于对进入90年代以后“农民军人”主题的新的可能性的一种判断。

1991年夏天，当阎连科从文学系毕业的前夕，我们还有过一次长谈。

① 参见拙文《中国军人的民族魂和军事文学的中国化》，载《文艺报》1986年1月15日；《寻找“合点”：新时期两类青年军旅作家的互参观照》，载《文学评论》1988年第1期。

② 载《文学评论》1991年第5期。

我们谈到了阎连科及整个军旅文学创作的现状与未来，当然，“农民军人”主题是一个谈论的焦点。而且，我们也谈到了“新写实小说”的启示，谈到了刘震云的《新兵连》和陈怀国的《毛雪》、《农家军歌》等作品在这方面捷足先登的意义，谈到了阎连科与众不同的雄厚本钱以及他可能择取的切入角度……今天回想起来，那次交谈大概为阎连科小说创作的“战略转移”提供了一个刺激或契机，事实上，从此至今，阎连科的“主攻方向”开始转变——从乡土（“瑶沟”）突进军营，从农民切入军人。

六

有了以上横向（“解构”以后的军旅文学现状）和纵向（“农民军人”主题的历史溯源）两大“背景”的勾勒或两大“经纬”的交织，我想应该可以说是已经大致给出了阎连科在军旅小说创作中的基本“定位”。接踵而来的问题是，在这个“定位”上的阎连科究竟为我们贡献出了什么呢？

当然，首先是在数量上颇为庞大的一个“农民军人”的形象谱系，他们如此集中地出现在一个作家的笔下，几乎是一种前所未有的现象。而且，更为重要的也许还在于，这个谱系中的农民军人都表现出了一种既典型又普通、既清晰又模糊、既鲜明又暧昧的复杂面目。面对他们，传统“军事文学”中惯用的诸如正确/错误、先进/落后、革命/保守之类简单的二元对立的价值判断难以推行，常常使得我们只好和作者一道“悬置判断”，在困惑中陷入更深的思考。这种变化看似平淡实则深刻，并非出自随意和偶然。一方面，它是“农民军人”主题演进到90年代的必然。如前所述，这一主题先是经过了80年代初期李存葆式的热泪盈眶的“颂歌”式书写，后又经过了80年代中期莫言式的心态失衡的“喜剧”式书写，无论是作为对前者“仰视”角度的反弹，还是对后者“俯视”角度的校正，阎连科们冷静而自然地择取了一种“平视”的角度，获得了一种心平气和地回归自我的心态和姿态。也就是说，先前那种被自我放大了的“自豪感”和被自我缩小了的“自卑感”，都被一种清醒而平静地正视自身的坦然而代替，被一种“原来不过如此”和“本来就是如此”的“发现”所平衡和慰藉。于是，那一群群灰头土脸而又聪明狡黠的农家子弟兵们便也带着深重的人生背景和累累伤痕，带着奋斗的决心和对军旅生涯的光明憧憬，满腹心事地走进了阎连科的军旅小说世界。

另一方面，与这种作家的观点视角的变化相对应的，是农民军人自身的变化；或许应该反过来说，正是由于有了农民军人的变化，才有了农民军人作家的观点视角的变化。这些农民军人虽然也来自农村出身农民，但已远远不同于李存葆、莫言笔下（“文化大革命”期间参军入伍的）的那些农民军人，这是一批新时代的农民军人，是处在农业社会向现代社会转型期的农民军人。这个转型期最深刻的表征之一，就是人性的进一步解放，就是人的种种欲望的最大限度的释放和实现，并且得到认可。这种社会思潮对于当代中国农村和军营的渗透是潜移默化和强有力的，影响之一就是他们的“入伍动机”变得多少有些“不纯”起来，既不是“文化大革命”中的“三忠于，四无限”、“一怕不苦，二怕不死”（《山中，那十九座坟茔》），也不是随后简单的“保家卫国”、“奉献”、“牺牲”，而是一种藏掖了个人小九九的“公私兼顾”，一种渴望“逃离土地”的人生二度选择——眼光短浅的，希望以当兵作代价换回一个老婆（《中士还乡》）；志向远大一点的，则企图当个“营官”解决“家属随军”，“能让老婆孩子进厕所用上卫生纸也就对得起这一世人生了”（《夏日落》）。再大胆一些的，是幻想自己当了团长，“孩子上学，兴许可以用小车接送；父母以为儿子是一位团长，到镇里赶集时，镇长一定要拉到家中吃饭，到了县城，县长也要问一声，家里有什么困难……”（《和平雪》），这种种愿望或信念当然远不是“不想当将军的士兵就不是好士兵”的拿破仑格言的中国翻版，它只是一些来自贫瘠土地上的中国军人对改善自己生存环境的最朴实的向往。然而此前，它总是要被一种精神万能的超现实的道德律令所压抑所否定，从而变得隐蔽、变得委琐、变得鬼鬼祟祟，一旦暴露出来，不是受到批判便是受到嘲讽，常常导致农民军人的人格分裂或心理病态（请参阅《自由落体祭》）。现在阎连科恰恰在这一点上反其道而行之，坚持直面人生的写实主义和历史主义精神，重视与强调物质决定意识的唯物主义立场，尊重与理解农民军人对于切身利益的需求和渴望，准确反映一定社会历史条件下人性觉醒的一般水平。正如马克思所说：“共产主义者从来不进行任何道德说教……不向人们提出道德上的要求……相反，他们知道，无论利己主义还是自我牺牲，都是一定物质条件下个人自我实现的一种必要形式”

（《德意志意识形态》）。

当然，帮助阎连科“平视”农民军人也罢，“理解”农民军人也罢，其中重要的因素决不仅止于文学的发展和社会的进步，还有更关键的一条，即阎连科自己就是一个农民军人，一个农民，一个农民之子。

七

如果我们读过“瑶沟人”系列中篇的话，我们也许还记得，那里面的主人公“我”历尽千辛万苦最终还是逃离了瑶沟，而逃离的出路就是“参军去了”——以此为出发点，我们不妨想象，阎连科的“农民军人”系列中篇就是他的“瑶沟人”系列的“续篇”，其中的中士、排长、连长和指导员们不过是“我”的一个又一个“化身”，在这里面虽然没有使用第一人称，写的却正是阎连科自己的心灵轨迹和情感历程，这是一部部隐藏了“我”的“自传小说”。

再换一角度看，又可以说，阎连科的“农民军人”小说主人公仍然是农民，是那个瑶沟人“我”的长大而已，只不过是穿上了一身军装，活动在军营罢了。他的着眼点仍然在于农民。如此一来，他无形中获得了一种超越性，写军营而不囿于军营，写军人而实则解剖农民乃至国民性。以此观之，还可以说，阎连科其实是有意无意地以自己的农民军人咏叹调，加入到了现代以鲁迅为开山的“乡土文学”大合唱之中。换言之，阎连科的农民军人小说正是当代新乡土文学的另一分支，抑或是某种补充。

人所共知，在一个有着深厚的农业文明传统和以农民为主体的国度里，往往只有乡土文学最能本质和深刻地反映出社会的兴衰和民族的衍变，只有农民形象最能集中和准确地折射出历史和现实的碰撞之火花。因此，自从鲁迅先生以《阿Q正传》等系列作品身体力行倡导乡土文学以来，它经过了解放区作家、“右派”作家和“知青”作家的代代接力，在大半个世纪的文学长河中始终是浪浪相推、生生不息。如今阎连科卷入其中，击溅出的浪花也许还不够壮观，不够璀璨，但是多少是带有一点自己独特的色彩的，这“特色”首先还不在于他主要描写的是一批穿着军装的农民，而在于他自己就是一个地地道道的农民，是一滴从中原大地深处流出来的水珠。

纵览五四以来蔚为大观的乡土作家群，真正出身农民并从农民转而成为作家的又有几人？“右派”作家和“知青”作家都只不过是客居他乡暂时地当过几年农民自不待言，即如五四时期的一代开山巨匠鲁迅、茅盾，以及后来的沈从文、路翎诸君，不是官宦人家，就是小康子弟。以此观之，阎连科可算得是这支队伍中为数不多的一个特例。“农民作家”和“非农民作家”有什么区别吗？区别是显而易见的，而且是复杂的多方面的，我这里只打一个简单的比方来说明——如果说农民是一个“病人”，那么，非农民作家就是“大夫”，他以一个“局外人”的身份来看病人，冷静诊断，从容下药，并开出处方或诊断书；而农民作家则不然，他兼有双重身份，既是病人又是大夫，他自己给自己诊断，如果要开诊断书，他就是把自己撕开来给人看，还有谁能比他自己更清楚他的痛苦和悲哀吗？就像阎连科借他的作品主人公所说：“你不是农民，你就不知道农民心里想的啥”（《夏日落》）。

再具体一点来说，“精神还乡”几乎成了一个或深或浅地郁结在所有乡土作家心隅中的核心情结。无论是祖居乡村后来走入都市的五四一代，还是落难乡村最终又返回都市的“右派”和“知青”，他们总是把故土或乡村当成对抗都市文明和物化进程的一个“精神家园”，一条浸润着美好的青春情感的记忆之河，常常在精神上、在情感中去思念它，去咀嚼它、去诗化它，把它视为一个世外桃源，一个乌托邦。即使是冷静如铁，意在“疗救”的鲁迅，写起和雇工的儿子闰土去看瓜的场景，也是眼中生情笔底生花，捧出了一个月色如银沙滩似金的童话世界；就更遑论沈从文的“湘西”，孙犁的“荷花淀”，古华的“芙蓉镇”，贾平凹的“商州”，李杭育的“葛川江”，和史铁生的“清平湾”了……“他们渴望返乡却又事实上不曾返乡，于是不断地唱着村歌，诉着乡愁，时时在‘精神还乡’。……他们痛苦而又幸福。因为，既不是粘滞于乡土过于守成的‘农民’，又不是耽于安乐过于短视的‘市民’，这种特异的相对自由的文化存在方式，使他们得以超越世俗的精神制约，自由地起飞歌唱，为乡土，为都市，为未来，吟咏‘醒世’之歌，守护人类的‘精神家园’。”①

与他们重在精神层面审美地重塑乡村有着显著差异的是，阎连科重

① 见陈继会：《永恒的诱惑：李佩甫小说乡土情结》，载《文学评论》1993年第5期。

在物质层面“审丑”地直面乡村。这是他的特点也是他的局限所在。因为他还是“粘滞于乡土的农民”，还不能“超越世俗的精神制约”。尽管他已经从军十五年，但二十年“瑶沟”生活的悲惨记忆已刻骨铭心，每回忆一段都无异于走过一段“情感的炼狱”之路，那里几乎没有什么美好的人生的或情感的“风景”值得眷恋。这是一种农民式的世俗的也是现实主义的思维方式，他更注重形而下的生存环境，存在决定意识，“饱暖”然后“思”其他。在阎连科笔下的农民军人那里，对故乡的记忆或回想，常常并不是一种情感的小憩或精神的皈依，恰恰相反，它总是一种现实的鞭策和人生的警醒：千万不要再回到那里去，你逃离得越远、越干净、越彻底越好。正是有了故乡的现实作为参照，才更加激发出他们在部队腾跃，拼搏向上“爬”的决心与动力。于是，战士便想入党、立功、提干，干部便想从排到连、从连到营，目的都只有一个，逃离故乡，逃离土地。这是一种痛苦的“张力”，你思念它，结果是你必须更加远离它。为了它，或者说是为了远离它，他们身上的农民性——吃苦耐劳、忍辱负重、坚忍不拔、智慧聪颖的一面可以发挥得淋漓尽致，尤其当他们的个人设计和工作需要结合起来的时候就更是如此。《和平雪》中的祁连长、杨指导员和苗副连长，面临年终的评比、提拔之机，“各自想拳经”，但又统一在争先进党支部这一点上。于是，群策群力，主动请战，顶风冒雪“扒阅兵台”，并或明或暗地以提升以入党以表彰为许愿为刺激，把全连上下协调一致，鼓动得嗷嗷直叫，终于保质保量完成了任务，大家都各有所获如愿以偿。然而一旦遇到了与此相反的情形，他们身上农民性的另一面——短视狭隘、自私自利、斤斤计较、冷酷残忍、委琐卑下的品质也将暴露无遗。《夏日落》开篇那声自杀的枪响，猝然将赵连长和高指导员对个人及连队美妙前景的想象击成粉碎，由此拉开了一场互相诿过、互相算计、互相攻讦的人性悲剧，读来也是让人毛骨悚然，不寒而栗——农民军人身上的种种根性就是一柄这样的“双刃剑”，锋利无比也危险无比，因此常常是“成也萧何，败也萧何”。

引起我们回味的是，农民军人身上的一切优长劣短对于阎连科来说都如同己出，否则，他便不能写得这样地道准确，这样精微传神，这样匪夷所思；他也不能如此深切地了解、理解他们，尊重、宽容他们，乃至爱他们和恨他们。当然，这种“恨”是那种“恨铁不成钢”的恨。恨的背后还是一个爱，爱之愈切，恨之愈深。他恨农民军人们身上暴露出来的人性的一般弱点，但他更恨他们总是以农民的心计、手段、方略和思维而企图去战胜对手（通常也是农民），结果常常是两败俱伤或自伤，最终被“农民”所击倒。农民即便成了军人或军官也总是不能战胜自身的结局，无疑地使阎连科很气恼、很困惑、也很痛苦。往往在这个时候，他才会情不自禁也极不情愿地想起“乡土”，不得不“中士还乡”，或去“寻找土地”。但这种“还乡”或“寻找”并不是一般乡土文学意义上的去返回一个精神的“憩园”，去寻找一首乡村的牧歌来慰藉受伤的心灵。而是在那深厚的土壤中有千年淤积下来的农民“无意识”或“集体意识”，有一种“温良恭俭让”的乡风民情和礼仪风范，他要去寻求一种传统的道德评价尺度，用以来匡正或批判农民军人们为了逃离土地而不择手段地采用的种种行径。令人遗憾的是，这种批判的力量常常连阎连科自己也难以置信——《中士还乡》中的田旗旗恪守乡村道德放弃立功提干“无功而返”（乡）之后，不是连亲人们都鄙视他吗?《寻找土地》中那个同样无缘建功立业的灵魂回到故乡之后不是连区区骨灰的立锥之地都难以找到吗? 道德批判并不能解决现实问题。他们的肉体或精神还乡之后的境遇只会比在部队上或参军前更为窘迫更为尴尬。当兵又“爬”不上去（或不屑不忍“踩着什么”往上爬），“还乡”就更是前途暗淡，那么怎么办呢? 阎连科深感迷惘。于是，在他最近的新作《和平战》中，警卫连长郁其林在确诊为癌症的生命晚期，生活的热情全部冷却之后却按理想的道德将一个军人、一个情人、一个丈夫的行为做到完美的极致。尔后，再申请休假回到故乡山村，准备在那里平静地等待生命之火的熄灭，叶落而归根。这是一曲农民军人人生奋斗的挽歌，也是一曲乡村文明与传统道德的挽歌。阎连科为郁其林选择了死亡也就是选择了解脱，郁其林魂归故土才得到了彻底的安宁，他既不想再为“逃离土地”而挣扎，也不想再回到土地上来挣扎，那就只好升入天国吧，让生命和精神都从土地和苦难中永远地超度出来（与此同时发表在今年第4期《收获》上的非农民军人题材中篇《天宫图》描写人生阴阳二界的对比，而极力描写阴间之平和与安逸，是否也隐隐传达了阎连科此间的某一种悲观情绪和一种深刻蚀骨的无奈呢?）。

八

阎连科的“无奈”实际上反映了当前中国社会的一个主要症结，即幅员辽阔的广大农民和历史悠久的农业文明如何完成他们的现代转型。尽管沿海开放地区和少数都市正在谋求与国际接轨，但更广大的僻远闭塞的农民和土地才是真正滞后或决定中国现代化进程的关键。阎连科的农民军人系列小说从一个侧面为我们开设了一个小小的窗口，让我们通过对当今中国农民军人生存环境、生命意识和生存状况的写真，观测到了当代农民走向明天的复杂而痛苦的转化与蜕变过程。至于作家个人认识的局限，也是当前整个社会认识的局限，理论的总结总是有待于实践的发展，何况目前是“摸着石头过河”，谁也别指望谁能开出包医百病的灵丹妙药和可供指南的百科全书。

但是，如果从一个文化批判者或哲学家或大作家的高度来要求阎连科，我们又会期望更多，并且很快发现，他的长处在这里变成了短处——即过于农民化，过于“将心比心”，过于“粘滞于土地”而不能飞腾起来。这“不能飞腾”包括两个方面，一是思想的不能飞腾，由于与农民贴得太近，缺乏距离感，缺乏一种非农民文化与思维的比较和参照，因此只能“平视”农民，虽然有了真情、真实与真切，但还不能超越农民，获得一种富于当代色彩的主体意识与历史高度，像鲁迅一样放出一种犀利、透彻、入木三分的批判眼光，击中要害，警醒国民，从而成就大家之风范。二是审美的不能飞腾，由于在“泥潭”中陷得太深难以自拔，被一种过于深重的苦难意识所缠夹，从而自悲自怜，甚至失去了反抗、挣扎和“逃离”的勇气，放弃了对生活的执著、爱心和憧憬（就如前文分析到的《和平战》、《天宫图》中所泄漏的那种情绪），因此也就难以用审美的眼光看待人生，在苦难中寻觅诗意，像沈从文先生那样以博大的爱心将一个莽荡多灾的湘西点化成一个绚烂奇谲的诗画世界，达到钱钟书所谓“写忧而造艺”的化境。极而言之，思想和艺术的“比翼双飞”，应该是阎连科下一步小说创作所努力的目标，无论是他写农民，写农民军人，或写别的什么人，都是一样。

前面，我曾以阎连科和农民或农民军人的“浑然一体”作为论点，并简单论述了由此所带来的他的特色、优势或与众不同；现在，我又从相反的方向指出了他由此所形成的局限所在。这种论述是矛盾的，然而又是毫不奇怪的，“特长即特短”，从来如此。最后我要特别提醒他的是，警惕优势的蒙蔽或者说力戒优势的负效应，从现在起，就要和他的书写对象——譬如说农民军人罢——拉开距离，拉开一段审视的和审美的距离，从一种农民化的单一、单向的角度和思维，变成多元、多向、多层的角度和思维，对农民军人进行全新全方位的观照与重塑。舍此，阎连科将难以脱出现有窠臼而步入更加雄沉阔大的艺术新境界。

给阎连科全方位“定位”之余，我忽然想起三年前我对“阎连科将会怎样”的回答——“大器晚成，其时虽晚，其器却大者也!”如今其时未晚，连科的气象却颇大矣。作为今日中国军旅小说界的一员大将，阎连科任重道远。

1994 年夏秋之交于京西黑白斋

（载《当代作家评论》1994 年第 6 期）

《昆仑》和我们

——写在第一百期《昆仑》上面

题　引

无论对于刊物还是作者，一百期都是个重要数字。常言道，“十年树木，百年树人”——那只不过是一种夸张的比喻罢了——您不觉得一百年太久了一点吗？但是，如果把这句话套用过来说明刊物和作者的关系，改成了“十年树文，百期树人”，倒是比较实在了。

因此，编辑部希望在第一百期刊物上面，能有一篇文章侧重谈谈刊物与作者的关系问题。这委实是个好主意，是纪念文章题中应有之义。不过，他们找到我头上却又有点儿所选非人了。多年来，我既从未参加过《昆仑》组织的任何笔会（讨论会除外），也较少在《昆仑》发表文章（一共四篇，一长三短，字数刚过两万而已，约占我批评文章总量的几十分之一吧）。我这样说的意思在于表明，我对编辑部的运作不甚了解，基本上是“刊物与作者（主要指创作家）”这一对“关系”中的“局外人”。而在我看来，能把这个文章做好的必须是“局内人”，也无非两类吧，一是编辑，二是作家，因为他们从组织一次笔会，策划一个选题，磨合一种思路直至切磋、修改、润色一部文稿，都躬亲其事，投入其中，甚至是两两相对，情投意合，所谓“如鱼在水，冷暖自知”。故而，在他们笔下必有许多“难与外人道”也少为外人知因此又恰恰最值得一道的酸甜苦辣，可我呢，作为一个批评家，从来只对“定型产品”的成败得失说长道短，至于此前的“生产过程”一般是忽略不计的。这又如何探得到他们之间关系中的甘苦与奥秘呢？

也许有人要说了：你可以调查了解嘛。是的，但问题在于，如果向编、创双方采访一番，搜索若干素材，再连缀成文，那会不会写成一篇报道，一篇表扬稿，一篇小纪实文学，或者干脆就是一个先进事迹材料呢？

总之，这篇文章是一份信任，却也是一道难题，让我却之不恭，受之尴尬。更何况百期刊物，几千万字作品，涉及作者数以千计，艺海拾贝何处着手？思来想去，无甚高招，我只有将多年来对《昆仑》、对较为熟悉的《昆仑》的少量作者、编辑的一点所见所闻所感一一罗列出来，统辖在《〈昆仑〉和我们》这个题目之下，也就权当我对《昆仑》百期的一次纪念吧。挂一漏万和褊狭失当都肯定难免，还请衮衮诸公多多海涵，小子先在这厢有礼了。

说说刊名

可以先从《昆仑》这个刊名说起。

重新翻阅《昆仑》，在1992年第一期上读到解放军文艺出版社王传洪老社长纪念《昆仑》创刊十周年的《十年感言断片》。文章首先略记了刊名的诞生过程，说编辑部同仁在《东方》、《远望》、《中国军事文学》等几十个候选刊名中反复斟酌与琢磨，考虑到尽量淡化“军办”和“官办”色彩，最后大家才选中了《昆仑》，云云。《昆仑》究竟是淡化还是强化了“军方”色彩，可以另作计较，但我个人认为，以她十五年的历程来作验证，这个刊名是最好的，是无可替代的，是惟一的。

80年代之初，新时期文学有如冰河开冻，银瓶乍破，真是有声有色，声色俱厉，气势磅礴。当其时者，一家家大型刊物破门而出，一个个响亮的刊名就是一杆杆弄潮的大旗，立于潮头之上笑看涛走云飞，而且，一律闪射着独特的个性光彩和魅力。譬如南京的《钟山》，她在“空间”上为自己定位——一戳子打出个鲜明的地域印记，上挟金陵形胜的六朝王气，下携天翻地覆的慷慨大气，颇有挑战京畿文学重镇的雄强心志。再譬如北京的《十月》，她则在“时间”上为自己定位——远溯1949年的10月，近追1976年10月，双重政治时间之外，还捎带着一重自然时间：十月金秋乃收获季节之谓也。再者，据《十月》创办者张守仁先生回忆，当时定名为《十月》，明显受到了前苏联著名同名刊物的影响，表示了一种学习与借鉴的愿望。但在我看来，敢于重名，这其中未必就不包含了一股子向国外大刊“叫板”的心气儿。总之，那时候的刊名，个赛个的简洁而大气，响亮而有力，好叫又好听，好看又好记，既有形而

下的具象，又有形而上的抽象，多义并存，寄意遥深，谁要想办一个好刊物，谁就得先起一个好刊名。

《昆仑》怎么样？

《昆仑》能在几十个候选刊名中脱颖出来决非偶然。具象的就不说了，仅寓意即可分几层解。首先是军旅意义上的，“巍巍昆仑”可视作“钢铁长城”的同义语，此一点无须赘述；其次是文化意义上的，文化昆仑或文学昆仑是一种标高，不妨理解为编者给自己设定的一个努力方向，表达了一份对“会当凌绝顶，一览众山小”的高远境界的神往之心；再次是军旅文学意义上的，以此“山”，喻彼“山”，意在倡导与掀起一场军事文学的“造山运动”，愿当代中国军事文学的“昆仑山系”迅速崛起于世界军事文学的风景线上……

不敢说《昆仑》已经是“名至实归”了，但也不怕对《昆仑》作一番“循名求实”的验证与清点。回望来路，我们分明看见，十五年里，《昆仑》的编者和广大作者在一百期刊物上面，留下了或深或浅的奋力登攀的脚印。

我与《昆仑》

就我个人和《昆仑》的关系而言，大致经历了“仰视”、“靠近”和“走进”三个阶段。

1982 年初春某日，我在榕城某部宣传处办公室正要下班，偶然遭遇《昆仑》创刊号，信手翻捡目录，立即就被欧阳山、刘白羽、姚雪垠、秦牧、魏巍、徐怀中、李瑛、冯德英、萧三、林斤澜、刘绍棠、邵燕祥、张志民等一批文坛宿将的豪华阵容所震慑。也顾不上吃饭了，我首选其中的“后生小辈”、和我相识多年亦同居榕城的老朋友朱苏进的《射天狼》狼吞虎咽地“吃”了下去。“吃”完之后，我再次被震动，合上刊物反复掂量，一时间生出“莽昆仑，横空出世”之快慰。凭直觉我预感到，新生的《昆仑》不啻发散了一个信息：继《西线轶事》之后，相对沉寂了一段的军事文学恐怕很快又要闹出大动静了。我在东南一隅遥望北方，捕捉着、谛听着从云层深处隐隐传来的军事文学的雷鸣。果然，先是《射天狼》好评如潮，紧随其后，《高山下的花环》从《十月》狂飙突起，并以多家电台、报刊连播连载的形式一夜之间覆盖全国，最大限度地张扬了军事文学的声威。如果说《射天狼》是一道撕开云层的闪电，那么，《花环》就是一声砸向大地的沉雷。它们南北唱和，互为呼应，一下子就打开了军事文学的新局面。以此为标识，军旅作家新锐军团开始步入辉煌，《昆仑》则堂而皇之地跻身于优秀大型期刊之行列。

两年多以后，1984 年秋，我有幸来到解放军艺术学院文学系学习，顿觉和《昆仑》靠近了许多。这倒主要不仅仅因为空间距离的缩短，而是因为三十余名同学中多有《昆仑》的骨干作者，他们参加过《昆仑》组织的笔会，和编辑们极是熟稔，呼应之间称兄道弟，出入编辑部如履平川，谈起刊物趣闻轶事如数家珍，加之常有编辑前来约稿、催稿、索稿，也依稀领略过几位的风采。虽然一时还不敢上前多有问津，但《昆仑》的神秘面纱已然褪去，不再高踞云端之上，而是实实在在的，让人既看得见又摸得着，还有可能够得上。

又过了两年多，1986 年深冬，我开始走进《昆仑》。记得当时是资深的评论编辑黄柯先生来向我约稿，他说听了徐怀中部长的介绍，想请我写一篇关于莫言的短文。其时莫言正喷薄而出，我也在地方报刊发表了《天马行空》等一小批莫言评论。这次我写的文章叫《“莫言”莫可言》，刊载于 1987 年第 1 期《昆仑》。从此开始了我与《昆仑》的文字交往，至今已逾十载。回忆往事，历历如在目前。

从“仰视”到“靠近”再到“走进”，我与《昆仑》关系的演变说明了什么呢？是“昆仑”越来越矮了吗？当然不。是我自己从一名读者变成了作者，而这正是在《昆仑》的召唤、诱惑、激励和托举之下，我变高了。仔细想想，这难道不是最正确地反映了一个刊物和作者之间最理想的关系变化吗？试问，有哪一个刊物不是以不断地发现和推出新人新作乃至大家大作来作为自己的重要宗旨呢？又有几个作家不是靠刊物的培养、扶植、推荐和介绍才得以走上文坛走向社会最终成名乃至成家的呢？

当然，具体就我个人与《昆仑》的关系而言，恰如前面所说，我远非最典型者，或者说是最不典型者，典型大有人在。但“弱水三千，我只取一瓢饮”，下面不妨抽取两个个案来略加考察。

一个人

这个人是朱苏进。

如果非要从百期《昆仑》中找出一个最重要、最典型、最具影响力和代表性的作家来的话，那么，还用得上我那句“名言”——

舍朱苏进其谁?

从创刊号上的《射天狼》到《引而不发》(1983 年第 1 期) 到《凝眸》(1984 年第 5 期) 再到 90 年代的《炮群》(1991 年第 2 期)，三部中篇一部长篇 (其中两部中篇获全国优秀中篇小说奖，占到《昆仑》同类奖的二分之一)，是朱苏进对《昆仑》的主要贡献 (此外，尚有不代表作家水平的报告文学《紧急出航》等篇章从略)，也是《昆仑》对新时期军事文学的重要贡献。仅以量计，朱苏进也许不是《昆仑》作者中的惟一大户，但若以质量并论，恐怕就很少有人能与之比肩了。十几年来，文学的繁华与喧嚣已被风吹雨打去，今日尘埃落定之后，我们可以更有把握地说，上述几部作品基本上都可视为百期《昆仑》中的经典。有的亦可视为新时期军事文学中的经典，有了这几部“经典”的支撑，我敢大胆地再说一句“名言”——

朱苏进是《昆仑》中的“昆仑”。

这是一个标高，而且，这个标高几乎是一开始就确定了的。这不是我个人的看法，而是一种“历史结论”——王传洪老社长在《十年感言断片》中记下了这样一段历史——

> 其实，《昆仑》第一炮的打响，和朱苏进同志的中篇小说《射天狼》有很大的关系。记得当时的总政文化部副部长、作家、戏剧家胡可同志是受总政文化部党委和部长刘白羽同志的委托，审读《昆仑》创刊号全部稿件的，这次审读实际上是一次新产品出厂前的总检验。他在读完这几十万字后兴奋地对我说：“我认为单凭这篇《射天狼》，我们就可以说，《昆仑》可以创刊，《昆仑》能够办好!”无论当时还是现在，我都从心里赞成胡可同志这个判断。

接下去，王文以近四分之一的篇幅大谈《射天狼》开创的若干“第一个”，并且毫不含糊地称许：“《射天狼》是《昆仑》的奠基之作。”

我想接过胡、王二位老前辈的话再作如下引申：

《昆仑》因《射天狼》而奠基，朱苏进因《昆仑》而腾飞。

实际上，朱苏进最初探索和发展个人风格，同时也是尝试和开拓新时期和平军营题材小说创作道路的努力，在《昆仑》上表现得最为强烈和醒目。虽然《射天狼》留给了人们许多“第一个”的印象，但更给我以新鲜刺激的却是其后的《引而不发》。前者体现了一种冷峻而成熟的现实主义风范，后者却反映了一种热烈而偏激的理想主义气质，这是朱苏进的“两极”，它在当年就已初见端倪。只不过两相比较，后者更容易窥见作家隐藏深幽的内心世界和瞬间迸发的耀眼才华。也许就是这一点吸引了我。读到它时，我已离开榕城在闽南某炮团当宣传股长了，记得当时兴奋难抑，按捺不住地给朱苏进写了一封长信。具体写了什么现在已无从记忆，但我找出了苏进当年的回信，从他的只言片语中也略略可揣摸出一些意思。苏进在1983年5月16日的回信中写道：

“你信中关于《引而不发》的评价令我极为震惊！犹如霹雳闪电，盲人也为之一振。真想不到，你除工于小说，还具备更多的经过改造的诗人气质。其尖锐有力让人不得安宁。喜悦冷却掉以后，又感到你的重誉使我难以下咽。

“大部分人都认为《引》不如《射》，只有你、范咏戈和一位不知名的《文艺报》的同志认为相反。我已经倾向于认为：《引而不发》廉价出卖了一个重要题材，它继承和发展了《射》的缺点，壮大声势，意念凸现为其主要特征，今天看来，不无后悔处。你关于‘兵的感觉’一段甚为精彩，可以作为我前段创作的精确总结和评价，今后，我想突破它。”

显然，“大部分人”的意见影响了朱苏进对《引而不发》的重新判断，也导致了《引而不发》的湮没不闻。此时我旧信重提，并不是非要给《引而不发》讨个什么说法，也不想证明自己是多么地与众不同，只是觉得，当年我们对于文学和自己的创作是何等的热情、执著、严肃和认真啊！令今天的自己既感动而又惭愧（我已经有多少年没有投入地写过一封关于创作的长信啦）。同时，我还想强调的是，《引而不发》虽然缺憾明显，但它依然是重要的，不可忽视的，对于研究朱苏进的创作发展来说，它的意义丝毫不逊于《射天狼》。它们是朱苏进在当代和平军营题材小说创作道路上迈出的最初的而又最具有决定性的两步，它们潜在地暗示出了两种趋向——沿着《射天狼》一侧，走出了《第三只眼》和《醉太平》；沿着《引而不发》一侧，走出了《绝望中诞生》和《炮群》。

《凝眸》是一个“两极”调和的产物，是朱苏进两种气质结合得最为完美的一个标本。它精致的结构、复合的意象、微妙的感觉和富有弹性的语言，浑然合一得几乎无可挑剔，以我的预感，它将是朱苏进比较能经受得住时间考验的作品之一。至于《炮群》，可说的话太多了，我早已写过两万字的专论《“半部杰作”的咏叹》（《当代作家评论》1992 年第 1 期），这里就一笔带过：《炮群》是百期《昆仑》中最有说道的作品之一。

行文至此，发现了一个问题：说了半天，似乎一直都在说朱苏进对于《昆仑》的意义。那么，换一角度看，《昆仑》对于朱苏进到底又有什么意义呢？难道仅仅是慷慨地提供版面和热情地组织讨论会或评论文章吗？

当然不。但我不晓内情，又确实说不出某部某篇稿子的修改过程或编辑故事。我只确凿地知道一点，即《射天狼》是 1981 年秋《昆仑》“创刊笔会”的收获，而《凝眸》则是 1984 年春“青年军人首都笔会”的结果，因此，曾有一度我对于笔会的重要作用感到神秘。

因为我们知道，在《射天狼》之前，朱苏进并非“文学新人”，他已当了五年专业作家并已拥有了两部长篇。但是，坦率地说，他的创作条件与机遇让我羡慕，而作品中表现出来的才气和实力却使我心存疑虑。也许是我眼高手低吧，不错，正是这个几乎与生俱来的老毛病，害得我学诗不成学散文，学散文不成学小说，最后被逼上了文学批评这条“鸡肠小道”。可面对《射天狼》我感到惊奇，惊奇于作品本身在当时的清峻脱俗，更惊奇于朱苏进在一夜之间达到的老到成熟。这个奇迹是怎么发生的？真的是“士别三日当刮目相看”，他不就是去北京开了一次笔会吗？难道说《昆仑》的笔会真有点石成金的魔力不成？待到后来我上了文学系，才对笔会的意思多少有一点明白。以我的猜想，一个高质量的笔会，并不是说准备了多少好编辑在那儿等着和你谈构思、编故事、出路子，手把手地帮着你改稿子（当然，这样的笔会也有，主要因作者而异）。它只是一个高明的战略家组织的一次战役行动，他把你们召集到阵地前沿，给你介绍战况、战斗进程、战争信息、战场态势，既让你高屋建瓴总览全局，又让你熟悉具体作战目标。他也许再给你提供几种预想和某些启发，然后，他就走了。剩下的，让你们之间去交流、去碰撞、去争执，或者是自个琢磨，至于最后谁能够攻下高地，那就全看你们自己的了。当然，最后他还是要回来的，他要回来验收战斗成果。这个时候，同样需要眼光，需要智慧，需要魄力，甚至还需要胆略和勇气。如此等等。我认为，朱苏进参加的笔会，大致都属于这一类。而这一切对于朱苏进来说，也就已经足够了。

《昆仑》给朱苏进提供出击之阵地，跃进之跳板，攀登之路径。此《昆仑》和彼“昆仑”孰先孰后的问题类似于“先有鸡还是先有蛋”，换一种发问方式也许更容易成立：没有《射天狼》而可以有《昆仑》，而没有《昆仑》呢，朱苏进又当会如何？

“昆仑”因《昆仑》的托举而显其高，《昆仑》因“昆仑”的聚集而成其大。在我有限的阅读记忆中，堪称《昆仑》上的“昆仑”的新锐作家（作品）就还有：张承志的《金牧场》，刘亚洲的《两代风流》，李存葆的《山中，那十九座坟茔》，韩静霆的《凯旋在子夜》，莫言的《奇死》，周大新的《走廊》，苗长水的《战后纪事》，毕淑敏的《昆仑殇》，简嘉的《没有翅膀的鹰》，乔良的《远天的风》，江奇涛的《雷场上的相思树》，阎连科的《两程故里》，李镜的《冷的边山热的血》，张卫明的《英雄圈》，庞天舒的《蓝旗兵巴图鲁》，赵琪的《穷阵》，张惠生的《旱舟》，陈怀国的《农家军歌》，徐贵祥的《潇洒行军》；周涛的《山岳山岳，丛林丛林》，马合省的《老墙》，李松涛的《无尽沧桑》，朱增泉的《京都》，袁厚春的《省委第一书记》和《百万大裁军》，钱钢、江永红的《军长》和《奔涌的潮头》，王苏红、王玉彬的《中国大空战》，大鹰的《志愿军战俘纪事》，徐志耕的《南京大屠杀》，何晓鲁的《元帅外交家》，铁竹伟的《霜重色愈浓》，江宛柳的《我在寻找那颗星》，陈道阔的《人民子弟》，李荃的《中华之门》，程童一等人的《开埠》……

又一个人

这个人是海波。

如果要从《昆仑》发展史上找出一个堪与朱苏进这样的重量级作者相匹敌的代表性编辑来的话，非海波莫属。

在广大作者尤其是青年作者当中，海波的口碑甚隆，曾几何时，他几乎成为了《昆仑》编辑部的象征。1994 年当他调离编辑部时，我不止一次地听到人们慨叹：《昆仑》小说的“海波时代”结束了！

这样的说法也许过于文学化和情绪化，但事实本身却是胜于雄辩的。请仔细读一读下面这组数字——

据不完全统计，从 1982 年初《昆仑》创刊到 1991 年的十年间，经由海波亲手编发的小说（含长、中、短篇）稿共三百零一部（篇），计六百七十二万字。其中，获全国奖的作品两部；获全国性奖的作品五部；获“八一”大奖的作品两部；获《昆仑》奖的作品三十部（篇）；被选刊选载的作品十八部（篇）；被改编成影视剧的作品十六部。共涉及作者（不含重复发稿者）二百一十九人。其中，发表处女作者三十六人；发表成名作者十三人（包括乔良的《雷，在峡谷中回响》，阎连科的《两程故里》，毕淑敏的《昆仑殇》等等）。共主办笔会二十余次，直接面对作者单个谈稿五百余人次……

不错，这确实是一份令人感叹的、一个编辑在十年中间高质高效工作的劳动与收获清单。但它仍然只是冰山一角。因为在每一个具体的数字背后，都可能饱含了难以言传的有形和无形的付出，丰富而巨大的内容。

就譬如说“笔会”吧。有专门读书或深入生活的，这是“务虚”的一类，名为笔会而不动笔，也可以算作一种“投资”和积累。更多的是“务实”的，要真刀实枪地练，而这个时候的刊物往往是“等米下锅”，笔会肩负“救急赶场”之责任，成败与否，直接影响到刊物的发稿质量。1982 年，海波成功地主办了“桂林笔会”，收获了《白云的笑容，和从前一样》（刘宏伟）、《远方有一条流金的河》（徐军）、《咫尺》（江水）、《干杯，女兵们》（成平）、《二十四点与零点》（尹卫星）、《狭路相逢》（氏柟）、《一个中国伤兵的传奇》（李大明）等一批新人新作。他们在 1983 年的《昆仑》上面陆续登台亮相，不仅给军旅文苑吹来一股清新之风，而且及时缓解了小说作者队伍青黄不接的窘迫形势。

更辉煌的一次是在 1984 年。如果说“桂林笔会”还带有找作者与找稿子并且为刊物解燃眉之急的三重任务，多少还显得有点仓促和紧张的话，那么，这一次可就大为不同了——这是一次编辑部蓄谋已久、由海波担任组织策划的“集团冲锋”，它取名叫“青年军人首都笔会”，就已经透出了一股子大气与自信。它纠结了朱苏进、简嘉、唐栋、乔良、王树增等几名当时已头角峥嵘且正雄心勃勃的青年悍将，大有志在必得，一举拿下之气概。果然，他们不负众望，奉献出了《凝眸》、《没有翅膀的鹰》、《沉默的冰山》、《远天的风》、《鸽哨》等五部异彩纷呈的中篇佳作。它们在《昆仑》推出时，以刘白羽“致《昆仑》青年军人首都笔会”的一封信简为其鸣锣开道，再配以王蒙、徐怀中、王愿坚等人的评点以壮行色。一时间，真的是作品与评点相映生辉，新人与名家珠联璧合。这可算得上海波编辑生涯中的得意之笔，亦可堪称《昆仑》笔会中的经典之作。这次笔会的成果，大致代表了当时军事文学最前卫的探索意识和艺术追求，不仅相对集中地展示了军旅作家青年方队的整体实力，而且对整个军旅文学创作起到了某种示范作用，从而产生了广泛而深远的影响。

在此期间，还有一件事情值得一提。差不多与“首都笔会”同时，海波刚好也完成了他的长篇《铁床》和中篇《黑草》。这是两部代表了海波创作水准的重要作品，置于笔会之中毫不逊色。但是海波没有。他不仅不让它们参加笔会，也不让它们占领《昆仑》，他毫无保留地把版面让给作者。于是，《铁床》给了《小说家》（1984 年第 3 期），而《黑草》则成了 1985 年第 1 期《中国作家》的头题之作。这个举动被绝大多数人所忽略，但我向他表示敬意，因为我从中看到了一个优秀编辑的无私精神和宝贵品格。

粗略划分，从《昆仑》推出或成长起来的作者大致可分为三种类型。第一类是有比较丰富的创作实践，已经基本成熟或接近成熟（比如朱苏进和李存葆）。对于这类作者，编辑的主要任务不是帮助写作或修改，而是密切关注其创作动态，及时约稿、组稿、索稿，使其“大鱼”不得漏网；即使请来参加笔会，也是我前面所说的那种高质量笔会（例如“首都笔会”），编辑一般是动口不动笔，所花精力比较节省。第二类是有才华、有苗头、有潜力也有生活，但缺乏创作经验，写作不得要领，不仅需要“扶上马”，还必须“送一程”，才可能开窍出道，登堂入室。比如阎连科的处女作《小村小河》就是经过海波的耳提面命，请来编辑部修改达一个月之久才最终定稿，其后又接二连三地推出阎连科多部中篇并召开讨论会，才使其脱颖而出。对于这类作者，编辑必须实行“人盯人”策略，既要有诲人不倦的耐心，还要有全程服务的精神。第三类是完全看不见将来，只有眼前这个稿子具有某种修改的可能，但由于稿源、题材或生活面的需要，出于不放过任何一个有希望的作者等诸多考虑，哪怕是一锤子买卖也得往下砸。这时候的编辑最难当，讲得口干舌燥还不见反应，便只有亲自操刀拔苗助长。稿子和作者都救“活”了还算是好的，稿子活了作者“死”了的事情也经常发生——在很多情况下，编辑部面对的正是后两类作者。

因此，海波对自己和同仁们有两点要求：一是倡导当作家型的编辑，二是在编辑过程中要舍得“卖血卖骨头”。对于前者，海波身体力行，1982 年即以短篇小说《母亲与遗像》夺得全国奖，是新军旅作家中的先锋人物，作家的名头大于编辑（其实此一特点并非海波独有，实乃《昆仑》编辑部的集体传统，譬如袁厚春、张俊南之于报告文学；程步涛、李晓桦之于诗歌；黄柯、叶鹏之于评论等等）。对于后者，海波是真舍得，只要你需要，他就舍得给，从思想到故事到人物直至人物对话，他都为你琢磨、出谋划策，直至最后操刀上阵越俎代庖，甚至把你的东西改得面目全非，整个儿散发出一股“海味”。我就亲耳听海波本人说过这样的事情：作者看到清样后给编辑部打电话，拒绝署上自己的名字而要求改署海波的名字，因为他不认识这篇小说，那里面已经没有几句自己的话了——对于这种情况，我的态度比较复杂。坦率地说，过于强加作者的编辑作风我是不大赞成的，《昆仑》小说的过于“海波化”也未见得是一件好事。它对刊物风格的多样化可能是一种限制，而对作者的生长也有削足适履之嫌疑。如果要推举一位同仁刊物的主编，我首选海波；否则的话，我真心希望他能更加宽容、兼容和包容一些。但是，换一个角度看，一个编辑如此认真、负责、投入地对待自己的工作，把每一篇作品都视如己出，愿意倾其所有帮助其提高与完善，这样一种无私忘我的奉献精神和甘于为人作嫁的职业道德，让我们除了钦佩之外，还能够再说什么呢？

事实上，海波的两点自我要求也是自相矛盾的，“卖血卖骨头”——卖生活，卖情节、卖细节、卖点子、卖构思，什么都卖完了，那你自己还写什么呢？还怎么继续当作家呢？海波在自己创作的巅峰期戛然而止，以《黑草》作为小说的封刀之作金盆洗手，是否与此有关？

昨天，我为少了一个海波这样的优秀小说家而惋惜；今天，我为海波这样敬业的编辑家越来越少而怅然。

一个座谈会和一组文章

其实，上面说了这么多海波的“事迹”，大都是我读来的和听来的，没有一件是我亲历的。确实，虽然对海波认识很早，闻名更早，但由于彼此各色的个性再加之没有适当的机缘，所以，尽管我对他以“诤言”著称的鲜明风格甚为欣赏，也时常在一些会议上为他犀利到位甚至“越位”的“辩锋”暗中称快，但在很长一段时间里都没有作过一次个人的沟通，彼此间始终保持一段适当的距离。消除这种距离乃应了那句老话，叫“不打不相识”。关于那次由“打”而“识”的始末，前后迁延两年时间，从唇枪舌剑到化剑为犁，其间充满了精彩的戏剧性，充分反映了双方的典型性格，有机会我要单独撰文一篇以为纪念。在此暂且割爱。就在我们握手言和和相互沟通之后不久，我们之间“亲历”了一次“合作”。因为这次合作不仅关涉到海波个人，更关涉到《昆仑》，关涉到《昆仑》在90年代中国文化语境中的一种姿态，所以我觉得有必要再略记于此。

1992年秋，我先应邀去广东沿海讲学并参观，再折回到武汉参加一个当代文学的国际学术讨论会，最后又和王朔一行去了青岛。此番一月余的行程，使我大开眼界大受震动，到处不乏对商风商潮的惊呼，对严肃文学的哀叹，对快餐文化的暧昧态度乃至“狐狸心理”。有感于此，回京后我赶写了《1993：卷入市场以后的文学流变》等文章发表于《中国青年报》和《作家报》。对文学现状进行了描述与分析，表示了深深的担忧，但也坚定地认为：“滔滔商海中，文学之舟将受到猛烈地摇撼乃至摔打，但决不可能被彻底颠覆。浪高一尺，船高一丈，真正的文学之舟永不沉没，它将载着人类的希望与追求，永远驶向精神家园的彼岸。”①

很快就接到了海波的声援电话，并说编辑部同仁近期的一个中心话题就是：如何抗击商潮，使军旅作家振作起来，顽强坚持严肃的理想的军事文学写作。具体措施就是想先策划一个讨论会，后续举动相机酌定。考虑到当时传媒的声音纷纭多元，上面的导向还不甚明了，知识界的“人文精神”讨论亦尚未展开，在这种没有“参数”的情况下，一家军队

① 载《中国青年报》，1993年1月15日。

刊物的“单独行动”是需要谨慎的。因此，关于会议议题的界定、会议规模和与会人员的范围等技术问题，我们又进行了多次电话磋商，等到编辑部最后确定方案，已经到五月份了。我翻阅日记查到：《昆仑》“关于商潮中的军事文学讨论会”于1993年5月6日上午在北太平庄书库会议室召开，有驻京部队评论家和编辑部全体约十余人与会。首先由程步涛和海波阐明讨论会宗旨和编辑部立场，继而引发了与会者的强烈共鸣和热烈讨论。我因为此前不久刚在文学系针对“一把剪刀闹革命”的“畅销书现象”作过反对“下海”的专题讲座，在讨论会上也就有了一个比较完整系统的发言，颇为编辑部同志所认同。此后不久又接海波电话，说编辑部最后决定必须要发出自己的声音了！准备组织几篇文章一起发表，希望我将讨论会发言尽快整理成文章。由于我当时手头正在进行《新军旅作家“三剑客”》的收尾工作，略微延宕了一些时日。转过手来完成海波的任务，已经是六月底七月初了，记得最后是赶了一个通宵才完稿，次日一早即通知殷实来把稿子取走了。这就是那篇《我为什么反对“下海”》。

文章以集束形式在1993年第5期《昆仑》的首要位置刊出，这种做法在一家以发表作品为主的大型期刊上也是罕见的。头题是由当时的编辑部主任程步涛亲自撰写的署名“本刊编辑部”的文章《使命的张扬与责任的再树》，文章在严厉抨击了商风商潮对作家的侵蚀之后，断言“今天的这种拜金主义导致的价值观念错位、道德水准下降，必将给新世纪的交响带来不谐和的噪音”，因此，“在这种时候，作家的使命与责任比任何时候都更应该加以强调。以呼唤人类崇高圣洁的灵魂，以鼓舞人类为进步为理想而斗争的意志，以指出人类的尊严、正义与光明”。文章最后大声疾呼：“真正致力文学追求，甘愿为了作品的生存而牺牲个人生存的作家们，高举起自己的旗帜来！”

殿后文章是殷实的《结束，或者开始》，我的文章居中。我的文章副题是“关于当前文人、文学、军旅文学的答问”，实际上也是一次自问。在文章的结束，我借用已故著名老评论家冯牧先生针对文人“下海”提出的一个口号“与其‘下海’，不如攀登”来忠告全军作家——“中国的军旅文学作家们究竟是‘下海’还是‘登山’，这将从根本上决定未来军旅文学的命运：跌落还是起飞”。

刊物出来后，在军队文坛激起一些反响。9月份，中央反对拜金主义的力度加大，“导向”已经鲜明。而且，由同年第6期《上海文学》的一篇批评家对话《〈旷野上的废墟〉——文学和人文精神的危机》所引发的“人文精神”大讨论已经逸出了文学圈，开始蔓延波及到整个知识界，一片群情汹汹、众志成城之态势。相形之下，《昆仑》这一组文章所包含的锋芒和锐气反而被淡化被稀释乃至被淹没了。但一个基本事实是，在90年代中国文学批评一度“失语”、文学理想似曾“失落”的特定时期，《昆仑》作为军事文学的重镇，它并没有犹豫更没有沉默，它是敏锐而坚定的，果决而勇敢的，它及时地发出了正义的呼喊，有力地亮出了鲜明的旗帜！

一群人和三代人

我们可以把《使命的张扬和责任的再树》看成是《昆仑》抗击商潮的一篇战斗檄文，也可以读作“昆仑人”一次集体心声的夫子自道或精神写照。前面所说的海波的个人风格也许不能代表“昆仑人”的全体，但他强烈执著的责任感、使命感和严肃认真的敬业精神，却与全体“昆仑人”如出一辙，海波仅仅是其中的一分子。在今天纪念《昆仑》创刊百期的时候，我们不应该忘记这一个群体，这就是曾经在《昆仑》工作过和至今仍然在《昆仑》工作的全体“昆仑人”。他们是——

张忠、凌行正、李大我、袁厚春、程步涛、海波、黄柯、佘开国、张俊南、冯抗胜、刘成华、罗来勇、江宛柳、李晓桦、叶鹏、郭米克、丁临一、殷实、张鹰、余戈……

这其中，有的人已经过早地离开了我们，更多的人却是因为工作需要先后调离到了新的岗位。但是不管人员如何变动，一种“昆仑人”的精神却有如薪尽火传，程程相递。这是一种为繁荣军事文学而披荆斩棘的开路精神，这是一群为部队作家尤其是青年作者攀登文学“昆仑”而甘于奉献的铺路人。

屈指细数，《昆仑》百期十五年，在这个阵地上坚持最久的是两个人。一个是海波，他从1981年筹备创刊到1994年调离，前后达十四年；另一个是张俊南，他从1982年加盟《昆仑》直到如今，中间扣除两年在军艺文学系读书，前后也是十四年。他们是一种巧合（时间），两种典型——如果说《昆仑》长期以来以中长篇小说和报告文学作为两大“支柱产业”的话，那么，海波就是小说类的“掌门”，而张俊南则是报告文学类的“领军”。对于海波的功绩，我们已在前面作过概略的评述，在此，我们想把张俊南作为“昆仑人”的又一个代表和另一种类型再作简要介绍。

说来惭愧，我和俊南虽然在首届军艺文学系同学两年，但却对他知之甚少。只是近年来随着和他的作者（主要是报告文学作家）的接触增多，才逐渐对他的情况有所了解。尤其是这一次，为了写这篇文章而重新查找《昆仑》目录，于不经意间偶然发现，多年来，俊南以基本放弃自己的创作为代价，在不哼不哈之中，为扶植和荐举部队报告文学的新人新作方面已做出了一番显赫的成绩。自1987年他接手主抓《昆仑》的报告文学以来，大部分精品力作都是被他“抓”出来的，比如：《南京大屠杀》（徐志耕），《毛泽东以后的岁月》（王立新），《江西苏区悲喜录》（何晓鲁），《侨乡步兵师》、《大势》（中夙），《跨越苍茫》（咏慷），《瘦虎雄风》（杜守林），《余秋里与中国石油》（陈道阔），《星辉》（张嵩山），《中华之门》（李荃），以及王苏红、王玉彬的历史题材系列作品等等。

为什么不用“编”、“编发”、“编辑”而单用一个“抓”字呢？因为难就难在一个“抓”字，高也高在一个“抓”字，特点全在于一个“抓”字。它与《昆仑》的小说不同，小说多产自于笔会，通常是（主要指80年代）以集群方式运作；而报告文学则基本与笔会无涉，主要是以编辑和作者“一对一”的形式进行“跑单帮”。先是编辑从大量的信息或少量的来稿中“抓”准一个选题，然后“抓”来作者，再一块儿下去“抓”素材。俊南平均每年要陪三四个作者下去跑素材，每次少则十天半月，多则一两个月，动辄跑遍大半个中国。在陪同采访过程中，一路帮助作者分析材料、清理思路、提炼主题、研究结构，待到将一部报告文学的整体框架乃至细部处理都“抓”出来之后，他这才回到编辑部去坐等“编辑”。说起来，最后的案头编辑工作只是这“抓”的过程中微不足道的尾声了。所以说，这如何不是“抓”呢？别的报告文学编辑怎么当的我不知道，反正张俊南是这么“抓”的。

我们的老同学李荃在《中华之门·后记》（昆仑出版社1990年1月版）中的一段话，道出了张俊南“抓”稿的三分情形二分艰苦和五分作用——“由于我不是一个有经验的采访者，他在《昆仑》编辑部工作繁忙的情况下，陪同我采访了整整五十天，并得到了编辑部领导的支持。切磋、分析、选择采访对象、把握结构。在云南，我们一同乘车在路旁一侧就是万仞峭壁的山路上疾驰，汗透衣背；在广州，采访之初不顺时，他焦虑得一个喷嚏竟流出一大摊鲜红的鼻血……在文学系时，他是个沉默寡言、不显山露水的人，五十天的朝夕相处，我才知道这位同学的实力，他是一个作家，更是一位好编辑。在分手前的长谈中，他最后说：‘只有把边防放在历史、社会的大背景中，才能写出一种大气来！’他给我在后期的单独采访奠定了一个好的经验基础，他分别时留下的话也是我始终力图把握住的主调。”

今天，当旁人来读这段文字时，也许很难体察到作者所表达的这一份感情的凝重与真挚。1990 年 1 月，在天津港边防检查站召开的“《中华之门》首发式暨研讨会”上，当李荃讲到上述情形时，这位倔强的山东大汉竟然哽咽无声语不成句，而此时，坐在会场一角的张俊南却双手捂面，悄然起身离去……这突如其来一幕震惊了全场，寂静中，有一股真情的激流在与会者的心中飞溅，我的热泪夺眶而出。

张俊南这么个“抓”法，怎么能不抓出好稿子呢？在关键时刻，为了作者、为了稿子，他总是舍得把自己豁出去——1996 年某日清晨，他家因邻居失火而引发火灾，火势来得凶猛突然，慌乱中他只顾得披上一件夹克，却本能地抱上案头的一摞书稿窜出去了。待来到楼外空地上，看着熊熊火舌吞噬四楼的家时，社里的同志都过来宽慰他，他却抖索着身子嘿嘿直傻乐，一脸破财消灾的“幸福表情”。此刻，他是真正的身无长物，只有掖下那一摞书稿——一部外地作者刚刚寄来的书稿。海波、刘立云、余戈等多位目击者向我讲述那一场景时无不感叹唏嘘，而我则想，那部书稿的作者真当为此一哭！

在对待稿子和作者的问题上，海波式的“痴”和张俊南式的“傻”都并非绝无仅有。以我的耳闻目睹，就还可以补充两个例子。其一，1984 年秋天，首届文学系刚开学不久，时任《昆仑》编辑的袁厚春已得知李存葆正酝酿一部重头大稿《山中，那十九座坟茔》，便三天两头来我们宿舍找存葆软泡硬磨，先是活生生地将“版权”从一家地方刊物“挖”了过来，继而又火烧火燎地催着存葆尽快上马开工，最后为了解决工学矛盾，干脆以解放军文艺出版社名义代存葆向军艺请一个月假，“秘密”将存葆转移到据说是长城脚下某部的僻静处，既消除了夺稿大战的隐患，又保证了作家的创作时间和精力，使得这部稿子顺利完成，并在当年第6期《昆仑》上隆重推出，在翌年的全国中篇小说评奖中再登榜首。其二，今年春上某日，我突然接到《昆仑》青年编辑余戈的电话，向我打听一个叫詹文冠的人。说是他从自然来稿中读到詹文冠的一部四十万字的长篇小说《恕我违命》，写得很有才华，很有想法，很有基础。可是来稿上没有联系地址，只是从小说反映的生活面推测此君恐怕是海军作者。经与海军文化部方面查实，詹文冠乃海军某部战士，曾上文学系自费进修。于是，顺藤摸瓜摸到我这儿来了。我答复余戈，詹文冠确实曾在文学系进修一学期，但此后不辞而别，一去有如黄鹤杳然，两年中只给我来过一次电话，报告他正在沿海一带流浪，白天打工，晚上写长篇，准备以此方式向军事文学攻坚并献身……最后，我所能给余戈提供的准确情况仅一条，即詹文冠乃江西省九江人氏。我以为此事到此已了。孰料不久就接到余戈从九江来电话，说他已利用公差四川的机会专程绕道九江，现通过军分区和各县人武部查阅历年征兵名册仍不得要领，希望我能再提供一点新的线索。在我的建议下，余戈在九江电视台打出了“寻人启事”，后又几经周折，终于和仍在外地打工的詹文冠取得了联系。截至我写此稿时，詹文冠已在《昆仑》编辑部改稿，编辑部决心要抓出一部长篇精品。《恕我违命》最后是否能以“精品”告终，还得看詹文冠的造化，我们可以暂且搁置不论。但这一则余戈“寻找詹文冠”的故事发生在90年代的今天，用“文坛佳话”来形容已不足以表达它的意义。它更像一则“海外奇闻”——今天，还有哪一家编辑部会如此兴师动众劳民伤财地去寻找、去关注、去厚爱一位如詹文冠者的无名小辈呢？

然而，《昆仑》做到了。我们不妨将其视为一种象征，读作一则寓言——一种“昆仑人”精神承传不息的象征，一则“昆仑人”为军旅作家攀登文学昆仑而铺路不止的寓言。回望百期《昆仑》，在“昆仑人”的肩膀上，耸立起了一座又一座“昆仑”；在《昆仑》的山腰上或山脚下，正跋涉着一队又一队冲刺军旅文学高峰的登山队或探险家。

十五年以来，直接或间接由《昆仑》推出的新军旅作家（作者）大概已数以百计。以年龄来粗略区划，可将他们分为三代，第一代即50年代前后出生者，比如李存葆、朱苏进、毕淑敏等，他们或者在《昆仑》一举成名，或者在《昆仑》发表扛鼎之作，或者以《昆仑》为舞台，长久而持续地在上面展示他们的创作实绩与实力——军艺文学系前两届学员共约80人，几乎无一人不曾当过《昆仑》的作者，而且有相当一部分人还是主力作者，除了前文提及的部分作家之外，还可以信手列出诸如雷铎、李本深、沈石溪、张波、何继青、张廷竹、金辉、王海鸰、于劲、丁小琦、常青、贺东久、陈云其、孙泱、李忠效等一个长长的名单。正是他们和他们的前代作家，共同创造了80年代军旅文学的全面辉煌。第二代即60年代前后出生者，比如阎连科、赵琪、陈怀国、裘山山等，他们大多崛起于80年代后期，是当前军旅文学创作队伍中的活跃分子。若以军艺文学系角度看，“他们”包括了三届往后的学员中的佼佼者——其中不少人是凭着在《昆仑》发表的一二部作品考进来的，又是拿着发表在《昆仑》上面的新作走出去的。比如石钟山、王久辛、曹宇翔、吴国平、何光喜、毛建福、涛涛、王曼玲、郭木、周建等等。手头有一个典型例子，1993年第3期《昆仑》集中选发了第四届文学系学员的毕业作品共六部中篇，作者为柳建伟、陶纯等人。此一“专号”足以说明若干问题。第三代即70年代前后出生者，他们中的大多数人是自1992年以后开始在《昆仑》的“山外山”上朝着主峰引颈眺望的，但也不乏少数少年得志者已经崭露出矫健的“登山”身手，比如文学系九三级战士大专班中的李亚、卢萍、赵伟、简直、杨锋、韩文华等人。开辟“山外山”专栏，无疑是《昆仑》具有深谋远虑的一项战略举措，“山外山”中，蕴藏着军旅文学的后备力量，从他们之间，或将走出一批真正的跨世纪的军旅文学新人亦未可知。

多余的话

客观视之，百期《昆仑》和它的三代作者随着当代文学的历史进程，走过了一个马鞍形的发展轨迹。它在80年代末期步入低谷，近年来一直处于低谷徘徊和奋力爬坡的窘况之中。此间原因，并非全在于刊物一面，亦非全在于作者一面，乃由于文学生态环境的改换使然。

90年代以后，随着市场经济的全面推开，当代文学在政治语境淡化和商业语境强化的双重夹击之下，已不断地从中心走向边缘，从热点跌入冰点。比较之下，军旅文学的处境尤为严峻。早在几年以前，我就曾撰文指出过军旅文学将面临着“双重消解”的潜在危险——一曰“观念形态的消解”，即军事文学原所包蕴的一种主流意识形态色彩的淡化，使它从一个先定的高度被降到了一个平面上，还原为一种创作题材的专门指称。它的某种失落和无所附丽，造成它重新定位的一种困惑与迷失，不少作家将在这种调适与转换中失去优势乃至竞争力。二曰“组织形态的消解”，即军事文学所惯用的“集群运作方式”（如80年代初期成批次的作家轮番上“南线”采访、80年代中期“重走长征路”的超长途体验生活以及大量的笔会等等）为经济规律所制约而逐渐成为了一种历史，取而代之的是一种散兵游勇式的完全个人化的“写作活动”。因此，80年代建立起来的军旅文学的基本格局渐行“消解”。如今，军旅文学无论是作为一个“运动”还是当代文学的重镇地位，都已经是岌岌可危了。人们与其说是关注它的整体，还莫如说是关注它的个体①。

几年的实践证明，我的上述言论绝非杞人忧天，恰恰相反，诸多事实已被我不幸所言中，当前军旅作家队伍的流失（改行、转业或出国如刘兆林、张廷竹、李延国、严歌苓、丁小琦等），创作重心的转移（转向非军事题材的影视、商业性的畅销书等），投身于军事文学的新人锐减等等现象，都在频频向我们拉响警报。就我个人的研究领域而言，近三年之中，认真追踪当下军旅文学创作态势的文章仅做过一篇，即研究朱苏进、韩静霆、朱秀海、乔良等人的几部长篇新作的《90年代：长篇军旅小说的潮动》（《文学评论》1996年第1期）。所余主要精力，均用在“回顾”或“怀旧”一方面：或对新时期军旅文学运动做出某种阐发与总结，如《乡土中国与农民军人——新时期军旅文学一个重要主题的相关阐释》（《文学评论》1994年第5期）和《新时期中国军旅小说的基本格局》（《当代作家评论》1995年第1期）；或干脆对整个当代军事文学进行一种历史的清理与爬梳，如《中国军旅诗：1949—1994》（《解放军文艺》1996年第2期）和《中国军旅小说：1949—1994》（《当代作家评论》1996年第4—5期）。我的研究重心的“转移”，有自己人到中年“怀旧情结”滋生的驱动，有科研课题的需要，但同时也确实囿于当下军旅文学精品力作的匮乏，缺少可言说性与可操作性，从而不得不“舍近求远”去回溯历史。这大概也就反映了创作对批评的一种制约——或如某些人所言，是批评对创作的一种依附吧。

---

① 以上详见拙文《农民之子与农民军人》，载《当代作家评论》1994年第6期。

具体落实到《昆仑》来看，近年景况也颇为窘迫，不如人意处亦不在少数。譬如缺乏深沉厚重、大气精美的能在全军乃至全国产生广泛影响的代表性作品，尤其是缺少能敏锐及时、深刻犀利地反映部队现实生活与重大矛盾的成熟之作；又譬如缺少一支稳定的呈梯次的作者队伍，尤其是不能连续推出一批引人瞩目的文学新锐，并能迅速顶替前代作者逐渐“隐去”的空缺位置，从而肩负大任，独当一面；再譬如刊物多年来以为旗帜和号召的英雄主义与阳刚之气正在稀释与淡化，逐渐被一种世俗之风和庸常之气所取代；还譬如刊物的“拳头产品”小说的创作态势日见式微，将越来越多的版面拱手相让于报告文学……所有这一切，都从方方面面“消解”或销蚀了《昆仑》所曾达到过的高度和“含金量”，使其作为一家具有鲜明个性与风格的全国性大刊刊物的定位受到了空前的质疑与挑战。处于此种情势之中，《昆仑》究竟如何是好？

按理说，“沧海横流，方显出英雄本色”。越是在军事文学面临“消解”之际，越需要一种召唤，一种凝聚，越容易反衬出一方阵地的重要，也越容易托举起一个刊物的品格与特色。具体而言，如果能在重新组织作者队伍方面做出某种努力，那就将功莫大焉。众所周知，由于各自的局限性，前述三代作者都存在一个亟须重新深入生活或拓宽生活层面的紧迫问题。分期分批、有计划有目的地组织三代作者到全军各典型部队去参观访问乃至深入生活，不仅可以起到补充创作素材、激活创作思维之近效果，还可以收获凝聚“军心”、鼓舞斗志之远效应。刊物的稿源之丰富，质量之提高，面貌之刷新也将是指日可待的。

作如此之建议，显然大有“站着说话不腰痛”之嫌疑。它的实施所需要投入大量的人力、物力和财力，恐怕正是当前刊物的“难言之隐”。如果它暂时只能作为纸上谈兵式的理想设计，那么，我们还可以退而求其次，从现实出发，再考虑一种改良方略或“保守疗法”，即将《昆仑》改为长篇小说专刊。此一方略，可以说一方面是为现实所逼迫，另一方面却也是因现实所需要。它起码包含这样三层意思：一，它顺应了当前各方重视长篇创作的大势所趋；二，它为愈来愈多的成熟的军旅作家的长篇新作提供了首发阵地（亦不妨碍作品在该社出书，或者正可起到广告促销作用），并以此为特色和其他军队文学刊物进一步拉开距离，明确定位；三，由于长篇稿源的“少而精”以及相当一部分稿件可能和本社其他部门共同编辑或交叉操作，刊物甚至还可以在现有基础上再度压缩人力、物力和财力……

好啦，几句“多余的话”本属多余，早该打住。只是借此《昆仑》百期之际，我从一名忠实读者、作者和军旅文学研究者的角度瞻前顾后，不揣冒昧作以上进言，无非是表达一种复杂心情和真挚祝愿吧。

愿《昆仑》和我们同在。

《昆仑》，珍重。

1997年6月30日深夜
“香港回归”前夕于京西魏公村
（载《昆仑》1997年第5期）

“军事文学”与“军旅文学”辨

——兼论当代军旅文学的三个阶段

世纪之交，回望来路，新中国军旅文学所走过的五十年历程，与中国当代文学的发展脉络大体合拍。如果省略其基本停滞乃至荒芜的“文化大革命”十年（1966—1976），并以文学生态环境的转换更迭来作区分的话，大致可以分为“三个阶段”，即“文革”前十七年（1949—1966）、80年代和90年代。它的繁衍昌盛和冷热沉浮，或深或浅地记录了人民军队和人民共和国成长壮大的艰辛步履，或明或暗地反映了中国军人五十年的光荣与梦想，亦从诸多侧面折射出了当代中国社会和当代中国文学的演进轨迹。它是中国当代文学的重要组成部分，有着显著的地位和不可替代的价值。

但是，在回顾军旅文学五十年之际，不可不对“军旅文学”的称谓作一辩证。一般看来，这只是个题材范畴，它指的是以战争（和军旅生活）为主要反映对象的这一类文学，世界上较通行的说法叫“战争文学”。但是，在当代中国，“战争文学”的说法反倒较少采用。原因在于当代中国尤其是近二十年来的军旅文学，其描写对象更多的是相关的军旅生活而非直接的战争内容，套用“战争文学”一说，显然既不全面也不准确。因此，较长时期以来，在指称这一领域的文学时，常常是“军事文学”和“军旅文学”乃至“战争文学”（多是针对纯粹战争题材作品而言）三种提法交叉并用。三者之间，若以历史论，“战争文学”一说最为资深，纵可以追溯到古代战争文学，横可以旁涉及俄苏战争文学；“军旅文学”一说出现最晚，但后来者居上，当属新时期中国军旅批评家的成功创造；“军事文学”一说亦属中国特色，具体出自何时何人何文也不易考，但早于“军旅文学”则是无疑。三者之间若以影响论，一度莫过于“军事文学”，它曾主要由官方和传媒正式使用，无形中带有“钦定”和“正统”色彩，久而久之，约定俗成，曾为业内人士和普通读者所认同。而三者之间的消涨则与当代军旅文学“三个阶段”的嬗变呈现

出某种对应关系。

第一阶段即“文革”前十七年，最活跃的军旅作家基本上都是战争年代入伍，他们经历过炮火的洗礼，和年轻的共和国一道成长，多以自己亲历的战争生活作为主要素材来进行文学创作，而且通常采用的体裁并获得重大成就的主要是长篇小说。譬如杜鹏程的《保卫延安》、吴强的《红日》、曲波的《林海雪原》、刘知侠的《铁道游击队》、刘流的《烈火金钢》、冯德英的《苦菜花》、李英儒的《野火春风斗古城》、雪克的《战火中的青春》、罗广斌和杨益言的《红岩》，等等。此外，一些著名短篇小说也多取材于战争年代，譬如王愿坚的《党费》、《七根火柴》，茹志娟的《百合花》、石言的《柳堡的故事》、峻青的《黎明的河边》、徐光耀的《小兵张嘎》，等等。再加上收获于朝鲜战场的诗歌《把枪给我吧》（未央）、通讯《谁是最可爱的人》（魏巍）、小说《团圆》（巴金）、《三千里江山》（杨朔）等一批声名卓著的战争题材作品，战争文学成了此一阶段军旅文学的“主流”。上述诸作由于发行巨量，或搬上银幕、舞台，或进入中学、小学课本，都影响深广，有的甚至达到了家喻户晓、人人皆知的程度，成为了十七年的经典之作。应该说，此一阶段是新中国战争文学的繁荣期，笼统冠之以“战争文学”也是比较恰切的和名副其实的。但是，恰恰因为它的过于突出，不仅是军旅文学的“主流”，而且也是整个当代文学的“主流”，至少以庞大的数量和巨大的影响支撑了十七年文学的半壁江山，或者说在诸多方面还代表了当时文学的最高水平，所以人们反而不把它从当代文学中单独划分出来，作为“战争文学”予以特别的观照。换言之，在十七年的中国文学研究中，“战争文学”有其“实”而无其“名”，它作为一个独特的文学门类还没有“自立门户”，对它异于他类文学的规律性的认识与研究也还没有真正开始。

第二阶段即20世纪80年代，套用一个政治性的概念即“新时期”，具体说来就是20世纪70年代末至80年代末。在这个阶段中，固然有“复出”的成名于“十七年”的前辈作家如刘白羽、魏巍、徐怀中、李瑛、石言、黎汝清、叶楠、白桦、彭荆风等人的活跃身影，但比他们更为活跃而且人数更为庞大的则是一个突然崛起的以李存葆、朱苏进、周涛、莫言、刘亚洲、海波、刘兆林、乔良、钱钢、周大新、朱秀海、简嘉、唐栋、苗长水、何继青等人为代表的青年作家群体。这批人出生于新中国成立前后，步入文坛时年龄多在三十上下。他们带来了新的文学观念和手法，更带来了新的表现对象和题材。他们普遍缺乏战争经历，除了七八十年代之交深入“南线”收获少量的战争题材（如《高山下的花环》等）之外，主要的描写领域则是他们自己的军旅人生历程，即和平时期的军旅生活。这个领域的全方位打开，对于军旅文学来说是一次空前的开拓和极大的丰富，使人们无不惊讶于在战争之外，军旅文学还有一方如此辽阔的天空。以反映天南海北的五彩缤纷的和平时期军营生活的《天山深处的“大兵”》、《最后一个军礼》、《兵车行》、《敬礼，妈妈》、《雪国热闹镇》、《女炊事班长》、《秋雪湖之恋》、《三角梅》、《母亲与遗像》、《射天狼》、《凝眸》、《山中，那十九座坟茔》、《啊，索伦河谷的枪声》、《将军吟》等一批优秀小说从新时期最初的几次全国评奖中脱颖而出，引起了全社会的普遍兴趣和热切关注。它们与出自前辈作家之手的《东方》（魏巍）、《足迹》（王愿坚）、《湘江一夜》（周立波）、《我们的军长》（邓友梅）、《追赶队伍的女兵们》（邓友梅）、《西线轶事》（徐怀中）等获全国奖的战争题材小说相映生辉，构成了新时期文学园林中一道壮丽的风景线。这时候，无论是出于研究的目的，还是仅仅是宣传的需要，对它们都有一个“命名”的问题。何以名之呢？战争文学？显然不妥。此时的军旅文学已非十七年可比，其题材的广阔与丰富已远非“战争”二字所能涵盖。于是乎，一个比照“农村题材文学”、“工业题材文学”而来的行业性称谓——“军事题材文学”出现了。“军事题材”当然包括“战争题材”，当然也大于“战争题材”，它可以泛指一切和战争和军事相关的领域，比如军队，比如军营，比如军人，比如非战争状态下军营的日常生活和军人的军旅生涯，如此等等，无所不包。“军事文学”从“军事题材文学”简化而来，它是对前此“战争文学”的发展与丰富，此一提法的出现并盛行，标志着富有中国特色的包含了战争和非战争的军旅题材的军旅文学形态的基本完成。

第三阶段即20世纪90年代，“军旅文学”的提法开始四处蔓延，尤其是在研究领域和业内人士的书面表达中（囿于惯性作用，相当一部分人在口头表达中仍然沿用“军事文学”），颇有取“军事文学”而代之的趋势。很能说明它的影响力和合理性的一个现象是，由此衍生出来的一批子概念和相关概念在各种媒体不胫而走，甚为活跃。譬如“军旅作家”、“军旅小说家”、“军旅诗人”、“军旅批评家”、“军旅小说”、“军旅散文”、“军旅诗”乃至“军旅歌唱家”、“军旅戏剧家”、“军旅摄影家”、

“军旅散文家”、“军旅音乐”、“军旅戏剧”、“军旅美术”等，而且读来听来悦目悦耳。相反，如果将“军旅”二字置换成“军事”二字，则多有别扭之感乃至不通之虞。稍加词义辨析，我们将会发现，二者之间确有显见差异。“军事”指“一切直接有关武装斗争的事”；而“军旅”指“军队，也指有关军队及作战的事”。[1] 区别在于：(1) 前者指“事”；后者指“军队”——武装集团——从事武装斗争的人群，——军人，引申义隐隐指向人。(2) 前者仅止于“事”；后者同时“也指有关军队及作战的事”，包含了“军队”和“战争”两个方面，正与我们所理解的包含了战争和军旅全部内容的“军旅文学”恰切吻合。(3) 从字面上感觉，“军事”一词生硬、呆板，更具行业色彩；“军旅”一词软性、活泛，亦可作“军人的人生长旅”解，更具文学意味。

其实，“军旅文学”最早见于80年代中期，虽然当时尚未有人对它作出精确的理论界定，并与“军事文学”比较优劣高下，但它以天然的合理性保证了它的生命力，一经出世便蓬勃生长，而且悄悄地从“边缘”进据“中心”，终于在90年代大行其道。那么，它为什么到90年代才盛行于天下呢？表面看来，是时间的力量使然，深究起来，则另有一条重要原因不可不察，即在90年代新的文学生态环境中，军旅文学价值取向的悄然嬗变。如所周知，80年代的“军事文学”，作为一种文学观念形态，它的内涵和外延显然不仅止于一种文学题材的划分与界定，它还已然包蕴了一种特定的主流意识形态色彩。这种特点，就使它在80年代中前期，当文学主潮与主流意识形态联姻或暗合之际，常常拥有一种先定的“政治优势”，这种“优势”又进一步引导了“军事文学”的价值定位。然而，90年代的情况则大为不同，市场经济的最终确立和中国社会的急剧转型也带来了文学生态环境的遽变，政治语境迅速嬗递为商业语境，一元文化的格局裂变为经典马克思主义、西方现代思潮和中国传统文化的三分天下，政治主导下的写作演变为文化观照下的写作、人文关怀下的写作和回归艺术中的写作。而“军事文学”也在政治语境淡化和商业语境强化的“双重夹击”中努力寻求将政治的优势转化为文学的优势，深入开掘军旅题材自身特有的审美特点、文学品质和人文内涵以及相关的表意策略和操作技巧等等。比如“军事文学”一向庄严辉煌、高

① 均见《辞海》1979年版P372。

歌猛进的英雄主义主旋律也在90年代出现了耐人寻味的变奏——朱苏进的《醉太平》企图以军队的大院来透视文化的中国，他慨叹太平盛世之中只能寻觅到“英雄的碎片”，在“祭奠英雄”的同时，他提出的问题却发人深省：在和平年代里如何保持英雄主义的品格？以阎连科、陈怀国、徐贵祥等人为代表吟唱的“农家军歌”虽然有失高亢激昂，却也充溢着一种“视点下沉”的底层关怀精神，真切地反映了转型期农家子弟兵的生存景况，风格沉郁顿挫，引起广泛共鸣，成为一个阶段内军旅小说的“主旋律”。此外，还有一部分军旅作家的价值取向，更加灵活也更加坚定。他们的题材选择就逸出了军旅范畴，步履坚定地直奔审美目标——周涛立于西部边陲，以天山长风般的大气、鹰隼般的锐利和哲人的睿智卓然成为90年代中国散文一大家；周大新的“长河小说”《第二十幕》、阎连科的现代主义“突围之作”《日光流年》、柳建伟的现实主义厚重之作《北方城郭》，均非军旅题材，但都达到相当的艺术高度，将作家个人的艺术才华展现得淋漓尽致，实现了各自的追求目标，成为了各自的代表之作，也成为了中国90年代长篇小说的扛鼎之作。与此同时，由于军旅文学自由开放品格所焕发的独特魅力，也吸引了一批非军旅作家如邓一光、尤凤伟、阎欣宁、阿成等人的热情关注，写出了《我是太阳》、《父亲是个兵》、《生命通道》、《五月乡战》、《枪队》、《枪族》、《赵一曼女士》等军旅题材的优秀作品。而这两种现象在80年代都是难得一见的。

上述诸例，都或近或远、或隐或显地证明着，90年代的军旅作家（军旅文学）正在告别昔日那个被浓烈的意识形态色彩所包裹过的“军事文学”，逐渐走出政治化、走出宣传化，而回归与创造更加艺术化更加审美化的军旅文学。提法的不同，多少反映了一种观念的变异。正是在此种情势之下，“军事文学”的淡出和“军旅文学”的凸显成为一种历史的必然。而从政治强势中降了下来的军旅文学，正在以一种更加平和的姿态，融入当代中国文学的多元格局之中。

（载《光明日报》1999年8月5日）

军旅散文：迟开的花朵

——军旅散文五十年述略

中国是一个诗歌的国度，也是一个散文的国度，从先秦诸子、《尚书》、《战国策》到汉赋，到唐宋八大家，其中军旅（或战争）篇什也是洋洋大观，连篇累牍。具体一点说，从司马迁的《史记·项羽本纪》到诸葛亮的前、后《出师表》，从李华的《吊古战场文》，到苏轼的前、后《赤壁赋》等，名篇佳构亦不胜枚举。但自明清以降，文风随世风迁移，怡性娱情的小品文逞一时之盛，那种取材于战争的气势磅礴的黄钟大吕之音反倒日渐稀少，沉雄阔大的散文一脉式微若游丝。新文学运动的后二十年，散文成绩斐然，大家杰作迭出——有儒雅闲适的周作人式的小品，也有妙趣横生的林语堂式的议论；有丝丝入扣的胡适式的说理，也有匕首、投枪般的鲁迅式的杂文；有意境俱佳的朱自清式的美文，也有言近旨远的许地山式的寓言；有郁达夫、徐志摩宣泄无遗的抒情，也有夏丏尊、丰子恺精简传神的记述……然而，铜琶铁板唱大江东去的“军旅散文”却依然少见，如果硬要按图索骥，茅盾先生的《白杨礼赞》之类大概可以归入其中。

这就牵涉到一个问题：如何界定“军旅散文”？我想这个问题恐怕只有作宽泛的理解才易解决。这“宽泛”包括两个层面的意思，一是就内容而言，它必须在“战争和军旅人生（生活）”之外再加上军人（军旅）“情感”二字，否则，作过于狭隘的规定，新时期以后的“军旅散文”就难以成立——譬如作为90年代军旅散文的代表人物周涛，其写作内容几乎就没有或极少正面描写军人或军人生活。二是就形式而言，它应该取大散文的概念，即包括通讯、纪实一类文字，否则仅仅是指某种“艺术散文”（姑且借用这一概念），当代前十七年的军旅散文大概就剩下刘白羽等人的少许篇什而根本形不成阵势了。准此，我们就可以在以上共识的前提下，对当代军旅散文的发展脉络作一番简单梳理了。

如题所示，我对当代军旅散文的基本判断是：迟开的花朵。所谓

"迟"，是一个时间维度的概念，大体说的是五十年中的后十年即90年代，军旅散文之花才姗姗来迟，袅袅绽开。而在此前的四十年中，或者发育不良，呈显普遍萎缩状态，或者一花独放，难成遍地风流之势。何以迟开？确实是个大问题，原因也必然是多方面的，限于篇幅，我在此择其要端，只试举两条略加阐释。

其一，是时代要求和文体的对位关系。大凡改朝换代（如新中国成立之初）或革故鼎新（如新时期）之际，其风云际会，情感跌宕，或歌颂之，或批判之，社会最需要的是历史的"宏大叙事"，是高歌猛进或长歌当哭。前者如50年代的《红日》等颂歌小说、80年代的《伤痕》等控诉小说；后者如60年代的《放声歌唱》和80年代的《小草在歌唱》，等等。也即是说，此一时代的首选文体是小说和诗歌，论叙事之繁复和抒情之痛快，散文都有所不及。在这种时代，散文充其量只能敲敲边鼓，扮演忆旧怀人的边缘角色，而把叱咤风云的舞台中心让给小说与诗歌。此乃特定时代对文体的选择之故，并非散文或军旅散文之过也。

其二，是作家心态和文体的对应关系。先哲有云：散文就是思想的散步，就是文学的聊天，就是作家"胴体"的真切展示。它对作家心态的基本要求就是真实、自然、放松，要的就是性情的流露，心灵的敞开和自由飞翔。而恰恰就是这一点，在前四十年尤其是前三十年中最难以做到。如所周知，自从毛泽东《在延安文艺座谈会上的讲话》中提出文艺"为政治服务、为工农兵服务"的"二为"方向之后，便深刻地影响乃至规定了当代中国文学的发展路线。而由于"讲话"是在战争背景和战时体制下所作，实际上也可以更多地理解为针对军队文艺工作而言，再加上军旅文学自身特殊的规定性，它对"二为"方向就执行得更加严格、更加坚定、更加具体，甚至也更加逼仄，它服务于政治的"革命的功利主义"（毛泽东语）色彩也更加鲜明。"二为"方向在特定的历史时期对于中国革命的历史功绩已有公论，但过于政治化对文学带来的伤害使之成为"传声筒"（恩格斯语）也是一个必须检讨的事实。故此，邓小平在新时期将其修正为"为人民服务和为社会主义服务"。过于强调政治化和功利性，显然影响了作家的创作心态，前十七年当代散文中的"假声假唱"和"真声假唱"现象即是一端。而军旅散文则和当代散文殊途同归，在纪实和抒情两条路上都越走越窄，必等到新时期为之一变（前者演变为报告文学）才求得新生。此乃作家心态异常之故，并非作家才情不逮也。

传诵一时的魏巍的《谁是最可爱的人》、《依依惜别的深情》常常被看做是战地通讯，被纳入新闻的范畴，这当然不是没有道理的，因为它完全符合通讯的要求，具有完备的新闻要素。但是将其视为当代军旅散文的发轫之作也毫不勉强，因为这二者之间本来就不存在严格的楚河汉界。更何况，魏巍是一位有深厚文学修养的成熟作家，他在“通讯”中自然而然地使用了更多的艺术笔法，倾注了更浓的个人情感。事件的真实性使它像通讯，而表述的文学性又使它成了散文。这是一个“混血儿”，杂交的优势是它脍炙人口、风靡一时的重要因素。它成功地开启了前十七年纪实类军旅散文的先河。在这条河道上奔涌前进的还有刘白羽的中篇纪实散文《龙烟村纪事》、《万炮震金门》以及《志愿军一日》、《星火燎原》、《红旗飘飘》等大型回忆性丛书。以个人角度的散文笔法记录下战斗历程而成为散文佳构的作家还有巴金、丁玲、孙犁、吴伯箫、碧野、柯灵、杨朔、艾煊、黄秋耘、菡子、刘真、冯牧、方纪、白桦、叶楠、彭荆风、吴有恒，等等。而巴金的《会见彭德怀司令员》、方纪的《挥手之间》、吴伯箫的《歌声》等等则是其中艺术性较高、影响较大的上乘之作。这一路散文发展到新时期，因了思想的解放和题材的开放，进一步强化了新闻性和纪实性而从散文家族中彻底独立出去，蔚成报告文学一大国，又别有一番洞天。

与纪实类散文并行发展的是抒情类散文，主要代表人物是刘白羽。他的名篇《日出》、《长江三日》等并不以真实具体地记录什么重大事件见长，而主要以抒情著称于世——借用“日出”和船行三峡的壮丽景观，来抒发一个战士对人生对社会对历史进程所作出的如高天流云般的俯察与观照和激流勇进一往无前的英雄气概与必胜信念，显得胸襟阔大，格调高远，激情澎湃，文采华美，有一种交响乐的气势与辉煌。它成为一种抒发革命豪情与理想的范文，却又使人掩卷兴叹，难以摹仿。刘白羽就是诗歌中的贺敬之，高则高矣，常人却无法企及。因而在军旅乃至当代散文界都少有比较成功的追随者。倒是剪裁精巧、构思精致的杨朔式的《雪浪花》、《荔枝蜜》等更受青睐，熏陶了更多的人走上了学习散文之路。但是，总体来看，抒情类的军旅散文在“文革”前十七年中并未取得太大的成就，甚至都开不出一个像样的作者名单。究其要害，仍然在于政治理念对作家性情的束缚与过滤，从而导致所抒之情的空洞和虚假，最终使这一体裁呈现出某种病态或畸形。

新时期之初，为军旅文学重振雄风的首先是小说，其次是报告文学与诗歌，散文（或曰“艺术散文”）则在前者频频获奖赢得的阵阵喝彩声中湮没不闻。或者说，此一阶段的军旅散文和当代散文一样，正处在挣脱十七年传统窠臼，并向着更加良性的散文生态环境发展的过渡时期。尽管王中才、杨闻宇等人执著于散文创作，仍不免形只影单，灯火阑珊。王中才在写出《天涯觅美》之后很快就改弦易辙，被小说所诱惑而去，痴心不改地在散文小道上艰难跋涉的几乎只剩下一个杨闻宇。杨闻宇从“文革”中期开始发表作品，至今几近三十年，先后出版了《灞桥烟柳》、《绝景》、《不肯过江东》等多部散文集，其间留下了艰难蜕变的履痕，也逐渐修炼出了一身“功夫型”的散文身手。他对中国传统散文的精研和对典籍的谙熟，使他常常能稽古钩沉，发历史之幽思，愈到晚近，愈有走余秋雨的“文化苦旅”之趋向。但他长于短制，以精巧胜出，不过有时失之于紧巴。无论如何，他忠诚于散文，《至今思项羽》（散文）、《不肯过江东》，是军旅文苑中数十年如一日乐此不疲辛勤耕耘散文的唯一。真正打破军旅散文的沉寂局面是在80年代后期，尤其到了90年代，安定祥和的社会环境，多音齐鸣的文化格局，都使得作家们的精神和心态得到了空前的解放。于此，散文热潮的高涨也就不可避免了。有一特点倒也与当代散文界相近似，从诗人、小说家队伍里杀出几员大将，才从根本上开出了军旅散文的新生面。他们是周涛、李存葆、莫言、朱苏进、朱增泉。

关于周涛由诗而文的原因，我同意朱苏进的看法：“他从诗走向散文，并不是作诗失败另谋生路，而是一条过于凶猛的河流漫出了河道，是生命力膨胀使然。”（《自然之子的痴笑》）而我则在《新军旅作家“三剑客”》① 一文中进一步认为，周涛在诗歌创作中的局限，恰恰有可能在散文中变为优长——散文所需要的那种冲淡平和、闲适超然的处世态度和那种拒斥工整对仗、反对节奏旋律的自由散漫的文体品格都是更适合于周涛的，干脆反过来说，周涛在本质上是更属于散文的。周涛诗之大河十几年的漂流似乎就是为了一个目的：把他送到散文的入海口。周涛散文的最大特点就是一个“大”字，它们气势沉雄，意蕴深远，笔力强

① 载《解放军文艺》1993年第9期。

健而汇成一股语言的雷鸣，夹带着西北的天风滚滚而来，使人如闻天籁，振聋发聩。这些大散文具有两个向度上的意义：从共时性看，它把周涛推上了当代散文革命的前沿；从历时性看，它和“十七年”的散文传统明显决裂，传送出了散文换代的先声。周涛创作于八九十年代之交的《稀世之鸟》、《游牧长城》、《兀立荒原》等散文集使他鹤立于军旅散文界，并和余秋雨、张承志、贾平凹、张炜、韩少功等优秀作家一起排列出了90年代中国散文世界的最新风景线。

朱增泉和周涛的相似之处是都由诗而文，相异处在于：周涛是一个“半路出家”三十三岁入伍的“半吊子军人”，他的军人精神和战士品格主要来自他的个性和边疆马背民族文化的熏染。而朱增泉则不然，他是一位真正行伍出身有四十年军龄的老军人，并且官至中将，是军阶最高的当代中国作家。因此，《秦皇驰道》的散文选材和思情走向有着更为鲜明和强烈的军旅定位。他关注一般的军营现实和戍边官兵，但他对古战场和历史名将投注了更多的目光。在抚今追昔之中，融入了他对民族文化传统、古代军事智慧和现实军队命运的交织思考，将尚武精神、载道传统和言志理路作出了巧妙的嫁接，展示了一位将军散文家特有的气度与风范。

莫言将他小说中的奇诡和浪漫带入了散文创作，而且更突出了幽默和俏皮的一面。其风格一如他的散文集名《会唱歌的墙》。与感觉成为了莫言小说的重要特点不同的是，幽默成为了莫言散文的主要特征。虽然明知他的想象和夸张的惯性在其中作祟，添油加醋，口吐莲花，但由于基本素材的真实性，仍然使人身临其境，和作者感同身受，获得了很强的现场感和参与感，并且常常因为作家出人意料的苦中作乐，或自嘲或调侃而忍俊不禁乃至捧腹大笑。而这笑又是带泪的笑，笑过之后，留下的是沉重的回忆。《吃的记忆》是我读过的以吃为题材的最出色的散文。它在悲惨的情境中充分展示人的豁达与乐观的天性和作家幽默与机智的天赋，或者反过来说，它以乐写悲，长歌当哭，是一种严峻的调侃、深刻的反讽。高人一筹的幽默品格使莫言的散文不同凡响。

朱苏进的散文创作却和他的小说特点基本吻合，一是锐利的思想型，集中表达当代职业军人对战争、军人、死亡与和平的深度认识与终极追问，常常在形而上的层面升华为睿智的哲理，或者以理念的火炬照亮生活的发现；二是深思熟虑，出手谨慎，所作不多，作必精到。《天圆地方》和《独自散步》两本集子篇幅不大，却都有沉甸甸的分量。而万字长文《最优美的最危险》堪称其代表作，对作为战争组成部分的武器类别、性能的谙熟，对作为人类智慧结晶的枪炮的审美欣赏、酷爱与把玩，对作为以嗜血为目的的杀人工具的高度警戒、敏感与防范，都写到了极致，尤为精彩的是在这种尖锐的悖论中表达了一种高超而优美的艺术的辩证法和辩证的艺术性。毫不夸张地说，在我的阅读经验中，凡写武器的文章，尚无出其右者。

李存葆介入散文较晚但起点很高。从小说之后，经由报告文学《大王魂》、《沂蒙九章》到90年代中期才在散文界露出峥嵘头角。他的散文特点和他的小说、报告文学创作有同有异。同者皆为大题材、大气魄、大情感、大篇幅；异者则在于从"政治爆破"转向了文化观照，从对当下中国现实的紧密跟踪，转向了对未来人类生存困境的终极关怀。《鲸殇》、《大河遗梦》、《祖槐》短则万余字，长则三万字，均是散文中的大制作。或从鲸群自杀下笔，或从黄河断流着眼，关注的是后工业社会中的环保问题和人类社会的生存危机，抓住的是现代文明进程中人们的普遍焦虑，表达了一种大忧患与大思考，比《高山下的花环》中所传达的"位卑未敢忘忧国"的情怀与眼界更见阔大；比《山中，那十九座坟茔》中所表露的政治反思与社会批判更见深邃。同时，李存葆又一反他的小说写作常态，粗中有精，在大处着眼，在细处着笔，开始注重讲究语言，从遣词造句到排比到对仗到节奏到韵律，无不精心斟酌推敲。虽然略有用力过猛、修饰过细之嫌，但自创其"新赋体"却在散文界别具一格。

与周涛、李存葆、莫言、朱苏进、朱增泉等人的阳刚大气之作形成呼应与互补的有两个方面军。一是来自女性王国的一批清新秀丽之作，以及由斯妤、裘山山、燕燕、庞天舒、项小米、卢晓勃、唐韵、刘烈娃、王秋燕、刘馨忆、文清丽等和前辈作家郭建英、杨星火等共同组成的军旅女散文家群。二是由诗人、小说家、资深编辑、报告文学作家组成的"混合军团"，如叶楠、彭荆风、凌行正、朱亚南、峭岩、喻晓、程步涛、韩静霆、王宗仁、苗长水、金辉、阎连科、杨景民、卢江林、汪守德、张为、吴国平、黄鹏、姜宝才、师永刚、何况等人搂草打兔子式的散文写作，也收获了军旅散文的丰硕果实。再加上刘白羽推出的记录与总结自己一生的厚重长卷《心灵的历程》，就使得90年代的军旅散文开始初具规模，有了基本阵容，有了代表人物，也有了重头产品，是五十年来的最好时期。也正是在这个意义上，我才说，军旅散文是迟开的花朵。而且，我还要说，随着时代要求与文体的对位关系、和作家心态与文体的对应关系的进一步调整，21世纪的军旅散文，必将绽放出更加奇异绚丽和更加繁茂丰盛的花朵。

（载《文艺报》1999年9月9日）

"中篇合为时而著"①

——序《新中国军事文艺大系·中篇小说》

小　引

也许有一个当代文学现象长期为学界所湮没不闻——在新中国成立以来的前三十年（1949—1979）尤其是前十七年（1949—1966）里，作为一种文学体式，中篇小说与她的"姊妹"——长篇小说和短篇小说的发展相比较，存在着巨大的落差。当长篇蓬勃繁荣成为文学主流，当短篇佳作迭出引领一时风骚，中篇却还在蹒跚学步，呈现出严重发育不良的衰势。就此一情形而言，军旅小说亦不能例外甚或还有过之而无不及。我们不妨从质与量两个方面分而述之。

先说质的一面。军旅长篇小说有一般人们公认的《保卫延安》、《红日》、《林海雪原》、《红岩》、《铁道游击队》、《烈火金刚》、《野火春风斗古城》、《苦菜花》、《战火中的青春》、《欧阳海之歌》等诸多名震一时的"名著"。短篇小说亦有《党费》、《七根火柴》、《百合花》、《柳堡的故事》、《黎明的河边》、《英雄的乐章》、《古堡烽烟》、《开顶风船的角色》、《五十大关》等脍炙人口的名篇以及由此而成为名家的王愿坚、茹志娟等人。而中篇小说呢，似乎就不大好说了。名家（以中篇名世者）没有，名篇亦少，而且或是儿童文学，或是借助电影等传媒形式才获得广泛声誉（比如《上甘岭》、《小兵张嘎》和《闪闪的红星》）。再说量的一面。真是不查不知道，一查吓一跳。此番选编当代五十年《新中国军事文艺大系·中篇小说》时，才真正发现前三十年的军旅中篇小说是何等的少

---

① 此文系笔者为《新中国军事文艺大系·中篇小说》所作序言。题目改自白居易《与元九书》句："文章合为时而著，歌诗合为事而作。"（见《全唐文》卷675）"时"，势也。此处可作时代、形势解。

啊。尽管我们努力搜寻，最终的结果仍然是，前三十年的作品仅占总量（二百部作品约近一千万字）的不到十分之一，而后二十年（1979—1999）的作品则超过了十分之九①。

横向与长篇、短篇不能比，纵向与新时期的后二十年没法比。那么，当代前三十年军旅中篇小说严重滞后的原因何在？

当然，原因可能是多方面的与复杂的，但依我看来，当代前三十年（其实主要是“前十七年”，“文革”十年自不待言）军旅中篇小说发育不良的重要原因之一乃在于先天不足。换言之，当代军旅中篇小说这种特定题材的文学体式缺乏良好的承传与深厚的传统。“承传”一面我指的是现代文学，“传统”一面我指的是古代文学和外国文学。

一

所谓“承传”不足，并不是说现代文学的中篇小说遗产还不足以让当代来继承传接。恰恰相反，中篇小说这种新式的小说体裁曾经在三四十年代迅速生长，获得过一个旺盛的生机勃发的早春时光。据不完全统计，在新文学的第二个十年（1927—1937）期间，共发表、出版中篇小说达二百部之多②；而在第三个十年（1937—1949）期间，虽屡遭战争动荡之灾，出版的中篇小说也仍然达到了一百五十部以上③。且不说这两个十年的中篇之和就可能远远超过了当代前三十年的中篇总量，更为难能可贵的还在于，继鲁迅的《阿Q正传》之后，还透迤出现了茅盾的《林家铺子》、巴金的《憩园》、老舍的《月牙儿》、沈从文的《边城》、柔石的《二月》、萧红的《生死场》、张爱玲的《倾城之恋》等一批堪称经典之作的中篇精品。毫无疑问，这些小说都以其独特的价值成为了现代文学的宝贵遗产，应该说直接滋润了当代文学的发育生长。至于进入当代以后，中篇小说的良好势头为什么突受遏制，乃至严重萎缩，我想和相当多的作家尤其是久居“国统区”的作家的水平无关而和心态有关，和他们与新政权、新体制、新的文艺思想之间的磨合、调适不畅有关。要

① 前30年军旅中篇小说作品少是主要的一面，但需要说明的另一面是，资料的匮乏和一些已故作家的难以联系，也给选编工作带来了难度并留下了不少遗憾。

② 参见《中国新文学大系（1927—1937）》，上海文艺出版社。

③ 参见杨义《中国现代小说史》第3卷，人民文学出版社1998年版。

说起来这也是一个大话题，须有专论方可能说清，在此姑且存疑。

显而易见，“承传不足说”并非泛指，而是特指，特指特定的军旅题材领域内的中篇小说创作。以此观之，方才说的现代文学中的相关遗产实有不足。上述诸经典中均与军旅题材无涉，其余名家名作涉足此一领域者亦少。此间原因倒并不复杂，盖缘于这一批学植深、修养高的成熟作家基本都无从戎经历或军事战争。与此情形恰成对照的是，新中国成立初期的军旅小说家们，多是从战火硝烟中走过来的小知识分子（中学、小学文化者居多），他们多以战士、干事、文工团员、文化教员的身份在战斗中成长，战争经验丰富而文化（文学）修养欠之乃为其基本特点。战争结束之日正是战争文学开始之时。他们对于战争的歌颂、咏叹、回忆、倾诉大多自觉不自觉地采用了两种形式（体裁）。一是长篇小说，带有相当浓郁的自传或纪实色彩，艺术上也许幼稚、粗糙，但以生活扎实，感情真挚胜出，成功者如《林海雪原》、《保卫延安》、《红日》、《红岩》、《铁道游击队》，等等。二是短篇小说，因其篇幅短小，毕竟易于学习和掌握乃至藏拙，攻其一点，不及其余，毕其功于一役者亦不乏其人，成功者如王愿坚、茹志鹃、刘真，等等。如此一来，那不长不短、既需要生活（一定篇幅的容量）又需要技巧（如结构与语言）的中篇小说反而变得更难以驾驭了（君不见，一些五六十年代以单行本形式发表的十万字左右的大中篇，其实就是长篇的容量和架构，只是因为写法还不够丰富和细腻而无法深入和展开，从而把长篇写成了中篇）。简言之，正是现代文学军旅题材中篇小说作品和作家两方面的“承传不足”，从或一方面造成了当代前三十年长、短、中篇小说三种体裁之间严重失衡的奇特现象。

二

所谓“传统”不足即可泛指，它指的不仅仅是军旅题材，也不仅仅是当代，它指向的是新文学运动以降六十年（1917—1977）的中篇小说。到此，也许有人要问了，你这不是自相矛盾吗？前面你刚刚肯定了现代文学的中篇小说成就，现又何出此言？是的，任何判断都是比较而言的，是相对而言的，现代文学的中篇与当代前期比，堪称辉煌，但与同一时期尤其是同一作家的长、短篇艺术成就相比又如何呢？《阿 Q 正传》作为新文学中篇小说的开山之作，自有其崇高地位，但鲁迅短篇小说技巧的圆熟老到则恐怕还要胜出一筹；而茅盾、巴金、老舍的主要成就当以长篇小说为代表则是无疑的，如此等等。当然，作家驾驭、擅长、收获何种文学体裁，与其气质、个性、才华特点诸多因素相关，但也必定与某一体裁的传统浸润的深浅相关。如果我们放开眼光来看，将20世纪中国文学作一整体观照，则很容易注意到，在长、中、短三种小说体式中，中篇小说是最缺乏传统的。就中国古代文学而言，从先秦时期的《山海经》到魏晋南北朝的志人志怪，从干宝的《搜神记》到刘义庆的《世说新语》，从唐宋传奇到明清笔记，从“三言二拍”到蒲松龄的《聊斋志异》，短篇小说的历史足足有两千年之悠久。而长篇小说一路，从史传文学绵延发展而来，俟到明清之际，《三国演义》、《水浒传》、《西游记》、《金瓶梅》、《红楼梦》逞一时之盛，标志着中国长篇小说已臻于炉火纯青之境。就外国文学而言，从古代的英雄史诗脱胎而出的长篇小说和从小故事、小笑话演变而成的短篇小说，似乎一开始就在两条轨道上并行发展，到欧洲文艺复兴时期开一新生面。短篇小说方面，意大利和英国相继收获了薄伽丘的《十日谈》（1353年）与乔叟的《坎特伯雷故事集》（1400年）；长篇小说方面，则在法国与西班牙先后出现了拉伯雷的《巨人传》（1534年）和塞万提斯的《堂·吉诃德》（1610年），开始了各自走向辉煌的历史。等到19世纪果戈理、托尔斯泰、契诃夫、陀思妥耶夫斯基、巴尔扎克、雨果、梅里美、福楼拜、莫泊桑、狄更斯等一批大师奉献出一批长篇巨著和短篇精品之时，既创造了叙述文学中一座座难以逾越的高峰，也给后人留下了取之不竭的丰富宝藏。

而中篇小说则不然。在中国古代文学长河中，只有唐宋传奇庶几近之，然终于擦肩而过，向着短篇一路径自去也。而在外国文学传统中，中篇小说也似乎从未独立门户，它和短篇小说之间的篇幅界限也始终是模糊的、相对的。比如近代第一篇心理小说《克莱芙王妃》，在当时算为短篇，但在今天看来，则是近乎于小长篇的大中篇了。再比如巴尔扎克《人间喜剧》中那些相对于长篇小说而言的短篇小说，于今算来，也都是中篇小说的规模了。这种形式（篇幅）上的模棱两可，至今使那些谙熟外国文学的专家学者难以给中篇小说准确定位，以至于在与世界“接轨”时，不得不将一些素来在我们观念中堪称中篇经典的著名作品（比如茨威格的《象棋的故事》、艾特玛托夫的《白轮船》以及《阿Q正传》、

《红高粱》、《棋王》等）都当做短篇小说给处置了。[①] 为了避免此中尴尬，目前国内文学界通常采用了一个中篇小说的裁定标准，那就是篇幅在三万至十二万字之间。显而易见，这恐怕也是一种出于操作（譬如评奖）需要的不得已而为之的"下策"。它的幅度广阔的灵活性和两端（短篇与长篇）边缘的模糊性，是否也说明了人们对中篇小说特定规律认识上的灵活与模糊，因而还有待于深化研究与把握呢？——就像短篇的"横切结构"或精短意识与长篇的"长河结构"或史诗风格一样，中篇小说最鲜明的质的规定性（决不仅仅是篇幅）究竟何在呢？

遥想20世纪之初，一批新文学的先驱，立足本土，胸怀世界，在对域外新文学影响进行民族化改造的同时，大力推进中国传统小说艺术的革新。正因为此，鲁迅成为了中国现代小说的奠基人。一方面，他非常重视中国古典小说的优秀传统，尤其对《儒林外史》和《红楼梦》这一短篇、一长篇的经典文本有着独到而真切的理解，得其神韵和精髓；另一方面，又自觉地取"拿来主义"态度，认为他写小说"大约所仰仗的全在先前看过的百来篇外国作品和一点医学上的知识"；[②]"我所取法的，大抵是外国的作家。"[③] 传统根深蒂固而又博取域外精华，因而别开生面、自创新局而又迅速圆融老到、蔚成大家。就像茅盾所说："在中国新文坛上，鲁迅君常常是创造'新形式'的先锋，《呐喊》里的十多篇小说几乎一篇有一篇的新形式。"[④] 毫无疑问，鲁迅也罢，茅盾、巴金、老舍、沈从文也罢，他们从拓荒到收获，从继承、借鉴到创新，中国现代小说能在短期内获得高度成熟，与中外小说尤其是短篇小说和长篇小说的精深传统是密不可分的，而中篇小说的稍逊风骚亦与此点暗合。我们至少可以说，缺乏传统，正是导致当代前期中篇小说羸弱的远背景和潜因素。我们指出这一点，恰是由于它向来不被人们所注意和论及，在此多花笔墨略作梳理，意在抛砖引玉，求教于方家，以助力于问题的深入研讨。

现在再回过头来说说当代前期中篇小说萎缩的近背景和显因素。如前所述，新中国成立之初，由于作家队伍的重组与分化，由于部分现代作家的逐渐淡出和一批当代作家（不少工农兵作者）的迅速崛起，以及

---

① 参见柳鸣九主编《世界短篇小说经典文库》，海峡文艺出版社1996年版。

② 鲁迅：《南腔北调集·我怎么做起小说来》。

③ 鲁迅：《书信集·致董永舒（1933年8月13日）》。

④ 雁冰：《读〈呐喊〉》，载1923年10月《文学周刊》第91期。

由此形成的小说体裁取向，50 年代的中国文坛开始出现了长篇繁荣、短篇活跃而中篇式微的小说景观。在那个动辄以题材、主题、思想取胜的年代，对于中篇小说这种特定体裁的艺术规律的认识与研究基本上无人问津。相比较各大出版社（如人民文学出版社、中国青年出版社、解放军文艺出版社）对于长篇小说（作者）的扶植和以《人民文学》领衔的数十家（各省、市文联、作协主办的）文学月刊对于短篇小说的培养而言，全国唯一的一家足以容纳中篇小说的大型期刊《收获》就格外显得形只影单。从创作到出版，从作家到读者，中篇小说冷落在当代文学的边缘踽踽独行，以至于这种在现代文学中一度兴旺而终未成大器的文学体裁渐渐进入了一个长长的了无生机的“冬眠期”，并且一直持续到 70 年代末。

三

准确地说，中国当代中篇小说的大潮，启动于七八十年代之交。当时，长达十年的窒息思想的“文化大革命”结束已经三年，而 1978 年发动的思想解放运动有如春风吹拂文化的原野，坚冰解冻，万物复苏，知识分子重新获得了思考权和话语权，实现了从政治高压和文化桎梏下的“失语”状态向自由、自主表达的“知识分子话语转化”。从那个时代过来的著名学者余秋雨先生回顾当时的一段话就很有概括性——“很多很多盏晚上不灭的灯，很多很多张在小路上徘徊的脸，很多苦恼、很多疑问、很多告别、很多结束、很多狂喜组合在一起，在短短几年里面最后终于出现了一种新的精神状态，这种新的精神状态觉得可以与别人交流，可以带动其他人一起来迎接我们民族的新时代，所以就迫不及待地显露出来了。……这个话语的转换是全民性质的、是民族精神的常态恢复。这也为类似的文章找到了以前很难有的、广泛的接受面。”①

学者的“话语转换”成果“显露”为论文或专著，而小说家们的“成果”当然“显露”为小说了，而且主要是中篇小说。这是因为作家们对于祖国、民族、家庭、个人十年乃至更长时间的莽荡沉浮、聚散离合，

① 见余秋雨、王尧《文化苦旅：从“书斋”到“遗址”》，载《当代作家评论》2000 年第 5 期。

有着太多沉痛的回忆、深刻的反思、愤怒的鞭挞、热烈的欢呼、明亮的憧憬……十年压抑，一朝喷发——数千字的短篇，容量太小，不足以表达；数十万字的长篇，工程太大，来不及等待；三五万字的中篇则恰好，讲述一个故事、一段经历，笔墨淋漓而篇幅适中，十天半月甚至一周就可一气呵成，心情急迫而运思从容。尤有意味的是，与作家们这种倾诉情境构成对应关系的读者们的倾听情境——读短篇尚不过瘾，读长篇还耐不得烦，一个晚上读完一个中篇，刚刚好。有鉴于此，独具慧眼的编辑家们又推波助澜，烈火烹油，相继创办了《十月》、《当代》、《钟山》、《花城》、《中国作家》、《昆仑》、《小说家》、《小说界》、《中篇小说选刊》等数十家以刊发或选发中篇小说为主的大型期刊，和作家与读者一道，同构共荣了中篇小说的繁荣景象，顿使中篇小说成为了新时期文学大潮的主打和当代文学的新宠。客观而言，中篇小说这种文学体裁在七八十年代之交一夜走红，并非当代中国作家中篇文体意识的自觉，而是一种时代的选择。正如古人所云“佳篇合为时而著”，时也，势也。此中篇之福，作家之幸，乃时代之需、人民之选也。

时至1979年，已有鲁彦周的《天云山传奇》、邓友梅的《追赶队伍的女兵们》、丛维熙的《第十个弹孔》、冯骥才的《铺花的歧路》等中篇名作面世。待到1980年，谌容的《人到中年》、王蒙的《蝴蝶》、张一弓的《犯人李铜钟的故事》、宗璞的《三生石》、刘绍棠的《蒲柳人家》、蒋子龙的《开拓者》等优秀作品声威大振，使方兴未艾的中篇小说势头更加如火如荼。据不完全统计，到80年代初，中篇小说的年产量已达数百部之多，甚至超过了前三十年的总和，而且不断持续增长，到80年代中期，年产量已突破了千部大关。与此同时，中篇小说作家和中篇小说文体相互激发，相互促进，共同走向成熟。20世纪的中国新文学，自1917年以降，经过半个多世纪的艰难跋涉，终于在80年代迎来了中篇小说的繁荣发展的黄金时期，并且以此修正了当代中国小说世界的长期失重，真正奠定了短、中、长篇小说三足鼎立的整体格局。中篇小说的热潮，伴随着“反思文学”、“改革文学”、“寻根文学”、“先锋文学”、“新写实”等旗号呼啸前行，滚动发展，推出了一批批新人新作，直至90年代中期长篇小说热卷土重来，中篇小说的旺势始见弱化而趋于平缓。

四

相比较当代文学，军旅中篇小说的腾飞有一点滞后。虽然在七八十年代之交，先后有邓友梅、徐怀中等发表了《追赶队伍的女兵们》、《阮氏丁香》等中篇名作，但毕竟还是“单蹦”，形不成阵势。而且，新时期军旅文学的主力军团——青年作家群尚未发动。真正标志着新时期青年军旅作家集团冲锋的“信号弹”，恰是1982年问世的两部中篇小说——朱苏进的《射天狼》和李存葆的《高山下的花环》，一南一北，相继打响，震动全军乃至轰动全国。不仅宣告了新时期青年军旅作家的集群崛起，拉开了新时期军旅文学进入高潮的序幕，而且以此为象征，开辟了反映“和平军营”和“当代战争”两条战线，召示了一大批青年军旅作家在这两个方向上频频出击、大显身手。待到1985年，莫言的著名中篇《红高粱》又开辟了第三条战线——“历史战争”，引导一批没有战争经历的青年军旅作家写出了自己“心中的战争”。至此，80年代“两代作家在三条战线作战”的格局形成，新时期军旅文学也借此进入了全盛时期。

如果说，前十七年军旅文学的主要成就以长篇小说为标高的话，那么，80年代军旅文学（小说）的突出收获则以中篇小说为代表。尤其是80年代长篇小说的歉收，更加反衬与强调了这一现实。笔者曾经对80年代军旅小说的总体成就作过一个概括性评价，在此用来评价中篇小说也庶几相当——

“大致可以这样说，80年代的军旅小说紧随当代小说的步调，以思想解放为发动，汇入现实主义深化的主潮之中，在三个层面上急速向前推进。一方面是在思想深度上，一跃而过‘瞒和骗’与‘假大空’的屏障，向现实主义的纵深掘进，勇敢破除左的束缚，大胆揭露现实矛盾，正视‘军人是人’的命题，寻觅和平时期军人的价值定位和战争中人性的裂变与闪光，反思战争，在颂歌与悲剧的悖论中探索英雄主义与人道主义的辩证把握；二方面是在题材广度上，从雪山哨卡到火箭基地，从女兵王国到受阅方阵，从将军到士兵，从历史到现实，从天空、海洋到陆地，展开了广阔壮丽而绚烂的人民军队的生活画卷，尤其在表现现实军营生活方面，比‘前十七年’有了无可比拟的丰繁与多彩……三方面是在艺术形式上，继承传统而又超越传统，立足本土又面向外域，走出俄苏战争文学的单一影响而迎向八面来风，从西方的现代主义到拉美的魔幻主义种种新潮中吐故而纳新，在叙事结构、表达语言和感觉方式等诸多方面不断接受挑战，实行变革……总之，80年代的军旅小说挣脱了以往许多羁绊与桎梏，完成了革命性突进，涌现出了一大批脍炙人口的名篇和才华横溢的优秀作家，部分作家作品甚至已经表现出了努力与世界战争文学对话的企图与追求，军旅小说再度成为当代文学一个独具特色和无可替代的组成部分，为新时期文学的进步作出了自己的贡献。"①

80年代，在军旅中篇小说创造方面有上佳表演的主要作家有：李存葆（《高山下的花环》、《山中，那十九座坟茔》）、朱苏进（《射天狼》、《凝眸》、《第三只眼》、《绝望中诞生》）、莫言（《红高粱》、《高粱酒》、《高粱殡》、《金发婴儿》）、刘兆林（《啊，索伦河谷的枪声》、《船的陆地》、《黄豆生北国》）、乔良（《大冰河》、《远天的风》、《灵旗》）、苗长水（《冬天与夏天的区别》、《染房之子》、《犁越芳冢》）、周梅森（《军歌》、《大捷》、《国殇》）、徐怀中（《阮氏丁香》、《一个没有战功的老军人》）、彭荆风（《师长在向士兵敬礼》、《云里雾里》）、韩静霆（《凯旋在子夜》、《战争让女人走开》）、朱春雨（《沙海的绿荫》）、江奇涛（《雷场上的相思树》、《马蹄声碎》）、张廷竹（《支那河》、《黑太阳》）、唐栋（《沉默的冰山》、《愤怒的冰山》）、李镜（《冷的边山热的血》、《重山》）、周大新（《走廊》、《铜戟》）、王树增（《黑峡》、《鸽哨》、《红鱼》）、李本深（《沙漠蜃楼》、《吼狮》）、崔京生（《他和他的倒影》、《神岗四分队》、《第六部门》）、简嘉（《没有翅膀的鹰》）等。而女性作家成平的《干杯，女兵们》、刘宏伟的《白云的微笑，和从前一样》、王海鸰的《尘旅》、丁小琦的《女儿楼》、常青的《白色高楼群》、于劲的《绵亘红土地》、毕淑敏的《昆仑殇》、张欣的《遗落在总谱外的乐章》等清丽、柔婉之作，也不失为80年代军旅中篇方阵中的万绿丛中一点红。

五

进入90年代以后，骤然加速的社会转型带来了文学的失重，更带来

① 见朱向前《军旅文学史论》第17—18页，东方出版社1998年版。

了军旅文学的失位。对抗“消解”正是军旅作家们面临的严峻课题。在挑战与机会并存、淘汰与新生同在的双向动态演进中，军旅中篇小说和作家队伍出现了新的分化和新的景观。①

首先，是一批崛起于80年代初的青年作家，经过十余年的文学训练和人生历练之后，艺术技巧、思想修养和生活积累都臻于成熟，开始跃进一个新的境界，创作重心从中篇小说向长篇小说转移，先后创作出了《炮群》、《醉太平》、《穿越死亡》、《孙武》、《末日之门》、《遍地葵花》、《兵谣》、《走出硝烟的女神》、《突出重围》、《英雄无语》、《亮剑》等长篇厚重之作，不仅弥补了80年代军旅长篇小说“歉收”的缺憾，而且还使长篇小说取代中篇小说成为了90年代军旅文学的主要风景，初步实现了长篇军旅小说继“前十七年”之后的再度繁荣。不过，在这支人到中年的成熟作家队伍之中，依然还有不少执著于中篇创作者，譬如张卫明（《英雄圈》、《双兔傍地走》）、何继青（《兵道》、《军营里的股民》）、黄国荣（《履带》、《尴尬人》）等人都写出了新的中篇代表作。而非军旅作家邓一光（《父亲是个兵》、《大妈》）、尤凤伟（《五月乡战》、《生命通道》）等人的加盟，亦在另一侧面支撑了军旅中篇小说阵容。此外，一些女性军旅作家不断地超越自我，也在中篇创作上有所作为，譬如庞天舒的《蓝旗兵巴图鲁》、曹岩的《棕色雪天》、裘山山的《结婚》等，也都是90年代的可观之作。

其次，是一批60年代前后出生的小说新人，在80年代军旅小说的辉煌日渐暗淡的沉寂中乘虚而入脱颖而出，为90年代军旅小说最初的艰难启动率先注入了生机和活力。他们以更加个体化的“青春角度”切入当下的军旅现实生活，以浓郁的自传色彩和个人人生经历或心灵历程，真

① 关于90年代军旅小说的几个重要特点，如：一、一批新人崭露头角（如“农家军歌”）；二、部分中年作家转入长篇创作等，笔者最初于1991年在《涌动的潜流——近年军旅小说形势分析》一文中提出并有详尽论述（见《文学评论》1991年第5期）。关于90年代军旅文学生态环境的变化（如“双重夹击”与“双层消解”等），笔者亦颇关注，并在《中国军旅小说：1949—1994》（载《当代作家评论》1996年第4、5期）一文中作出过最初判断，而在“90年代文学潮流大系”《军旅人生小说·序》（北京师范大学出版社1999年版）中进一步深化了这种判断。中篇小说作为二十年来军旅小说的重要文体和重要收获，也最典型地受控于以上特点和背景，故尔此处（亦包括上一节对80年代的描述）多沿用笔者的相关论述。特此说明。

实自然地流露与传达出了行进在八九十年代之际军队现代化进程中当代士兵的体验和情感，并以此填补了前代作家在追踪现实军营生活方面逐渐“淡出”的空白，再次印证了军队生活的文学反映必须在不同的时代找到不同的代言人的特殊性。① 而通过农家子弟入伍从军折射出农业文明与现代文明相碰撞的“农家军歌”，则是一个阶段内新军旅小说的“主旋律”。这批小说新人最初的出道或成名之作基本上都是中篇小说，因此，他们自然而然地成为了90年代军旅中篇小说创作的主力军，其“首发阵容”是——阎连科（《乡难》、《和平雪》、《夏日落》、《大校》）、陈怀国（《毛雪》、《农家军歌》、《黄土地，绿军装》）、赵琪（《四海之内皆兄弟》、《苍茫组歌》、《穷阵》）、徐贵祥（《潇洒行军》、《弹道无痕》、《决战》）、张惠生（《旱舟》、《少小离家》）、石钟山（《大风口》、《父母大人》）、柳建伟（《王金栓上校的婚姻》）、陶纯（《坐到天亮》、《营地之光》）、陆颖墨（《白色潮汐》、《战争寓言》）、刘静（《父母爱情》、《寻找大爷》）、衣向东（《老营盘》）。

就量而言，90年代的军旅中篇小说比80年代有过之而无不及，比如像阎连科这样产量高达三十余部的“中篇大户”，80年代就无人可比。但是，和整个军旅文学的声势和影响一样，90年代的军旅中篇小说较之80年代又多有不及。当然，其中文学生态环境的改变导致文学的边缘化是其主要原因，但作品的冲击力（包括思想的锋芒、艺术的创新和作家的激情等因素）的弱化也是不争的事实。譬如“农家军歌”一路，虽然推进了“农民军人”主题的深化与发展，更加切近了当下中国农民军人的生存环境和生存景况，并且真实反映出了他们在此间复杂的变化过程，但缺憾之处也所在多有——“比如他们过于倾心对生存状态的关注而忽略了形而上的哲学思考……显见得还缺乏英雄主义和理想主义的烛照……”② 此外，艺术形式上还缺乏更多新颖独特的创造，以至于共性多而个性少，作家之间的“靠色”和作家自我的重复几成趋势，作家与作家之间、作品与作品之间甚至还不易辨识，有“农家军歌”式的丘陵连绵，而无《高山下的花环》、《第三只眼》、《红高粱》式的奇峰兀立，如此等等。

---

① 参见朱向前《艰难行进中的“农家军歌”》，载《解放军文艺》1991年第1期。

② 参见朱向前《乡土中国与农民军人》，载《文学评论》1994年第5期。

纵观当代（军旅）中篇小说五十年，不难望见：前三十年（1949—1979）沉寂蓄势，弯弓待发；新时期（80年代）繁华一季，尽得风流；转型期（90年代）高潮退后，余波绵延。其沉浮演变的轨迹，折射出了文学生态环境（时代）对一种文体兴衰的复杂影响，预示了中篇小说的广阔前景和深厚潜力。同时，也留下了进一步认识与把握中篇小说内在规律的诸多课题，有待于我们去深入思考与研究。

六

最后，再对《新中国军事文艺大系·中篇小说》的选编思路作如下几点说明。

1. 范围。凡五十年来（1949年10月—1999年10月）在内地（不含台、港、澳地区）公开发表、出版的军旅题材（以描写军人、军营、战争、军事事件等军旅生活为主要内容的）中篇小说均在选编之列。

2. 篇幅。沿用目前国内通行的中篇小说字数标准：三万至十二万字。

3. 既考虑广度，尽量覆盖军旅小说家队伍，尤其是前辈作家作品尽量收入；也注意重点，对在军旅中篇小说创作的质与量两方面有突出成就者的作品酌情多选。

4. 为保留真实的历史面貌，对少数有争议但产生过一定影响的作品亦照原貌收入。

是为序。

2000年10月5日—11月10日

于京西黑白斋

（载《解放军艺术学院学报》2000年第4期）

中国军魂的回溯与前瞻

——从《突出重围》与《亮剑》谈军旅文学创作的几点启示

2000年伊始，长篇电视连续剧《突出重围》与长篇小说《亮剑》（都梁著，解放军文艺出版社2000年1月版）相继推出，就像两道原料生猛、营养丰盛、口味鲜辣的精神大餐，让人们大饱眼福，大过其瘾。

众所周知，电视剧《突出重围》改编自同名长篇小说《突出重围》（柳建伟著，人民文学出版社1998年12月版），而小说在问世以后的一年中，声誉与日俱隆，行情一路飙升，值得略作介绍的倒是《亮剑》。就我的阅读感受讲，此书当得起这个评价：一是好读，二是感人。近年来读长篇小说无数，也时遇佳作，但总体而言，好读的不多，感人者更少，二者兼得就少之又少了。“新人亮剑，出手不凡”，果其然也。

《突出重围》的势头正炙手可热，而《亮剑》的影响方起于青萍之末，为什么要将二者兼而论之呢？首先，我可以有把握地作出判断，时间已经证明或将要证明，这两部作品都是军旅长篇小说的中锋正笔，是军旅文学走出低谷突出重围的重新亮相之作，更为难得的是，就创作主旨而言，两部作品都在铸炼当代中国军魂——如果说，《突出重围》以前瞻性的眼光，在一场假定性的模拟战争的高科技对抗演习中，浓墨重彩地书写了一个面向未来的中国新型军人的英雄理想的话，那么，《亮剑》则以回溯式的视点，在长达近半个世纪的炮火硝烟与血雨腥风中，饱含激情地讴歌了一个集勇猛、刚烈、草莽与智慧、正直、坦荡、忠诚与良知于一身的来自历史深处的中国传统军人的英雄传奇。一审视历史，一设计未来，二者天衣无缝地相衔接于世纪之交，中国军魂在这里得到了纵深的、立体的、发展的塑造与呈示。接下来的问题是，这样两部作品的出现，对于当下至未来一个时期的军旅长篇小说创作和整个军旅文学，究竟提供了哪些鲜活而深刻的启示呢？

一　长篇小说要关注时代重大主题

毋庸讳言，很久以来，重大主题（或题材）的创作被作家视为畏途，“题材决定论”、“主题先行”、“概念化”、“传声筒”的教训前车可鉴，“一朝被蛇咬，十年怕井绳”的人们心有余悸。但是，远“重大”而近“轻小”的价值取向，又使文学尤其是长篇创作的选材出现了新的失衡，并为此同样付出了代价。“小我化”、“私语化”的写作尽管精巧别致，却始终难以在更广大的范围里引起共鸣即是一例。无论如何，在相同艺术水准的前提下，关乎一国、一民族、一社会的重大主题（题材）的关注，也就等于放弃了文学与社会最直接最重要的联结通道。反之亦然。

《突出重围》获得反响的原因当然是多方面的，但其中最重要的一条，就在于作家以过人的胆魄与敏锐，站在谁来保卫21世纪的中国的高度，勇敢地直面20世纪末中国军队的现实处境和可能面临的未来挑战，热切地呼唤“质量建军、科技强军”，表现了对国家利益民族命运深切的忧患意识和勇于承担的盛世危言品格，拨动了时代与民族最敏感的神经。尤其是出书不久，以美国为首的北约悍然用导弹袭击我国驻南联盟大使馆，直接印证了该书的现实性和前瞻性之后，它的影响一夜之间突出文学界，激起了军方乃至全社会的广泛关注。直至电视剧播出，使居高不下的“突围热”再度升温……

也许有人要说了，这多是非文学的胜利罢了。是的，我们承认《突出重围》还远未在艺术上臻于完美：它在传达主题方面过于操切与直露，影响了人性的深邃表达，语言也有失粗糙，有的情节与细节也还缺乏坚实的生活依据，如此等等。它的“火暴”，确实得益于诸多非文学因素的造势与烘托。但是，我们也要看到，纯文学并不能拔着头发离开地球。特别是在中华民族走向振兴之路的紧要关口，人们难道不是更加需要听到一些虽然发音不甚优美但却是振聋发聩的呐喊与吼叫吗？所以，我们真正需要重视的问题，并非要不要呐喊的问题，而是如何真正文学真正艺术地把声音更加深沉有力、更加激动人心地传达给时代与社会。《突出重围》作为一部正面强攻重大主题（题材）的长篇小说，出版一年始终势头坚挺，并且连绵不断地引出话题形成热点，难道不是给世纪之交的军旅文学和中国文学撞开了一条突出商潮包围的通道吗？

二　作家要直面火热的现实生活

长篇小说作为一种大型的文学体裁，与中短篇小说反映生活的灵巧和快捷相比较，显得相对笨重与迟缓。但是，在与行进中的尚未定型的现实生活的对位关系方面，它却有着更为全面、广阔、丰繁与复杂的表达的可能性，又为中短篇所不及。因此，反映现实生活，应该是长篇小说的主攻方向之一。以此观之，90 年代的军旅长篇小说比之 80 年代有了长足的进步，先后出现了朱苏进的《炮群》、《醉太平》，朱秀海的《穿越死亡》、《波涛汹涌》，陈怀国的《遍地葵花》，黄国荣的《兵谣》，简嘉的《兵家常事》，詹文冠的《恕我违命》等一批现实题材作品，使军营的现实生活在长篇小说中得到了空前多样与丰富的表现。但是，严格讲来，这些作品中真正直面当下生活的所占比例并不很大，贴近当下的气息还比较稀薄，所谓"现实"，不少也是对过往十年二十年前军旅生活历史阴影的回眸。人们企图在长篇小说中听到人民军队正在行进中的足音与脉搏的愿望，仍然免不了有几分落空。

原因何在？生活需要沉淀；审美需要距离；揭示现实矛盾的分寸难以把握；以思想的理性之光照亮与穿透现实生活谈何容易，等等。是的，这都是理由，也都是现实题材长篇创作的难点问题。不过，其中有一个基本前提我们应予以优先考虑，那就是生活——我们对当下火热的军营现实生活究竟熟不熟悉？有没有拥抱的热情？甚至有没有想去亲近它体验它了解它的兴趣？

在我看来，一方面由于成名已久或出道多年的军旅作家的中坚部分已经或正在远离基层，一方面由于军队现代化的进程不断提速，因此，不客气地说，我们对当下千变万化、急遽发展的军营生活隔岸观景、雾里看花的现象是普遍性的。更可忧虑的是，随着市场经济的全面推开，物欲的膨胀和诱惑也侵蚀了军旅作家的定力与执著，使他们关注军队现实的热情与精力都呈现出日益衰减的颓势。长此以往，军旅作家与军营生活之间的距离将会日渐拉开，现实题材长篇军旅小说的繁荣就只能是我们一相情愿的纸上谈兵了。

《突出重围》广受关注的又一条原因，就在于它以新鲜的生活支撑了重大的主题表达和敏锐的思想发现。当然，就此一点苛刻而言，也可以说它是“成也萧何，败也萧何”。成在作家立足我军现代化建设的前沿，以巨大的热情投注于军队现实，将一片科技强军的陌生领域里的生活风景展示于世人，令人耳目一新。败在作家缺乏野战军经历和演习经验的局限，因而只能在想象的空间中展开他的主题、人物与故事，不可避免地使一些虚拟性情节留下了疑点，而人物性格的塑造也还缺少精彩扎实的生活细节来画龙点睛。概言之，生活准备的不足，最终影响了《突出重围》这一新颖、重大主题更充分的艺术化表达与转换。但它在给我们留下某些遗憾的同时，不也清楚地传达出了新的生活的永恒召唤吗？

三　历史写作资源的重新认识

强调关注当下并不意味着淡忘过去，提倡重视现实题材也不等于轻视历史题材，这自然是不言而喻的。而且换一角度看，相当一个时期内，战争文学就是军旅文学的别称或至少是重要组成部分，而战争又都成为了或近或远的历史，因而，如何面对历史战争题材这一深厚的军旅文学写作资源，能否以当代意识与眼光去观察历史，使历史常写常新，是军旅作家不能回避的又一重大课题。

90 年代以来，从事战争题材长篇小说创作的作家们，在发掘历史写作资源的富矿方面，可谓是别出心裁，各辟蹊径。远的有韩静霆辑古钩沉，为两千年前的兵圣树碑立传，写意造像，使我们在重新评价中国古代军事智慧的同时，也获得了认识战争文学题材新的广阔视野（《孙武》）；近的有邓一光正本清源，作为对 80 年代一度消解英雄情绪的反弹，重新审视父辈军人的心灵历程，再次唤起了人们内心深处对英雄人格的向往之情（《我是太阳》）。晚近女作家项小米、姜安的《英雄无语》和《走出硝烟的女神》，又分别写出了女性视角中的中共早期“特科”战线的神秘与惊险，新中国成立前夕人民军队一支由孕妇组成的小分队所遭遇的奇特与悲壮，在揭示出一个新的生活领域的同时，也表达出了作家对战争与英雄的新的理解和阐释，丰富与拓宽了战争文学的风景线。

比较而言，《亮剑》在对战争生活的选择上，也许是最不具有新意的，无非是灭鬼子、打土匪、闹县城等一些肖飞、李向阳、敌后武工队们早已干过的事情。但是，由于作家在这些传奇性的故事中，赋予人物更强烈的个性，并对人物桀骜不驯的个性表达了更多的人性化的尊重、理解与张扬，鲜明地灌注了一种当代审美情趣和人性评价尺度，就使得这个老故事的老人物放射出了更加个性化、人格化与人性化的新鲜夺目的熠熠光彩。为我们提供了一个用新的观念（英雄观）照亮旧的故事与人物的成功范例。

事实表明，我国数千年博大浩瀚、丰富多彩的战争历史，是一座取之不尽、用之不竭的战争文学资源富矿。当代五十年的战争文学实绩与之相比还是非常微不足道的。无数或重大或精彩的战争或战役甚至还是一片一片处女地，期待着作家们去开垦。即使是一些被反映或涉猎较多的历史时段（如20世纪上半叶）和战争（如抗日战争），也还存在着诸多不同层面的“新意”等待我们去继续发现与开掘。那种认为“革命历史战争题材写得差不多了”的论调可以休矣。

四　英雄主义的当下魅力

英雄主义是人类最古老最高尚的精神之一，尤其是军人最崇高的品格，因而自古至今也是战争文学（军旅文学）的基本主题。没有英雄或英雄主义的军旅文学，至少也是不够健全和健康的。进入90年代以后，商潮涌起，物欲横流，当代中国军人一下子如入无物之阵，却又时时刻刻要面对物的挤压与诱惑。如何在歌舞升平的太平盛世中保持军人的英雄品格，早已引起了军旅作家的深切忧患（《醉太平》）。在慨叹现实中的英雄被肢解成“英雄的碎片”（朱苏进语）之后，军旅文学作家们寻找英雄的热情并未稍减。一部分如前所述，属“回溯式”，如邓一光、韩静霆等，频频回眸历史，以至把目光投向了远古；一部分属“前瞻式”，如乔良的《末日之门》和朱苏进的《祭奠星座》，在未来预言小说或假定性空间中构建英雄的神话。

《突出重围》和《亮剑》依然是上述两极的延伸和拓展。前者的英雄以未来为参照，后者的英雄以历史为底蕴，而高亢激越的英雄主义旋律则使它们共同赢得了今天的读者。这也正好说明了生活与文学、现实与理想的关系：一个陷入物欲中的社会，恰恰需要理想之光的照耀；或者反过来说，在平庸的现实的泥淖中，必然会绽放出精神的莲花。

更能说明问题的，也许是《亮剑》作者都梁的商海经历和他的英雄情结之间构成的某种张力。换言之，《亮剑》人物的生活依据来自战场，作家的情感参照来自商场。因为，在商场上见过太多重利轻义、背信弃义、见钱眼开、见利忘义的人与事，就更加怀念真情和友谊，世无英雄而更加渴望英雄。早年从军埋下的英雄情结一旦释放便不可阻遏，并有意无意以理想化与传奇化的审美原则将英雄推向了极致。一个重诺轻生、铁骨柔肠、豪气干云、肝胆照人的将军李云龙就这样磅礴而出。——在战场上，他如将军般杀伐决断，如大侠般快意恩仇；而与此形成强烈反差的是，他在恶劣的政治环境中，为坚守良知与操守，捍卫正义与尊严，宁折不弯直至凛然赴死。他的英雄乐章在隆隆炮声中轰然奏响，在悲剧性的虎落平川式的压抑与磨难中戛然而止，令闻者惊心动魄，荡气回肠。

一个人在战场上冲锋陷阵披肝沥胆固然不易，但在和平时期（或如“文革”的政治高压，或如当下的金钱腐蚀）保持英雄的人性与情操亦属不易。都梁的英雄理想是属于军旅的，但又是超越军旅的；它源于现实，高于现实，而又指向现实，具有广泛的普遍性和强烈的针对性。使平庸如我辈者，获得了一次洗礼灵魂的机会。这也就是英雄主义在世纪之交的当下中国的特殊意义和巨大魅力的根源之所在。

五　故事性是长篇小说飞翔的翅膀

说来说去，《突出重围》和《亮剑》之所以拥有读者，已经或将要“飞进寻常百姓家”，首先就是它们都借助了故事的翅膀，写得好看。为此，两位作家也都着实下了一番工夫。柳建伟就坦言，为了追求故事的跌宕起伏和情节的大开大阖，他是认真研究了金庸武侠小说和好莱坞电影的情节模式的，并从中汲取了不少营养。而都梁更不止一次地谈到《亮剑》的一条重要创作体会：自己作为一个无名作者、一个文坛局外人，首先考虑解决的一个问题，就是如何争取让素不相识的编辑能读完书稿。别无他法，只有努力写得好看，让他看完一章就不能放手……

都梁在这里道出了一个朴素的想法，同时也抓住了长篇小说创作中的一个要害问题。那就是或者至少是中国的长篇小说要好读，要抓人。否则，你纵有再深刻再伟大的思想，别人不看，读者不买，你只有徒唤奈何。好看靠什么呢？都梁靠的首先是故事。先用故事吊住读者胃口，然后再在故事中塑造人物、刻画人物、讲述命运、表达主题。这正是中国传统小说的基本方法，也是中国老百姓最喜闻乐见的主要叙述方式。

都梁深谙其中三昧。他的故事组织、情节编排，颇得中国章回小说之要领，环环相扣，一波三折，峰回路转。同时又吸纳了现代小说叙述的某些元素，加快了节奏，加大了密度，闲话少说，单刀直入，减少铺垫与过渡，使故事始终在一种紧张的节奏中快速推进。再加上他对故事与人物作出的传奇性渲染和处理，又大大提高了其惊险性和精彩性，使人读得间不容发，酣畅淋漓，直如三伏天饮甘泉，一气读完而后快。

近二十年来，由于外国文学作品大量译介的影响和急于与世界接轨的价值取向的诱惑，导致了相当一批作家作品的洋化倾向。有的结构繁复，使人晕头转向，有的晦涩难懂，让人望而却步，其探索精神和试验意义都以疏离读者作了代价。当然，读者多寡并不是衡量一部作品高下的唯一标准。就像我们并不否认《尤利西斯》、《弗兰德公路》、《追忆似水年华》的经典性一样。但我们同时也要指出的是，西方的经典文本自有其创作与接受方面深厚的美学传统和文化背景，照搬到中国来就未必合适。反观新时期二十年来的长篇小说，受到广泛欢迎的普遍认可的还是《芙蓉镇》、《古船》、《白鹿原》、《曾国藩》、《雍正皇帝》等这一类走民族化道路的现实主义之作。至于金庸的广为流传且长盛不衰，就更加说明了一个民族长期积淀的审美心理顽强的选择性和排他性。我们不反对一部分作家追求更加个人化的内心表达和更加先锋性的艺术试验，但就更广大的读者层面的接受期待而言，人们还是希望有更多好看的有故事性的雅俗共赏的好（长篇小说）作品。

至于军旅文学方面，我倒愿意在此重申一下我十年前提过的一个观点：倡导通俗军旅文学的创造。首先需要说明的是，通俗不等于庸俗，它无非是比较注重小说的故事性，比较尊重审美习惯的民族性，比较看重表达形式的大众化，从而以明显的可读性去争取不同层面的广大读者。而我的“倡导”其要点有三：1. 从创作对象看，军旅（战争）生活紧张激烈，惊心动魄，充满刀光剑影和生离死别，最富悬念与变数，是培育通俗文学的肥沃土壤，从《三国演义》到《林海雪原》，成功之作不胜枚举；2. 从接受对象看，广大军营以青年战士为主体，他们正处在生理、心理、思想、文化的全面发育期，精力旺盛，求知欲强。与其让庸俗、恶俗之作泛滥其间，造成诱导和误导，还不如为他们提供健康好读的通俗军旅文学作品，变堵为疏，变被动为主动，使他们在愉快的阅读过程中既为高尚情操所熏陶，又被军事知识所涵养，此所谓“寓教于乐”，岂不妙哉？3. 从创作主体看，一部文学史告诉我们，任何时候能创造经典作品的作家都只是极少数，军旅文学也不例外。大部分军旅作家如果一味地眼高手低，将会无形中将自己困于一种“武大郎攀杠子，两头够不着”——既雅不起来又“俗”不下去的尴尬境地，扼制了自己艺术生产力的进一步解放与发挥。与其如此，倒不如大胆地正视自己，扬长避短，为创造通俗军旅文学并形成多样化的军旅文学新格局贡献才华。（见拙文《倡导通俗军旅小说的创造》，《光明日报》1989 年 8 月 15 日）

以上“倡导”，以《突出重围》和《亮剑》验证之，如何？

总体来看，二十年的军旅文学，自 80 年代末跌入低谷，到 90 年代中晚期又开始攀升，其中最重要的表征就是长篇小说的繁荣已初露端倪。就此一点而言，已经全面超过了 80 年代。尤为令人可喜的是，除了一批资深作家（如朱苏进、周大新、朱秀海、韩静霆、乔良等）已渐入佳境外，一批新锐作家（如阎连科、柳建伟等）正后来居上，其中不少厚积薄发的长篇处女作（如《亮剑》、《英雄无语》、《落日之战》、《走出硝烟的女神》、《兵谣》、《恕我违命》等）表现出了足可信赖的创作潜质。以此“回溯”为依据再作一“前瞻”，我们对 21 世纪初军旅文学新的高潮可以期待，而长篇小说则最有可能成为这一“高潮”到来之前的最初的潮汛。如果本文所谈的几点“启示”能为这一“潮汛”推波助澜，则吾愿足矣。

（载 2000 年 4 月 4 日《文艺报》）

炮火硝烟中的人性观照

——读朱秀海战争长篇小说

正如一千个人眼中有一千个哈姆雷特一样，战争在每个人心中都有着不同的意义和解释。而在朱秀海看来，战争最终总是在与人性相关联。将他在20世纪八九十年代发表的长篇《痴情》和《穿越死亡》与新近出炉的长篇《音乐会》做个纵向考察，我们将会深切地感受到这一点。

首先，朱秀海总是选择一个宏观的战争场景（背景）来演绎人物命运，把战争作为一个巨大的人性试管，从中反复观测和试炼人性的光辉和晦暗。因此，也就构成了其创作的第一个特点，即擅长于战争题材的长篇巨制。

长篇巨大的包容量，通常能够让作者以从容的笔触、细腻的描写，围绕着人物命运、性格和心灵，入乎其里，出乎其外，纵横捭阖，尽展才情。朱秀海长期以来在长篇体裁里安营扎寨，同时又仰仗着长篇的阔大舞台，多方位、多层次地描绘了战争与人的尖锐矛盾，而人性的深度也在这种宏大叙事中得到了不断的开掘与推进。一九八九年发表的三十万字的《痴情》是一部以反映当代（南线）战争生活为题材的长篇小说，作家不仅以雄浑广阔的现实主义笔触为我们描绘了一幅幅逼真动人的、飘散着俄罗斯油画风味的战争画卷与战场景观，还更以遒劲犀利的笔力和对人物心灵辩证的把握，为我们剖示了一场又一场关于战争与和平、关于爱国与爱子、关于人性与党性、关于奉献与自私、关于崇高与渺小的雷鸣电闪般的灵魂的自我拷问与抨击，不断地给我们以震撼与感动，这也使其成为了一部深入到了当代战争对人性的冲击、对伦理道德的洗涤、对整个社会的震荡的“战争后遗症”这一探寻与追问的先声之作。接下来，一九九五年的《穿越死亡》直逼战争现场，以洋洋四十三万言揭示了当代军人在战争环境中怎样锻造与铸炼出英雄品格，一个又一个普通军人乃至懦夫的精神品位和人格境界又是怎样经过战争迎着炮火与死亡而走向了纯净、升华与腾跃的心灵轨迹，可以说是对当代（南疆）

战争给予中国军人的生命的洗礼经过深思之后的一部总结之作。二〇〇一年底发表的七十万字的《音乐会》则是一颗重磅炸弹，它回溯到离我们更为遥远的抗日战争当中，以秋雨豪领导的抗联十六军揭竿而起，与敌寇展开惊天地、泣鬼神的殊死搏斗，最后悲壮地全军覆灭这样一个历史过程为背景，以一个亲历战争的朝鲜小女孩金英子的视角带领读者深入到战争中去，将抗联战士慷慨赴死为国捐躯的英雄壮举和日寇令人发指的血腥暴行，以及战争的残酷惨烈和战争中人性的丰富、复杂、深邃表现得淋漓尽致。

除了宏大叙述背景的支撑，小说中颇具匠心的人物设置也使朱秀海战争小说中的人性探索别具张力。他总是巧妙地最大限度地将人物推向极致，使人物的弱小无助和战争的强大无情形成鲜明的对比和强烈的反差，在这种对比和反差中，人性撞击出来的火花就更为璀璨夺目。这就构成了朱秀海创作的第二个特点。

《痴情》中的司马丽君是一位饱经苦难的普通工人，"文革"使她失去了心爱的丈夫，可命运仍然不肯善罢甘休，又将与她相依为命的儿子送上了战场。然而更加不幸的是，在接下来的一系列事件中，她发现被人们视为英雄的儿子其实并不是真正的战斗英雄，自己因为儿子牺牲所得到的荣誉竟然是假的，命运将她剥夺得一无所有。《穿越死亡》中原先作为预备队的战斗力弱中之弱的三营九连三排鬼使神差而又别无选择地成为了能够去进行"634 高地"攻坚战的唯一力量，只有十七岁并从小向往成为自然科学家的文弱少年上官峰竟成为了这个排的指挥官，置于死地而后生的险恶境地不难想见。在《音乐会》之中，作者更将一个最不应该出现在战争中的人物推向了最惨烈的东北抗联战场：朝鲜抗日志士的遗孤，一个正处于豆蔻年华、有着很高音乐天赋并一直梦想着成为小提琴演奏家的花季少女金英子，在残酷的战争中目睹了母亲、弟弟、丈夫、自己视为亲人的秋雨豪叔叔、秋云阿姨和同龄的小伙伴小玉、卞霞、安福顺等人的相继惨死，以及第十六军悲壮的全军覆没……

这样的设置对于人物也许是过于残酷了，然而人性却借此得到了鞭辟入里的观测、检验、考问和纤毫毕现的表达与展示：司马丽君理智上知道很可能炸掉碉堡成为战斗英雄的不是自己的儿子，然而出于伟大的母爱，为了维护儿子的形象，她在情感上却又不愿接受甚至极力回避这一点，这里是人性中的理智与情感、伟大与渺小的纠缠执著；上官峰们在面对死亡时，感到的是死亡带给人生理与心理的冲击与挤压，他们奋勇战斗，更是为了战胜死亡，这里是人性中的恐惧与无畏、奉献与自私的生死矛盾的对立交织；金英子一次次在枪炮轰鸣的“音乐会”中呼啸突进，在血肉横飞的人狼大战中心惊胆颤，在母狼“花花”闻风起舞时惊喜交集，反复感受到的是人性与人性、人性与兽性、人性与狼性的对比、分野、升华或毁灭……

正是通过对战争中的人性多面而有深度的不懈追索，朱秀海才对战争作出了深入而独特的思考，而这恰恰构成了其作品的第三个特点。

《痴情》将人们的视线引到对于“战争后遗症”的关注上，《穿越死亡》则通过直面死亡、正视恐惧，穿越死亡、战胜恐惧的心灵历程，提出了“战争即是为了躲避和战胜死亡”的形上思考，而《音乐会》在前二者的基础上更进一步，通过特殊的人物设置与命运发展，将关于战争的思考引向全面和深入。

本来是属于男性世界的、“让女人走开”的战争却偏偏使得金英子这个羸弱少女卷入其中，我游击队将士三番五次为使其脱离虎口而将其送往音乐学院（虚拟的和平象征），却总是一步之遥，徒劳而返，令人扼腕长叹。而金英子最初对战争对死亡的恐惧，甚至日思夜想尽早脱离战场的描写，读来既令人心碎亦让人同情。因为胆小、怯懦、怕死原本属于人性的一部分，它理应得到我们的理解、宽容和包容，在正常的和平岁月中，它甚至不应该受到苛刻的批评和指责。作者选择了两个异国少年（金英子和松下浩二）的角度来反思战争，并不拘囿于一个人、一个民族、一个国家，而是经由人性的普遍观照，获得了超越党派、民族乃至于国家进而达到人类共性的高度。那就是这场战争是正义与非正义之战，更是人性与兽性之战，而后一种定位因为少了相对性多了些绝对意义，而更加接近了战争的本质，也从另一个侧面指出了人性胜利的历史必然性。劫后余生进入垂垂暮年的金英子接受采访时始终门窗紧闭，因为她心中有一块痛——她始终怀疑自己无意中也曾吃下了日本人烧烤的狼肉甚至人肉！于是，全书结尾处，她有如噩梦醒来般发出了“天崩地裂一般悲愤的呜咽”……我们为之无语，为之震撼，在谴责侵略战争的同时也隐隐悟到了作者对于战争所作的另一重思索：作为胜利的代表人性的一方同样需要对战争作出审视，即战争最终损害和异化的是人的本性。因而，整个人类都应该化剑为犁，珍视和平。不能不说，这样的对于战争的思考是独特和有深度的。也正是从这个意义上说，朱秀海以其三部战争长篇小说，为推进中国当代战争文学与世界战争文学接轨作出了积极探索和突出贡献，并因此而奠定了他在当代中国战争文学领域中的重要地位。

当然，朱秀海的战争长篇小说远非十全十美，仅以新作《音乐会》为例，如果从艺术上挑剔，就还有三个“度”的把握问题值得推敲。一是叙述角度：全书本是金英子的“录音记录”，文体定位应是个性化的口语，华丽、繁复、铺排的书面语显然与此相抵牾，可否视为作者对“叙述角度”的“越位”？二是叙述强度：作者激情饱满磅礴，但有叙述力度、强度过火之嫌，就像一位歌唱家始终定在高八度上歌唱，不仅歌者累，听者亦疲惫，而且还因此失去了张驰跌宕的疏密感和节奏感，对于叙述张力反而是一种弱化。三是叙述长度：七十万字的篇幅大可压缩，心理描写过于冗长、细碎，相形之下反倒显得情节性、动作性偏弱，读来常有沉闷之感，也在一定程度上影响了全书的可读性。——如何将文雅耐读与通俗好读水乳交融起来，是朱秀海今后战争长篇小说创作中一个值得重视的课题。

（原载《西南军事文学》二〇〇二年第六期）

关于徐怀中先生的三个比喻

徐怀中先生作文章有一大偏好：爱用主题式比喻。从50年代的“长虹”（《地上的长虹》）、“向日葵”（《十五棵向日葵》）、“雪松”（《雪松》），到60年代的“四月花泛”（《四月花泛》），再到八十年代的“天使”（《没有翅膀的天使》），再到二〇〇〇年的“日出”（《或许你曾见到过日出》），这些比喻巧织细编，出现在文章回肠荡气之处，其兴味绵绵不绝灌输全篇，成为其中不折不扣的文眼。在此，我也学一招，借三个比喻，来说说徐怀中先生的过去和现在。

一　报春的红杏

一九八〇年一月号《人民文学》以显著位置发表了徐怀中的《西线轶事》。这篇小说，恰如报春的红杏，宣告了两个春天的来临。

第一个春天，是针对军旅文学说的。说它报春，缘由有三。一是题材，《西线轶事》成功开启了用文学反映南线战争之先河，一时间描写当代战争的“南线”故事风云际会，《高山下的花环》等名篇佳作相继问世，构成了支撑80年代军旅小说辉煌的重要战线。二是思想，军旅文学的神韵皆出自“英雄”，但在“十七年”直至“文革”时期存在着“高大全”形象充斥的尴尬。新时期到来，日常生活的残缺和伤痛一再地反讽着军旅文学的“不食人间烟火”。《西线轶事》弥合了两者的矛盾，写得既有人间味又有飞扬感，通过体现苍凉人生和英雄生活所构成的内在焦灼，写出了“文革”时期成长起来的军人，多舛的生活遭遇构成的心灵创痛和崇高坚定的爱国情感之间的张力，成功统合了反思意识和颂歌模式，为军旅文学进一步腾飞做下铺垫。三是美学，在结构上，《西线轶事》打破了“前十七年”以战争和英雄人物为中心的叙述模式，没有写战争的腥风血雨、风云突变，而只是呈现战争背后的人情世态。它叙述的多是不连贯的事件、瞬间的场景和不可言说的心情——譬如女兵们找不到厕所、害怕尸体、心情紧张忘了口令、无缘无故的笑声等，以琐事写大事，以人情写英雄，将“大江东去”置换为“小桥流水”，先大事化小，再以小见大。娓娓闲谈之中举重若轻，平淡自然之中别出手眼。语言上，不加刻意但又字字斟酌，平淡而有味，普通又独特。

作为“万树红边杏，新开一夜风”的《西线轶事》，虽无后来《高山下的花环》那般轰动，但它在该年度的全国优秀短篇小说评奖之中高居榜首的“人气指数”可以说和“花环”打了个平手。特别是它的“先行者”位置是不可替代的，它给予其他新时期军旅作家启示的潜意义更加不可估量，可以说，它启蒙和呼唤了整个军旅文学的春天，无愧于“当代战争小说的换代之作”。

第二个春天，是针对徐怀中本人而言的。一九五六年，他的长篇处女作《我们播种爱情》被叶圣陶先生推荐为“近年来优秀的长篇之一”。两年后，又被作为向新中国成立十周年献礼的优秀作品由人民文学出版社再版，并被译成多种外文在域外出版，为他赢得了当代文坛的一席位置。一九五九年因电影剧本《无情的情人》宣扬“资产阶级人性论”受到批判，再加上“文化大革命”的冲击，作者心灰意冷，十多年没有动笔。直至一九七九年到南线采访通讯连女兵时，仍无写作冲动。但正是这样一篇无意偶得的妙文，不仅重振了军旅文学的雄风，也送来了徐怀中创作的第二个春天。趁热打铁，他又连续发表了《阮氏丁香》、《一位没有战功的老军人》等中篇新作，在人物和题材上都别开生面。一九八四年，徐怀中出任首届军艺文学系主任。一年后，擢升为总政文化部副部长，三年后升任部长。可以说，一炮而红的《西线轶事》让年过半百的徐怀中顺理成章而又多少有些出人意料地踏上了文场和官场的坦途，成为了新时期军旅文学的主将和风云人物。

二　集团冲锋的领军

一九八四年，文学系创建之初，只有系主任徐怀中，再加一个干事和一个教学参谋，可以算得“白手起家”。一张白纸，正好可以画最新最美的图画。没有师资，正好可以聘请社科院、首都高校和驻京作家中的名家教授来给学员们做“天才式教育”。

当时徐怀中五十有五，功成名就德高望重。但他经常只带一个参谋，上高爬低，登门造访，坦诚相邀。这种诚实谦逊、遇事端肃、亲切平和又一丝不苟的为人，感动了所有的应聘者。吴组缃、丁玲、刘白羽、王蒙、李泽厚、刘再复、汪曾祺、谢冕、张洁、李陀等名师大家纷纷走上军艺文学系讲台，耕云播雨，点石成金。一时间，京西魏公村风云际会、名动海内。徐怀中谦虚之下得意非常。他将这种教学方式称为“密集式的知识轰炸”，有时又自诩为“高信息强输入”，这种“就高不就低”的教育模式，在一种“残酷”和“松散”之中体现了徐怀中的匠心：改变学员的文学观念，让他们山高水低听凭发展，“各行其事”，最终培养出有个性的非标准化的“天才”。

徐怀中的教育理念是包容大度，宽裕自由，生活之中也力求解放。力邀爱妻为学员教授交谊舞（徐怀中的夫人是专业舞蹈教师，高级舞蹈编导）；鼓励学生买便装。以至于当时文学系的“个性主义”风行，每个宿舍被各种布帘分割，推门只见布帘不见人影，人称“地道战”。人人藏于自我空间之中，或经营文章，或伏案苦读，人人“乐耕乐织”。另一方面，徐怀中在鼓励开放率性的自我选择之中，还极力提倡学员之间“搓澡”式的关系，强调赤裸裸坦诚相见，互相切磋。

例如“以文会友”。入学第三天，徐怀中召集大家座谈，以不同的文学观和见解的碰撞为契机让大家迅速熟悉。当天，身为副班长的我，已经被提前“动员”，见已冷场，便大胆冒出来，竟谈了四十分钟“小说写意”。后经徐怀中老师鼓励，这番“神来之侃”整理成《小说“写意”技谈》发表在了《文学评论》上，成为我的文学批评处女作。正式堂皇的“搓澡”还有李存葆的《山中，那十九座坟茔》和朱苏进的《凝眸》等作品的讨论会，靠着这些规模或大或小的“搓澡”，军艺文学系学员互相挑刺、互相激励、互相较劲，以一批批作品不断地冲击中国文坛。

如果说李存葆是成名以后上的文学系，那么莫言则是正经由文学系培养出来的。首先，他的入学报名就晚了一天，徐怀中读了他的《民间音乐》就破例收入门下，并在开学第一次集会上就不无遗憾地表示：“可惜当年全国短篇小说评奖，我没看到《民间音乐》，否则一定为它投一票。”上学期间，莫言的《透明的红萝卜》等一批作品的发表都和徐怀中的推荐有关。甚至到毕业几年后，莫言第一次的转业念头，也是被徐怀中老师诚恳打消。这一方面是珍惜莫言，另一方面又是为军旅文学的全局着想。莫言是徐怀中的高徒，徐怀中是莫言的恩师。有这样的老师，才有这样的学生；有这样的领军，才有这样的战士。

徐怀中这个老师，当得有新鲜的一面，也有古朴的一面。用新方式拔高，用旧师德做底，探索创新同时归于正，他是一个领军，撑起一方天，前后兼顾，调度适当。正是这一份荫庇，才使得我们保持了一种不安分又自然的热诚和天性，去无所顾忌地冲锋陷阵。

三　住在老年身躯里的小孩

20世纪八九十年代之交，徐怀中曾十分投入地参与了改写电影剧本《大决战》。九十年代初从部长岗位退下来以后，就只以中国作协副主席的名义参与一些文学评奖的组织领导工作，一如既往地发现和提携文学新人。期间，还风闻他对某种传统气功颇为迷恋，也进入了出神入化的境界。偶或见面，果然就是鹤发童颜，可见得道颇深，功力匪浅。叹羡之余，也常常为读不到先生的新作生出几分惆怅。

殊不料，一九九九年，七十岁的徐怀中在《人民文学》发表了短篇《来也匆匆，去也匆匆》。讲的是一个赤裸的神秘女人漂流到连队驻扎的小岛，后又投海自杀神秘失踪的故事。女人来去匆匆，文章也是以一个又一个悬而不解的迷局铺陈了现代人无法索解的绝望。文章风格奇诡，若说是先锋，但语词地道，简约凝练，一派现实主义作风。但若说是传统小说，情节结构又出神入化毫无逻辑。徐怀中的名字标在上面，让人大呼意外。

一年之后，徐怀中又在《人民文学》第一期发表了短篇《或许你曾见到过日出》，全文围绕女孩脸上“一抹极淡极淡”的微笑，以“妙园日出”为喻，写了一个军事学博士不期然间遇到却再难割舍的一段诗化情感。文章自然平淡到极点，直接使用谈话口吻，流畅朴实。不但仍与以前自己的风格不同，就是与《来也匆匆，去也匆匆》相比，也是另一个模样。就这两篇文章，按其风格，若是开出五十位作家的名单，让所有熟悉徐怀中的作家、评论家去挑，也不会挑中徐怀中这个名字。

按年龄和资历，作为曾跟随刘邓大军挺进大别山的历史老人，徐怀中是绝对的“老一代革命先辈”。阅历、年龄、眼界和知识结构在老一代的身上，曾是资源，却极易变成障碍。正是如此，时代的脱节，资源的用尽，使得无数年迈作家或颓然停笔，或徒然重复写作，新作不断，但了无新意。徐怀中却不然，从《我们播种爱情》到《无情的情人》，到《西线轶事》，再到“日出”，所作不多，但篇篇迥异，而且变化的幅度如此之大，堪称老作家中的一绝、中国当代文坛的一奇。溯其根源，一是童心，二是赤心。童心、赤心相通相融。若无赤心，只是“为文造情”，文章流于肤浅和卖弄；若无童趣，赤心或许变为迂阔，没了灵性和味道。在童心处超脱、在赤心处回归，正是徐怀中做人和为文的精要之处。

佛家语说：初心便是正觉。我说，童心养育文学。苏联作家兼批评家康·巴乌斯托夫斯基在《金蔷薇》中说过一段名言可和上面两句话互为发明，互为诠释。巴翁如是说：

> “在童年和少年时代，世界对我们来说和成年时代不同……对生活，对我们周围一切的诗意的理解，是童年时代给我们的最伟大的馈赠，如果一个人在严肃而悠长的岁月中，没有失去这个馈赠，那他就是诗人或者作家。”

以“童心说”来检测，徐怀中先生正是年龄越长，童心越彰，可谓住在“老年身躯里的小孩”。一方面，求新求变时，不计利钝，不计毁誉，“恶作剧”式地玩它一个底儿掉；另一方面，“玩”完之后却又有些羞涩怯人——据我所知，《来也匆匆，去也匆匆》写就之后，徐怀中先生迟迟不敢出手，几经家人、亲友讨论鼓励，迁延一年之后才终于送给编辑部。这一“勇”一“怯”，何其天真可爱，烂漫魅人。“返老还童”者，“老小孩”者，此之谓也。

行文至此，我突然想起，20世纪上半叶，齐白石先生“衰年变法”，从此画风大变，豁然进入一新境界。如今，徐怀中先生古稀变法，亦为世纪末的中国文坛留下一段颇堪玩味的佳话。它也许只如彗星划过，但依然以它短暂却是真正的光芒照亮了不无麻木的文学天空。令我辈仰视、感叹、良久无语。

（原载《北京文学》二〇〇四年第八期）

李存葆窗前的灯光

一九八二年，时年三十六岁的李存葆在《十月》发表了中篇小说《高山下的花环》，以其独特而响亮的声音报道了新时期军旅文学春暖花开的消息。在无数的感动与泪水中，人们记住了梁三喜、靳开来，记住了沾满英雄鲜血的欠账单，记住了崇高的生、壮烈的死，记住了那加之于人物命运之上的悲欢离合。与此同时，人们还记住了一个青年军旅小说家的名字——李存葆。今天看来，《高山下的花环》至少有三点意义应当被人们记取：首先，作品表现出了作者秉笔直书的严肃态度和“敢为天下先”的无比勇气。李存葆义无反顾地过政治雷区，整个社会中被压抑已久的呼声在作品中得到了释放与传递。其次，以徐怀中的《西线轶事》和李存葆的《高山下的花环》两部作品的出现为标志，当代战争题材小说开始成为新时期军旅小说创作中的一条重要战线，与历史战争题材小说、和平军营题材小说三分天下，鼎足而立。再次，李存葆的成名宣告了一批青年军旅小说家的出线，此后他们和“前十七年”便已成名，在新时期仍然葆有创作活力的老一代军旅作家并肩作战，两代人共同建构了二十世纪八十年代军旅文学的辉煌。可以毫不夸张地说，《高山下的花环》所引发的轰动效应在中国新文学史上都是空前的，期间创下的若干纪录至今无人企及，今后恐怕也难以逾越。其一，当时所有的省报同时连载；其二，随后的单行本发行量突破千万大关；其三，同时被改编为电影、电视剧及豫剧、梆子、评剧等多个剧种；其四，在建国三十五周年大典上，“花环”的造型彩车作为全国文艺界的代表，缓缓驶过天安门广场；其五，时任中共中央总书记的胡耀邦以个人名义购买两千册《花环》赠送老山前线将士……

一九八四年秋，解放军艺术学院首创文学系，我和李存葆有幸成为同学并同居一室。第一学期末他就写出了第二个中篇小说《山中，那十九座坟茔》，并在翌年的全国中篇小说评奖中再度夺魁。其时的李存葆真可谓“春风得意马蹄疾”，成为文学界最为瞩目的明星，以致严重影响了他的正常学业。每天各大报的采访，各刊物的索稿，各大学文学社团的讲课邀请，各电影厂家或剧团的改编洽谈……有如轮番轰炸，前赴后继，直弄到李存葆东躲西藏，把我和他的两位室友也干扰得不轻，为他推诿搪塞，不胜其烦……所谓文学的“黄金时代”，莫此为甚啊。如今忆来，真是恍若隔世。

从军艺文学系毕业以后的十年间，李存葆回到了济南军区当创作室主任，创作上也经历了两次“转型”。一是八九十年代之交，他与人合作了报告文学《大王魂》和《沂蒙九章》，并先后获得全国奖，实现了在不同文学体裁领域里的第一次成功跨越；二是九十年代中期，他又突然以散文形式频频亮相，再度引起文坛关注。一九九七年，李存葆奉命调京，回到母校，出任解放军艺术学院副院长，次年受少将军衔。从此，李存葆又以一个全新的形象出现在中国文学界——将军散文家。

作为将军，李副院长主管科研和学报工作，这是他的主业，近几年军艺学报一年上一个台阶和他的直接领导是分不开的（个中情形，此处从略）。作为散文家，李存葆几乎没有双休日和节假日。从选材到搜索资料、阅读、分析、考证、构思，常常是一个漫长的过程。这是因为李存葆散文就像他的小说一样，总是选取庞大题材或焦点问题，而且一弄就必定是弄深弄透，然后才来动笔。一旦开笔写作，那就常常整日闭门不出，偶尔在路上劈面碰见，那也是蓬头垢面，行色匆匆（多半又是买方便面去了吧）。再等到哪一天，李存葆理发刮须，焕然一新出现的时候，那就必定是又一篇美文出炉了。就这样，到二〇〇二年，李存葆近三十万字的大文化散文集《大河遗梦》由解放军文艺出版社隆重推出。

“十年辛苦不寻常，一篇写罢头飞雪”。李存葆那一头让我们羡慕的乌黑的青丝是不是染的呀？我心存疑惑。但我确切知道的是他为此所付出的辛苦与心血。那几年，我的宿舍恰巧又和李存葆前后楼，窗口相对，近在咫尺。常常是夜半更深，我到阳台舒筋换气，准备就寝，就会蓦然看见存葆窗前一灯如豆，在沉沉的夜色中分外醒目，并偶或传出那熟悉的低沉咳嗽声，这时我的心中总是不由一震：存葆大兄尚且没睡，我辈岂能贪恋床榻？就又踅回书房，奋笔再战。坦率地说，那几年我能在繁重的公务之余坚持每年十余万字评论的写作量，在一定程度上与李存葆窗前的灯光有关系。这是我心底的一个小秘密，今天在此披露出来，一向李存葆表示感谢，二向李存葆表示敬意——从同学到同事，近二十年来，李存葆的灯光，让我切近地看到一个中国作家的执著与虔诚。尤其在商品社会的当下，它是一朵出淤泥而不染的精神的莲花，他始终不渝地给我以启迪和引领！

今天，李存葆大散文已然成为了文学界的一个话题，见仁见智，各自成理。但在我看来，李存葆的散文定位，应该有个大的坐标来作参照。纵向来看，二十世纪九十年代的后半期，人们对散文的关注程度开始下降，能以散文形成话题的作家越来越少，而李存葆则以他的一系列少则万言，多则四万言的大文化散文，完成了这一时段重要散文作家形象的塑造。《我为捕蛇者说》《鲸殇》《大河遗梦》《祖槐》《沂蒙匪事》《飘逝的绝唱》《国虫》和《东方之神》等散文序列无疑是这一时段中国散文创作值得珍视的收获。横向比较而言，李存葆的散文以其黄钟大吕的声音宣告了自己的独立价值：它们既不是抵掌谈笑，娓娓道来的“性情派”，又有别于正襟危坐、相与论道的“学院派”。李存葆的散文多是登高望远、纵横古今的大制作，多写大主题、大题材、大感情。它们在形式上追求大气磅礴和文辞华丽，讲究对仗排比和音韵结构，读来朗朗上口、抑扬顿挫，让人在吟哦俯仰之间感受到一种雍容华贵、富丽堂皇的正大之美。如果打比方，我们可以说贾平凹的“性情派”散文是谈心，是聊天；余秋雨的“学院派”散文是温文尔雅的讲课；而李存葆的散文则是演讲，是朗诵。如果我们再把讨论范围缩小一些，仅以几位军旅作家中“半路杀出”的散文作者来与李存葆作一比较，我们仍然可以清楚地分辨出李存葆散文的“赋体散文”与莫言、朱苏进的“小说家散文”，与周涛、朱增泉的“诗人散文”的差异。设想把李存葆散文掩去姓名与以上诸君的作品叠在一起，我们只要读上那么两三行，就可以毫不犹豫地指出：“这是李存葆。”

从《高山下的花环》到《大河遗梦》，李存葆作品的语言由口述笔录的朴素一变为骈散并用的精致，而其作品的格调由酣畅淋漓的痛快一变为高古幽深的含蓄。变化虽多，然而变中不变的却是作者那天下忧乐的情怀和欣然入世的气度：时代性在“花环”向“遗梦”的嬗变中得到了延续。随着李存葆的年龄渐长、阅历渐深，他对文学性与政治性关系的把握更加成熟，对于作品的时代性和现实感更加执著。与李存葆的小说创作所不同的是，在李存葆的散文中，“政治爆破”转向了文化观照，对当下中国现实问题的紧密跟踪转向了对人类未来生存困境的终极关怀。作者或从鲸群自杀（《鲸殇》）开始，或从黄河断流着眼（《大河遗梦》）；或从吟咏崔张之恋出发（《飘逝的绝唱》），或从解析“东方之神”的成因切入（《东方之神》），关注的是后工业社会中的环保问题和人类社会的生存危机，抓住的是现代文明进程中人的异化的普遍焦虑，表达了一种大忧患和大思考，比“花环”中所传达的“位卑未敢忘忧国”的情怀与眼界更加阔大，比“坟茔”中所表露的政治反思与社会批判更见深邃。

如果要对李存葆这些年来的写作状态进行一番总结和概括，我认为把他从小说到散文所走过的这段道路表述为“回归”二字最为恰当不过。无论是李存葆散文字里行间回荡着的沉雄大气，还是那优美的段落中偶然飘散出的温柔多情；无论是一以贯之的李存葆式的刚强正直，还是作者在不经意间流露出的闲适超然，这些都可以看作是李存葆回归自己的一种方式、一条途径。对于李存葆的这种回归，我们可以从三个层面上加以理解：一是回归于农民之子，二是回归于传统文化，三是回归于自然万物。从本质上讲，李存葆向农民之子的回归其实是一种对作品人民性的再度认同。正是李存葆散文中所蕴藏着的深刻的人民性使他的作品不仅具有了震动人心的广度，而且具有了震动人心的深度。李存葆回归于农民之子，从更深的层面上来考察则是回归于中国传统文化，因为传统文化是中国几千年农业文明的积淀与升华。近年来，李存葆埋首典籍、忘情词赋；醉心书画、笃好古文，对中国传统文化的研习可谓废寝忘食、用心用力。功夫不负有心人，从李存葆散文的语言中我们不难感受到作者那丰富的学养和深厚的内力；而这种对民族性的坚守和追求，又恰恰体现了一个中国作家在当下历史方位中的良知与清醒。中国的传统文化博大精深、一言难尽，但在它的最核心处却只有两个字，那就是“自然”。李存葆出生在孔孟之乡、齐鲁大地，那里的一山一水，一草一木，无不与他文化性格的形成有着密切的关系。在自生自灭、瑰丽神奇的大自然中，有春天的微雨，有夏夜的虫声，有秋日的落叶，有冬月的霜雪。诸如对科学与艺术、对文明与人性的思考，也许在某个炊烟飘起的清晨，在某个落日晚霞的黄昏，便已经于李存葆幼小的心灵中悄然萌发了。正是这种对自然的亲和留给了李存葆一个返璞归真的情结；也正是这种对自然的亲和滋养了李存葆的大胸襟、大怀抱，使他的创作一直以来都保持了相当的高度。

去年，由于军队服役年限的关系，存葆卸去了解放军艺术学院副院长的担子，真正获得了“无官一身轻”的潇洒与超脱。现在，他除了以中国作家协会副主席的身份出席京城的一些重要文学活动和随团到全国各地观访之外，别无挂碍，或沉湎于创作之中，或忘情于山水之间，自由自在，令人羡煞。偶通电话，便获知他又有新的文章杀青。聊起创作计划，存葆的回答是：再写两年散文，然后回到小说，好好写它一部长篇……

啊，长篇小说，多少作家的梦想，无数读者的期待——李存葆，你要写一部什么样的长篇呢？你将在什么时候让我们大家看到你的长篇呢？

李存葆窗前的灯光还将一如既往地明亮下去，这是一定的。但我想，就不必再像从前那样彻夜长明了罢？

存葆兄，珍重。

（原载《北京文学》二〇〇四年第八期）

中国当代军旅文学的“第四次浪潮”

——军旅长篇小说十年估衡

引　言

约十五年前——二十世纪八九十年代之交，当中国社会的全面转型骤然提速，当代文学顷刻失重，而军旅文学则更陷入被我谓之“政治语境淡化和商业语境强化的‘双重夹击’”之中，八十年代刚刚建构起来的辉煌和声威，一夜之间几乎面临消解之虞。然而，正当人们摇头慨叹风光不再、前景堪忧之际，约十年前——九十年代中期，我的视线同时遭遇了《醉太平》（朱苏进）、《穿越死亡》（朱秀海）、《孙武》（韩静霆）、《末日之门》（乔良）等四部长篇小说。经过一番“近察其态，远观其势”之后，我发现：“四部作品，四个角度：一从当代军营，一从当代战争，一从历史，一从未来，全面展开对军人的塑造，对军人价值的沉重追问，对战争与和平的崭新思考。它们在恢宏的时空中包容了军旅生活的丰富性和多样性。它们的‘复合’，形成了一个立体、丰满而厚重的整体框架……它们的出现，给疲惫日久的军旅文学注入了活力，而且把新时期以来长篇军旅小说的水准推进到了一个新高度……它还标志着自新中国成立以返，继老一代长篇军旅小说作家之后，新一代中年的长篇军旅小说作家已经趋于成熟，也为我们送来了长篇军旅小说创作大潮的隐隐涛声。”①

果不其然，静夜听“涛”数年之后，到了二〇〇〇年，我在《中国军魂的回溯与前瞻》一文中又不无兴奋地评荐了《突出重围》《亮剑》等长篇新作，最后更加坚定地指出——“总体看来，二十年的军旅文学，

① 参见拙文《近察其态，远观其势》，载《人民日报》一九九六年一月十八日；《九十年代：长篇军旅小说的潮动》，载《文学评论》一九九六年第一期。

自八十年代末跌入低谷，到九十年代中晚期又开始攀升，其中最重要的表征就是长篇小说的繁荣已初露端倪，就此一点而言，已经超过了八十年代。尤为令人可喜的是，除了一批资深作家（如朱苏进、朱秀海、周大新等）已渐入佳境之外，一批新锐作家（如阎连科、柳建伟、徐贵祥等）正后来居上，其不少厚积薄发的长篇处女作（如《亮剑》《英雄无语》等）表现出了足可信赖的创作潜质。以此‘回溯’为依据再作一‘前瞻’，我们对二十世纪初军旅文学新的高潮可以期待，而长篇小说则最有可能成为这一‘高潮’到来之前最初的潮汛。”①

幸而言中——进入新世纪，军旅长篇力作《音乐会》（朱秀海）、《楚河汉界》（马晓丽）、《历史的天空》《明天战争》（徐贵祥）、《我在天堂等你》（裘山山）、《战争传说》（周大新）、《我们的连队》（陈怀国、陶纯）、《惊蛰》（王玉彬、王苏红）、《新四军》（赵琪）、《一路长歌》（衣向东）、《士兵》（兰晓龙）、《百草山》（李西岳）、《大院子女》（石钟山）、《赌下一颗子弹》（郭继卫）等等逶迤而出，连绵不绝。如果再加上九十年代中期以来陈怀国的《遍地葵花》、朱秀海的《波涛汹涌》、姜安的《走出硝烟的女神》、黄国荣的《兵谣》以及出自军旅作家之手的非军旅题材如周大新的《第二十幕》《21 大厦》，阎连科的《日光流年》《坚硬如水》《受活》，柳建伟的《北方城郭》《英雄时代》，黄国荣的《乡谣》《街谣》，党益民的《喧嚣荒原》，王海鸰的《牵手》《中国式离婚》等，十年时间，军旅作家再次“突出重围”，长篇小说创作已由涛声隐隐的“潮汛”变成了“波涛汹涌”的大潮。

溯流而上，如果以二十世纪五十年代中期如《保卫延安》《红日》《林海雪原》等标志当代军旅文学的第一次浪潮；以五六十年代之交的《苦菜花》《烈火金刚》《敌后武工队》等标志当代军旅文学的第二次浪潮；以八十年代中期“当代战争”（如《西线轶事》《高山下的花环》）、“历史战争”（如《红高粱》《灵旗》）、“和平军营”（如《射天狼》《凝眸》）“三条战线”鼎足而立标志当代军旅文学的第三次浪潮②；那么，我们就可以顺理成章而又理直气壮地把十年来长篇小说的空前繁荣看成

① 见《文艺报》二〇〇四年四月四日。

② 参见拙文《中国军旅小说：1949—1994》，载《当代作家评论》一九九六年第四、五期。

是当代军旅文学第四次浪潮的主要标志。如所周知，虽然说由于传媒方式的革命和文学生态的变更，就社会影响而言，“第四次浪潮”（仅限于长篇文本）也许和前三次浪潮不可比拟，但可以比较的是，它和“前十七年”以长篇为主体的两次浪潮形成了一种遥相呼应，而且从数量和质量上都是一种继承、拓展和超越：它和以中短篇为主体的第三次浪潮构成了一种对比与补充，而且，从中短篇到长篇，本身就是一种发展、承续和深化。

当然，关于我的“第四次浪潮”判断的主要支撑，首先是有了如上所列约三十部沉甸甸的作品，它们不仅可以在纵向的比较中显出新的特质，就是横向——置于当代文坛一流长篇行列中比较，也有相当一部分毫不逊色，它们在“茅盾文学奖”、国家图书奖等重大奖项中频频折桂或入围，就足以证明社会的认可；其次是有了一支成熟稳定的长篇创作队伍，他们年龄多在四五十左右，正富于春秋，精气沛然，经验老道，处于创作旺盛期，并有可持续的发展后劲；最后，特别应该指出的是，以这批作家作品为辐射，他们编剧、改编或被改编的电影、电视剧如《鸦片战争》《康熙王朝》（朱苏进），《大转折·进军大西南》《长空铸剑》（王玉彬、王苏红），《惊涛骇浪》《突出重围》（柳建伟），《弹道无痕》《历史的天空》（徐贵祥），《英雄无语》（项小米），《和平年代》《新四军》《最后的骑兵》（赵琪等），《激情燃烧的岁月》《军歌嘹亮》《波涛汹涌》（石钟山、朱秀海），《我们的连队》（陈怀国等），《红樱桃》《汉武大帝》（江奇涛）等大片热播不衰，充分显示了军旅长篇（作家）雄大深邃的“酵母”作用，和它们借助影视传媒成倍放大的幅员辽阔的覆盖力量。以它们为亮点，带动整个当代军旅文学（包括虽然寂寞但仍旧默默前行的诗歌、散文、报告文学和中短篇小说）一道汇入了波澜壮阔的“第四次浪潮”，形成了新中国军旅文学史上最为缤纷多元、气象万千的雄浑景象。

限于篇幅，本文只能从“历史战争”“当下军营”“农家农歌”和“女性军旅”四个方面切入，择取若干长篇小说文本进行简要评析，以图对十年军旅（作家）长篇小说的基本面貌和主要特点有所把握。

一 反思战争：在直面死亡中铸造军魂

战争是军旅文学永恒的主题，它包含着深刻的历史智慧和丰富的美学内涵，同时也蕴藏着最为特殊的生命体验和最为真实的人性内容。前十七年的战争文学虽然影响巨大，持久有力地导引了几代中国青年的思想、感情、信仰乃至行为规范，在新中国的精神历程上打下了深深的历史烙印，然而，由于时代的局限，它在反思战争、正视悲剧、开掘人性、解剖战争后遗症等诸多方面都不可避免地暴露了它的封闭、狭隘或单一。新时期以返，军旅作家在挖掘战争这座富矿时，大胆探索、小心推进，取得了多方面的突破。尤其近十年以来的军旅长篇小说，在反思历史中审视战争，在直面死亡中拷问人性，在穿越死亡中铸造英雄，把当代战争文学的整体水准又提升到了一个新的高度。而要展开论证，我们应首先提到朱秀海。

如所周知，朱秀海始终是一位最正宗的军旅文学作家，尤其执著于战争题材的长篇创作。从八十年代末《痴情》对“战争后遗症”的深情叩问，到九十年代中期《穿越死亡》对生存与死亡的直接追问，再到新世纪之初《音乐会》对人性与兽性的对比拷问，他成功地完成了“三级跳”，并且在战争题材领域中独步一时。迄今为止，我们可以毫不夸张地说，《穿越死亡》是“南线”题材中的集大成之作。它完美地实现了严谨的现实主义精神和豪迈的理想主义激情的融合，整部作品写得绵密细致而不乏大气，从容舒缓又力道十足，读来惊心动魄、发人深省。具体而言我们只需指出两点：第一，它建构了一个最适于支撑或容纳一部长篇容量的小全景式的故事框架。全书以一次收复失地的中型战役作为背景，生动而又细致地铺展开一幅从我军前敌指挥所到前线战斗排的立体画面。小说最具特色之处是故事中所表现出的巨大逆转和反弹：在最初的作战预案中毫不起眼的“六三四”高地随着战斗的发展变为决定整个战役成败的关键所在，而原先作为预备队的弱旅二营九连三排竟鬼使神差般地成为能去攻打这个高地的唯一力量。强烈的反差和巨大的张力推动着整部小说的情节完全按照战争的逻辑和规律向前发展，它波澜起伏、悬念叠出而又顺理成章、不着痕迹。从战斗预案到实施计划及至每个战术动作，作家都加以精准描述，细节的翔实可靠使奇谲莫测的故事既扣人心弦，又令人信服。小说的真实性和传奇性保证了它的可读性，这种可读性一方面为作品走向成功提供了基本前提，另一方面又为展现主题和塑造人物提供了广阔的空间和无限的可能。第二，更为重要也更为突出的是，它直面“死亡”这一战争中的重大命题，并以“死亡”为镜子来洞察人物灵魂和照取人性深度，这就大大拓展了当代战争文学的思考层面。与此前“生来就不怕死”的英雄相比，《穿越死亡》的主人公更加真实——一个只有十七岁的文弱少年上官峰——在带领九连三排困于死亡之谷的时刻，内心充满了强烈的恐惧。作品勇敢地正视死亡带给人们必然的身心恐惧，指出“生命本能地拒绝死亡”这一简单的道理，大胆承认面对死亡时人们内心对生的渴望与珍惜。作者赋予上官峰过多关于死的冥想和形而上的思考也许有点强加于人，但作者对于死亡阴影的笼罩和沉重氛围的渲染，对于一个人恐惧心理的刻画和恐惧体验的触摸，是具体入微而且准确到位的。把这一点写足了，凡人向英雄的高度攀登的出发点才坚实可信。小说的难度更在于让这些人物符合人性和性格的规律向前发展，为每个人都找到了各自不同而又雄辩有力的行为动机和辩护理由，使他们最终都战胜了恐惧，穿越了死亡，成为了高地上的英雄，从而准确深刻地揭示了普通军人乃至懦夫的精神品位和人格境界，迎着炮火走向纯净与升华的心灵轨道，形象地展现了“钢铁是怎样炼成的”，堪称当代战争文学中直面死亡而又穿越死亡的先声之作。

相比较《穿越死亡》，《音乐会》又是另辟蹊径、独具只眼，它在战争的残酷中来探索人性和兽性的逆转，在人性和兽性的比照中去反思战争与和平的真谛。作品以东北抗联十六军与日寇殊死搏斗，最后悲壮地全军覆灭这样一个历史过程为背景，以朝鲜小女孩金英子的视角带领读者深入战争，将抗联战士慷慨赴死的英雄壮举和日寇令人发指的血腥暴行，以及残酷惨烈的战争中人性的丰富与深邃表现得淋漓尽致。除了宏大叙事背景的支撑，小说中颇具匠心的人物设置也使得作者的人性探索别具张力。它巧妙地、最大限度地将人物推向极致，使人物的弱小无助和战争的强大无情形成鲜明对比与强烈反差。在这种对比和反差中，人性中撞击出来的火花就更为璀璨夺目。在《音乐会》中，一个最不应该出现在战争中的人物被推向了最惨烈的东北抗联战场：朝鲜抗日志士的遗孤、梦想成为小提琴演奏家的金英子，在战争中一一目睹了母亲、弟弟、丈夫和长辈、同龄伙伴的惨死以及整个十六军悲壮的覆没。这样的设置尽管过于残酷，但也正是通过特殊的人物设置和命运发展，作者才将关于战争的思考引向了全面和深入。作者站在金英子和松下浩二这两个异国少年的角度来反思战争，并不拘囿于一个人、一个民族或一个国家，而是经由人性的普遍观照，获得了超越党派、民族乃至于国家的情感，进而使自己对战争的思索达到了人类共性的高度——这场战争是正义与非正义之战，更是人性与兽性之战，战争对所有人来说都是悲剧。作者深刻地展示了战争如何使人性扭曲以及人性到达某种极限情境后会出现怎样激烈的变异。这种对战争的定位因为少了相对性，多了些绝对意义而更加接近于战争的本质。劫后余生的金英子在接受采访时将门窗紧闭，因为她心中有一块痛：她始终怀疑自己无意中也曾吃下了狼肉甚至是人肉！回忆起在枪林弹雨中疯狂进击如同沐浴在音乐会中的快感，回忆起那些比兽性的日军有人性的狼群，无论是当事人还是读者，我们都不约而同地感到了人类处于战争状态时兽性的张扬和人性的萎缩。这意味着，战争的双方需要对战争做出反思：人类应该对战争说“不”，永远化剑为犁，珍视和平。从《穿越死亡》写人怎样战胜恐惧到《音乐会》写战争如何将人性异化，朱秀海为推进中国当代战争文学与世界战争文学接轨所做贡献是突出的，从而也奠定了他在军旅文学第四次浪潮中的重要地位。

如果说朱秀海是从“死亡”与“人性”这两个角度来切入战争、召唤理性的话，那么都梁的《亮剑》则是在战争的传奇中更加人情化、人性化地重塑英雄，重铸军魂。显然，作者的商海经历和他的英雄情结之间具有某种潜在的联系：人物的生活依据来自战场，作者的情感参照则来自商场，因为在商场上见过太多重利轻义、背信弃义的人与事，就更加怀念真情和友谊，“世无英雄而更加渴望英雄”。由于作者早年从军所埋下的英雄情结，他便在作品中以理想化、传奇化的审美原则将英雄推向极致。与以往不同的是，英雄化与人性化在这里得到了统一。于是，一个重诺轻生、侠肝义胆的将军李云龙就这样呼之欲出。在战场上，他杀伐决断，快意恩仇，为了营救亲人，他不惜打乱战斗部署，一意孤行，敢做敢当。而与此形成强烈反差的是，在恶劣的政治环境中，他为了坚守良知与操守、捍卫正义与尊严，宁折不弯直至凛然赴死。他的英雄乐章在隆隆炮声中轰然奏响，在虎落平川式的压抑与磨难中戛然而止，令闻者荡气回肠——在战场上冲锋陷阵固然不易，但在和平时期（诸如

"文革"的政治高压，诸如当下的金钱腐蚀）保持英雄的人性与情操则是更难。都梁的英雄理想是属于军旅的，但又是超越军旅的，它源于现实，高于现实而又指向现实，具有广泛的普适性和强烈的针对性，这也正是英雄主义在当下中国的意义和魅力所在。由于作家赋予了人物以更加强烈的个性，并对人物桀骜不驯的个性表达了更多人情化、人性化的尊重、理解与张扬，并始终贯彻了一种当代审美情趣和人性评价尺度，使这个老故事中的老人物因此而放射出了更加个性化、人格化的熠熠光彩。《亮剑》为我们提供了一个用新的观念照亮旧的故事与人物的成功范例。

与《亮剑》有异曲同工之妙的是徐贵祥的《历史的天空》——如果说李云龙是人中之龙，艺高胆壮，有革命大侠之风范的话，那么，"梁大牙"则是一个从普通的乡村子弟成长起来的革命战士，他也许不如李云龙那么传奇和神乎，但他却因此更真切朴实，更加平民化，更加人情化、人性化、个性化。他的性格的发展史就是一部浓缩的革命斗争史。从这个意义上，我们可以把《历史的天空》称作"后红色经典"。说它是"红色经典"，乃是从革命的历史题材、战斗的英雄形象、相对传统的叙述形式诸要素而言；之所以冠之以"后"，则主要考虑两点。一是作家在传统的宏大叙事中，以现代的观念、人性的取向，把目光聚焦于战争中个体的人和历史的种种纠葛，为人物设置生与死、善与恶等两难困境，在多种历史的偶然性背后，显示出历史的必然和规律。主人公"梁大牙"——一个米店小伙计为逃避日军追杀而欲投国民党军，结果阴差阳错闯进了八路军的根据地，从此走向了战争和政治。这样一个带着匪气的流氓无产者，其后却在复杂的政治斗争和激烈的战争中，逐步显示了优秀的品质和卓越的智慧，由一个不自觉的乡村好汉成长为一名足智多谋的指挥员，最终修炼成一名具有高度政治觉悟和斗争艺术的高级将领。这样带有传奇性而又具有可信性的情节架构，显示出作者对于偶然因素和历史必然律的带有哲学意味的思考。他似乎很看重偶然性的作用（如梁大牙误闯八路军根据地，以及被女战士吸引等），但总体上还是令人隐隐觉察到那如命运般的历史必然的沉默的存在。这样灵活而务实地处理偶然性与必然性的关系，是具有很强说服力的。二是牢牢把握人物性格变与不变的辩证法。此前战争小说主人公多有一个性格变化的套路：即参加革命前个性峥嵘，棱角分明，一旦参加了队伍，提高了觉悟，便逐渐政治化、意识形态化、符号化甚至神化，形象高大了，但个性阉割了，变得扁平干巴，丧失了人物的真实性和丰富性。而《历史的天空》在吸收借鉴《我是太阳》《亮剑》等作品成功经验的基础上，自觉而准确地把握了人物性格中正面与侧面、主流与支流的消涨关系，不管梁大牙的政治觉悟、身份、地位发生多大变化，他性格中那些作为“这一个”的基本元素，最具光彩和特征的部分都没有随之流失、衰减和消弭，反而愈益彰显，贯穿始终，持续焕发着新鲜热烈的光彩。而且作者善于通过精彩情节、细节传达人物性格，不仅梁大牙，包括他身边的一个人物群都比较有个性，甚至像是“一个个不同人物性格的小型展览会”（雷达语），作者把人性、情感、欲望、命运同战争生活和政治生活进行了完美的结合，通过人物个体生命对历史的言说，完成作家生命知觉的表达；以丰满、真切的生命体验的细节和碎片，去填充和修补想象中的历史，使历史中的战争和战争中的个人都变得更加复杂、丰富和耐人寻味。

二　立足军营：寻找“合点”与“起点”

多年来，由于军旅文学在组织方式和观念形态上的特殊性，使军旅小说家在处理和平军营题材的时候往往容易受到掣肘：或受阻于政治话语和意识形态的惯性，或受制于当下部队生活体验的缺乏，作品往往人物性格靠色，或情节简单雷同。这种类型化的倾向常常会导致作品真实感的不足，而真实感的缺失又会使小说的现实性和影响力大打折扣。在当今全球化的大潮中，军人的价值观念、职业标准、思维方式、情感表达都与过去有着很大的不同，怎样尽可能贴近当下部队官兵的现实生活，是军旅作家无法回避的问题。面对着空前复杂的生活，面对着多元文化的冲撞，处于当代军旅文学“第四次浪潮”中的弄潮儿们，开始对和平时期军旅小说的主题进行不同方向的探索和不同程度的突破，而这种探索和突破的一个显著表现便是对我当年提出的“军门子弟作家”与“农民子弟作家”或曰“军营文化”与“乡村文化”之“合点”的寻觅；①朱苏进笔下的“将军梦”开始向现实坠落，而陈怀国作品中的农家子弟则向职业军人迈进。至于柳建伟的《突出重围》，就更是在新旧思想交锋

① 参见拙文《寻找“合点”：新时期两类青年军旅作家的互参观照》，载《文学评论》一九八八年第五期。

中寻找“合点”，获得“起点”。

从《炮群》到《醉太平》，朱苏进的写作风格由剑拔弩张、慷慨激烈一变为随意放松、娓娓而谈，这多少让人觉得有些新奇。《醉太平》中的主人公不再为坚执于高远理想而牺牲现世享乐，恰恰相反，他们开始在太平盛世中沉醉，在权势或情理的驱动与诱惑下，或振作或清醒、或颓唐或沉醉，他们的才华因此而变质，个性也因此而扭曲。但朱苏进写来却冷静客观，入木三分而又公允持平，还常常悬置判断，对人物不作丝毫的丑化或鞭挞，更不时流露出对某一举措的赞赏与把玩，这就使他对当下军营世态人心图的描画不但栩栩如生，而且意蕴深长。这种变化是显而易见又令人吃惊的。首先，是支撑其作品的精气神，已由强烈执著的理想主义呼喊让位于无可奈何的现实主义审视，或者说由批判取代了肯定，由消解取代了建构。《炮群》式的青春梦的破灭使朱苏进笔下的英雄只剩下碎片，我们不禁要问：英雄无觅的慨叹是发源于作家本人的成熟与深刻，还是因为世俗环境强大的同化力与侵蚀性？抑或是英雄自身的精神世界和人格结构原来就存在缺陷？这就涉及到朱苏进的第二点变化：《炮群》之前，他一直在试图对和平环境中军人的价值做出定位与判断。而《醉太平》则不同，尽管它也通过对军人灵魂的审视而抵达了共通的人性层面，但作家并不满足于此，他的意图是要借助一个大的象征，从整体上超越军旅文学的樊篱——走出军营而直指中国的社会机制和某一部分病态文化。《醉太平》表面上“写的是军区大院里的人和事”，实际却是在指涉“一种一切大院都有的文化心态”。如果就此而言，它或通过官场这个窗口的透视，或经由人际关系网的辐射，确实把军队大院文化作为中国传统文化的现代杀伤力揭示了出来。但是以作家的创作意图来要求，它并没有达到预设的期望值。而在我看来，与其把军队大院看成是中国大院文化的一个缩影，还不如将其视为当下中国军队生存环境的某种写真更具有现实性和警醒意义。也就是说，在以往朱苏进的笔下，英雄主义激情和品格的高扬，始终是以徘徊在天际的战争作为强大的对峙物来参照、来驱动和激发的。如果一旦失去了这个“对手”（譬如说换成了“大院”这样的生存环境）军人应该怎么办？在日益世俗化和物质化的今天，英雄何以成为可能？这个时候的战争就是自己和自己的战争：是在太平俗世中迷醉与沉沦，还是抗争与升腾？显然，朱苏进关注的仍然是和平时期军队的自身建设与军人的自我完善。

如果说朱苏进在《醉太平》中对英雄主义冷静的审视使我们看到了当代职业军人理想的新变异，那么陈怀国对农民之子性格与心态的稔熟则使得《遍地葵花》中的农民军人具有了不同于以往的特征：作品通过对一群农家子弟军营故事的描写，为我们展示出一部当代中国农民军人的心灵史，而且首先体现了鲜明的反思和批判色彩。作者自觉地突破农民军人自身的局限，从农民军人的爱恨纠缠中超脱出来，使小说的主题思想得到了升华。其次，这部作品的可贵之处还在于它为我们提供了一个完整、丰满、典型、独特的农民军人形象。此前，还没有哪一个作家用一个长篇的篇幅如此集中地刻画和塑造一个农民军人——尽管这部作品写了一群农民子弟在当代中国军营中的奋斗历程，但主要还是全方位地，立体、纵深地勾勒描摹出了许家忠“这一个”的生命史和心灵史。从一个农村青年当到团长，再到犯错误，作品以二十多年的时间跨度，将许家忠这个貌似忠厚实则精明、胸怀大志又容易满足的复杂形象呈现在我们面前——这是一个由农民到军人的过程，也是一个从农民出发最终又回到农民的过程，更是一个人的生命过程。再次，这部作品不但写得扎实饱满、准确到位，还写得从容舒展、张弛有度。作者对日常琐事精细而不累赘的描写，使我们体验到人与人之间的真实情感和生活的丰富内涵。练军歌、踢正步的过程，同时也是许家忠们人生演进的过程。一首军歌、一声口令，足以让我们感受到他们在从军道路上跋涉得多么沉重。可以说，陈怀国在《遍地葵花》中实现了两个超越：一是对同类题材的超越，作者自觉清醒的反思批判意识使农民军人主题创作显示出了继续拓进的可能。一是对自身的超越，过去我曾谈到陈怀国的作品写得太实太满，密不透风，缺乏灵动感，但在这部作品中，一个个扎实的细节里有了形而上的思考和强烈的主观情感，这就使细节本身具有了很强的浪漫色彩和艺术张力，进而使作品实中有虚，灵动飘逸。总之，《遍地葵花》以直面人生的写实主义精神，既对农民军人逃离土地争取美好生活的渴望给予了充分的理解与尊重，又对农民军人的根性进行了不留情面的暴露与批判，既超越了简单的英雄化取向，又纠正了非英雄化的偏颇，更对农民军人与军队现代化、人的现代性之间的关系表现出了意味深长的思索与忧虑。

《醉太平》和《遍地葵花》，一个出自军门子弟之手，一个出自农民军人笔下，它们都在不同程度上完成了各自对于“乡村文化”与“军营文化”之间差异的超越。而柳建伟的《突出重围》则通过对“科技强军”主题的感性诠释，为我们展示出作者努力突破“农人”和“军人”的局限，进而寻找“乡村文化”与“军营文化”之间的“合点”的企图。简短捷说，这部作品可以概括为“五个一”：第一，它是一部忧患之作。通过一场摹拟高科技条件下的局部战争的无导演大演习，作品揭示了中国军队在二十世纪末世界军事、政治、经济格局中所面临的严峻生存挑战，体现了作家对国家前途和民族命运的认识水平与表达能力，呈现出沉郁激越的美学风范，暗合了转型期社会的时代精神。第二，它是一部本色之作，充分体现了军旅文学的本质特点，即弘扬爱国主义、英雄主义和集体主义的主旋律，堪称军旅长篇小说的中锋正笔。第三，它是一部尝试之作。作者尝试做了两种融合：一是把战争生活与和平生活进行融合，打通了“以战为主”和“以和为主”两种传统的思维方式，预示出了军旅长篇小说一种新的生长点。第二种融合，即所谓寻找两类作家的“合点”：它把以朱苏进为代表的职业军人理想的英雄化书写和以阎连科、陈怀国为代表的农民军人的现实性吟唱作了一种调和。第四，它是一部塑造人物群像之作。几十个人物从普通士兵到大军区司令员，浓淡相宜，错落有致，提供了一个庞大的人物群像。第五，它是一部雅俗共赏之作。从假定性的故事框架、一波三折的情节线索和男人间的斗智斗勇中都不难看出好莱坞影片和金庸小说的良性影响。最后，因为《突出重围》的盛世危言品格，我们愿意对其艺术上的粗疏和不足报以宽容的微笑。

三　走出军营：“农家军人唱农歌”

虽然从军旅作家的义务要求来看，我们当然更乐意看到军旅作家们把更多的创作精力投放到历史的战争和现实的军旅生活方面，但是，画地为牢，过分强调这种取材的功利性，也将是狭隘的，无疑会使部分军旅作家尤其是具有双重（农人和军人）人生背景的农家军人作家的创造力受到压抑。九十年代以来，随着创作环境的进一步宽松，军旅作家的定位逐渐淡化，农家军人作家的创造性得到了全面释放。他们不再左顾右盼，果断而又气定神闲地展开了他们人生的另一半，得心应手地唱出了更加底蕴丰厚的“农家农歌”，写出了真正能展示他们全部的创造才华与实力的代表作，并且引起了整个当代文坛的瞩目，这些作品理应是军旅文学（作家）的重要收获，它们是“农家军歌”的底色和背景，同时又对军旅文学构成了一种对比和补充。他们中间，最有代表性的首推周大新与阎连科。

应该说，周大新的《第二十幕》有两大特色：一是中国味道，二是百年历史。以中国味道用百万字篇幅讲百年历史，就构成了《第二十幕》“长河小说”的“史诗品质”。所谓百年历史，体现了作家宏大的眼光和雄心，即敢于从大处着眼，同时又体现了作家精细的题材选择和艺术构思，即善于从小处着手。作品通过河南南阳尚达志、尚立世、尚昌盛一家三代惨淡经营“尚吉利”丝绸业的家庭史的经线，精心编织出了二十世纪中国民族工业的发展图景，进而对二十世纪的中国历史做出了个人性的艺术透视。在尚达志、云纬、草绒、卓远等人物身上，集中表达了作家从民族工业、权力经济、女性命运、知识分子良知等角度对二十世纪中国历史所做出的评价。最令人深思的是主人公尚达志，他一方面代表了作家的人生理想，或者说为实现人生理想而坚忍不拔，九死不悔，万劫不磨的韧的精神。作家对他满怀深情，倾心塑造，借他人之酒杯，浇胸中之块垒。在这个人物身上，我们能隐约看到作者心灵的历程和情感的面影。另一方面，作家在人性立场上又和他保持了适度的距离，对他的人格模式进行了审慎的批判。作家借女主人公云纬之口，最终指出了尚达志“重物轻人”的人生哲学，实际上是他一生中最根本的失误乃至失败。从青年时期牺牲初恋、中年时期出卖女儿到终生压抑爱情，画出了一条为“物”、为“名”、为“霸王绸”而弃绝俗世幸福、泅渡人生苦海、违反人道人性的自我异化轨迹。“好梦难圆”是物质层面上的（霸王绸久不可得），更是精神层面上的——以人性的异化或戕害为代价去换取那个物，岂不是舍本求末吗？这是作家对前工业社会的反思，亦是对人类终极关怀的追问，在人类进入后工业社会的世纪初的今天，作家的追问尤有警策意义：如果在现代化的进程中，人性不能得到更加健全、自由的发展与张扬，那么我们会不会违背出发的初衷而误入歧途？至于本书的“中国味道”，这里只能简略涉及两点，一是从《红楼梦》到《白鹿原》的家族史的大结构框架，在本书中有成功的借鉴与化用，与其说是得益于《百年孤独》，还莫如说是取法于本土经验。二是作家重故事情节和矛盾冲突，重人物性格和人物命运，这正是中国传统小说的基本元素，也恰是现实主义创作方法的根本要领。周大新深谙其中三昧，他恪守这些，求仁得仁，走了现实主义正道，酿制出了一坛“中国味道”纯正的“老窖”。

与周大新的《第二十幕》不同，阎连科在《日光流年》中把目光投向了现实。阎连科能写出《日光流年》是令人惊异的，惊异之处在于：九十年代以来，阎连科是以新乡土小说家和新军旅小说家的双重身份崛起于当代文坛的。其写作风格和写作对象比较吻合，偏于“实”的和“土”的一路，正好是“虚”的和“洋”的《日光流年》的一个反照。如果说，此前阎连科“以最洋的形式来写最土的故事”的《年月日》在圈子里博得了一片喝彩，但美中不足依然存住，借鉴的蛛丝马迹过于明显——《年月日》很像一个完美的《老人与海》的中国版本，它的人物，它的象征寓意，它的叙述节奏都容易使人想起海明威。而《日光流年》就大为不同了，就像一位高明的花匠，把各种外来的肥料、养分都深深地埋进自己的土地中，最后长出了一朵中国的奇异的花。首先，《日光流年》直逼死亡主题的异乎寻常的勇气和镇静给人以震撼。它讲述的是一个闻所未闻的惨烈的死亡故事——数百口三姓村人为了战胜四十岁的生命极限而不停歇地与宿命奋斗与抗争。他们卖淫、卖人皮、引水、翻地、种油菜，为死而生，为生而死，在一次次绝望的循环往复中展示了希望的力量，在一次次失败的无情命运里歌颂了精神的永恒。这是一个以死亡写生存的主题，以死亡的虚无和不可战胜来反观生存的意义和无意义，生命的真谛蕴藏于故事的荒诞之中。这是一个中国农民生存韧度的现代象征，一则人类社会渴望生命长度的古老寓言。其次，《日光流年》繁复而精巧的结构表现了作家对长篇小说本质某种独到的理解。长篇小说可以是重思想的，重生活的，重故事的，重人物形象和命运的，但也可以是重结构的，阎连科显然是偏于后者或至少是将结构和其他元素等量齐观的。结构服务于内容，但也能深化内容。《日光流年》从后往前，从死到生的总体倒叙就大大凸现了死亡的主题，极度强化了对生之来路的回归与眷恋。但五卷各个不同的文体变化，在简单中寻求复杂，在和谐中富于变化，在宏大中追求精致，充分显示了结构的独立意义和独特魅力。再次，《日光流年》以其语言的华丽与铺排，展现了作家挑战汉语写作极限的决心与才气。一般说来，“写短篇就是写语言”（汪曾祺语），而对于长篇小说的语言则似乎不必过于苛求和考究。但阎连科却不服这口气，偏要铤而走险，以短篇的语言来要求长篇，四十余万字几乎是句句琢磨、一丝不苟，到处运用感觉的互通、夸张与变形，充满了魔幻色彩、神秘意味与诗化氛围。读来如梦如魇，虚无缥缈，扑朔迷离。一部长篇小说的语言达到通篇的陌生化效果，确实不易。以此几点为参照，作家此后的《坚硬如水》《受活》则反倒有所不及。

如果说周大新的《第二十幕》和阎连科的《日光流年》分别向纵横两个方向拓宽了“农家农歌”的音域，那么柳建伟的“时代三部曲”几乎就是一部雄浑庞大的交响乐。其中的《北方城郭》和《英雄时代》分别以当下中国正在急剧变化的乡村和都市为主要舞台，开阔而深沉地传达出了一个多语意识构成的中国社会在多种意识相互竞争、相互渗透、相互激荡中隆隆前进的足音。两部作品的整体艺术成就也许不尽相同，但作家如此迅捷且全方位地切入现实中国所表现出来的洞察力、前瞻性和广阔的大视野，在此前的军旅文坛上都是难得一见的。

四　军旅女性：“万绿丛中一片红”

“前十七年”，军旅文学几乎是清一色的男性作家的天下，偶或有个别女性介入诗歌（如杨星火）或散文（如郭建英）创作，其性别因素也常常被忽略不计。等到新时期，“忽如一夜春风来，千树万树梨花开”，难以计数的青年军旅女作家全方位地介入诗歌、散文、报告文学、中短篇小说领域，确实把军旅文苑点染得姹紫嫣红，但唯独在长篇小说领域，依然倩影难觅。遍披记忆，大概也只有严歌苓的《绿草地》留下模糊的印象，充其量也不过是“万绿丛中一点红”。然而，近十年以来，情形大为改观，从庞天舒的《落日之战》到项小米的《英雄无语》、裘山山的《我在天堂等你》、姜安的《走山硝烟的女神》，王曼玲的《正午告别》，张慧敏的《叙述的森林》，直到马晓丽的《楚河汉界》、燕燕的《去日留痕》，“你方唱罢我登台”，成为“第四次浪潮”中新的亮点，并且大有“欲知前面花多少，直到南山不属人”之势。这些作品虽然都是作者的长篇处女作，但却各个出手不凡，起点颇高。她们摆脱时下女性文学中流行的以“小我”为中心的“私人写作”或“身体写作”模式，把目光投向了广阔的历史和无限丰富的社会生活，以特有的视角切入战争和军营，为女性写作开辟了新的领域、注入了新的活力，一扫文坛中的“脂粉气”，打破了军旅长篇小说领域中男性作家的一统天下，不夸张地说，形成了军旅长篇小说创作“万绿丛中一片红”的新生面，为军旅长篇小说创作增添了一抹绚丽的颜色。下面仅以《英雄无语》和《楚河汉界》为例，略作评析。

在众多对“英雄主义”的书写之中，项小米的《英雄无语》唱出了一种别调。简而言之，其新异之处有三：首先，作者的“紫色”英雄观深化了“英雄是人”的观念。新时期以来作家们对“高、大、全”式英雄观的反省与突破，还多局限于人物的性格弱点或某些工作失误，较少涉及其思想品质和道德人格等深层因素，而项小米把“说不清楚”的“爷爷”定位为“紫色”——红色与黑色混合而成的神奇颜色。“爷爷”既是坚定的红色英雄，同时身上又蕴藏着与之完全相反的黑色封建性和匪性，两种截然不同的色彩在“爷爷”身上共生共存，此消彼长。这种对既定的“英雄”观进行大幅度调整的写作尝试，既使作品展现了更为扑朔迷离的历史景观和人文景观，又为“英雄是人”的自省模式带来了新的审美内涵。“爷爷”参加革命并非自觉，参加革命之后其觉悟和素质也未见得提高了很多，比如他与三个女人的关系：先是蹂躏和使唤作为童养媳的奶奶，接着又离开了曾经恩爱有加的二奶奶，而心安理得地与戴眼镜的三奶奶结了婚。女人在“爷爷”心中的分量只是如“衣服”而已，多几件少几件又有什么关系？以至于家人将爷爷看成是一个道德沦丧的人。这样的人和英雄相去何远？然而，爷爷又是实实在在的英雄，一个有着传奇经历的、对党和革命做出过重要贡献的无名英雄：他卧底敌营，神闲气定；护送情报，不顾死生——爷爷是红色加黑色化合而成的“紫色”英雄。这种英雄观为“英雄是人”的自省模式增添了几分诡异与传奇。其次，低调的反思深化了革命历史题材的思想内涵，作品从人物本身与社会历史两个层面交叉展开，在感情上爷爷从未真正拥有过女人，内心孤独的他却对此毫无意识；在工作上他与白区战友一起流血受罪，却成为革命成功后的“另类”，平时不受重用，运动一来便一个接一个不得善终。这样一位发育得不完全便上了路的畸形英雄，伤害了别人又受到了历史的伤害。这种低调反思使得《英雄无语》在格调上既不同于《皖南事变》的哀婉悲歌，又不同于《我是太阳》的慷慨陈辞，而是自始至终保持一种低回又不失深情的咏叹基调，通过对人物命运和人物性格的悲剧性反思，揭示了革命历史某种意义上的混沌，以及人性的斑驳复杂、不可捉摸。面对这种混沌繁复，英雄无语，观者黯然。再次，精练的语言和冷峻的叙事强化了作品的风格。《英雄无语》的故事容量很大，爷爷作为一名“特科”中坚人物，有许多传奇事迹可资铺陈，然而项小米没有刻意追求故事的惊险奇巧，而是在干净准确、精练简约的语言叙述中，坚持贯彻了一种冷峻沉着、从容客观的叙事风格，克服了女作家中常见的絮叨、拖沓与琐屑，凸现了作家思辨结合的小说风格，较好地体现了复杂、深沉和锐利的小说语言魅力。这是项小米的个性使然，也是她的修炼所至，是她长期经历编辑职业磨炼之后水到渠成的自然结果。

马晓丽以一部思想穿透力直逼《炮群》和《穿越死亡》的《楚河汉界》，令军旅文坛大为惊异。马晓丽出身军人家庭，虽然承袭了由朱苏进开创的“铁蒺藜”式的写作风格，显示了女性罕见的强悍笔力，但同时又突出了自己的思考维度和叙事特色。

相对于《炮群》和《穿越死亡》，《楚河汉界》对军门子弟个人奋斗史进行了更深一层的挖掘。此前的作品，主人公们面临的主要矛盾是理想与现实的不可调和，是实现目标的过程中所遇到的阻力和痛苦，而不是人格分裂的痛苦。而《楚河汉界》已经意识到了在理想、目标之下人自身的变异，并对这种变异提出了质询。通过父亲周汉的反观和儿子东进、南征的故事，作者又进一步引发出对理想和追求本身的怀疑；但是这种怀疑的最终结果并没有否定理想，而是为理想实现找到了一种道德平衡，这就又与《醉太平》构成了一组相承接、相融合的互文关系。此外，《楚河汉界》虽然以军门子弟的人生道路为主线，但对军门以外人物的命运亦有独特的形象塑造。以前的作品在描写非军门子弟时视点多在农民军人身上，如“农家军歌”路线；而这部小说里与周东进对比描写的同代军人魏明坤并非农民出身，他的人生理想是在同周东进的一次次较量中逐渐强化起来的，他只是个人单独奋斗的一个代表形象，并没有深厚的文化背景为依托。魏明坤一次次的精神蜕变没有伴随着阵痛般的道德伤痛，因此他就不会面临历史道德与现实要求之间的两难选择。值得一提的是，对于军门子弟内部分化的描写也是作者的一大收获：黄妮娜、“小不点”、李小兵等，是军门子弟中最没有报负、也最没有理想的人物，他们从某种程度上构成了对革命奋斗的反讽，也从反面预告了理想本身的意义。在情节叙述的设置上，《楚河汉界》亦有独特之处。小说在某种程度上实现了历史和现实的接洽与对比，形成两条线索：一方面，小说从周汉昏倒，进入脱离肉体的潜意识状态写起，使人物可穿越历史与死者自由对话，形成与现实的某种对应；另一方面，这种超越了现实的价值判断也有利于以比较超脱的审视眼光看待现实和历史，进而从一个更高的层次上为解决现实束缚提供某种指导和暗示。在历史与现实的交织中，小说道出了核心问题，即在信仰、理想、追求的旗帜下，人如何解决自身存在的问题，也就是要坚持自身的统一性、确立个人追求与个人良心的统一，引申开来，便是个人与历史之间的矛盾。小说里的人物，都有一种在历史规则下对于真假、美丑、善恶的焦虑，这是一个如何评价真、坚守真的哲学式的痛苦。当看到周汉在关于团长个人荣誉和耻辱的选择中，终于牺牲油娃子的做法时，我们一方面发现人在这种选择以及由此衍生的真假判断的痛苦中必选其一的无奈与绝望，另一方面也看到了历史的无情和历史发展中一些原则本身的可变性。小说为解决上述理想与现实、个人与历史的种种对立，以象棋为喻，指出输赢无高下，但最高者应是“棋性”，表达了作者的一种关切：在历史的背景下如何尽力拓展个人生存的空间，如何在“心灵之河”与“现实之河”之间凿开一条渠道。小说借人物之口说道：“或许，只有不拘于现实之河的人，才有可能渡过心灵之河”。这是某种方式的平衡，更是某种方式的无奈。

管中窥豹，见微知著。无论是项小米、马晓丽、裘山山、姜安、庞天舒，还是钟情于非军旅题材的王海鸰（《牵手》《中国式离婚》）、王曼玲（《潮湿》《丝绒》），她们的作品已然显示山了一种“军旅女作家”的特殊标志——她们当然有别于男性作家，但她们又显然不同于当代文坛的多数女作家，她们的眼光、胸襟、魄力和腕力俨然具有了一种“巾帼不让须眉”的军中花木兰的气势——“双兔傍地走，安能辨我是雌雄?”要详细分析军旅女性写作，得另择时机、再作长文，同时也有待于“红色娘子军”们的继续努力。

结　语

十年走马，匆匆一览，挂一漏万，在所难免。不过，我们依旧可以据此做出一个大体判断：当代军旅文学经由“前十七年”的“政治话语的统摄”和“新时期”的“意识形态的激情表达”，进入了当下的“多元文化的选择与融合”。由于九十年代的“双层消解”（一是“组织形态”即“集群运作方式”；二是“观念形态”即“意识形态色彩”），军旅作家们反而获得了解脱，以一种更加个人化、更加自由化的姿态灵活地穿越了“双重夹击”而“突出重围”，从而在多音齐鸣、杂语共存的文化背景中，运用长篇小说这一大型体裁，与未定型的当下中国进行了全方位、多层次的多语对话，使传统意义的军旅文学在世纪之交中国社会的全面转型之中获得了蜕变和新生。他们不仅以其自身对于精神与意志的引领而填补了这个多元时代里某种理想与信仰的缺失，同时也以独特的思考、深入的探索表达了对中国社会转型中诸多困惑的叩问与疑虑，进而使向来观念单纯、旋律统一、音调高亢的军旅文学，逐渐变得更加驳杂、丰繁和深沉。

毫无疑问，这将是近未来的又一发展趋势。具体而言，我们不妨再预测两点。其一，由于长篇体裁与当下复杂社会生活和出版、影视市场需求的双重对应关系，它将吸引愈来愈多作家创作精力的投放，一些“七〇后”甚至“八〇后”的新生代作家已经拿出了自己的处女作（如上个世纪末师永刚的《西北望》、詹文冠的《恕我违命》和新近出炉的刘健的《战士》等），已经浮出水面的稳定的长篇创作队伍和暂时无法预知的后备力量将会联手持久地推动长篇发展，使长篇小说在相当长的一个历史时段内成为军旅文坛独领风骚的文学样式。需要郑重提醒的是，他们必须警惕市场与金钱的诱惑，力戒粗制滥造，摈弃将长篇小说当作影视剧本潜文本的写作意识（其实当下已有与市场媾和的苗头，譬如将小说与剧本套写，甚或先写剧本再改为小说等），否则势必影响与降低长篇小说的艺术质量与精神品位。我一向的主张是，即便从影视市场或商业考虑，那也该全力以赴、精益求精写好长篇，只要有了好作品，那就等于什么都有了。相反，如果患得患失，心存旁骛，反倒可能鸡飞蛋打，应了那句偈语：无心恰恰有，有心恰恰无。其二，由于军旅文学意识形态色彩和军旅作家身份的双重淡化与模糊，将会有愈来愈多的军旅作家突破军旅，走出军营，以基于军人而又大于军人的责任感与使命感对中国的历史、现状与未来，进行全方位多层面的体验、反思、认识与表达，早些时候的周大新、阎连科，当下的柳建伟与王海鸰都是在此一方向突围的成功代表。需要积极呼吁的是，我们自然希望有更多的军旅作家立足军营、坚守阵地，在绿色加方块的限定中“掘一口深井”。如是，他们则必须在“高”与“低”两个向度上做出努力——所谓“高”，即跟进中国军队现代化的进程，及时了解与熟悉高新技术前提下的新军事变革，并完成艺术转化；所谓“低”即深入基层，把握广大官兵的脉搏与广阔军营的现实矛盾，反映出现代化进程中的军人的真情实感。舍此，军旅文学的深化无从谈起，甚至军旅文学的流失亦非危言耸听。果真如此，则只有军旅文坛或军旅作家而无军旅文学了。因此，我们最后期待军旅文学的“第四次浪潮”，在保持相对稳定的题材范围和审美风范的基础上，兼容并包，推陈出新，以更加开放的气度、更加平和的心态，汇入新世纪中国文学的汪洋大海之中。

（篇幅所限，本文对十年军旅长篇小说的缺憾与不足一概从略，并不意味着它们的完美。恰恰相反，值得反思与探讨的问题太多，与其蜻蜓点水、浅尝辄止，还不如留待以后有机会再作专门讨论。）

（原载《南方文坛》二〇〇五年第二期）

向着广度和深度的文学长征

——“长征文学”与王树增的《长征》

在中国当代军旅文学史上，“革命历史题材”是一个宏阔的命题，而“长征”是其中一个丰饶的领域。可以说，“长征”是中国革命历史画卷中最悲壮激烈、最动人心魄的一页，对作者和读者都具有历久而弥新的吸引力。据我所知，围绕今年纪念中国工农红军长征胜利七十周年，全国就有两百多部长征题材的图书问世；而依照我的阅读视野和经验判断，王树增的“非虚构类”纪实长篇《长征》不仅是其中的佼佼者，还极有可能是长征胜利七十年来最厚重的大书之一。

一

我个人认为，七十年长征题材的文艺创作大致可以分为三个阶段：第一个阶段是二十世纪三十年代中期，从长征开始一直到结束，贯穿了长征过程的始终。比如长征途中就有黄镇创作的活报剧《一双草鞋》、陈云（化名廉臣）的纪实文学《随军西行见闻录》，还有毛泽东的《清平乐·会昌》《十六字令·山》《忆秦娥·娄山关》《念奴娇·昆仑》《清平乐·六盘山》《七律·长征》《沁园春·雪》等诗词精品。到了延安之后，一九三六年八月，由中央革命军事委员主席毛泽东亲自发起了长征征文，最后精选一百篇定稿为《二万五千里》，作者多是亲历长征的中高级红军将领，突出了时效性和宣传性，艺术性方面相对粗糙。

第二个阶段是二十世纪五六十年代之交，以为纪念建国十周年而举办的大型征文《星火燎原》为代表，收录了杨成武等红军名将的《翻过夹金山》《飞夺泸定桥》等记述长征精彩片段的一些名篇，有些篇章此后还被陆续收入中小学课本，在国内外产生了广泛影响。在此基础上虚构、提炼而成的文学作品则有王愿坚的《七根火柴》等短篇小说，标志着此一阶段长征文学的艺术高度。此外，陈其通动笔于一九三六年的大型话剧《铁流两万五千里》，历经二十年，几易其稿，几易其名，终于在一九五六年改定为《万水千山》成功上演。应该说，这是第一次希图宏观反映长征的艺术努力，也成为了当时对长征的权威解读。稍后不久，由于优美、激昂的音乐旋律的托举，由萧华作词的《长征组歌》迅速传遍了大江南北。《长征组歌》的重要意义在于给出了一个简明扼要、突出重点的叙述长征的经典架构，“遵义会议、强渡大渡河、过雪山草地”等长征题材创作的要点开始凸显并固定下来，它和《万水千山》一样体现出长征文学叙述和党史、军史强烈的同构色彩。这一阶段的长征题材创作更加注重艺术形式的多样化和对思想的提炼、对艺术的打磨，同时表现出明显的宏大叙事倾向，但在深度的探索方面稍嫌不够。

第三个阶段是二十世纪八十年代中期。一个明显的变化是开始发挥文学的虚构特性，小说一度成为了表现长征的主要文体。以乔良的《灵旗》、程东的《夕阳红》、江奇涛的《马蹄声碎》等中篇小说为代表的一批作品开始注意到此前被宏大叙事所忽略、遮蔽了的小人物的命运，着重挖掘人性的深度与复杂。与此同时，董河汉的纪实文学《西路军女战士蒙难记》和黎汝清的长篇纪实小说《湘江之战》等作品则第一次把关注的目光投向红军的失败之役，呈现出浓烈的悲剧色彩。另外，魏巍的长篇小说《地球的红飘带》、李镜的《大迁徙》也都从大全景的角度丰富和拓展了长征文学的表现空间。美国作家索尔·兹伯里的《长征——前所未闻的故事》一书在上世纪八十年代进入中国，该书将长征概括为“人类求生存的一曲壮歌”，它超越了中国共产党和中国工农红军的角度，首次从人类精神的高度来肯定长征的意义，这也给当时中国的文学界和思想界带来了不小的冲击，以至于陪同索尔·兹伯里重走长征路的长征文学专家王愿坚感慨地说：什么时候我们才能写出一部自己心目中的长征呢?

是啊，回顾七十年的长征题材创作，这其中包括了小说、戏剧、诗歌、音乐、舞蹈、报告文学，林林总总，卷帙浩繁，虽然不乏精品名作，但从广度和深度上都能与长征这一史诗相匹配的鸿篇巨制仍属罕见。如果要说艺术高度的话，我首推毛泽东写于长征期间的几首诗词。虽然短小，但是气魄宏伟，胸襟阔大，意境高远。长征途中枪林弹雨、九死一生，是毛泽东个人乃至中国工农红军和中国革命最艰难的岁月，但压迫愈深，反抗愈烈，越是在艰苦卓绝的环境里越是迸发出生命的华彩篇章，这是毛泽东的个性使然，也是中国革命的象征与缩影。毛泽东诗词超越一己之悲欢，超越政治与宣传，完全进入到一种超逸的、审美的艺术与精神境界，所以能够穿越时空，永葆魅力。这也是值得我们写长征时认真思考与借鉴的艺术经验。

二

综上，可以说以王树增的《长征》和纪念长征胜利七十周年的新一轮出版热为代表，长征题材的文学创作进入到了第四个阶段，而此一阶段的主要特点就是在表现的广度与挖掘的深度方面的双向努力。以《长征》的追求为例，可以概括为一句话就是“全景式客观再现，全球化认知高度”。

何谓“全景式客观再现”？第一，《长征》并非像以往那样仅仅满足于对某一局部、某一片段或某个人、某一方面军的长征的描写，它第一次把参与长征的四支红军主力部队等量齐观，纳入视野，几条叙事线索相互交错、同时推进。作家扮演了总导演、总调度的角色，读来确有一种航拍效果，全景鸟瞰，推拉摇移，东西南北，尽在斛中，全面而广阔地展现了长征宏大、丰饶而复杂的历史图景。第二，《长征》突破了只关注高层指挥机关和重要历史人物的老模式。尽可能多地在历史长河中钩沉、捕捉到了大量的小人物、小场景和小细节，使一些湮没无闻的英烈堂而皇之地走入了煌煌史册，从而建构起了一个从下到上的红军英雄人物谱系，它的“纵”深与前一点的“横”宽，共同拓展了《长征》“全景”式的表现空间。

何谓“全球化认知高度”？那就是挖掘长征精神的普适性，深入到作为个体的红军战士的内心世界来探求长征精神的真谛，红军战士的心理和精神空间得到了充分的表现。作者试图探究在艰苦卓绝的战争环境下，红军个体的精神信仰是怎样坚定地支撑着他们完成对自己乃至全民族命运的创造，从而将长征精神升华到了全人类共同的精神财富的高度。长征史诗的意义超越了党派、民族和国家，不仅仅属于工农红军、中国共产党和中华民族，它也是属于世界的，属于人类的。

长征的伟大实践证明了人类无论处在怎样的险境、绝地之中，只要有理想作为支撑，有信念作为牵引，就能产生一种精神，一种一往无前、百折不挠的大无畏精神。有了它，就不仅可以在枪林弹雨、大河绝壁、雪山草地中顽强生存，而且还能英勇战斗并且突出重围，赢得胜利，追求光明，走向辉煌，创造史诗。这就是中国工农红军长征胜利的奥秘所在，也是长征精神不朽的根本原因。西方评选一千年来影响人类历史的大事中，中国入选三件，其一就是长征。这也说明在全球化的背景下，不仅中国，全人类都需要长征精神。而当下中国，在一个物质极大发展了的社会环境中，更加需要打通对于长征的民族记忆，并从中汲取精神营养，强化和振奋国人精神。

饶有意味的是，王树增已然是一个成就卓著的报告文学作家，然而他本人却并不认同“报告文学”“纪实文学”的提法，情愿采纳世界通行的“非虚构类”写作之说并有着自己独特的理解：“对曾经发生在历史进程中关乎民族、社会和民众命运的重大的人与事有高度的敏锐性，能够对这些人与事作出作家自己的具有创见的评判，并用具备文学品质的表述风格，鲜明而具有责任感地对人物和事件与读者一起作出饶有趣味的、富于思辨意义的解读。”此中表达了三层意思，一是描写的广度（即“关乎民族、社会和民众命运的重大人与事”），二是思考的深度（即“作出作家自己的具有创见的评判”），三是文学性（即“具备文学品质的表述风格”）。前两层意思已有论述，现在说说“文学性”。王树增之所以如此看重报告文学的文学性，原因就在于他原本是一个优秀的小说家。和大多数报告文学作家的新闻出身不同，他有扎实的文学底子。

王树增的文学底子在“非虚构类”纪实长篇《长征》中有两点突出表现，一是语言，二是细节。王树增的语言脱胎于小说，比一般的报告文学语言更富弹性，更具张力，更加生动鲜活。更加细致入微，更加细腻滋润。更加适合营造气氛、意境和情调。这是他的禀赋所系，与刻苦、模仿、追求无关。这是他的特色，也是他的优势。而至于细节的运用就是他的小说技法的挪用了，但他比一般的报告文学作家对细节捕捉更敏感，运用更灵活，安放更妥帖并更具匠心和诗意。例如在这部近七十万字的大书的结尾，却写了一个掉队的名叫朱家胜的红军炊事员独自挑着牺牲了的战友的东西在黎明时分到了陕北根据地，红军战友迎上来接过担子，往他手里塞了个热乎乎的芋头，一个干部还拿出针线包为他缝补那件破衣服——“那是他自一九三四年十二月离开根据地就一直穿在身上的一件单衣。天边那片朦胧的亮色逐渐扩大，苍茫的河山骤然映入红军战士朱家胜流着泪的双眼——雪后初晴的黄土高原晨光满天，积雪覆盖下的万千沟壑从遥远的天边绵延起伏蜿蜒而来……”这是一个经典的王氏结尾，先“尽精微”：“担子—芋头—缝补破衣服—泪眼”，然后再“致广大”：“千山万壑”奔来眼底，最后以毛泽东词《沁园春·雪》收束。此时百感交集，悲欣交集，无声胜有声，四两拨千斤，一人静场反倒比千万人欢呼雀跃、红旗招展更加激动人心，冲击情感。这就是以小胜大、巧用细节的胜利。

大体说来，作家在《长征》中常常用小说的细节来刻画与塑造人物，用散文的语言来写景状物，用议论来表达思辨和评判，用诗情来营造意境和氛围，整体呈现出一种跨文体写作的风貌、独特的个人风格与审美特性。但是过于强调“非虚构写作”或急于与“报告文学”“纪实文学”划清界限，也使得作品面目暧昧。比如全书虽然大量引征文献与资料却又不注明出处，实为纪实又貌似小说。说是纪实又无可稽考，容易使人心生疑窦。因为长征史毕竟为国人所熟悉，更何况不少史料还见仁见智，人言人殊呢。作家可以有自己披沙拣金的甄别与选择，但加以注释，既便于读者沿坡讨源，也给自己留下余地与空间，岂不两便？而且真实本身就是一种力量，加强真实性，有百利而无一害。但对于真实、对于历史的还原却必须有作家的甄选和经营，否则深陷其中亦不堪承受其重，譬如书中关于四支主力红军错综复杂、千头万绪的行军路线的精细描画，令人读来就时有晕头转向之感，反而不得要领了。

总之，长征不易，《长征》亦难。王树增为此至少也经历了三层意义的“长征”：一个是实地的长征，反复亲临现场考察采风，感同身受；二是调研的长征，大量的采访，长期的积累，两百四十万字的调研笔记，水滴石穿；三是写作的长征，五载寒暑，废稿三十万字，也是一场拼智力、拼毅力、拼体力的马拉松。《长征》已经胜利了，但最终的庆贺为时尚早。王树增是个“干大活”、有“野心”的作家，他的宏大计划是用《远东朝鲜战争》（二〇〇〇年出版）、《1901年》（二〇〇二年出版）、《长征》（二〇〇六出版）和《1911年》、“抗日战争”五部“非虚构类长篇文学”来构建他个人心中的宽广而有深度的中国近现代史。王树增是一个具备优秀作家的激情、想象与悟性，同时又具有军旅作家的英雄情结、使命感和责任感，还兼具学者的冷静、理性与学识的难得的文学将才。他向着广度与深度的文学长征已经路程过半，我们祝贺他，我们期待他！

（原载《文艺报》二〇〇六年十一月十六日）

一棵“绿色”的大树

——与王新国谈徐贵祥长篇小说创作及相关问题

定位与风格

王新国（以下简称王）：最近两三年，军旅作家徐贵祥有点“大红大紫”的意思了。二〇〇五年，他的长篇《历史的天空》获得了第六届茅盾文学奖，是唯一一部获奖的军旅小说；长篇新作《八月桂花遍地开》刚一面世，就广受关注，并在中央人民广播电台文艺之声连续播出，以纪念世界反法西斯战争和中国抗日战争胜利六十周年。从世纪之交的《仰角》《历史的天空》，到二〇〇四年的《明天战争》，再到二〇〇五年的《八月桂花遍地开》和二〇〇六年年初的《高地》，徐贵祥已经连续推出了五部长篇小说，计两百多万字，光从“数量”上看，在军旅作家中也算得上是佼佼者了。

朱向前（以下简称朱）：徐贵祥的发展势头确实很引人注目。从在军艺文学系第三期读书期间写出中篇小说《潇洒行军》《弹道无痕》，到最近几年先后发表的几部长篇，可以说徐贵祥已经从一株小苗长成了一棵大树——而且是一棵“绿色”的大树。大树当然一般都是绿色（少数情况如季节变换和行将枯萎等除外），绿色首先描绘的是生命力强旺、春意蓬勃、枝叶葳蕤；其次可指他的军旅特色，在当下的军旅作家丛林中，徐贵祥俨然脱颖而出、蔚然成一庞然大物了。但我想，今天我们谈论徐贵祥的长篇小说创作，不能脱离近十年来军旅长篇小说发展的大背景，只有把他的创作放到这个大背景之下，才能更清楚地显示出其意义和价值。

从二十世纪九十年代中期至今，长篇小说的繁荣是军旅文学创作的重大收获。如果说，二十世纪五十年代的《保卫延安》《红日》《林海雪原》等标志着当代军旅文学的第一次浪潮，五六十年代之交的《苦菜花》

《烈火金刚》《敌后武工队》等标志着当代军旅文学的第二次浪潮，八十年代中期的“当代战争”（如《西线轶事》《高山下的花环》）、“历史战争”（如《红高粱》《灵旗》）与“和平军营”“三条战线”鼎足而立构成当代军旅文学的第三次浪潮，那么，近十年来军旅长篇小说的崛起与空前繁盛，无疑可以成为当代军旅文学第四次浪潮的主要标志。一方面，十年来产生的30部左右长篇（如朱苏进的《醉太平》，朱秀海的《波涛汹涌》《穿越死亡》《音乐会》，韩静霆的《孙武》，乔良的《末日之门》，柳建伟的《突出重围》，都梁的《亮剑》，裘山山的《我在天堂等你》，姜安的《走出硝烟的女神》，项小米的《英雄无语》，黄国荣的《兵谣》，陈怀国的《遍地葵花》，徐贵祥的《仰角》《历史的天空》《明天战争》《八月桂花遍地开》《高地》，马晓丽的《楚河汉界》，王玉彬、王苏红的《惊蛰》，李西岳的《百草山》，方南江的《中国近卫军》，张卫明的《城门》等），不仅较之以往的军旅文学创作显示出新的特质，即便置于当代文坛的一流长篇小说行列中比较，有相当一部分也毫不逊色，它们在茅盾文学奖、国家图书奖等重大奖项中频频折桂或入围，就是有力的证明；另一方面，一批成熟、优秀的军旅作家，创作的非军旅题材作品也不同凡响，如阎连科的《日光流年》《坚硬如水》《受活》，周大新的《第二十幕》《21大厦》，柳建伟的《北方城郭》《英雄时代》，黄国荣的《乡谣》《街谣》等。

尤为值得注意的是，最近获得茅盾文学奖的徐贵祥、柳建伟，和获得这一奖项的老一辈军旅作家魏巍、刘白羽之间，在年龄上存在着四十年的“断裂”。徐、柳的获奖表明，一批中青年军旅作家已经成熟起来，他们二人则在某些方面代表了当前军旅长篇小说和军旅文学的创作水平。

王：所谓“江山代有才人出”，在文学创作上，每一个时代理应有自己的“代言人”才对，军旅文学当然也是这样。

说起来，徐贵祥和柳建伟的创作倒也有某些相近之处。他们都对军事有研究，不论是战争还是演习，都写得很“专业”，很能引人入胜，甚至惊心动魄。他们都比较注重小说的思想性，属于“主题意识”较为强烈的作家，几乎他们的每部作品你都能鲜明地感受到，在故事背后，作家“有话要说”。但仔细阅读作品，又发现他们各有特点。比如柳建伟小说的对话往往很出色，每个人物各有各的声口；而徐贵祥小说的重要特点是人物有血有肉、个性鲜活丰满，一般不太会因为他的“思想”而对人物造成损伤。

朱：这与徐贵祥的个人经历有关。他是他那个年龄段的作家中，少数几个有战场经历的。后来，他作为出版社的编辑，曾参与“百战将星”丛书的策划和写作，其间采访了许多元老级的老将军和其他从战争年代走过来的人物，接触了大量第一手的军史、战史资料，了解到许多鲜为人知的故事和细节。小说是虚构，但对小说家来说，有两样东西是无法虚构的。一是体验，生命的体验是不可能通过想象弥补的，有和没有，在作品中一望便知。二是细节，故事可以编造，但若没有类似的经历或对写作对象没有一定程度的了解，编造细节是非常困难的。扎实的军旅生涯、难得的采写机遇，无疑为徐贵祥后来的小说创作在体验和细节上提供了得天独厚的储备。

王：一般说来，徐贵祥的小说比较“好看”，除了体验和细节上的原因外，与他注重小说的故事性、注重人物性格的塑造也有很大关系。从叙事上来讲，徐贵祥的小说是比较传统的，大故事套小故事，一个故事接着一个故事，但他有本事把故事讲得有条不紊甚至引人入胜，这就是“硬功夫”了。塑造人物也是徐贵祥的长处，他善于在行动和发展中展示人物性格，把人物推到困境甚至绝境中看他们如何表现，更是他的拿手好戏。《历史的天空》中的梁必达（梁大牙）肯定要在当代军旅文学的人物谱中占有一席之地了。

朱：就文学而言，我们不否认探索性、先锋性作品存在的意义和价值，但更多的作品还是要让读者知道，让人能够看得下去。二十世纪九十年代，中国文坛上曾出现一股“现实主义回归”的潮流，它在一定程度上表明，现实主义依然有生命力，而且永远有生命力。我们一直都需要现实主义，问题在于是什么样的现实主义，比如说，是不是既反映生活又能吸引读者的现实主义。

王：徐贵祥的小说之所以“好看”，还跟他的语言风格密不可分。他的小说，语言粗犷凌厉又不失幽默风趣，同时具有浓厚的“军事特色”，对军事和军营了解的人，读起来可能会有更多的会心之处。

朱：但这就如每一枚硬币都有两面，从一个角度来看，这是他在语言上的特色；从另一个角度来看，他的语言就稍嫌不够雅致和飘逸，读起来韵味不足，读过后回味不足。这也是有得有失吧。

理想与现实

王：徐贵祥至今为止发表的五部长篇，按题材可分为两类，一是当代的、和平军营题材的，二是历史的、战争题材的。前者有《仰角》和《明天战争》两部。

徐贵祥和平军营题材的小说给人的一个鲜明印象是浓厚的“军味”，这不仅因为他始终执著于军事题材，也不完全是因为他的小说语言常带有鲜明的“军事特色”，更主要的是因为他始终把对军人、军队的职责使命的思考贯穿到小说创作的始终。以这种思考为牵引或“底色”，人物在种种挑战和困境中、在艰难的斗争和挣扎中不断追求自我超越的精神取向，使他的小说具有一种向上升腾的力量，阅读的时候，常能感到一种为军人和男人所独有的硬气和霸气扑面而来，在某些日常场景中，往往让人品味出许多悲壮和壮烈。这在当下英雄消解、实用至上的时代氛围中，无疑凸显出作者的某种坚定和执著。

《仰角》讲的是预提干部培训的故事，在一次又一次的努力、竞争、抉择之中，小说中的每个人物都以自己的方式不断实现自我超越而趋近最佳的人生仰角。这是人格历练、灵魂搏斗历程的一次展示，也显示了徐贵祥对军人人格理想的探求。而所有这一切，无不是为了可能明天就到来、可能永远也不来的战争，为了在战争中立于不败之地。这与“人始终是战争的决定性因素”的思想相暗合，也是徐贵祥独特的战争观的反映。在《仰角》中徐贵祥写道：“战争一天也没有离开我们，只不过它是以一种隐蔽的方式暗中进行的罢了。”“任何一场战争，无非都是由两个阶段组成的，一是起跳阶段，二是跳跃阶段，而我们今天的一切努力，都是在起跳阶段的惯性助跑。”照这样的说法，在和平时期，军队和军人所做的一切都是在为战争做准备，或者说，这种准备本身就是战争。而在这无时无处不在的“战争”中，军人的人格素养、意志品质、精神品格，始终是制胜的关键。

朱：从兵到官的跨越，对一个人的军旅生涯而言是具有决定意义的一步。徐贵祥早期的重要作品《弹道无痕》就是在这个问题上做文章。如果说在《弹道无痕》中，徐贵祥还执著于对军人超越精神近乎“极致化”的探求，那么到了《仰角》，表面上是通过设置独特的“德才仰角坐标系”，探讨军人的人格构建和超越精神，但实际上已经对军人的职责、使命有了更多的思考。这在小说的结尾有了明显的透露：在硝烟再起、山雨欲来之际，当年因为一个小数点之差而与提干失之交臂的蔡德罕问道：你们——我尊敬的大校们上校们中校们，你们准备好了吗？你们敢打吗？你们能够保证召之即来来之能战战之能胜吗？我蔡德罕拭目以待。

王：到了《明天战争》，他的战争观，他对军队和军人的职责使命的思考，得到了更为鲜明的体现。《明天战争》以“四大金刚”的军旅生涯为主线，触及了当前军队建设中存在的诸多问题和困境。基于徐贵祥对战争的理解，小说的叙事——不论是军人的成长进步及其过程中的种种曲折，还是他们为提升部队战斗力所做的种种努力——获得了一种强烈的指向性，指向明天的战争。其间，作者对战争与和平辩证关系的思考，研讨战略战术战法的热情，以及严格治军、加强训练、提高部队科技水平以适应全新明天战争的紧迫感，无不体现出作者头脑的清醒和对现实的关切，体现出一个有着强烈的责任感与使命感的军人的忧患意识。小说正面写战争的笔墨不多，但那种危急、紧迫的战争氛围四散弥漫，读来确实促人警醒，催人感奋。

可能正是因此，当初读完《明天战争》，我有种透不过气来的感觉，太滞重绵密了，与《历史的天空》的轻灵飘逸恰成鲜明对比。写历史，因为拉开了观照和审视的距离，所以能够放松心态、自在从容；写现实，因为自己就身在其间，有太多的话要说，有太多的想法要表达，结果小说就显得异常沉重。《仰角》写得就不轻松，《明天战争》我看徐贵祥是写得太“用力”了。

朱：关于和平军营题材的小说，还有非常重要的一点，那就是现实题材作品总是要面临的现实主义能否贯彻到底、真实性能否经得起质疑的问题。文学要反映生活，军旅文学要反映军营生活，但怎样反映，反映到什么程度，远非不言自明。当前的军旅文学创作中有一个很无奈的现象：军旅题材和非军旅题材相比，非军旅题材写得更好；当下题材和历史题材相比，历史题材写得更好。这算得上是一个困境了。

军队也是社会的一部分，也总会有这样那样的问题，有一些可能是要危及军队生存和发展的大问题。对这些问题，在小说创造中如何面对和处理，仍然有待军旅作家在创作实践中不断探索。与地方上的作家如张平、王跃文等相比，军旅作家仍然不能那样自如。长期以来，由于军旅文学在组织方式、观念形态和书写对象上的特殊性，军旅小说家在处理和平军营题材时，往往容易受到诸多限制。鉴于这些限制，多数作家在处理矛盾和问题时选择绕道而行，这就直接影响到小说的真实感，而真实感不足，艺术性和影响力就必然大打折扣。比如关于理想失落和英雄变质的问题，写到朱苏进《醉太平》的程度就已经亮起了红灯，“农家军歌”的一些作品也引起了不小的争议。这种状况直到如今，也并未完全改观。

在这样的背景下，徐贵祥的这两部小说就有了另一重意味。首先，他坚持了对军人的理想化书写，呼唤军人的理想主义和英雄主义。他要证明，任何时候，对军队和军人而言，理想主义和英雄主义都必不可少，这也是他的作品常能让人热血沸腾的原因。而在高扬和呼唤的背后，实际上隐含着对现实中理想主义和英雄主义精神缺失的不满和批评，这可以看作是某种“弦外之音”。同时，他也追踪和直面和平时期军营中的问题，敢于揭示一定的矛盾和阴暗面。典型的例子就是《明天战争》中的“标牌事件”。一方面坚决反对形式主义，另一方面又要照顾老首长的感情，主人公岑立昊左右为难。而事件的发展却又峰回路转，总算不至于闹得不可收拾。这一节写得很生活化，很有人情味，既处理得跌宕起伏，想来又合情合理，同时也显示了一定的思想锋芒。但我们在赞叹作家处理之巧妙的同时，如果非要追问一句：若是老首长不是那样开明而非要较真，结果会怎样？那恐怕就不堪设想了。

王：这就是问题所在。徐贵祥实际上是以某种巧妙的方式回避了这一追问，这是无奈之举，但它也从另一面给我们以启示，那就是，戴着镣铐也未必就不能跳出优美动人的舞蹈。

历史与理性

朱：第四次浪潮中的作家（包括第三次浪潮中的大部分作家）与前两次浪潮的作家相比，一个重要的特点是他们没有或较少经过战争的洗礼。徐贵祥虽然上过战场，但跟那些从革命战争年代走过来的老作家远不可同日而语。经历不同，写战争题材的作品也就呈现出不同的特质。如果说前两次浪潮的作家更倾向于“战争写实”和“战争回想”，那么用“战争想象”“战争反思”来描述徐贵祥等人的写作应该更为合适。前者的长处在于对战争切身的体验与记忆，短处也同在于此，那就是离战争过于切近，缺少审美的距离和审视的目光。后者的短处在于对笔下的历史不曾亲身经历，创作过程中可能会因为体验不足而产生“隔”的感觉，但另一方面，却也可以因为拉开观照的距离而得以摆脱一己经验的羁绊，获得更大的创作自由。自由之一，就是作者更能够对历史具有一种清醒和冷静的认识，并将历史理性贯注到对历史的叙述过程中。

作为茅盾文学奖的评委，我曾受评委会委托，为《历史的天空》做过如下评语：“《历史的天空》在种种历史的偶然背后，显示出了历史的必然，纵向而又曲折地演绎了梁必达从一介莽夫到高级将领的性格史与心灵史（通过个体生命对历史的重新言说，以真切厚重的军人生命体验的细节和碎片，去填充和修补想象中的历史，使历史中的战争和战争中的英雄都变得更加真实、丰富和耐人寻味），从而以鲜活强悍的人物性格和人格的光芒照亮了苍茫深邃的历史的天空和当代战争文学的人物画廊。作品凝重雄浑，充满了战争文学的阳刚正气和崇高风范，故事跌宕起伏，包蕴了聪颖的战争艺术和兵家智慧。”（当初发表时有改动）

评语要力求简洁而全面，具体说来，《历史的天空》能够取得成功，一个重要的方面正在于历史理性的贯注。徐贵祥在传统的宏大叙事的框架中，以现代的观念、人性的理念，把目光聚焦于战争中个体的人和历史的种种纠葛，为人物设置生与死、善与恶等两难困境，使历史的必然在诸多偶然中自然显现。主人公梁必达——当年一个米店的小伙计梁大牙为了逃避日军的追杀而欲投国民党，结果阴差阳错闯入了八路军的根据地，从此走向了战争和政治。一个带着匪气的流氓无产者，却在后来复杂的政治斗争和对敌战争中，逐步显示出优秀的品质和卓越的智慧，最终成长为具有高度政治觉悟和斗争艺术的高级将领。这样带有传奇性而又具有可信性的情节架构，显示出作者对偶然因素和历史必然规律的富有哲学意味的思考。作者的理性还体现为始终牢牢把握人物性格变与不变的辩证法。此前战争小说的主人公，或者一登场就是有着坚定革命信念的成熟的军队指挥员，或者参加革命前个性峥嵘、棱角分明，一旦参加了队伍，提高了觉悟，便逐渐政治化、意识形态化、符号化甚至神化，形象高大了，但个性变得扁平干瘪，丧失了人物的真实性和丰富性。《历史的天空》则可贵地把握住了人物性格中正面与侧面、主流与支流的消长关系，不管梁必达的政治觉悟、身份地位发生多大变化，他性格中那些作为“这一个”的基本元素和最具特性的部分都没有随之流失、衰减和消弭，反而愈益彰显，贯穿始终，持续焕发着新鲜热烈的光彩。作者把人的情感、欲望、命运同战争和政治生活进行了完美的结合，写活了历史，写活了战争，更写活了梁必达这个人物，从而以一个人物的光芒照亮了整部作品。

王：《历史的天空》在直观上很容易被读解为战争小说、历史小说，但我感觉它更主要的是一部性格史、心灵史，或者直接说，《历史的天空》就是主人公梁必达（梁大牙）的生命和精神历程。作者全部的历史理性，在小说中都是通过对梁必达生命和精神历程的叙述得以体现和展示的。

就像《荷马史诗》中的奥德修斯历经艰险终于回到故乡一样，梁必达也是穿越一生的风雨，最终实现精神和人格的还乡，即到达成熟通达的境界。梁必达的生命历程穿越了抗日战争、解放战争、抗美援朝以及“文化大革命”和新时期等数个历史阶段，最终的梁必达是历史与他个人相互作用的结果。历史可以有多层面的含义，它可以是一种宿命的力量，是一只任意拨弄人的命运的“看不见的手”，也可以是在特定的时空里遭遇的具体人事，但不管怎样，它都是塑造人的外来力量和外在环境。而人并不仅仅是历史的奴仆，尤其像梁必达这样有着旺盛生命热情和强大生命意志的人，他在历史中存在的同时，也以自己的力量创造和改变着历史，并在这一过程中从蒙昧走向觉醒，从凭直觉行事到自觉追求理想，不断实现自我蜕变和自我超越，人格、情感和灵魂的质量不断升华。中国革命是从农村发起，走向城市、走向胜利的，作为农民出身的革命者梁必达，因其斗争经历和心路历程而成为中国革命道路的一个见证。

朱：把《历史的天空》《八月桂花遍地开》《高地》归为历史战争小说，只是一个大致的划分，其实只有《八月桂花遍地开》写的是陆安州军民的抗日斗争，因而是真正意义上的战争小说，而另外两部都有着较大的时间跨度，跨越了战争年代和解放后的和平时期。这样的长篇小说在徐贵祥之前已经有过不少，以后肯定也还会有。但徐贵祥的特别之处在于，他没有把小说写成顺时序排列的“编年体”式，而是有一种贯穿始终的东西，使小说浑然而为一个整体。这种东西，就是人格历练成长，不断追求超越的趋向，它是小说叙事的动力，是表层叙述背后的“灵魂”，也是叙述过程精彩迭出甚至撼人心魄的重要原因。这与他在和平题材小说追寻完善的军人人格的努力是一致的。

战争与斗争

王：如果把徐贵祥的小说看作是心灵史和精神历程的叙述，就不存在战争与和平时期可能出现的“断裂”的问题，而徐贵祥将二者统一起来的方式是，诉诸“斗争”。在我看来，除了对战争与和平关系的辩证思考，对斗争的认识是徐贵祥作为一个“思想型”作家的重要体现。徐贵祥说过：“在所有的征服中，人征服人无疑是最大的征服；在所有的享受中，人享受人无疑是最大的享受。诗人毛泽东说得很精彩：与天斗其乐无穷，与地斗其乐无穷，与人斗其乐无穷。我认为这是真理。”（徐贵祥：《〈天下〉后记：谈谈战争》）在《历史的天空》中，他又借梁必达之口说：革命就是斗争，同鬼子斗，同汉奸斗，也同内部人斗……斗争有多种手段，斗争对象也有区别，要找准斗争对象，把握斗争策略，选准斗争目标……

徐贵祥小说展示出的对斗争的认识，可以说从某种程度上揭示了人类个体之间、群体之间，甚至民族、国家之间的本质关系。斗争是人类（也是所有生物）存活于世必不可少的手段，区别只在于它的表现形式有隐有显、有平和有激烈，因而命名也有所差异（如竞争和战争）罢了。在战争中、在军人身上，它的表现就较为直接和鲜明。我们常说“战争是政治的继续”，广义而言，政治就是不同主体之间的权力关系，而权力，正是一方支配另一方并使之服从的能力。权力的获得，斗争是最为重要的方式，而战争，不过是斗争的极端形式。所以，对敌的战争和同一阵营内部的政治斗争，如果除去道义和意识形态的因素，实际上并无根本的区别。

在《历史的天空》中，对敌战争与内部斗争是梁必达生命历程的两大部分，二者大致平分秋色，到了《高地》，则战争更多地成为背景，主人公兰光泽和王铁山的斗争直接走上前台。从共同爱慕的女孩杨桃，到每次战斗的功绩，再到进步的快慢、职务的高低，甚至儿女的感情，他们都要争斗个不停，而最根本的，他们斗的是人格的高度和生命的境界。小说的题目“高地”，表面看来指的是二人始终耿耿于怀的双榆树战斗中的二号高地，实际上未尝不是人格的高地、精神的高地、生命的高地。

他们所有细琐的斗争，根本上是在争先登上那看不到、摸不着，却又切实存在于每个人心中的高地。

朱：《高地》中的兰光泽身上多少有点梁必达的影子，都是生长在小镇上，都是因为八路军（解放军）漂亮的女战士而走进队伍，在战争中都体现出超人的智慧。但《高地》主要是靠两个“结”把小说聚拢起来：一是兰光泽、王铁山同时爱上的女兵杨桃，一是扑朔迷离的双榆树战斗。而他们二人围绕这两个“结”展开的长达一生的斗争，又不能不让人联想到《明天战争》中“四大金刚”的军旅生涯中，无时不在的明处的竞争和暗中的较劲。

《高地》是由徐贵祥的一部同名中篇扩充而成，作为一部中篇，它应该算得上出色，虽然以前并未引起太多注意。但同样的题材写成长篇，就多少显得有些单薄，气象和格局都稍嫌小了一些，虽然故事讲得巧妙引人，但明显厚重不足。当然，这样说可能也因为有《历史的天空》这样一部杰作摆在前面作参照；我们诚然不能要求一个作家每一部作品都是杰作，但当他攀升到了一定的高度，总希望他能作出新的超越。

王：跟其他两部战争题材的长篇相比，《八月桂花遍地开》的时间跨度不算大，它写的是陆安州军民的抗日斗争。按照徐贵祥的“斗争理论”，抗日战争不妨理解为两个民族之间的斗争，更可以看作是两个民族的文化之间的博弈。徐贵祥在《八月桂花遍地开》的《写在后面》中说，他希望读者从这部作品中“了解我们的历史，了解我们的民族；了解我们的敌人，了解我们自己；了解在那场战争中作战双方的状态，了解在战争背后两个民族的文化较量”。他希望读者从抗战胜利的过程，看到我们民族的自豪与自信，看到浇铸民族坚强性格的希望之光。野心不可谓不小，但在小说的叙述过程中，他确实做了这样的努力。主人公沈轩辕认为，中国的优势是人多，对鬼子是一千比一；劣势是不团结，如果一千个人一千条心，连一个人都不如。所以，要通过血浓于水的民族情结开展“攥拳行动”，把中国人团结起来。小说也用事实证明，抗日战争最后的胜利，正是国民党军队、共产党的游击队和各种民间力量团结一致、密切配合的结果。

朱：这是题旨上的考虑，就创作本身而言，这部小说有两个特点值得一说，第一点是肯定了国民党军队在全面抗日正面战场上的作用。这一点在徐贵祥自己以及其他一些军旅作家那里已经有了突破，这里做了延续。第二点，也是更主要的，是怎样写对手的问题。写好对手，我们才知道自己是在与什么样的敌人作战，而不会让读者产生置身“无物之阵”之感。以往的抗战题材小说，能把日本人写得“像”，写得深入、丰满的少之又少，最常见的就是骂“巴格牙路”，能打，不怕死，在早期的作品中还要加上一条，就是很愚蠢。徐贵祥在这部小说中对对手没有进行简单化、模式化的处理，而是正视对手，直面他们的丰富和复杂。他的方法是，写鬼子的时候感觉上自己就是鬼子，进入鬼子的角色状态后，自己就具备了鬼子的坚定、凶残、勇猛甚至智慧。（徐贵祥：《〈八月桂花遍地开〉写在后面》）通过这种方式，这部小说塑造出了松冈联队曹长荒木冈原、岩下二等兵等鲜活、有人情味的人物，尤其是主要对手——陆安州驻屯军司令松冈大佐，作者自由出入他的内心和思想，较为充分地写出了他的心机、狡诈，写得立体而多面。

王：应该说，在写好对手这个问题上，徐贵祥已经向前迈进了一步，但面对对手、面对异族文化，仅仅把自己想象成对手恐怕还不够。对于一场民族战争，要想真正地了解它、理解它，必须对双方都有充分的了解和理解。我们需要对对手做更深入的研究和思考。

朱：是这样。对于日本文化，对于从古至今的中日关系，有许多问题仍有待我们进行深入的探讨和考察。在历史上，中国的国势曾长久繁荣强盛，中国的文化也曾经异常发达，吸引着异域民族前来学习。早在公元六世纪，日本就派来遣唐使，学习“天朝上国”的先进文化。日本的文化跟中国文化，有着盘根错节的复杂关系，比如日本的文字，就跟中国汉字有着极深的渊源。但到了近代，日本从“明治维新”开始，迅速走上资本主义的发展道路，并“脱亚入欧”，很快跻身世界强国的行列。相形之下，一度强盛的中国此时却已衰朽得不堪一击。随之，从甲午海战一直到“七七事变”，日本一次又一次地发动对中国的侵略战争，除了一九四五年的抗战胜利，中国在日本的侵略之下几无还手之力，受尽屈辱和损害。与此同时，清末和民国时期，许多以救国图强为己任的年轻人却选择东渡扶桑，到日本学习西方的文化。在中国近代化的过程中，日本某种程度上充当了西方文明向东方传输的“桥头堡”的角色。对照当年的遣唐使，不由得让人兴发无限感慨，而在诸多古今正反之间，又有多少东西值得玩味啊。

王：玩味之余，恐怕更应该做的是要搞清楚这一切究竟是怎样发生的，为什么会这样发生。最近几年，研究日本文化的书出了不少，但除了早就流行坊间的《菊与刀》和《武士道》（作者分别为美国人和日本人），其他的都很难说有很重的分量，而用“菊与刀”“武士道”能否准确而全面地解释日本文化和日本的民族性格，也尚难定论。这说明我们的学术界、思想文化界和文学界，对日本的文化、历史和民族心态，研究得尚且不够。对于这一问题，军事研究和军旅文学理应有所作为，因为它们都以战争为自己的关注对象。而且，文学对这个问题的思考应该有自己独到的、不同于学术研究的方式，这是我们抗战题材文学创作面临的一个重要课题。

找准合点与自我超越

朱：当年，我曾就和平时期军旅小说创作提出一个“寻找合点”的命题，即寻找“军门子弟作家”与“农民子弟作家”或者说“军营文化”与“乡村文化”的合点。今天面对徐贵祥的长篇小说创作，我再次想到了“合点”的问题，而且已经不限于以前论述过的范畴。我在想，对一个作家而言，他在创作上的成功一定是找准了多种结合点的结果。我们以徐贵祥至今为止成就最高的《历史的天空》为例来做说明。

首先是个人特质、秉性、经验、阅历与创作题材的合点。徐贵祥是个军人，上过战场，后来在出版社当编辑的过程中，又接触过梁必达的原型人物的大量资料，仅此，徐贵祥就足以成为写《历史的天空》的最佳人选。事实上还不止于此。徐贵祥少年时的乡村生活经历，甚至他个人一贯良好的“自我感觉”、风趣幽默的个性，都跟梁必达有若合一契之处。大胆做个判断，可以说梁必达这个人物，一半取材于其原型，一半则来自徐贵祥自己，或自己对自己的想象。另外，徐贵祥对军事的热爱，对战略战术战法的钻研，在小说中一览无遗，正如我在评语中所说，这使得他的小说在充满战争文学的阳刚正气和崇高风范的同时，更包蕴了聪颖的战争艺术和兵家智慧，后者是一般的战争小说所不具备的。作者的性格就是作品的风格，这句话用在徐贵祥和小说《历史的天空》上，最合适不过。

其次是思想与体验的合点。小说没有思想不行（实际上也不可能），优秀和杰出的作品更不能没有思想，任何杰作都一定在哲学层面有自己的突破。但为表达思想而表达思想，思想罩住人物，让人物成为“主义”的奴隶，则小说难免会因为过于“图示化”而成为败笔。其实主题先行未必就不能创作出优秀的作品，关键看你的“主题”是不是从体验中来，在小说叙述过程中又以体验为基础。《历史的天空》最大的成功之处就是写活了梁必达这个人物，而这部小说显然是有着思想性的追求的。徐贵祥的成功之处恰恰在于他没有或者说无力控制梁必达这个人物，他自己“活”了，有了自己的生命，有了自己的精气神，已经不再受作者的左右。所以，在写作过程中，是作者跟着人物走，而非牵着人物走。能到这种境界，作者一定是有着充分的体验在先；以此为前提，任人物如何“冲撞”，也不会脱离在体验的基础上生发出的“主题”，而只会在使主题得到更为充分的展现的同时，大大增强小说的艺术性和趣味性。在思想的统摄之下，人物还能“活”起来，这就是找准了思想与体验的合点。

王：您说的这两个合点是最为主要的，此外，还可以列举出几对范畴的合点。如农民（传统）文化与革命（现代）思想的合点。参加革命之初，中国农民文化的特点在梁必达身上得到了鲜明的体现，它虽然有其愚昧落后的一面，但也显示出生机勃勃的力量，有许多可爱可取的地方。经过现实的历练，革命思想逐渐注入梁必达的灵魂，他才成长为优秀的革命者。在这个意义上，梁必达是两种文化共同作用的产物。找准两种文化的合点，既使人物的成长历程真实可信，也为中国的革命道路乃至近代中国的历史提供了一种阐释。又如个体生命与历史洪流的合点。我在前面说到过，作为一个有着旺盛生命热情和强大生命意志的人，梁必达在历史中存在的同时，也以自己的力量创造和改变着历史。写出个人与历史的相互作用，使小说在哲学的层面有所斩获。再如作品的艺术性与可读性的合点。可以说，《历史的天空》是徐贵祥迄今为止所有长篇小说中艺术性和可读性兼而得之的最好的作品。艺术性前面已经说得不少，鲜活的语言、鲜明的人物个性、生动的故事情节，则使小说好读、耐读，而决无枯燥沉闷之感。作品改编成电视剧之后之所以广受欢迎，很大程度上也正得益于小说在可读性上打下的良好基础。

关于合点的问题，我感觉可以成为一篇长文，甚至一部专著的题目，恐怕不是这里三言两语所能说完道尽的。但我想补充的一点是，合点在创作过程中是具体的，每进行一部作品的创作，都要找到多个对立和对应因素的结合点，而不是作家一旦找到某个合点就可以一成不变。读徐贵祥后面的几部作品，尤其是最近的《高地》，我感觉徐贵祥的创作可能进入了一个不大不小的困境，那就是一旦找到合点后，如何进行调整以实现自我突破的问题。不客气地说，《高地》中有许多东西是作者在重复自己，您在前面已经指出《高地》中与徐贵祥以前作品的几个相近之处，其实在具体的创作手法上，也有不少“靠色”的地方。读完《高地》，我有一种感觉，似乎可以像普洛普在《民间故事形态学》中所做的那样，从徐贵祥的小说中抽取出若干种叙事功能来进行分析，并以之统摄他全部的小说创作。这说明，他的创作已经开始出现模式化的倾向，对一个有着较大创作潜力的作家来说，这是一个危险的信号。

朱：你所说的困境还只是创作层面的问题，其实，作家作为社会生活中具体的个人，其创作有时难免受到种种外来因素的干扰。就当下而言，一个作家出名、走红之后，被出版社甚至各种媒体包围、追踪自在情理之中。面对金钱的诱惑、出版界的压力，是粗枝大叶、仓促出手，还是十年磨一剑、慢工出细活，需要作家作出抉择。你刚才说的那些问题，以及我前面谈到过的徐贵祥小说的语言问题，若是多下工夫做些琢磨，还是有改进的余地的。

王：人最难的就是突破和超越自己，所以我们常说人最大的敌人就是自己，但一个作家，面对内在和外部的诸多困境，只有像徐贵祥笔下的人物那样不断寻求并实现自我超越，才能创作出更多更优秀的作品，甚至杰作。

（原载《神剑》二〇〇七年第一期）

下编：当代文学

我为什么反对“下海”

——关于当前文人、文学的答问

我反对——当然是反对那些不该或不宜“下海”的真正具有文人品格的文人们“下海”，而对于另外一些原本就以从文作为“敲门砖”或“终南捷径”的本质上是商人的人来说，倒不存在这个问题——关于他们“下海”，其实可以换一个更准确的说法，叫做“商人归队”；只不过他们是在商品经济的今天，为自己的彻底“脱队”找到了一个冠冕堂皇的借口和恰如其时的机会罢了——他们自然不在我的讨论之列，此所谓“道不同不相与谋”是也。至于我为什么反对“下海”，近年来或撰文或讲课或发言，我都有过侧重点不同的阐释，因此，这里仅就两个不同层面的问题再分别简单地谈一下我的相关思考。

一　工商时代文人何为？

20 世纪 90 年代初，商品经济这个历史的巨大杠杆出现在中国也许有点姗姗来迟，但它一经撬动就无疑给了当代中国的现代化进程一个加速度。然而，正因为它启动太快，造成中国从“政治/农业”社会到“经济/工商”社会的突转，才使当代中国社会像急拐弯中的列车，不可避免地出现了失重和倾斜——比如道德失范，比如价值系统的紊乱。与此联袂而至或者遥相呼应的还有，由于形而上学传统的薄弱，由于理想主义精神的极端匮乏，一旦高蹈的意识形态防线有所松溃，各种短视目光、功利心态、浮躁情绪和实用主义思潮便如春洪决堤汗漫而出，公然打起种种堂皇的旗号招摇过市。一时间，大有天下攘攘皆为利者、商海滔滔言必称钱之势。金钱似乎成了此一阶段衡量一切的唯一价值尺度。在此情势之下，刚刚从政治重轭下解脱出来的中国文人即刻又被经济大潮打得晕头转向摇摇晃晃，种种关于“文化流失”、“精神贬值”的惊呼、哀叹或诅咒依然被淹没在甚嚣尘上的拜金主义狂潮之中，连水花都溅不起一个。一夜之间，被甩出了主流意识形态边缘的中国文人们仿佛变得更加无所依附，找不到立锥之地了。于是乎，“注重经济效益”、“与市场接轨”、“化知识为金钱”等口号对中国文人产生了“挡不住的诱惑”，“下海”也便成了当前文人的“自救之路”——有的声称要“先商后文，以经济的自由来保障心灵的自由”；有的则干脆表示要“弃文经商”，直奔金钱而去，公然慷慨“下海”；至于羞羞答答的“隐形下海”者就更不计其数了。毫不夸张地说，突如其来的滚滚商潮在催动社会行进的同时，也给中国文人从行为方式到心理结构造成了巨大的震荡。

问题就这样被尖锐地提出来了——

工商时代文人何为？或者进一步说，在当今具有中国特色的前工商时代（或曰初级阶段），中国文人（狭义地说指作家，广义而言包括整个人文知识分子）究竟应该干什么？能干什么？他们到底应该到哪里去寻找自己失落的价值？如何给自己定位？是“下海”经商、发财致富吗？是仅仅在金钱的拥有量上和那些摊主、小商贩、餐馆老板乃至公司总裁、董事长们扯平拉齐吗？如果真有这一天，那究竟是中国文人的升值呢，还是贬值？

在我看来，真正具有文人品格的当代人文知识分子就应该是我们民族的精英、时代的大脑和社会的良知。在当前商海横流而人们又往往以某种似是而非的历史表象（比如资本原始积累）为根据去批判传统道德同时否定道德本身，从而使一种非道德化倾向已经成为市场经济的潜伏病灶之际，决不应该去“赶海”蹚浑水，推波助澜乃至混水摸鱼。文人的“定位”恰恰是与这个“海”拉开距离，保持距离，坚定批判的眼光和权利，以自己清醒的头脑和独立不倚的精神创造与品格发出正义和理性的呼喊，既为这个时代人们的情感负责，提供一种精神的价值尺度和终极关怀，也为这个社会的经济活动负责，提供一种道德的前提条件和人文阐释——这才是工商时代中人文知识分子独特的责任和无可替代的价值所在。

事实上，从宏观来讲，自清末开始的中国社会和中国文化的现代转型经过百年的磨难、曲折、激荡和演进，现在已经到了亟待上轨定型的关键时刻。尤其是八九十年代展开的社会现实，使得这种对新的人文精神的文化和理论的呼唤更为急切。也就是说，几十年来在当代中国大陆所形成的“传统中国文化、狭义的西方文化与马克思主义的社会主义文化”的“三分文化”（许明语）已经无法对当前中国社会做出合规律的阐释与说明。今日中国大陆推进的既非传统意义的经典社会主义，也不是资本主义的商品经济，而与后工业社会理论就更是相去甚远。这是一个相当特殊的混合型社会阶段，既有滞后的农业文化，也有先进的工业文明，还有超前的后现代思潮；历史还没有提供过相似的范例，以便当代中国的人文学者做出选择。另一方面，这种万花筒般的五光十色急速旋转着推进的社会实践运动本身，又无时无刻不在调侃着和消解着既有的道德观、价值观乃至意识形态的方方面面。长此以往，这个社会势必行为失范，走向无序和混乱；这个民族也势必精神落魄，走向涣散与颓败……

“天降大任于斯人。”当此之际，历史的期待和现实的要求都把目光共同指向了当代中国人文知识分子：必须尽快地建构起一种富于当代意识和新的人文色彩的精神架构与文化体系，以成为中国现代化进程的理论支撑和精神导引。从逻辑上说，这种要求是现实的也是可能的，因为任何社会都应该有与之相应的理论说明。但是，从实践来看，问题远非如此简单。众所周知，七十年来的中国并没有进行过一场持续不断的文化建设运动——“五四”时期凌厉浮躁并过早地转向于政治，80年代外（政治）强内（学术）虚又过早地走入疲软——两次小高潮都未能在文化建设上取得更大更多的实质性成果。内中原因当然是多方面的，既有外在的客观环境，比如动乱（包括战争与政治）的影响，从而导致了学人培养和学术研究条件与氛围的破坏；也有内在的主观因素，比如现代学人过于深重与膨胀的政治情结造成一种“政治/学术”的双分情势，引导一种潜在的价值取向——政治第一，学问第二（“出则为长，退则为家”），侵扰了做学问必不可少的平常心与恒定力；还有源自中国传统思想文化理想的偏颇：“其言道德，惟重实用。不究虚理……短处即实事利害得失，观察过明，而乏精深远大之思。”重实际而轻精神，乃至可以出不少“世界之富商”，而缺乏“世界之思想家和艺术家”。（陈寅恪语）中国人文知识分子文化人格上对终极关怀和精神追问的传统性淡漠，最终导致了近代哲学——文化之魂的萎缩……凡此种种，都从或深远或切近的不同角度制约了现代中国人文学界的创造激情与活力，使得近百年的文化转型期中几次最关键的历史机遇对新生文化精神的期待一次又一次落空。以此观之，可以说当代中国人文知识分子真是任重道远而又困难重重。

再换一种观察角度来看，也许能把这个问题的严重性看得更清楚一些。就现代文化学术建设而言，“五四”运动虽未达到原本应该达到的高度，但毕竟产生了胡适、梁漱溟、顾颉刚、鲁迅、陈寅恪等一批大师及其创造成果。相形之下，往后几十年的创造活动反倒只见得热情有余而内涵不足。原因如前文所述，救国图强内忧外患的政治危机和冲动一方面使学人难以冷静地给自己“定位”，总想介入主流意识形态，每每将学术主动地让位于或服从于政治——抗战初期有一句名言，说“偌大一个华北已放不下一张平静的书桌”，借此极而言之，整个中国大陆又有几张纯粹的书桌？像钱钟书这样几十年“无为而治”（学）的特例真可算得是硕果仅存了；另一方面更为致命的是，训练和培育学人的土壤屡屡“地震”，造成当代学界的青黄不接后继乏人。以目前的中青年学者为例，他们基本上是“文革”后成长起来的一代，最宝贵的青春年华是在“造反”或“上山下乡”中度过的，可谓先天不足，虽然后学有成，但也是亡羊补牢，比起真正学贯中西融通古今的那批现代大师来确难望其项背。我们对当前西学的难以深入和对传统国学的无法衔接就使得我们的学术活动始终无法定位——既找不准明晰的文化背景，也树不起坚实的理论支点。粗粗一看，所谓的学术著作也算是荦荦大端，汗牛充栋，但是扪心而问：往后看，又有多少是谈得上对前人有所超越的呢？往前看，又有多少是可能经得住时间的检验与淘汰的呢？以此观之，又可以说当代中国人文知识分子真是任重道远而又身单力薄不堪重负。

历史的要求对现实的挑战就是以如此巨大的反差形式鲜明地凸现出来了。明乎此，关于当代人文知识分子在中国前工商时代究竟应该干什么和怎么干的答案难道还不够明确，还不够尖锐，还不够急迫和刻不容缓吗？

差可堪慰的是，进入90年代以来，一批人文知识分子冷静地选择了文化渐进主义立场，开始沉下心来研究与创作，准备为中国文化现代化的长远建设而艰苦跋涉。这种顶着欲海商风而回归扎扎实实的“求智传统”（余英时语）的行为令人肃然。如果就“微观”角度来说，它确实表明了这些知识分子个人的一种操守与品位，亦即我所强调的“文人品格”——我所谓的文人品格当然不是传统酸儒的方巾气、冬烘气和迂腐气，而是代表中国文人传统中具有宗教意味的信仰体系和价值坐标的、至今仍然富有活力的那一部分。比如“修齐治平”、“兼济天下”的责任感和使命感，“进亦忧退亦忧”的忧患意识（虽然不必郁结成深重的政治情结，但像陈平原先生所主张的以一种“学者的人间情怀”和道德良心来关爱天下，对政治发言，却仍然是可贵和可敬的）；比如“不为五斗米折腰”、“独善其身”的清高与傲骨；比如“语不惊人死不休”、“字字看来皆是血”的艺术执著和献身精神，等等。我想，今天来倡导和光大这种“品格”是有其特殊意义的——往近里说，它作为中华民族精神中“活”的因素，可以帮助当代文人对抗现今大陆中国的欲海横流，从而坚守自己的“岗位”与情操；往远里说，它作为东方儒学传统中的精髓，对西方后工业文明的种种痼疾和缺落也不无疗救和补充的作用。因此之故，我在本文启首就提出并在行文中多次强调这个“文人品格”，实在是把它作为当代人文知识分子从事艰苦坚韧的文化现代化建设的一个人格前提来看待的。相比较学养与方法，它恐怕是更重要的东西。有了这个东西，就可能有了精神的内力与定力，就可能保障当代（尤其是中青年）“文人”现在开始从“求智”入手，进而对中西方文化做出创造性整合，经过一代乃至几代人的努力，最终完成现代中国人文精神的重建。舍此，当代文人就有可能放逐精神与理想而计较现实的利害得失，心有旁骛，为车子、“帽子”而“学术”，为票子、房子而“艺术”，乃至于“见小利而忘大义”。（就像一部分“文人下海”那样）如此一来，我们对于未来世纪中国文化精神建设的前景还能再指望什么呢？

二　文学到底是什么？

显而易见，这是一个大得吓人的问题，同时又是一个先哲们早已有过不同定论的问题——比如高尔基的“人学”说；列宁的“齿轮螺丝钉”说；鲁迅的“引导国民精神的灯火”说；毛泽东的“团结人民、教育人民、打击敌人”的武器说……都从各自不同的或作家或文化批判家或政治家的立场对文学做出了自己的理解或要求。凡此种种，人们也都早已耳熟能详，无须在此多加置喙。我在这里只能是从本文的特定角度——文学与金钱的关系来发问：文学究竟是一种心灵的倾诉、灵魂的敞开和精神的自由表达呢？还是一种用以赚钱和发财致富的手段与工具——或者干脆说是一种商品？

当然，也可以说文学是一种特殊商品，因为它具有“文化/商品”的二重价值。但在我看来，文学首先是一种心灵活动的记录，是精神追求的物化呈现。商业效应则是它的副产品，是在它进入社会流通领域以后实现的。而此前在作家那里，它不应该成为一个写作动机。以金钱的诱惑而不是以心灵的表达作为驱力的写作，按照马克思的异化劳动理论来看，也只能叫做“异化写作”，一种“心为物役”的写作。从事这种写作的人，严格地讲应该称作“写手”或“写匠”，而不是作家。这个道理我想是无需赘述的。

需要说明的是，在一定时期内，文学这种特殊商品在“文化/商业”效益二者之间往往并不等值，甚至还表现为悖反。也就是说，文化品位越高的，商品价值越低。譬如从中国文学史看，文人中当大官者不乏其例，而成为富翁者却鲜有其人。特别是一些杰出文人距离金钱尤其遥远。有两个人所共知的著名例子，杜甫和曹雪芹。前者是“语不惊人死不休”的诗圣，晚年却“饥借家家米，愁征处处杯”。后者是“传神文笔足千秋”的天才，生前也是“举家食粥酒常赊”、“争教天不赋穷愁”。当代西方文坛的情况亦颇类似。威廉·福克纳的《喧哗与骚动》有一年在美国也只卖出一本。克洛德·西蒙的《弗兰德公路》1960 年问世时几乎无人问津，直到 1980 年获得了诺贝尔文学奖，满法国人还在到处打听：谁是西蒙？——他们的作品在事后或身后几十年乃至数百上千年被认可被推崇并获得巨额奖金和大量利润，绝对是他们写作之初所没有想到的。要说明他们与金钱的关系，正用得着一句偈语，叫做“无心恰恰用”。

当然，与此相反的另一类“作家/金钱”的关系倒未必就是“用心恰恰无”。他们的艺术品位并不高（有的还十分低下），其商业效益却惊人的可观。他们的价值取向就是媚俗从众，或者干脆赤裸裸地追逐金钱。他们也很成功。在当今以大众传媒为主导、以复制浅薄为特征的消费文化排天而来之际，在一张歌星演唱会的门票被“炒”到数百元仍炙手可热的工商社会中，一本刺激性的新奇古怪的畅销书动辄销售数十万册这又有什么可奇怪的呢？只是这种一次性的“快餐文学”的尸骸也像快餐饭盒一样扔得满地都是。这就叫做“有一得必有一失”，“熊掌和鱼不可兼得”。

或问，为什么文学的“文化/商品”二者之间总难以等值？或者雅俗共赏的口号总会变成一厢情愿的叫喊？要说原因复杂也复杂，要说简单也简单，盖因为内中有一个文化发展的“锐角定律”在焉。何谓“锐角定律”？也就是说，任何一个社会的文化都是呈“锐角”形前进的，在这个三角的最顶尖最前卫（也就是最“高”）的部位，始终都只是少数的小量的精英，从创造和接受的双方来看都是如此；而愈往后（亦是愈往“低”）则愈呈扇面形展开。但是，这个整体的推进却是依赖于那个尖顶上的精英文化的牵引的；反过来说，精英文化正是通过自己的渗透与普及使全社会的水准不断得到提升。因此，在文化积累和艺术创造的领域中，经济效益不宜作为价值尺度予以过分的倡导。尤其是精英文学往往难有太多的市场和效益。但是我们应该看到，它的市场在思想者中间，它的效益在民族文化的创造与积累方面，它的价值更具历时性和穿透力。它不仅标志着我们时代文学的水准，而且代表了我们民族精神的高度和心灵的深度，同时还捍卫着我们民族语言的纯洁性和再生能力。一个不是过于功利的民族和社会应该对它表示足够的尊重和珍惜。

然而，工商社会总是现实的和势利的。于是，“球”又被踢回给了作家：你到底要什么？是钱还是精神？是追求物质的享受，还是执著于心灵的自由？于是，文学被分化了，作家被“选择”了（实际上是社会与作家的双向选择），一部分作家“下海”了。对于这一部分作家和文学，我不想在这里多说什么。（关于纯文学、严肃文学和通俗文学的分化与分野以及前景预测，我已另有专文阐述。参见《1993：商海滔滔中的文学之舟》，《中国青年报》1993 年 1 月 8 日、15 日。）本文着重要谈的就是“纯文学”。

那么，本文所指的“纯文学”又是一种什么样的文学呢？简短捷说，它是对时代的普遍的重大问题和人类的永恒的生存困境做出深刻的追问和思考并以新颖独特的艺术形式加以尽可能完美表达的文学。具体一点说，可以做如下的分层表述。

文学是痛苦的产物。这似乎是老生常谈，古今中外说法颇多。司马迁说“盖文王拘而演周易，仲尼厄而作《春秋》，屈原放逐，乃赋《离骚》，左丘失明，厥有《国语》……诗三百篇，大抵圣贤发愤之所为作也”。厨川白村说“文学是苦闷的象征”。海明威说“不幸的童少年是作家最好的早期训练”。钱钟书说“写忧而造艺”……大师共识，痛苦的人生体验和情感经历是文学的源泉。但我所说的还不是具体的一人、一事、一时、一世的痛苦，而是一种形而上的涵盖了整个人类根本生存困境的永恒的痛苦，它主要指向精神的层面。比如人与人之间无法彻底沟通而带来的孤独感；比如人的欲望与能力之间的巨大落差所带来的渺小感；比如死亡带给人的悲观绝望，等等。这都是人类不可能从现实中从根本上克服的种种困境。正是为了从精神上宣泄痛苦、战胜痛苦，人们才需要文学——在文学中渴望沟通与理解（对抗“孤独”），在文学中实现欲望与梦想（战胜渺小），在文学中让精神传之后世（超越“死亡”）。因此，文学是痛苦也是悲观的产物。

文学是矛盾的产物。我们向来比较强调某种观念对于文学创作的导向以及文学作品对于社会生活的导向。因此，作家的观念或思想如何，就有被抬高到不仅仅关于创作成败甚至关系到国家兴亡的不恰当的高度。而事实上呢，很多作品并不能成为生活的指南和教科书，很多作家也无法提供人生的答案。我们信奉已久的“只有大思想家才能成为大作家”的教条在现实中常常受到质疑与挑战。一种相反的情形是，不少人恰恰是因为陷入了个人的、社会的、时代的和人类的深刻矛盾之中扯不清理还乱遂和盘托出从而成了大作家的。从巴尔扎克、陀思妥耶夫斯基、托尔斯泰到曹雪芹，莫不如斯。就以曹雪芹为例，你说他是什么思想？《红楼梦》简直就是儒释道加民主博爱加爱情至上加“女权主义”的大杂烩；而且，他并不对这种种互相矛盾着冲突着妥协着的思想进行更多评价，实际上他也无法评价（评价的工作只能交给那些理学家、哲学家——思想家们去进行），他只能将自己丰繁芜杂的人生经验和感叹注入笔端，浇铸出一座同样博大深邃的艺术迷宫，最后连他自己都在里面迷失掉了。同样，读完它，我们都能感到一种巨大的魅惑与迷失。于是，《红楼梦》超越时空成为不朽。从此一意义上是否可以说，因为世界是矛盾的，文学也就不能不是充满矛盾的；只有矛盾才能产生深刻，而只有深刻的矛盾才能产生伟大，而伟大的作品才能带来超越……

文学是挽歌，是重温旧梦。这是就它在当今愈来愈突出的“心态平衡”的功能而言。因为人类社会的进化发展总是要以自身的“异化”作为沉重的代价的，这异化又主要表现在道德和审美两个方面，这也就是我们在评价社会发展时，历史的、道德的和审美的尺度常常不能统一的缘故——比如社会的进程往往是通过战争（暴力）和经济（金钱）的杠杆来撬动的，而文明的进步又总是通过征服自然、战胜自然同时也不免是破坏自然来实现的。在这个过程当中，战旗取代了酒幌，刀剑斫伐了鲜花，警报驱散了鸽群，金钱算计了友谊，阴谋扼杀了爱情，而烟囱则遮蔽了高山流水，楼群挡住了清风明月，冰冷雷同的钢铁制品闯进了千家万户，毫无诗意的工业、科学、商业语汇充斥了人们的大脑……情感道德和审美诗意的失落感就这样追随着人类前行的足音。用什么来慰藉人类的眼睛和心灵？文学，只有文学。在文学中保留一缕淳朴、善良、宁馨的脉脉温情，在文学中追忆一幅原始、古朴、诱人的自然风情。文学的本质任务就是寻找人类在前进道路上失落的而又永远寻找不到的精神家园。它总是在人类前进道路上向后频频回首，每一次前进都伴随着一次回归过去与自然的冲动。对于生命个体，它往往惊叹逝去的青春岁月（如童少年生活、初恋、爱情等），为之眷恋，为之吟唱；而对一个社会与时代的告别就更是缠绵悱恻、惊心动魄——譬如《红楼梦》作为一曲哀艳的挽歌，正是两千余年的封建文化逝去前流连忘返的“临去秋波那一转”，因而“回眸一笑百媚生”。

这就是我对文学本质的部分理解。为了不至于引起歧义和误读，我想还有必要补充说明三点。1. 文学是悲观的产物，但文学本身并不悲观。现代文明不管推进到哪一步都无助于缓解人的根本痛苦，相反只能加剧人性异化和情感失落。这种异化和失落愈巨，它带来的艺术的抗争力量就愈大；人类需要倾诉的怀念愈多，需要表达的痛苦愈深刻，就愈应该产生好作品。2.“挽歌情结”并非倡导恋旧怀古，而是说作为一个艺术家应该在精神上遗世独立，在心灵中对抗现代文明的物化进程，表达出人在这个进程中的本体痛苦——他对这种痛苦体验与表达的深度也就决定了这个作家的“深度”。一个优秀作家应该真实地记录下他那个时代人类痛苦心灵的颤抖的频率。3. 文学挽歌“向后看”的形式实质上表达的是向前看的理想，只不过它是通过对人性的呼唤和对自然的回归来塑造更合乎人类愿望和本性的“精神家园”。尽管这个家园是一个“乌托邦”，但“乌托邦的意义不在于它能实现与否，而在于它与现实的对立，在于它对现实的批判意义……乌托邦的一个建设性功能是帮助我们重新思考我们社会生活的本质，指出我们新的可能性。乌托邦是人类持久的理想，是一个永远有待实现的梦。乌托邦的死亡就是社会的死亡。因为它不会再有目标，不会再有变化的动力，不会再有前景和希望”。（张汝伦语）

有趣而又令人尴尬的是，这样的文学主张既带有明显的古典主义倾向而又有超前的现代意味，它本身就提供了一个两难命题：一方面是物质贫困的挤压，一方面又是精神失落的痛苦；也就是说，我们一方面还未能充分得到现代文明的物质享受，一方面却要主动承担现代文明的精神重负——这是否就是当今第三世界文化或发展中国家人文知识分子的困境？我答：然也。这也正是今日中国作家别无选择的宿命与使命。

（载《昆仑》1993年第5期）

生命的沉入与升腾

——关于《金牧场》及张承志精神现象评价

这些年，当我们先后遭遇了福克纳、西蒙、马尔克斯和博尔赫斯，尤其是在和普鲁斯特一道静静地追忆了一段“似水年华”之后，再来重读张承志的《金牧场》，初读时由于那几种字体的变奏、几重时空的颠倒和几条线索的缠束以及几种人称的跳荡所带来的芜杂感、混乱感、晦涩感甚至是晕眩感，就几乎都要消失殆尽了。平心而论，你只要真正沉下心来读进去，你就会慢慢发现，这其实是一部并不难读的小说，或者说，它的外部形式并非杂乱无章，恰恰相反，这是一部整体上富于理性的、结构路向明晰可辨的作品。拆解开来看，它不过是在现时态叙述中（或曰第一时空——即主人公赴日本做访问学者破译蒙古文中古文献《黄金牧地》残本及其经历），插入主人公在内蒙草原当知青并随牧民迁徙阿勒坦·努特格草场的经历，红卫兵时期长征腊子口的经历，以及在西北腹地跟随杨阿訇密谒一处教徒圣墓的经历这样三条主要副线的倒叙或回忆。概括起来看，它不过是作家在对历史作共时性处理，使不同时代、不同地域、不同民族的人们寻找“黄金牧地”——理想天国的精神和生命历程展现在深邃广阔的时空之中。这是一幅多层次的镶嵌式的油画，这又是一部多声部的复调式的交响诗，但它的丰繁复杂又统摄于一种凝重辉煌的色彩，回荡着一个高亢悲怆的旋律。

当然，我重读《金牧场》发现它的“并不难读”，仅仅是相对于20世纪那些或在精神追问或在形式探索方面处于前卫位置的经典作家作品而言，换言之，倘若以一般的阅读眼光来看，它仍然是一部读起来非常费劲，准确地说是非常费心的作品。读它之所以费劲、费心，并不在于它的形式，而在于它的内容。企图一目十行地去中间抓出什么主题词或关键句子你将是徒劳的，或者说你希望跳跃着去读情节的高潮或故事的转捩你也将会一无所获。这是因为张承志从来只看重生命的体验和心灵的历程，并以此不断地去逼近艺术的真境界和大境界。在他的字里行间，处处有他的血液和脉动，弥散着他的灵魂和精气神。读这样的作品，你只能用“心”去读，用生命去感悟，用身体去验证。他从来不以故事诱人，不靠情节炫技，至于“形式”——那也往往是生命冲动本身的结果——“……我深深悟到了一个关于本质和形式的真理。那就是：当你真正掀起了前所未有的激动大潮，当你宁死也要为这场激动写下一些为了自己的文字，当你捏着笔手发抖心在狂跳而枯坐半日一字不得愤怨得不能容忍自己时——那新形式就来临了。”①。他是位赤裸着生命的“以血书者”，正如他自己所言：“我提起笔来，如同切开了血管。”② 追求真诚、庄严、崇高的人生态度，使他的笔下容不得一丝半点的轻浮、浪荡、调侃甚至幽默（在富于才华的作家中，张承志是比较缺乏幽默感的一位）。阅读张承志，我们也许少有轻松感、愉悦感、娱乐感，但是，我们的心灵常常为之震颤，心律常常为之加速，偶或灵魂有被怦然洞穿的绝望或快活。

这是属于张承志的独特的艺术魅力，这也是我“费劲”、“费心”重读《金牧场》所获得的一种艺术感受。而且我由此想到，《金牧场》比较典型和集中地反映了张承志逼近艺术的一种方式：沉入生命。

依我看来，获取或逼近艺术的方式可以有三种。第一种是直接浸泡在古老的、原始的或民间艺术的源头活水之中，所谓“问渠哪得清如许？为有源头活水来”，从中取一瓢饮，即可以一步登天，羽化成仙，就好比西北民歌之于王洛宾；第二种是徜徉于源远流长的文化大河之中，间接地从典籍辞章中汲取养分，增长知识，获得智慧，所谓“读书破万卷，下笔如有神”，就譬如说散发着浓郁书卷气的钱钟书的《围城》；第三种则是直接用生命本体去沟通世界，用肌肤去触摸，用心灵去碰撞，在无边的宇宙中无限地沉入，在沉入中获得生命的感悟，获得神秘的体验，再结晶为“神示的诗篇”。以此观之，张承志当属于第三种。当然，三种方式决非非此即彼，中间也决无楚河汉界，而常常是交叉互渗难分你我。就譬如张承志吧，他不是中青年作家中少有的正经学者吗？不是长期致力于爬梳研究乃至东渡扶桑去“访问研究”中亚新疆历史文化吗？与此同时，他又同样重视或者是更加钟情于民间文化艺术，从早期《黑骏马》

① 见《荷戟独彷徨》，载《上海文学》1987 第 11 期。

② 见《北方的河·后记》。

中对蒙古古歌的倾心迷恋，到晚近对哲合忍耶秘籍的顶礼膜拜乃一脉相承。但是，比较起来看，从本质上看，张承志还是一个“人本”主义者，在他那里，富于灵性和神秘感的生命本体才是创造和激活艺术的“真主”。他在气势磅礴的《金牧场》行将结尾的时候神圣地宣布：“是的，生命就是希望。我崇拜的只有生命。真正高尚的生命简直是一个秘密。它飘荡无定，自由自在，它使人类中总有一支血脉不甘于失败，九死不悔地追寻着自己的金牧场。”

永远追寻着自己的“金牧场”，是张承志精神的象征，也是《金牧场》的主题，亦是本文要讨论的第二个话题，暂且按下。

我们接着说“沉入生命”。

张承志沉入生命的绝佳情境是“静夜”，是孤独的黑暗。他在《静夜功课》中写道——“清冷四合。肌肤上滑着一丝触觉，清晰而神秘。……我悄悄坐下了，点燃一支莫合烟。黑暗中晃闪着的一星红点，仿佛是一个异外的谁。或者那才是我。窗外阴云，室内沉夜；黑暗充斥般流溢着，不知是乌云正在浸入，还是浓夜正在漾出。其中那一点红灼是我的魂么，我觉得双目之下的自己的肉躯，已经半溶在这暗寂中了”——这是典型的张承志式的生命沉入。在静谧中，在孤寂中，如高人坐禅，如老僧入定，化入冥冥，谛听神谕，最内在最深刻地感知生命与世界。而这个时刻所获得的感觉就不是我们通常意义上所谓的那种“艺术感觉”了。如果说那种“艺术感觉”是一种小感觉，是一种借助五官开放（如视觉、听觉、嗅觉等等）来获取并传达的艺术的灵气与悟性的话，那么，这就是一种大感觉，一种生命感觉，它不是艺术表达技巧和手段，它就是艺术本体。它也许不如那些小感觉那么灵动活跃和多姿多彩，但它却更浑厚、更庄重、更博大深邃。

“静夜功课”也许是张承志皈依哲合忍耶以后的一种宗教意义上的必修功课（“尔麦里”），但我却更愿意把它看做是张承志感悟生命的功课，修炼艺术的功课。这种功课使他常常能在瞬间穿越喧嚣和嘈杂的表相，迅速沉入宁静和孤独，一下子抵达生命的本质和世界的本原（在“静夜”或非静夜中都一样），抓住生命的高峰体验，谱写出艺术的华彩乐章。《金牧场》中如许的场面比比皆是——当他在草原之夜的毡包里倾听草潮由远而近奔涌而来的时候，当他跪在苇丛深处的青砖“拱北”面前手抓黄土仰望苍天的时候，当他伫立山岗俯瞰数千匹骏马如风暴卷过草原搅起一道遮天蔽日的烟尘之墙的时候，当他凝视夙谷纯净美丽的绿景任心中飘荡着惊奇的时候，当他在小林一雄那波浪如绸的蓝色的音乐之河中深情漫游的时候，当他在东京街头的车水马龙中踽踽独行的时候，当他纵马草原酒醉毡包悲声大恸的时候……当张承志用他那著名的带着凡高式的辉煌色彩的像岩浆一般凝重而滚烫的长句描述出这一切的时候，那就是他生命的暗涌和激流。

人们可以选取多种多样的视角、理论和方法来解读《金牧场》，但在这里，我却只想用生命的沉入来接近它。因为“沉入生命”是张承志体验人生的主要方式，更是他逼近艺术的主要方式，掌握了这一点，也就掌握了进入《金牧场》乃至张承志艺术世界的或一通道。否则，面对篇幅浩繁、时空深广、意象多变的“金牧场”，这样一篇区区短文还能够再做什么呢？

也许还可以再谈一点，即《金牧场》的思情走向或寓意。其实，如前文所述，《金牧场》乃是一首人类寻找精神天国的英雄交响乐，这也是诸多论家的共识，无须再予置喙。我觉得有必要细加辨析的是这个大共识之下的小歧义。即在评价《金牧场》和张承志精神现象时，如何把握历史的和道德的、审美的价值尺度的差异及其悖反。

我注意到已有不少论家在精神的或道德的层面肯定了张承志的追求之后，又在现实的或历史的层面提出质疑——“我敢冒昧地说，他对某种凝固的、神秘的文明史的热衷，使他未能跳出先在的经验模式的圈子，他的英雄梦一方面给他的作品带来了轰轰烈烈的美的效应，但另一方面，却漠视了他所礼赞的社会存在与文化存在中的局限性”①；“我认为《金牧场》里，有这种矛盾的集中显露。张承志所有小说都有一个非常突出的主题，即对较原始淳朴生活形态的向往和讴歌。《金牧场》正是这种理想形态的象征。有一些很困扰人的问题是：这种生活有没有缺陷以及‘我’是否应投身于这种生活？我们是在哪一种意义上向往它？这种向往的终点是什么？”② 诸如此类，恕不一一征引了。但即便从这两段意见中我们已不难发现，持此论者都在使用双重标准评价同一个事物，结果或者是把“美”割裂了，或者是将自身置于矛盾的尴尬境地。

① 见孙郁：《“绿风土”：张承志的圣火》。
② 见徐亮：《惊人的偏执惊人的真实》。

其实，在张承志那里，他的审美标准是惟一的，是始终如一从不矛盾的，那就是崇尚生命，崇尚自由。他沉入生命正是为了忠实于生命的本体感觉，为了坚执于心灵的内在体验。他的这种“忠实”和“坚守”是超越功利的，是超越政治、经济、时代和历史的。为此，他不惜和某种正宗的文化系统抗衡，甚至和整个物化文明的秩序决裂：——“让激流抛弃和超越我吧。我以真正的异端为骄傲。”（《金牧场》）“他”（圣徒马明心）“为我树立了以人的心灵自由为惟一判别准则的审视历史的标准。经济不等于时代……我的判断只忠于心灵获得的感受，我只肯定人民、人道、人心的盛世”。（《心灵史》）正是基于这样的准则，张承志不仅始终不改变他的知青姿态，而且还拒绝对红卫兵经历作出忏悔。他将政治反思和社会批判的任务交给政治家和社会学家，义无反顾地偏执地去红卫兵的狂热中打捞忠诚和信仰，去知青的岁月中赞美青春和热血，直至去到他的荒裸贫瘠的圣都西海固寻找精神导师，并且为此“举意”，粗暴地“反叛入伙”，成为了哲合忍耶的一名圣徒。从《金牧场》到《心灵史》，张承志一如既往地在他“精神的自由长旅”上高蹈远扬，如果说前期还有些许迷惘和彷徨的话，那么，到了后期他就更加纯粹明澈更加坚定决绝了。他从生命的沉入中腾跃升华起来，最终认定生命存在的唯一依据和理由就是：信仰。为此，他为哲合忍耶二百年的血腥历史长歌当哭；为此，他彻底改变了自己的生存方式包括文学观念——“这种文学并不叫什么纯文学或严肃文学或精英现代派，也不叫阳春白雪。它具有的不是消遣性、玩性、审美性或艺术性——它具有的，是信仰。”为此，当商海滔滔物欲横流之际，他遗世独立，逆向时潮发出尖锐的战叫：“而此刻我敢宣布，敢应战和更坚决的挑战，敢竖立起我的得心应手的笔，让它变作中国文学的旗。”①

张承志当然并非没有矛盾，但他的矛盾不在于他的审美标准和精神向度上，而在于他这个人自身，在于他的精神追求和现实生存二者之间的不可调和。正如有的论者所挑剔的，《金牧场》中的主人公既然赞美草原，为何又要离弃草原而走向都市（大学）？还有敏锐的作家循此思路发出更犀利的质疑——“旅人（指张承志）似乎总被两个世界撕扯着，身与魂俱归大西北了，但我们常读到他写于中国最大都市里的文章……他

① 见张承志：《以笔为旗》。

经常登绝顶临风弹剑、一遍又一遍地宣称与这个世界一刀两断——只要说过两次，那么起码第一次是欲断而未断……”① 我承认他们说的是事实，但他们对于作家的苛求却是我不敢苟同的。这倒不是因为他们混淆了什么评价尺度或标准，而恰恰是因为他们击中了“要害”——张承志的这种无奈，这种身陷两难的尴尬，恰恰反映了人类自身的生存窘况。张承志是在这里代“人”受过。因为在我看来，人类文明的进程也就是物化的进程，也就是自我异化的进程，每前行一步，离原初的人性、人心和人道就更遥远一分。在此情势之下人还能做什么呢？无非是频频回头张望，不断地重温旧梦罢了。文学做的就是这件事情，文学的本质说穿了就是挽歌，就是寻找人类在前进道路上失落的而又永远寻找不到的精神家园。在此意义上，每一个优秀作家都必定充满了堂·吉诃德色彩，张承志就是一个悲壮的堂·吉诃德。他在皈依了哲合忍耶的同时，也就卷入了一场文学上的精神圣战。他的意义不一定是要战取什么，而是反映出现代人失去精神家园和寻找精神家园的痛苦，只要把这种痛苦体验得愈深刻，他作为一个作家也就愈杰出，并不在于他住在内蒙草原还是西海固，北京抑或东京（何况西海固也在“奔小康”，总有一天也会被现代“化”掉的）。他穿行于都市与边地、繁华与贫瘠之间，灵肉因此被撕扯、被熬煎，被迫发出愈益嘹亮的呼号，对《金牧场》和《心灵史》都可作如是观。那个访日学者不是在东京的“温柔富贵乡”里感到透彻骨髓的孤独与寂寞吗？不是靠草原的温馨回忆和小林的粗野歌声来慰藉心灵吗？不是在拱北中的圣徒和《黄金牧地》中的勇士的召唤下奋然前行吗？……

肉身在现实中挣扎，灵魂在天国里飞扬，这就产生了诗。

张承志以一个哲合忍耶圣徒的身份和名义“重返”文坛，带着他的生命之作《心灵史》，带着他的人格和信仰的光芒，来为“人心”、“人道”而战。真主已经“全美”了他。对此我们还能再说什么呢？

几经斟酌，最终我还是决定再引韩少功的一段话来作为本文的结尾：

“他们的意义在于反抗精神叛卖的黑暗，并被黑暗衬托得更为灿烂。他们的光辉不是因为满身披挂，而是因为非常简单非常简单的心诚则灵，立地成佛，说出一些对这个世界诚实的体会。这些圣战者单兵作战，独

① 见朱苏进：《分享张承志》。

特的精神空间不可能被跟踪被模仿并且形成所谓文学运动。他们无须靠人多势众来壮胆，无须靠评奖来求升值，他们已经走向了世界并且在最尖端的话题上与古今优秀的人们展开了对话……因为他们笔下的种种惊讶发现已经道破天机，具有神谕的品质……”①

这段话当然是关于《心灵史》的恰切评价，但在同一意义上拿来评价《金牧场》，我认为也庶几相当。

（载《当代作家评论》1995年第1期）

① 见韩少功：《灵魂的声音》。

散文的“散”与“文”

——我看当前的“散文热”

散文是个大题目，我个人的感觉是：读得愈多就愈不知道说什么好，或者说，就愈讲不清散文到底是怎么一回事。但仔细琢磨琢磨，又发觉光是这“散文”二字就有点说道，而且似乎还可以分而说之。

先说其“散”。

为什么叫“散文”？先哲就有“散文就是和友人松散地聊天”，“散文就是思想的散步”，“散文就是散漫的文体”，“散文就是自由”云云。种种说法，多不离一个“散”字。在我看来，这个“散”字强调的是散文家的本色的轻松，自然的流露。因为散文既没有诗歌的韵律和节奏，也少有小说的情节和故事，它主要不依靠“行头”来支撑和夸张自己——不要堂皇气派的西装革履，也不要珠光宝气的晚礼服，它只是身着泳装松散随便地走向海滩，在阳光下裸露真实的胴体。正所谓“是大英雄自本色，是真名士自风流”。

如此说来，一篇散文的好坏和它的形式技巧的干系反倒不大了，而主要取决于它是否有一个天生丽质的“真身”。有，则嬉笑怒骂皆成佳构；无，则忸怩作态终是废话。只是这“真身”涵盖甚广，它包括一个人的才情、学养、个性气质和人生历练乃至眼光、胸襟与品操等等。简言之，散文是一个人的全面展示，一个散文家的修炼过程，也就是一个“人”的修炼过程。人生不到一定的境界，是不大容易作出真散文来的。所以，从这个意义上讲，我同意这样一种说法：诗歌是属于青年的，而散文更属于中老年。因为，前者需要一种如火的激情，而后者则需要一种如水的心境。也就是说，只有当一个人入世渐深，经历了几番人世沧桑之后，开始把很多物事推远了，看轻了，看淡了，进入了一种散淡如菊、我心悠然的澹泊与超脱的境地，才有可能获得一副审美的心情与眼光，从而写出真正耐得咀嚼的韵味悠长的美文。就像大自然，只有告别了春天的繁华热闹，褪去了夏天的炎热躁动，才能迎来秋天的天高云淡、宁静致远一样；亦如太极高手，内心深厚却从容不迫，没有了虎气，没有了狮吼，只剩得了鹤步的悠闲。故尔，我们读中年以后的林语堂、周作人、梁实秋，就更能体会"愈老的姜愈辣"这句话的内涵了。就以当前文坛论，几位作散文的好手也大都年逾不惑，才见出炉火纯青的火候。无论是余秋雨的底蕴丰厚，还是张承志的沉雄苍凉，也无论是贾平凹的清淡古雅，还是周涛的气势恢宏，莫不可作如是观。从此一角度看，散文对于青年人来说，倒未见得是一种十分相宜的文体。

但是任何事物都有两面性，辩证法无处不在。恰恰因了散文的随意，亲切和短小，它就和诗歌一样，往往最容易受到那些钟情于文学的年轻人的青睐，或者说，他们选择散文作为自己寻觅通向文学殿堂的最初的小径，实在是一件再正常不过也再自然不过的事了。这就有点"两难"了。其实，这是一个问题的两个方面：从散文文体的散漫和轻松而言，它于初学者甚为相宜；从散文文心的散淡和悠远而言，它于年轻人又不甚相宜。对于青年人的选择和爱好谁也无可厚非，而至于散文自身的要求谁也无法强求于人。人生是一个一个日子累积起来的，所谓"少年老成"也不过是一种说法而已。年龄和阅历都有待时空的发展，不是单凭主观努力所能一蹴而就的。但是还有一件事可做，那就是对一个有心追求真散文境界的人来说，他必须从年轻的时候就开始，紧紧抓住文化的修养而不放松。于此就说到了第二个字：散文的"文"。

"文"者，文化也。它大而化之，笼而统之，但又确实是具体而微，可见可闻的。小到一花一木一沙一石，大到天空海洋等自然景观和人文景观，社会万象和人心百态，无不浸淫着文化，表现着文化。尤其当它们出现在散文中，就更会展示出一个作者文化的修养、功底和眼光，所谓文格之高下，文心之雅俗，文笔之精粗，在明眼人看来是纤毫毕现难以藏拙的。如果说，到了一定程度，小说创作依然可以相当地倚重于操作技巧和个人经历等有关因素，那么，散文创作则愈往后就愈能显示出文化和学养的后劲。极而言之，散文的比赛就是文化的比赛。

举例来说，当前文坛的"散文家散文"和"学者散文"两派创作之消长态势便是"比文化"的必然结果。所谓"散文家"一派，我指的是新时期之初就以散文创作步入文坛且十数年来一直专事散文写作的一批中青年散文家，他们一度成为散文界的主力，为新时期散文的活跃与繁荣作出了不可替代的贡献。他们如今多已步入中年，按说是理应进入散文创作的“秋天”，写出臻于化境的杰构佳什。但事与愿违，这样的角色不多，反倒有相当多的“散文家”给人的印象是变得越来越不会写散文了。没有情趣，没有见识，没有了青年人的激情，也没有过来人的老到，仅有的一点“文采”也被当今的“泛文学化”——比如在数年前堪可当作散文诗来读的文辞华丽的广告——所彻底消解了。粗略检讨起来，这大致可以归结为文化准备上的先天不足所导致的一种内虚现象。

与以上现象恰成强烈反差的是八九十年代之交以来，一批学者从斜刺里杀入散文界，立即带来了一股浓浓的书卷气息，哲思意味和高雅情调，使广大读者为之倾倒。他们中的多数人几年前也许还无意于创作，更不存散文家之想，但不经意间却涉笔成趣，出奇制胜，真是无心插柳，歪打正着，短短时间内或自创一家，或蔚成大国——老一辈的如张中行、金克木，中年的如余秋雨、雷达，青年的如周国平、陈平原等。他们的“客串”改组乃至改变了当代中国散文的面貌。其中尤为值得大书一笔的是余秋雨教授，他的文化散文几乎是篇篇浸透了中国文化的凄风苦雨和中国文人的集体痛苦感，再以个人生命的真体验和真性情浇铸成文字，举重若轻，上承新文学散文之余绪，为整个当代散文的创作开出了一片新风景。

学者散文的奇观，其成因当然不仅在文化这一面，但文化上的厚积薄发却不能不首先为人们所注意。其实，推广开来看，这不单单牵涉到散文创作的问题，而是关系到整个当代文学的深化与发展。文化准备不足的后遗症在文学创作的各个领域中或已经或正在或将要暴露无疑，只不过通过“学者散文”的崛起，在给了我们一个振奋的同时，更给我们以刺激，以警醒：与其临渊羡鱼，不如退而结网，亡羊补牢，犹为未晚。

扯远了。

话再回头说散文的“散”与“文”——

无散淡心境不易作出真散文，然，散而无“文”则行之不远，亦不足道哉。

（载1995年5月24日《光明日报》）

长篇小说的三个“误区”

——我看当前的“长篇热”

20世纪90年代以来的文学实践再次证明，在关于文学运动的任何概括、总结、命名、理论设计或臆想预测面前，它总是更生动、更活泼、更变化莫测乃至气象万千。——正当理论批评界一次次扼腕长叹文学走入了“低谷”、“疲软”、“边缘化”之际，1993年前后的长篇小说却“忽如一夜春风来，千树万树梨花开”。一时间，莺飞草长，乱花迷眼，或“炒”或“捧”，出了不少新的“热点”或“中心”。年产量早已动辄百部，并且还正在以“丛书化”、“系列化”、“集团化”，以及趣味的“地摊化”或者包装的“精致化”，显示出喧嚣而生猛的势头。面对这样一个空前的庞杂纷繁的“长篇热”现象，要作出条分缕析的清理和冷静公允的判断，恐怕有待时日。首先，这一股突如其来的蓬蓬勃勃的“活力”究竟缘自何处就颇发人深思——是新时期以来小说创作自短篇而中篇而长篇逐级“进化”的正常发展？是作家们的思想修养、生活积累和技巧训练一夜之间都水到渠成瓜熟蒂落？还是艺术创造空间拓展以后的诱惑？或者是商业机制运作强化所带来的刺激……因人而异、因书而异找出某种答案也许并不困难，更重要的是，在这一连串的问号背后，实际上涉及我们在今天一种全新的文学生态环境中，究竟如何认识、把握和遵循长篇小说创作的艺术规律问题，此其一。其二，如何在泥沙俱下中披沙拣金，于鱼龙混杂里激浊扬清，这又涉及面对社会的转型和文化的失范，我们究竟怎样坚守并指示出一种富于人文精神和审美创造的价值取向和评价标准问题。以此观之，我觉得应当毫不隐讳地指出，当前的长篇热潮有不少人为吹涨与加温的成分。它已然呈显出了一定程度的畸形与病态。相当多的作家与作品，在不同的方向与层面上走入误区。

最显而易见的是“金钱的误区”。八九十年代之交以至当今，文学商品化的时潮浩浩荡荡，大有顺昌逆亡之势；再加上图书市场的无序与误导，一批三流书商上下其手推波助澜，精心包装和隆重推出了一批又一批的“文学新人”。这些人物名不见经传，却在一夜之间如雨后春笋般脱颖而出。他们的“产品”都堂而皇之地贴上“长篇小说”或“长篇纪实文学”的标签招摇上市，风靡地摊。在书商和小报记者联合制作的广告攻势中，我们还常常可以读到“里程碑”、“划时代”、“长篇杰作”、“当代奇书”之类触目惊心的字眼。不明就里的人们真会认为当下中国的长篇小说创作已进入了“黄金时代”。但是在那些花里胡哨或者貌似文雅的包装里面，不过是一堆拳头加枕头，大款加大腿，或者是将隐私当新闻，把肉麻当有趣的玩意儿，其高明者还算得是文从字顺，等而下之者就简直是狗屁不通了。这一大批散发着铜臭的伪劣产品，本不应在我们的讨论之列。但不能忽视的是，它们的出现，对于当前长篇小说的虚假繁荣，无疑起到了添油加醋、混淆视听的作用。首先剔除这一块，为“长篇热”降温消肿，有助于我们走出认识的“误区”，透过数量庞大的现象而直抵它的实质。

其次是“才华的误区”。这是一个针对真正意义上的而同时又是广泛意义上的小说家来讨论的话题。它给定了两个前提，一是真正有才华、有素质、有实力并不乏上乘创作表现的小说家；二是它包括了短篇、中篇和长篇小说作家。依我看，作出这样的限定和区分的意义在于，不少小说家都有一种“错觉”，潜意识里有一种小说创作是由短篇而中篇而长篇的“三级自然进化论”，误认为写好了短篇就应该写中篇，写好了中篇就必然应该写长篇，而忽略了作家的气质、才华、个性与文体之间的内在的对应、契合与制约关系。也就是说，一个优秀的小说家并不等于一个优秀的长篇小说作家，你可以写好短篇或者中篇，但并不等于你一定就能写好或者适合于写作长篇。反之亦然。长篇小说其实对作家有相当严格的选择与限定，只不过这种选择与限定，并不主要指向一个作家的生活积累之厚薄、写作技巧之高下、文学才气之大小等问题，而更多的是关涉到一个作家才华的性质与特点。虽然目前我们还难以对其中所蕴含的具体因素作出定性定量的分析，但一部文学史却给出了许多足资参照的例证。比如契诃夫、莫泊桑、茨威格、欧·亨利、鲁迅等人，亦无长篇巨制而主要是以短篇奠定了大师位置。相反，托尔斯泰、雨果、曹雪芹、普鲁斯特等则仅仅以长篇名世。在长、中、短篇领域里均有杰出建树的“全能选手”不是没有，但是不多。这些大师之所以不轻易“客串”，就在于对小说文体特征有清醒的把握，对自己才华的性质，有准确的定位。鲁迅先生两度欲写作长篇而最终都未能动笔，除了素材与生活以及文艺论战等方面的原因之外，依我看，更重要的还在于他审慎地意识到自己高度简约凝炼的文风，与长篇的体裁不甚相宜。发人深省的是，大师们的严谨和审慎，丝毫没有妨碍他们获得世界性的文学成就和影响。令人不无忧虑的倒是当下，我们不少有才华的作家，尤其是一批中青年作家，在中短篇领域里小试身手之后，便一拥而上地竞写长篇，似乎不写长篇就不足以证明自己的小说家身份。于是乎，我们不无遗憾地读到了不少拉长了的中篇或是中短篇的连缀，其中虽然不乏局部的精彩和片断的闪光，但作为一部严格意义上的长篇来要求，或显单薄孱弱，或见支离破碎，或嫌构架不稳，或叹虎头蛇尾。导致这种结果的原因也许多种多样，但一部分作家缺乏对个人才华与长篇文体特性的清醒认识，却无疑是重要原因之一。他们或许会以“我也有了长篇”而自慰，究其实却是一种才华的误置与浪费。如果因人而异，量体裁衣，扎扎实实地写好几部中短篇，也许更加人尽其才，才尽其用，长其所长，得其所哉。

与以上两点相关而来的问题是“心态的误区”。当我们看到一部分不光有才华有实力而且比较适合于长篇创作的作家步入这一误区时，尤其感到惋惜。他们在 80 年代深重的“诺贝尔情结”压迫下的焦虑刚刚有所缓解，随之而来的 90 年代喧嚣的金钱的诱惑和同行竞写长篇的刺激，又使他们变得躁动不安。浮躁的创作心境和草率的创作态度随处可见，一年写作一部乃至数部长篇的速度已不算什么新闻。所谓“十年磨一剑”的说法已经成为了遥远的传说甚或与笑柄无异。不敢说相当多的作品都是粗制滥造，但厚积薄发之作、呕心沥血之作、精益求精之作与量的剧增不成正比却是一个不争的事实。就是在那些像模像样的长篇小说中，“半部杰作”现象也近乎一种通病。是才力不足？是耐心不够？还是功夫没有下到家？早年柳青提出的“长篇创作以六十年为一个单元”的口号，也许过苛过旧过时了。但他对于长篇创作的严肃态度，却仍然是值得我们敬重的。长篇小说巨大的质量后面包容的不仅仅是巨大的才力，同时也必定包容了巨大而艰辛的劳作。“十年辛苦不寻常，字字看来皆是血”才换来了一部“红楼”万古传。在攀登长篇高峰的崎岖小道上，急功近利和逞才使气往往会适得其反。

指出如上三个“误区”，也许难免泼水降温之嫌或耸人听闻之讥，但目的无非一个，即希望当前长篇创作量的繁荣能相应地带来质的提升，真正把当代长篇小说的水准推进到新的境界。

（载1995年11月22日《光明日报》）

旋转在当代文学天空中的“雷达”

——关于雷达评论的提纲

最近，人民文学出版社隆重推出了一套由陈荒煤和冯牧联袂主编的“文学评论家丛书”，所收十六位都是有影响的当代资深文学评论家，以年龄顺序排列，雷达殿后。雷达在他这本名为《文学活着》的最新文论集的“后记”的开头写下了这样一段话：

> 屈指算来，正式做文学批评工作，快二十年了；自觉心态还像个孩子，却已是年过半百的人了，时光流逝得真是无情。梵家以为，夜晚是梦境，白天其实也是梦境，很难说哪个梦境更真实，我自然不同意这样的消极，但想想我们这些年走过的文学之路，一切已变得面目全非，一切又像昨天一样，还真有几分梦的滋味，特别是检点起自己的文章的时候，这感觉就格外强烈。

作为学习文学批评的一个后生晚辈，当我凝神和回视雷达先生的人生和文学道路之际，再证之以上面这段文字，真也不免世事难料，人生如梦，人算不如天算等诸多感慨。

一

三十年前——1965 年的金秋，年方二十出头的雷达学刚刚从兰州大学中文系毕业，幸运地被分配到中国文联工作。当他带着黄土高原的仆仆风尘，带着一个“外省人”的眼光和雄心，带着一个文学青年热烈的憧憬和梦想来到北京，走进全国文学艺术界的领率机关——中国文联大楼报到时，谁又能想到，接踵而至的竟是一场围剿与横扫一切文化的十年浩劫呢？

十六年前——1979年的初春，当雷达学以《文艺报》记者身份率先采访了粉碎“四人帮”以后刚刚复出但还尚未从新疆归京的王蒙、并首次起用了“雷达”的笔名发表了那篇在当时颇有反响的王蒙访问记——《春光唱彻方无憾》时，谁又曾想到，它竟像一锤定音，从此敲定了雷达学的文学批评道路；尤其“雷达”二字，简直有如天赐，有如神助，有如一语成谶之意味，它果然日渐成为了旋转在新时期文学天空中一部灵敏度高、覆盖面广、信号力强的真正的名副其实的文学雷达呢？

事实是，十余年来，雷达不仅是小说评论文章中出现频率最高的名字，他已先后出版了《小说艺术探胜》、《文学的青春》、《蜕变与新潮》、《灵性激活历史》、《民族灵魂的重铸》、《文学活着》等多部文论集，更重要的还在于，他的声音是富于个性和活力的，是极其洪亮而雄辩的，是别人所不可替代的。关于这一点，已是当代文坛的共识，各种肯定和褒扬的文字与议论已是随处可见可闻。我这里就便信手拈来两例：一是伯勇先生在《民族灵魂的重铸·序》中所言——“雷达是雄健的。他的雄健犹如一棵挺拔的树，立足于厚实的大地——对当代中国、当代中国文学的历史进程的深刻了解与体察。……雄健既是雷达文章的精神内蕴，也是他的文风光采。他的文气酣烈。他属于情感情绪型的评论家，但又不缺少相当的理论深度。他走的是情气势熔于一炉的路子，把激情放到理性的模子浇铸出酣烈之文。”二是吴文科先生在《文学活着·代序》中指出——“鲜活而不教条，雄健而不生涩、挥洒而不飘零。理论与思维、客体与主体、视角与对象、观点与表达，均呈饱和、统一、相契与机智的状态。……这就是雷达的文章的品格，也是雷达所以驰骋小说评论界而风格独树的所在。”两位作序者都非名家硕儒（前者是江西赣南一个僻远小县城里的小说作者，后者是一名戏曲理论研究者），但他们都从各自的角度切中肯綮地谈出了对雷达评论或一特色的认知与把握，这也许正好说明了雷达被认可被接受的广泛程度。虽然到目前为止，我们还未能对雷达批评作出全面、系统、科学的研究（本文也无力做到这一点），但至少有一个说法早在几年前就开始在文坛上不胫而走，即雷达是“雷达”。它的书面表述是这样的：“他那积极调整步履感应着时代脉搏而流动的小说评论，在一定程度上既反映出新时期文学理论建设的信息，又反映出新时期小说创作态势长足演进的情形。从这个意义上，我们不妨把雷达其人其作看做是感知新时期文学发展脉搏和律动的‘雷达’。”（白

烨语)

简捷说来，对于当下的中国文坛而言，雷达是一个响亮的名字，更是一个恰切的比喻。只是这一切，在三十年前、在十六年前、在雷达最初登台亮相之时，又有谁能够想象得到呢?难怪人生有沧桑之慨，雷达有“梦境”之叹。真个是:

“奇外之奇更出奇，一波才动千波随。
只知诗到苏黄尽，沧海横流却是谁?”

二

将近十年前——1986年8月，雷达完成了一篇重要论文:《民族灵魂的发现与重铸——新时期文学主潮论纲》。翌年《文学评论》第一期在“新时期文学十年研究”专栏中发表时还有“编者的话”云:“雷达的文章认为，中华民族的民族灵魂的发现和重铸，才是贯穿新时期文学的主潮，这自可作一家之言。文章分析了大量文学现象，凝聚了作者在民族灵魂问题上的理论思索和某些独到见解。”该文从文学的“人学”根本特性出发，对新时期文学主潮提出了与众不同的概括，并认为这是中国历史、中国社会、中国文学发展的一个必然涌流，它并非人为的规范，而是人的自觉与文的自觉的交汇的自然现象。该文不同意用西方现代“无主潮”的多元状态来简单类比当代中国文学特定的多元化现象，同时又对刘再复、何西来等人的观点展开了争鸣，认为人道主义作为普泛的哲学思潮由于缺乏“中介”及其它原因不宜视为文学主潮;现实主义不论在方法的狭隘上或者精神的广义上，也不宜涵盖日益复杂的文学现象。该文通过对文学十年前期农民、妇女、改革者和知识分子等人物谱系所负载的民族魂灵种种形态的清理与审视，对中后期的传统现实主义、文化寻根派以及现代派“殊途同归于民族灵魂的探索道路”的爬梳与考察，发现了新时期文学大潮另“有一个原动力和一条生命线”，“那就是作为创作主体的众多作家，呼吸领受了民族自我意识觉醒的浓厚空气，日益清醒地反思我们民族的生存状态和精神状态，不倦地、焦灼地探求着处身于今日世界，如何强化民族灵魂的道路，对民族灵魂的重新发现和重新铸造就是十年文学划出的主要轨迹。”

当然，“人道主义”也罢，“现实主义”也罢，“文明与愚昧的冲突”也罢，“民族灵魂的重铸”也罢，都可以是对新时期十年文学主潮的一种总结，一种概括，一种研究，都各有各的道理和价值在，我在这里无意也无力作出孰高孰低的判断与评价，更没有必要扬此抑彼，独尊“雷说”。我不惮烦难地重提和简介这篇文章，主要的用意是想指出，这篇论文对于雷达的文学批评道路具有划阶段的意义。它是在此前雷达大量的作家作品研究的基础上一次思想基准的“浮出水面”，一次理论量级的大幅度提升。它有力地表明了批评者不仅具有对快速发展的创作运动敏捷、锐利、精到、细微的跟踪力，分析力与判断力，而且开始显露了对一个历史时期纷纭万状的文学思潮深刻、系统、独到、大气的涵盖力，思辨力与把握力，以及对起于青萍之末的文学最新动态和潜在走向的灵动、敏感、超前的发现力，洞察力与预见力。这是一个批评大家的基本风范和必要素质。以“论纲”为标志，雷达开始向这个境界迈进，“论纲”一出，也使雷达从一般的批评家群落中脱颖而出，在荐介评说作家作品的同时，还常常能见人所未见言人所未言地指出一种苗头、一种趋向、一种走势，在小说批评界保持一种领先的姿态。譬如1988年初，他在《文艺报》发表了《探究生存本相，展示原生魄力——当前小说审美意识的变化》一文，从方方、池莉、刘震云、刘恒等人的最新创作中，较早地归纳出了“从主观向客观过渡”、“视点下沉、贴近生存”、“正视恶”等几个主要特点，并提醒人们注意这是当前小说创作中“审美意识的重要变动”。此后所谓“新写实小说”的繁衍壮大，其实在诸多方面都印证了雷达的先见之明。循着此一思潮和思路的推进，雷达又相继撰写了《关于小说创作的若干思考》、《从生存相到生活化》、《原生态与典型化的整合》等系列论文，始终在小说批评的前沿向文坛发言。

另一方面值得我们重视的，是支撑“论纲”的批评支点、理论背景和思想架构。虽然它还说不上严密、明晰、规范和系统，但它作为一个批评的切入视角却是被雷达牢牢抓住了。这就是对所谓“主体意识”的强调与张扬。需要指出的是，他的“主体论”和刘再复等人的“主体论”同中有异，包含了大量自己研究创作规律的见解与结晶。既肯定人作为“被思考和被感知的社会的主体”（马克思语），更张扬作为作家的人变创作过程中的客观“中介”为能动“主体”。他看重的是主客体深刻的精神连结，推崇的是主客体交相感应的浑一境界。依我的简单理解，这里的

“主客体”大概包括这样几层对应关系：一是作为作家个体的精神与物质；二是作为创作主体的作家与作为表现对象的社会；三是我们民族的精神与灵魂和我们民族的历史与现实。三对关系中，雷达更强调的是前者对后者的能动性和反作用力，是一种主体意识的觉醒，一种精神能量的释放，一种心灵自由的飞翔。这其实是对多年来机械唯物主义的一种反拨，对真正的马克思唯物史观的一种皈依。同时，它又突破了经典的传统现实主义和“文以载道”的理论框架，它融合了中国当代文学实践的有益经验，也吸纳了西方现代文论和哲学思潮的有益启示，譬如新历史主义批评和形式主义批评，譬如从叔本华、尼采到卡西尔的生命哲学、强力意志、人本主义等等。它虽然还谈不上有序的、深层的、宏观的整合，但它毕竟体现了雷达这个“批评主体”的兼容性和开放性，以及由此带来的活力和实现的蝉蜕，使他与前代和同代许多批评家划清了界线，获得了一种更为丰富多样的理论参照和深邃广博的文化视野，形成了以“主体意识”为导引的新的“历史——美学”批评风范，和开放的现实主义批评路向。正是从此一点辐射开去，才有了对“民族灵魂的发现与重铸”，所谓“灵性激活了历史”，所谓当代精神对“传统的创化”等等，均可作如是观。此后雷达一系列长篇小说的重要评论，更是对这一理论的合理延伸与阐发，得心应手的运用与挥洒，达到了他自己所追求的（批评的）“主客体交相感应的浑一境界”。

三

如前所述，尽管我认为能否对思潮性的重大文学现象及时地作出重要发言，是衡估一个批评家量级的重要准绳，而且雷达也已在这方面屡屡成功地证明了自己的实力；但是，相比较而言，以我的私心论，我更喜欢的却是他那些对于单篇的主要是长篇小说所作出的洋洋洒洒的长文。譬如《历史的灵魂与灵魂的历史——论红高粱系列小说的艺术独创性》、《废墟上的精魂——〈白鹿原〉论》、《心灵的挣扎——〈废都〉辨析与批判》、《民族心史的一块厚重碑石——论〈古船〉》、《历史的人与人的历史——〈少年天子〉沉思录》等等。在这些文章中，往往更能见出雷达的本真性情和个性光彩。据说刘再复先生当年曾为雷达作过一个未及刊布的序言，题目就叫《理性的激情》，文章我们暂已无缘读到，但仅从题目推敲，刘氏肯定他的理性思辨能力，似乎还更欣赏他的激情魅力（“理性”是“激情”的修饰与限定词）。这一点与伯勇先生指出的“他属于情感情绪型的评论家，但又不缺少相当的理论深度”的看法可谓灵犀相通，所见略同罢。当然，理性与激情二者在雷达身上不能截然分开，恰恰相反，它们结合得很好，水乳交融，相得益彰。只是在我个人感觉中，它们仍然有倚重倚轻之区分，常常的情形是，酣烈的情感和眩目的文采掩盖了理性的光芒。

我这样说，丝毫不意味着轻视这些文章的思想深度或拆解它们的理论框架，如果这样的话，它们将难以独立，或者变成一些闪光的片断，或者变成一堆语言的散珠。事实上，理性的钻探对它们的统摄是深刻有力和显而易见的。譬如评“红高粱系列”就是在“主体论”光照下从容展开的；又譬如《古船》论和《白鹿原》论就是“民族灵魂发现与重铸论”的实证分析与理论深化；再譬如《〈少年天子〉沉思录》其着眼点也不仅止于一部作品，而是关涉到历史题材长篇创作中诸如“史家眼光与历史小说家眼光的异同”、“历史小说家在面对历史创造人物时，是侧重于强调历史作为一种自然客观进程，从而让人服务于规律，还是侧重于把历史看做人的有目的有意识的创造，从而突出人的选择”、“人与历史运动的深刻联系和交互作用”等若干带有普泛性问题的辩证与探讨。如此种种，都说明雷达是一个由自成一家之说的理论系统武装起来的强大批评主体，它可以涵盖和超越一般的批评对象，它和强大的批评对象也能相抗衡、相较量。甚至是批评对象的质量愈庞大，就愈能激发起他与之搏击和交锋的欲望与热情。因此之故，他往往面对那些杰出厚重的长篇之作表现出了最佳的竞技状态和爆发力，也最容易进入他所向往的“主客体交相感应的浑一境界”。尤其是当批评对象和他个人的人生与文化背景贴得越近，他的批评主体也就被滋养被刺激得越强壮雄健。譬如孕育诞生于关中大地的《白鹿原》，就使得他如鱼在水，如云在天，忽而神游其里，忽而超拔其外，相互进入撞击而出的思想火花和心灵激流闪闪烁烁，滔滔滚滚，以一种凝重沉郁的情感基调和斑斓顿挫的语言旋律将人震慑和打动。而我，也许是弱于理性思辨的缘故，总是首先被这种磅礴沛然的精气神所魅惑，所牵引，在滞重而又愉悦的审美阅读中细细领会与呼吸弥漫其间的思想和理论气息。质言之，雷达最大的本领就是用激情去燃烧他的思想、使之云蒸霞蔚成一片灿烂的光华，将他的读者照耀与引领。写到这里，我觉得与其如此饶舌费神，还不如让雷达直面我们来得干脆。请看《〈白鹿原〉论》的开篇——

> 我从未像读《白鹿原》这样强烈地体验到静与动、稳与乱、空间与时间这些截然对立的因素被浑然地扭结在一起所形成的巨大而奇异的魅力。古老的白鹿原静静地伫立在关中大地上，它已伫立了数千载，我仿佛一个游子在夕阳下来到它的身旁眺望，除了炊烟袅袅，犬吠几声，周遭一片安详。夏雨，冬雪，春种，秋收，传宗接代，敬天祭祖，宗祠里缭绕着仁义的香火，村巷里弥漫着古朴的乡风，这情调多么像吱呀呀缓缓转动的水磨，沉重而且悠久。可是，突然间，一只掀天揭地的手乐队指挥似的奋力一挥，这块土地上所有的生灵就全都动了起来，呼号、挣扎、冲突；碰撞、交叉、起落，诉不尽的恩恩怨怨、死死生生，整个白鹿原有如一鼎沸锅。在从清末民元到建国之初的半个世纪里，一阵阵飓风掠过了白鹿原的上空，而每一次的变动，都震荡着它的内在结构：打乱了再恢复，恢复了再打乱。在这里，人物的命运是纵线，百回千转，社会历史的演进是横面，愈拓愈宽，传统文化的兴衰则是精神主体，大厦将倾，于是，人、社会历史、文化精神三者之间相互激荡，相互作用，共同推进了作品的时空，我们眼前便铺开了一轴恢宏的、动态的、纵深感很强的关于我们民族灵魂的现实主义的画卷。

这既是一种感性的描述，也是一种理性的概括，但它又以散文的面目呈现，同时还充满着张承志小说式的炽烈而凝重的语言热度和力度。何况这仅仅还只是个开头，好戏还在后面？更多更深入的举例分析既无篇幅也无必要，所谓窥一斑可见全豹是也。正是由于情、理、文的交相辉映，才使雷达对《白鹿原》、《古船》、《废都》等作品的批评成为了近年来长篇小说评论的扛鼎之作，它们相互发明与印证，都堪可视为长篇小说创作与理论研究的宝贵收获。

四

说到《废都》，我觉得有必要再简单谈谈雷达专门为它写下的《心灵的挣扎——〈废都〉辨析与批判》。由于《废都》的原因，这篇文章也许没有引起多少关注和反响，但我认为，这是雷达的一篇用心之作，它体现了雷达对文学事业认真负责的精神，对作家才华的爱惜之心，以及不随波逐流的独立品格和坚持实事求是的严肃态度。

现在来谈《废都》，似乎有点不合时宜，而且我本人也缺乏对它的深入研究。但是，我凭直觉敢斗胆妄言一句：如果要说九十年代的中国文坛有所谓"奇书"的话，那么，一部是张承志的《心灵史》，一部就是贾平凹的《废都》。这不仅因为他们两位都是当代的重要作家，也不仅因为他们自己对这两部作品的态度——前者一度将《心灵史》视为自己"唯一的真正的大书"、一部"绝笔之作"；后者则将《废都》看做"唯一能安妥自己灵魂的书"，而确实是因为这两部作品自身的复杂形态。虽然它们内容有别，风貌迥异，遭际不同——张作是先冷后热，贾作是先热后冷等等，但有一点却惊人地相似：那就是它们的奇异、突兀、叛逆和不羁所带给人们的普遍的愕然、惊怪的反应，以及灵魂和肉体的强烈的震悚与刺激，尽管关于它们的或激赏或痛责的言论已经连篇累牍和充塞视听了，但我认为，该说的话还远远没有说完，两位奇人两部奇书给当代文坛丢下了两个不易索解的"谜"，两个暂时还难以深究和充分展开的话题，也许长期下去湮没无闻，也许或一朝醒来又重新拾起。这里亦暂且按下不表。

回头再接着说雷达与《废都》。

面对"《废都》热"——阅读热与狙击热，雷达却是冷静的，他没有一哄而上凑热闹，更没有简单地"捧"或"棒"，作为一个有影响力的批评家，他也没有视而不见绕道而走。他的选择是坐下来细读文本，潜心研究题旨正误，着意考察人的蕴含，和作家平等对话，爱其才华，惜其偏颇，情辞恳切地进行抉幽发微和鞭辟入里的辨析与批判。他认为——"庄之蝶的所作所为，实在不足为训，与许多并非不存在的意志坚韧的、信念坚定的献身者和殉道者型的知识分子相比，庄之蝶显得多么羸弱和可怜。""但是，即便如此，庄之蝶的苦闷和颓废，仍不无深意。”“庄之蝶精神状态的总特征，正可以‘泼烦’喻之。这‘泼烦’包含三层内容，一是社会性烦恼，二是生存性烦恼，三是形而上的烦恼，而核心问题在于，不断丧失本真性悲哀。”“庄之蝶的沉溺女色，一是为了逃避现实，二是为了拯救灵魂，三是为了安全感，四是觉得轻松。”同时，他又溯源而上地指出，庄之蝶的“家谱源远流长，他的血管里至今滞留着诸如元稹、李煜、柳永、李渔、冒辟疆、沈三白们的血液……他也就成了这个家族的末代飘零子弟”。至于作家以玩赏态度津津乐道于感官刺激，“那就是拿肉麻当有趣，视腐朽为圭臬，丧失了起码的美感和道德感”。这样缜密和有深度的分析是容易让人信服的。尤为难能可贵之处还在于，当某种意见成为一种倾向一边倒时，人们往往不免忽略“倾向”以外的东西，而雷达之眼却疏而不漏。他在比较研究了《西厢记》、《金瓶梅》、《九尾龟》等作品之后，还注意到“在小说的叙事形态和风格类型上，《废都》与我国古典小说确有极密切的血缘关系，它不止在表达方式上，语感和语境上，而且是在内在神髓上，美学精神上，完成了令人惊叹的创造性转化”。进而大胆肯定：“作者把古典小说中有生命力的东西与当代生活巧妙化合，把叙事艺术提到了一个新高度。”虽然这种断语尚可商榷，但有一说一有二说二，不唯“倾向”马首是瞻的治学态度，却表现了一个严肃批评家的胆识与品格。唯其如此，该文才在一大堆《废都》论中显示出它的独特存在与价值。

其实，当年我也写过一篇题为《“废都”还是废镇》的小文，除了“性描写”的问题之外，还谈到了该作的其它一些“硬伤”——诸如结构问题，唱民谣的老头与“哲学牛”两条副线与故事主线之间显得游离；又如语言问题，写得过于流畅，放纵而缺乏节制；有“拉稀”之嫌；再如作品的“气象”问题，由于作家人生和人文背景的局限，处处泄漏出“小”来，屑碎乃至委琐，而无大家之气宇。如此等等。但是，我也同时指出，贾平凹是当下在中国传统士文化中浸泡得最深而又最具有创作活力和才华的一位中年作家，他既得“士文化”之滋润亦受其侵蚀，一颗多情而痛苦、敏感而脆弱的心灵在时代剧变中所发出的呻吟、泣诉与呼号，也就郁结成了一部《废都》，而《废都》则成了中国士文化的挽歌（如《红楼梦》等）在二十世纪末的最后一声回响。它给后世留下了一个研究二十世纪末中国文化转型期传统文人（士）心灵裂变的经典文本。这就是《废都》的全部意义，也是贾平凹的贡献所在。从此一角度看，我与雷达的见解颇有暗合之处——雷达在他长文的最后结论道：

> 《废都》是一部这样的作品：它生成在二十世纪末中国的一座文化古城，它沿袭本民族特有的美学风格，描写了古老文化精神在现代生活中的消沉，展现了由‘士’演变而来的中国某些知识分子在文化交错的特定时空中的生存困境和精神危机。透过知识分子的精神矛盾来探索人的生存价值和终极关怀，原是本世纪许多大作家反复吟诵的主题，在这一点上，《废都》与这一世界性文学现象有所沟通。但《废都》是以性为透视焦点的，它试图从这最隐秘的生存层面切入，暴露一个病态而痛苦的真实灵魂，让人看到，知识分子一旦放弃了使命和信仰，将是多么可怕，多么凄凉；同时，透过这灵魂，又可看到某些浮靡和物化的世相。

五

纵观起来，我们清晰地望见，雷达随着新时期文学的启动而启动，随着当代文学运动的深入推进而升高旋转，以极大的热情和能量关注着小说创作的飞跃、转变与沉浮，以尽可能广阔的覆盖面扫瞄一批批重要作家和作品，为他们加油、喝彩、导引、校正、提醒或警策。十余年来，在一浪赶一浪的域外文艺思潮的汹涌澎湃和起落消长中，他始终保持了比较清醒的头脑，一方面采取“拿来主义”，不封闭、不拒外，尽努力地对理论背景和批评武器进行更新与改良；另一方面却更坚信“只是袭用别人形式的皮毛，作为过程不可避免，但不可能真正走向世界”。因而牢牢地把根基扎在本土之中，紧紧维系和传统文化、民族精神与社会运动的深刻连结，注意从当代文学实践中发现、提升和构筑自己的理论框架，运用从本土从自身生长出来的智慧、思想以及从传统中创化出来的富有个性的批评话语系统参与当代文学的建设进程。这是雷达的特色之所在，也是他的成功之所在。

因此之故，有人将雷达定位在前一代和晚生代两代批评家中间，认为他的价值就在于对两代批评家的衔接与打通。从或一角度看，这种说法不无道理，由于他高扬“主体意识”等新论，完成了从经典的现实主

义批评到开放的现实主义批评的蜕变，从而成为了前代或同代批评家中的“前卫”，但相比较现代主义和后现代主义批评家们来说，他似乎又变成了“后卫”。这个承前启后的位置，就使他成为了所谓“主流批评家”。颇具意味的是，这种定位并非完全出自他个人的自我选择，而更多的乃是由他全部的人生和文化理论背景所命定。他的优势与局限均源于此。优势一面不再赘述。就局限一面而言，从宏观上看，他还未能对新与旧、中与西、传统与现代的各种理论批评流派与主义作出有序而系统的整合，从而建构起一套适用于发展和转型中的中国文学批评的理论批评体系；从微观上看，他的批评方法还有所缺欠，批评路向还比较单一。譬如他对形式批评的操作就显得用力不够，统览他的全部文论，关于小说的文体、叙述、结构、语言等文本分析历来甚少，与之相应的是他对先锋小说一派的批评的介入不深和影响不力。如此等等。当然，这种种苛求也许过分，但对于雷达这样一位当代有代表性的批评家，我们有理由寄予厚望。而且我相信他本人也不会对此不加考虑。据伯勇先生介绍：“他说，到一定时候他要转到理论和哲学、美学的系统的研究上去。对此我有所保留。依他的气质、秉赋、性格，面对滔滔而来的文学潮流，雷达能坐得住吗？每个人的贡献是不必相同的，倘若他能不断写出掷地有声的评论，不也是一份可观的贡献吗？”（见《民族灵魂的重铸·序》）

从伯勇先生的“介绍”中，我们可以看出，雷达早就有了向理论化、系统化方向转化或整合的愿望。而且，伯勇先生“对此有所保留”。但是，我对伯勇先生的“保留”亦有所保留。因为，我所担心的倒不是雷达的性格、气质是否“坐得住”，是否与理论化、系统化研究相宜，更不怀疑他持续下去的批评能力和独特贡献。我所考虑的是一个与雷达有关但又不仅仅是雷达个人的问题，而是关涉到整个当代中国文学理论批评界的大问题，即我们究竟应该选择怎样的批评立场。这个问题使我长期以来陷入困惑，也趁此机会提出来求教于雷达先生和诸位同仁。

六

如所周知，八十年代以来，当代中国文学批评先后经历了与政治的疏离和与经济的对峙，逐渐从主流意识形态和社会文化中心退居到了“边缘”，陷入了空前的落寞之中。这也许并非是一种坏事，批评从浮躁走向了沉静，走向了批评自身。但这同时也意味着一个新的开始。与前者不同的是，我们现在需要面对的问题更多的是来自批评本体，譬如批评的审美化、科学化与规范化；譬如批评学科的建立与完善；譬如应用批评的实事求是精神和文风的改进，等等。而且就每个人来讲，首先遇到一个最大的困难就是：在当下中国的历史语境中，我们究竟应该选择和坚守怎样的批评立场？

我所谓的“批评立场”是一个模糊概念，它不仅仅指批评操作中的方法、语码、理论框架和精神姿态以及价值标准等等，它包括这些但又大于这些，它还包含在这些背后的“知识”的依托和背景。笼而统之，也可叫做“文化立场”，换言之，我们究竟应该选择和坚守怎样的文化立场？

这确实是一个无可回避的现实课题，或者说现实已经做出了某种选择。理论批评界在经过了约十年对现当代西方文艺思潮的引进、介绍、借鉴和模仿之后，一种学术导向上的分化在九十年代之初便已见端倪。一方面是继续追踪并运用西方的新潮理论来把握与评估国内的文学运动，譬如主要来源于德里达、杰姆逊、福柯等的解构主义、后殖民主义理论的所谓后现代主义批评。他们以“商业化语境”为当代中国文化定位，对其进行全面的“解构”成了他们此一阶段的主要特色。另一方面，也许有更多的人都放慢了追踪的步伐，开始驻足凝神沉思于本土，在咀嚼反刍“舶来品”的同时更注重发掘与扬弃本土文化的价值，或者说皈依了中国文人的“求智传统”（余英时语）。他们在现阶段为之焦灼的是“人文精神的失落”，因此他们以“重构”人文精神为己任。如此等等。

作出以上简单的勾勒难免以偏赅全，事实上这样的分化趋势也决不仅止于批评界，它已经波及整个文学界乃至整个人文学界。这是一种文化基点（或曰立场）的重新选择。或重国学，或倡西学；或主建构，或言解构，它们之间孰优孰劣我无力评价，但我个人对“后批评”的批评意见已经专门发表过了①，在此从略。我在这里要指出的是，它们同中有异，也异中有同，或者说是存异求同，异在出发点的区别，同在目的的大体一致。建构者自不必说，就是解构者也不过是取一种“文化守望者的角色……通过对话来参与发展，通过反思来提供参照”，以“更有利一

① 参见笔者与赵德明先生的对话《中国文学：在世纪末的判断与沉思》，《当代作家评论》1995 年第 6 期。

个中国的文艺复兴的到来”（张颐武语）。也即是说，不管客观效果如何，主观愿望都企图或通过横向植入或通过纵向爬梳，甚至是沟通古今整合中西，为转型期的当代中国提供一套与之相适应的理论范式或文化积累。

愿望自然是宏伟的，但我的困惑也由此而生：如此庞大的课题对于当代学人来说是不是显得过于严峻和沉重了一些？这里涉及一个当代学人的学养问题。无可讳言，新中国以来，由于种种原因，几代学人的学养都程度不同地存在着先天不足或后天失调，比起能“颇采二西之书，以供三隅之反”（钱钟书语）的一代大师陈寅恪、胡适、鲁迅、顾颉刚、钱钟书等人的学术实力和气魄来确实无法望其项背。而且，这样的“通人”在四十年代以后基本“断代”了。当代中青年学人中，有几人认真爬梳过经、史、子、集、儒、释、道？又有几人精通几门外语？有国学大师和西学大师吗？没有的话，又何谈打通古今中西？事实是，我们对当下西学的难以深入和对传统国学的无法衔接就使得我们的学术活动难以定位——既找不准明晰的文化背景，也树不起坚实的理论框架。粗粗一看，所谓的学术专著和体系也算得是五花八门，荦荦大观，但是扪心而问：往后看，有多少是谈得上对前人有所超越的呢？往前看，又有多少是可能经得住时间的检验与淘汰的呢？更何况，“当今中国第一博学鸿儒钱钟书”（夏志清语）在他的巨著《管锥编》中也仅止于“打通”和“互证”还未敢轻言“整合”与“建构”，那么，我们还能指望谁再来整合与建构呢？尤有甚者，随着现代学科分工的精细化和知识理论的剧增与爆炸，整合的难度将愈来愈大，建构的希望也愈来愈渺远。然而，舍此之外，我们民族文化的发展推进乃至世界化还会有什么别的出路吗？……

这就是我的困惑所在。它使我常常在做着一点事情的时候忽然间悲从中来甚至产生一种绝望感。

雷达有过这种“困惑”吗？

七

雷达说：“近年来我对自己的表现很不满意，又苦于找不到有效的突围之路。我很怕脱离运动中的创作实践，因为一旦脱节可能步步脱节，便揽了几个评介型或信息型的专栏，用这办法强制自己读新出的作品。”（见《文学活着·后记》）由此可见，雷达也自有他的苦恼和困惑在。一

方面，他想继续追踪着创作实践运动；另一方面，他是否还想把“突围之路”寄托在转向“理论和哲学、美学的系统的研究”上面去呢？以前者论，这当属他的题中应有之义，以后者论，我却觉得应持审慎态度。关于此点，我与伯勇先生“保留”的出发点有所不同，说白了，我所顾虑的是，雷达在理论、哲学、美学等系统研究上搞“整合”与“建构”的可行性与必要性。

需要说明的是，我在上一节表述的困惑，并不是鼓吹虚无主义和悲观主义，我想清醒地意识到某种困境，恰恰也是为了寻求一条“突围之路”，寻求到一种量力而行、切实有效的突破自己的方向、路径与目的。针对这种“困惑”，我给自己提出过一个自我打气的口号，叫做“点亮自己这盏灯”。既然“上帝”早已死了，我们就很难再指望有一个太阳能够照亮所有的黑暗。这是一个“多音齐鸣”的时代，这也是一个消解巨人的时代。民族文化的新生与重建有赖于一群人、一代人甚至几代人的持之以恒的通力合作。我们别无选择的选择就是努力点亮自己这盏灯，作为太阳的陪衬也罢，比照也罢，集合起来就能照亮许多角落。要紧的是扎扎实实竭尽全力去做，哪怕是只记录下一点思想的火花，积累下一点审美的体验呢。何况，在我看来，雷达已经是一盏很有凝聚力和辐射力的大灯，并且还潜藏着深厚的热能和光源，他固然可以有多种选择，但却未必要“转向理论、哲学、美学的系统研究”，而是应该在固有的向度上继续推进与深化，使这一盏灯的光芒愈益明亮，愈益不可替代。

我曾当面向雷达先生谈过我的陋见，我认为他当前最值得集中精力去做的有三件大事。第一，继续密切关注创作动态，不失时机地对一些带倾向性、普遍性的重要问题或重要作品作家作出有分量的发言。这种“发言”应不求数量而求“重量”，依我看来，一年有三五篇足矣。那些所谓“评价型信息型专栏”可以少揽或一概不揽，因为这和是否研读新作品并无必然联系，况且，真正值得“研读”的作品并不是太多，要抓住重点，“擒贼擒王”。再者，说句不敬的话，有些小专栏我总觉得不像或不该是雷达写的。

第二，相对集中一个时间段（比如二三年），对中国当代小说运动或干脆界定在新时期以返的“中国当代小说二十年”，做出一番深入缜密的爬梳与清理。或以“主体意识”为观照，或以“民族灵魂的发现与重铸”为纲领，站在今天的新的高度上，对以往单篇单个的或阶段性的研究成果进行理性的概括与提升，充分地阐发与论证，抓住其发展主脉和内在演变轨迹，将自己散发的断续的思想也做一次重铸，从而“整合”与“建构”出一部“雷氏小说史论”。它也许不如哲学的、美学的理论体系那般宏大、高蹈和玄奥，但它却可能是更加切实有用的，而且它肯定是属于雷达个人的，同时也是属于当代中国文学的。

第三，作为一种调剂也罢，作为一种换脑也罢，作为另一种才华的施展和另一副笔墨的挥洒也罢，雷达不妨多写一点散文。虽然他所作不多，但知音不少，譬如《足球与人生感悟》、《置身西西里》以及《蔓丝藕实》中的一些精短篇什都颇不俗，依我看来，确也不在当今一些所谓散文名家的水平以下。据说他还很有一些散文的材料和想法，只是常常苦于应酬，腾不出手来。其实要我说，与其去参加几个三流作家作品的讨论会，还不如利用这点时间，写出一篇自己想写的甚或可能是一流的散文。长此以往，集腋成裘，再出上它一二本散文集，不也是一件挺美气的事情吗？

由此，我还联想到长期以来弥漫在理论批评界的一种“自卑情结”，总觉得自己没把这件事做好，甚至是拖了中国文学走向世界的后腿。这真是有点莫名其妙。（这种“自卑”和我前面谈到的自我“困惑”或者说“自省”是两回事，那种“自省”我以为不仅适用于批评界，而且同样适用于创作界乃至整个当代人文学界）造成自卑的原因固然有批评自身的缺陷、批评家心态的脆弱，但也有来自某些文学史家、文学理论家和作家的不公正态度与评价。如果说在前二者那里有时（譬如作“史”时）还带有一点“自家人”的自谦的话，那么，在后者那里就常常显得缺乏实事求是和科学的严肃的精神。从某些作家的嘴里和笔下发出的对于批评的轻视、不屑乃至于一笔抹杀满口骂倒的言论，我们听到和看到的还少吗（虽然这些人也常常表现出“两面性”）？关于作家与批评家的关系，从来就是一个微妙、敏感而复杂的话题，我们不必过于计较，本文也无意纠缠。只是由于雷达写散文而想起早年鲁迅先生关于“厨师”和“美食家”的比喻，想起“厨师”那一声“要不你来试试看”的断喝在今天虽然仍时可耳闻，但其震慑力是越来越小了，会“烹调”的“美食家”却是越来越多了。除雷达而外，诸如刘再复、谢冕、季红真、南帆、李庆西、李洁非等优秀的理论批评家们的散文或小说不都是作得同样优秀吗？其实鲁迅先生的意思是不能要求“美食家”都会都来搞“烹调”。但对于“会者”不搞或少搞又该怎么看呢？我认为，从小里说从主观上说，是他们对个人才华的一种自我调控；往大里说往客观上说，则是他们对文学事业整体需要的一种协调，一种奉献。指出这一点也许多余，但至少是对“批评家是靠作家吃饭论”者的一种提醒。有鉴于此，我也希望雷达在搞好批评写好专著的同时，也多作出一批漂亮散文。

在本文行将终结的时候，让我们再回到开篇引征过的那个《文学活着》的“后记”中去吧，在那里，雷达紧随“开场白”之后，显然是有感而发地又写下了如下一段话：

> 我始终认为，文学批评是极重要的，它是文学的思想引擎和美学光亮，没有文学批评的文学，就像没有阳光的天气，是闷暗而缺乏光彩的。不管有人怎样地鄙薄评论，也不管评论确有多少不尽人意之处，但在整个新时期的文学历程中，它在解放思想，超前地触及重大意识形态问题，活跃思维，开发艺术空间，推动文学思潮，发现新人力作，熏陶几代人的审美情趣，提高人的道德情操等诸多方面，发挥过重大的或有形或无形的作用。这是老、中、青几代批评家共同努力的结果，任何公正的人都不会否认……现在文学圈中有人把文学不甚景气的责任也一股脑儿推给评论，甚至连精神的危机的责任也推给评论，倒有些好笑，大有怯懦者拔刀向更怯懦者的况味。

诚哉斯言，快哉斯言。

也是部分地由于有感于此，我才仓促上阵勉力承接了研究雷达的题目，我希望人们能对像雷达这样一批批评家的辛勤劳作和杰出贡献有一个公允的评价。遗憾的是，囿于自己才疏学浅和其他原因，尽管我“以兔搏狮”未能稍懈，也只能匆匆交出这样一份连自己都不能满意的“评论提纲”。但愿这是一块引玉之砖，我期待着今后能有人把这一类的事情做得更好。

1995 年 12 月 10 日灯下匆匆于京西魏公村

（载《当代作家评论》1996 年第 1 期）

文学生长点：在世纪之交的寻找与定位

——以20世纪90年代的文学实践为主要背景

小 引

十年前，正当新时期文学繁华一季尽得风流之际，普遍的乐观主义情绪洋溢文坛。笔者也曾在一篇文章的结尾以夸张的热情写道："最后，如果我们再作一次历史的俯瞰，将不难发现，20世纪乃是中国数千年的农业文明向大工业现代文明过渡的时期。在这段漫长、艰难而壮丽的文学跑道上，她的前端，产生了伟大的先驱鲁迅；她的后端，亦或将产生另一个或一批鲁迅式的伟大人物。到那个时候……将是一个更加灿烂更加迷人的文学新纪元的开始。"①

而今，20世纪中国文学的巨川，有如逶迤长江奔至宏阔的入海口，渐由跌宕峻急趋于平缓，遂从咆哮喧腾转入沉静。伫立江岸，瞻望前景，作为深挚反顾的诱发，一种世纪末的清醒开始弥漫在叩问真谛的探询之中。

后顾前瞻，如果以1999年为界，到那时候，新文学运动恰好年届八十，而新时期文学也已走过了二十个年头。对于前者——以鲁迅为代表的现代文学的功绩，已为历史所反复证明，她既是中国新文学的滥觞，也是百年中国文学的标高，此一点似无疑义。对于后者——新时期文学以"伤痕文学"为发轫，经由"反思文学"、"改革文学"、"寻根文学"、"先锋文学"、"新写实文学"而进入20世纪90年代，其间几度峰回路转，潮涨潮落，也已初步获得阶段性的、近距离的历史定位；至于90年代以后，文学低迷，商潮涌起，"沧海横流，方显出英雄本色"，一批抗击时潮的作家作品（譬如张承志和《心灵史》）如礁石般日渐浮出水面

① 见《"农村"包围"城市"》，《上海文论》1987年第6期。

或孤悬“海”上，在一片标“新”立“后”的众声“失语”中有如空谷足音而引人谛听……那么，这其中是否已经诞生了能集新时期文学之大成的大作家和大作品？或者干脆更进一步追问：在本世纪谢幕前的三年中，还可能出现大师级的经典作家和经典作品来作最后的压轴“演出”吗？

显然，这样的问题只能留给历史去回答。

今天，我们更关注的是当下，是世纪之交的当代中国文学究竟从哪里出发。因为，一个逐渐显露的事实是，在90年代的前半期，经过社会转轨的动荡，经过商品大潮的洗礼，经过文学定位的调适之后，作家们似乎渐渐回归了一种平和与明澈，找到了一种回应现实挑战的勇气和逼近世纪末的紧迫感，慢慢地又凝聚起了一种精气神，准备以一种新的艺术姿态重新上路。这无疑是结束近年来文学长期低迷与徘徊的一个征兆，也是当代中国文学走向世界的又一次契机。那么，我们有没有可能以过往的文学实践，尤其是90年代文学生态环境中的作家队伍现状作为参照和背景，认真检讨和清理一下诸如作家素质与现实要求、文学与生活、传统与创新之类的本该明了却又仿佛缠夹不清的几对基本关系，为当代文学的跨世纪进程寻找到切实可靠的出发点或生长点呢？

一

一般说来，激活新的文学生机，打破旧的文学格局，总是有赖于一批批新的文学闯将的出现。新时期文学的迅速勃兴，如果没有知青作家群体的崛起也几乎是不堪设想的；90年代文坛的活跃与斑斓，也与蓬勃生长着的新生代（特指60年代以后出生的）作家密不可分。循着此一思路出发，我们探寻文学生长点的目光也许不免首先会在“新人”方面略作停留。

当然，一说新人，人们或许会马上把它和相对于知青作家而言的“新生代”或“晚生代”联系起来，那么，这就变成了一个边界相当宽泛的概念，它指向的是一个庞大而分散的写作群落。他们之间的美学追求、价值取向、题材选择乃至个人趣味都迥然各异，相去甚远，创作水平和实力也参差不齐，高下有别。他们有的是搭乘“先锋派”或“新写实”的“末班车”驶进90年代的，而更多的则是在90年代的商业语境中加盟于诸如“新状态”、“新体验”、“新市民”、“新都市”、“新历史”等旗号之下登台亮相的。因此，要对他们的创作面貌和实绩作出整体描述与评估并非易事，本文暂无意于此。我只想先从一个“个案”切入，大致把握与判断一下他们的创作现状与前景，或许能对“新人”乃至当代作家队伍的整体观照收到管中窥豹的效果也未一定。

最近，我集中阅读了一批约二十余部出自新人之手的现实题材的长篇小说，其中多是作者的长篇处女作。如果考虑到长篇体裁对一个作家才力全面检验的多种可能，那么，我的这一次“阅读”实际上就具有了某种“抽样调查”的意义。但是，坦率地说，“调查”结果是令人失望的。虽然其中不乏作者才华的闪烁、智慧的表露、当下生活本身的魅力，以及前代作家所难以提供的新的情感方式和生命体验，但就总体而言，苛刻而言，不见精品苗头，不见大家气象。其中暴露出来的主要缺憾是普遍的，也是致命的。第一，技巧生涩。尤其表现为对于长篇结构的驾驭不得要领或力不从心，中篇的拉长者有之，中短篇的连缀者有之，虎头蛇尾或半部佳作者亦有之；第二，格局狭小。多带有自传体或亲历性特征，从一己角度进入而沉溺其中，咀嚼着个人的小悲欢而愈见单薄，有小溪清流之情趣，无长江大河之气魄；第三，精神软化。缺少崇高感、神圣感和人格的力量，直面世俗但流于媚俗，感性深入有余而精神超拔欠之，达不到穿透生活与拷问灵魂的深度；第四，学养匮乏。美学目标暧昧，风格定位模糊，语言、学识和思想的贫困导致处处捉襟见肘，从而显得文化底蕴不足，底气不足，如此等等，令人堪忧。

也许，以上述种种来指摘一批新人的长篇处女作是不公正的；或者说，因此种种就对新人的创作失去信心是有失片面的。是的，这些我都同意。但是，我要特别指出的是，我之所以选取这二十余部长篇作为“个案”来稍加剖析并由此感到忧虑，是因为我已然看清，这些问题并不仅仅属于这批长篇，甚至也不仅仅属于这批“新人”。客观说来，除了“技巧生涩”一点可能囿于这批作者艺术经验不足的局限而带有一定的特殊性之外，所余诸点是否和整个“新生代”乃至当代作家队伍的整体素质都有或深或浅的粘连呢?

譬如说“精神软化”的问题罢，放大一点看，又岂止是“软化”?当市场经济启动之后，当生存大潮席卷而来之际，当理想主义一旦松溃，道德体系瞬间失范的紧要关口，中国文化人实际上面临着一场突如其来的灵魂和人格的拷问与检证。君不见，有多少人趁机轻松地卸下了道貌岸然的面具，或者不经意间泄漏出了灵魂深处的“小”来。各种短视目光、功利心态、浮躁情绪、实用主义、拜金主义和游戏人生的“世纪末”思潮如春洪泛滥决堤而出，公然打起种种堂皇的旗号招摇过市，作家的称谓也被“手艺人”、“码字者”、“侃爷”之类的取而代之，甚至被认为是一种时髦。一时间，精神陷落、人格缺陷、灵魂委顿成为90年代中国文坛一道最刺目的风景。展开于1993年的那场关于“人文精神”的讨论就是一次逆向时潮的宣战。笔者也曾撰写了《我为什么反对“下海”》的长文参与其事，并在文中坚定地认为：“文人的‘定位’恰恰是与这个‘海’拉开距离，保持距离，坚定批判的眼光和权利，以自己清醒的头脑和独立不倚的精神创造与品格发出正义和理性的呼喊，既为这个时代人们的情感负责，提供一种精神的价值尺度和终极关怀，也为这个社会的经济活动负责，提供一种道德的前提条件和人文阐释——这才是工商时代中人文知识分子独特的责任和无可替代的价值所在。”①

相对于理论界比较理性和克制的声音来说，发自作家自身的战叫则要尖锐和激烈得多。素有“精神圣徒”之称的张承志面对“堕落的中国文坛”高倡“清洁的精神”，决绝地宣布要“以笔为旗”，“抵抗投降”！②如果说张承志过于偏执，还有以偏赅全之嫌的话，那么，也有作家以具体的某种文学现象（譬如江南文学中的某些群落）为例，毫不留情地批评他们的“胭脂气，奢华气，庸常气”，认为“他们的文学只有被俯瞰的资格”。并进而比较分析：“首先这样的文学被三十年代寓居于上海以鲁迅为代表的中国现代文学俯瞰。……其次，这样的文学被中国当代的北方文学，陕西文学与前些年的湖南文学俯瞰。……最后，这样的文学被20世纪中国如此峻厉、酷烈、动荡与罕见的苦难与沧桑俯瞰。在这种历史大背景的俯瞰下，更显出那类文学的苍白、琐屑、无聊与自私。文学中的血质已被取消，充盈于那类文学中的只有世俗的哈欠与病态呻吟，只有蛀空的灵魂与卑下的欲望”……文章用词也许尖刻，但文章用心绝对良苦。作者最后庄严声明：“我们对一切媚俗，低下，没有灵魂，没有

① 见《我为什么反对“下海”》，《昆仑》1993年第4期。

② 参见邵燕祥《精神圣徒张承志抨击堕落文坛》，《无援的思想》第108—111页，华艺出版社，1995年。

人格的文学的俯瞰，只是基于对大文学的渴望。”[①] 此乃欲新文学，必先新灵魂；欲呼唤大文学，必先呼唤大精神与大人格者也。

再譬如“学养匮乏”的问题罢。此一点早已成为学界共识，虽然来自作家自身关于这一方面的检讨文字甚为少见，但事实胜于雄辩更胜于缄口不言。如果以现代文学作为参照来检阅一下新时期以返二十年所取得的成就，我想大致可以作出如下评价：总体看来，就当前中国文学的丰富性、多样性、现代性而言，不妨说已经超过了“五四”时期和三四十年代；但我们没有产生鲁迅、茅盾、曹禺、沈从文一类的大师级作家，也还少有《阿Q正传》、《雷雨》、《边城》一类的经典性作品。造成这种量多而质不高的原因必定是多方面的，但作家学养的普遍匮乏或底蕴不足却无疑是重要的一条。以活跃于当前文坛的三大主力为例略作分析，“五七”一代基本上初露头角便横遭摧折，二十年流放于边地或底层，导致学养方面严重的“后天失调”；“知青”一代大多在中学时期便“上山下乡”，新时期登上文坛以后又忙于创作“喷发”，学养上可谓“先天不足”兼“后天失调”；“新生”一代最幸运，但也仅仅是正常完成了最为基本的高等教育而已。综观“三代”纵向比较而言，比起“五四”那一批真正打通古今中西，能“颇采二西之书，以供三隅之反”（钱钟书语）的大师，或者是起于稍后但被誉为“当今中国第一博学鸿儒钱钟书”（夏志清语）们来，确实无法望其项背。横向比较而言，可以取与我们“国情”相近的欠发达地区的拉美作家为例。手边正好有一个资料，“西、葡、拉美文学”专家赵德明先生早在十余年前就作过一个“抽样量化比较”——从拉美“爆炸文学”的领衔人物中选出博尔赫斯、马尔克斯、略萨、帕斯、卡彭铁尔、富恩特斯、阿斯杜里瓦等十位，再从当时国内文坛上风头最健的青年作家中选出十位，主要比较两项：学历和外语。结果是，拉美作家的学历均在硕士与博士之间，有的还是双学位，普遍精通一至二门外语；而国内青年作家的学历多在中学与大学之间，除了个别人之外，普遍不懂外语。[②] 这种“比较”，在当时也许被人们视做“唯学历论”而一笑了之。但在今天，当我们面对90年代的中国文学现状再来凝神这一比较结果时，还能笑得出来吗？

① 参见章德益《俯瞰江南文学》，1996年12月1日《文论报》。

② 引自赵德明先生1984年秋季在解放军艺术学院文学系讲课时笔者的笔记。

其实，与赵德明具有同样先见之明的人还有一个王蒙。差不多与“赵氏比较”前后，还早在新时期文学未见丝毫颓势之时，王蒙就严肃地提出了作家的“学者化”问题。这一声深谋远虑的提醒，虽然也引起了一些有识之士的重视与讨论，但终归还是被当时一片廉价的乐观主义，追新逐异的新潮主义，快马一鞭、立竿见影式的功利主义的“喧哗与骚动”所淹没。它也许为少数智者所警觉，今天我们已然望见了在文学长途上，张承志、韩少功等带有学者风范的选手不断加速的矫健身影。但是也确有不少人在这场“马拉松”竞赛中因“体力不支”而愈来愈放慢了前进的步伐。诚然，文学的马拉松是一场综合素质与实力的较量，但要简单地划分成“生活——才气——学养”的“三阶段论”也不是不可以一说。比如80年代初，一批“生活型”的作家仅仅凭着一段独特感人的人生体验就可以一篇成名，脱颖而出，但来也匆匆去也匆匆，有如流星一闪再无消息；而80年代中期，一批“才子型”甚至是“天才型”的作家，出手不凡，其高峰作品中很有一点大家气象或苗头，但也因文化支撑不力而显出“内虚症”，其后续作品反不如前，甚或给人以难以为继之虞；到了90年代，一个奇特的现象是，一批老、中、青学者如金克木、张中行、季羡林、余秋雨、周国平等，从斜刺里杀入散文界，以其特有的书卷气、哲理性、历史感和文化意味而蔚成大国，反倒把许多操作有年的职业散文家比得黯然无光……实践表明，文学马拉松愈到最后愈见出文化底蕴的重要，在相同条件下，谁的学植深厚，谁就有可能在最后的冲刺中领先一步。

综上所见，一个作家若无强健的精神和丰富的学养，自然就难得有大胸怀和大襟抱，格局当然也就狭小了，即便有再娴熟的技巧恐怕也于大事无补。这两个问题，一者关系到“境界”，一者关系到“后劲”，它们已然影响和制约了当前相当一部分作家的创作状态和发展前景。21世纪中国文学新的生长支点，不可避免地首先要从改善作家的根本素质处切进。当然，“精神侏儒”不可能在一夜之间变成“精神巨人”，我们甚至不能也不必要求个个作家都成为张承志式的“精神圣徒”，但是我们至少应该提醒他们，在进行真正的创作——不是“做手艺”，更不是“码字儿”——而是严肃的精神劳动的过程中，首先注意“清洁”一下自己的精神。在这方面，青年作家余华有一段话说得很好，坦诚地表达了一种世俗中人对崇高的追求和守望，读来让人觉着真实亲切，而又切实可行。

余华如是说：

> 因此，作家必须保持始终如一的诚实，必须在写作过程里集中他所有的美德，必须和他现实生活中的所有恶习分开。在现实中，作家可以谎话连篇，可以满不在乎，可以自私，无聊和沾沾自喜；可是在写作中，作家必须是真诚的，是认真严肃的，同时又是通情达理和满怀同情与怜悯之心；只有这样，作家的智慧警觉才能够在漫长的长篇小说写作中，不受到任何伤害。所以，当作家坐到写字桌前时，首先要做的，就是问一问自己，是否具备了高尚的品质?①

当然，我们最好希望作家在现实生活中也是一个“完人”，但既然做不到，就不妨先在写作中努力追求真善美，为社会生产精神食粮，而不是精神鸦片，或者垃圾。

至于“学者化”问题，无法速成，无捷径可走，它需要的是长期积累，广采博收，终生修炼。对此，我们寄希望于有实力、有才华、有抱负在未来百年攀登文学高峰的人们。相比较而言，更为急迫、也更具可操作性的是，认真审视和尽快调整当下文学与现实生活的对应关系。

二

将近十年以来，一个长期困扰我们的现实是，文学始终走不出“低谷”，一篇佳作有口皆碑的繁华胜景早成明日黄花，不仅仅是渐渐失却了“轰动效应”，而且还愈来愈呈显“门前冷落车马稀”之势。为此，人们找到过种种聊以自慰的理由：比如商业语境强化和政治语境淡化的双重夹击啦，又比如社会生活多元选择的诱惑啦，再比如影视传媒迅猛扩张的冲击啦，如此等等。我承认，这些外部条件的变革深刻地影响了文学的生态环境，但是，同时我也坚持认为，当代文学陷入今天的境地，它自身也负有无可推卸的责任。这个责任就是文学现实精神的蜕化，从而导致了它与现实生活的疏离和隔膜。

---

① 余华：《长篇小说的写作》，《当代作家评论》1996 年第 3 期。

众所周知，新时期文学正是赓续与深化了“五四”文学的现实主义精神才得以长驱直入，从“伤痕文学”、“反思文学”到“改革文学”，它一直紧随着社会前行的步伐大呼猛进而为万众瞩目。但是，到了80年代中后期（1985—1988），由于受到域外文学和现代思潮等因素激发的走向世界的急切冲动以及其它原因（这一点后面再谈），逞一时之盛的“实验小说”和“先锋小说”在处理追求艺术与关注现实的关系时执于一端，它的走向开始偏离现实与大众，甚至被人概括为一种“拒绝”的文学——“拒绝小说艺术传统，拒绝作品文本与现实生活相参照和融为一体的关系，拒绝庸常陈旧的以及被奉为天经地义的艺术思维定势和准则，拒绝对读者头脑中牢固的期待视野，欣赏方式的俯就、体贴和遵从……”结果是“得失参半”，“在美学上它变得更强大了，而在实践上却变得更孱弱了。”① “得”的方面在于对中国传统小说的革命与挑战，比如艺术品位的纯化和现代品格的强化等等，但它为此付出的代价也是沉重的。由于它的“晦涩化”、“沙龙化”、“贵族化”，先是失去了普通读者，最后连新潮批评家们也不胜其重负开始变得沉默寡言，以致“小说革命家”李陀忿忿不已地大声责问：“昔日‘顽童’今何在?”② “实验”、“先锋”小说家们“自说自话”的局面维持不久，他们自己最终也耐不住了寂寞与冷清，又杀开了“回马枪”，至少有一部分“先锋”主将摇身一变成为“新写实”的中坚。作为一种反弹，继“新写实”之后，又有“新状态”、“新体验”等新字号逶迤而出，而且一个共同特点就是不约而同地放弃了空中楼阁式的玄想和奇特新异的形式，突出强调了文学定位的易读性和平民化。

当然，这不是一种简单的回归，诸家“新字号”显然吸取了先锋文学的艺术经验和现代思潮的哲学意识，它在表现内容、叙事策略和思考维度等方方面面都对经典现实主义有所发展和拓宽。有人把它归纳为一种由“启蒙现实主义”、“政治现实主义”发展而来的“生存现实主义”。③ 也许是不无道理的。稍加辨析，我们会发现它的确不同以往，它收敛了“启蒙”式的呐喊激情和批判锋芒，它也回避了“政治”式的总

① 参见李洁非《新写实：从疏隔到默同和妥洽》，《时代文学》1996年第5期。
② 李陀：《昔日“顽童”今何在?》，1988年10月29日《文艺报》。
③ 参见孔范今《一个通往文学新世纪不可逾越的话题》，《新华文摘》1996年第3期。

和意识形态话语纠葛一起而带来的概念化窠臼，它更重视的是对“生存本相”和“原生态”的展示。实际上，它自觉不自觉地暗合胡塞尔的“现象学”理论，消解了“现象/本质”二元对立的“两分法”，通过对“现象”或“原生态”的“还原”、“中止判断”和“价值悬置”，把一向被我们认为是没有意义（本质）的“现象”从本质的压抑下解放出来了，使平凡琐屑的日常生活现象获得了尊重和独立价值，拓宽和丰富了传统现实主义的表现疆域和思考维面。此方面的贡献或积极意义当是有目共睹。遗憾的是，作家们的这种努力并未获得我们所期待的广大读者的反响。症结或许正如人们所指出的：“‘新写实’陷于琐碎，‘新体验’拘于一己，‘新状态’缺少丰富”，自然显得“缺乏现实感，境界狭窄”。①我基本同意此说。在我看来，它们关注的“现实”更多的是小范围、小圈子、“小我”的现实，过于个人化和私语化，因而“格局狭小”，现实精神稀薄，缺乏辐射力和穿透力，自然也就引不起圈子外人们更多的兴趣。关于“私人”与“公众”，“小我”与“大我”的关系，有一位作家表达过如下意见：

> 我认同“私人化”的个性意义，我极赞成一部只写“自己”的作品。窃以为在深层次上写深写透了“自己”也就是写足了一切。一片树叶，写得精到，强似一棵树，大片森林。但它必须是一片有着树的给养、有着绿色、有着日光下或明或暗的光色的叶子，否则，我怎能不把它误认为一片纸屑，无色的白纸？②

直到最近，以上文学状况才发生了改观。这一转折的显著标志就是以崛起于燕赵大地的何申、谈歌、关仁山“三驾马车”为代表的一批新人的出现。他们的《年前年后》、《信访办主任》、《天下荒年》、《大厂》、《大雪无痕》、《九月还乡》、《黄坡秋景》等一系列中篇小说，直接把笔触切进了广阔的农村基层和国营大中型企业的两大改革的“主战场”，迫近而真实地写出了这两大战场在艰难的改革进程中的阵痛与蝉蜕，以及

① 王光东：《现实精神·现代意识·叙述话语》，《新华文摘》1996年第3期。

② 邵振国：《通向墓地》，《文学评论》1996年第5期。

广大底层人民的挣扎与奋斗，困惑与希望，从而迅速地引起了广泛的社会关注。批评家们兴奋地把这一现象描述为“现实主义的冲击波”、“现实主义的复兴与回归”、“现实主义的回流”、“现实主义新浪潮到来的先声”……其实，冷静地说，现实主义从未“断流”，要说“回流”也并非始于今日，并非始于“三驾马车”。在“新写实”以来的文学进程中，始终有一批作家如王蒙、李国文、刘心武、张炜、梁晓声、刘恒、王安忆、铁凝、刘震云、方方、朱苏进、池莉、刘醒龙、毕淑敏、周大新、阎连科等并未放弃现实精神，他们的部分作品甚至还表现了相当突出的当下品格。而且，他们在艺术上显然比“三驾马车”们远为成熟和老到，汲取了此前各文学探索阶段的积极成果，更加体现了现实主义手法的丰富、多样与开放。他们的现实主义创作只是因为散落在一个较长的时间段和较宽的题材里面而未引起充分注意而已。但他们的创作一直在为今天所谓的“现实主义冲击波”作着“蓄势”并且也已汇入到这一浪潮之中。仅仅把现实主义回流归功于“三驾马车”们而忽略其他作家的贡献也是不够公正、不够客观、不够全面的。“三驾马车”们之所以能在一夜之间脱颖而出“后来居上”，第一是因为他们的集中涌现，多少体现了一点“流派”的色彩；第二也确实由于他们直面改革的“正面战场”——工厂与农村，较之前代作家具有一种更为鲜明与强烈的当下品格。而这后一条，恰恰说明了当下写作的无穷活力，说明了文学与现实精神须臾不可分离的血肉联系，说明了现实生活对文学的热切呼唤。

作为对创作界现实主义回流的反响，理论界也纷纷提出了“现实主义重构说”（李广鼐、王光东），“深化论”、“开放论”、“补课论”等多种理论设计或构想，说法迥异，目标趋同，那就是大力倡导文学的现实精神。这种“精神”，“不同于现实主义的创作方法，也不同于历史上某一种具体的文学形态，而是一种文学与人类生存之间永久性的关系和承诺。信守这种关系和承诺，文学就有了生命之根，文学艺术的创造，无论什么时候，它都既是一种文学艺术家个体生命的存在方式，也是人类生命存在的共同需要；它既是个人的诉说，也是与外部世界的对话。就是这样一个恒久的关系，决定了文学的现实主义精神恒久的基本要求。”①

---

① 参见孔范今《一个通往文学新世纪不可逾越的话题》，《新华文摘》1996年第3期。

基于此一认识，我现在更关心或者说更担心的问题在于，如何把这种现实精神转化为当下的文学实践，也就是说它有一个重要前提，即作家熟悉生活——我们的作家对目前急速旋转着推进的、像万花筒一般五光十色而又像大海一样波澜壮阔的现实生活有着深切的体验、了解和感悟吗？

“三驾马车”们无疑是熟悉生活的，原因之一就是他们目前仍然生活工作在农村与工厂的实践第一线。他们与现实不隔，并因此获得了迅捷捕捉与敏锐观照当下生活的最佳视角。我指出这一点的意思是想说，他们的前代作家尤其是成名较早的作家均已转入专业创作多年或者担任了各专业团体的领导职务，客观上与基层生活拉开了一定的距离。前文说到的80年代中期的文学“转向”，除了分析过的那些原因之外，还有重要的一条，就是部分作家在第一个创作喷发期之后，生活已然告罄，而不得不转向技巧、形式、远古、历史和私语写作。时至今日，当市场经济在90年代的中国全面推开之后，其思想观念、价值体系、生活方式、行为规范等诸多方面所发生的冲撞、激荡、变革与更新的程度与速度都是此前阶段所不可比拟的。作家驻足观望，社会渐行渐远。那么，作家们对这一种“现实”的疏离恐怕就只能是日甚一日了。

具体来讲，部分作家对现实的疏离或隔膜表现在两个向度上，一是社会底层，二是改革前沿。就前者而言，不说分布在广袤的老、少、边、穷地区的八千万贫困农民的生存现实，就是一般的工作生活在各行各业最基层的普通群众的喜怒哀乐，又有多少能得到作家作品的“光顾”呢（相比较来看，反映最多的往往是与作家行当有“近亲”关系的人文知识分子社群）？刘醒龙、阎连科和“三驾马车”们之所以受到推崇，大概也是因为他们的创作多少填补了这一方面的“空白”吧。就后者而言，城市改革方案，企业竞争机制，大中型国营工厂的关、停、并、转，外资引进，特区开发，关贸，税制，金融，环保，高新科技……在这一些广为今日中国的普通百姓所议论、所关注、所希望了解而又总是不甚了了的领域中，我们的多数作家也交了“白卷”（这一方面，报告文学作家表现稍好）。改革文学一而再再而三的难产或“早产”、苍白、肤浅和弱不禁风，正好说明了作家对这个领域的陌生或一知半解。

当然，我们不能要求作家都成为“多面手”或“万能专家”。一个人的人生经历、经验总是有限的。唯其如此，作家们才更需要走出书斋，深入生活，拥抱现实。特别是当此跨世纪之际，古老的中华腾飞之时，在我们的周遭，时时刻刻都可能在发生上演着影响乃至决定人们个人和民族整体命运的雄壮活剧。无论是就时代要求还是作家职业来说，我们都有责任去关注它们，了解它们，表现它们。否则，就像魔幻现实主义大师马尔克斯所说的那样："我真不明白，居然还有作家对于影响、有时甚至是决定他们生活的现实的某种因素无动于衷。"① 那样的话，于公于私，一个作家的价值和意义又如何体现呢？

如果说，对于那批已成名并成熟的、正在进入深度或"二度创作"、急需补充生活的作家来说，亟待解决的是对当下生活"深入不够"的问题的话，那么，对于"三驾马车"等一批尚在进入"一度创作"的青年作家来说，则需要解决对生活"超拔不够"的问题。因为在他们的创作中，显然还多有"新写实"之类的流风余韵，常常停滞于生活的现象或表层，或者沉溺于生活的琐屑与玩味，或者满足于生活的实感与流程。苛刻一点说，我将其概括为"四多"与"四少"，即：多深刻的调侃，少崇高的呼唤；多冷静的描写，少激情的燃烧；多世俗的生活，少理想的烛照；多生动的人物，少典型的铸造。总之，还缺乏一种大家之气，一种超拔之气，深化有余而升华不够，体验有余而提炼不够。一方面，他们还要进一步强化现实精神和批判锋芒，在快速跟踪生活步履的同时，不回避重大矛盾，以强烈的爱憎直面生活，透视生活，在生活的"此岸"和深处，传送出时代脉息的沉重而有力的搏动。另一方面，他们也要来一点先锋精神或理想主义。这个"先锋精神"主要不指向形式层面，不是对生命存在的技术性摹仿，更不是叙述圈套和语言游戏，而是对生命"彼岸"和远处的一种终极关怀和深邃洞察。换言之，就是一个"乌托邦"或精神家园，它表达人类恒久的理想和永远有待于实现的梦。倘若把握好了"现实精神"和"先锋精神"两个层面的结合，他们将有可能彻底冲破"新写实"之类的束缚，建构起一种崭新的现实主义文学形态。此外，他们艺术上美学定位的暧昧、风格追求的模糊、语言质地的粗糙等问题都值得警惕。如不注意整体素质的提高，在目前"一度创作"中写完了最熟悉的生活以后，也必将在迈向新的更高更大的艺术境界时遇到障碍。

防止"深入不够"和"超拔不够"两个倾向时，我们应优先重视前

① 引自《世界著名作家访谈录》，第364页，江苏文艺出版社，1994年。

者。因为归齐了说，生活才是创作的惟一源泉，也是培育一切文学生长点的沃土。深入的途径可以不同（挂职体验或反复补充都可奏效，比如朱秀海之于《穿越死亡》，朱苏进之于《炮群》,[①] 等等，但前提是必须深入，深入就可能获得灵感，获得生机，使作家重新焕发巨大的创作活力。

三

90 年代的文学，尤其是一批重量级作家的代表性作品的相继出现，给我们提出了一个重大命题，即当代中国文学在寻求走向世界或与世界接轨的艺术通道时，究竟在何处为自己定位。

80 年代中期，拉美文学的引进，给中国文坛带来了“爆炸”式的震荡效果，不但诱导了各路好手的群起效尤，而且使“诺贝尔奖”成为热门话题并急速膨胀成一个“情结”，刺激不少作家摩拳擦掌，跃跃欲试，频频翘首万里之遥的斯德哥尔摩。这其实反映了当时文坛的浮躁、盲目和不成熟。进入 90 年代，情况大为不同。一批作家开始沉静潜心、真刀实枪地埋头苦干了。他们的自信，不仅来自自身力量的提高，还更来自文学的“双向开放”，或者说由被动接受域外文学的单向“输入”，开始转入主动出击和本土文学的有限“输出”。部分作家的频频出访和作品被反复译介，甚至打入“诺贝尔奖”的评奖外围，以至于在诺贝尔颁奖讲坛上为人注意（如 1994 年诺贝尔文学奖得主大江健三郎在获奖演说中提及莫言[②]……这一切都为当代中国文学赢得了声誉并逐渐为世界文坛所关注。与此同时，他们也开阔了视野，扩张了胸襟，无形中增强了面向世界的勇气与信心，清醒地意识到，必须拿出“拳头产品”才能与世界文学对话。于是乎，我们先后读到了张承志的“生命之书”《心灵史》，陈忠实的“可作枕头安眠”之书《白鹿原》，贾平凹的“唯一可安妥灵魂”之书《废都》，莫言的“献给母亲与大地”之书《丰乳肥臀》，韩少功的

① 《穿越死亡》是反映当代战争的长篇，朱秀海为此曾于七八十年代之交两度深入前线采访长达半年；《炮群》是反映我军现代化进程的长篇，朱苏进为此到某炮团挂职副政委一年。

② 大江健三郎：《我在暧昧的日本》，《性的人》第 299 页，光明日报出版社，1995 年。

长篇处女之作《马桥词典》……

指出上述作家创作包含或潜藏了“走向世界”的动机，决非空谷来风。比如一位研究者就详细分析了贾平凹创作转向的动因：“不少论家指望他重返商州现实，但是在贾平凹的心里，自《浮躁》走出国门之后，特别是美国学者葛浩文翻译上的繁难及平凹访问美国之后，他深深体味到风情醇厚的商州故事与现代意识充塞头脑的美国读者在沟通上存在巨大障碍，这障碍极大地弱化了贾平凹作品的艺术光线，为此，平凹曾著文吐露苦衷，并意欲将创作转向，从城市生活寻求切入点……抒写当代城市人的生活，对于东西方读者而言，沟通上较之商州故事更为方便……这便是《废都》、《白夜》创制之初的心理动因。”① 为了“沟通”，考虑表现内容（题材）固然是一个方面，但表现形式的选择问题必然也将相伴而来。选择何种艺术样式或风格更易于被世界（美国?）所接受所认可，是西方化的？拉美化的？还是中国化？或者是兼容并包，择优杂取？在创作之初，作家们的脑子里必定会有一个写作参照系，一个美学目标，一个艺术定位。不同的眼光导致不同的选择，于是乎，我们看到的作品也呈现迥然各异的艺术风貌：《心灵史》显然深受回民哲合忍耶教派秘籍《热什哈尔》之影响，它是史学、神学、哲学和散文与诗的综合，它远离“纯文学”，但又具有纯文学所罕见的凝重的神秘之感，酷厉的牺牲之美；《白鹿原》在传统写法的基础上汲取“外国良规，加以发挥”，表现出一种开放的现实主义品格；《废都》则完全回到明清小说的叙述方略和语言，散发着些许现代“古董”的意味；《丰乳肥臀》基本上以拉美魔幻现实主义（如《百年孤独》等）为借鉴，以奇异、诡谲、变形、荒诞为特色；《马桥词典》则以现代语言哲学和域外小说形式来审视和表达本土文化，突出了形式意识和理性精神……

本文无意也无力对上述诸作进行全面的分析与评估，甚至仅对“艺术定位”这一点也不能多作比较。我只想简单列举其中两个比较极端的例子，点明其艺术定位有欠妥洽，进而阐明我的主张。在我看来，《废都》太“旧”或太“土”，《丰乳肥臀》则太“新”或太“洋”。以皮亚杰发生认识论的观点看，前者对传统的艺术“审美图式”不仅未作拓展与推进，反而是一种收缩与倒退；后者则过于超前与“越位”，至少对中

① 孙见喜：《猜想：一个苍老的顽童》，《小说评论》1996 年第 3 期。

国绝大多数读者来说走得太远，致使其中许多宝贵素材和珍贵感情都被“形式”所弱化、所遮蔽，既造成了接受障碍，也消解了艺术力量。尤为令我遗憾的是，我认为在这几人当中，莫言的艺术定位最具弹性和选择性，从写实到写意，从传统到新潮，他都应裕自如并有过上乘表演，可这一回他却依然认准了“魔幻”。他的这种定位自有他的理由和深思熟虑之处，但从客观效果看，这是一次艺术定位的失误。究竟如何定位才算正确，谁也无法具体回答。我的笼统看法是，只有立足本土，创化传统，才有可能最大限度地征服中国读者；而只有首先征服了中国，然后才可能征服世界。从这个意义上说，鲁迅的那句名言仍没有过时，即越是民族的，便越是世界的。

下面，就我的“定位”理由，分四个层面扼要陈述如次。

第一，走向世界不是走向西方。我们承认，现代以来尤其是20世纪，西方现代主义文艺运动取得了很大成就，对世界产生了广泛影响。但同时我们也应清醒地看到，其一，西方的文学自有其独特的文化传统、哲学背景和社会基础，他国不可能照搬；其二，西方的文学也是他们社会发展的阶段性成果，有的还可能是一种“弯路”的畸形产物（如后现代主义），他国不必要照搬；其三，西方化并不等于世界化，西方文学也仅仅是世界文学的一个组成部分，经济与科技的先进也并不等于文学的先进。任何民族和国家的文学要取得世界性的认同都不能靠紧跟谁或摸仿谁，只有立足本土，以富于民族特色的艺术创造去参与世界的对话，才可能对世界文化有所贡献。仍以与我们“国情”相近的拉美文学为例，在长达一百五十年的文学实践中，他们走过了追随法国古典主义、现实主义、超现实主义的曲折道路，一直到本世纪40年代才产生“背叛情绪”，坚决地实行大地文学、乡土文学、土著文学的口号，扎扎实实地转入本土创作，回到印第安文化和美洲文化的传统，使域外经验和现代意识嫁接在传统这棵古树上开出奇葩，这才有了60年代的“爆炸文学”。再以与我们文化相亲的日本文学为例，在经济体制和意识形态全盘西化的进程中，他们始终未放弃本民族的文化传统。大江健三郎“感谢尼尔斯和他的朋友大雁”，是“因为这只大雁使我重新发现了《源氏物语》”。[①] 而且川端康成也认为“自己植根于东方古典世界的禅的思想和

① 大江健三郎：《答谢辞》，《性的人》第307页，光明日报出版社，1995年。

审美情趣之中”、“却并不等于西方所说的虚无主义”。① 结果是，他们都获得了世界性的承认。

第二，中华文化不必妄自菲薄。恰恰相反，它作为人类四大古老文明的硕果仅存者，之所以能维系中华民族数千年不坠，不仅证明它具有一般传统文化的超稳定性，还说明它具有超越一般传统文化的生生不息的巨大活力。同时我还始终顽固地坚持认为，就知性的、分析的理性思维而言，我们也许弱于西人；但就感性的、整体的审美把握和艺术思维来看，我们却比他们更优，也即是说，中国的东方式的审美思维是更加接近艺术本质的。最近，画家石虎先生更对汉文化沿坡讨源，提出了“字思维论”，已经引起中国诗界的极大兴趣和高度重视。郑敏先生据此追溯到九十年前（1908）美国语言学家范尼诺萨对汉语作为诗歌媒体的一篇赞美文章，其中早就阐述了汉语的象形文字所传达的动感，所包含的具体图画和多词类功能；因其非抽象性，包涵有浓厚的感性直观素材而更能表达诗的本质，认为“汉语文字由于其记载了人的思维心态的过程而开创了语言哲学的新篇章”，并对此东方哲思的特点惊叹不已。郑敏先生进而发挥道：“舍自己文化的本源去模仿他文化，岂非自甘沦为他文化的影子与附庸。”“对自己的文化传统无知，对他者的文化传统虽同样无知，却盲目崇仰其新潮是造成当前我们文化危机的原因之一。”“其实任何新潮都有其传统基础，任何创新都来自对传统的深邃的理解，最伟大的创新者必是最深刻的继承者……割断当前与传统，只能搅起一时的新鲜感，绝不能产生经典之作。文化传统之可贵正在于此。”②

范尼诺萨作为“他者”却如此理解和推崇汉字文化，确令我辈羞愧；但另有一批具有文化上的双重或多重背景的中国文人最终对于传统文化的彻底皈依，是否又会让我们感到困惑呢？——本世纪上半叶，陈寅恪、辜鸿铭、钱钟书等一批大师少年出洋，游学多国十余年，在深谙异域文化和精通数门乃至十数门外语返国之后，却一头扎进了传统文化之中，有的人甚至还拒绝白话文和简化字，坚持使用文言文和繁体字写作，并且依然达到了学术高峰，这究竟作何解释？与此相近的例子还可举出台

---

① 大江健三郎：《我在暧昧的日本》，《性的人》第299页，光明日报出版社，1995年。

② 参见郑敏《一场关系到21世纪中华文化发展的讨论：如何评价汉语及汉字的价值》，《诗探索》1996年第4期。

湾作家余光中、白先勇等人，他们在本世纪中叶也曾先后留学英美，也曾迷恋过艾略特和阿兰—罗布—格里耶，但当他们回到台湾之后，也是一头扎进了传统文化之中，余光中还专门为此撰文，自称是文化上的"回头浪子"，而且他们也都成了台湾文学复兴的领军人物。这又究竟作何解释？难道仅仅是说明了他们的"好古"或守旧？或者说明了中华文化强固的惰性和强大的惯性？难道不可能或更可能同时也说明了这正是他们"入乎其里，出乎其外"之后一种深刻选择的结果，由此而恰恰证明了中华文化的博大深邃和魅力无穷呢？

情形恰如郑敏先生所指出的，我们目前最需要的，首先是对中华文化传统深刻的学习、认识、理解和继承（尤其是一批青年作家对于古典文学的"补课"），而不是妄自菲薄和自卑自弃。

第三，世界文学不能缺少中国。两千年的中国文学诞生了屈原、李白、杜甫、关汉卿、曹雪芹、鲁迅等一批文学巨人，以他们为代表的中国文学精华，已然成为了人类文明宝库中的瑰宝。而中华文化对东方的覆盖性影响也是不争的事实。没有中国文学和文化的世界也将是一个跛子。而且按照新儒学的观点，儒教文明还将为后工业社会的人类提供一剂拯救的良药。此说自然有待实践检验，但中国文学和文化已越来越为世界所重视却是有目共睹的。虽然由于西方某些人士的偏见以及汉"美文不可译"（张承志语）等诸多原因，西方世界不少人对中国文学文化还处于少知甚至无知的状态，这一点最近被季羡林先生的"失语新说"一语中的："专就西方文学而论，西方文论家是有'话语'的，没有'失语'；但一谈到中国文学，我认为，患'失语症'的不是我们中国文论，而正是西方文论。"① 但毕竟不乏有识之士开始了荜路蓝缕的工作。前文提及的范尼诺萨是一例，晚近又有美国青年学者金介甫专程来华深入调查考证，撰写了洋洋三十五万字的第一部出自西方学者之手的《沈从文传》，而且对沈推崇备至，认为"沈的杰作可以同契诃夫的名著媲美"，《边城》"像《追忆似水年华》那样扎实"。并且预言，历史"总有一天会对沈从文作出公正评价：把沈从文、福楼拜、斯特恩、普鲁斯特看成成就相等的作家②。"此外，拉美文学大师纷纷看好中国，几年前，马尔

① 季羡林：《门外中外文论絮语》，《文学评论》1996年第6期。

② 金介甫：《沈从文传》，第2—3页，符家钦译，湖南文艺出版社，1992年。"

克斯和略萨都相继自费来华考察访问，目的无非是想亲自感受领略一下中国文化的神秘魅力。而至于博尔赫斯，简直就算得上一个中国文化通了，他对周易和老庄都有相当精湛的研究。谁能说，在他们的“文学爆炸”当中就没有中国文学和文化的滋养与影响呢？

第四，传统文化不能故步自封。前述两点极言中华文化之精深之伟大，决非鼓励夜郎自大，提倡一成不变，实在是出于一种补偏救弊之用心。我们强调立足本土，回到传统的同时，也强调传统需要出新，需要创化，需要开放；向世界开放，向时代开放，向现实生活开放。模仿洋人没有出路，模仿古人也没有出息。因为毕竟时代在发展，社会在前进，世界在变小。各民族传统文化的稳定性中都在不断滋生出新的变性与活性，都不可避免地要和异质文化进行愈来愈广泛的交流与融合，从而催发出新质和新机。我们应该拿出泱泱文化古国的气度，大胆地采取“拿来主义”，为我所用，坚信“吃了羊肉决不会变成羊”，而只会变得更加强健有力。“五四”时期茅盾说鲁迅的小说一篇一个形式，而鲁迅则说自己的创作也是“仰仗了百余篇外国小说的阅读”。钱钟书的《围城》则是他在英法文学中长期徜徉之后直接汇入20世纪世界小说大潮中所溅起的浪花，它是中国传统开放的结果，是中西文化碰撞的产物。但归根到底，它还是一部反映中国知识分子众生相的、飘逸着中国风神的杰出的中国小说，它首先是中国的，然后才是世界的。我们今天所要做的，就是继续站在人类文化的最新高度，广迎八面来风，博采四方精华，更新观念，创化传统，以富于民族特色的新文学参与国际性的现代文化建设进程。

事实上，近年来的中国文学界也在实践中逐渐地从借鉴、摹仿乃至照搬域外文学的浓重阴影中挣脱出来了。从韩少功的“寻根”，重视“寻找东方文化的思维和审美优势”，到张承志坚定地表示：“作为一个中国作家，我深深感到，中文的美是不可抗拒的……不管中文的美是否能让世界感受，只要我们有能力继续创造用中文写作的美文，厚重的中国文明就永远可能不被消灭。”① 从王蒙、李国文、刘心武诸君对《红楼梦》等古典名著的兴趣与日俱增以及对其美学价值的重新认识与评估，到一批中青年理论批评家对新潮热的反省以及对国内创作实践的认真扎实的爬梳与清理，等等，都是中国文学界日渐成熟的表征，是他们运用从本

---

① 见《张承志警告中国作家》，《无援的思想》第106页，华艺出版社，1995年。

土从自身生长出来的智慧和从传统中创造性转化出来的话语系统走向世界大文化建设的开始。毫无疑问，所有这一切，都为中国作家寻求与世界接轨的“艺术定位”展开了背景，提供了前提，暗示了方向。这就是希望之所在。

最后，归纳我的结论：世纪之交的中国文学生长点，就在于“提升作家素质”、“拥抱现实生活”、“立足传统文化”的三足鼎立。只要跨世纪的中国文学大树，往下能深植于现实生活的厚壤，往上能接通五千年文明的血脉，往外能承受住八方风雨的洗礼，就必将茁壮生长，郁郁葱葱，巍然自立于未来百年的世界文学之林。

（载《文学评论》1997 年第 2 期）

是大作，但不是精品

——论柳建伟《北方城郭》及其他

楔　子

1997年9月初旬，柳建伟送来了他第一部长篇小说《北方城郭》的样书（人民文学出版社1997年6月版）。带着相当程度的疑虑我开始阅读，起初进入时颇感不适。笨拙的叙述，硬直的语言，尤其是对出场人物不无夸张的漫画化描写等，都与我素来崇尚的“美文主义”相去甚远。不想格格涩涩读完两章之后，竟在不经意间渐渐“入戏”了。掩卷沉思，内心里慢慢涌动起一股思想与表达的欲望，乃至日渐强烈。经验告诉我，恐怕是遇到了好东西，在审美的领域里，感性往往比知性来得更为准确和可靠。只有好东西、新东西才可能刺激你、兴奋你、挑战你（尤其像我这样阅读神经麻木疲软的“职业读者”），使你有话可说，想说，非说不可。反之，哪怕是面对一部精致光滑的平庸之作乃至中平之作，它也许让你难以挑剔，可它也让你无话可说——没什么可说的，也不想说什么。

《北方城郭》正相反，可说想说的太多了，以致梳理不清或者说等不及梳理。按常规，要对一部重要作品尤其是长篇小说作出判断性发言，必须是等热情冷却之后、拉开一段距离进行理性的条分缕析之后，方才比较可靠，比较符合学术规范。然而这一次，我却是明显犯规了。读后不过一周时间，就和我的同事兼同行张志忠先生进行过一次长篇“对话”，后觉言犹未尽，又单独撰写一篇数千字短文，前者分几部分陆续在《中华读书报》、《文学报》、《作家报》刊出，后者则作为“长篇导读”载于年底的《小说选刊》。如此快速地向传媒发布我对一部长篇的好评，这在我多年的评论中似乎是一个例外，和我一贯慎言慎行的为文风格也颇不相合。我想之所以不够冷静的原因，一是急于表达自己，所谓“如鲠在喉，不吐不快”；二是急于推荐作品，所谓“奇文共欣赏，疑义相与析”。文章很快在一定的范围内引起了反响，但是，评价不尽相同，看法人言言殊。

据我所知，普遍看法是认为我的评价过高，有失分寸，有失冷静，甚至有出于师生情面而作广告式友情评论之嫌疑。就连该书的出版者人民文学出版社也对我的意见未能理解，难以苟同（显而易见，仅从《北方城郭》马虎潦草的封面装帧和了无声息的悄然出版，即可判断，该社至多是把该书认定为刚过发表线的中上之作而已。将它和差不多同期隆重推出的《尘埃落定》略作比较，此一区别更是不言而喻）。时至1998年1月上旬，人民文学出版社、解放军艺术学院文学系、四川巴金文学院三家联合在京召开“《北方城郭》研讨会”，虽然会议对作品给予了充分肯定，但持有和我等高的评价者却为数寥寥（如白烨先生称：《北方城郭》将是下届茅盾文学奖的有力竞争者云云）。多数人仅仅是激赏或称道作家的才华和作品的某一方面或某些部分，如直面当下社会现实矛盾的尖锐与勇气，又如主要人物李金堂作为一个文学典型的丰满、立体与多面，再如人物对话的惟妙惟肖，等等。但意见也相伴而生，存疑处亦颇多。譬如有人在政治评判上认为整部作品的基调太灰，缺少光明：全篇几乎没有正面人物，更遑论英雄形象；读后不给人以鼓舞和信心。而更多的人则在艺术标准上表示游移，对我的“长疯了的大树”说、“混沌”说等诸说多有质疑，认为一部作品的主题还是应该确定和明晰，你到底想告诉读者什么？这个问题不能确证，整部作品就难以定位了。如此等等，不一而足。统而言之，多数人还不能认同我对《北方城郭》的整体评价，或者也可以换个更为形象的说法：人们认为，《北方城郭》虽然很不错了，但距离一部大作的高度至少还有三箭之遥。

那么，《北方城郭》究竟是一部中上之作，一部比较优秀之作，还是一部大作？

需要深入辩证的问题正在这里。

一　“大树”

也许，人们一直对本文前缀的几个“关键词”感到纳闷；而且，对我何以如此推重一部显见不乏稚拙、粗疏的新人长篇处女作可能也困惑不解；当然，对我究竟发表过什么意见更不甚了了。其实，这三者是一回事，我正是用“大树”、“推土机”、“混沌感”等这样几个毫不相干但却非常感性化的词汇来概括性地表述我阅读《北方城郭》之后的直觉感受。因为它们过于风马牛不相及，所以有必要先腾出笔墨来作一下“名词解释”。

所谓“大树”，是我对作品的一个基本定位，即这是一部大作，即便放置于新时期乃至当代长篇小说之林中去观照比较，它也能以粗大的躯干卓然独立而不至于被淹没。而且，这棵“大树”和别的长篇“大树”还有一个显著的区别，即它长得特别蓬勃，枝繁叶茂纠葛攀缘甚至显出了某些紊乱，显得缺乏必要的修整，树形有欠美观和有序，但也恰恰表现出了一种异乎寻常的强旺生机和活力。因此，我对这棵“大树”还加了一个形容词来修饰，称它是“一棵长疯了的大树”，并以此作为前述那篇对话的总标题。——所谓“推土机”，则是我对作家的一个基本定位。我认为，《北方城郭》雄辩地证明了柳建伟是一个有力量的干大活的好材料，即一个推土机式的作家。而且，我还据此得出一个结论，真正优秀的长篇小说作家主要应该是以力量取胜的推土机型，而非以精巧见长的摩托型、轿车型乃至中巴型。——而所谓“混沌感”，是我对《北方城郭》整体美学风貌的一种概略把握，它混混沌沌，朦朦胧胧，如雾里看花，水中望月，雨中观山，夜间读云，有一种含浑的气韵却不能确定，有一种深邃的意味却难以明言。而且，我又据此提出一个观点，即大凡经典长篇小说都具有相似特征，换言之，则不妨把“混沌感”看做是长篇小说一种较高的审美境界。——至于“人物对话”，这是《北方城郭》写作技术上的一个显著特征，也是最见作家才华与功力的重要因素。具体可分两层意思：第一，它占到了全书篇幅五十余万字的三分之一，这在一般长篇中实属少见；第二，全书近一百四十个人物不敢说各有各的声口，但其主要或重要人物基本上做到了什么人说什么话。这在当前长篇中亦殊为难得。

如此说来，上述几个关键词表面看去互不搭界，实际上却有着一种内在联系——它们都是《北方城郭》给予我的启示或者是我依据《北方城郭》提出的命题。显然，在我这里，它们都包蕴了丰富的特定的内涵，分别从不同侧面表达了我对《北方城郭》的整体判断：一棵“大树”，一部长篇小说大作。问题也就随之而来了：具备上述特征的长篇小说就能算是大作吗？或者换个角度发问：究竟怎样的长篇小说才算大作？

我还注意到一个有趣的现象，即评论家和创作家在对待《北方城郭》的态度上大相径庭。如果以我的意见为分水岭的话，那么，评论家（尤是老年）多为右派，偏于保守，创作家多为左派，趋向激进。这种带有一定程度的共性的差异能说明什么问题吗？我未及深思，但我想至少有一点启示应该引起我们注意。一般说来，评论家多以理论依据作为坐标，而创作家则多以实践经验作为参照，二者之间何者更为可靠呢？当然，问题也许没有这么简单，但有一种可能却真切地存在，那就是《北方城郭》以它巨大而锐利的艺术才华、艺术勇气和艺术真实，对几十年以来正统的、主流的，同时也不乏某些陈旧和僵化的文艺理论范式再次提出了严重挑战！

当然，这涉及到一个庞大而复杂的课题，本文也无意纠缠，但也不妨点到为止——理论滞后于创作实践，常常使得我们的批评家们一不留神就陷入了首鼠两端的两难窘境。譬如前文列举的例子——既然肯定了人物巨大的典型意义，却又要指责其不够正面和英雄；既然对作品揭露现实矛盾的深度表示认同，却又要以有欠光明对其进行消解。如此这般，让读者困惑，让作者无措，与现实生活不符，也与经典作品所提供的艺术规律相悖。试问，巴尔扎克和陀思妥耶夫斯基乃至鲁迅的笔下刻画了多少正面英雄形象？涂抹了多少光明的色彩？没有。恰恰相反，他们正是以揭示社会现实的阴暗和拷问人的灵魂的负面而获得了穿透生活和人性的空前的深度，从而赢得了不朽。不必讳言，这也正是批判现实主义的真谛所在，也正是柳建伟向他们学到的一点真经所在。话说至此，又牵扯出了几个大题目，即批判现实主义在当下中国的意义和处境：我们今天还需不需要批判现实主义；批判现实主义和主流文学的关系。可以想见，这又是一些个不仅复杂而且敏感的题目。在此，我只想说两句话表达两点意思：第一，《北方城郭》是我国多年以来深得批判现实主义真传的长篇之一；第二，恰因此点，《北方城郭》一时还难以被主流文学所全面认同。

至于我个人，我初衷不改，固执已见。从我第一次评说《北方城郭》至今，已经过去了整整一年时光。一年来，我认真听取并密切关注各方对于《北方城郭》的多种意见，也曾一度对自己当初的不冷静发生过怀疑。但是深入思考和反省的结果，却是使我更加坚定了我最初的判断。

尽管《北方城郭》在《作家报》评选的“1997年度十佳长篇小说”中“叨陪末座”，我却由此更加担心圈内有限度的认可会妨碍人们对其进入更深度的认识。我在为《中华读书报》撰写的年终专稿《'97中国文坛回眸》一文中，特将《北方城郭》和《尘埃落定》并称为1997年度长篇小说的“双璧”和“压卷之作”，以期引起更为广泛的关注，看来影响也极其有限。有趣的现象是，《尘埃落定》因其灵性而诗意的历史风情画不胫而走，赢得一片喝彩，甚至博得了某些人慷慨赠与的大师与经典的桂冠。而在我看来，这“双璧”之间一冷一热的遭际，是否也多少反映了一点批判现实主义在当下中国的尴尬处境呢？当然，我既然将它们视为“双璧”，自然也看到了它们各自的不可替代的价值，也可以说是各有千秋，难分轩轾。如果硬要作一个比较的话，那么，是否可以这么看，《尘埃落定》显得神闲气静，诗性而空灵；《北方城郭》见出思情滂沛，尖利而凝重。前者以审美价值见长，后者以认识功能取胜。两棵都是“大树”，前者是临风玉立，亭亭如盖的雪杉；后者是遮天蔽日，根如虬龙的古榕。因此，扬“尘埃”而抑“北方”至少是一种偏见，是一种局限。我坚信，时间将会证明这一点。

归齐了说，《北方城郭》到底好在哪里？究竟是不是大作？还得以理服人。前文触及的几个大话题都是蜻蜓点水，浅尝辄止。下面，我将绕开那些大而无当的题目，回到我最初的直觉，回到我的“关键词”，逐一地对“推土机”、“混沌感”、“人物对话”以及“备忘录”和其他相关问题作出冷静和理性的剖析与阐释，再为《北方城郭》一辩，也求教于各路方家。

二 “推土机”

任何比喻都可能是蹩脚的，可人类永远都需要各种各样的比喻。推土机就是我对那些能写出真正意义的长篇小说作家的一种比喻。这个比喻恐怕也是蹩脚的，但我还是愿意把它公布出来。我的意思是说，长篇小说反映的对象往往是整体的、开阔的、长河般的社会生活和历史画卷，而中短篇则更多地截取横断面、某些局部乃至细部的人物、场景，是生活长河中的一道涟漪、一个旋涡或几朵浪花。因此，中短篇作家总是以灵巧、精致或速度取胜，而长篇作家则必须依靠力量、吨位和气势擅长。

据此，则还可以把中、短篇小说作家比喻成漂亮的中巴和轿车。如果顺此思路再作发挥，把一个时代的文学比作一座都市的话，那么，推土机型的作家创造了都市的主体框架，中巴和轿车型作家，则使这座城市充满了活力和生机。

我一直固执地认为，衡量一个作家、一个作家群落乃至一个民族文学水平的重要准绳是长篇小说。长篇小说是一种基础、一种高度、一种标志性建筑。尤其是自长篇小说成为文学的主导体裁后，几乎没有一座文学高峰或文学大国的地位不是由大量杰出的长篇小说建构起来的。17世纪的西班牙如此，19世纪的法国、俄罗斯如此，20世纪的拉美文学爆炸亦如此。历史的经验告诉我们，今天中国要想成为世界性文学大国，只耽于中短篇小说的繁荣是不行的。必须要有中国的《高老头》、《悲惨世界》、《红与黑》、《约翰·克利斯朵夫》、《战争与和平》、《静静的顿河》、《喧哗与骚动》、《弗兰德公路》、《百年孤独》、《总统先生》、《帝国轶闻》、《玉米人》，才能达此目的，而中国当代的文学世界，还远远没有建构起自己的基本框架，特别需要“推土机”来廓清地基，开拓空间。同时，长篇小说作为一种大型文学体裁，它的主要任务之一，就是要用未完成性对未定型的现实生活进行全方位、多层面的正面攻坚。以此要求衡量，当下的中国作家，能承担起推土机责任的并不太多。近二十年来，大概只有王蒙、陈忠实、莫言、张炜、路遥、贾平凹等人，以其《白鹿原》、《活动变人形》、《平凡的世界》、《古船》、《丰乳肥臀》和《废都》，向世界显示了推土机的能量。我之所以特别看重柳建伟的《北方城郭》，理由也正在于此。

那么，柳建伟这台推土机，在《北方城郭》中都完成了哪些攻坚任务呢?

首先，作家以恢弘的气度，过人的胆魄，批判性的姿态和攻坚的责任感，直面当下纷繁复杂的中国现实。众所周知，共产主义在中国已传播八十年，中国共产党取得政权也已有半个世纪。然而，生存在这种信仰和政体中的中国人的生存境况，却较少得到全面、真实而深刻的艺术反映。在我们已熟知的许多优秀作品中，对这一个巨大的时空实体，都采取了巧妙的或简化（如《古船》）或变形（如《丰乳肥臀》）或规避（如《白鹿原》）的处理方略，而获得了“戴着镣铐跳舞”的有限度的潇洒与优美。但似铁的历史却一再证明，大凡杰出的长篇小说，相当多数都是直面当下生活并作出了全面深刻而且独到精彩的发言。《北方城郭》正是朝着这个高度努力迈进，它全方位、多维度地接触转型期尤其是90年代以来中国从政治、经济到文化，从都市、城镇到乡村的诸多方面和层面，上至意识形态的高蹈诡谲，下至底层人们的苦难与奋斗，都在作品中得到了或工笔或写意的传神表达。而且，作家丝毫不回避现实矛盾，几乎对当下生活中主要的阴暗面都作出了强有力的揭示。写贪污金额可达百万之多，写腐败可霸占一个剧团主角十几年，写卖淫嫖娼直到情与法发生正面冲突……同时，作家还以克罗齐的“任何历史都是当代史”的历史观，使传统文化在现实中复活，让现实生活在历史中显影，准确把握了历史与现实的互动关系。直面现实而又穿透现实，覆盖当下而又超越当下，使一个尖锐而庞大的现实题材成功地实现了艺术转化。

其次，作家以高度的理性、深邃的思考和强大的结构力量，使作品的主体结构和行进中的中国现实的深层存在实行了对位接轨。这种对位关系的确立，也使作品结构自身打上了鲜明的时代烙印。作家显然是把故事的主要演出场地——龙泉县作为中国的一个微缩景区或隐喻象征来设计的。龙泉地处黄河中原文化、长江古楚文化和商洛文化互渗影响的内陆腹地，正由农业、手工业文明向工业文明过渡，与正在进行经济和文化全面转型的中国的对位关系显而易见。此其一。其二，人物和事件都活动于、发生于政权机构规模最小但完全具备中央政府职能的县城；而主要人物和事件，都是政界、商界主角，都是政治和经济的激烈争斗，这又暗合了当下中国的政治体制转型。这两层对位关系，支撑了作品结构的理性高度，拓展了作品结构的抒写广度，使当下现实生活的长卷得以立体纵深地从容展开。同时，这种理念严谨的结构方式，有意识有层次地将时空交叉点一一凸现，比如权力机构的会议室、第一权力人的家庭、情人幽会的沙龙、隐秘的宾馆、晦暗的酒吧等，既是主要人物的活动场所，也是重要事件的转捩之地。理性的强力结构，使作品庞杂而不松散，广阔而有深度。

再次，作家以丰富的想象力、强悍的表现力和雄健的笔力，塑造了一个庞大的人物形象群。据不完全统计，《北方城郭》中有名有姓的登台表演者有近一百四十人之多，正可谓三教九流，五行八作，无奇不有，无所不包。有副部级领导、地委书记、专员、县委书记、副书记、县长、副县长、局长、乡长、村支书等大小官员；有跨国企业家、珠宝商；有国家通讯社记者、地区报纸总编、记者、县电视台记者；有艺术家、演员、教师；有农民和手工业者；还有娼妓、小偷、老鸨、赌徒、囚犯、帮闲和居士……一部作品中的人物形象如此丰富，行业跨度如此开阔，性格气质如此迥异，这在整个当代长篇小说中都是极为罕见的。尤为难能可贵的是，主要人物李金堂这个形象所达到的丰满、复杂和深刻的程度，几乎折服了所有的读者。不管评论家们对《北方城郭》的整体评价持何种调子，面对李金堂却基本达成了共识。普遍认为，这是当代文学人物长廊中一个非常独特的、具有高度概括力的典型形象；甚至认为，因为有了一个李金堂，整个《北方城郭》就立住了。我同意此说，但我又同时认为，李金堂的出现，绝不是孤立的、横空出世的，他和全书人物群像的关系不是水落石出，而是水涨船高，他只不过是这棵蓬勃大树上一根最抢眼、最高大茁壮的主干，在他四周或之下，遍布着繁盛茂密的枝条、藤蔓乃至葳蕤的绿叶。比如欧阳洪梅和申玉豹这两个人物，比较李金堂也仅仅是一筹之差，都具有相当的典型意义——前者堪称是承续了中国文学传统中从杜十娘到繁漪的被侮辱与被损害的风尘女子余绪的当代典型；后者则是作家敏锐捕捉到的当下转型中国新兴的资产阶级暴发户的生动样板。正是因了他们的映衬和托举，李金堂的形象才更加血肉饱满，呼之欲出。而他们和簇拥在他们周边的庞大的人物群落，又都不仅仅是陪衬的枝蔓与绿叶，而是人人都程度不同地传达出了别人无法替代的当下生活的丰繁内涵。这就使得整部作品跨越了纯粹的肖像画、风俗画、山水画的单一境界，开始具备了《清明上河图》的史诗品格。

概括生活，驾驭结构，塑造人物，可谓长篇小说三要素，上述都只是概略言之，但仅此足以证明作家推土机式的大力量和大气魄。而且，由于《北方城郭》的大格局，这使得它的题材定位变得棘手——改革题材、反腐题材、都市题材、农村题材、知识分子题材等这些当代文学批评中的题材疆域概念，在《北方城郭》面前都显出了苍白和无奈。因为它是这些，又不仅仅是这些，它包涵这些，又大于这些。它就是一个全方位、大纵深、多维度的当下中国现实的时空实体，而要拓展如此巨大的艺术空间，非“推土机”而不能。顺便再为“推土机”列举一条佐证，即《北方城郭》较好地克服了中国当代小说创作中常见的或虎头蛇尾或前紧后松的“半部杰作”通病，五十五万字几乎是轰轰隆隆一气推平，并且颇有愈往后推愈显劲道的意味，推至结尾仍然强势不减，整部作品神完气足，真力弥漫，充分显示了一个长篇小说作家必备而又难得的如夏日豪雨般滂沛的精力、情思和笔致。

三 “混沌感”

著名科学史家格莱克在回顾20世纪科学史时，曾经宣称整个20世纪的科学，将来只会有三个词被人类牢记：相对论、量子力学和混沌。在解释这三个重大科学发现的巨大作用时，格莱克做了如下表述：“相对论排除了对绝对空间和时间的牛顿幻觉；量子论排除了对可控测量过程的牛顿迷梦；混沌则排除了拉普拉斯决定论的可预见性狂想。”① 从牛顿到爱因斯坦，人类的思维方式发生了怎样的巨变，已经用不着讨论了。我只想在这里提说一下混沌对文学艺术的影响。

20世纪发现混沌，对于重新认识文学史和创造全新的文学，也具有重要的启示意义。19世纪以前，混沌并没有成为评判文学作品的某种尺度。举世公认的经典大师巴尔扎克和托尔斯泰，主要给人以博大、浩瀚之感，却并不怎么混沌。最接近混沌词义的文学批评的古典发言，大概是歌德对莎士比亚的著名论断：说不尽的莎士比亚。在这方面我缺乏研究和考证，但凭直觉认为，西方经久不衰的“莎学”和本世纪出现的像《尤利西斯》、《弗兰德公路》这样（故作?）朦胧含浑的小说，是否与人们逐渐认可混沌这样一个美学标准大有关联?反观中国，也有类似情况，最突出的事件，就是一部《红楼梦》在本世纪被一再重读，足可入“红学”史的流派就有“索引派”、“自传说”、“社会历史批判派”乃至尚被视为异端邪说的“解梦派”。说不白、道不明，具有多重言说性的“混沌感”，正是《红楼梦》呈现出来的一种美学风貌。

确实，我读《红楼梦》，读《卡拉玛佐夫兄弟》，读《追忆似水年华》，读《尤利西斯》，都曾感觉如入莽林，如临沧海，混混沌沌不知何似，心绪苍茫难以言明，但又确切地觉着被一种别样的大美所朦胧、所氤氲、所击中。而与此刻成鲜明对照的是，阅读我们的当代文学作品，

① 参见格莱克《开创新学科》，上海译文出版社1990年版。

一般难入此境。它们中的绝大多数，总是让人过于容易地作出某种理性的认知与把握，理念清楚，主题明晰，思想内涵ABC，艺术长短一二三，直如小葱拌豆腐，一清二白。此中情形，也常常使得一些谋求深度的批评家陷入巧妇难为无米炊的尴尬。

然而，《北方城郭》有些混沌的意思，尤是初读之后，令人迷惑乃至迷茫，至少产生某些与阅读《心灵史》、《白鹿原》、《丰乳肥臀》、《活动变人形》、《废都》近似的感受，不易把握，难下判断。同时，我还难以相信这种感觉来自一个青年作家的长篇处女作。我不免怀疑，它是由于作品的芜杂、混乱和无序所造成的“混沌”假象，还是它已然超越其中而升华出了一种接近于经典作品的“混沌感”？经过再三思忖，我的结论是后者。当然，我这样认为，并无意于指陈作家的才华和作品的境界等同或逼近大师与经典。我的兴趣在于追问，追问《北方城郭》的混沌感究竟缘于何处。如果能从混沌中看出一点明白，也许对我们的创作不无启发。我的初步认识是，《北方城郭》的混沌感主要缘于如下四个方面：

第一，生活本身的丰繁。一般说来，具有强烈混沌感的长篇小说，大都是描绘全面转型时期的社会生活，作品体现出来的主要思想特征，不是尖锐的深度感，而是广阔的深度感。作品包含的文化底蕴，不是单一的或二元对立的，而是多语性多文化的平等对话。《卡拉玛佐夫兄弟》写俄国农奴制被废除十几年以后的社会转型生活；《追忆似水年华》和《尤利西斯》的故事时间分别始于普法战争和第一次世界大战之后，其时法国和爱尔兰都正处于转型之中；《红楼梦》写有清一代康雍之交时期，社会转型亦波及方方面面。

显然，《北方城郭》师法以上作品用了很大工夫。它追求的也正是倾尽心力表现当下中国全面转型时期的、急速变化的、尚未定型的、广阔而繁复的社会生活。因此，定型的价值体系，简单的道德评判和浅直的是非观与它无缘。譬如，在对待贪污受贿这一社会现象的态度上，它就与近年出现的《天网》、《抉择》、《苍天在上》等可以明确定位为反腐题材的作品存在重大区别。它不取执法官的判决立场，也不取道德家的抨击方式，并且不把善有善报恶有恶报视为某种前定，而仅仅是将它作为人类史上的一贯存在加以陈述并且研究。甚至有意无意地演绎了“恶是推动历史前进的动力”这一著名论断。李金堂贪污受贿一百零八万，不仅没有受到法律制裁，也没有遭受良心谴责。但是，作家却围绕这笔钱，对其进行了陀思妥耶夫斯基式的反复拷问，不仅要拷问出洁白下的罪恶，而且还要拷问出罪恶下的另一层面上的洁白。如此拷问，唤起的正是人们对于贪污受贿这一难以根除的人性毒瘤的深层厌恶与思索。批判的刀锋一旦划过了是/非、正/误、好/坏的表皮组织，内脏的混沌和深邃也就自然而然地显现出来了。

第二，作品本身的艺术密度。艺术密度的大小，自然也是由生活的丰瘦所决定。但在作品中，决定艺术密度大小的直接因素，却主要是人物、情节和细节。《北方城郭》的人物之杂多，前文已经论及，此处不赘。与之相辉映的，是这部作品的情节之繁杂。全书中可构成时空关系的、具有叙事和造型功能的大情节系统就有若干——两个线索人白剑和吴玉芳，一活一死，引出两大事件，一个救灾款案，一个人命案。两大事件，又引出主要人物系统外的两大情节系统。两个主要情节人欧阳洪梅和三妞，联结出两大人物集团，两大集团周边，又聚结着七八个中小人物集团。集团和集团之间，人物和人物之间，又因多条情节线连带牵扯，盘根错节，互为关联，互为作用，互为影响，滚动式地推进着故事和人物命运的发展。至于生动的细节，也俯拾皆是，有“大珠小珠落玉盘”，“嘈嘈切切错杂弹”之感。有时一处闲笔逸出，也饶有情趣，宛若一片碧玉般的绿叶，堪可摘入掌中把玩。所谓“长疯了的大树”，就得之于这种综合印象。它的主干支干，有如虬龙盘绕，加上枝条横斜，藤蔓纠缠，绿叶婆娑，整个蓬勃一团，攀援而上。所谓“长疯”，此之谓也。它也许有欠修剪，缺乏疏密得当的整形。树冠还不那么优美，层次也很不分明，但它首先征服人的，就是那一股子旺泼的生机与活力。而混沌感也就在这一片枝干藤叶中弥漫出来。

第三，人物自身性格的复杂和心灵的深邃。所有能显示混沌感的作品，无不成功塑造了具有黑洞一般深不可测的人物，并以此和福斯特的“圆形”和“扁形”划清了界限。莎士比亚之所以让人感到言说不尽，也是因为让人难以预测他笔下人物变幻的内心风暴。哈姆雷特在复仇的问题上为什么总是犹豫？麦克白夫妇为什么走到了弑君的队伍里？另外，《红楼梦》亦然，贾宝玉既然已经把心掏给了林黛玉，为什么还要和薛宝钗、史湘云、晴雯、袭人打几个情感的擦边球呢？

与此同理，《北方城郭》人物成功的最大特点，也就在于性格的多面和内心的诡谲。李金堂到底算是一个好人还是坏人，一个英雄还是一个浑蛋？是一个基本合格的共产党员，还是一个投机钻营的现代政客加土皇帝？如果是前者，如何解释他贪污受贿一百零八万，霸占欧阳十几年？如果是后者，又如何解释他为龙泉发展建设吐出殷红的血？欧阳洪梅也异曲同工，她是一个荡妇，还是一个圣女？她可以和七八个男人发生性关系，可她内心却又能常常保持一份尊严与高贵。她和李金堂的关系也混沌到令人纳罕的程度。李金堂是用爱“杀”死她母亲的仇人，同时，又是她堪托生死倾心相许的恋人。李金堂带给她所有的幸福和苦难、成就感和耻辱感，让她自己都难辨其中的真与假、善与恶、美与丑了。虽然作一次理性的抽象，我们可以说，这两个人典型地反映了20世纪后半叶某一类中国人的主要生存景观：李金堂是主动的、政治学、社会学意义上的标本，具有认识价值；欧阳洪梅则是被动的、文化的、心理学意义上的标本，具有审美价值。但是，还原到感性体验，我们就只能说这不过是一对打不烂扯不开的才子佳人或情爱冤家了。

第四，作家自身驳杂的思想资源和阴晦的性格心理。我与柳建伟交往已近十年，自信可以对他略作解剖与把握。据我了解，他的思想来源较为复杂，主要根基是黑格尔的绝对理念和儒学的仁与中庸，自然，他也激赏过唯意志论。他的文化观堪称复合型，简言之是无论古今中西，只讲平等对话。他倾尽全力师承古典主义，却对现代主义也深表心仪。他的人生理念注定是悲剧性的，这可能与他苦涩的初恋和多灾多病的童、少年经历有关。他曾谈起过与曹雪芹和陀思妥耶夫斯基心灵的暗合，尤称和路翎的内心世界有灵犀相通之处——路翎在给胡风的信中曾作过这样的表露：“我的魂魄，是在夜里漂流而踌躇的”；“我的内心状态有些险恶”；“我总是提防着会有坏的事情要来，因此常常不安”。[①] 依此推测，柳建伟的魂魄大概也不会在阳光下灿烂地飞翔；他的心理状态恐怕也较多阴冷和晦暗乃至悲观。因为在他的字里行间，我们常常能感受到丝丝缕缕的绝望与悲凉之气。

然而，正是这些——芜杂而又理性的思想，狂热而又冷漠的心态，偏执而又中庸的性格，使得柳建伟成为了一个与众不同的矛盾“混合体”。并且借此修炼出了一副毒辣尖利的眼光和坚硬强悍的神经，敢于正视转型期社会的阵痛与污秽，又并且以其毒其尖其硬其悍恰逢其时地刺

① 参见《胡风路翎书简》，安徽文艺出版社1994年版。

穿了当下现实中的世态人心。不避血腥，不畏邪恶，不讳阴暗，不惮疼痛，从那人性的黑洞和人欲的深潭中，打捞出来的一朵又一朵妖冶而又炫目的恶之花，无不洇出了若明若暗的柳氏印记。

四 “人物对话”

为什么不谈《北方城郭》的语言，而要单谈其“人物对话”呢？我想主要是出于两点考虑。

近些年来，我一直在思考这样一个问题：究竟是对话在现代小说艺术中的重要性不复存在了，还是我们的作家过于轻慢对话乃至于渐渐隔膜、远离对话，或者干脆就不会写对话了呢？因为在大量的小说中，我们常常看到这样一些现象：有的通篇没有引号，人物对话一律以作者的叙述取而代之；有的写了对话还不如不写，要么是淡如白水，味同嚼蜡，要么是千部一腔，千口一声，要么索性全部由作者自己包圆了说，不管笔下人物是何样身份、何类性格、何方人氏、何种心境……上述种种，“无引号者”情况略为复杂一点，其中不排除某种文体的规定和叙述的需要，乃有意追求，刻意如此。但更多的是不是一种“规避”、一种扬“长”避短，和对话躲着走，害怕一写对话就漏汤、就露马脚？我以为此中人士所在多有。尤以80年代中期，以西方现代小说为主要思想艺术资源而进入创作的先锋或新潮作家为甚。他们在一定程度上割断了传统与现代的联系，对中国传统小说中的基本功或基本元素缺乏心追手摹的“描红”或练功阶段，上来就玩隐喻、玩意识流、玩“洗扑克牌”，此情形颇有点类似没练过楷书就敢狂草的书法家，一不留神就会丢人现眼。其实，行当中人都心中有数，像性格化的人物对话、以白描手法画肖像、写景状物等功夫并不易学得，也最不易藏拙，需要的是实打实，硬碰硬。以我自己早年学习写小说的经验看，最打怵的就是写人物对话，过不好对话关，也许是导致我最终走上了批评这条鸡肠小道的原因之一。而在这些方面，中国现代文学中是颇有几把好手的。如鲁迅精简瘦硬的白描，老舍生动传神的对话，沈从文诗意荡漾的风景等，都堪称典范。可如今却几近绝响，又岂止是一个“对话”？至于上溯到《红楼梦》、《水浒传》，那一人一个声口，只闻其声便知其人的对话艺术，就更是“此曲只应天上有，人间难得几回闻”喽。

如此一来，人物对话的苍白化、大路化和非个性化，已为今日小说之通病，在长篇创作中亦蔓延泛滥，几乎和结构失败导致的“半部杰作”现象同样刺目，成为了制约长篇小说整体水准提升的瓶颈因素。也许有人要问了：现代小说艺术中的对话还有这么重要的作用吗？问题又回到了本节开篇，看来想回避也不行。因为一谈到现代（西方）小说艺术，我就有点心中无数。原因还不仅仅是我对此素少研究，更在于我无法直接阅读原著，因此，在对整个外国文学的接受方面，总是心存疑虑。也不是我一味地怀疑翻译家们的水平，按照“美文不可译”的观点看，即便是再好的翻译来作“二传手”，恐怕也得将那精微、美妙、独特的语言尤其是人物对话的神韵传得变形、走样、衰减、大打折扣，乃至失之毫厘，谬以千里了。譬如最近，我在中央电视台“读书特别节目——读书二十年（1978—1998）”中，看到一位拥有著名译本的当代著名翻译家（恕不点名）的现身说法，在谈到他的翻译经验时，特意举出了这么一个例句：“他深感自己是一个被误解的天才。”然后解释说，这意思很好理解，他不被人们所认识，那么，怎么翻释才符合中国语言习惯呢？这位翻译家接着给出了答案：“我这样译道——他深感自己怀才不遇。”天哪，他不说不知道，一说吓我一跳，如此译法，倘是名家，也许“达”了，也许“雅”了，但首先一个“信”字却大可质疑：一般的不遇之才和天才之间相去何远?！依此类推，我不免悚然，不知电视直播现场在座的著名学者、作家衮衮诸公听了之后作何感想，反正我除了痛切地再抱怨一回自己不通外文之外，就只有无奈和苦笑了。好啦，话题扯远了，打住。

（以上说了一通并非题外之话的用意，在于说明，我没有把握做到，以西方现代小说艺术作为我强调人物对话作用的参照。但手边有一个硬指标却可以参考——据有人统计，无论古今中外，大凡民族秘史特征显著的经典长篇小说，其人物对话的篇幅大都占到了总篇幅的三分之一左右或者以上。对此我未及考证，但我相信，无论如何，精彩的人物对话，对于一部小说尤其是长篇小说，总是至关重要的，不可或缺的。也正是基于这样的出发点，我特别要先有针对性地来谈一谈《北方城郭》的人物对话。此其一。）

其二，《北方城郭》的人物对话确实写得好。这好又分两层意思。首先是和《北方城郭》自身语言整体水平比出来的好。至此，我想应该坦率地指出，柳建伟的语言才华并不高，和他把握思想、总领结构、塑造人物的推土机型的力量相比，驾驭语言是他的明显弱项；和当今活跃于文坛的实力派小说家们相比，也仅属于中平甚至中下。具体说来，他的叙述语言过于芜杂、啰嗦、平直，有时显得粗笨、粗糙乃至粗俗。他的白描语言常常失之夸张和故弄玄虚，偶有漫画化倾向。还有，他的感觉语言的贫弱，又导致了艺术意境的稀释。如此等等，也都是我无法夸奖《北方城郭》语言的直接原因。但是，柳建伟创造了一个奇迹，以他中平的语言才能却写出了完全上乘的人物对话。个中究竟，耐人寻味。但显而易见的是，他创造人物对话的才气，和他推土机型的力量是匹配的。也正是达到总篇幅约摸三分之一的人物对话，把《北方城郭》的语言救了，也把整个《北方城郭》救了，否则，《北方城郭》就是一个跛子，虽有力量，却也无法在当前长篇如林的文坛上突出重围。

第二层意思我想说的是，《北方城郭》人物对话的成功，体现为两个鲜明特征。一是作家认真下功夫研读并有益地汲取了《金瓶梅》、《红楼梦》、《水浒传》等中国古典长篇小说对话艺术的精华，努力追求一人一声口的对话效果，不仅要在对话中见出人物的个性、气质、身份、学养，还要读出对话人的思想情状和心理活动，甚至还要看出对话时的行为动作乃至场景变化。虽然不敢说他的追求都已经兑现，但能将数十个迥然相异的人物弄出个“各吹各的号，各唱各的调”，已属大不易，亦可算是当下长篇小说风景中的一个奇观。二是作家适量地参考现代主义长篇经典，并对其对话功能作出改造，最大限度地赋予对话以叙事功能，也就是说尽其可能地将叙事任务交给人物，以人物的视角来观照它，推进它。这样，既有效地削减了作家的全知全能，隐匿了叙述者；同时，也淡化了对话形式本身，常常使得我们在阅读时，忘记这是对话，或被人物讲述的事件所牵引，或被人物内心独白式的倾诉所感染。否则，如此长篇累牍的人物对话，实在是铤而走险，弄不好就会全军覆没。两个特征，都由来有自，一是师承中国的古典传统，一是借鉴外国的现代经验。此一路径昭示我们，学习是何等地重要啊，语言才具中平的柳建伟尚能做到如此，更何况其他才子乎？

五 “备忘录”

本节的重点，意在集中对柳建伟和《北方城郭》发表批评意见，既作为对作家过往教训的一种反省与清理，又企图对作家今后的创作进行某种提醒或导引，记录于兹，以为备忘。但是，在批评之前，我还想再简要揭示一下《北方城郭》的重要成功经验，即作家选择的批判现实主义创作道路，对于世纪之交的中国文学寻找走向世界的艺术定位的启示价值。姑且也就算作“备忘”之一种吧。

备忘之一。我曾经认为，进入90年代以来，一批重量级作家的重要作品的陆续出现，集中代表了当下中国文学的最高水准，也意味着中国作家向世界文学发起的又一次冲击，同时，还表明了作家们在深思熟虑之后，审慎选择了各自迥异的与世界接轨的艺术定位。——有的回到明清（如贾平凹的《废都》），有的追随拉美（如莫言的《丰乳肥臀》），有的兼糅中西（如陈忠实的《白鹿原》和韩少功的《马桥词典》），有的则融会宗教与文学（如张承志的《心灵史》），如此等等。个中孰优孰劣，谁为捷径，谁为弯道，谁为通途，谁为歧路，尚有待深入辩证，更有待时间见证。我的初略意见是：立足本土，创化传统，拥抱现实生活，汲纳西风美雨，中国文学的大树方能茁壮生长、自立于21世纪的世界文学之林。①

值得注意的是，上述动态并非作家个人的率性而为，而是自有其深刻的背景和借镜。如所周知，80年代中期寻根文学运动的夭折，导致了当代文学几乎长达十年的对西方现代主义失度的学习与摹仿，代价是和中国读者渐行渐远。吃了羊肉虽没有变成羊，却变成个“四不像”。悄然发轫于80年代末期的“新写实”直到90年代中期轰然造势的“现实主义冲击波”，可以看做对前一思潮的反拨，亦可视为对新一路径的叩问。但从红极一时的某些作品来看，似乎又犯了泼洗澡水连孩子一起泼掉的失误，或者是重蹈社会主义现实主义的旧辙，或者干脆陷入了“现时主义”的泥潭。瞻前顾后，环望左右，我们发现，选择何种道路，依然是当下中国文学面临的一个重大课题。

---

① 详见朱向前《寻找与世界对话的艺术定位》，《创作评谭》1998年第3期。

柳建伟选择的是批判现实主义道路。他的理论依据是：文学形态和社会形态存在着深层对位关系，相似的社会形态，其文学形态的内在精神必然相似。他还据此认为，改革开放后的中国，和大革命后的法国与废除农奴制后的俄国，在社会深层结构上有惊人的相似之处。不必讳言，我基本赞同柳说，而且还就此作过一点具体的分析比较。我的结论是，法国和俄国，两个不同民族在两个不同时期，先后出现的批判现实主义文学高峰，很值得今天的中国文学界重新研究。① 而且，从此一角度看，一度受到热烈喝彩的“现实主义冲击波”的真正的积极意义，应该说是它反映出了当下的社会形态对文学形态的深层呼唤。惜乎此一呼唤，没有引起理论批评界的良性反馈。柳建伟的我行我素，倒似乎有可能勇敢地为中国文学的当下困境撞开又一条甬道。——此番论述，亦可视作我对本文开篇所涉及的“批判现实主义在当下中国的意义”的间接回答。

还要说及一个重要遗憾或主要建议。我认为，柳建伟选择批判现实主义道路是大致不错的，但仅仅学习西方 19 世纪文学和《红楼梦》，又还是远远不够的。因为，1905 年爱因斯坦的相对论一经问世，人类思维方式的基石自此大为不同，再加上两次世界大战对人类良知的审判，以及后工业社会对人性异化的加速等，已使 20 世纪的西方（包括拉美）文学，思考与表达了许多新的命题，也带来了许多相应的新的形式与技巧，在诸多领域把世界文学水准提升到了一个新的高度，这是任何人都不能否认的巨大存在。何况，中国社会的转型，发生在 20 世纪末，是随着信息高速公路、知识经济、克隆技术、核阴影和艾滋病毒结伴而行的，与一个多世纪前的法、俄社会转型还有着根本的不同。可是，《北方城郭》的主要表现手法还基本取法于 19 世纪，还较少见出 20 世纪西方文学的良性浸淫，就不免给人以老旧之感。以柳建伟的学养和识见，是早该看到借鉴和化用 20 世纪文学成就的重要性。他如果能在这方面再取到真经，境界当会大开；否则，他的文学之路也可能行之不远。总之，以批判现实主义的文学精神为内核，以现代主义的艺术方法为武器，以中国传统文化为依托，将是柳建伟奔向宏大前程的出路所在。

备忘之二。从人格铸造的层面来讲，柳建伟必须对自己思想体系的缺憾和心理结构的缺失保持清醒的自觉和高度的警惕。一个作家的思想

① 详见朱向前《突出重围的“文学推土机”》，《当代作家评论》1999 年第 1 期。

面貌可以呈现混沌和繁复，但思想理念决不可以混乱和芜杂。它必须要有整合，而且仅仅整合在悲观主义的深度上也还远远不够，还必须要有提升，要有超拔，要在向上的维度上，设定一个终极界限，以一种更高、更圣洁的光辉来照亮他的全部的混沌、深邃和阴暗。《北方城郭》恰恰表露了作家思想资源的混乱和以一个悲观主义者自居或自得的心态。检视作品中的主要人物，不难看出，其思想上都是彻底的无神论者，其行为上都是无羁的自由主义者。这固然真实反映了中国社会大转型时期，信仰崩溃、道德滑坡、物欲横流、人心叵测的现实景况。或者再追溯起来看，中国说到底缺乏纯粹意义上的宗教，共产主义虽然被推到了政治信仰的高度，但却由于它没有完备严密的保障与惩罚机制，事实上也不能对国人的行为思想在最高标则上进行约束。只不过，突如其来的社会转型使这一痼疾一夜间暴露无遗。《北方城郭》对此进行揭橥与抗争的深度与力度，已然超越了同类作品。但与经典名著相比，差距显而易见。那就是整部作品还缺少诗意的升华和美的光照，因而也就影响了作品的思想品格与艺术品位。这和歌颂光明面或弄一个光明尾巴的意思毫不相干，我们不必为此再费口舌。但是为了表述清楚一些，倒可以与老托尔斯泰作一个不甚恰切的比照。老托尔斯泰的思想资源不可谓不庞杂，从基督、佛陀、老子、孔子到苏格拉底、帕斯卡尔等，无所不包。而他的思想基调也近乎一个完全的悲观主义者。他一直认为，人类的虚荣、嫉妒、物欲、情欲、贪婪、暴力等恶习，都将阻碍人类前进。然而，老托尔斯泰并未就此止步。他集各家思想之大成之目的，恰恰是企图对人类困境进行探询，寻求解答。他热切地呼唤人们灵魂的净化，回到虔诚和淳朴，以增益精神成长，根除人性恶习，最终使“天国就在人们心中”的基督名言得以成真。老托尔斯泰从对人类的忧虑走向关爱进入信念，并始终不渝地企图指引人类的解救之路。他以他的博爱赢得了伟大。也许老托尔斯泰的理想是一个永远的乌托邦，但乌托邦的意义并不在于实现与否，只要有它的存在，它就在前面召唤着我们。就像高挂天际的启明星，我们永远走不到她身边，但她迷人的光亮像微笑一样，始终在温暖着我们，吸引着我们向她走去。——老托尔斯泰的启示，柳建伟切当深长思之。

再者，我在前文曾经激赏过柳建伟歹毒的眼光和阴险的心机，对他沉入人性黑洞中打捞绝活的助益。现在，我却要提醒他，这种才能一旦泛滥起来的不良后果，重要一点就是会直接妨碍对上述老托尔斯泰式的爱心的包容。现代作家路翎之所以终未成世界级大师，除了蒙冤二十几年荒废韶华之外，他自身对陀思妥耶夫斯基的过度沉溺，也是一个重要原因。受东正教教义制约的陀翁，身后尚被高尔基指责为恶毒的天才，如果他是一个无神论者，恐怕也就无法成其为一代宗师了。柳建伟的心身在陀翁著作里浸淫太久，如果没有足够的力量将自己提升到美神之光的照耀之中，也将是危险的。我建议柳建伟再认真研习一下屈原和莎士比亚，这两位东西方的超一流大师有一个共同特性：因单纯而高贵，因静穆而伟大。行文至此，又想起“少年不可学李贺”的旧说，就再顺便提醒柳建伟一句：务必对陀翁身上的鬼气恪守距离。

备忘之三。从技术操作的层面来讲，柳建伟还必须高度正视《北方城郭》暴露出来的如下不足：

（1）语言的问题。关于此点，前文已经备述，但实在是因为事关重大，这里不能不再次首先提及。短篇圣手汪曾祺老曾有一句名言：“写小说就是写语言。”虽然极而言之，但亦言之成理。一般说来，一个连语言关都过不好的人，又怎能指望他写出好作品并成为一个好作家呢？柳建伟的情形确实有点儿例外，他以他推土机般的巨大力量（包括思想、结构、人物乃至对话）掩盖了他叙述语言的黯淡无光，从总体上支撑住了《北方城郭》。但也不能以一句瑕不掩瑜来搪塞语言的平庸之咎。可以肯定，因为语言的问题，《北方城郭》的整体艺术成就被打了一个很大的折扣，挑剔的读者甚至会因此而拒绝阅读，宽容并有耐心的读者读完后会因此而为它扼腕叹息。我确实三番五次试图以推土机来为其辩护，但认真想来，这种辩护亦显乏力。虽然我们不能以轿车的精美来指责推土机的粗糙，就像我们无法用契诃夫的精练来苛求巴尔扎克一样，但我们也不能因此就毫无保留地接受巴氏的冗长与啰嗦。柳建伟的语言，必须像研磨他的人物对话一样去加以提炼和锻造，主要应该朝着简洁、流畅、准确和雅致的八字方向大踏步前进。当然，这是一个慢工夫，不可能一蹴而就，但舍此别无他途。《北方城郭》的语言落差如此之巨，除了与作家的才华有关，也与作家急于求成的浮躁心态有关。此一点亦不可不察。

（2）开头的问题。无可否认，《北方城郭》以它磅礴的力量，成功地克服了长篇小说“半部杰作”的通病，但它又暴露出了一个不会开头的问题。全书第一章明显生硬、生涩和笨拙，大大影响了阅读时的进入心境。其实，长篇的结尾固然难收，但开头也并不容易。通观起来，写不好开篇，似乎也是长篇创作中一个不大不小的通病。面对一个未知的庞然大物，如何接近和进入，确实是个问题，从语调、感觉、情绪到切口，都尚处在一种投石问路的试探、叩问、调适、摸索的过程中，一步到位，妙手偶得，属可遇而不可求，何其难哉。否则，老托尔斯泰就不会为一个《安娜·卡列尼娜》的开头而反复操练了。大师尚且如此，常人可想而知。一般熟手开不好头，除仓促写作者外，亦与过于重视、过于审慎而导致放不开手脚，进不了状态有关。而柳建伟的《北方城郭》则恐怕主要是因为手生，缺乏经验之故。情有可原，但应注意。所谓“虎头、猪肚、豹尾”，要有重视开头的意识。

（3）细节的问题。长疯了的大树固然好，但从艺术的角度看，毕竟野性有余而雅韵欠之，活力过剩而美观不足。《北方城郭》的细节过繁过密，造成枝蔓旁逸斜出，虽有营造混沌感之效果，但亦有遮罩主干之弊端。孰轻孰重，两害相较取其轻。一是在写作中不能完全地如水银泻地，四处奔淌，流到哪儿算哪儿，而要心中有数，有适度的分寸感和收放自如的驾驭力；二是写出之后，要有一把快刀，舍得砍削，敢于割爱。此外，粗枝大叶式的操作，还给《北方城郭》留下了几处细节方面的硬伤。比如庞秋雁坐着崭新的白色林肯车去地区开会哭穷要钱，而遭致李金堂反击导致重创。一场政治争斗本来精彩激烈，却因一个细节不慎，消解了人物的深度，也调侃了政坛争斗的险恶。还比如吴玉芳人命案中，留在大衣柜中的指骨竟迟迟不能被发现，岂非儿戏？如此失误，本当不该。细节虽小，却关涉根本，有小小蚁穴溃千里长堤之虞。究其原因，不在才华，也不在经验，恐怕还是急躁与草率之故也。

因了以上三点遗憾，我最终给出对于《北方城郭》的完整定位是：是大作，但不是精品。有必要顺便说明我的“大作与精品观”。简而言之八个字：精品易得，大作难求。此语怎讲？顾名思义，精品精品，精美、精致、精巧之作品也。合此要求，一首歌曲、一段相声、一出小品、一个短篇，皆可称精品。而大作则不然，非有大气魄、大气势、大力量、大体积而不能。换言之，很多精品难称大作，而有的大作却可能成为精品，办法不外乎精雕细琢、精益求精罢了。

说到底，《北方城郭》怎么办？我最后再提一条可操作性的具体建议，也许亡羊补牢，犹未晚也。如果《北方城郭》有机会再版，柳建伟可否投入一个月精力对其进行细打磨、深加工。其实工程量并不大，硬伤（如林肯车事件）好修，枝蔓也不难剪。稍难者在语言，需要从头至尾细捋一遍，精心润色，狠心删削——我估计再减肥五万字就刚刚好。这样一来，《北方城郭》将要精致得多，完美得多。而且，沉静心态，退去躁气，稳住节奏，从容把笔，不仅应当作《北方城郭》的修改要诀，还应作为柳建伟今后创作长篇的戒条。因为真正的杰作精品，必须经得读者的挑剔、专家的重读和时间的验证。果若如此，则作家幸甚，读者幸甚，当下中国文学幸甚。

1998 年 10 月 1—10 日完稿

18 日定稿于京西魏公村

（载《当代》1999 年第 2 期）

长篇小说：新的文学风向标

——以1998年的几部作品为主要考察个案

一 “文学风向标”小解

我的所谓“文学风向标”，指的是预示某种文学创作的苗头、趋向、态势或现象的一种标志，是一种概略言之的形象化说法，一种只可意会不可细究的比喻。不妨这么看，如果说，“文革”前十七年的文学风向标是长篇小说——其覆盖性影响和代表性艺术成就都是其他文学体裁所无可比拟的话，那么，新时期以还的文学风向标则主要看中短篇小说的了。从七八十年代之交的“伤痕文学”、“反思文学”、“改革文学”到80年代中后期的“寻根文学”、“先锋文学”、“新写实”，直到90年代的“新历史”、“新都市”、“新乡土”、“新市井”、“新女性”、“新体验”乃至“现实主义冲击波”等思潮和主义，莫不肇始于、蓬勃于、终结于中、短篇小说。中、短篇小说在新时期文学创作中领十余年风骚，常常是代表着某种新的小说写作时尚，新的小说美学潮流，担当探索的任务、体现前卫的姿态、扮演主角的形象。

然而，此种情形近年以来却在发生着悄然的改变，随着王蒙、贾平凹、莫言、张炜、二月河、韩少功、史铁生、朱苏进、李锐、周大新、刘震云、阎连科、余华、周梅森、柳建伟、朱秀海、阿来等一大批实力派作家将主攻方向转向长篇，明显提升了长篇小说的整体水平。尤其到了1998年前后，批量的质量上乘的长篇力作浮出水面，改变了前些年个别作品（如1990年的《心灵史》，1993年的《白鹿原》，1996年的《马桥词典》等）偶然单蹦冒尖的孤独情势，以质和量的整体庞大、以思想的魅力和艺术的磁性将一般读者的阅读目光和职业读者的研究视线，顽强地从漫天开花的以发表中、短篇小说为主的文学期刊方面吸引了过来。是否可以这样说，以1998年前后为期，文学的风向标再次转向了长篇小说?

这是一个不可不察的重要动向，一个内涵丰富的文学话题。“文学风向标”从长篇—中短篇—长篇，不是简单的循环往复，不是“十年河东，十年河西”的风水轮转，它包含了历史和现实的复杂原因，反映了文学与时代的深刻联结，折射了当代中国小说五十年的发展历程。首先需要指出的是，今天的长篇再次成为文学风向标，和五六十年代有着根本的不同。五六十年代长篇创作独占鳌头的重要原因之一是中、短篇小说的羸弱（短篇不多，中篇甚少，能发表中篇小说的大型刊物仅《收获》一家而已）；而当下长篇的复兴恰恰是从极度繁荣强盛的中短篇小说那里抢得了风头。不必从思想观念、美学风格、形式技巧诸方面去比较二者的高下、深浅、精粗、多样和单一了，仅仅指陈这一点，就足以说明后者是在一个更高的起点上的腾飞。而至于后者得以腾飞的驱力，我倒愿意简单梳理出如下三点：

第一，长期的生活积累、反复的思想修炼和丰富的艺术实践（包括80年代以来大量的长中短篇小说的创作经验），为作家们创作长篇小说提供了水到渠成的成熟条件；第二，出版业的日益现代化使一部长篇的出版周期从一年乃至数年缩短为数月乃至数周，常常比一本文学期刊的出版周期还要短，使作家们快速表达（从写作到出版）自己的愿望成为可能；第三，宽松自由的创作氛围、市场的诱惑和政府的倡导虽然在一定程度上带来了长篇创作的粗制滥造、泥沙俱下的负面影响，但也极大地解放与刺激了文学生产力，给具有平常心的长篇作家营造了良性的文学生态环境。因此，就逐步形成了作家个体以长篇来架构自己的文学大厦和当代中国文学总体上以长篇冲击世界文学高峰的又一次潮动。

具体就1998年而言，引人瞩目的长篇力作我们就可以开出诸如《第二十幕》（周大新）、《日光流年》（阎连科）、《故乡面和花朵》（刘震云）、《突出重围》（柳建伟）、《红瓦》（曹文轩）、《高老庄》（贾平凹）、《羽蛇》（徐小斌）、《丹青引》（王小鹰）等一长串名单。如果往前略作延伸的话，则还可以加上《尘埃落定》（阿来）、《北方城郭》（柳建伟）、《缱绻与决绝》（赵德发）、《清水幻像》（革非）以及二月河的“帝王系列”和刘斯奋的《白门柳》、唐浩明的《曾国藩》等。任何“点名”都只能是挂一漏万，任何评说都不免遗珠之憾。本文干脆主动放弃全面，仅从1998年的众多长篇作品中择取最方便概括的“豫军”小说（周大

新、阎连科、刘震云、柳建伟）和学者小说（曹文轩）来略作评点，企图以此说明长篇小说在“现实主义的活力”、“现代主义的突围”和“古典主义的胜利”等三个方面的走向，并以此几个个案来论证我的“长篇小说：新的文学风向标”之设想。

二　现实主义的活力

有论者将《第二十幕》称作“中国的《百年孤独》”，这种略嫌简单化的类比，有“一句话炒作”的嫌疑。倒是作者周大新自己对此说持有比较清醒和谨慎的态度。他认为：“我的这部小说，和《百年孤独》的叙述方式还是有很大的不同的。我的作品里更多的还是咱们的中国味道。如果非要找出相同的地方，那就是我们写的都是一个民族在一百年间发生的一些事情，如此而已。”① 这两句话谦逊平和却言简意赅，点出了该书的两点实质：一是中国味道，二是百年历史。以中国味道用百万字篇幅讲百年历史，就构成了《第二十幕》的“长河小河”品格。所谓百年历史，体现了作家宏大的眼光和雄心，即敢于从大处着眼，“如果把从公元纪年以来的历史发展比作一台大戏的话，那么历史舞台上的整个20世纪就是其中第二十幕波澜壮阔的人生活剧。”②同时又体现了作家精细的题材选择和艺术构思，即善于从小处着手。作品通过河南南阳尚达志、尚立世、尚昌盛一家三代惨淡经营“尚吉利”丝绸业的家族史的经线，精心编织出了20世纪中国民族工业的发展图景，进而对20世纪的中国历史作出了个人性的艺术透视。在尚达志、云纬、草绒、卓远等人物身上，集中表达了作家从民族工业、权力经济、女性命运、知识分子良知等角度对20世纪中国的历史评价。最令人深思的是主人公尚达志，他一方面代表了作家的人生理想，或者说为实现人生理想而坚忍不拔，九死不悔，万劫不磨的韧的精神。作家对他满怀深情，倾心塑造，借他人之酒杯，浇胸中之块垒。常常在这个人物身上，能隐约看见作者的心灵的历程和情感的面影。另一方面，作家在人性立场上又和他保持了适度的距离，对他的人格模式进行了审慎的批判。作家借女主人公云纬之口，最终指

①　②　见《〈第二十幕〉：中国的〈百年孤独〉?》，《中国文化报》，1998年12月25日。

出了尚达志“重物轻人”的人生哲学，实际上是他一生中最根本的失误乃至失败。从青年时期牺牲初恋、中年时期出卖女儿到终生压抑爱情，画出了一条为“物”、为“名”、为“霸王绸”而弃绝俗世幸福、泅渡人生苦海，违反人道人性的自我异化轨迹。“好梦难圆”是物质层面上的（霸王绸久不可得），更是精神层面上的——以人性的异化或戕害为代价去换取那个物，岂不是舍本求末吗？这是作家对前工业社会的反思，亦是对人类终极关怀的追问，在人类进入后工业社会的世纪末的今天，作家的追问尤有警策意义：如果在现代化的进程中，人性不能得到更加健全、自由的发展与张扬，那么我们会不会违背出发的初衷而误入歧途？我们读《第二十幕》中的尚达志，如果仅仅读出作家对他褒扬的一面，读出他作为中国民族工业前行者筚路蓝缕开拓奋进的一面，那还是片面的甚至是肤浅的。作家对他的良苦用心正在于爱恨交织，褒贬共之，看不到这一点，就还不能算是读懂了尚达志，读懂了《第二十幕》。

至于本书的“中国味道”，这里只能简略涉及两点，一是从《红楼梦》到《白鹿原》的家族史的大结构框架，在本书中有成功的借鉴与化用，与其说是得益于《百年孤独》，还莫如说是取法于本土经验。二是作家力求“使故事情节和线条走向更清晰，史料更准确无误，使读者捧到一部有小说韵味、有合理故事情节、人物性格特征、事物的‘矛盾’冲突有据、人物命运发展各异的小说”。① 重故事情节和矛盾冲突，重人物性格和人物命运，这正是中国传统小说的基本元素，也恰是现实主义创作方法的根本要领。周大新深谙其中三昧，他恪守这些，求仁得仁，走了现实主义正道，酿制出了一坛“中国味道”纯正的“老窖”，洋洋百万字长卷，使人如饮甘醇，一醉方休。难怪在讨论会上，一些自称“老派”的评论家们赞不绝口地称道“读来很对胃口，很过瘾”。其实读得很对胃口很过瘾的又岂止是“老派批评家”？又岂止是批评家们呢？

如果说，豫军中坚周大新用十年时间深谋远虑，用百万巨幅从容泼墨，完成了一次对百年中国历史的凝睇回眸的话，那么，豫军青年骁将柳建伟则乘好马携快刀，以短、平、快的方式，对当下中国军队的生存境况做了一回快速扫描。《突出重围》以一场高新技术军事演习为背景，站在谁来捍卫未来中国的高度，勇敢地直面世纪末的中国军队现实，表

① 见《着眼21世纪——记军旅作家周大新》，《文艺报》，1999年1月2日。

达了作家对军队、国家、民族的前途和命运的深沉忧思，体现了鲜明的现实主义品格。既写出了现实生活中的战争真实，又写出了战争中的现实生活的真实，让人耳目一新地消弭了战争与和平的分界，有限度地实现了战争文学与和平军营文学的融合，提供了一道军旅长篇小说的新风景。具体特色有三：

1. 它的内在精神体现了正宗军旅文学的本质，即集体主义和英雄主义，它以另类方式，揭示出了抗洪精神的存在基础，展现了沉郁、激越、高亢的美学风范。

2. 它是一部全景式作品，对新时期的和平军旅小说的整体水平做了一次全面冲击。它把军队当做一个不分割的整体加以考察，对朱苏进代表的浪漫的理想主义和阎连科、陈怀国代表的入世的现实主义做了成功整合。

3. 它是一部着力描写军旅人物群像的作品，对上至大军区高级将领，下至班排普通士兵的多达数十人的人物群像，都进行了有血有肉的塑造与刻画。如此庞大的人物群落，在军旅小说中尚难得一见。

《突出重围》虽然带有急躁、粗疏的急就章痕迹，但它仍然不失为长篇军旅小说的中锋正笔，是现实主义军旅文学的重要收获。它和《第二十幕》一经问世便广受读者欢迎，并且立即被改编成电视连续剧，预示了巨大的市场潜力；而且，两者一远一近遥相呼应，也再次预示了在未来中国现实主义创作方法的强大活力和现实主义文学道路的广阔前景。

三　现代主义的突围

所谓中国的“现代主义”，既具有线性时间上的涵义，又具有精神空间上的涵义，是和现实主义相对而言的。大体指称以20世纪西方现代主义文学（亦包括拉美爆炸文学）为思想和艺术资源的先锋写作，具有艺术上的前卫性或试验性，是一种约定俗成的“套用”而并非严格学理意义上的命名。众所周知，现代主义大规模登陆中国以来，始终以一种强势姿态挤压着、挑战着、诱惑着中国的小说家们。作为回应，众多小说高手屡屡在这股潮流中迎风弄潮，留下了一串串或深或浅的艰难足迹和一队队渐行渐远的探索身影，深刻地影响和改变了近二十年来中国小说的发展进程和整体面貌。但是，在这场努力与世界“接轨”的小说对话中，一些诸如传统/现代、本土/域外、借鉴/模仿之类的矛盾或话题也总是相伴相随，纠缠不清，以至于一场“马桥官司”迁延两年之久，至今还悬而未决（至少在法律层面上）。如何使现代主义本土化，让外语写作的经验成为汉语写作的有益营养等复杂课题，继续在考验着中国小说家的智慧和勇气。当此之际，在世纪末日渐逼近的今天，阎连科的《日光流年》以其新颖独异的先锋色彩再次引起文坛的广泛关注，成为了世纪末略显黯淡的中国现代主义写作上空一道炫目的闪电。

阎连科能写出《日光流年》是令人惊异的，又是让人信服的。惊异处在于：90年代以来，阎连科是以新乡土小说家和新军旅小说家的双重身份崛起于当代文坛的。其写作风格和写作对象比较吻合，偏于“实”的和“土”的一路，正好是“虚”的和“洋”的《日光流年》的一个反照。而让人信服之处则在于：从中篇小说《黄金洞》（1996）到《年月日》（1997），阎连科开始在写作对象和写作风格之间拉开了距离，制造了反差，即“以最洋的形式来写最土的故事”，或者说，开始尝试现代主义本土化的远行。两作都获得了成功，《黄金洞》荣膺首届“鲁迅文学奖”，《年月日》在圈子里博得一片喝彩，但美中不足之处依然存在，它们借鉴的蛛丝马迹过于明显。我曾对《年月日》发表过一个评价——“一个完美的《老人与海》的中国版本”。它的人物，它的象征寓意，它的叙述节奏都容易使人想起海明威。然而，今天的《日光流年》则大为不同了。有人从中读到了《圣经》，有人从中看见了福克纳，有人从中感受到了《百年孤独》……《日光流年》里面糅进了这些，但糅得不着痕迹，就像一位高明的花匠，他把各种外来的肥料、养分都深深地埋进自己的土地中，最后长出了一朵中国的奇异的花。

首先，《日光流年》直逼死亡主题的异乎寻常的勇气和镇静给人以震撼。它讲述的是一个闻所未闻的惨烈的死亡故事，而这个惨烈的死亡故事又是在一个超浪漫的想象时空中展开——数百口三姓村人为了战胜四十岁的生命极限而不停歇地与宿命奋斗和抗争。他们卖淫、卖人皮、引水、翻地、种油菜，为死而生，为生而死，在一次次绝望的循环往复中展示了希望的力量，在一次次失败的无情命运里歌颂了精神的永恒。这是一个以死亡写生存的主题，以死亡的虚无和不可战胜来反观生存的意义和无意义。生命的真谛蕴藏于故事的荒诞之中。这是一个中国农民生存韧度的现代象征，一则人类社会渴望生命长度的古老寓言。四十岁的人生固然令人恐惧，八十岁的人生又将如何？由此及彼由表及里推开来想，从古代帝王的炼仙丹、求方术、寻找长生不老药，到今人的练气功、搞健身，不都是在徒劳而又坚忍不拔地做着同一件事吗？悟到这一层，我们就不能不为作家深邃的思考和广阔的想象所构成的作品主题强烈的打击力所击中。

其次，《日光流年》繁复而精巧的结构表现了作家对长篇小说本质的某种独到的理解。长篇小说可以是重思想的，重生活的，重故事的，重人物形象和命运的，但也可以是重结构的，阎连科显然是偏于后者或至少是将结构和其他元素等量齐观的。结构服务于内容但也能深化内容。《日光流年》从后往前、从死到生的总体倒叙就大大突现了死亡的主题，极度强化了对生之来路的回归与眷恋。但五卷各个不同的文体变化，却又充分显示了结构的独立意义和独特魅力。甚至可以这么说，在当代中国长篇小说中，还很少有哪一部作品的结构像《日光流年》这样讲究，在简单中寻求复杂，在和谐中富于变化，在宏大中追求精致。《日光流年》为我们提供了一个真正具有结构美学意义的长篇文本。

再次，《日光流年》以其语言的华丽与铺排，充分展现了作家挑战汉语写作极限的决心与才气。一般说来，“写短篇就是写语言”（汪曾祺语），而对于长篇小说的语言则似乎不必苛求和考究。但阎连科却不服这口气，偏要铤而走险，以短篇的语言来要求长篇，四十余万字几乎是句句琢磨，一丝不苟，到处运用感觉的互通、夸张与变形，充满了魔幻色彩、神秘意味与诗化氛围。读来似真似幻，如梦如魇，如诗如画，如歌如泣，恍惚迷离，神神道道。一部长篇小说的语言达到通篇的陌生化效果，确实令人惊叹。但留给我们的疑问是，它以虚飘的语言写虚拟的故事（寓言），无异于以虚写虚，过滤了毛茸茸水淋淋的生活实感，间离了实实在在的人生经验，不免给人“假作真来真亦假”的虚幻感。以我个人陋见，以实写虚，以具象写抽象，以细部的真实写整体的荒诞，才是中国现代主义小说的正道，也才更符合中国读者的审美习惯。

但是，无论如何，《日光流年》以最洋的形式讲述了一个最土的故事，以最现代的方式表达了一个最古老的主题，在探索现代主义的中国化，域外小说的本土化，外语写作艺术经验的汉语化方面，都做出了有意义的尝试和大幅度的推进。它是阎连科多年修炼得来的正果，也是中国现代主义小说挣脱重重模仿阴影的一次成功突围，它对传统的中国乡土小说进行了彻底的颠覆。它将重新选择自己的读者，考验他们的智慧和耐心，它也许不惜为此（指接受一面）付出巨大的代价。

在试验拓展汉语写作空间方面比《日光流年》走得更远的也许是另一员“豫军”大将刘震云长达两百万字的《故乡面和花朵》。如果说《日光流年》仅仅给人们以某些阅读障碍的话，这部作品则几乎是要以它骇人的长度、纷繁芜杂凌乱的意象和晦涩艰深絮叨的语言干脆拒绝人的阅读。不可否认，这部作品在潜入人的梦境的精神漫游；在展望夜色中人的意识潜流的多变、多层与多彩；在营造一泻千里、泥沙俱下、一地鸡毛、和光同尘的语言“狂欢”等诸多方面，都体现了汉语想象的无限可能性。作家伏案八载心无旁骛的严肃创作态度也是毋庸置疑的。而华艺出版社不惮风险，精心装潢隆重推出此一皇皇巨著的扶植探索文学的侠义壮举更是令人感佩不已。但随后让我感到困惑的是，不断有传媒披露，华艺出版社即将陆续推出××万字、××万字的压缩本，似乎很有一番要将其炒作成一部畅销书的“营销策略”。这就不免有点和出版该书的初衷相悖相违了，乃至异想天开和滑稽了。

说到底，这里有一个如何定位的问题，认定它是一部探索作品，就别指望它同时又是一部畅销书（实话说，我对三万套的热销报道深表怀疑），此好比“熊掌和鱼不可兼得”。作家有淋漓痛快地敞开灵魂抒泻情感的自由写作的权利，但却没有勉强读者的权利。所谓得失全在于作家自己的权衡与选择，你要的就是这个，那你就应该别无所求。这也是所谓“求仁得仁”吧。

刘震云自己对此倒有一种清醒的“定位”——“不改变你的阅读习惯，甭吃我的故乡面”，“我的作品只是写给好朋友看的”，“提倡小说‘故事性’？这太落后了吧！”① 问题在于，究竟有多少人能改变看“故事性”的“阅读习惯”而成为刘震云的“好朋友”呢？至少我惭愧我一时半会儿还吃不完这碗“故乡面”。——我落后地认为，“可读性”依然是长篇小说必须解决的一个问题。

① 见《看刘震云抻故乡面》，《北京青年报》，1998年11月14日。

四　古典主义的胜利

曹文轩教授《红瓦》的“代后记”《永远的古典》一文，不啻一份古典主义的宣言。文章认为：“古典形态的小说与现代形态的小说，是两道不同的风景。”并进而分辩道，古典主义始终孜孜不倦地追求真善美，以悲悯情怀和美感力量“企图成为人类黑夜中的温暖光亮”。而现代形态的小说，只注重形而上关怀，“逐渐放弃了小说的审美价值”，对“思想力量的迷信和对美感力量的轻看，是十足的偏颇”。“拒绝美感是荒谬的。”最后得出结论：“我在理性上是个现代主义者，而在情感上与美学趣味上却是个古典主义者。《红瓦》顺从了后者。”结合“宣言”读完《红瓦》，我认为，首先要庆祝曹氏“古典主义”的胜利。“宣言”对现代形态小说的描述是否准确到位尚可商榷，但大致说来，现代主义重理性、重分析、重肢解、重逻辑，是理念的、哲学的、思想的产物，则是不错的。而曹氏古典主义则是倡导更加感性的、直觉的、整体把握的和审美的。《红瓦》正是以其优美的诗化语言，优雅的写作姿态，郁忧悲悯的人文情怀感动了我们。它再次雄辩地证明，美是无敌的。

顺此还可以说到曹文轩的另一部长篇《草房子》①，它的后记叫《追随永恒》，其中认为，感动当下的儿童并不一定非要写当下的儿童生活，而完全可以写“过去”。笔者对此深表认同，并且更进一步认定，文学的本质就是“向后看”，就是“挽歌”，就是寻找人类在前进道路上失去的而又永远寻找不到的精神家园。记得本世纪一位小说大师（马尔克斯?）说过这样的话：幸福的时光是逝去的时光，快乐的家园是失去的家园。据此可以说，文学的不可替代的任务和魅力，就是永不疲倦、永葆激情地对这逝去的时光和乐园（时空）唱出一支支缠绵悱恻、美艳凄婉的挽歌。譬如正当二千余年的封建文明行将土崩瓦解之际，一曲《红楼梦》悠然奏响，正所谓“怎当她，临去秋波那一转”，“回头一笑百媚生”。

《红瓦》和《草房子》古典的审美情趣和怀旧的感伤情怀所引发的广泛共鸣，说明了古典主义的胜利，也给世纪末中国文学在走向与世界接轨的艺术道路上，在现实主义与现代主义之间，插上了第三块路标，

① 江苏少儿文艺出版社 1997 年 12 月版。

或者说提供了又一种选择的可能。

庆祝完了曹氏古典主义的胜利，似乎还应该对曹氏“学者小说”的成功表示祝贺。

祝贺他把理性与感性、抽象与形象两种完全不同的思维方式和语言方式兼容得如此得心应手，就像调控电视机的“换频道”（曹文轩语）一样潇洒与轻松。换言之，曹文轩教授将小说创作与学术研究做到双水分流，双峰并峙，实在是创造了一个跨文坛与学界的不大不小的奇迹。

所谓不大，是与二三十年代的现代文学大师们相比，诸多前贤不仅手握创作、理论两支笔，甚至还多有翻译等三支、四支笔。曹氏多少得到一点大师们的流风余韵。所谓不小，是放置于当下的文坛学界而言。

如所周知，中青年以学者教授身份来写小说并取得突出成绩者实在寥寥，80 年代有李庆西的“人间笔记”系列短篇堪可一说，90 年代有李洁非的都市中篇系列甚为可读，但毕竟都未成气候。曹氏以其长篇小说广受欢迎（而且在北京大学中文系一反杨晦老主任认定“中文系不培养作家”之论调，提出中文系学生的最高定位恰恰应该是作家）。不妨视之为“曹文轩现象”，而且这个现象甚至比他的创作本身更具有研究价值。意义之一，是否标志着自 90 年代以来的学者散文大行其道之后，学者小说又将趁虚而入也未可知？

此乃“风向标”又一提示也。

最后，走笔至此，忽然想到，既然是谈“’98 文学风向标”，就还有一件小事不可不提一笔，即谓韩东、朱文们关于“断裂”的问卷调查。据说不少业内人士为此震怒，乃至大张伐挞。而在我看来，“问卷调查”也是一个小小风向标，它标示出了某些晚生代作家的浮躁心态和狂狷姿态，作为当下众声喧哗中的一种声音，狂妄言之，也就姑妄听之吧，为此治气则大可不必。“断裂”者们也不必大喊“断裂”，只须拿出“断裂”的作品来说话。怕就怕尚不知自己身为何物，身置何处，从何处“断”，与何者“裂”？一不留神就被智者所不幸言中了——

> 对自己的文化传统无知，对他者的文化传统虽同样无知，却盲目崇仰其新潮是造成当前我们文化危机的原因之一。
>
> 其实任何新潮都有其传统基础，任何创新都来自对传统的

深邃的理解，最伟大的创新者必是最深刻的继承者……割断当前与传统，只能搅起一时的新鲜感，绝不能产生经典之作。文化传统之可贵正在于此。①

郑敏先生似有先见之明，几年前的这段话说得何等的好啊。特转录于兹，望“断裂”者们一读而三思。

1999年2月6日凌晨于京西黑白斋

（载《中华读书报》1999年3月3日）

① 见郑敏《一场关系到21世纪中华文化发展的讨论：如何评价汉语及汉字的价值》，《诗探索》1996年第4期。

我看“曹文轩现象”

——在曹文轩长篇小说《天瓢》研讨会上的主持辞

我认为曹文轩现象值得研究，所谓“曹文轩现象”指的就是他一手写小说、一手写理论的“两支笔”现象。其实，大家知道，20世纪上半叶的很多作家都身兼教授，都是一边做研究，一边搞创作，甚至还一边搞翻译。三支笔都很过硬，都留下了经典作品。比如朱自清、闻一多、俞平伯、沈从文、鲁迅、林语堂、周作人、钱锺书等。现在这样的通才越来越少了，从这个角度讲，也可以说是学者素质的全面退化或者说是作家的学者化程度有待提高。正是在这样的背景下来观察，我们应该重视曹文轩。

曹文轩在80年代主要搞儿童文学创作，成绩斐然，获过三次全国儿童文学奖。但主流文学界对儿童文学作家似乎低看一眼，打入另册，不管你发行量多少，闹得多红火，都不大把你当回事。比如郑渊洁，号称童话大王，据说作品发行量成百上千万册，赚钱多得不得了，但文学界并不太以为然。同样，曹文轩此前十年儿童文学的创作成就也没有在文坛引起更大的注意，与此同时他也一直搞理论批评，虽然出版了几本专著，影响力也很有限。曹文轩真正引起文坛注意的是《草房子》这个小长篇的出现。按传统划分《草房子》还是儿童文学，但在意境、气象上超越了传统意义上的儿童文学。这部作品比较大气，真正奠定了曹文轩在当代中国文坛的地位。接着是《红瓦》，从少儿写到青年，像是一种成长小说，也有相当的力度。第五届茅盾文学奖也入围了。紧接着漓江出版社出版十卷本《曹文轩文集》。曹文轩现象开始为人瞩目。《红瓦》之后，他又出了长篇《根鸟》和《细米》，然后就到了《天瓢》和《青铜葵花》，可以说势头正旺，文运正昌。别说一个大学教授，就是一个专业作家要达到这种数量（质量另说）都极为不易。

我想，曹文轩小说创作成功的意义还在于对北大中文系重理论轻创作传统的一种颠覆。不光鼓励学生写，老师带头写，而且据说曹文轩教授允许他的研究生以小说创作来取代毕业论文。同时，北大中文系重理论研究中还有一个厚古薄今的传统，认为古代胜于现代，现代胜于当代。一般说来，这有它的道理，越是经过时间检验的东西越靠得住。但过于偏废也有弊端，那就是对当代的特别是当下的创作实践、作家作品容易产生审美的隔膜甚至盲点。北大中文系当代文学特别是新时期文学研究的影响最早是由于谢冕等人对朦胧诗的评论带来的，后来又有洪子诚、陈晓明、张颐武、孟繁华等人合力推进。从此不光北大瞩目，而且当之无愧地成了全国当代文学学科的前沿和重镇。从这之后如果要论单打独斗的影响，恐怕就要数到曹文轩了。

总体看来，如果说《草房子》达到了比较纯粹和唯美的境界，使得中国儿童文学和世界儿童文学能够接轨的话，那么《天瓢》也可以说体现出了作家新的、相当鲜明的艺术风格追求。事实上已经引起了媒体和评论界的极大关注。曹文轩本人对这部小说也倾注了很大的热情，也有很大的期待。让我们对曹文轩现象的研究就从他的《天瓢》开始吧。

我觉得就曹文轩本人的创作而言，《天瓢》体现了他在两个向度上的继续迈进或曰超越的企图。一方面是从写作对象上超越，从青少年写到了成年。另一方面是从语言形式层面上将唯美的风格推向极致。

早在阅读《红瓦》时我就担心曹文轩对童年视角的超越带来了一个问题，就是对成人世界的洞察与把握能力的问题。《天瓢》似乎印证了我的担心。如果做个总体评价的话，《天瓢》写得最好的是自然的风物，如各种各样的雨啊；还有人体美，如月光与萤火辉映下采芹的胴体等，都写得变幻无穷，美轮美奂。写得次好的是人性，写得最差的就是社会生活。这暴露出曹文轩在驾驭社会的复杂性方面存在欠缺，也导致了小说后半部一些情节硬伤。比如杜元潮设计煽动妇女把邱子东的房子扒掉了，这在农村跟扒祖坟一样，不到不共戴天、势不两立的程度是不可能出现这种事的；再如邱子东变成乞丐费尽心机和周折去查杜元潮在县城里给采芹买的房子，这也太夸张了，和邱子东曾经当过镇长的身份与经历太不相符了。其实《天瓢》的情节并不复杂，但曹文轩把握起来就有些吃力了。他似乎不太了解当下中国社会，更不了解基层乡村政权的运作程序和游戏规则。造成这种情况的原因可能有二。其一是曹文轩从上北大至今差不多三十年没出北大校园，生活经历本身有一定的局限性。其二也许更重要，那就是曹文轩的美学理想与现实的疏离，以至于不能兼容，甚至互相排斥。如果这样的话，曹文轩倒是更适合在一种单纯的、唯美的境界中（比如儿童世界、田园牧歌）来表达他的理想与追求。

我们再来看看《天瓢》在另一个向度上的努力，即追求美的极致。曹文轩的小说语言华丽纯美，极富韵律感，意象设置新颖独特。曹文轩对“雨”这一意象的捕捉和反复书写，赋予这一自然现象以独立的审美个性和独特的叙事功能。正是因为“雨”的存在，油麻地始终笼罩在一片烟雨朦胧、平和神秘的氛围之中，也正是作者对不同场景下形式各异的“雨”的细致入微的想象性描写，为小说的整体风格增添了一种类乎唐诗中“大漠孤烟直，长河落日圆”的纯美意境。但是从小说整体结构来看，以二十种雨作为小说章节的题目略显牵强，尤其是以这些虚拟性、人格化的自然场景来对小说的故事情节进行分割，这在一定程度上也影响了故事情节本身的节奏和走向，有点过犹不及了。

总体来说，曹文轩的小说语言和结构还是比较精致的，以精致来反对粗糙化能够成立。但以高雅和贵族化的写作倾向来反对粗鄙化能否成立，大家就见仁见智了。曹的小说是在追求唐诗中“大美无言”的境界，他在这个向度上的努力非常独特而且达到了很高的水准。但是另一方面，我觉得长篇小说一是要有思想深度，要有对社会、时代、人生的穿透；二是要有一个坚实的故事架构。这两方面恰恰都不是曹文轩的擅长。如果按照大作品来要求的话，《天瓢》似乎还没有达到。

时间关系，今天的讨论就到这里。对曹文轩的创作，对《天瓢》也只是一个粗略的分析与评价，希望你们再做更为细致的学理性的研究。这种对话的形式很好，是我们师生之间的一种互动，可以相互启发。我们要及时跟踪评论最重要的作家、作品，所谓“擒贼先擒王”嘛。比如今年上半年阿来的《空山》、贾平凹的《秦腔》，还有我们军队徐贵祥的《八月桂花遍地开》等，你们都要研读，有可能的话，我们都要来做做文章。如果说军艺文学系以前是以创作立身的，那么从现在开始也要搞理论批评啦。

（原载《当代文坛》二〇〇六年第四期）

诗意的现实主义与颓败的精神家园

——与傅逸尘谈阿来长篇小说《空山》

傅逸尘（以下简称傅）：阿来的小说，我一直都比较关注，也比较喜欢。20世纪90年代中期的《尘埃落定》为阿来赢得了巨大的声誉，此后十年间，阿来却突然沉寂了，据说是去经营《科幻世界》杂志了。直到最近这部《空山》的问世，阿来才让我感到他又重新回到文学中来了。我在第一时间阅读了这部小说，尽管相隔十年，我感觉阿来的创作状态仍然不错；虽然没能超越《尘埃落定》，但《空山》还是达到了相当的水准。我觉得长篇小说这种文体十分考验作家的耐力，一部好的长篇小说不仅要有庞大的故事结构，而且还要有生动结实的情节编织，更要求作家写作时的精神状态和艺术感觉长时间地处于良好状态。有些作家，甚至包括成就很高的著名作家，不但不同时期的作品水平不一，即便是在同一部作品里，前后部分也会存在很大的差异，甚至屡有败笔。阿来的耐力应该说是比较好的，他的长篇小说的叙事节奏从头至尾一直很平稳，少有突兀的大起大落，善于在平和舒缓的情节推进中聚积震撼人心的力量。《空山》在主题思想和故事情节方面谈不到有什么新奇或曰独特的地方，但阿来恰恰是抓住了生活常态中的细节，以突如其来的外部事件为背景，将故事主人公置于较为极端的生存境遇中来展现人性的复杂和深度。《空山》是由两部分组成的，第一部分《随风飘散》，故事缘起是一件很小的事情，之后事态逐步升级，兔子之死引发两个家庭之间，具体到恩波和格拉之间的误解乃至仇恨，以至寻求理解而不达。但这样一个简单的故事读来却令人心生感念，欷歔不已，着实很见作者在叙事和塑造人物方面的深厚功力。我认为在小说的形式技巧方面，阿来并没有给我们提供什么更新鲜的东西。总体来说，阿来应该还是属于老老实实讲故事的现实主义作家。《空山》在小说语言上延续了《尘埃落定》的语言风格：空灵飘逸而韵味十足。尤其是第一部《随风飘散》始终笼罩着一种朦胧的诗意，正如小说的题目一样，在平静而和缓的叙事中蕴涵着一种灵动飘逸的美感。不知道朱老师怎么看?

朱向前(以下简称朱):你对阿来和《空山》的总体判断,我大致同意,也有同感。如果概括提炼一下,我认为阿来的写作风格可以称之为“诗意的现实主义”。

傅:这个概念似乎还没有谁使用过。具体怎么讲呢?

朱:阿来的小说首先是现实主义的,作为一个藏族作家,他对西藏的风土民情、历史文化、自然风物以及人们的生存状态和生活细节都有较为准确的把握和独特的体验,这在他的小说中就体现为强烈的真实性和现场感。西藏我去过,因此读阿来的小说时便有一个很直观的感受,就是觉得阿来对西藏生活的描写很“像”。对于小说创作来说,这个“像”字虽然不是一个多么高的标准,但要真正做到也绝非易事。其次,阿来对西藏地区人们的生活状态以及生存苦难的描写非常深刻,且极具痛感;但在对苦难的描写之上却始终弥漫着一种诗性的光辉,这一点,阿来的小说在当下文坛可以说是独特的。阿来最初是写诗出身,因此正像你所说的那样,他的小说语言灵动飘逸而富有韵味。他的小说的总体氛围与风格的诗意性无疑是受了诗歌影响。阿来的小说不回避苦难,但阿来的小说追求却是诗意的、审美的,给你一种新异和壮美的感觉。他的作品所描写的对象大多是西藏较为原始、封闭的生活景象,他笔下的自然风光也大都是原汁原味的,加之对西藏地区无处不在、深厚而浓重的宗教氛围的描摹和烘托,阿来的小说在整体上就具备了一种迥异于其他作家作品的陌生感和神秘感。这种远离现代工业文明和浮躁都市生活的题材本身就具有一种田园牧歌般的诗情画意。总体来看,阿来的这种我称之为“诗意的现实主义”的写作风格在中国当下长篇小说创作中具有独特的美学意义。

傅:我觉得阿来小说的真正价值并不在于描写、阐发一个如何宏大的主题,也不在于对重大的历史事件抒发个人的新鲜而深刻的思考,而是在于对某种深邃而幽远的意境的着力营造,以及在这种富于哲理和禅味的意境中寻求对普遍人性的洞微知著般的审美观照。这正是诗歌所要追求的带有文体艺术特征的美学意蕴,所以,我非常赞同你对阿来小说的这种理论概括。其实一种艺术风格也好,或者艺术方法也好,仅仅表现为一种艺术观念和美学趣味;更深层的东西则是作家对社会人生,对历史现实的一种哲学表达。“诗意的现实主义”在《尘埃落定》中就有鲜

明的表现，或者说已经形成了这样的美学风范；到了这部《空山》，不但没有中断，可能还因为篇幅相对短小而彰显得愈发强烈。《随风飘散》和《天火》这两个小说的题目本身已经蕴涵了丰富的内涵和意境，这也正是阿来在小说中所要努力表达的。你不能说它没有思想与深度，但就小说本身而言，我觉得它的“诗意”性远远地超越了它的思想性，这正是阿来小说的成功之处。思想与深度是蕴涵在诗意的叙述与描写之中的，而不是凌驾于生活之上。

朱：《随风飘散》的故事写了工业文明对机村的原始生态的侵入和破坏。公路的延伸和汽车的到来打破了机村的宁静，使人们陷入了躁动不安的情绪之中。《天火》描写了“文革”对机村的传统秩序的颠覆，天火所造成的灾难也可以理解为现代化进程对人的精神和心理造成的异化。在政治运动中，人们突然之间便陷入了变态和疯狂的状态。这一点说简单也简单，说复杂也很复杂，但这就是现实，阿来的描写很到位，也很有深度。

傅：《随风飘散》和《天火》这两个部分在“所指”上有很大的相似性，都是要表现新旧时代之交机村原本静谧和谐的生活以及人们平静祥和的心态被一个突发事件所引发的混乱打破，故事的主人公们突然间陷入了一个或极端或尴尬的境遇。然而我以为无论是《随风飘散》中的谣言还是《天火》中的天火，或者说政治运动都是作为一种背景存在的，这些外部事件无非是为主人公们搭建了一个不由自主却非登上不可的舞台而已。小说中的人物依照各自的性格和心理动机在这一舞台上进行表演，人性中的卑微和高贵、冷漠和温情在这里交织碰撞。我觉得在《随风飘散》中，冷漠和猜疑构成了小说的基本色调。格拉和母亲桑丹是作为灰暗生活中的唯一亮色存在于机村人的心目之中的，这样一对可怜的母子能够在机村中生存下来并且平安无事更是被机村人看作苦难生活中的心灵慰藉。然而，当一场突如其来的灾难到来之际，经年累月的困苦生活使得人性中趋利避害的本性暴露无遗，机村人们心底里仅有的一点脉脉温情被互相猜忌和全身避祸所淹没。此后的小说便是围绕着人性中温情的复苏和理解宽容的达成而展开的。格拉这样一个弱小无助、单纯明亮的孩子为了寻求理解和宽容所做出的努力和挣扎使得世俗社会人心的冷漠和粗暴表露无遗。阿来经由《随风飘散》传达出一种强烈的悲悯意识和博爱、宽厚的人道主义情怀。而这样一种生命意识和道德叙事无疑是当今社会生活中极为稀缺和宝贵的。

朱：我之所以把阿来的小说风格定位为“诗意的现实主义”，就是因为阿来的小说中既有对人生际遇和生存苦难的深沉、厚重的现实书写，又有一种飘逸高远、富于哲思、意境深远的诗意表达。我以为富于哲理和审美的诗意正是当前的长篇小说创作中较为缺乏的。现在的很多作品执拗地将生活的片段和破碎的场景原生态呈现给读者，或者对社会生活中所存在的种种问题和矛盾进行直录式地书写。这种写作方式固然较为快捷、直观地表现了社会生活的原生态，但对于长篇小说本身而言，却是以丧失和淹没作家创作的主体性和自觉性为代价的。长篇小说不应该只满足于给读者讲述一个精彩好看的故事，文学阅读说到底是一种审美活动，而文学创作的基础又离不开现实生活，因此在长篇小说创作中，作家们应该寻求审美表达与现实书写的完美结合。

审美追求与题材超越的悖论

傅：其实《随风飘散》的故事很简单，人物也比较单薄；《天火》相对复杂一些，但在题材和故事走向方面也说不上多么新颖和独特。可是阿来恰恰是把这样相对简单的故事写得丝丝入扣，在波澜不惊的情节表层下酝酿着跌宕起伏的情感波折。《空山》带给我的阅读感受不同以往：我不是被什么紧张激烈的故事情节所吸引，而是被作者所营造出来的一种情绪、氛围所笼罩。阅读之后会觉得意境深邃幽远，回味不尽。

朱：总体来说，阿来在他的小说中所传达出来的审美追求与我的艺术观念不谋而合。我觉得艺术，包括文学，最核心的本质意义就是审美；而不同的事物，其审美价值自然有高低之别。在我看来，越是原始的、自然的东西越具有审美价值。由于历史和地理位置的原因，西藏可以说是目前为止在中国的版图上受到现代化进程眷顾最少的地方，有些地区较为完整地保持着原始、封闭、自然的状态。这种状态很祥和，很富有诗意，也很适合人类栖居。而如今工业化进程裹挟着我们越走越远，越来越远离质朴和自然的人性，现代化本身对于人类个体来说甚至可以说是反人性的。《空山》正是在现代化进程与传统生活秩序以及思维方式的碰撞中，将普遍人性中温暖而质朴的一面凸显了出来。藏区是阿来的一座生活宝藏。阿来观察生活的基本视角是现实主义的，但对生活本身又加以美化和艺术化，以审美的眼光看待大自然，看待生活中的苦难，以悲悯的和人道主义的情怀来观照现实生活中的人们。这种“诗意的现实主义”在阿来的作品中，从《尘埃落定》到这部新作《空山》可以说是一以贯之的。但是随着描写对象的改变和时代背景的向前推移，阿来的这种风格似乎又产生了某种新的变异。具体来说，在这部《空山》中就出现了一些不和谐音。在小说的情节线索中，突如其来的现代化进程除了令机村的村民手足无措，陷入恐慌以外，对于阿来的写作而言也构成了某种挑战。比如以公路、汽车为表征的工业文明对原始生活状态的侵入，这个就很难处理。就好像一幅中国画，你画山山水水、花鸟鱼虫、自然风光还好，但画面中要是出现飞机、汽车、拖拉机就不好办了，哪怕是在一个很不起眼的位置也会破坏整体的艺术效果。文学和绘画是相通的，阿来的小说可以对应为绘画中的中国画，在《随风飘散》中虽然是虚写公路、汽车，但总感觉着别扭、不太协调。《天火》也存在这个问题，但好在“文革”被幻化为一场山火。山火是属于自然的一部分，与小说的基本场景倒还算搭调，而且阿来对于山火的描写颇为出色。十几场大火各有特色，没有雷同的。阿来肯定也亲眼见过不止一场大的山火，但必须承认阿来的想象力是极为出色的。以火来虚写“文革”这场政治运动，既象征着那种红旗飘飘的气势，也渲染了人们心中的那种政治狂热。《空山》是阿来“机村三部曲”的第一部，按照现在的进程，第二部、第三部必然会延伸到改革开放，甚至20世纪90年代，小说的场景也必然会向城市转移。我觉得脱离这种原始、封闭、自然的状态转而去描写都市生活，这可能不是阿来所擅长的。我觉得阿来似乎应该坚守住原始、自然的西藏这块独特的写作资源，坚守住诗性的写实风格。从这个角度来说，《空山》不如《尘埃落定》完整，也不如《尘埃落定》那样在写作特点和个人风格方面那么鲜明。这里面是否预示着一种潜在的写作危机也未可知。

傅：阿来的确很擅长以诗意的美感来描写西藏这块较为原始的土地，在生存的苦难中彰显人性温暖的光辉。但是我觉得文学也好，其他艺术形式也好，最起码应该具备两种精神，就是勇于超越自身的精神和积极介入现实生活的精神。原始、封闭的藏区当然是阿来的生活源泉和最重要的写作资源，从《尘埃落定》到《空山》，阿来也逐渐形成了他本人独特的写作风格；但我以为作家的写作实际上就是一个不断超越自我的创造过程，当某一作家的作品形成了一定的模式或者艺术风格时，也就意味着这位作家必须要放弃某些已经获得的赞誉或者说已成习惯的东西，开始新一轮的超越。这个过程是艰难痛苦的，当然也具有一定的风险，甚至于对某些创造力和精力趋于衰竭的作家来说是一项“不可能完成的任务”。由于《尘埃落定》的影响力至今还持续不衰，普通读者包括批评界对于阿来仍然抱有巨大的阅读期待，这种阅读期待是和《尘埃落定》紧密联系在一起的，是以《尘埃落定》为标高和参照系的。但对于阿来这样一个年富力强、正处于巅峰状态的作家来说，不应该被文学以外的东西束缚住手脚。《空山》与《尘埃落定》相隔了十年，阿来如果不拿出一些新的变化我倒觉得不正常了。即便如此，我还是以为阿来并没有完成自我超越，如果说阿来是在重复自我可能有些苛刻，但最起码这种寻求突破的步子迈得还不够大。《尘埃落定》的确可以列为中国当代文学史中的经典作品，但如果出现第二部《尘埃落定》就毫无意义了。

朱：我觉得《空山》在艺术风格上不如《尘埃落定》表现得那样完整和充分，这是否和《空山》的结构有关?

傅：《空山》并不是一部严格意义上的长篇小说，而是由两个独立的大中篇构成的。这两个大中篇之间除了部分人物和故事发生的场景有些许重合之外没有更多的联系。而且中篇小说和长篇小说在结构上和容量上的巨大差异，也决定了《空山》不可能像《尘埃落定》那样讲述一个完整的故事，完整地表现一个时代的历史进程。我甚至觉得不应该以长篇小说的标准来衡量和要求《空山》。在出场人物的数量上、主要人物的形象塑造上、故事发生的场景和空间方面，《空山》都显得比较单薄和狭小，但同时在对人性的挖掘方面则显得较为纯粹，也较为深入。我觉得《尘埃落定》和《空山》已经是属于两个不同时代的作品了，这十年间作家本人的生活发生了很大的改变，我们的时代和社会生活更是发生了翻天覆地的巨大变化。从《空山》中，我已经能够感受到阿来似乎在寻求一种改变，很明显地，如果说《尘埃落定》时期的阿来是沉浸在对西藏的过去和历史的缅怀与冥想的话，那么《空山》时代的阿来无疑已经跳出了故乡那种原始、封闭的生活状态，开始在无可阻挡的现代化进程中，寻觅依然存在着，只不过渐渐被人们遗忘了的，人性中、人的生命中最可宝贵的东西。虽然《空山》只是“机村三部曲”的第一部，我们还无法预测后两部出来之后，这个三部曲的整体面貌会是怎样，但我觉得从《空山》开始，阿来应该已经进入了一个新的创作时期。至于说阿来是否只能写过去，只能写那种富于诗意的原始、封闭的西藏生活，我是这样看的：也许几十年以后，事实证明了在阿来的众多作品中确实还是原来的那种风格最好，但至少现在来看，《空山》无论是在作品结构、情节编织、小说语言、人物塑造、叙述节奏的把握还是在思想内涵方面的开掘都达到了相当的水准。对于像阿来这样一个拥有丰富生活阅历、掌握圆熟小说技巧的年轻作家而言，写作危机似乎不会这么快就到来。当然，阿来的“诗意的现实主义”在遭遇现代化生活场景的时候能否还继续地保持原有的“诗意”实在是还无法预料，但我们也没有理由要求阿来的创作始终保持在这样的“诗意”之中，阿来完全可以用新的风格，新的方法去写作新的现代化生活。

“向后看”是为了表达“向前看”的理想

朱：你的这种表达在观念上与我就有了一定的距离，这就是代沟。现在似乎是没人再使用这个概念了，但我认为在现实中仍然是这样一种存在。我认为，文学在某种意义上讲就是一曲挽歌，寻觅、捡拾、记录着人类前行过程中失落的东西。而这些被人类抛弃的东西一旦会聚起来，就会成为人类记忆中的精神家园。《空山》就是这样一首挽歌。新旧时代的交替必然产生冲突，而当这种全方位的激烈碰撞停歇之后，人类面临的就是无限的怅惘和永恒的怀旧，因为现代化的进程是不可逆转的。《天火》所表达的正是这样一个沉重而感伤的主题。一场山火毁灭了森林和村庄，伴随而来的政治运动摧毁的却是机村人对传统生活秩序和宗教信仰的虔敬。巫师多吉代表着机村人心目中传统而神秘的宗教信仰，也是传统生活秩序的维护者，最终他将自己的生命献祭以守护危难中的机村；民兵队长索波则是极端环境中国家暴力机器的掌握者，在他的身上体现出年轻的一代人接受新鲜事物、新鲜观念的激情和对政治运动的盲从心理；格桑旺堆处于两者之间，既无力阻拦政治运动对机村生活秩序和权力体系的颠覆，又极尽所能挽救受山火威胁中的机村，正因为他始终处于比较尴尬的境地，他的行动也就染上了几分悲壮的色彩。我觉得《天火》最精彩的地方是结尾，当运动结束，一切归于平静，机村已经面目全非的时候，曾经最为激进的民兵队长索波一个人走到村外，看到村外的溪流、花草，心中颇为伤感；然而当他遇见巫师多吉的毛驴时，眼泪却如潮水般涌出。当一切归于平静之后，这个曾经激进、盲目而冷漠的青年人心底的温情在顷刻之间被唤起。索波的眼泪中蕴涵着很复杂的情感，既有懊悔，也有怀旧；既有失落，也有感伤。在这里，再宏大深刻的主题都不如对普遍人性的深层挖掘震撼人心。《空山》中这两个被你称为大中篇的小说，通篇的叙事都很平稳，少有大的起伏；但故事的情绪这根弦一直都绷得很紧，叙事的节奏也很紧凑，都是在结尾处“刷”的一下子，舒缓下来，小说在读者的情绪达到最高潮的时候戛然而止，留下了无尽的余味。这种写法很高明。无论是《随风飘散》还是《天火》都传达出这样一个主题，人类在现代化进程中，在享受到物质生活的极大丰富的同时，也渐渐失去了自己的精神家园。所以感伤和怀旧的情绪每每会触碰到人类心灵中最柔软的地方，人类在现实生活中失去的宝贵东西必然要到文学作品中去寻找。我觉得现代化的都市生活中有很多东西是反人性的，在心底里人类还是要寻求一种生命的原始状态和灵魂的自然栖居，我觉得乡土文化是最符合中国人的本性的。且不论古人“穷则独善其身”归隐山林，娱情山水的处世哲学和生命自觉，时至今日，中国的现代性发生已经一个世纪了，在中国现当代的文学作品中，大凡是可以列为经典的作品，基本上都是描绘乡土中国的。像陈忠实这样的作家，一部《白鹿原》就足够了。我想除了其他的复杂原因之外，乡村较之城市更具备审美的价值和可能性这一点对于作家创作取向的重要影响是不应被忽视的。在中国工业化、都市化的现代化进程中，文学就是一曲挽歌，寻觅和承载着渐趋失落的精神家园。阿来的小说无疑也是极具怀旧和挽歌气质的。

傅：关于审美原则的问题，我并不认为乡村就一定比城市的审美价值要高，因为随着社会和时代的发展，生活基础的改变必然要带来人们审美心理的嬗变，而这种审美趣味的变化又势必引发艺术形式的革新。就拿中国画来说吧，传统的文人画已经不复存在了，现代的中国画更多地借鉴了西方的油画技法。中国画的传统审美趣味是写意的，但并不意味着它不具备写实的功能。一个时代有一个时代的艺术，这当然包括它的形式。中国画其实还是处在变革的十字路口上，传统，现代，复古，实验水墨，莫衷一是。说文学是一曲挽歌的确有一定的道理，但我们不能仅仅因为文学具备怀旧和记录历史的功能就把文学这种形式限定在只能描写过去，对于中国的发展实际而言，就只能描绘乡村生活这样一个狭窄的空间。我觉得无论是“诗意的现实主义”还是被冠以其他的头衔，作家始终要关注当下的现实，这一关是必须要过的，否则现实主义还叫什么现实主义呢？当然了，文学要和生活拉开一定的距离，但这个距离要多远才符合标准呢？毕竟对于今天而言，昨天就是历史。我觉得作家仅仅写作挽歌是远远不够的，作家应该有积极地介入现实的勇气和责任感。20世纪90年代以来，中国处在剧烈的社会转型期，经济发展、社会生活、思想文化等方面都发生了翻天覆地的变化。然而，中国作家还没有一个真正地把这种剧烈的社会变革中所蕴涵着的巨大而深远的内涵写出来。长篇小说在诸种文体中是最适合肩负起这样的使命的，在此种情况下再大力提倡中国的作家写过去，写乡村，我想可能是一种本末倒置。中国的社会生活的重心已经逐渐由农村转移到城市了，政治、经济、文化，甚至话语权，都是以城市为中心的，问题是出在作家身上，中国作家在思想、情感、观念诸多方面都还没跟上这个时代的步伐，在面对复杂而深刻的现实生活的时候，是一种茫然无措，一种漠不关心，一种闪烁逃避，这不能不说是中国当下文学最令人忧虑的问题。重大的社会转型期正是出大作品的最佳时期，中国社会既波澜壮阔又严酷悲壮的现实图景特别需要有历史责任感和使命感的作家去关注和描绘，所谓大作家、大作品，只能在这样的题材里诞生。因此说，阿来的“机村三部曲”如果真能像您预测的那样写到改革开放，写到20世纪90年代，反倒说明阿来是一个有出息的作家。

朱：我所谓的“向后看”，其实表达的是“向前看”的理想。作家作为社会的良知，对现实总是持批判态度。他批判现实的主要参照无非两个，一是“向前看”——营造理想的乌托邦；二是“向后看”——寻找失落的精神家园。一个“向前”，一个“向后”，其实都是一个作用，那就是作家们认识、思考和批判现实的参照。乌托邦也好，精神家园也罢，可能永远见不到、找不着，但是必须有它。就像夜行者仰望的北斗，给你引领和召唤。你永远也走不到那里去，可是没有它你将会迷失自己。现代文明给自然生态和人性、人心所带来的负面影响从某种意义上来说是不可逆的。也正是从这个角度上我们肯定文学的永恒的意义。而《空山》就是这样一部找寻、重建失落了的精神家园的作品。至于“机村三部曲”的第二、三部会呈现出怎样的面貌，就让我们拭目以待吧。

（原载《芙蓉》二〇〇六年第五期）

毛泽东诗词的传世价值和中华文化的恒久魅力

——关于《毛泽东诗词的一种解读》答吕先富

吕先富（以下简称吕）：你的讲座“毛泽东诗词的一种解读”，反响热烈，简直可以用“盛况”来形容了。请你先谈谈为何将讲座命名为“一种解读”？你的讲座为什么受到了这样的欢迎？

朱向前（以下简称朱）：之所以叫“一种解读”，是因为我只能说这是我个人对毛泽东诗词和毛泽东的一种解读，更多的是从文化的、文学艺术的角度切入，谈这种文化怎么形成毛泽东的性格，怎么形成他的魅力和智慧。说到讲座的受欢迎，确实出乎我的预料，我常常在中间休息时被听众团团围住提问、签名、合影，以至于来不及上厕所。我记得在北京鲁迅博物馆讲座时，演讲结束后现场几乎变成了毛泽东诗词演唱会，听众中有一老一少率先激动地走上讲台，主动要求用北京评剧和美声唱法演唱了毛主席诗词《卜算子·咏梅》和《浪淘沙·北戴河》，老者已是八十岁高龄，他说自己唱了一辈子毛主席诗词，到老了才算听明白。诗词解读会在听众中引起如此热烈的反响，这在我以往二十余年的文学演讲中是从未有过的，我觉得讲座之所以受欢迎，主要归功于毛泽东和毛泽东诗词本身的魅力。在广大中国人民的心目中，毛泽东和他的诗词是一个永远说不完的话题。

吕：我知道你对毛泽东诗词可谓习之愈久爱之愈切，你甚至庆幸自己在年过半百时进入这一领域。对毛泽东诗词的研究让你发现了什么？你的收获和喜悦是怎样的？

朱：毛泽东离开我们才仅仅三十年，但是他的思想和学说的影响已经传遍全世界。作为一种回馈，来自国内外的研究成果已经是汗牛充栋，人们都对他表达了应有的敬重和关注。多达成千上万种关于毛泽东的传记、资料、回忆文章、研究专著以及文艺作品，已然形成了方兴未艾的“毛学”热，而且这种超越国界的广度在中国历史上是空前的。少年时读毛泽东诗词，那时我收获的是熟读能诵的“童子功”；如今年过半百，当再读毛泽东诗词时，我所收获的是一份“踏遍青山人未老”的心境。与毛泽东诗词的再次邂逅点燃了我的激情，读毛泽东诗词、写毛泽东诗词、解毛泽东诗词、讲毛泽东诗词，对毛泽东诗词的研究成为了我继续求索的动力，我庆幸自己成为“毛学”领域里的一名新兵。对此我心怀喜悦。

吕：让我们回到对毛泽东诗词的文本研究。你体察到的毛泽东诗词的艺术风格有哪些特点？

朱：第一，豪放大气。比如毛泽东诗词中好用大的字眼，名词如天啊山啊海啊，量词如亿啊万啊千啊之类的，平均每一首里不止一个“万”字。第二，想象浪漫。你只要读读《蝶恋花·答李淑一》就知道了，“我失骄杨君失柳，杨柳轻飏直上重霄九”。沉重的历史已成往事，革命的英烈却羽化登仙，成为寻访月宫的客人，“问讯吴刚何所有，吴刚捧出桂花酒”。酒过三巡，神奇的场面出现了，“寂寞嫦娥舒广袖，万里长空且为忠魂舞”，这是何等壮丽、壮阔的景象！以万里蓝天为背景，以千朵祥云为舞台，寂寞嫦娥长袖善舞，以慰忠魂，这种想象的浪漫不羁，豪迈无涯，真是羞煞李后主，气死李清照。然而真正的高潮还在最后，“忽报人间曾伏虎，泪飞顿作倾盆雨”。其情绪、意境，陡然间由凄清凄美转向了热烈、放纵，一腔深情化作豪雨，告慰天下。可以说，这首词出于婉约而又超越婉约，前婉约而后豪放，集婉约和豪放于一身，是千年婉约派中的一声别调。第三，文采华美。举例来说，两首《沁园春》是毛泽东诗词中气韵兼胜的代表之作，这两首词都是色彩明丽，形象生动，气势磅礴，文辞华美。这一点就不用多说了。

吕：“东方欲晓，莫道君行早，踏遍青山人未老，风景这边独好。会昌城外高峰，颠连直接东溟。战士指看南粤，更加郁郁葱葱”。这是一九三四年夏毛泽东在被剥夺一切实职、处于政治生涯低谷时写的《清平乐·会昌》，毫无压抑感伤。对于毛泽东诗词中透出的气魄和心境，你一定多有赞叹、感佩。

朱：毛泽东的诗词中充满了革命的英雄主义、浪漫主义和乐观主义。即便在逆境中也处之泰然。毛泽东勇于挑战、善于应战的个性使他在面对逆境时压力越大、反抗越强。纵观毛泽东六十年的创作生涯，我发现了一个现象，从量和质两方面来看，都大致可以说，他的创作，中青年时期胜于老年时期，建国前胜于建国后，战争年代胜于和平年代。我个人认为，毛泽东诗词创作的高峰在两首《沁园春》之间，即一九二五年到一九三六年的约十一年间。而这十一年，是毛泽东个人和中国革命最艰难困苦的时期，可以说，内忧外患，凶险莫测，九死一生，前途未卜，创作的条件和环境更加无从谈起。但毛泽东的过人之处就在此中表现出来，巨大的压力带来巨大的反弹，毛泽东的诗情空前迸发，前后写下了《沁园春·长沙》《菩萨蛮·黄鹤楼》《西江月·井冈山》《渔家傲·反第一次大围剿/反第二次大围剿》《菩萨蛮·大柏地》《采桑子·重阳》《清平乐·会昌》等经典之作。尤其在艰苦卓绝的长征途中，毛泽东写出了《十六字令·山》《忆秦娥·娄山关》《清平乐·六盘山》《七律·长征》《念奴娇·昆仑》等华彩篇章。相反，在延安十几年相对平和安定的环境中，毛泽东反而诗作甚少。

这种现象，毛泽东自己也百思不得其解。一九四九年十二月中旬，在迎接毛泽东访苏的专列上，前苏联汉学家、翻译费德林当面向毛泽东表达他对毛泽东在长征途中所写诗词的赞叹时，毛泽东说："现在连我自己也搞不明白，当一个人处于极度考验，身心交瘁之时，当他不知道自己还能活几个小时，甚至几分钟的时候，居然还有诗兴来表达这样严峻的现实，恐怕谁也无法解释这种现象……当时处在生死存亡的关头，我倒写了几首歪诗，尽管写得不好，却是一片真诚的。现在条件好了，生活安定了，反倒一行也写不出来了。"其实，这正是毛泽东的性格使然。同时，也符合艺术创作规律，"文章憎命达"，"写忧而造艺"嘛。我个人对毛泽东诗词的基本判断是：第一，毛泽东是一流诗人。即便把毛泽东诗词放在中国两千多年的诗歌长河中比较，也有大约五分之一的作品不会输给诗词大家。第二，毛泽东古为今用，完成了古典诗词的现代转型。第三，毛泽东诗史合一。从一九一八年二十五岁的毛泽东写下《七古·送纵宇一郎东行》明确表明革命心志，到一九四九年写《七律·人民解放军占领南京》，三十年恰巧有二十八首诗词，正好对应和记录了毛泽东开创和领导的二十八年革命斗争。你可以说是巧合，也可以说是天意。毛泽东是用诗写史，也是以史写诗，正事写史，余事写诗，诗史合一，是为史诗。这才是一等一的大诗人、大手笔。

吕：毛泽东诗词不仅能超越一己之悲欢，还能真正进入艺术和审美的境界，从而永葆艺术活力。用毛泽东自己的话说，就是"光昌流丽"。不仅如此，毛泽东做文章还讲究内在的神气。在这方面，你有很多独到的阐述。

朱：中年以后，毛泽东潜深流静，做文章不追求外表的光昌流丽，而讲究内在的“神气”。他在八届七中全会上的讲话中，突然插了一段“文章作法”——“我是赞成朱自清的风格，朱自清是清华大学一个教授，他的文章写得好，但是有一个侧面不好，就是不神气。第一个神气的是鲁迅，他的话是口语。鲁迅的杂感，你看那个《阿Q正传》，不是口语？什么‘和尚动得，我动不得？’‘儿子打老子’之类，都是口语。对这个问题，我讲了一万次了，但是许多同志没有改过来。也许从今天起还是改不过来，但是我有生之年，没有见到阎王，我就要整这件事。”

“神气”应该是一个湖南方言，我个人理解，神气就是传神、气韵生动。而毛泽东总结“神气”的经验就是要多用口语。口语好在哪儿？根据我个人的学习体会，从实用层面来看，第一，从战争年代过来的广大官兵文化不高，讲通俗易懂的口语，大家容易听得懂，好接受。第二，不管是文字还是书面的表述都有四个层次，最高的境界就是深入浅出。像鲁迅的学术演讲《魏晋风度及文学与药及酒之关系》，把学术问题搞得跟聊天说故事一样。第二个层次是深入深出，像黑格尔，确实有深度，但很晦涩。第三个层次是浅入浅出，像相声小品，虽然没什么深度，但很抓人。最差的第四个层次是浅入深出，明明没有东西，但搞得很深奥，这是比较烦人的。在《反对自由主义》里，毛泽东用了“事不关己，高高挂起”“做一天和尚撞一天钟”等俗语，在《渔家傲·反第一次大围剿》中又有“前头捉了张辉瓒”这样的口语，都显得神气活现。

吕：毛泽东追求完美，创作态度严谨。这给今天的我们也留有很多的启迪。

朱：典型的例子是一九二三年写给杨开慧的《贺新郎·别友》，到了一九七三年拿出来修改，改得面目全非，等于重写了一遍。什么叫精益求精啊？一首词不就百十个字嘛。改了五十年啊。还有《十六字令·山》，毛泽东自署创作时间为“1934—1935”。也就是说三首十六字令四十八个字，毛泽东在马背上推敲了一年，最终改写了中国诗史上十六字令无名篇的历史。那时候正值长征，虽然天上有敌机，后面有追兵，经常突围生死关头，艰难困苦，莫此为甚。但是，两万五千里长征毕竟是打的时间少，走的时间多，毛泽东骑在马上摇头晃脑，吟咏推敲，二十年后，他有些留恋地说：“在马背上，有的是时间，可以找到字和韵节，可以思索。”毛自称“马背诗人”，即由此而来。这是我们可以想象的长征途中的另一个毛泽东。枪林弹雨、九死一生，毛泽东虽然身为三军统帅，但是同时又是马背诗人，似乎完全将自己置身身外，以郊寒岛瘦的苦吟精神来苦苦追求四十八个字的最佳效果。这种身份的反差和精益求精的创作态度的奇妙组合，成为了古今文学史上一道独特的风景。这对我们当下浮躁的社会和急功近利的文坛、演艺界都具有典范意义。

吕：听过你的讲座的人，对你揭示毛泽东身上的文化意识和历史意识印象深刻。你是如何去发掘毛泽东身上巨大的文化优势的？

朱：我对毛泽东身上文化历史意识的发掘是一个渐进的过程，可谓“仰之弥高，钻之弥深，瞻之在前，忽焉在后”，这里我只想举一个小例子。最近，我读日本人矢吹晋的《田中角荣与毛泽东谈判真相》（载《文史参考》二十八期）一文，注意到一个史实，一九七二年九月二十五日，田中角荣在周恩来的欢迎宴会上致答词说：“遗憾的是过去几十年间，日中关系经历了不幸的过程。其间，我国给中国国民添了很大的迷惑，我对此再次表示深切反省之意。”翻译将迷惑直译为麻烦，周总理当即指出用词不当，但田中解释“迷惑”是从汉语中学过去的，在百感交集的道歉时是可以使用的。第三日晚上，毛泽东在游泳池书房接见田中，离别之际，毛泽东从书桌上拿过一套写满眉批的《楚辞集注》，赠给田中。第一次读到这些史料时，我只是感到毛泽东终生爱屈原、爱读《楚辞》。这次才发现原来在《九辩》中有两处出现了“迷惑”：“慷慨绝兮不得，中瞀乱兮迷惑”“然中路而迷惑兮，自厌按而学诵”，据洪兴祖《楚辞补注》，原意为“思念烦惑”“举足不前”，毛泽东赠《楚辞集注》给田中的深意是要给出田中“迷惑”一词的原初正解，让其在精深的中华文化面前折服。毛泽东不光将《楚辞》读得烂熟于心，而且信手拈来，运用到外交领域中，真正达到了出神入化的境界。

吕：在研究毛泽东诗词的过程中，你将自己定位为中华文化至上论者。在经济全球化大背景下，你对中华文化的伟大有哪些新的感悟？如何深刻理解中华文化的方位与发展方向？

朱：我的中华文化至上论最早是从审美角度来立论的，随着经济全球化的发展，我的这一论点渐渐超越了审美，进入了政治、经济、军事、人文等领域，比如和而不同、求同存异的政治观，盈虚互用、义利相和的经济观，上兵伐谋、不战而克的军事观，天人合一、化成天下的人文观等。经济的全球化、科技的一体化是历史发展的大趋势，但它和文化艺术的发展取向有根本的不同。经济科技讲求同一，讲求模式，讲求格式化，它要求的是复制，是批量生产。而文化艺术则讲求个性和独造，它是万端并出、求新求异的。越是在经济科技全球化的大背景下越要坚持文化的民族化、本土化，这才能形成世界文化多元共存共荣的格局。还是鲁迅先生那句话：越是民族的，就越是世界的。从张艺谋的电影到云南的原生态舞蹈，从谭盾以湘西祭祀音乐为取法的创作到赵季平音乐作品中隐隐浮现的秦腔、信天游，都可以证明这一点。而且中华文化又是那么博大精深，恰恰是由于她的深邃和高妙，她才不为今天的世界真正理解和认识。比如说诗词怎么翻译？最好的翻译也只能是表其意而丧其神。别说内容，就说词牌吧，把《满江红》翻译成《一条红色的大江》，把《菩萨蛮》翻译成《野蛮的菩萨》，这是哪儿跟哪儿啊？八竿子都打不着嘛。那么怎么办呢？别无它法，只有当外国人都像大山一样精通汉语时，他们才会真正懂得中华文化的伟大和毛泽东诗词的魅力。而且我坚信这一天终究会到来的。

吕：你已经收集了多少首毛泽东诗词？你对毛泽东诗词的解读是否结集出版，目前进展如何？

朱：目前已收集到一百首左右，其中有一部分的真伪需要研究甄别，还有一些不能代表作者的水准，这些篇目收不收还是一个问题。同时因为涉及重大题材，书稿的送审还需要一些时间。从目前的进度来看，此书的出版还需押后一段，但愿不会让读者朋友们等待太久。

（原载《文艺报》二〇〇六年十二月二十六日）

“惊沙”扑面：对20年中国电影的反思和启示

——与朱寒汛对话《惊沙》

朱向前：在我的观影记忆中，就出乎意料的程度而言，能和《惊沙》堪可一比的只有《红樱桃》。大概是上世纪90年代初，我和导演叶大鹰、评论家陈晓明等在北影厂小放映室看刚从日本剪辑回来的《红樱桃》样片，因事先对其题材、故事一无所知，正当我沉浸在对“红樱桃”纤细秀美玲珑晶莹的想象之中时，突然就被猛烈的炮声所击中。她带给我的意外和震撼同样巨大，观后座谈会上我给出了一个判断：这是一部从“樱桃小口”切进去的可与国际接轨的反思战争的大片！

朱寒汛：那你认为《惊沙》比《红樱桃》如何？

朱向前：有两点可以比较，一是同样巨大的意外与震撼。和《红樱桃》情况类似的是事先我只知《惊沙》是秦基伟将军之子写的一部关于秦基伟的电影，我按一般情况去想象片子，所以，当有关人士向我强力推荐几次之后我都不以为意，结果这种强烈的意外与震撼从片首的旁白就开始了，直至剧终。二是《惊沙》比《红樱桃》带给人的感动大有过之。显然，《惊沙》更具激情和真情，在整个观看过程中，我被情感的洪流反复冲击和包裹，真是心潮澎湃，热泪长流。尽管我是一个容易被感动的观众，但被感动得这样稀里哗啦还是少有，以至剧终时我只能紧握着小滨的手，费力地说出两个字：祝贺！等步出大楼，擦去眼泪，平静下来之后，我才能比较完整地向小滨表述了我的基本判断：《惊沙》把当代中国战争影片的水准提升到了一个新的高度！

哎，你作为80后的电影业内人士对《惊沙》怎么看？我看你当时似乎也很投入很感动啊。

朱寒汛：感动不亚于你，如黄河泛滥，一发而不可收拾。首先，我并不是一个非常容易被感动的观众，由于在制片厂工作，每周都要看十部左右的国内外影片，眼睛和心灵都磨出了一层茧子，这样一来观影的兴奋点已经很高了。而且由于经常去影院，宽银幕、声光幻影那一套对我来说也是司空见惯，产生了审美疲劳甚至逆反，往往当时就把自己从华丽的电影科技中抽离出来，跳出技术来看电影结构、框架、文本、世界观和逻辑性等问题。而且一般来说，主旋律电影要把我的眼泪打下来的难度是很高的。但就是这样，《惊沙》还是把我的森严壁垒一举击穿，以至于剧终时恨不得打电话给所有同仁报告：出事了！

我的判断是：由于《惊沙》的出现，中国的革命历史题材影片提前了至少三年进入了一个趋于成熟的类型化时代，它不但给主旋律电影带来了巨大的冲击、挑战和启示，同样给中国电影甚至是文艺界带来了一股天外来风，它告诉我们如何以小题材来做大电影，如何以大精神来做小电影。《惊沙》是能够回答当下许多问题的革命历史题材电影，也是能够回击《父辈的旗帜》《布列斯特要塞》《向着炮火》等外国战争大片的本土战争/军事电影。

朱向前：《惊沙》的确是天外来风，但并不是外星来客。我们不会忘记建国60余年来战争/军事题材电影探索道路上的拓荒者先行者，从前十七年的《钢铁战士》《柳堡的故事》《战火中的青春》《林海雪原》《铁道游击队》《小兵张嘎》《地道战》《地雷战》《南征北战》到文革时期的《闪闪的红星》，再到新时期的《归心似箭》《小花》《西安事变》《一个和八个》《黄土地》《高山下的花环》《血战台儿庄》《红高粱》和90年代的《大决战》《大转折》《大进军》等一系列佳作和精品，都有不同程度的创造和贡献，为军事主旋律电影的崛起打下了一个坚实的基础。

朱寒汛：再有，进入新世纪以来，又有八一电影制片厂以“三惊”系列（《惊涛骇浪》《惊心动魄》《惊天动地》）为代表的一些影片，以电影语言密接重大事件。类型片《冲出亚马逊》和数字电影《夜袭》等也都取得了较好的经济和社会效应。《惊沙》的成功应该说是踏在前人肩上的一次新的攀登。

朱向前：看来，真正好的电影无所谓主旋律或是多样化，是好就是好，不管是相对中老年还是80后90后，她都能通吃。《惊沙》就是最好的证明。尤其她还是主旋律的，尤其是能在多年票房至上的中国电影市场横空出世，其意义不可小视，这绝不仅仅是一部传记片的突破或一部战争片的成功。她的经验值得我们好好梳理和总结。

朱寒汛：从哪些方面进行梳理呢？是否应该把视野放得更开阔一些呢？

朱向前：正是，我觉得《惊沙》的成功一是反衬出了20年来中国电影的某些病态或畸形，需要反思、批判；二是对当下电影的若干弊端给出了有关启示，需要借鉴、弘扬。所以，我们的对话不妨从两个层面来展开。

一、中国电影需要引领

朱寒汛：记得几年前你就撰文呼吁“当下中国文艺需要引领”，但据我看几年下来效果不大。我认为“引领”不能诉诸号召、提倡，要见诸于行动，拿出好作品就是最好的“引领”，一部《惊沙》胜于一百个关于“引领”的研讨会。关键是她“引领”了什么？这是需要我们理论批评家们好好思考，认真回答的。

朱向前：概括说来，《惊沙》通过西路军某部的临泽突围之战，弘扬了西路军乃至中国工农红军、中国共产党人和整个中华民族的伟大精神，虽然她的规模不能和两万五千里长征相比，但它们的精神向度是一致的。如果说长征是一首挑战人类生存极限的史诗，那么，西路军临泽突围则是一支挑战人类勇气与顽强的壮歌。她展示的就是一种勇敢的“亮剑”精神，一种“狭路相逢勇者胜”的顽强精神，这种精神是中国共产党人和中国革命胜利的重要源泉，过去战争年代，物质匮乏时代需要这种精神，今天和平年代物欲时代更加需要这种精神。这应该是我们社会主义主流价值观里最值得弘扬的部分，这也是这部电影的核与灵魂和精气神。从这个意义上说，《惊沙》就是为我们的军队，我们的党，我们的国家正面造像的中锋正笔。遗憾的是，过去很长一段时期内，这种电影不是太多，而是太少了。

朱寒汛：有这个问题，首先我们承认二十年尤其是近十年来的市场经济给中国带来翻天覆地的变化。应该说今天中国电影市场的繁荣有目共睹。2010年全国城市院线总票房已经达到101．72亿元，生产故事片526部，有17部国产电影取得了过亿票房，实现了2008年以来的跨越式发展。但是，近年来真正能在艺术上堪称精品的作品有几部？能够展现中华民族精气神的有几部？能够体现现阶段主流价值观的又有几部呢？事实上自2002年《英雄》引领中国电影跑步进入大片时代，一切以票房论英雄，导致中国电影普遍地出现了一种前所未有的唯钱是举的浮躁与媚俗。应该看到，读图时代，电影给人尤其是青年的影响和熏陶相比书籍等其他媒介更快更直接得多，以好莱坞大片为表征的西方现代世界观与价值取向已严重影响甚至扭曲了当下青年。拜金主义、享乐主义、以丑为美、自我膨胀等思想泛滥。中西文化的所谓交流、交融和交锋至今体现在中国电影中已出现一边倒的强烈失衡，交流变成学习，交融变成同化，交锋变成媾和，即所谓“黄钟毁弃瓦釜雷鸣”。当此之际，我认为中国电影振衰起敝责无旁贷。

朱向前：十年前中国电影的问题今天更加突显：电影人缺乏共同信守的文化核心价值观，没有建立一种整个行业共同敬重的文化价值取向，并且已较为明显地出现了两个迷失：先是在市场经济里迷失，后是在美国大片中迷失，原因归根结底都是一个字：钱。面对愈演愈烈的以美国大片为代表的意识形态裹挟，再不加以正确导向，中国电影的下一步走向很可能是“双输”：既输掉了市场，又输掉了精神。2010 年国产电影票房破百亿，但其中只有 10% 盈利，最甚者《惊情》投资和票房产出比居然达 250：1，这种现象难道不值得警醒吗？电影人如果没有定力，不在思想和信仰中坚定地找到文化价值的皈依和根系，将引导观众最终失去发出中华民族声音的底气和根基。中国的电影产业化进程在某种程度上的缺失虽不能完全归咎于市场，但好莱坞电影的模式也并非放之四海而皆准的守则，尤其是对于中国来说，电影一向是承载着寓教于乐的弘扬主流价值观属性，电影不能以娱乐为终极目的以至于“娱乐至死”，它不是单纯的商品，不应完全按照市场经济规律运行，甚至应该适度地去金钱化。

朱寒汛：因拜金主义而生的价值取向迷失和现实主义精神不足等问题都将对中国电影的生态环境产生持续的负面影响，譬如《杜拉拉升职记》《无人驾驶》等影片中呈现出令人心寒的功利主义倾向，它们一方面真实地反映了市场经济社会的某些层面，另一方面又极度缺乏现实主义精神和理想信念观照。一二两部《非诚勿扰》给我们带来的是日渐昂贵的平民温情。相对于真正的边缘人和社会底层，我们电影中人物未免显得过于无病呻吟，几乎从来没有一个时期的电影像今天的电影与人们那么天人远隔。在当代没有出路，缺乏感受，只能在古代找突破，或如《神探狄仁杰之通天帝国》将武则天时期的唐朝改弦更张，变成中国版《大侦探福尔摩斯》加《爱丽丝梦游仙境》，或如《大笑江湖》将大银幕变作二人转舞台，将至少十年前的古装香港喜剧噱头进行一番陌生化处理以狂扫票房，或如《赵氏孤儿》将春秋时期“程婴救孤”的故事以精美包装不咸不淡地重新演绎，或如《让子弹飞》以荒诞的现代喜剧和粗犷的浪漫主义重塑一个让人“耳目一新”、且从未有过的近代西南红色小城，但关于革命的思考却非常凌乱，而斗争意志也过于游离和暧昧了。

朱向前：你说的还都是比较好的片子呢，其他的更乏善可陈。

朱寒汛：是啊，电影人的才华到底被什么抑制了呢？如果说完全被产业化的浪潮冲乱了阵脚我不能完全同意。因为电影本身永远无法脱离商业和娱乐属性，逐渐适应经济规律应该是一个成熟电影市场必须经历的过程。我们常说中国没有成熟的、分流的类型影片，蜂拥而上，乱七八糟，在我看来很重要的原因就是因为没有成熟的市场和受众。这样说也许过于偏颇，但我的总体印象是近年来屈指可数的杰作（如《盲井》《疯狂的石头》《十月围城》等）几乎近于“绝作”，既不能形成阵势，亦不能稍后精彩继续，产生的影响也过于短暂，如神龙不见首尾却不再回首，如零散的枪声无法宣告战役的胜利。一部电影在相当程度上变成了一锤子买卖，成为某种晋升富裕阶层的阶梯，而受众也是惊人的健忘和喜新厌旧。观众是不是排斥在电影中获得灵魂的洗礼和纯真的感受呢？绝对不是，中国观众是最宽容的观众，媒体是最宽容媒体，他们看完一部电影，走出影院发表完观影感受后，很快就能将其忘记，然后回到日常生活中去，打开报纸，打开网络，有规律地选择下一次要买的电影，耐心地等待心仪导演和明星的下一部作品。现在的海量资讯让人疲惫不堪，谁会愿意认真再阅读昨天的新闻呢？电影中传递的信号没有打中他们内心深处，但至少满足了他们在声光幻影中暂时忘记烦恼的需求，这难道是观众的问题吗？

朱向前：所以需要引领啊。让我非常无奈甚至失望的是，你们这一代年轻人，要宽容、要自由、要个性、要尊重，却普遍非常狭隘也非常偏颇，正面信息的接受能力较差，没有信仰和敬畏之心，把许多神圣的事物解构得体无完肤，哈哈一笑等闲视之。

朱寒汛：对此我不作辩解，因为我想的跟你一样。电影是特殊的商品，因为它与文化相关，同精神密不可分，在某种程度上应该是心灵的教堂。我要说的是，每一代人都有其狭隘之处，狭隘的方向和领域不同，狭隘却是不相上下。如果说你们的狭隘来自于生活的砥砺和思想的拘囿，

"80后"的狭隘更多地来自信仰的崩塌。当下，崇高和神圣的东西不多了，更少有人期望在电影中得到精神洗礼。

中国电影的产业化道路是在发展中反省，在反省中发展，一边发展一边反省。中国电影的生态环境正在发展的同时恶化，能够意识到这种恶化，边污染边治理，总比先污染后治理要好，更比只污染不治理要好。你说的引领问题，在我看来就是导向问题，又要导向又要繁荣，在当下是很不容易做到的，不能从上往下压，变成强制执行的政府行为。正如纤细的脖颈不能承担一颗硕大的头颅，当下的中国电影人也未必能够马上多声部地唱出主音大调的美妙交响，硬要人家唱，嗓子噌出血来，很可能唱坏了声带，从此成了哑巴。在我看来榜样就是最好的导向，只要主旋律片子做出了气象，渐渐就会形成连锁反应甚至是文化现象的。

朱向前：关键是要出现这种苗头和迹象。在《惊沙》之前，我的确没有想表达的冲动，更多的是一种失望，因为我明明白白地看到了美国电影的精神引领。就拿几部大片来说吧，无论是《珍珠港》《父辈的旗帜》《硫磺岛家书》还是《变形金刚》《2012》《阿凡达》，都高举着美国的乃至人类的主流价值观。《拆弹部队》这样的赔本电影也可以得奥斯卡最佳影片奖，甚至连《热带惊雷》和《无耻混蛋》这样的另类喜剧也没有因为娱乐而调侃和颠覆国家和民族的主流意识。当然，我们可以说美国的电影分级制度成熟，电影工业体系完备，电影从业者专业素质突出，观众的接受心理成熟等等，但更重要的是要看到绝大多数美国电影懂得如何用商业表达精神和艺术，变成一曲曲风格不同的美国精神赞歌，并且把这种追求上升到一种素养和自觉。

朱寒汛：韩国也是这样，多年来韩国大搞"造星运动"，把影视作为相当重要的内需产业，《色即是空》《我的野蛮女友》《那小子真帅》《我的野蛮女老师》《向左爱向右爱》等等一大串喜剧长时间领跑亚洲。但是韩国更注重价值观的输出，近来拍了不少令人侧目的主旋律大片，像《实尾岛》《海岸线》《太极旗飘扬》《向着炮火》等军事动作大片都达到了非常高的制作水准，并且在国际产生了极大影响。我们同时可以想象这些影片在韩国国民中所起到的正面作用，相比电影工业如此发达的韩国，朝鲜电影多年来的严重失语无疑将使它在文化实力的竞争中完败。近年我们又在《1941年》《土耳其式开局》《古墓迷途》《边疆》和《布列斯特要塞》等影片身上看到了俄罗斯新军事电影的猛然崛起，产生了广泛的积极影响。所以一部好的主旋律电影其威力实不亚于原子弹。

朱向前：我们再说美国。美国大片日趋骇人视听，是因为好莱坞电影越拍越恐怖，使人感觉人类越来越渺小且毫无安全感可言。其例子俯拾即是：灾难片从《后天》《世界大战》《世纪大碰撞》《地球停转日》到去年大热的《2012》达到前所未有的灾难高峰；科幻片从《生化危机2启示录》《我，机器人》《我是传奇》《第九区》《阿凡达》到《盗梦空间》制造了一个又一个亡国灭种的可怕悲剧；战争\惊悚片从《谎言之躯》《改朝换代》《拒绝再战》《拆弹部队》到呼声甚隆但票房惨淡的《绿色地带》，不断怀疑战争的根本动机和诱因。在我看来它们集体出现了一种怪相，即声光幻影和想象力极端发达、观众视听神经被反复恐吓和刺激、道德底线被反复突破和反突破的背后，隐藏的是自“9. 11”以来，美国电影后启示录时代的内在心理机制。

朱寒汛：要我来解读这个机制，那就是这些看似杞人忧天、无中生有的大片反映的是当下美国的三大恐惧：即对地球资源行将枯竭的恐惧，对其他地区经济文化发展繁荣的恐惧，对持不同见解民族和人群不断壮大的恐惧。于是，近年来美国大片中常常有三对人为设置的矛盾让人感到尤其居心叵测：其一，以令人头晕目眩、心惊肉跳、不敢逼视的华丽宏大毁灭性场景为表征的悲观未来想象与仅仅旨在娱乐观众、票房获利同时宣扬美国价值的原始动机；其二，以弱肉强食为标杆的残酷兽性与旨在呼唤人类情感的电影艺术基本规律；其三，以人道主义普世价值观为口号和幌子，以美国利益为核心和根本出发点的单边世界观与其他国家在悠久历史中沉积的自成体系的道德文化价值观。这些不是好事，也是很好的事，譬如一场战役，敌人越是外厉，越说明他们内荏，他们的危机感往往是我们无需占卜便可预知的转机。

朱向前：但令我越来越费解的是我们经常避开一个基本事实而不谈：美国诚然是辛普森一家的美国、是滑板小子和说唱歌手的美国、是冲浪迷和篮球明星的美国、是乐观开朗的美国人民的美国，更是特权阶层、军火商人、跨国公司、银行巨贾、金融寡头和权力狂的美国，前者是美国文化的可爱表象，后者才是美国文化不可撼动的坚硬内核。看不到这个内核，狼奶喝得多，免疫力下降，我们就容易为美国大片中深刻但又毫无诚意的反思而感动，就容易为美国大片的宏大视域和看似宽容的胸怀而感动，就容易一屁股委顿在美国怀里高呼：自由万岁。长此以往的

结果是让人丧气的，十分类似上世纪中后期香港古装武打片的噱头：内伤到一定程度，无须铁拳重击，只消轻轻一点，一条巨汉便会轰然倒下。其实百年历史已经反复证明，别人做得再亲昵，美国也不会带你玩，相反，它随时可能痛扁你。历史是惊人的相似，而人类也是惊人的健忘。上述几乎所有美国大片的故事推进模式连三岁小孩子都快看出来了：祸是美国闯的，弄到无法收拾的时候出来一个美国的草根英雄和恶势力对抗，最后扶大厦于将倾，拯救了全世界——美国的霸权和科技毁灭了人类，美国的人道和温情又拯救了人类。它们的核心全是同一句话：未来是大家的，是全人类和全体生物的，是子孙后代和宇宙万象的，但归根结蒂要听我的。对此，我们不能有半点犹豫，而应当毫不犹豫地反问：我们为什么要听你的？

朱寒汛：认同，大部分认同，但对于电影的意识形态表述是不是一种国家文化核心的外延以及自觉，我依然保持怀疑，因为毕竟电影不能等同于政治，我没有你的这种高度警觉，这是我们这一代人的成长环境决定的吗？说不清。

不过，我同意人是需要信仰信念和信心的，正因为《惊沙》成功地突出了这些，才让我如此地激动不安。我们这一代人很多连理想都没有，更遑论信仰和信念。信仰有用吗？这的确是让人耳朵眼里都要起茧子的老生常谈。因为反复被有心或无心地疏忽，所以我们只好反复地谈。我们的电影永远需要一些不能马上拿来用的东西。就这么一个简单而深奥的道理，成就了美国电影《艾利之书》，当然，还有《十月围城》和《惊天动地》。一年多来我们翘首以待，却没有看到可以连成精彩招数的后续动作，等来的是继续等待。是的，信仰不能兑换金钱，但能兑换幸福；不能获得快感，但能获得激励；不能提升品味，但能提升灵魂；无法单靠信仰生存，但脱离信仰也一定活不出滋味。投资上亿的电影，仅有电影技术而不感人，如嫫母衣锦；仅仅感人却无法令人明理，如隔靴搔痒；令人明理却不信服，如霸王举鼎。那么，又感人又能让人心服口服地明理的电影才是优秀的电影。我们需要像《惊沙》这样感情朴素地、方法灵活地、故事动人地、才华横溢地展现电影的信仰和信仰的电影。这项伟大事业在市场多元化，电影产业化的当下电影中国显得是那么任重而道远，但是我们有理由充满信心，因为有民族精神和中国气派的艺术规律是任何金钱和势力都不可战胜的。

朱向前：这就是我们当下应该大力弘扬的主旋律。但是，我们不得不正视这样一个现实，就主旋律影片来说，一个时期以来一直缺乏力作和精品。那么，请问：在这样一种竞相输出主流价值观和文化软实力、美国独领风骚的世界电影生态格局当中，我们中国电影不引领，不输出，不塑造国家、民族形象，而一味地娱乐大众，隔靴搔痒，哗众取宠，以票房论成败——行吗？

朱寒汛：那是坚决不行的。看来"引领"是一个大问题，在市场经济背景下，尤其如此。

二、就像《惊沙》这样引领

朱向前：好了，既然都认同"引领"，我们接下来要讨论的问题就是如何引领？这是个复杂问题，咱们不如复杂问题简单处理，就以《惊沙》为例谈"引领"，把她具体掰开揉碎来说说她给我们的相关启示。

朱寒汛：那么，我认为《惊沙》的第一点启示就是对双重机制的挑战和突破。

朱向前：何谓"双重机制"？愿闻其详。

朱寒汛：首先，它突破一贯以来国有电影厂为主体制作的主旋律电影传统，依托央视电影频道"共和国名将系列"数字电影平台，运用商业资本拍中小成本革命历史题材主旋律影片。国有电影制片厂的制片模式在相当程度上还停留在计划经济时期，题材又往往是上级要求的规定性指令性动作。从剧本来说，主创人员领命而去，找资料，侃故事，采访，讨论。很难在规定时间内获得完整的生活体验和心灵触动。进入的既不够深，看到的听到的又多半来自他人口中而并非亲身经历，在一定程度上常常无创作资源可调度。加之拍摄过程当中编剧与导演往往不能实现深度沟通，拍摄和剪辑期间又要根据领导的意见进行各种难度较大甚至违背初衷的修改，导致编、导、演多方的才能不但不能完全释放，甚至互相掣肘，在相当程度上无法做到独立创作。不但如此，一些参与创作和摄制的人员缺乏职业素养和精品意识，常常还有消极怠工心理，这都将不可避免地斫伤影片。

其次，《惊沙》突破了以导演为中心的商业电影制作模式。没有一丝商业气息，不以大片自居，剧本几乎由小滨独立创作完成，又是导演安占军转型军事题材电影的第一部作品，演员除徐僧、刘鉴二三位外几乎全是新面孔，没有一个“一线大牌”。但我们觉得每一个演员选得都很到位，形象气质跟剧中人物高度吻合，演得也非常出彩。

朱向前：他们拍摄时冒着零下二十多度的严寒拍摄，为了更好地表现红军精神，都身穿单衣，不穿保暖内衣，这种敬业精神值得钦佩。这与当下有些资本和投资人追逐屈指可数的几个所谓有票房号召力的大导演、大牌演员、金牌编剧的做法截然相反。当资源一哄而上，过度集中在几个人身上，编、导、演马不停蹄，在一年内完成几部甚至多部作品，甚至把拍摄计划推到数年之后时，高质量作品只能是一句空话。

朱寒汛：说到这里，不得不提一提商业片巨擘，大导演詹姆斯·卡梅隆，从《泰坦尼克号》到《阿凡达》，走过了13年，也正是2010年的《阿凡达》上映仅39天就以18.59亿美元的全球票房打破了他此前执导的《泰坦尼克号》18亿美元的记录，而《阿凡达》拍了近5年，所以当年他捧起奥斯卡金人时狂妄高呼：我是世界之王！电影的商业神话，无有过之，什么叫精品意识？这就是。

朱向前：再有，很重要的一点是军事片、动作片、喜剧片、爱情片、文艺片、惊悚片、科幻片由于题材各异，需要导演和编剧队伍的分流和分工，因为每个人的才华各有侧重，也并不是每个导演都适合商业片，更不是所有导演都适合大片。这在外国分工很细，商业片与文艺片泾渭分明，无法想象托纳多雷去拍一部枪战动作片，就好比安东尼奥尼无法像希区柯克那样讲述故事，昆汀·塔伦蒂诺无法拍出《触不到的恋人》一样。而我们在中国电影中看到的经常是眉毛胡子一把抓，那几个大导演都是铁人三项甚至十项全能健将，当然最主要的还是大片，几个大编剧也是穿梭时空纵横古今，这都是违背艺术规律的。从《无极》的惨败就能充分看出才华横溢如陈凯歌并不适合拍商业片，《赵氏孤儿》也不会为他加分。冯小刚是最适合拍商业片的导演，但他难以拍出像《黄土地》《霸王别姬》和《活着》那样的作品。实际上许多观众并未觉得《黄土地》《霸王别姬》《红高粱》《活着》不如《天下无贼》《集结号》《非诚勿扰》和《唐山大地震》，甚至相反，但导演自身居然没有这个自信与定力。

朱寒汛：所以，在“城头变换大王旗”、“快餐主义”的娱乐大片丛中，《惊沙》几乎是凭一己之力，反向用力、反弹琵琶，奏出一曲关于信仰、信念和信心的入云高唱，在中小投资和中小题材电影里做出了大气象，管中窥豹，一叶知秋，此之谓也。这彻底改变了我之前对于未来一段时期主旋律影片的颇为悲观的预期。这两重突破让我们相信，在市场和主旋律中间，一定有一条康庄大道，关键是怎么去走。

朱向前：对。这就涉及到了《惊沙》的第二点启示，即是否重视与尊重剧本？当然，《惊沙》的剧本是一个特例，据说秦基伟之子小滨是在屡次走马换将之后迫不得已才接手这个烫山芋。之所以屡屡换将，就是他认定：剧本剧本，一剧之本。没有好剧本，一切白搭。小滨并非业内人士，第一次执笔编剧就达到如此高度也属奇迹。文学修养与艺术天赋就不讨论了，我认为最大的优势是他对革命历史的 深入认知与演绎的磅礴激情。他对历史细节了如指掌不说，对自己的父亲也充满了崇敬和深情，在这一题材中他所占有的创作资源几乎是别人无法相比的，他能够在大部分时间内流着泪创作，剧本怎么能不打动人?! 加之他对电影的拍摄有主导权，与导演安占军一同拍摄，剪辑、录音、作词甚至配音旁白，所以他对这部电影有一种极其精微和精到的整体性把握。单就这个创作模式来说，《惊沙》比其他革命历史题材影片都要远远高出一块。这也就反证了张艺谋导演从《红高粱》到《三枪拍案惊奇》的步步倒退。

朱寒汛：显而易见，没有好的剧本，再好的导演和演员也托不起好电影来。只有戏保人而难有人保戏。张艺谋当年拍《红高粱》《菊豆》《大红灯笼高高挂》甚至《活着》时，都有一个优秀的小说作为基础和依托，他才能够在故事中充分展现导演才华，到《秋菊打官司》《一个都不能少》《我的父亲母亲》还能以深入底层的现实主义关怀感动我们，但从《英雄》开始，《十面埋伏》《千里走单骑》《满城尽带黄金甲》到最近的《三枪拍案惊奇》在我看来则无一成功，尤其是半二人转半惊悚、混乱不堪、恶俗肉麻的《三枪拍案惊奇》，完全不知所云、惨不忍睹。

朱向前：这就是张艺谋近年来一味求大、求华丽形式、求中国符号、求哗众取宠而轻视剧本、轻视故事的恶果。好的剧本就要像《惊沙》，具备思想、情感和符合艺术规律。

朱寒汛：那么第三点启示我认为就是《惊沙》按照电影艺术的规律塑造人物。这也充分展现了编剧和导演的功力。首先是注意细节抓人，我回忆了一下几乎每一个重要人物的出场都非常精彩，给人留下深刻印象，除了为整个电影的推进服务，同时让观众对该人物难以忘怀。譬如马步芳的出场喊话，以漫山遍野的马家军战士为背景，“尕娃娃……抢了我的地盘，我要他的命，丢了我的地盘，我一样要他的命！就这话！”几句台词非常到位，电影没有像往常的革命题材电影一样丑化敌军，马家军战士也是神情肃穆，青春少年，显得战斗力非常强悍，同时也预示了西路军所要面临的一场恶战。再如女兵营长桂芳的出场，一上来就是踢打他的丈夫兵工厂副厂长韩仕荣，显得极为泼辣果敢，有大局观，有一定的领导水平。秦基伟作为西路军总部侦察科长的出场也是极为出彩，先是和彭定山错马而过，彭告知军情—高台失守，秦基伟问及“董军长（董振堂）他们怎么了?”时就已经是背影的喊话从远处传来：“全部牺牲了!”西路军统帅之一的红五军军长在内的几千红军全军覆没，如此重大的军情，我们以往的电影往往会作为重大情节处理，而且一般在指挥所处理，先惊讶，再悲愤，再沉默，再商议对策，没有几分钟是不能完成这个情节的，《惊沙》居然敢于用这样的细节交待，几乎可说是前所未有的突破和创新。前后几秒钟，一两个镜头就解决了这个问题，充分说明当时作战形势的险峻，已经到了千钧一发的时刻，真是艺高人胆大，手眼非凡。类似的例子其实很多，细节看似简单，但是要从历史中准确地把这些适合银幕展现同时又能打动人的细节遴选出来，还是要有慧眼的。

朱向前：类型化和脸谱化的问题在主旋律电影中还是普遍存在的，但《惊沙》以细节的真实有效地克服了这个问题。譬如你刚才谈到的“错马而过”的场景，我也有相同的感受。尤其是对国民党马步芳部的描绘和以往大有区别，给人的直观感觉似乎是更加混沌了，但更具深度，更逼近历史真实，同理，也符合艺术规律。我印象深刻的细节是彭定山用手枪顶住前来阻止队伍出城的秦基伟，观众是清醒的，继续出城马上就要落入圈套，有全军覆没之虞，所以这个细节让人分外揪心。还有就是马步芳的前敌总指挥马元海的几次出场都很抓人，第一次是和陷落的红五军指挥部的一名垂死指挥员对话，忽然回手将其一枪打死，然后训斥部属：“你们手上拿的什么，人家拿的什么！你们吃的是什么，人家吃的是什么！”从反面也是最有说服力地称赞了红五军将士是以一种怎样的英勇不屈顽强坚守高台的。第二次是在戈壁滩上受马步芳训话，只给三天时间，三天打不下临泽，让他回家放羊。这又从反面暗示了新一轮更加疯狂的攻势来临。

朱寒汛：细节在电影中的力量是无穷的。有的时候细节甚至能够代替主题成为经典。通常情况下人们可能会将电影的情节忘记，但提到一部他看过的影片，总是有一些细节是他能够准确回忆和复述的。从这个意义上说，细节决定电影的成败，精美的细节为电影增色，反之亦然。细节为塑造人物服务，为整个电影主题服务，在我看来，所谓电影风格其实也是由导演对同类细节的把握和运用而产生的。

朱向前：《惊沙》除了用细节塑造人，就是以情感来冲击人打动人。我感觉影片塑造最丰满的是桂芳这个人物，她的丰满恰恰不是因为她的十八般武艺，而是对于她内心情感的层层剥离。首先是这个人物的命运感比较完整，她从一个童养媳跟着秦基伟参加革命，以兄妹相称，到共同踏上长征路，并且救过秦基伟的命。其次是她的命运戏有高潮，这就是她拒绝带领红军突围，这场戏高潮迭起，一波三折，想象力超出了我们的期待。秦基伟、韩仕荣和桂芳都清楚，突围意味着生，而且由桂芳带领突击队突围的理由是十分充分的，第一她是妇女营长，第二她是怀有三个月身孕的母亲，身上有革命的骨血。但是桂芳的陈述理由更为大义凛然，首先是队伍中的骨干本身就不多，最危险的时候她不能走，第二是怒斥丈夫还欠她一个堂堂正正的婚礼，要死也死在一起。本来推进到这里，戏剧张力已经足够，但是她最后的理由更为感人，而且充满了革命的英雄主义和乐观主义精神：遇过多少险滩不都闯过来了，今天也一样能闯出去！等到革命成功了，要把全团人都叫上，穿嫁衣坐花轿，痛痛快快当一回新娘！正是因为这个高潮的铺垫，桂芳在第二天的战斗中被敌军俘虏，秦基伟为了不让她受到侮辱，在极端痛苦中亲手将其点射打死的镜头才那么感人至深。桂芳这个形象一而再再而三地层层递进，效果奇佳，催人泪下。

朱寒汛：彭定山这个人物在剧中的作用也不小，可以看出他一直与秦基伟心存芥蒂，他们之间的关系在一开始就到了剑拔弩张的程度。但是随着战斗的推进，他们逐渐达成了默契，产生了友谊，他本来是秦的上级，后来变成了秦的部下，这是形势需要，无需交待，他没有半句怨言，最后选择留下牵制敌人，放弃突围，唱着西路军军歌壮烈牺牲。

朱向前：《惊沙》启示的第五点就是对“战争残酷论”的突破。包括惨烈的打斗和血肉横飞的场景，包括被俘女红军的裸体镜头，当然如果放在好莱坞电影中肯定不是一个镜头而已，可能要拍几分钟。我们的主旋律影片一向不愿意展现战争的残酷，我记得20世纪80年代讲述淮海战役的影片《今夜星光灿烂》就因为片尾大片的裹尸布而被封杀，当然这些年来在这方面也多有推进。战争本身是残酷的，我们绝不鼓励暴力血腥的视觉刺激，但战争电影如果只有革命的激情，那英雄主义在某种层面上也没有生长的土壤，也必将导致历史的失真。

还有，你有没有注意到开篇的旁白，写得多好，一上来就是“无日不战、惊沙扑面、呵气成冰”，真是干净、简洁、而又凝重、大气。出手不凡，先声夺人，一下子就把要发生的事给托起来了。这也为全剧的语言风格定下了基调，有大家手笔。

朱寒汛：当然注意到了，还有片尾的主题曲写得也好：“不要说，我已倒下，看不到黎明的晨曦；不要说，我已离去，听不见胜利的乐曲……”。非常感人，这时候我观察了旁边的人无一不是热泪盈眶。另一个精彩之处是片尾画面一转到了47年后，1984年国庆大阅兵，作为阅兵总指挥的秦基伟上将向邓小平敬礼报告，辉煌而庄严，同时叠放的牺牲烈士，将秦基伟将军的人生推到了最高点。纪录片与故事片巧妙结合，这个手法是很新颖的，与2009年国庆档《天安门》最后毛主席出现与代表握手的情节有异曲同工之妙。

朱向前：总体来说，《惊沙》相当成功，我个人打95分。但是也还有某些缺憾，电影总是遗憾的艺术嘛。第一我认为枪战的场面过于激烈，难免让人产生视觉上的疲劳，而且如此激烈的枪战和炮击也远远超过了当年西路军所可能达到的程度。当然电影需要夸张和放大，但电影伊始就交待了韩仕荣为了找到2800发子弹牺牲了两个骨干还欣喜异常，并且平均每个战士只有五发子弹，怎么可能全是冲锋枪、卡宾枪毫无节制的扫射呢？苏联红军当年攻占柏林，恐怕也不超过这种火力。第二，武戏过多，张弛稍欠。这跟第一只问题也有关系，弦绷得太紧，一个高潮接着一个高潮，让人几乎找不到喘气的空间。极端体现在最后突围成功后面对漫山遍野的马家军骑兵的再次包围，秦基伟带领衣衫褴褛、粮弹不济、筋疲力尽的队伍发起又一次冲锋，让人感觉是以卵击石，几近神话，难以置信。如果把红军队伍放在塬上，追兵在塬下，距离几十丈高，想追也追不上，只能望塬兴叹，看着红军走进血色残阳之中，恐怕更可信一些，也更巧妙和诗意一些。

朱寒汛：我的观点不同，我也认为枪战过度在一定程度给人视觉疲劳，另外对于人物情感和情节发展要带来一定牵绊。但是我不认为结尾处陷入重围再次冲锋有什么问题，相反我觉得非常提气。这是两个问题，现代题材军事电影发展至今，激烈的打斗和枪战场面已在某种程度上成为必须。况且军事电影不单是一个国家电影产业的重要支柱，更是一个民族宣扬主流价值观，讴歌民族魂魄的重要手段。以近期韩国大片《向着炮火》为例，影片讲述韩战期间韩国71个学生兵在一所中学抵抗朝鲜人民军一个加强营的故事，那火力激烈的程度比《惊沙》远远过之。实际上71个没经过军事训练的学生兵在一所中学里能够组成一个多大的火力网呢？在影片中朝鲜人民军还有不止一辆坦克。那种战斗的惨烈程度基本上被夸大到了无以复加的程度，71个中学生几乎全部阵亡，但依旧不妨碍电影表达社会主流价值观，不妨碍韩国观众被感动得热泪盈眶。2007年的国产大片《集结号》的火力也是凶猛无比，2009年的《南京！南京！》万人被扫射的场面也过于骇人视听。其次，既然电影为主题服务，那么《惊沙》的主题就是在绝望中向往胜利，精神的力量决定历史的走向，坚韧不拔、百折不挠、向死求生。类似于《斯巴达300勇士》，以300人对抗30万人，明知必死，还勇往直前，这就是电影要表现的，悲壮无比，惨烈绝伦，悲剧英雄。既然《惊沙》要展现的是信仰可以带来奇迹，那么电影中就不必避讳奇迹，且不论秦基伟的确在九死一生的情况下带领极少部分人马突出了重围，退一步说，哪怕它近于神话，杜鹃啼血，精卫填海，斑竹滴泪，孟姜女哭长城，情真事不真，不妨碍它感人。

朱向前：言之有理，见仁见智吧。总之，一部《惊沙》，带给我们的感动和启示一时半会儿是说不完的，尤其是在今天中华民族走向伟大复兴的历史进程中，在我们亟需弘扬时代主旋律和民族精神的关键时刻，《惊沙》对主旋律影视创作甚至现阶段中国电影都必将带来巨大的启发，产生积极深远的影响。我们期待着《惊沙》成为2011年中国电影界乃至文化界的一大“事件”！因为《惊沙》是这样一部影片：它好似拨开欲望看到醒目的旗帜；它亦如最不放在心上却又最熟悉的身影，那个身影仿佛在茫茫人群中注视着远行游子的母亲；它又像在深夜读史时听到铿锵的回声，那片回声仿佛嘹亮而激昂的诗篇从远古传来，并欲止欲始。

辛卯年初春改定于京西黑白斋

（载《中国作家》2011年第4期）

跋

“后记”本没有什么可说的了，只想说明的一点是，为什么要用《“黄金时代”的文学记忆》来作本书的书名呢？

其实，这篇同名的代序原本是应解放军艺术学院学报之约，为纪念军艺建院50年暨文学系创办26年而作，回忆的是上世纪80年代中期首届军艺文学系的一些往事。那真是一个文学的“黄金时代”啊，她不仅是当代中国文学的“黄金时代”，更是我个人的文学的“黄金时代”。像我们这代从文革的文化荒漠中跋涉出来的人，倏忽走进了新时期，走进了北京的军队文艺最高殿堂，那种感觉真是如浴火重生、凤凰涅槃，说“三生有幸”不是一句虚词。因此，什么醍醐灌顶啊，手不释卷啊，一目十行啊，倚马千言啊等等也基本不是形容词，那些个终身难忘的日子啊……

如该文所述，也就是在那些个日子里，我非常偶然又十分自然地告别了十几年的创作而干上了理论批评这个行当，而且一干就是20多年。但回想起来，我用情最专、用力最勤、用心最苦地做评论还是在文学系的那十几年（1985－1997），自认为写得还好的一些文章也多出自那个时期，自后误入仕途，俗务冗繁是一个方面，另一方面则是研究重心的转移。从90年代后期开始的六、七年，一点闲暇都用去做了国家课题《中国军旅文学50年》，从2005年至今，则又转入了《毛泽东诗词的另一种解读》，与评论虽然相伴而行，但若即若离且渐行渐远啰。所以，选入本书的文章还多是那个时期而作，于此而言，不啻为我《“黄金时代”的文学记忆》吗？

限于篇幅，选了30篇文章，分为上、下编。上编为军旅文学，

18 篇；下编为当代文学，12 篇。这个比例也基本符合我的批评实践，从军旅非军旅的量比来看，大体也是四六开。文章编排以发表时间为序。

最后，感谢作家出版社社长何建明先生给我的这一份认可与殊荣，使得本书能厕身于“中国当代批评家书系”；同时，我还认为这也是当代文坛对军旅文学的一份看重。还要感谢的是责编李亚梓女士的辛勤劳动。

是为跋。

辛卯春月穀旦于江右袁州听松楼

图书在版编目（CIP）数据

“黄金时代”的文学记忆/朱向前著. －北京:作家出版社，2011.3

（中国当代文学研究与批评书系）

ISBN 978－7－5063－5781－4

Ⅰ.①黄… Ⅱ.①朱… Ⅲ.①当代文学－文学评论－中国－文集 Ⅳ.①I206.7－53

中国版本图书馆CIP数据核字（2011）第027168号

“黄金时代”的文学记忆

作　　者：朱向前

责任编辑：李亚梓

装帧设计：曹全弘

出版发行：作家出版社

社址：北京农展馆南里10号　　　　**邮码：**100125

电话传真：86－10－65930756（出版发行部）

86－10－65004079（总编室）

86－10－65015116（邮购部）

E－mail：zuojia@zuojia.net.cn

http://www.zuojia.net.cn

印刷：北京谊兴印刷有限公司

成品尺寸：152×230

字数：370千

印张：23.25

版次：2011年4月第1版

印次：2011年4月第1次印刷

ISBN 978－7－5063－5781－4

定价：39.00元
